KB122738

영혼사무소

영혼사무소

초판 1쇄 발행 2016년 12월 12일
초판 2쇄 발행 2017년 5월 18일

지은이 김태은
발행인 이한우
총괄 김상훈 **기획관리** 안병현 **편집장** 김기운
기획편집 김혜영, 정혜림 **디자인** 이선미 **마케팅** 신대섭

발행처 주식회사 교보문고
등록 제406-2008-000090호(2008년 12월 5일)
주소 경기도 파주시 문발로 249
전화 대표전화 02)1544-1900 **주문** 02)3156-3681 **팩스** 0502)987-5725

ISBN 979-11-5909-547-4 03810
책값은 표지에 있습니다.

영혼사무소

김태은 지음

● 마카롱

── 차례

'그것'을 없애는 사람들

"그동안 수고 많았다."

나를 보며 아쉽다는 표정을 짓고 있는 주인아주머니 뒤로 회색빛 '그것'들이 제 세상 만난 듯 편의점 안을 휘젓고 다니는 모습이 보였다. 무엇이 그리도 궁금한지 진열대 여기저기에 들러붙어 여기 툭툭, 저기 툭툭 진열된 상품들을 건드리는 모습이 불안하기 짝이 없었다.

"아니에요. 저야말로 그동안 감사했습니다."

그런 '그것'들을 애써 못 본 척하곤 나 역시 아쉽다는 표정으로 주인아주머니에게 고개를 꾸벅 숙였다.

이곳에서 보낸 여섯 달의 생활이 주마등처럼 지나갔다. 짧다면 짧고 길다면 긴 시간 동안 편의점 구석구석 내 손이 닿지 않은 곳은 한 군데도 없다. 가지런히 진열된 가공상품들부터 내 손때가 묻은 포스기, 조금 뒤 폐기를 앞둔 냉동식품들까지….

"언제든 놀러 와, 누리야."

"네, 종종 들를게요."

어이가 없어 나도 모르게 웃음이 나왔다. 누가 보면 내가 먼저 아르바이트 그만두겠다고 말한 줄 알겠어. 나는 지금 해고당한 건데 말이야. 눈가에 눈물이 그렁그렁 맺혀서는 내 두 손을 꼭 잡고 있는 아주머니의 연기력에 속으로 감탄하며 다시 한 번 인사를 하고 돌아섰다. 편의점 유리문을 가볍게 밀자 문고리에 걸려 있는 종이 딸랑 하고 울렸다. 어느 용하다는 무당집에서 큰돈 주고서 받아 온 거라던데…. 종소리가 나거나 말거나 '그것'들은 여전히 가게 안을 휘젓고 다녔다.

흔히 말하는 도깨비 터였다. 도깨비가 땅의 주인인 곳. 그 위에 지은 건물에 들어오는 주인들의 결말은 둘 중 하나였다. 쫄딱 망하거나 완전 대박을 터뜨리거나 말이다. 기가 센 주인 부부는 후자였다. 부부는 1년도 채지나지 않아 편의점을 시작하며 진 빚을 갚고 근방의 편의점까지 사들였다. 하지만 문제는 편의점에서 일하는 아르바이트생들이 주인 부부만큼 기가 세지 않다는 것이었다. 편의점에 북적이는 손님들만큼이나 북적이는 것이 '그것', 그러니까 귀신들이다. 그야말로 그곳은 귀신들의 '핫 플레이스'랄까. 사람들의 왕래가 줄어드는 새벽이면 귀신들은 형체를 드러내고는 아르바이트생에게 장난을 걸기 일쑤였다. 물론 귀신의 입장에서야 장난이지만, 매일 밤 당하는 아르바이트생의 입장에서야 그게 장난일 리가 없다. 생각해보라, 늦은 밤 혼자 있는 편의점에서 거울 속으로 비치는 귀신의 모습이라든지, 혼자서 저절로 움직이는 물건들이라든지…. 근방에는 '저 편의점에 밤마다 귀신이 나온다더라'는 소문이 파다하게 퍼졌고, 이를 증명하듯 아르바이트생은 사흘이 멀다 하고 바뀌다가, 결국 누구도 일하려 하지 않는 상황까지 오게 되었다. 일하려는 사람이 없으니 당연히 시급은 고공 상승. 시급 만 원이 되던 날. 야간 아르바이트를 찾고 있던 내가 우연히 이 편의점의 사연을 알게 되었고 그날부터 근무하게 된 것이다.

— 학생, 우리 편의점 소문은 듣고 온 거지? 괜찮겠어?

— 귀신 나온다는 소문요? 걱정 마세요. 제가 이겨요.

— 귀신 잡는다는 해병대 만기 전역자도 하루 만에 도망갔었는데….

— 아이참, 사모님은 걱정도… 세상에 귀신이 어디 있어요.

아르바이트 첫날 저녁. 주인아주머니는 걱정 가득한 표정으로 "전화하면 바로 나올 테니까 편의점 비우고 도망가면 안 돼!"라고 신신당부하고 돌아갔다. 그리고 다음 날 아침, 해가 뜨기 무섭게 편의점을 찾은 주인아주머니는 나의 인사에 믿을 수 없다는 얼굴로 물었다.

　- 학생, 아무 일 없었어⋯?

　- 뭐가요?

　- 귀신⋯.

　- 에이, 귀신은 없다니까요!

　물론 그 순간에도 '그것'들이 편의점 안을 활개치고 돌아다녔음은 물론이다. 이쯤 되면 눈치챘겠지만 나는 평범한 사람들은 볼 수 없는 '그것', 그러니까 귀신을 보는 능력을 가지고 있다. 그런데 내가 어떻게 이렇게 덤덤할 수 있느냐고? 내게 귀신은 '그것' 그 이상도 이하도 아니기 때문이다. 발 없는 귀신, 눈 대신 구멍이 뻥 뚫린 귀신, 피눈물을 흘리거나 몸 한 군데가 찢어져서 너덜너덜한 모습의 귀신들은 그저 텔레비전 속 꾸며진 픽션일 뿐, 내 눈에 귀신은 희뿌연 그림자로만 보인다. 아주 어릴 적부터 '그것'들을 보고 자란 내게 '그것'들은 여름 밤 가로등 주위를 알짱거리는 하루살이처럼 너무나도 당연하고 자연스러운 것이었다. 그러니 지금에 와서 두려움을 느낀다는 것 자체가 오히려 이상한 일이다.

　그렇게 편의점에서 야간 아르바이트생으로 일하며 '그것'들과 함께 보낸 시간이 어느덧 여섯 달. 주인아주머니는 이런 나를 기특하게 여겨 시급을 올려주기⋯는커녕, 내가 여섯 달이나 멀쩡히 일하는 것을 보니 귀신이 없어졌다고 생각하고는 나를 잘라버린 것이다. 형편이 어려워져서 시급을 지금처럼 줄 수 없다는 것을 이유로! 내가 여기 하루 매상을 아는데 말이다. 아악!

"하아, 어디 도깨비 터에 세운 편의점 하나 더 없나?"

　침대에 엎드려 1시간째 아르바이트 사이트를 뒤지던 나는 결국 노트북을 앞으로 밀어내고 푹 엎드렸다. 내가 밀어낸 노트북 자판 위로 작은 동물 크기의 '그것'이 올라가 앉는 것이 보였다. 넌 이런 걱정 안 하고 살겠지. 부럽다.

일자리가 없는 것은 아니다. 그런데 시급이 죄 성에 차지 않는다. 시급이 높다 싶으면 일이 힘들고, 일이 편한 직업은 시급이 낮으니…. 내가 관심을 주지 않고 상념에 빠져 있자 노트북 위에 앉아 있던 '그것'이 심통 난 듯 다가와 앞발로 내 왼팔을 툭툭 치기 시작했다. 그래 봐야 아무것도 느껴지지 않는데 말이다. 내가 아무 반응도 보이지 않자 이제는 내 왼손에 매여 있는 팔찌를 깨물기 시작했다. 나는 '그것'이 깨물고 있는 팔찌를 멍하게 응시했다. 그러고 보니 내가 이 팔찌를 언제부터 끼고 있었더라…. 일곱 살…? 여섯 살…? 분명한 것은 내 기억이 닿는 모든 순간에 이 팔찌를 끼고 있었다는 것이다. 팔찌를 뺀 것은 단 한 번.

— 네 잘못이 아냐.

희미한 미소, 파리한 입술, 그리고…. 무의식의 호수에서 기억의 파편이 아주 잠시 떠올랐다가는 다시 가라앉았다. 나는 남아 있는 기억을 털어내듯 고개를 도리도리 젓고는 아직도 내 팔찌를 깨물고 있는 '그것'을 손을 털어 쫓아버렸다. 그러고는 다시 노트북을 앞으로 끌어와 딸각딸각, 마우스를 움직여 즐겨찾기 목록 가장 상단에 있는 쇼핑몰 사이트를 클릭했다. 또 신상이 들어왔네. 이 사이트는 나오는 신상마다 죄다 내 취향 저격이야. 평소라면 머리가 판단하기 전에 손이 먼저 '결제하기' 버튼을 눌렀겠지만…. 정신 차려 공누리, 넌 지금 실직자야! 나는 '결제하기' 버튼을 누르는 대신 '장바구니' 버튼을 꾸욱 눌렀다. 나중을 기약하는 수 밖에…. 클릭 몇 번에 금세 장바구니가 가득 찼다. 장바구니에 담긴 옷들을 손으로 쓸어봐야 느껴지는 건 딱딱한 모니터뿐이다. 찔끔 흐르는 눈물을 삼켰다.

"흑. 애기들아… 조금만 기다려…."

언니가 조만간 꼭 너희를 데려올 거야.

* * *

숨이 턱 끝까지 차올랐다. 자주 신지 않아 길들지 않은 하이힐 탓에 뛸 때마다 발꿈치가 쓰라려 왔지만 멈출 수 없었다. 지하도로 내려와서도 한참을 더 달려 지하철 승강장 안으로 들어와서야 멈춰 서서 터질 것 같은 가슴을 쓸어내릴 수 있었다. 높은 시급에 좋다고 덜컥 면접을 보러 가는 게 아니었다. 애초에 룸 카페 아르바이트 시급이 2만 원이라는 것 자체에 의심을 품었어야 했다. 대낮인데도 어째 카페 안이 좀 어두컴컴해 보였다. 룸 안 여기저기에 쳐둔 빨간 커튼 아래서 신음소리가 들린 듯했다. 그리고 자신을 사장이라 소개한 남자의 뒤에 새카만 '그것'들이 주렁주렁 매달려 있는 것을 확인한 나는 뒤도 돌아보지 않고 도망쳤다.

내 눈에 보이는 '그것'들은 저마다 색깔을 가지고 있다. 대부분의 것들은 흰색에 가까운 회색을 띠고 있지만 진한 회색, 그리고 검은색도 가끔씩 존재한다. 나는 이제껏 살면서 검은색의 '그것'이 따라다니는 사람과 엮여서 좋은 꼴을 본 적이 없었다.

지하철을 기다리며 스마트폰으로 인터넷에 접속해 '역삼동 룸 카페 아르바이트'를 검색하니 검색 결과 중 맨 위에 '역삼동 룸 카페 아르바이트 면접 절대 가지 마세요'라는 글이 보였다. 룸 카페를 가장한 유사 성매매업소란다. 돈 많이 주는 데는 이유가 있다더니, 어른들 말 틀린 게 하나도 없다. 말로만 듣던 유사 성매매업소를 내가 가게 되다니. 한숨을 크게 쉬었다. 오늘은 꽝이다. 아니, 무사히 빠져나온 것 자체가 다행인지도 몰랐다. 집에나 가야지…. 나는 선로 앞 노란색 안전선 뒤에 푹 주저앉았다. 폭이 좁은 치마가 허벅지 위로 말려 올라가는 것이 신경 쓰였지만 긴장이 풀린 탓에 다시 일어날 힘이 없었다.

"…어라?"

내가 '그것'을 발견한 것은 그때였다. 스크린도어를 설치하지 않아 훤히 보이는 선로에 검은색의 '그것'이 있었다. 반대편 승강장을 향해 끊임없이 손짓하고 있는 그것의 손길 끝에 아이가 있었다. 서너 살쯤 됐을까. 제 엄마가 휴대폰 통화에 정신이 팔린 사이, 자그마한 아이가 '그것'을 향해 아장아장 걸어오고 있었다.

"아가야, 가면 안 돼!!"

본능적으로 비명을 질렀지만 내 목소리는 아이에게도, 정신없이 통화 중인 아이 엄마에게도 들리지 않는 것 같았다. 노란 안전선 안까지 걸어온 아이는 승강장 선로 아래까지 단 한 발짝만을 남겨놓고 있었다. 그 뒤는 슬로비디오를 틀어놓은 것처럼 느리게 보였다. 선로 안으로 떨어진 아이의 빽 하는 울음소리가 귓가에 꽂히고 그제야 상황을 알아챈 아이 엄마가 찢어지는 듯한 비명을 질렀다. 그와 동시에….

[열차가 전 역을 출발했습니다.]

승강장 저 멀리서 열차의 불빛이 보이기 시작했다.

'이걸 어떡하지? 어쩌면 좋아!'

머릿속이 새하얗게 변했다. 역무원을 불러야 하나? 아니, 선로로 내려가는 편이 더 빠르려나? 내가 선로로 뛰어들려고 하는 찰나였다.

"악귀야. 그것도 아주 질이 나쁜…."

언제부터였을까, 발만 동동 구르고 있는 내 옆에 남자 네 명이 서 있던 것은.

"그러게요. 얼마나 된 건지 썩은 내가 코를 찔러요."

"하여간 자살 귀들은 죽어서도 민폐라니까."

한 남자의 말에 다른 두 남자가 맞장구를 치며 동조했다.

"그나저나. 어딨어? 그 애."

우리가 늦은 건 아니겠지? 하고 남자가 중얼거리자, 그 옆에 있던 금발 남자가 고개를 돌려 정확히 나를 보며 말했다.

"여기 있네."

금발 남자와 내 시선이 마주친 순간이었다.

시간이 멈춘 것만 같았다. 승강장으로 떨어진 아이, 플랫폼으로 들어오고 있는 열차, 아이를 집어삼킬 듯 혀를 날름거리고 있는 '그것', 그 어떤 것도 떠오르지 않았다.

— 행복하게….

– 아파하지 않았으면….

– 다음 생에서도 나는 그대를….

왼손에서 느껴지는 이질적인 진동감에 그제야 정신을 차릴 수 있었다. 팔찌가 작게 떨리고 있었다…. 팔찌가 떨려…? 내가 정신을 차리고 다시 팔찌를 쳐다보자 언제 그랬냐는 듯 팔찌는 잠잠했다. 분명히 떨렸는데…. 그나저나 뭐하고 있었더라? 아차! 아이! 선로로 급하게 시선을 옮기자 네 남자 중 등 뒤에 큰 칼을 매고 있던 남자가 선로 안으로 훌쩍 뛰어내리는 모습이 보였다. 마치 계단에서 마지막 한 칸을 남겨두고 폴짝 뛰어내리는 것처럼 아무런 망설임 없는 가벼운 몸짓이었다. 그러고는 등 뒤에서 칼을 뽑아 검은색 '그것'을 향해 휘둘렀다.

삐이이이익―.

칠판을 손톱으로 긁는 것 같은 불쾌한 소리가 선로를 가득 메우는 동시에 '그것'은 형체도 없이 사라졌다. 어느덧 열차가 모습을 드러내 승강장을 향해 달려오기 시작했고, 뒤늦게 달려온 역무원이 빨간 안전봉을 선로 안으로 내밀어 마구 휘두르며 멈추라는 신호를 보냈다. 남자와 아이를 발견한 지하철 기관사가 울리는 경적 소리, 아이 엄마의 비명과 몰려든 사람들의 웅성거림…. 승강장 안은 아수라장 그 자체였다. 남자가 선로에 넘어진 채 빽빽 울고 있던 아이를 낚아채듯 안아 반대편 선로로 몸을 피하는 것과 거의 동시에 지하철이 승강장으로 들어왔다. 웅성거리던 사람들이 아이와 남자 모두 무사하다는 것을 깨닫고는 하나둘씩 박수를 치기 시작했다.

박수 소리는 점점 커져 승강장을 가득 메웠다. 사람들이 보내는 환호에 귀가 다 멍멍했다. 순식간에 벌어진 일에 정신을 차릴 수 없었다. 지금 이게 무슨 상황이지? 검은색의 '그것'이 아이를 홀리고…. 아이가 선로로 떨어지고, 그리고 '그것'이… 없어져? '그것'이 없어질 수 있는 존재였나?

"저기요."

바보처럼 멍하니 서 있는 내 어깨를 뒤에서 쿡쿡 찌르는 손길이 느껴졌다. 돌아보니 내 옆에 서 있던 남자들 중 한 명이다. 그의 뒤로 금발 남자가 선로 아래의 남자에게서 아이를 받아드는 모습이 보였다. 이윽고 선로 아래에 있던 남자가 다른 남자의 손을 잡고 선로 위로 올라왔다. 네 명의 남자가 나란히 내 앞에 섰다. 나를 바라보는 네 개의 시선에 당황스러움을 감출 수 없었다. 그때, 처음 내게 말을 걸었던 남자가 나를 보며 싱긋 웃으며 이렇게 말했다.

"영혼이 참 맑네요."

훤칠한 키에 시원한 인상을 가진 잘생긴 남자였다.

"…예?"

"영혼이 참 맑다고요."

남자가 낀 선글라스에 당황한 표정의 내 얼굴이 비쳤다. 남자의 입꼬리가 시원스럽게 올라가는 것을 보며 나는 잠시 생각에 잠겼다. 잡상인? 사이비? 당황해서 대답도 못하고 있는 사이 내가 타야 할 열차가 승강장 안으로 들어왔다. 나는 남자에게 단호하게 한마디 하고는 열린 문으로 냉큼 올라탔다.

"안 사요!"

멀쩡하게 생겨서는… 쯧쯧. 닫히는 문틈 사이로 얼굴이 눈물로 범벅이 되어 맨발로 허겁지겁 달려온 아이 엄마가 남자에게서 아이를 받아드는 모습이 보였다. 열차가 천천히 움직이기 시작했지만 나는 그들에게서 눈을 뗄 수가 없었다. 아이 엄마가 제 아이를 구한 남자를 향해 절이라도 할 기세로 고개를 거듭 숙였고, 남자가 민망한 표정으로 손을 젓는 것이 보였다. 그 와중에도 선글라스를 낀 남자의 시선은 나를 향해 있었다.

'또 만나.'

남자의 입이 말했다. 뭐야. 별 미친놈을 다 보겠네.

* * *

지하철에서의 일을 겪은 지도 2주가 흘렀다. 나는 집에서 10분 거리에 위치한 작은 PC방에서 아르바이트를 시작했다. 룸 카페 면접사건으로 호되게 당한 덕분에 시급이고 나발이고 안전이 제일이라는 판단에 얻은 자리였다. 동네 PC방이라 인근 아이들이 학교에 있는 낮 시간은 아주 한가한 것도 새 직장의 장점 중 하나였다.

손님이 떠난 자리를 젖은 수건으로 한 번 닦아내고 카운터로 돌아왔을 때였다. 출입문이 열리는 것이 보였다. 나는 습관처럼 문을 향해 소리 높여 인사했다.

"어서 오세요! …네 분이신가요?"

낯익은 얼굴들이었다. 네 명의 남자가 PC방 안으로 저벅저벅 걸어 들어왔다.

"지하철…?"

"흠…별거 없어 보이는데?"

남자가 쓰고 있던 선글라스를 코끝까지 내리고는 나와 눈을 마주치며 대뜸 말했다.

"형은 어차피 봐도 모르잖아요."

그의 옆에 서 있던 키 작은 남자가 대꾸했다.

"근데 확실히… 평범해 보이긴 하네."

"그치? 근데 말이야…"

나를 보고 있는 남자의 눈이 살짝 휘었다. 그러고는 한마디 덧붙였다.

"내 스타일이기는 하네."

"…사람 얼굴 평가 다 하셨으면 이제 그만 가 주실래요? 보시다시피 제가 지금 일하는 중이어서요."

사람 면전에 대고 '별거 없어 보인다' '평범해 보인다'라니, 거기다 덧붙이는 말이 자기 스타일이라고? 이 사람들, 무례해도 너무 무례한 것 아닌가.

"너, 우리랑 같이 일할래?"

"내가 그쪽이 뭐하는 사람들인 줄 알고 같이 일해요? 가세요. 지금 하는

15

일이나 방해하지 마시고요."

딱 부러진 내 대답에 다들 할 말이 없어진 듯 정적이 흘렀다. 잠시 뒤, 정적을 깬 것은 뒤에서 가만히 서 있던 금발 남자였다.

"너."

"…?"

"밤길 조심해."

지금 협박하는 건가? 내가 얼빠진 얼굴로 남자를 바라만 보고 있자 남자가 선심 쓰듯 한마디 덧붙였다.

"조만간 위험해질 거야."

여기 누구 내 운세 봐달라고 한 사람?

"경찰 부를 거예요! 당장 나가용!"

내 협박에 그들은 "내일 또 올게"라는 말을 남기고 PC방을 떠났다. 별 미친놈들을 다 보겠네. 할 수만 있다면 그들이 있던 자리에 소금이라도 뿌리고 싶은 심정이었다.

"시재 500원이 비는데…. 뭔지는 기억이 안 나요…. 그리고 28번 손님은 잠시 자리 비우신다고 했거든요. 카운터에 있는 갈색 지갑 그분 거예요."

교대하러 온 아르바이트생에게 인수인계를 하고는 PC방을 나섰다. 드디어 퇴근이다! 건물 밖으로 나오자 얇게 입은 옷 사이로 제법 매서운 바람이 파고든다. 벌써 겨울이 오려는 건가. 몸을 잔뜩 움츠리며 집으로 향했다. 집에 들어가면 씻고 텔레비전 조금 보다 자야지. 지금 시간에 뭐 재밌는 거 하더라?

저벅저벅?

언제부터였을까, 내가 상념에 빠져 골목길을 지나갈 때는 이미 발자국 소리가 들려오고 있었다. 뒤를 돌아보았지만 아무도 없다. 기분 탓인가? 괜히 으스스한 기분에 발걸음을 빨리하는데 들고 있던 핸드폰에서 진동이 울렸다. 편의점 주인아주머니의 전화다.

"여보세요?"

〔흠흠. 누리야, 잘 지내?〕

"네, 전 잘 지내죠. 잘 지내시죠?"

〔그럼 잘 지내지…. 흠흠…. 아르바이트 자리는 구했고?〕

웬일로 전화를 다 하셨나 했더니, 그동안 아르바이트생을 못 구했나 보지? 아니, 구했지만 다들 '그것'들의 등쌀을 견디지 못하고 도망갔을 것이 뻔했다. 다시 내가 아쉬워져서 찾는 거겠지. 나는 여유롭게 대답했다.

"바로 구해서 일하고 있죠."

〔…아, 그러니?〕

잠시 정적이 흘렀다. 사모님은 내가 새 아르바이트를 구했을 거란 생각은 아예 하지 못한 듯했다. 사모님이 큼큼 헛기침을 하며 내게 조심스레 물었다.

〔저… 아르바이트 말이다. 우리 가게에서 다시 일하지 않을래?〕

예상대로였다. 웃음이 나올 것만 같아서 나는 핸드폰을 들지 않은 손으로 입꼬리를 살짝 눌렀다. 사실 지금 하고 있는 PC방보다는 편의점 아르바이트 쪽이 훨씬 낫다. 워낙에 귀신 나오는 편의점으로 유명한 탓에 밤에는 손님도 거의 없고, 일도 힘들지 않고…. 시급이 두 배나 높은 것도 있고 말이다. 나는 고민하는 척, 적당히 뜸을 들이고는 망설이는 듯한 목소리로 말했다.

"아… 새로 아르바이트를 시작한 지가 얼마 안 돼서요…. 일하는 곳이 편의점보다 시급이 좀 더 세기도 하고요…."

〔새로 시작했으니까 그만두기가 더 쉽겠네! 시급은 얼마인데? 아줌마가 맞춰줄게.〕

"15,000원이요."

'15,000원'이라는 말에 주인아주머니가 침을 꿀꺽 삼키는 소리가 수화기 너머로 들렸다. 에잇, 난 몰라. 너무 세게 불렀나? 그냥 12,000원만 부를 걸 그랬나.

17

"…뭐 사모님과는 그동안 정도 있고 하니까…. 12,000원 정도만 쳐주시면… 괜찮을 것 같기도 하고요."

〔그럴래? 그럼 그러자. 내일부터 바로 나와줄래?〕

휴, 다행이다. 협상 성공이야! 가슴을 쓸어내리며 '네, 그럴게요'라고 말하려는데, 누군가가 뒤에서 입을 틀어막았다. 그 충격에 손에 들고 있던 핸드폰이 미끄러져 땅으로 떨어졌다. …누구야? 뭐지, 지금 이 상황? 격렬히 몸부림쳐 저항해보았지만 그것도 잠시, 목에 닿는 서늘한 금속의 감촉에 몸이 굳었다.

"가만있어."

낮고 굵은 남자의 목소리가 내 몸을 휘감았다. 겁에 질려 간신히 고개만 끄덕이자 남자가 내 가방을 뒤져 지갑을 꺼냈다.

"공누리. 91년생…. 신분증은 내가 가지고 있을게. 경찰에 신고하면 어떻게 되는지 알지?"

내 신분증을 자기 주머니에 집어넣은 남자가 지갑과 가방을 땅바닥에 아무렇게나 내던지고는 손을 내 상의 안으로 불쑥 집어넣고 더듬기 시작했다. 마치 뱀이 기어 다니는 것만 같다. 소리를 지를까? 그러면 사람들이 나올까…? 무섭다. 너무나 두렵다. 누군가…. 누구라도 좋으니 아무라도 한 명 지나갔으면, 나를 발견해줬으면. 제발…. 구해줘! 그 순간이었다.

"야!"

내 몸을 마음대로 더듬던 뱀 같은 손길이 커다란 고함과 함께 사라졌다. 순식간에 벌어진 일이었다. 조금 전 PC방을 찾았던 금발 남자가 쏜살같이 달려와 내 몸을 더듬고 있던 남자를 밀쳐낸 것이다. 예상치 못한 충격에 무방비하게 땅에 처박힌 남자의 위로 금발머리의 남자가 올라타 주먹으로 남자를 내려치기 시작했다. 퍽, 퍼억 하는 둔탁한 소리가 들려왔고, 곧 남자의 얼굴은 알아볼 수도 없을 정도로 붉게 물들었다. 말도 안 돼. 주먹이 안 보일 정도로 빠른 몸짓이다. 저게 사람이야? 덜덜 떨리는 몸을 주체하지 못한 나는 그 자리에 그대로 털썩 주저앉고 말았다. 상황 판단이 되지 않았다. 방금 나…. 성폭행 당할 뻔한 건가? 몸을 웅크리고 있는 내 등 뒤로 인기척이 느껴졌다. 화들짝 놀라 돌아보니 지하철에서 아이를 구했던 남자가 자기 외투를 벗어 내 등에 둘러 주고 있었다.

"아…. 고, 고맙….'

여전히 몸은 덜덜 떨렸고 흔한 감사 인사조차 입 밖으로 나오지 못한 채 입안을 맴돌았다. 남자는 괜찮다는 듯 커다란 손을 내 머리 위로 얹고는 나를 해치려 했던 남자 주위의 '그것'들을 응시했다. 남자의 주위에 바글바글한 '그것'들을 본 나는 그제야 알아챌 수 있었다.

그 남자는 낮에 선글라스 일행이 다녀간 뒤에 찾아온 PC방 손님이었다. 검은색 낡은 운동화에 검은 바람막이, 푹 눌러쓴 검은 군모까지, 온통 검은색을 두른 수상한 차림새에, PC방을 이용해본 적도 없는 듯 비회원이 컴퓨터를 사용하는 데 필요한 카드도 받아가지 않아서 내가 28번 자리까지 가져다주어야 했다. 하지만 가장 수상했던 것은 남자의 뒤를 따라 들어온 십수 마리의 '그것'들이었다. 나는 지금까지 그렇게 많은 수의 영이 붙어 있는 사람을 본 적이 없었다. 게다가 색깔도 검은색에 가까운 회색빛이었다. 그 꺼림칙했던 손님이 나쁜 짓을 하려고 내 뒤를 밟았던 것이다.

금발 남자가 28번 손님의 위에서 내려오는 것이 보였다. 몸이 자유로워졌음에도 28번 손님은 몸을 가누지 못하고 바닥에 널브러져 있었다.

"이제 그만 가야지….'

옆에서 작지만 또렷한 목소리가 귓가를 파고들었다. 고개를 돌리니 키작은 남자가 손에 누런 종잇조각을 들고 '그것'들을 향해 한걸음씩 다가가는 모습이 보였다.

"죄 지은 사람은 응당한 대가를 치르게 할 터이니 아무 걱정 말고 훨훨 날아가시게나….'

어느덧 남자는 주위를 빙빙도는 '그것'들의 한가운데 있었다. 그 모습은 남자를 위협하는 모양새 같기도 하고, 억울하다는 듯 울부짖는 모양새 같기도 했다. 남자는 금방이라도 자신을 향해 달려들 것 같은 '그것'들을 향해 말했다. 달래는 것 같기도 했고, 엄하게 명령하는 것 같기도 했다.

"부디 극락왕생하소서…."

남자가 느릿한 몸짓으로 주머니에서 라이터를 꺼내 손에 든 종잇조각에 불을 붙였다. 동시에 '그것'들이 하나둘씩 연기처럼 사라지기 시작했고, 마침내는 '그것'들 중 색이 가장 진한 세 마리만이 남아 남자의 주위를 배회하며 위협했다.

"극락왕생은 개뿔!"

머리 위에서 분노에 찬 목소리가 들려왔다. 내 머리 위에 손을 얹고 있던 남자다. 그는 화가 난 목소리로 소리치며 달려가 등에 매고 있던 큰 칼을 '그것'들을 향해 휘둘렀다. 지난번 지하철에서 아이를 위협하던 '그것'을 베어버린 칼이다. 꽤 무거워 보이는 그것을 가볍게 휘두르자 '그것'의 허리가 잘리며 흔적도 없이 사라져버렸다.

"이런 건방진 것들은 소멸이 답이지."

하나를 처리한 그는 좌측에서 달려드는 '그것'을 향해 다시 칼을 휘둘렀고, '그것' 역시 연기가 되어 사라져버렸다. 너무 놀라 몸이 덜덜 떨려왔다.

"놀랐어? 미안해."

내 모습에 남자는 험상궂은 얼굴을 단숨에 지우고는 난처한 표정으로 내게 다가왔다. 그때 그의 뒤로 마지막 남은 '그것'이 달려드는 것이 보였다.

키에에엑—!

…! 내가 잘못 본 것이 아니라면 그것은 틀림없는 용이었다. 남자의 등 뒤를 커다란 검은 용이 막고 서서 '그것'의 목덜미를 물어뜯은 것이다. 경악으로 벌어진 입을 손바닥으로 가렸다. 눈 깜짝할 사이 '그것'을 해치워버린 용은 남자의 주변을 빙빙 돌다가 점점 줄어들어 남자의 어깨위에 살포시 앉았다. 칭찬해달라는 듯, 남자의 볼에 머리를 부비는 용의 등줄기를 손가락으로 슥슥 쓸어준 남자가 내 앞으로 다가와 손을 내밀었다.

"용…?"

"역시, 보이는구나."

남자의 어깨 위에 앉아 있는 용 역시 나를 보며 반갑다는 듯 고개를 내밀었다. 지난번에도 느꼈지만 정말로 이상한 사람들이다. '그것'들을 없애는 사람들이라니…이것은 꿈, 아니면 현실?

"수고 많으십니다. 요즘 뉴스에 나오는 연쇄 살인마 있잖아요. 예, 혼자사는 젊은 여자를 골라서 성폭행하고 죽인다는…. 제가 그 사람과 닮은 사람을 본 것 같거든요. 지금…. 네, 네. 키는 그만하고…. 여기 위치가…."

옆에서 들리는 통화 소리에 고개를 돌렸다. 선글라스가 경찰에 신고하는 듯했다. 한참 상황을 설명하던 남자가 고개를 들어 주소 표지판을 힐끔확인하고는 다시 말했다.

"태평로 2길이네요."

"…이게 도대체 어떻게…."

"내가 밤길 조심하라고 했잖아."

금발 남자가 나를 보며 자상한 목소리로 이야기했다.

"…어떻게 알았어요?"

내 질문에 금발 남자는 대답 대신 알 수 없는 말을 했다.

"나는 아주 오래전부터 너를 봐왔어."

"…."

"너는 웃기도 했고, 울기도 했지… 마지막에 너는 웃게 될까, 울게 될까?"

조금도 알아들을 수 없는 말이었다. 도대체 이들은 누굴까?

* * *

"감사합니다. 안전운전하세요."

기사가 건네는 거스름돈을 받아 들고 택시에서 내렸다. 목적지가 코앞이지만 선뜻 안으로 들어갈 용기가 나질 않았다. 들어갈까, 말까.

─ 우리가 뭐하는 사람들인지 안 궁금해?

그날 밤, 목격자이자 피해자의 신분으로 밤새 참고인 조사를 받고 나온 나에게 선글라스를 낀 남자가 명함을 내밀었다.

눈에 보이지 않는 모든 일들을 책임집니다.

영혼사무소 '귀鬼'의 영역 대표 천하제

─ 우리와 함께 일하자.

영혼사무소라니, 듣도 보도 못한 회사 이름이다. 어디서 '사자 냄새가 나는 것 같기도 하고⋯. 다단계인가? 괜히 들어갔다가 일 꼬이는 거 아냐? 그렇지만⋯ 사실 지하철에서도 그랬고 그날 골목길에서도 그랬고⋯. 그들이 보여준 능력이 보통은 아니었는데⋯. 사무실 앞에 서서 들어갈까 말까 한참을 망설이고 있는데 별안간 사무실 문이 벌컥 열렸다.

"언제까지 망설이고 있을 거야, 차 다 식겠다."

금발 남자였다. 나는 못 이기는 척 남자를 따라 안으로 들어가며 물었다.

"제가 올 거란 걸 알고 있었어요?"

그를 따라 들어온 응접실 테이블 위에는 기다리기라도 했다는 듯 내 몫의 녹차 한 잔이 놓여 있었다. 나는 마시기 좋게 적당히 식은 녹차를 한 모금 홀짝 마시고 내려놓으며 물었다.

"봤어."

제발 말 좀 길게 해주실래요? 알 수 없다는 내 표정에 금발 남자 대신 옆에 앉아 있던 남자가 대답했다. 내게 명함을 건넸던 남자다.

"요한이 형은 예지몽을 꾸거든."

"⋯예지몽이요?"

"응. 꿈에서 널 봤대."

"꿈에서요?"

"응. 요한이 형은 뱀파이어야. 형은 꿈을 통해서 과거와 미래 모두를 볼 수 있어."

"…."

"짱이지?"

그 말을 나더러 믿으란 건가? 뱀파이어에 예지몽이라니, 지금이 어떤 시
댄데…. 나를 향해 눈을 반짝이는 남자를 보며 애매하게 고개를 끄덕이고
는 애써 말을 돌렸다.

"네 멋지네요. 그건 그렇다 치고…."

"왜?"

"오늘은 선글라스 안 끼셨네요."

맨얼굴을 보는 것은 이번이 처음이었다.

"잘생겼지?"

남자가 나를 보며 씩 웃고는 윙크했다. 재수 없지만 정말로 잘생겨서 인
정하지 않을 수가 없었다. 질린다는 표정을 짓는 내 앞에 그가 근로계약서
를 내밀며 채근했다.

"자, 그럼 얼른 사인하고 나가자. 시간 없어."

"전 일한다고 말한 적 없는데요?"

"한번 읽어봐. 마음에 들 거야."

의심 가득한 눈으로 내 앞에 내밀어진 종이를 훑었다. 딱히 문제 될 것
은 없어 보이는 평범한 근로계약서였다. 한 가지만 빼고는…. 맨 아래에 써
있는 숫자에서 0의 개수를 헤아리던 나는 눈을 동그랗게 뜨고는 되물었다.

"500만 원이요?"

"응. 4대 보험도 보장해주지."

침을 꿀꺽 삼켰다. 주말을 포함해 지금 하고 있는 아르바이트 세 개를
모두 합쳐도 500만 원은 턱도 없다.

"뭐해? 사인하지 않고."

"아…!"

남자의 재촉에 나는 홀린 듯 펜을 들고 근로계약서에 이름을 쓰다 번쩍

23

정신을 차렸다.

"아니, 근데 제가 그쪽 뭘 믿고 계약을 해요? 이 월급 줄 능력은 있어요?"

"고용노동부 전화번호 가르쳐줘? 월급 못 받음 신고해라?"

그의 목소리는 조금의 망설임도 없었다. 자신만만한 목소리가 묘한 신뢰를 불러일으켰다. 나는 떨리는 마음으로 사인을 마무리했다. 사기면 당장 신고할 거야. 이제 나에게 '사장님'이 된 그 남자는 내가 사인한 근로계약서를 잘 접어 서랍 안에 넣고는 겉옷을 챙겨들었다. 저 서랍 기억해둬야지. 여차하면 찾아내서 찢어버릴 테다.

"그럼 이제 일하러 가볼까."

"자, 잠깐만요!"

"왜?"

"이 회사, 무슨 일을 하는 건데요?"

"가면서 설명해줄게. 시간 없어."

사장님이 부드럽게 핸들을 돌리며 말했다.

"사실 모든 인간은 자기중심적이어서 자기 눈에 보이는 것만 믿거든. 귀신이 눈에 보이는 사람은 귀신이 있다고 믿는 거고, 안 보이는 사람은 안 믿는 거고."

"…그렇죠?"

"그런 면에서 보자면 난 좀 특이한 케이스이기는 해. 귀신을 믿기는 해도 본 적은 없거든."

"그러시구나…헐! 뭐라고요?"

"왜?"

"귀신을 본 적 없다고요?"

"응. 나 귀신 못 보는데?"

너무나도 당당한 사장님의 말에 나는 할 말을 잃고 말았다. 귀신과 관련된 일을 한다는 사람이 귀신을 한 번도 못 봤다고?

"중요한 건 귀신이 있느냐, 없느냐가 아냐. 귀신 때문에 고통 받고 있는 사람들이 분명히 있다는 거지. 그것도 꽤 많이. 그리고 우리는 그들의 고통을 해결해주는 거의 유일한 업체야."

"…네."

"그 말인즉 수요는 많은데 그 고객들의 니즈를 해결해줄 공급은 한정적이다, 이거야."

"무슨 말인지 잘 모르겠는데요."

"너 경영학과 맞아?"

"제가 경영학과인 걸 어떻게 알았어요?"

"너 1학년 때 수요와 공급의 법칙 배웠지. 수요는 많은데 공급이 적으면 어떻게 돼?"

"…값이 상승한다?"

"그렇지. 이 시장에서는 우리가 부르는 게 값이야."

기분 탓일까. 사장님의 눈동자에 풀색 돈다발이 비친 것 같은 느낌은.

"다 왔다. 내려."

"여기가 어딘데요?"

차가 들어간 곳은 한 케이블 방송국이었다. 두 사람은 이곳이 익숙한 듯 망설임 없이 방송국 건물 안으로 향했다. 나는 둘을 놓칠세라 잰걸음으로 뒤를 따랐다.

"왜 이렇게 조용해. 아직 촬영 안 끝났나? 다운이한테 끝났다고 문자왔는데…."

'관계자 외 출입금지'라 적힌 문을 아무렇지 않게 열고 들어가던 사장님이 목소리를 살짝 낮췄다. 세트장 안이 마치 촬영 중인 것처럼 조용했기 때문이다.

"얼굴에 도화살이 만연하네요. 어렸을 때부터 남자가 끊이지 않았다…. 그죠?"

사람들이 무대 위에 모여 있었다. 조금 더 가까이 다가가자 사람들 가운데 있는 낯익은 남자가 보였다. 지난 번 골목길에서 부적을 들고 '그것'들을 없애버렸던 사람이다.

"어떻게 아셨어요? 어우, 다운 씨 완전 사기꾼은 아닌가 보다. 제가 남자가 진짜 잘 꼬이거든요. 관상이 그런가? 난 관심 없다고 그렇게 말해도 다들…."

남자의 맞은편에는 요즘 한창 비호감으로 이름을 알리고 있는 여자 연예인이 앉아 있었다. 서 있는 모든 사람들의 시선은 두 사람에게 집중된 상태였다. 촬영장 안은 숨소리도 들리지 않을 만큼 고요했다.

"아닌데? 그쪽이 남자라면 껌뻑 죽는데 뭐. 근데 좀 조심해야 해요. 광대를 보니까 바람기가 좀 있네. 이런 상이 말년에 백이면 백 다 이혼하더라고요. 남편 복이 좋지 못해서 결혼은 늦게 할수록 좋은데… 어이구야."

"네?"

"벌써 남자가 있네?"

조용한 세트장에 남자의 목소리가 퍼졌다. 작은 혼잣말이었지만 여기 있는 사람들 중 그의 말을 듣지 못한 이는 아무도 없는 게 분명했다. 그 중거로 단체로 사례라도 걸린 것처럼 헛기침을 해댔다.

"어, 사장님. 언제 오셨어요? 얼른 가요."

여자의 얼굴이 붉으락푸르락하게 변하는 것을 가만히 지켜보던 남자가 문가에 서 있던 우리를 발견하고는 반갑다는 듯 손을 흔들었다.

"먼저 가볼게요. 다음 스케줄이 있어서요. 수고하셨습니다."

남자가 예의 바르게 꾸벅 인사를 하고는 가벼운 발걸음으로 세트장을 나갔다. 남자의 뒤를 따라 세트장을 나가며 사장님이 고개를 절레절레 흔들었다.

"성격하고는…."

마지막으로 세트장을 나오며 문을 닫는 내 귓가에 "저 진짜 남자 없어요!!!" 하는 여자의 억울한 목소리가 울려 퍼졌다.

"다운이 너, 성격 좀 죽이라 그랬지. 이번엔 또 뭐가 불만이었는데."

"아 형, 그 여자가 나한테 얼마나 시비를 걸었는지 알아요? 무당이니, 신내림이니 그런 건 다 콘셉트 아니냐고, 나더러 사기꾼이라 그러잖아요. 방송 끝나고 다운 씨 진짜 무당이냐고, 무당이면 자기 관상 좀 봐 달라기에 이때다 하고 엿 먹인 거죠."

"그래도 적당히 해야지. 있지도 않은 남자라니, 너 진짜 그러다 선무당 소리 듣는다. 생사람 잡는다고."

"생사람 하나 잡는다고 손님 안 떨어져요. 그나저나 강준이 형은 오늘 또 '거기' 갔어요?"

"응, 내일 올라온대."

사장님이 대화를 마치고 나에게 소개했다.

"다운이는 신내림 받은 무당이고, 케이블 방송국 위주로 방송일도 하고 있어. 그리고 전철역에서 아기를 구한 강준이까지, 이렇게 우리 직원이지. 참, 요한 형은 정식 직원은 아니고, 사정상 함께 일하는 사람."

사장님의 설명을 들으며 나는 생각에 잠겼다. 요한이라는 사람은 뱀파이어에 예지몽을 꾸고, 조수석에 앉은 다운이라는 남자는 무당이라고? 강준이라는 사람은 그때 그 용을 다루던 남자를 말하는 건가? 조수석에 앉은 남자가 고개를 돌려 나와 눈을 마주치며 씩 웃었다.

"조다운이야. 잘 부탁해"

"아… 안녕하세요."

"원래는 엑소시스트를 주제로 한 프로그램에 잠깐 나간 건데, 보다시피 내가 좀 마스크가 되잖아. 여기저기서 러브콜이 들어오는 거지."

사장님 못지않게 자기 잘난 맛에 사는 남자군. 사장님이 운전하는 차는 어느새 한 대학교 정문으로 들어서고 있었다. 업무의 본격적인 시작이었다.

신입 공누리 사원의 나날

"여름방학 때부터 기숙사에 들어가서 살기 시작했는데, 입주 첫날부터 두 달째 밤마다 가위에 눌려요…. 몸을 움직일 수가 없어서 눈을 떠보면 웬 남자가… 제 배를 밟고…."

"가위야 피곤하면 눌릴 수 있는 거 아니에요? 가위라는 게 정신은 깼는데 몸은 잠에서 덜 깨서 그런 거래요."

내 말에 다운 씨가 내 팔을 툭 치며 눈치를 줬다. 왜요. 내가 뭐 틀린 말했나? 뼈만 앙상한 의뢰인의 손가락 끝이 유리컵을 매만졌다. 딱 봐도 몸이 허해서 가위 눌리는 것 같은데.

"다른 데서 자면 아무 문제가 없거든요. 그런데 기숙사 방에서만…. 집은 지방이고 대학 때문에 올라온 거라 여기에는 친구도 몇 명 없는데 매번 친구 집에 신세 지기도 좀 그렇고…."

"흠, 지박령인가 본데…."

다운 씨가 중얼거렸다.

"지박령이요?"

"특정한 장소에만 머무는 영을 말해요. 물귀신이 가장 대표적인 예죠."

"아…."

"일단 저희가 문제의 장소에 한번 들어가서 확인해봐야겠네요. 지금 의뢰인 주변에는 특별한 영은 안 보이거든요."

사장님의 모습은 마치 병을 진단하는 의사 같았다. 사장님은 귀신을 못 본다고 하지 않았나? 물론 그 사실을 알 리 없는 의뢰인은 이미 사장님의 유려한 말발에 홀딱 넘어가 100퍼센트 신뢰하는 듯했다. 고개를 끄덕인 의뢰인이 조심스럽게 물어왔다.

"그런데 금액은…."

"아, 그 부분은 저희가 직접 확인한 뒤에 견적을 내거든요. 보통은 300에서 500 선입니다."

사장님이 상냥하게 웃어 보였다.

기숙사로 향하는 길 주변 건물들을 훑어보던 나는 한 가지 사실을 깨달았다.

"학교가 참 좋네요."

대부분의 건물들이 건축된 지 얼마 안 된 새 건물이거나 리모델링 공사 중이었다.

"네? 아, 학교 재단을 새날교에서 인수한 뒤로 건물을 다 리모델링했어요. 새로 지은 건물도 많고요."

"…새날교?"

"요즘 새롭게 뜨는 종교야. 교단에 돈이 그렇게 많다나."

"사이비예요?"

내가 말하기가 무섭게 사장님이 내 팔을 쿡 찔렀다. 이 사람들은 내가 뭔 말만 하면 찔러!

"사이비인지 아닌지는 잘 몰라요. 저는 종교에는 관심이 없어서…. 학교는 종교 수업 있는 것 빼고는 일반 대학이랑 똑같아요. 오히려 더 좋은 편이죠. 등록금도 다른 데보다 싸고 장학 혜택도 많거든요."

"자, 그러면 올라가서 확인해볼까요?"

기숙사 방으로 올라가보자는 말에 의뢰인이 겁에 질린 얼굴을 하자, 사장님이 자상하게 웃으며 말했다.

"걱정 마세요. 저희는 전문가니까요."

의뢰인이 내키지 않는다는 얼굴로 고개를 끄덕이고는 기숙사 안으로 걸음을 옮겼다. 그러나 방에 도착하기도 전에 난관에 빠지고 말았다.

"글쎄, 남자는 무조건 안 돼!"

기숙사를 지키는 경비아저씨가 우리를 막고 나선 것이다.

"우리가 이 애 오빠라니까요! 동생이 어떻게 사는지 본다는 거잖아요!"

"안 된다니까! 남자는 무조건 안 돼! 오빠가 아니라 아빠도 안 돼. 예외 없어!"

경비아저씨의 엄한 표정에 우리는 견적을 내기는커녕 방 구경도 못한 채로 물러설 수밖에 없었다. 난감해하던 사장님이 어느새 표정을 지우고 내게 말했다.

"어쩔 수 없지. 네가 가서 보고 와."

"예? 저 혼자요?"

저기, 사장님. 잊으신 것 같은데 저 오늘 입사 첫날이거든요. 제가 적응력이 좋기는 한데, 첫날부터 단독 업무를 할 만큼 우수한 인재는 아니거든요?

"그럼 어떡해, 남자는 못 들어간다는데. 우리 중 여자는 너뿐이니까 네가 들어가서 보고 와."

사장님 의뢰인 몰래 내게 눈치를 줬다. 별 수 없어진 나는 고개를 끄덕였다. 보고 오는 것쯤이야 어려운 일 아니니 괜찮겠지.

"영이 어디에 있는지, 무슨 행동을 하는지, 느껴지는 기운은 어떤지. 그런 거 다 보고 와. 우리한테 상세하게 설명해줄 수 있어야 해."

"네…, 다녀올게요."

"조금 전 그 카페에서 기다릴게."

의뢰인과 함께 방으로 올라가는 동안 엘리베이터 안은 정적이 흘렀다.

"기숙사가 참 좋네요. 15층까지 있고."

어색한 분위기를 견디다 못한 내가 먼저 말을 건넸지만 의뢰인은 대답을 하지 않았다. 민망해진 나는 엘리베이터가 참 좋다느니, 술 취하면 엘리베이터가 방인 줄 알겠다느니 하고 몇 마디를 더 내뱉었지만 어떤 말에도 의뢰인은 반응이 없었다.

"여기예요."

자신의 기숙사 방 앞에 선 의뢰인이 겁이 나는지 모기만 한 목소리로 말했다. 내가 고개를 끄덕이자 의뢰인이 심호흡을 하고는 자신의 기숙사 방문을 열었다.

"…"

괴물이라도 튀어나오지 않을까 했던 내 짐작과 달리, 의뢰인의 방은 보통 여대생의 방과 다름없이 평범했다. 정갈하게 개어둔 이부자리와 말끔하게 정리한 책상은 의뢰인의 성격을 짐작하게 했다.

신발을 벗고 들어간 나는 잠시 어색하게 방 안을 서성였다. 책장에는 《경영학원론》을 비롯한 각종 경영학 교재가 꽂혀 있었다. 의뢰인도 경영학도구나. 고생길이 훤하구먼. 나는 측은함에 속으로 혀를 몇 번 차고는 시선을 돌렸다. 그때였다.

"…!"

침대 밑에서 진한 회색빛을 띤 '그것'이 기어 나와 의뢰인의 등에 훌쩍 업혔다. 굳은 내 표정을 본 의뢰인이 겁에 질린 얼굴로 물었다.

"…있나요?"

내 대답을 기다리는 의뢰인에게 나는 아무 말도 할 수 없었다. '그렇다'고 대답하면 의뢰인은 금방이라도 정신을 잃을 것만 같았다.

"…이만 내려가죠."

"네, 네!"

등에 업힌 '그것'은 연신 의뢰인의 목을 조르는 듯한 행동을 하고 있었다. 의뢰인이 서둘러 현관문을 열고 나가자 '그것'은 천천히 의뢰인의 등에서 내려왔다. 우리는 누가 먼저랄 것도 없이 빠른 걸음으로 엘리베이터로 돌아왔다. 현관문의 자동잠금장치 돌아가는 소리가 복도를 울렸다. 나는 슬쩍 뒤를 돌아보았다. 우리가 그 층을 벗어날 때까지, '그것'은 오래도록 우리를 바라보고 있었다. 마치 우리를 배웅하듯이….

카페로 가는 길에 의뢰인과 나 사이에는 처음 기숙사 방으로 올라갈 때와 같은 어색한 침묵이 흘렀다. 조금 전과 달라진 점이 있다면 올라갈 때는 어떻게든 분위기를 풀어보려 의뢰인에게 이것저것 말을 걸던 내가, 이번에는 함께 침묵을 지켰다는 것이다.

"누리 씨, 레모네이드 괜찮지? 소연 씨는요?"

우리가 카페로 들어가자 다운 씨가 자연스럽게 의뢰인을 데리고 카운터로 갔다. 우리가 편히 대화를 나눌 수 있도록 배려해주는 것 같았다. 의뢰인이 카운터 앞으로 간 것을 확인한 사장님이 말했다.

"어때?"

"처음에는 아무것도 없었는데, 의뢰인이 들어오니까… 침대 밑에서 기어나와서…."

"응."

"기다렸다는 듯이 의뢰인 등에 업히더라고요."

"그거 말고는?"

"그냥 계속 업혀 있다가, 문을 나서니까 다시 내려오던데요."

"따라 나오지는 않았고?"

"배웅하듯이 쳐다만 보고 있더라고요."

"기운은 어때?"

"…평범한 영들보다는 좀 나쁜 기운이었어요."

"…흠. 지박령이 맞나 본데."

"내 생각도 그래."

사장님과 요한 씨가 마주보고 말했다. 복잡한 얼굴이었다.

"문제 있나요?"

"사실 지박령은 우리 입장에서는 까다로운 상대야. 그 장소에 한이 있는 경우가 많아서 성불시키기가 어렵거든."

"해결할 수 없다는 말씀이신가요?"

"그건 아냐."

"그러면요?"

앞에 놓인 커피를 한 모금 마신 사장님이 말했다.

"이승에 있는 영을 없애는 데는 두 가지 방법이 있어. 하나는 성불시키는 거야. 영을 달래서 스스로 이승을 떠나게 하는 거지."

"그럼 다른 한 가지 방법은요?"

"소멸이지. 영혼 자체를 지워버리는 거야."

사람을 괴롭히는 나쁜 영이니 성불이 안 된다면 소멸시키는 게 정답인 듯한데 그들은 꽤 심각하게 생각하는 문제인 것 같았다.

"요한이 형이나 다운이는 우리한테 영혼을 소멸시킬 권리가 없네, 살해나 다름없네 하면서 어떤 영이든 성불시키려고 하거든."

"그럼 사장님은요?"

내 질문에 사장님이 요한 씨를 힐끔 보고는 다시 말을 이어나갔다.

"우리가 상대하는 고객은 영혼이 아니라 사람이지."

"그게 무슨 말인지…."

"우리한테 돈 주는 건 영혼이 아니라 사람이잖아?"

요한 씨가 동의하지 않는다는 듯 인상을 살짝 찌푸렸다.

"나라면 소멸이든 성불이든 편한 방법으로 얼른 의뢰를 끝내겠지만, 알다시피 나는… 그래서 그런 편이지."

사장님이 갑작스레 말끝을 흐렸다. 다운 씨가 의뢰인과 함께 돌아온 것이다.

"견적 나왔어요, 사장님?"

내 앞에 차가운 레모네이드가 놓이고 의뢰인이 자리에 앉자 사장님이 헛기침을 두어 번 하더니 입을 열었다.

"확인해보니 지박령 맞고요. 지박령은 기본가에서 추가금액이 붙기는 하는데 고객님이 아직 학생이고 하니까 저희가 절반만 받을게요. 300만 원입니다. 일시불로 하시면 50만 원 빼드리고요."

"그, 그렇게나 비싸요?"

"지박령은 좀 까다롭거든요. 지박령이 웃기는 게 뭐냐면 자기 땅에서 나가라고 텃세 부리는 거예요, 지금. 고객님이 그 장소만 벗어나면 해코지는 안 해요. 그러니까 고객님이 판단하시기에 이사 가는 게 더 저렴하게 먹히겠다 싶으시면 이사 가시는 거고요. 아니면 300만 원 내고 해결한 뒤 거기서 계속 사시는 거고요."

"…."

"학기 중에 방 구하기 쉽지 않을 텐데… 자취는 위험하기도 하고…."

사장님의 시선은 나를 향해 있었다. 그러나 분명 의뢰인 들으라고 하는 소리가 분명했다. 의뢰인이 한숨을 쉬고는 작게 고개를 끄덕였다.

"잘 부탁드려요."

"현명한 판단이시네요. 최선을 다하겠습니다, 고객님."

사장님이 환하게 웃었다. '자본주의 미소'였다.

* * *

웃음이 터져 나올 것만 같아 입술을 잘근잘근 깨물었다.

"너 진짜 한 번만 더 웃으면 나 화낸다."

"너무 잘 어울려서…. 풉."

화장이 익숙한 듯 엘리베이터 안에서 벽 거울을 보며 눈가에 번진 아이라이너를 손가락으로 닦아내는 다운 씨의 모습은 여대생 그 자체였다. 핑크색 높은 하이힐과 딱 달라붙는 하얀색 스키니. 박스 티셔츠에 여대생들이 애용하는 커다란 숄더백과 허리까지 내려오는 까만색 가발, 그리고 진한 화장까지. 기숙사 경비아저씨의 눈을 속이기 위한 다운 씨의 노력은 실로 눈물겨웠다고 말할 수 있겠다.

"여기에요."

1305호 문 앞에 선 다운 씨가 바지 주머니에서 종이 두 장을 꺼내 그중 한 장을 내밀었다. 누런 종이 위에 빨간색으로 글씨가 쓰인 부적이었다.

"들고 있어. 혹시 모르니까."

"어떻게 쓰는 거예요?"

"집어던져. 간단한 잡귀 정도는 그거 한 장이면 제압할 수 있어."

나는 머뭇머뭇 부적을 받아들었다. 그제야 슬슬 긴장되기 시작했다. 이거, 꽤… 위험한 일인지도 모르겠는데? 조심스럽게 부적을 받아 손에 쥔 나는 문을 똑똑 두드렸다. 우리가 오기만을 기다렸는지, 노크하기가 무섭게 의뢰인이 현관문을 열고 우리를 맞이했다. 긴장한 얼굴의 의뢰인 뒤에는….

"…없어?"

의뢰인에 등에 '그것'이 없었다.

* * *

[지박령이라며?]

"나도 그런 줄만 알았죠. 직접 본 게 아니었으니까요."

다운 씨가 리무버액 통을 위아래로 흔들며 말했다. 곧 뚜껑을 열고 미리 반으로 잘라놓은 화장솜 두 장에 리무버 액을 충분히 묻혀 눈두덩에 가져다댔다. 한두 번 해본 솜씨가 아니었다.

[그러고 보니까… 저번에 누리 씨가 말했었지. 귀신이 의뢰인과 자기를 배웅하는 것 같았다고.]

"네…. 그랬죠. 엘리베이터 문이 닫히는 순간까지 우리를 쳐다보고 있었으니까요."

스피커폰으로 들리는 사장님의 목소리에 내가 고개를 끄덕이며 대답했다.

"지박령이라면 문이 닫히는 순간, 거기서 못 나오는 게 정상이에요. 그런데 나와서 엘리베이터 타는 모습까지 지켜봤다면."

[지박령이 아니었군.]

사장님의 무거운 목소리가 방 안에 울렸다.

[어쩔 수 없지. 날 밝는 대로 주변 조사부터 시작하자.]

"그럴 거 없어요. 아까 1305호 들어가다가 1304호 사는 여자와 눈 마주쳤거든요."

[1304호?]

"네, 문 열고 나오다가 눈 마주치니까 화들짝 놀라서 다시 들어가는 거 있죠. 그 사람 뭔가 알고 있는 눈치던데. 정보 좀 얻을 수 있을 것 같아요."

[알았어. 내일 다시 이야기해.]

전화가 끊겼다. 어느새 클렌징티슈로 화장을 닦아낸 다운 씨가 나를 힐끗 보며 말했다.

"화장 지우는 남자 처음 봐?"

* * *

다음 날, 우리는 다시 의뢰인의 학교에 왔다. 어제는 동행하지 않았던 강준 씨도 함께였다. 애완용 새처럼 어깨에 얌전히 앉아 있는 용은 덤이었다. 식당으로 이동해 오늘의 목표인 1304호 여자가 친구들과 밥먹는 테이블에서 조금 떨어져 자리 잡았다.

"딱 3초, 3초 만에 모든 승부가 갈려요. 강준 형."

다운 씨가 침을 튀겨가며 열변을 토했다. 일장연설에 강준 씨가 귀찮다는 듯 숟가락으로 국을 휘휘 저었다.

"나도 다 알아, 인마."

"형이 뭘 알아요. 모태솔로이면서."

"…자꾸 까불면 혼난다."

"잘 들어요. 어디 가서 못 듣는 명강의니까."

"…해봐."

"마음에 든다 싶으면 앞뒤 판단할 것 없이 3초 안에 딱 대시해야 해요. 망설이면 그걸 또 여자들이 귀신같이 알거든. 아, 애가 지금 망설이는구나 하고!"

"…"

"여자를 봤다. 1초, 마음에 든다. 2초, 바로 다가간다. 3초, 딱 말을 거는 거죠. 저기요. 마음에 들어서 그러는데, 차 한잔하실래요?"

강준 씨가 식판에 남은 밥 알갱이들을 모아 숟가락에 담고는 한 술 크게 입안으로 가져다 넣는다.

"그렇게 여자를 잘 알면 직접 하는 게 어때요?"

다분히 빈정거리는 어조의 내 말투에 다운 씨가 "그럴 수 있음 오죽 좋 겠냐"며 선글라스를 고쳐 썼다. 사장님이 다운 씨에게 잠깐 빌려준 선글라 스였다.

"난 얼굴이 너무 팔려서 곤란하다 이거지."

웩, 스타 무당이라 이거야? 재수 없어. 나는 숟가락을 내려놓고 후식으 로 받은 요구르트를 집어들었다.

마침내 1304호 여자가 자리에서 일어났다. 그 모습을 보고는 다운 씨가 강준 씨의 등을 떠밀었다.

"지금이에요, 형. 출동!"

강준 씨가 자리에서 일어나 쭈뼛쭈뼛 여자를 향해 걸어갔다. 걸음새가 영…. 조금 전 다운 씨의 코치에 귀찮다는 듯 "나도 다 알아" 하고 말하던 사람치고는 너무 자신감 없는 태도였다.

"저기요."

"풋."

내 웃음소리에 다운 씨가 내 팔꿈치를 꼬집었다. 국어책을 읽는 듯한 강 준 씨의 말투에 웃음이 절로 나왔다. 생긴 것만 봐서는 여자 여럿 울렸을 것 같은데… 의외로 숙맥이구나.

"…네?"

강준 씨가 여자에게 다가가자 주변의 친구들이 술렁이기 시작했다. "잘생겼다" "대박!" 하는 소리가 들려왔다.

"그, 그쪽이… 마, 마, 마음에 들어서 그러는데…. 혹시 시간 있어요?"

덜덜 떠는 목소리가 여기까지 들려왔다. 다운 씨가 옆에서 한숨을 쉬며 "작전 실패야. 내가 나갔어야 해" 하고 중얼거렸다.

"저랑 차 한잔…."

절망적인 우리의 마음과 다르게 돌아갔다. 여자와 그녀의 친구들에게는 강준씨의 숫기 없는 모습이 오히려 더 매력을 어필하는 듯했다. 대시를 받은 1304호 여자보다 주변에 있던 친구들이 더 꺅꺅거리며 호들갑을 떨었다. 여자는 친구들에게 조용히 하라는 듯 눈을 살짝 흘기다 새침하게 고개를 끄덕였다. 그와 동시에 강준 씨가 몸을 홱 돌려 먼저 식당 밖으로 걸어 나갔다. 강준 씨의 귀가 붉게 물들어 있는 게 보였다.

강준 씨와 여자가 학교 정문 앞 카페로 들어간 것을 멀찍이서 확인한 나와 다운 씨는 시간을 두고 카페 안으로 따라 들어갔다. 강준 씨와 여자가 카운터에서 차를 주문하는 사이 우리는 먼저 자리 잡고 있던 사장님, 요한 씨와 합류했다.

"강준이 잘했어?"

사장님의 질문에 다운 씨가 "어휴, 말도 마요" 하며 고개를 절레절레 젓고는 테이블에 푹 엎드렸다.

"아메리카노 두 잔 주세요. 아니, 아메리카노… 좋아…하시나요?"

"풋."

"…왜 웃어요."

"그쪽이 참 귀여워서요."

여자는 이미 강준 씨에게 완전히 반한 얼굴이었다. 상황을 파악한 사장님이 하하, 하고 작게 웃었다.

"우리 회사 사원들이 좀 번듯하게 생기긴 했어. 물론 그중 제일은 나고."

"…."

물론 강준 씨와 다운 씨, 회사 직원이 아니라고는 하지만 요한 씨, 그리고 사장님까지, 네 사람 모두 생긴 것만 놓고 보면 어디서 빠지는 얼굴은 아니었다. 하지만….

"이참에 영혼사무소 때려치우고 연예기획사나 하나 차려?"

재수 없어.

우리가 수다를 떠는 사이, 여자와 강준 씨는 커피만 마시며 어색한 침묵을 만들었다.

아… 그… 저… 하며 입술만 달싹일 뿐 할 말을 고르지 못하는 강준 씨를 보며 다운 씨가 고개를 절레절레 젓더니 스마트폰을 꺼내 강준씨에게 메시지를 보냈다.

잠을 잘 못 주무시는 것 같네요. 무슨 일 있어요?

"초면에 무슨 그런 말을 해요. 너무 빠른 거 아니에요?"

"저 여자 강준이 형한테 완전히 반해서 괜찮아. 강준이 형이 계좌 비밀번호 물어봐도 가르쳐줄 기세야."

"그렇긴 하지만…."

"헛, 문자 본다!"

"잠을 잘 못 주무시는 것 같네요."

테이블 아래로 핸드폰을 꺼내 다운 씨가 보낸 문자를 확인한 강준 씨가 여자를 보며 말했다. 강준 씨의 말에 여자가 당황한 기색으로 커피를 한 모금 마시고는 내려놓았다. 역시, 너무 뜬금없다니까!

"아마 이해 못하실 거예요."

"…."

"초면에 드릴 말씀은 아니지만… 옆방이, 귀신 나온다고 소문이 자자한 방이거든요."

"내가 그랬지? 저 여자 강준이 형이 계좌 비밀번호 물어도 답해줄거라고."

"귀신이 나왔다고…. 옆방에서 새벽마다 얼마나 소란을 피우는지, 그 방에 사는 당사자도 당사자지만 옆방에 있는 저까지 밤이 무서울 지경이에요."

1305호, 그 사건 때문인가 보네요.

다운 씨가 손을 빠르게 놀려 다시 강준 씨에게 메시지를 전송했다.

"그 사건이요?"

"나도 몰라. 일단 한번 던져보는 거야."

메시지를 확인한 강준 씨가 더듬더듬 말하기 시작했다.

"1305호…. 그 사건…."

"…그걸 어떻게 알고 계시죠? …하긴, 모두가 쉬쉬하고 있어서 신입생들은 대부분 모르지만, 애초에 1년 만에 묻혀버릴 사건은 아니었죠."

"좋았어!"

다운 씨가 작게 환호했다.

여자의 입으로 들은 '그 사건'은 충격적이었다. 작년 여름, 여대생 기숙사의 허술한 경비를 뚫고 몰래 침입한 남자가 당시 1305호에 살던 여대생을 성폭행한 뒤 도주한 것이다. 사건 이후 경찰이 범인을 찾기 위해 수사를 벌였지만 범인은 끝내 잡지 못했다고 한다. 건물 안 CCTV는 구색 맞추기용이었을 뿐, 단 한 대도 제대로 작동하지 않아 용의자의 몽타주조차 그릴수 없는 상황이었던 것이다. 결국 가해자 없이 피해자만 남은 상황에서, 주변의 수군거림과 성폭행을 당했다는 수치스러움을 견딜 수 없었던 피해자는 방에서 목을 매고 자살했다고 했다.

"…그 뒤로 새날교가 학교 재단을 인수해 학교 이름 바꾸고 건물들을 대대적으로 리모델링하면서 기숙사 경비를 이중 삼중으로 엄하게 세웠죠."

"그럼 귀신은 언제부터 나타나기 시작한 건가요?"

여자 앞에서 말 한마디 제대로 못하던 강준 씨의 모습은 간 데 없었다.

용의자를 심문이라도 하듯 캐묻는 모습에 여자가 움찔한 것도 잠시, 순순히 대답했다.

"1305호에 살던 여자가 자살하고 얼마 지나지 않아서 범인을 잡았다고는 하는데, 이미 죽어 있었대요. 남자도 자살했다고 하더라고요."

"그랬군요."

"소문에는 그 남자가 귀신이 되어서 1305호에 머물면서 거기 사는 여대생들을 괴롭힌대요. 침대에 누워서 자고 있으면 배 위에 서서 쳐다보고 있다나? 목을 매달고 죽어서 혀가 가슴까지 길게 나와 있대요."

"학교에서는 별다른 조치를 취하지 않나요?"

"저희 학교 종교학교예요. 귀신을 믿을 리 없죠."

둘 사이에 어색한 침묵이 흘렀다. 다시 여자 앞의 숙맥으로 돌아온 강준 씨가 말을 더듬었다.

"저…."

"제가 처음 보는 분께 실례되는 말을 했네요. 이만 가볼게요."

여자가 자리에서 일어나 도도하지만 느긋한 걸음으로 카페 밖으로 걸어나갔다. 마치 강준 씨가 붙잡아 주기를 바라는 것 같았다. 당연히도 강준 씨는 카페에서 나가는 여자를 붙잡지 않았다. '이게 아닌데' 하는 표정을 지은 여자가 카페에서 나가 완전히 멀어지자, 앉은 자리에 붙박이처럼 가만히 있던 강준 씨가 머쓱한 듯 콧잔등을 한 번 긁적이고는 우리를 향해 물었다.

"나 잘했어?"

강준 씨가 우리 테이블에 합류했다. 모두들 할 말이 많지만 참는다는 얼굴로 강준 씨를 바라보았다.

"그 강간범의 영혼이 성불하지 못하고 남아서 애꿎은 의뢰인을 괴롭히고 있는 것 같지?"

"지금으로서는 그게 제일 유력한 가설이죠."

사장님의 말에 다운 씨가 고개를 끄덕였다.

"살아서 죄를 지었고 죽어서도 죄를 짓고 있으니 만약 성불한다 해도 좋은 곳에 다시 태어나긴 힘들 거야."

"성불? 개소리. 그런 악행을 저지른 영을 성불시키겠다고?"

"강준아."

요한 씨가 냉소적인 태도의 강준 씨에게 사뭇 엄하게 주의를 줬다.

"성불시켜야 해."

"…"

강준 씨가 인상을 찡그리며 아무 말도 하고 싶지 않다는 듯 입을 꾹 다물었다. 순식간에 분위기가 냉랭해졌다. 하지만 사장님은 이런 일이 한두 번이 아니라는 듯 신경 쓰지 않고 대화를 이어나갔다.

"지금 있을 만한 곳은 둘 중 하나네. 자기가 죽은 곳, 아니면 1305호. 이제 두 팀으로 나누자. 기숙사에 들어갈 수 있는 다운이와 누리 씨가 기숙사로 가고, 요한이 형하고 강준이는 강간범의 집으로 가는 걸로."

* * *

다운 씨와 나는 곧장 의뢰인의 기숙사 방으로 올라왔다. 하지만 당장이라도 찾을 수 있을 줄 알았던 강간범의 영은 반나절이 넘도록 기숙사에도, 그의 집에도 나타나지 않았다. 잔뜩 긴장한 채로 강간범의 영이 나타나기만을 기다리던 나는 시간이 지날수록 지쳐갔다.

"그 부적 붙이면 효과 있어요?"

의뢰인의 침대에 누워 이리저리 뒤척이던 나는 조금 전부터 혼자 분주한 다운 씨에게 말을 걸었다. 다운 씨는 바닥 한곳에 부적을 붙이는 중이었다.

"귀신의 눈을 속이는 거야. 여기 부적들 가운데 있으면 귀신이 나를 못 보고 지나치지. 일종의 결계 같은 거야."

다운 씨가 바닥에 부적 붙이기를 마무리한 듯, 일정 간격으로 붙어 있는 부적들 사이에 자리를 잡고 앉았다.

"그런데. 그쪽 나한테 되게 자연스럽게 말 놓았네요. 다운 씨는 몇 살이에요? 다른 사람들은 몰라도 그쪽은 나랑 나이 차이 별로 안 나 보이는데…?"

다운 씨가 살짝 움찔한 것 같아 보였다면 그것은 착각일까.

"스물…."

"스물…?"

"…네 살."

"와, 나랑 동갑이네요?"

"…응. 뭐, 너도 말 놓든지."

"그럴까? 다운 씨라고 불러? 아니면 다운아?"

"편할 대로."

"그래."

내 대답을 끝으로 다시 정적이 흘렀다. 이런 어색한 분위기는 싫은데. 무슨 이야기를 하는 게 좋을까, 짧게 고민을 마친 나는 별 생각 없이 물었다.

"…그러고 보니, 강준 씨는 왜 그렇게 영혼 성불시키는 걸 싫어하는 거래?

"그건 강준이 형 개인사라서. 나중에 친해지면 직접 물어봐."

"뭐 어때. 앞으로 같이 일할 사인데…."

그때 나는 하던 말을 끝맺지 못하고 그대로 굳었다. 침대 밑에서 기어나오는 기운이 생생하게 느껴졌다. 익숙한 감각이 등줄기를 타고 올라왔다. 그토록 기다리던 '그것'이 드디어 찾아온 것이다. 침대 밖으로 완전히 빠져나온 '그것'은 서서히 허리를 펴고 일어나 침대 가까이에 서서 침대를, 정확히는 침대에 누워 있는 나를 내려다보았다. 나는 '그것'의 시선은 전혀 느끼지 못하는 것처럼 굴었다. 잠시 나를 내려다보던 '그것'이 이윽고 침대 위로 올라오기 시작했다.

"형, 네, 여기 왔어요. 아뇨, 어차피 형들은 기숙사 안으로 들어오지도 못하잖아요. 저와 누리가 알아서 끝내고 내려갈게요. 네, 이따 봬요."

통화를 간단히 마친 다운이 핸드폰을 바닥에 내려놓고 부적과 무령을 집어들고 일어섰다. 처음으로 '그것'과 마주한 다운이 불현듯 바보 같은 소리를 냈다.

"어…?"

"뭐해?"

'그것'이 내 배를 밟고 서는 것이 느껴졌다. 고통스러운 감각은 아니지만 불쾌했다. 나는 조금 짜증 섞인 목소리로 다운을 불렀다. 설마, 이 영이 나에게 해코지하는 걸 두고 보려는 건 아니겠지? 내 말에도 멍해 있던 다운이 믿을 수 없다는 듯한 목소리로 도리어 내게 물었다.

"강간범이 여자였나?"

"무슨 소리야?"

"저 악귀, 여자잖아."

"무슨 소리하는 거야. 의뢰인이 그랬잖아. 가위 눌릴 때마다 눈 떠보면 웬 남자가 자기를 누르고 있다고."

"네가 직접 보면 알잖아. 저 영, 뒤집어쓰고 있는 영혼은 남자라 해도 그 속은 틀림없는 여자야."

"…넌 그게 보여?"

피눈물 흘리는 여자 귀신이나, 총각귀신, 그런 건 다 텔레비전이 꾸며낸 것 아니었나? '그것'에게도 성별이 있단 말이야? 당황한 것은 나뿐만이 아니었다. 다운이 당황한 목소리로 더듬거렸다.

"너, 너… 설마, 못 봐?"

"…"

나는 말 없이 고개를 끄덕였다.

"너, 나중에 다시 이야기해."

다운이 부적으로 만든 결계에서 발을 빼며 입을 열었다. 다운이 결계에서 나오기가 무섭게 그의 기척을 느낀 '그것'이 다운이 있는 방향으로 고개를 획 돌렸다.

"아까 인터넷에 검색을 좀 해봤는데 말이야. 1305호에서 범죄를 저지른 강간범, 초범이 아니었어. 전과 5범의 상습범이었지. 그리고 1305호 사건 후에도 한 명의 여자를 더 성폭행했지. 이상하다고 생각했어. 그렇게 많은 범죄를 저질렀으니 죄책감을 느낀 것도 아닐 텐데, 왜 갑자기 자살한 걸까? 그리고 왜 하필 1305호에 나타나는 걸까."

다운의 매서운 눈은 '그것'을 향해 있었다. 기싸움이라도 하듯 다운은 눈 한번 깜빡이지 않았다.

"너, 그 여자구나. 남자에게 성폭행당하고 자살했다던, 1305호 여대생."

다운의 말에 '그것'이 동요한 듯 위협적으로 다운의 근처를 빙빙 돌았다.

"지금 네가 뒤집어쓰고 있는 영혼은 너에게 나쁜 짓을 한 그 남자겠지."

'그것'은 이제 나는 안중에도 없어 보였다. 나는 다운의 앞에 서서 온몸 가득 적개심을 표출하는 '그것'을 보며 조심스럽게 침대에서 일어났다. 아주 잠깐 나를 살핀 다운이 '그것'에게서 시선을 떼지 않은 채 나직이 말했다.

"내가 들어가 있던 결계 안으로 들어가. 부적이 널 숨겨줄 거야."

상황이 상당히 위험하다고 내 본능이 경고하고 있었다. 다운이 혼자 대응하기에는 벅찬 상대임이 분명했다. 하지만… 나는 그를 도와줄 힘이 없다. 내가 괜히 알짱거리면 방해만 될 뿐이다. 나는 '그것'의 주의를 끌지 않으려 노력하며 조심스럽게 결계 안으로 걸어 들어갔다.

"이리 나와. '진짜' 네 모습을 보여줘."

내가 결계 안으로 완전히 들어간 것을 확인한 다운이 '그것'을 향해 가지고 있던 부적 중 하나를 던졌다. 얇은 부적은 생각 외로 힘 있게 날아가 그것의 앞에 부딪쳤다.

키에에엑ㅡ.

칠판을 긁는 듯한 불쾌한 소리가 들렸다. '그것'에 닿은 부적이 가장자리부터 파란 불꽃을 내며 타들어가기 시작했다. 부적이 흔적도 없이 사라지자 '그것'이 천천히 두 갈래로 나누어지기 시작했다. 정확히 말하자면, '그것'의 안에서 다른 '그것'이 빠져나오는 모양새였다. 두 개가 된 '그것'들은 훨씬 빨라졌다. 다운의 주변을 위협적으로 휘휘 돌기도 했고, 다운에게 직접 해코지를 하기도 했다. 다운이 입고 있는 티셔츠가 무언가 날카로운 것에 베인 듯한 자국이 하나둘 늘어났다.

'내가 도울 방법이 없을까?'

— 가지고 있어.

부적! 어젯밤에 다운이 건네준 부적이 떠올랐다. 오늘 아침에 옷을 갈아입으며 혹시나 해서 챙겨왔는데, 바로 써먹게 될 줄이야. 나는 바지 주머니에서 조심스럽게 부적을 꺼냈다. 분명히 반으로 접어 바지 주머니 안에 넣었는데도 부적은 접은 자국 없이 빳빳하게 펼쳐져 있었다. 이걸 '그것'에게 던지면 된다. 그런데 문제가 하나 있었다. 내가 서 있는 결계 안과 다운이 '그것'들에게 둘러싸여 있는 위치까지의 거리가 좀 되었다. 힘이 실린 부적을 던지면 꽤 멀리 나간다는 것은 방금 전에 보았지만… 그래도 만에 하나 귀신 근처도 못 가고 바닥에 떨어진다면 곤란하다. 나는 곧장 결계에서 빠져나와 다운의 곁에 섰다.

"너 지금 뭐하는 거야?"

"가만있어봐. 이 부적이면 간단한 잡귀 하나 제압하는 건 일도 아니라며?"

다운이 기겁한 목소리로 말했지만 나는 다운을 안심시키기 위해 아무렇지 않은 척했다. 혀를 한번 찬 다운이 말했다.

"강간범에게 부적을 던져. 그놈은 1305호 여자의 꼭두각시나 다름없으니 제압하기 어렵지 않을 거야."

두 개의 혼령 중 어떤 게 강간범의 혼이냐고 물으면 화내겠지? 나는 침을 꿀꺽 삼켰다. 둘 중 하나는 좀 더 흐릿했다. 꼭두각시는 본체보다 힘이 약할 테니, 그쪽일 것이다. 강간범을 찾았다고 해도 문제는 속도였다. 위협적인 속도로 다운의 주변을 빙빙 도는 '그것'들 중에서 하나를 정확히 겨냥해 맞출 자신이 없었다. 에잇, 신경질 나.

"가만히 좀 있어!"

소리를 빽 지르자 '그것'들이 움찔하는 것이 느껴졌다. 속도가 늦어진 순간, 부적을 힘껏 던졌다. 바람을 탄 듯 하늘거리며 강간범의 영을 향해 날아간 부적은 밧줄처럼 길게 늘어나 영을 휘감았다.

"잘했어."

흐릿한 기운의 '그것'이 그대로 바닥에 고꾸라졌다. 여대생의 영이 잠시 멈칫했다. 자신의 꼭두각시인 강간범의 영을 속박에서 풀어주기 위해 힘을 쓰는 것 같았다. 그 모습을 놓치지 않은 다운이 여대생을 향해 부적 두 장을 던졌다. 내가 던진 것과 같은 부적이었다. 두 장의 부적은 내가 던진 것보다 더 길쭉한 밧줄로 변해 '그것'을 칭칭 감았다.

"끝이다!"

정말 긴 하루였다. 월급이 많은 데는 이유가 있었어. 나는 손을 탈탈 털며 매무새를 정리했다. 그러나 다운은 아니었다.

"아직 안 끝났어. 이제 성불시킬 거야."

다운이 몸부림치는 '그것'의 앞으로 한 걸음 다가갔다. '그것'은 있는 힘껏 반항하며 울부짖었다. 손톱으로 칠판을 긁는 것 같은 소리에 소름이 끼쳤다.

"들어줄게. 네 이야기를."

'그것'과 이마를 맞댄 다운이 '그것'의 몸에 감긴 부적의 끝을 잡고 천천히 풀기 시작했다.

"내 안으로 들어와."

'그것'이 다운과 겹쳐지기 시작했다. 다운이 '그것'과 눈을 마주한 채로 내게 말했다.

"지금부터 네가 할 일은 이 영혼의 마지막 이야기를 들어주는 거야."

"난…!"

난 못해. 해본 적 없어. 부정의 말들이 입안을 타고 돌았다. 그런 내 마음을 알기라도 하듯 다운이 내 말을 뚝 잘랐다.

"어려운 일이 아냐. 그저 들어주고 달래주는 것뿐."

"…응."

"한이 풀린다면 그대로 성불할 거야."

"그렇지 않다면?"

"만약 성불하지 않는다면… 소멸시켜야겠지."

"…."

"그때는 내가 알아서 할 테니 넌 그대로 있어."

"…."

"영을 자극하지만 마."

마침내 다운과 '그것'이 하나가 되었다. 다운이 나를 보며 웃었다. 일그러진 미소였다. 왼쪽 입꼬리는 찢어질 듯 올라가고, 오른쪽 입꼬리는 아래로 축 처졌다. 그 속에서도 눈만큼은 형형하게 빛났다. 다운이 아닌 '그것'에게 말을 거는 내 목소리는 주체할 수 없을 정도로 떨리고 있었다.

"너는 누구지?"

'그것'이 씩 웃었다.

"알잖아? 1305호에 살던 사람이야."

다운의 입에서 기괴한 목소리가 흘러나왔다. 높은 톤이지만 여자도, 남자도 아닌 것 같은 목소리.

"왜 여기 있는 거야? 너에게 나쁜 짓한 사람을 저승길 길동무로 데리고 가면 충분하잖아."

"…몰라."

"응? 모른다니… 뭘 모르는데?"

"…아무도 몰라."

"네가 억울하게 죽은 건 안타깝지만, 지금 네가 여기서 다른 사람을 괴롭히는 건 엉뚱한 사람에게 화풀이하는 거라고."

"아무도 모른다고!"

다운의 몸속에서 '그녀'가 소리쳤다. 실핏줄이 터져 벌개진 다운의 두 눈에서 피눈물이 뚝뚝 흘렀다. 나는 아차 싶은 마음에 입을 다물었다. 다운이 영을 자극하지 말라고 했는데…! 나도 모르게 울컥하는 마음에 영에게 쏘아붙이고 말았다.

"몰라, 몰라, 넌 모르지. 아무도 몰라. 몰라!"

"…."

"나는… 단지…. 내 방에서 자다가 강간당한 죄밖에 없는데…."

'그녀'가 바닥에 주저앉았다. 바닥으로 눈물이 방울져 떨어졌다.

"다들 왜 나를 향해 손가락질하지? 앞에서 나를 위로해주던 모든 이들이, 뒤에서는 나를 욕하고 손가락질해. 더러운 년이라고. 얼마나 쉬워 보였으면 그 많고 많은 기숙사생 중에 나였겠느냐고."

"…."

"나는 단지 많고 많은 기숙사생 중에 그날따라 재수가 없었던…. 단 한 명이었을 뿐인데."

주저앉은 다운에게서 다운이 아닌 그녀가 똑똑히 보였다.

꿈 많던 스무 살 여자아이였을 것이다. 힘겨운 수험생 시절을 보내고 대학에 들어왔을 것이다. 자유로운 대학생활을 하며 한 번쯤은 수업을 빠지기도 해보고, 시험기간에는 밤을 새워가며 공부하는, 여느 누구와도 다르지 않은 평범한 대학생이었을 것이다.

"죄를 지은 사람은 하늘에서 합당한 벌을 받아. 너를 자살로 몰고 갔던 그 사람들도 모두 죽고 난 뒤, 하늘로 가서 벌을 받게 될 거야."

"정말, 그럴까?"

"응, 정말로…."

나는 사후세계를 믿지 않는다. 하지만 그녀와 눈을 마주치며 진심으로 고개를 끄덕였다. 부디 사후세계가 존재하기를, 그래서 그녀를 자살로 몰고 간 이들이 벌을 받기를. 그녀가 측은했다. 나는 천천히 다가가 주저앉은 그녀의 어깨를 끌어안았다.

"일어나. 이제 가야 할 시간이야."

그녀의 손을 잡고 천천히 일으켰다. 말없이 눈물만 흘리고 있던 그녀가 변한 것은 그때였다.

"하늘로 가면… 나도 내가 저지른 죄에 대한 벌을 받겠네?"

"그럴 순 없지" 하고 찢어질 듯한 목소리로 웃기 시작했다. 다운의 몸이 힘없이 무너지며 그 안에서 그녀가 튕기듯 빠져나왔다. 그녀의 영은 이제 완전히 검은색이었다.

〔너, 엄청난 몸을 가지고 있구나? 그거 나 줄래?〕

그녀의 목소리가 들려왔다.

"안 돼!"

정신을 차린 다운이 들고 있던 무령을 흔들었지만 이미 늦었다. 다운이 손을 쓰는 것보다 그녀가 나를 공격하는 쪽이 더 빨랐다.

〔내놔!〕

나는 본능적으로 두 팔로 얼굴을 가렸다. 하지만 내가 예상한 충격은 전해지지 않았다. 나는 조심스럽게 팔을 내리고 눈을 떴다.

"…!"

'그녀'가 바닥에 쓰러져 있었다. 하지만 그녀의 모습은 이제까지 내가 보던 '그것'의 모습과는 확연히 달랐다. 검은색의 '그녀'는 명백히 사람의 형상을 하고 있었다. 산발한 긴 머리카락, 목에 선명한 붉은색 자국과 반쯤 찢어져 근육이 보이는 피부, 입 밖으로 길게 나온 혀…. 고통으로 일그러진 얼굴.

눈을 감고 있던 '그녀'가 눈을 떴다. '그녀'와 나의 눈이 마주쳤다. 서서히, 아주 서서히… 그녀는 사라져버렸다. 왼손에 낀 팔찌가 떨리는 것이 느껴졌다. 착각 따위가 아니었다.

* * *

우리는 기숙사 앞에서 대기하고 있던 사장님의 차를 타고 곧장 병원으로 왔다. 다운의 상태가 말이 아니었던 탓이다. 피눈물을 줄줄 흘리는 데다 티셔츠는 여기저기 찢겨나가 걸레조각이 되었고 그 안으로 드문드문 칼에 베인 듯한 상처가 나 있었다.

병원에 도착한 사장님은 다운을 응급실이 아닌 병원의 맨 위층에 위치한 특실로 데리고 갔다. 우리가 특실에 들어서자마자 기다리고 있던 의사와 간호사가 다운을 치료하기 시작했다.

"와, 여기 연줄 있어요? 이 한밤중에 응급실도 아니고, 특실에서 특별진료를 받아요?"

"요한이 형 집안에서 운영하는 재단이야."

놀란 것은 나뿐이었다. 둘러보니 모두 이곳이 익숙한 듯 자리 잡고 있었다. 하지만 나는 가만히 앉아 있을 수가 없었다. 특실을 둘러보니 신기한 것투성이다. 화장실도 딸려 있고 보호자 침대도 간이침대가 아닌 진짜 침대다.

"저 여기 냉장고 안에 있는 거 먹어도 돼요?"

"먹어도 돼."

"대박! 병원 아니라 호텔 같아. 회진 시간 되면 의사들이 우르르 몰려와서 인사할 것 같아요. '오셨습니까, 회장님!' 하면서!"

"…너 드라마 너무 많이 본 거 아냐?"

"…."

"형, 전 괜찮은데요. 쟤 머리가 좀 어떻게 된 거 아니에요? 아까부터 가만있질 못해."

다운이 한마디 할 정도로 나는 부산하게 돌아다녔다. 모두가 나를 이상하게 쳐다보는 것이 느껴졌지만 가만히 앉아 있을 수가 없었다. 가만히 앉아 있으면, '그녀'의 마지막 모습이 떠오를 것만 같아서였다.

"피곤하지. 커피 한잔할래?"

보다 못한 사장님이 내 팔을 잡고 병실 밖으로 나갔다.

"이 시간에 무슨 커피예요, 커피는. 밤에 커피 마시면 잠 안 와요. 오늘 자야 내일 또 일하죠."

나는 주절주절 떠들어댔다. 무슨 말이라도 뱉어야 생각을 안 할 수 있을 것 같았다.

"그런데 오늘은 잠이 안 올 것 같아요. 사실, 처음이었거든요. 그런 거….'"

말을 멈췄다. 아니야, 다른 생각, 다른 생각.

"아, 난 커피보단 녹차가 더 좋은데. 녹차라떼 좋아해요, 사장님? 전 레모네이드도 좋지만 녹차라떼가….'"

"우선 진정해."

"아니, 진정하고 말고가 아니라 그냥 저는 이야기하는 거예요. 녹차라떼를 좋아한다고요.'"

사장님이 내 어깨를 감쌌다. 사람의 체온이 이토록 따뜻하다는 것을 느낀 것은 처음이었다. 갑자기 눈물이 터졌다.

"…제가 원래 막 잘 울고 그런 성격이 아니거든요. 진짜 아닌데… 근데….'"

"알아"

"그 여자 있죠. 얇은 노끈 같은 걸로… 목을 매달았나 봐요…. 끈이 목을 파고들어서… 근육이 이만큼 찢어진 게 보이고… 혀가 이만큼… 나와선….'"

"응."

"하필이면 눈을 마주친 거예요…. 그 눈빛이 너무 선명해서 자꾸만….'"

사장님이 나를 끌어안은 것은 그때였다.

"이렇게 하면 아무것도 안 보이지."

시원한 향수 냄새가 코끝을 자극했다. 사장님의 단단한 어깨가 이마에 닿았다. 사장님의 말대로, 사장님의 품 안에서는 아무것도 보이지 않았다. 그제야 긴장이 풀린 나는 나도 모르게 정신을 잃고 말았다.

병실의 커튼 사이로 들어온 새벽빛에 나는 잠에서 깼다. 누워 있는 보호자 침대의 촉감이 푹신했다. 주위에서 사람들의 두런거리는 말소리가 꿈결처럼 들려왔다.

"여자가 완전히 악귀로 각성해서는 누리 몸을 집어삼키려고 달려드는데…. 갑자기 왼손 팔찌에서 빛이 나오면서 누리 주변으로 보호막 같은 걸 만들어내더라고요. 여자가 달려들다가 그 빛에 닿으니까 한 방에 나가떨어지던데요."

"그건 그렇다 치고, 이상한 게 한두 가지가 아니야. 영을 처음 본 것 같던데?"

"네. 영혼이 있다, 없다만 알아보는 정도예요. 영이 하나인지, 두 개가 합쳐진 건지 구분하기는커녕, 성별조차 알아채지 못하더라고요."

"불가능해. 저 정도 영력을 가진 사람이 귀신을 못 보는 건 있을 수 없는 일이야. 그리고 그때 그 골목길에서 분명히 내 수호용을 봤다고 했어."

"그것도 팔찌 때문일 거야. 그게 영안을 가리고 있거든."

"…팔찌요?"

"팔찌가 영안을 가리고 있으니 용처럼 아주 강한 기운을 갖지 못한 잡귀들은 못 보는 게 당연해."

"누리는 아무것도 모르는 눈치던데."

"네. 쟨 진짜 아무것도 몰라요."

"우선은 너무 놀랐을 테니 당분간은 그냥 지켜보자."

모두의 시선이 느껴졌다. 나는 뒤척이는 척, 이불 안으로 왼팔을 넣어 팔찌를 숨겼다. 소곤거리는 목소리가 점점 드문드문해지고, 나는 다시 잠들었다.

* * *

― 아직도 찾지 못했단 말인가?

노기를 띤 고성에 요한은 무릎을 꿇었다. 참으려 애써도 온몸을 지배하는 공포에 몸이 덜덜 떨렸다. 요한이 무릎을 꿇은 앞, 단상에 놓인 높은 의자에 앉은 남자가 의자 손잡이를 쾅하고 내리쳤다. 남자의 분노가 꿇어앉은 이들에게 생생히 전해졌다.

– 벌써 10년째다! 10년 동안 흔적조차 찾을 수 없었어! 내가 무슨 낯으로 그분을 뵌단 말이냐.

요한의 옆에서 무릎을 꿇고 머리를 조아리고 있던 이들 중 하나가 덜덜 떨리는 목소리로 말했다.

– 제, 제발 자비를… 조금만 더 시간을….

남자는 말을 끝까지 마치지 못한 채 뒤로 쓰러졌다. 쓰러진 남자의 사지가 덜덜 떨리며 기괴한 모양으로 뒤틀리기 시작했다. 남자가 입에서 하얀 거품을 뿜더니, 몸이 일시정지 버튼을 누른 것처럼 갑자기 멈췄다. 그러고는 다시 움직이지 않았다.

– 치워버려라.

단상 위 남자의 목소리에 요한이 자리에서 벌떡 일어났다. 자신의 의지와는 상관없이 움직이는 몸에 요한은 꿈이라는 것을 깨달았다.

– 여섯 달 후면 그분께서 깨어나신다. 그전까지 찾지 못하면….

쓰러진 남자를 업고 건물 밖으로 나가는 요한의 뒤로 단상 위 남자의 목소리가 들렸다.

– 모두가 죽은 목숨일 것이다.

요한은 자리에서 벌떡 일어났다. 이마가 땀으로 흥건했다.

"여섯 달…."

느낌이 좋지 않았다.

* * *

의뢰인은 기숙사에서 자면서 처음으로 가위에 눌리지 않고 편히 잠들었다며 우리에게 감사인사를 전했다. 나는 그 뒤로 며칠간 악몽에 시달렸지만 말이다. 잠만 들면 '그녀'의 마지막 모습이 꿈에 나와 나를 괴롭혔다. 하지만 시간이 약이라는 말마따나 점점 괜찮아지는 중이었다. 다운은 며칠 안정을 취하라는 의사의 만류에도, 의뢰를 해결한 다음 날 아침 정상 출근했다. 실핏줄이 터져 흰자가 새빨갛게 변한 토끼 눈을 한 채였다.

"좀 쉬게 해야 하는 거 아니에요?"

걱정하는 내게 사장님은 어깨를 으쓱했다.

"늘 있는 일이야."

이런 악덕 고용주 같으니! 아무리 본인이 괜찮다고 해도 그렇지. 척 보기에도 안 괜찮아 보이는 사람을 출근시키다니…. 하지만 속으로 사장님을 욕하던 것도 잠시, 나는 다운이 왜 무리해서 출근했는지 곧 알게 되었다.

"조상신이 배가 고파 구천을 떠돌고 있는데 후손을 살피고 자시고 할 정신이 있나."

"아이고 할아버님… 저희가 그럼 어떻게 하면 좋습니까?"

"어떡하긴, 제사를 지내야지. 우선은 가까운 길일을 잡아 굿 한번 하고, 삼칠일간 하루도 거르지 말고 치성을 드려야 해. 그 정성이 조상신에 닿으면 앞으로는 자네 하는 일이 다 잘될 수 있도록 조상신이 굽어 살피실 거고. 그렇지 않으면…."

"…그렇지 않으면요?"

"조상신의 분노는 상상을 초월하지. 이제까지보다 더한 악재가 닥칠 게야."

사무실 한쪽에 마련된 신당에 다운의 아버지뻘로 보이는 남자가 무릎을 꿇고 앉아 선글라스로 실핏줄 터진 눈을 가린 다운을 향해 연신 머리를 조아리고 있었다.

다운은 사무소에서 일하기 훨씬 전부터 용한 무당으로 입소문이 자자했다고 했다. 소문은 다운이 영혼사무소에서 일하게 되면서 손님을 받는 것을 그만둔 뒤에도 사그라지기는커녕 더 멀리 퍼져나갔다. 게다가 방송에 출연해 유명세를 탄 뒤로는 다운을 한번 만나게 해달라며 해외에서도 사람들이 찾아올 정도였다고 한다. 무속인으로서 그들의 부탁을 차마 거절하지 못한 다운이 사무실로 찾아온 사람들의 사주며 점을 봐주기 시작했고, 그것이 지금에 와서는 매월 마지막 주마다 늘 있는 일정으로 굳어진 것이다. 사장님은 처음에 '그런 일로 한 달에 일주일씩이나 시간을 쓸 수 없다!'며 결사반대했지만 다운이 점을 봐주고 대가로 받는 복채가 어마어마한 액수라는 걸 알게 된 뒤로는 아예 사무실 한쪽을 신당으로 내어주었다고 한다.

"잘 지냈어?"

낯익은 목소리에 상념에서 빠져나와 고개를 들었다. 언제 왔는지 요한 씨가 나를 보며 미소 짓고 있었다.

"오랜만이에요."

일주일 만에 보는 요한 씨였다. 기숙사에서 '그것'들을 처리한 그날 이후로 요한 씨는 한동안 모습을 보이지 않았다. 요한 씨는 어디 갔느냐는 내 물음에 사장님은 "꿈꾸는 중이야"라고만 대답할 뿐이었다.

"그동안 잘 지내셨어요?"

요한 씨가 고개를 끄덕이며 말했다.

"꿈을 꿨어."

…그러고 보니 요한 씨는 예지몽을 꾼다고 했지.

"오래 주무신 것치고는 혈색이 썩 좋아 보이지 않네요."

"주말 출근한 소감이 어때?"

요한 씨의 얼굴은 일주일 전에 비해 눈에 띄게 수척해져 있었다. 요한 씨는 내 말에 대답하는 대신 희미하게 웃으며 화제를 돌렸다. 나도 더 캐묻는 대신 새로운 화제에 맞장구를 쳐주기로 했다.

"죽겠어요. 일주일 내내 쉬는 날도 없이 일했거든요, 저."

힘들어 죽겠다는 듯 허리를 콩콩 두드리며 너스레를 떨자 요한 씨가 내 어깨를 토닥였다.

"수고했어. 추태 부리는 손님들은 없었고?"

"편의점 아르바이트하다 보면 더한 손님들도 많은데요, 뭐. 여기 손님들은 양반이에요."

요한 씨와 잡담을 나누는 사이 신당 안에서 부산스러운 소리가 나더니 손님이 신당 밖으로 나왔다. 시계는 어느덧 6시를 가리키고 있었다. 이번 달은 저 손님이 마지막이라는 소리다. 나는 손님이 내미는 돈을 받아 복채함에 넣고는 응접실로 향했다. 대기실처럼 의자들을 줄 세워 배치해놓은 응접실 안은 빈자리 없이 가득 차 있었다.

"저, 죄송하지만 이번 달은 더 이상 손님을 받지 않아요. 지금 계신 분들은 이름이랑 연락처 적어두고 가시면 다음 달에 먼저 법사님 보실 수 있도록 처리해드릴게요. 사주나 점보는 것 말고 퇴마 쪽 의뢰인 분들은 네이버에 있는 저희 카페에 가입하셔서 그쪽으로 의뢰 부탁드려요. 11월 마지막 주에 다시 뵙겠습니다."

내 말에 시계를 보며 초조한 기색으로 앉아 있던 사람들의 얼굴이 실망감으로 물들었다.

"아가씨, 바로 다음이 내 차롄데 나까지만 봐주면 안 될까?"

문 가장 가까이에 앉아 있던 여자가 자리에서 일어나며 내게 말했다. 여자의 말에 다른 사람들도 자리에서 일어나 저마다 한마디씩 했다.

"그러지 말고 1시간만 더 봐줘. 복채는 두둑하게 챙겨줄게, 응? 아가씨, 내가 부탁 좀 하지."

"내가 미국에서 와서 그래요. 법사님 용하다는 소문만 듣고 비싼 비행기값 내고 여기까지 왔는데 이렇게 되면 곤란하지."

난처해진 나는 고개를 살짝 돌려 응접실 밖에 있는 요한 씨를 힐끔 살폈다. 요한 씨가 고개를 가로저었다. 안 된다는 뜻이다.

"저…. 저희도 약속된 시간이 있는지라 그 이상은…."

주저하는 내 말에 사람들의 얼굴이 대번에 험악하게 일그러졌다

"그래서 지금 못 봐주겠단 거야?"

"약속된 시간? 너, 내가 누군지 알아? 내 남편이 지금 대한민국 경제를

좌지우지하고 있는 사람이란 말이야! 그런데 감히, 약속된 시간을 운운해?"

"…하하, 양해 부탁드려요."

다음 달 마지막 주에는 스모키 화장 해야지. 내가 웃으면서 사근사근 말하니 만만해 보이는지 죄다 반말에 삿대질이다. 참자. 참아야 해, 공누리. 이런 상황에서는 흥분하는 쪽이 손해다. 나를 한 대 치기라도 할 듯 팔을 걷어붙이고 다가오며 삿대질하는 사람들을 향해 나는 화를 내지도, 소리를 지르지도 않았다. 나는 평소보다 훨씬 더 차분한 목소리를 내려 애썼다.

"지금 신성한 신당 앞에서 큰소리 내시는 거예요?"

사람들의 행동이 그대로 일시정지 버튼이라도 누른 것처럼 그대로 정지했다. 내 말의 위력은 무시무시했다.

"신의 도움이 필요해서 여기까지 오신 것 아니었나요? 그런데 이렇게 소란을 피우면…. 글쎄요. 과연 신께서 도와주실지…."

과하게 안타깝다는 표정을 지어 보였다. 소리를 치던 사람들의 얼굴이 붉으락푸르락하게 변했다.

"그럼 우리보고 한 달을 더 기다리란 거야?"

누군가의 말에 사람들이 "그래! 우린 이미 몇 달을 기다렸단 말이야!"라며 웅성거리기 시작했다.

이 사람들이 정말….

"저희 법사님의 규칙이에요. 법사님의 규칙은 신께서 정하신 거고요."

다시 사람들이 조용해졌다.

"급한 분들은 다른 무당을 찾아가도 좋아요. 다만 저희 법사님을 만나고 싶으시면 한 달 뒤에 다시 오세요."

나는 사람들을 향해 웃어 보였다.

"그럼 안녕히 가세요."

"그렇게 사람들을 다 쫓아냈단 말이야?"

요한 씨에게 내가 손님들을 돌려보낸 이야기를 들은 사장님은 숨이 넘어갈 듯 한참을 웃었다.

"뭘 쫓아내요. 다음 달에 다시 오라고 한 거지."

사장님의 웃음에 민망해진 내가 툴툴거렸다. 퉁명스러운 내 대답에 사장님은 고개까지 젖혀가며 박장대소했다.

"와, 너 진짜 대박이다. 그 거머리들을 한 방에 쫓아내다니. 그것도 본 적도 없는 신을 팔아서."

"쫓아낸 거 아니라니까요!"

소리를 바락 지르는 나를 보며 사장님이 능글거리는 목소리로 한마디 했다.

"어허, 신성한 신당 앞에서 큰소리 내는 거야, 지금?"

"…"

말을 말아야지. 나는 작게 한숨을 쉬었다.

"아무튼, 주말에도 일하느라 수고했어. 우리 회사는 한 달 중에 마지막 한 주가 제일 바쁘다고 보면 돼. 그 외에는 크게 바쁜 일은 없을 거야. 피곤하지? 퇴근해도 돼."

"네에…. 그럼 전 먼저 가볼게요. 내일 봬요."

사장님과 요한 씨, 강준 씨를 향해 고개를 꾸벅 숙였다. 일주일을 연속으로 출근해서 손님들을 상대했더니 기가 다 빨려나간 기분이다. 얼른 집에 가서 쉬어야겠어. 가방을 고쳐 맨 내가 사무실 문을 여는 찰나, 신당 안에서 다운의 목소리가 들려왔다.

"누리야, 잠깐 와봐."

퇴근 1초 전에 이게 무슨 짓이지? 순간적으로 울컥하는 마음을 애써 가라앉히고 사장님을 바라보자 사장님이 어깨를 으쓱했다. 나는 하는 수 없이 가방을 다시 내려놓고 터덜터덜 걸어 신당으로 들어갔다.

"무슨 일인데?"

"여기 앉아."

굿을 할 때 입는 오방색의 한복을 입은 다운이 자기 옆에 놓인 빈 방석을 팡팡 때리며 말했다.

"무슨 일이냐니까."

"어허, 일단 와봐. 자, 여기 보고 절 두 번."

다운이 엉거주춤한 나를 보며 채근했다. 영문도 모른 채 다운이 시키는 대로 벽에 그려진 벽화를 보며 절을 두 번 했다.

"옳지 잘한다. 꿇어앉아. 이거 들고. 이렇게 흔들어. 옳지, 옳지."

다운이 무구를 정리해둔 바구니에서 무령을 꺼내 내게 내밀었다. 다섯 개의 방울이 꽃다발처럼 모여 있는 모양이다. 내게 무령 손잡이를 건네준 다운이 내 손을 겹쳐 쥐고 무령을 아래위로 흔들었다. 내가 이상한 기운을 느낀 것은 조금 뒤였다. 어떻게 이런 기운을 못 느끼고 있었나 싶을 정도로 커다란 '그것'의 기운이었다. 그러나 주위를 둘러봐도 '그것'의 형체는 전혀 보이지 않았다. 어디에 있는 거지?

"뭐야?"

〔바로 앞에 이써.〕

어디에선가 꺄르르 하는 아기의 웃음소리가 들려왔다. 환청이 아니었다. …앞이라고? 내가 바로 앞을 바라보자 '그것'은 서서히 자신의 모습을 드러냈다.

〔안뇽.〕

"인사해. 내가 모시는 신령님들이야."

"…?"

맑은 기운의 영이었다. 이제까지 내가 본 '그것'들 중 손에 꼽을 정도로 흰빛을 띠고 있었다. 나는 설명을 요구하는 눈으로 다운을 쳐다봤다.

"나 내일 해외촬영 가잖아."

그거랑 이거랑 무슨 상관이야? 내가 의아한 표정을 짓자 다운이 다시금 설명을 덧붙였다.

"신령님들은 백두대간의 정기가 미치는 곳에서만 존재할 수 있어. 그래서 신을 모시는 나 같은 무당들도 해외에 나갈 수 없어. 원칙적으로는."

다운이 문장 끝에 붙인 '원칙적으로'라는 말이 의미심장하게 들렸다. 불길한데, 나는 속으로 생각하며 다운의 다음 말을 기다렸다.

"그렇지만 날 원하는 곳이 한두 곳이어야지. 그래서 사흘 밤낮으로 우리 두 신령님들한테 치성을 드렸어. 딱 사흘만 다녀오겠다고. 그리고 허락받았어."

"그래? 축하해."

"대신, 조건이 있대."

"아니, 말하지 마."

"원래는 내가 해외 나갈 때 강준이 형한테 가 계셨거든? 그런데 장군신령님이 이번에는 네 곁에 있고 싶다고 하셔."

강준이 형 수호용이 까칠해서 불편하시대. 다운이 소곤소곤 덧붙였다.

"…그래서 네가 나가 있는 동안 나랑 계신다고?"

"응. 괜찮지?"

그제야 돌아가는 상황이 이해가 되었다. 나를 신당으로 불러 무령을 흔들게 하고 절을 시킨 게, 다 신령님들을 인수인계(?) 받는 과정이었다 이거지? 다운이 나를 보며 해맑게 웃고 있었다. 어휴, 이걸 진짜.

"맨입으로…?"

찔끔한 다운이 얼른 덧붙였다.

"뭐, 뭘 원하는데?"

"별건 아니고… 너 해외촬영 가면 공항 면세점도 들르겠다, 그치? 이번에 S사에서 한정판으로 나온 립스틱이 그렇게 예쁘더라."

다운이 못 말린다는 얼굴로 고개를 끄덕였다.

"가는 길에 사올게. 됐지?"

나는 흡족한 얼굴로 고개를 끄덕였다. 좋아, 만족스러운 협상이었어. 나는 무의식중에 고개를 돌리다 그대로 멈춰 버리고 말았다.

[왜 놀라?]

눈앞에 있던 새하얀 빛의 '그것'들이 점점 뚜렷한 형체를 띠기 시작한 것이다.

"형체가… 보여."

놀라서 혼잣말을 하는 나를 보며 다운이 그럴 줄 알았다는 듯 고개를 끄덕였다.

"신령님들의 기운이 강해서 네 눈에도 보이는 거야. 강준이 형 수호용을 보는 것과 마찬가지지."

기운이 강한 '그것'은 볼 수 있다고? 다운의 말에 기숙사에서 만난 '그것'의 마지막 모습이 떠올랐다. 다시 나쁜 기억에 갇히려던 순간이었다.

〔3일 동안 잘 부타케.〕

'그것'의 모습을 확인한 나는 기숙사 영의 마지막 모습은 까맣게 잊고 소리를 지를 뻔했다.

"네, 네! 잘 부탁드립니다!"

다운의 신령님은 다섯 살 정도 되어 보이는 아이의 모습을 하고 있었다. 색동 한복을 입고 있었는데, 사탕을 물고 있는 듯 왼쪽 볼이 볼록한 귀여운 인상이었다. 세상에…. 너무너무 귀엽잖아! 모든 '그것'들이 무서운 모습을 하고 있는 건 아닌가봐. 나는 내가 가지고 있던 '그것'들에 대한 생각을 다시금 고쳤다. 동자신의 귀여운 모습에 기숙사 귀신의 마지막 모습은 금세 잊었다.

〔허허, 오랜만에 처녀의 몸에 붙어 있으니까 좋구먼.〕

동자신의 뒤로 또 다른 '그것'이 모습을 드러내었다. 커다란 풍채에 수염을 길게 늘어뜨린 전형적인 무신의 모습이었다. 입고 있는 갑옷은 움직일 때마다 덜그럭거리는 소리를 냈다. "장군신이셔, 조선시대 이름난 무장이셨대" 하고 다운이 설명을 덧붙였다. 허허, 하고 나를 보며 음흉하게 웃는 장군신을 보며, 동자신이 혀 짧은 소리로 대신 사과했다.

〔미안. 우리 애가 아직 어려서 철이 없쪄.〕

…우리 애? 누가 누구더러 애라는 거야. 게다가, '애'라기에는 너무 기골

이… 장대하신데요….

"아무튼, 원하는 대로 누리한테 붙여드렸으니까 3일 동안 얌전히 계세요. 사고 치지 마시고요!"

〔누가 보면 우리가 사고뭉친 줄 알게써.〕

〔허허, 걱정 말아라. 아무 일 없이 잘 있을 테니.〕

다운이 두 신에게 단단히 주의를 줬다. 신들의 대답을 들은 다운이 칭찬해달라는 듯 뿌듯한 얼굴로 말했다.

"너도 들었지? 아무 일 없을 거야."

그래. 고맙다, 정말!

* * *

다음 날, 사무실은 하루 종일 평화로웠다. 사장님은 사무실 곳곳에 있는 화분에 물을 주며 소일했고, 요한 씨와 강준 씨는 핸드폰으로 모바일 게임을 하며 시간을 보냈다. 그리고 나는….

"…그래서 공주와 왕자는 행복하게 잘 살았답니다."

내 무릎을 베고 누워 있던 동자신은 어느새 새근새근 잠들어 있었다. 다 읽은 동화책을 덮고 한쪽에 밀어둔 나는 옆에 앉아 있는 장군신에게 말을 걸었다.

"신들도 잠을 자네요?"

〔인간이었을 적의 습관이지. 안 잔다고 해도 크게 문제는 없다.〕

그렇게 말하는 장군신의 눈에도 졸음이 그득했다.

"장군님도 좀 주무세요. 전 나가 있을게요."

〔더러운 냄새가 나는구나.〕

신당을 나서며 신발을 신던 내게 장군신이 불쑥 말했다. 동시에 동자신이 잠에서 깬 듯 칭얼거리는 소리를 냈다.

"계세요?"

순간 사무실 문이 조심스럽게 열리며 낯선 목소리가 들렸다. 머리를 단정하게 틀어올린 중년 여성이 문 앞에 서 있었다. 그리고 그 뒤로 커다란 안경을 낀 20대 남자가 서 있는 것이 보였다.

"여기가 그렇게 용하다고 해서 찾아왔는데요."

"아, 죄송하지만 매달 마지막 주에만 손님을 받고…."

나는 너무 놀라 더 이상 말을 이을 수 없었다. 두 사람의 주변에 서 있는 회색빛깔의 '그것'들을 보았기 때문이다. 서른 마리도 넘어 보이는 그것들이 사무실을 안팎으로 둘러쌌다. 그 모습에 놀란 것은 나뿐만이 아니었다. 강준 씨의 어깨에 있던 수호용이 수십 마리의 '그것'을 보며 크게 흥분해 울어댔다.

[이 고얀 것들이 예가 어디라고 들어오려는 게야! 당장 물러나지 못할까!]

신당 안에서 장군신의 노기 띤 음성이 들려왔다.

[에잉, 누리야, 저 더러운 것들 당장 내쫓아라.]

장군신의 말이 끝나기가 무섭게 신당의 문이 쾅 소리를 내며 닫혔다. 갑작스러운 소리에 여자가 흠칫 놀라 뒷걸음질 쳤다.

"일단… 들어오세요."

당황한 우리가 어찌할 바를 모르고 서 있는 찰나, 사장님이 두 사람을 안으로 안내했다.

"마실 것 좀 드릴까요?"

"원두커피 있나요?"

내 말에 응접실 안 곳곳을 훑어보던 여자가 대뜸 물었다.

"죄송하지만 원두커피는 없고요, 믹스커피…."

"녹차나 한 잔 주세요."

원두커피는 없다는 말에 작게 한숨을 쉰 여자가, 내 말을 끊고는 녹차를 주문했다. 뭐야, 이 무례한 태도는? 나는 울컥한 티를 내지 않기 위해 입술을 지그시 깨물어야 했다.

"네, 잠시만요."

나는 상냥하게 웃으며 등을 돌려 탕비실로 들어갔다. 녹차를 준비하는 동안 나는 곁눈질로 힐끔힐끔 응접실 안을 살폈다. 두 사람의 맞은편에 사장님과, 요한 씨, 강준 씨가 앉아 있었다. 늘 그렇듯 사장님이 유머러스한 말로 대화를 주도해 나가고 요한 씨가 맞장구를 치며 분위기를 유하게 풀어내었다. 강준 씨는 대화에 전혀 집중하지 못한 채 안절부절못하고 있었다. 사무실 안을 가득 채운 '그것'들로 인해 수호용이 잔뜩 예민해져 있었기 때문이다. 녹차 티백이 담긴 종이컵에 뜨거운 물을 붓자 녹차가 금세 우러나와 종이컵 안이 초록빛으로 변했다. 나는 녹차가 담긴 종이컵을 쟁반에 받쳐 들고 다시 응접실로 향했다.

"뜨거우니까 조심하세요."

나는 두 사람의 앞에 종이컵을 내려놓고는 두 사람의 맞은편 의자에 앉은 뒤, 본격적으로 두 사람을 살폈다. 두 사람은 나이 차이로 봐서는 모자 지간인 것 같았지만 눈을 크게 뜨고 살펴봐도 둘 사이에 공통점이라고는 없었다.

여자는 척 보기에도 비싼 옷을 입고 있었고, 허벅지 위에는 고가의 명품 가방을 올려놓고 있었다. 목과 귀에는 번쩍번쩍 빛나는 보석 장신구가 걸려 있고, 자세마저 꼿꼿했다. 여자가 종이컵을 들어 향기부터 한 번 들이마시고는 음미하듯 천천히 한 모금 입안으로 넘겼다.

"싸구려 티백치고 그럭저럭 먹을 만은 하군."

역시 무례해.

그에 반해 남자의 모습은 평범하기 짝이 없었다. 평범한 옷에 평범한 외모, 그리고 커다란 안경…. 길에서 흔히 볼 수 있는 전형적인 '평범인'이었다. 자세만이라도 여자처럼 꼿꼿하게 펴고 있으면 좋으련만, 남자의 굽은 어깨는 야윈 몸을 더 작아 보이게 만들었다. 주눅이 들어서는 여자의 눈치만 살피고 있던 남자가 조심스럽게 종이컵으로 손을 뻗었다.

"감사합니다…. 앗, 뜨거!"

그때였다. '그것'들 중 하나가 뜨거운 녹차가 든 종이컵을 툭 쳐서 남자 쪽으로 쏟아버렸다. 피할 새도 없이 뜨거운 찻물이 남자의 손으로 쏟아졌다.

"어머, 괜찮으세요?"

남자에게 얼른 휴지를 내밀었지만 뜨거운 물을 그대로 맞은 남자의 손은 금세 발갛게 부어올랐다.

"아… 괘, 괜찮습니다. 감사합니다."

"쯧쯧, 조심성 없기는…."

여자가 남자를 보며 작게 혀를 찼다. 종이컵을 쏟은 것은 남자가 아닌 '그것'이었지만 이를 여자가 알아챘을 리 없다. 여자가 고개를 절레절레 저으며 덧붙였다.

"누굴 닮았는지 원…."

여자가 가방 안에서 물티슈를 꺼내 남자에게 내밀었다. 그는 더더욱 위축된 몸으로 조심스럽게 물티슈를 받아 자신의 손을 닦았다. 그런 모습을 답답하다는 듯 지켜보던 여자가 한숨을 폭 쉬었다.

"우리 민수가 어릴 때는 이러지 않았거든요. 어딜 가나 영재 소릴 듣고 매사 야무진 애였는데, 나이를 먹을수록 더 이러니 원…."

한심하다는 투의 목소리와는 달리 여자의 눈빛은 자식을 향한 걱정으로 가득했다.

"학창 시절 내내 전교 10등 밖으로 벗어난 적이 없었는데 수능 날 하필 맹장이 터지는 바람에 시험도 못 치고 수술을 받으러 가질 않나, 비싼 돈 들여 재수 시켰더니 하필이면 그해에 얘가 지원한 과에 지원자가 죄다 몰려서…. 결국 기대보다 훨씬 못한 대학에 들어가고요."

"그런 일이 있었군요."

사장님이 안타깝다는 얼굴로 고개를 끄덕이며 여자의 말에 맞장구를 쳤다.

"그뿐이면 말을 안 해, 취업에 필요한 스펙도 남들 하는 만큼 다 쌓았는데 면접은 보는 족족 탈락이고 그마저도 면접 보러 가는 날 병이 나거나 멀쩡한 자동차가 퍼지거나 해서 면접을 보러 가지도 못한 게 절반이에요."

이게 한 사람에게 일어난 일들이라고? 이렇게 재수 없기도 힘들겠다. 어쩌면 이렇게 하나같이 운 없는 일들만 일어날까. 안타까운 마음에 절로 인상이 찡그려졌다.

"처음에는 우연이겠거니 했는데, 입시며 취업이며, 중요한 일들마다 하나같이 안 풀리니 혹시 굿이라도 한번 하면 좀 좋아질까 싶어 데려왔네요. 게다가 예전에는 그냥 일이 꼬이는 정도였는데 요즘에는 자꾸 사고가 생겨서…"

"사고라뇨?"

"세 달 사이에 교통사고만 여섯 번을 당했어요."

"…."

사무실 안에 정적이 흘렀다. 다른 사람들은 살면서 한 번 겪을까 말까 하는 교통사고를 세 달 사이에 여섯 번이나 당했다니. 단순히 '재수 없는 일'로 치기에는 정도를 상당히 넘은 느낌이었다.

"그뿐만이 아니에요. 멀쩡하던 간판이 얘만 지나가면 떨어지질 않나, 맨홀 뚜껑이 열려 있어서 지나가다 빠질 뻔한 것도 여러 번이고요."

"제사는 잘 지내시나요?"

심각한 얼굴로 여자의 말을 듣고 있던 사장님이 대뜸 한마디 했다.

"제사라뇨?"

"이렇게 이상할 정도로 일이 안 풀리는 건 대부분 조상신의 노여움을 산 경우예요."

"애 아빠 집안이 대대로 기독교 집안이라 제사는 좀…."

여자가 침을 꼴깍 삼키며 말했다.

"제사를 지내셨어야죠! 조상신이 배가 고파서 구천을 떠돌다 보니 이런 일이 생긴 겁니다!"

사장님이 사뭇 엄한 목소리로 질책했다. 사장님에게 기선제압당한 여자는 처음의 무례한 태도는 어디갔는지 사장님의 두 손을 맞잡으며 굽실거렸다.

"돈은 얼마가 들어도 좋으니, 꼭 해결을 좀⋯."

여자의 입에서 나온 '돈'이라는 말에 사장님이 엄한 표정을 풀고 상냥하게 웃어 보였다.

"정성을 다하겠습니다. 고객님."

여자가 계약금을 지불하기 위해 현금을 뽑으러 은행에 간 사이, 우리는 응접실 옆 회의실에 모여 앉았다.

"제사를 안 지내는 집안이라는 건 어떻게 아셨어요?"

영을 보는 나도 저 집안이 제사를 지내는지, 안 지내는지 모르는데 사장님은 어떻게 안 거야? 찔러본 말이라기에는 지나치게 확신에 찬 어조였다.

"물티슈 꺼낼 때 봤어. 가방 속에 성경책이 들어 있더라고. 예배가 있는 날도 아닌데 성경책을 가지고 다닐 정도면 꽤나 독실한 신자일 텐데 당연히 안 지내겠지."

"와, 그 짧은 시간에 그걸 봤단 말이에요?"

"내가 이 짓을 하루 이틀 하는 줄 알아? 척하면 척이지. 저런 상황은 백이면 백 다 조상신의 노여움을 사서 그래. 요한이 형, 안 그래요? 운이 올 때까지 기다릴 것도 없어. 제사만 성대하게 치러줘도 조상신이 차려놓은 음식 먹고 알아서 성불할 거야."

사장님이 기분 좋은 얼굴로 웃으며 중얼거렸다. 확신에 차 있는 사장님의 말에 나는 무의식중에 요한 씨와 강준 씨를 살폈다. 아니나 다를까, 애매한 얼굴을 하고 있는 요한 씨와 눈이 마주쳤다.

"좀 이상하지 않아요?"

"뭐가 이상한 것 같아?"

말끝을 흐리는 내게 요한 씨가 다시 물었다. 사장님과 강준 씨의 시선이 내게 쏠리는 것이 느껴졌다. 나는 더듬거리며 내가 추측한 것을 설명했다.

"어, 일단 민수 씨 주변에 영이 너무 많아요. 대충 세어봐도 서른 마리는 족히 넘었어요. 게다가…."

"맞아. 그리고 그 중에 의뢰인의 조상신은 없어. 조상신의 문제는 아냐."

요한 씨가 내 말에 동의했다.

"조상신의 문제가 아니란 말이지? 그럼 의뢰인 주변에 몰려 있다는 영들이 문제인가? 그 영들이 어떤 이유로 의뢰인에게 붙어서 의뢰인의 일을 방해하고 있는 거라면…? 그러면 그 영들을 성불시키면 되는 거 아냐?"

"글쎄요…."

"왜?"

"그 영들, 다 평범한 영들이에요."

내 말에 사장님이 이해할 수 없다는 듯 조금 얼빠진 목소리로 되물었다.

"…그게 어때서?"

"악귀라고 불릴 정도로 나쁜 영은 없어요, 민수 씨 주변에."

지하철에서 아이를 홀리던 '그것'과 기숙사에서 소연 씨를 괴롭히던 '그것'은 모두 검은색에 가까운 회색을 띄고 있었다. 그러나 민수 씨 주변에 있던 영들은… 검은색보다는 흰색에 가까운 회색을 띠고 있었다. 어떤 원한을 가지고 있거나, 사람을 해칠 생각으로 가득 찬 '악귀'라고 보기는 힘들다. 내 말에 강준 씨 역시 고개를 끄덕이며 동의를 표했다.

"몰려다니면서 사소한 장난을 칠 수는 있겠지만, 말 그대로 '장난'일 뿐이야. 지금 의뢰인의 상황은 영들의 장난이라고 말하기에는 과해."

"아무래도… 뭔가 다른 이유가 있는 것 같아요."

분명히 무언가가 이상했다. 제사 한번 지낸다고 끝나지 않을 거라는 생각이 강하게 들었다. 나를 물끄러미 바라보던 사장님이 박수를 짝 치며 주의를 환기시켰다.

"일단 의뢰인 주변에 있는 영들을 성불시켜 보자. 무언가 변화를 주면 상황이 달라지지 않을까."

"맞아요. 지금 당장 할 수 있는 게 그것이기도 하고요. 성불을 시키는 게 좋겠어요."

순간, 사람들의 시선이 내게로 쏠렸다.

"…왜 날 쳐다봐요?"

설마….

"제가 성불시켜요?"

성불이라니, 내가? 말도 안 돼.

"전 못해요."

"누리 씨."

사장님이 은근한 목소리로 나를 불렀다. 마치 의뢰인들을 상대하는 듯한 목소리다.

"못한다고 말하지 말고 우선 상황을 생각해봐. 난 귀신을 못 봐. 그런 내가 성불을 시켜? 귀신을 보지도 못하는데?"

"…사장님이 성불을 시키는 건 힘들죠, 아무래도…. 그럼 요한 씨가, 그러고 보니 요한 씨는 뱀파이어라면서요!"

뱀파이어라면 귀신 친척쯤 되지 않을까? 기대에 가득 찬 눈으로 요한 씨를 바라보니 요한 씨가 난처하다는 듯 손사래를 치며 말했다.

"난 물리력 담당이라서…. 귀신보단 귀신 쓴 사람들을 주로 상대하지."

"귀신은 성불이 아니라 소멸이 답이지."

참으로 강준 씨다운 대답이었다. 제 주인에게 동의라도 하듯 강준 씨 어깨에 앉아 있는 용이 빽 하고 울었다. 힘이 빠진 내가 한숨을 푸욱 내쉬며 자그마한 목소리로 말했다.

"난 못해요. 해본 적도 없단 말이에요."

내 말에 잠시 생각에 잠겨 있던 요한 씨가 신당 문을 가리켰다.

"다운이가 모시는 신들한테 한번 물어봐. 도와줄지도 몰라."

"에이, 전 사흘짜리 임시보호자인데 절 도와주겠어요?"

"혹시 모르지. 가봐."

요한 씨의 말에 사장님과 강준 씨 역시 고개를 끄덕였다. 세 사람의 기대 가득한 눈에 나는 마지못해 자리에서 일어나 신당 안으로 들어갔다.

〔더러운 것들에게서 묻어온 냄새가 코를 찌르는구나.〕

문을 열자마자 보인 것은 장군신의 커다란 등이었다. 이야기하기도 싫다는 듯 등을 돌리고 앉아 있는 장군신을 보자 더 기죽는 기분이다.

"성불을… 시키려고 하는데요. 어떻게 해야 할지를 잘 모르겠어서….

〔너라면 할 수 있지 않느냐.〕

'뭘 할 수 있어요. 전 아무것도 모르는데'라는 말이 입속을 맴돌았다. 사장님도 그렇고 회사 사람들도 그렇고, 이제는 장군신까지…. 다들 날 너무 대단하게 본단 말이지. 난 '그것'들을 볼 수 있는 능력 말고는 어느 하나 특별한 것 없는 스물네 살 여자애일 뿐인데 말이야.

"아이 참, 신령님, 도와주세요. 네?"

에잇, 마지막 방법이다. 돌아앉은 장군신의 앞으로 가 내가 지을 수 있는 최고의 애교스런 표정을 지으며 두 손을 비비꼬았다. 통하나, 통하나…?!

〔흠… 그, 그러면 이번만 특별히….〕

〔무령을 써.〕

입을 연 장군신의 말을 자르고 동자신이 말했다. 소란에 잠이 깬 모양이었다. 동자신이 획 하고 손을 들어 올리자 다운이 무구를 정돈해놓은 바구니 안에서 무령이 두둥실 떠올라 내 앞으로 날아왔다. 내가 두 손을 모아 내밀자 그 위로 무령이 천천히 떨어지며 '딸랑' 하는 소리를 냈다.

〔무령을 이케이케 요로케 흔들면서 간절히 빌어봐. 성불하게 해주세요, 하고.〕

동자신이 자그마한 손으로 무령을 흔드는 시늉을 하며 혀 짧은 소리로 열심히 설명했다. 짧은 설명 뒤 동자신이 나가보라는 얼굴을 했다. 나는 들어올 때와 마찬가지로 마지못해 신당에서 나왔다.

"무당 전직했냐? 아이템이야?"

"…시끄러워요."

응접실 안에 민수 씨와 그의 어머니가 돌아와 있었다. 무령을 들지 않은 손으로 응접실의 문을 활짝 열자 핸드폰을 보고 있던 민수 씨가 갑작스럽게 열린 문에 놀란 눈을 하고서 나를 보는 것이 느껴졌다. 나는 손에 쥔 무령을 조심스럽게 흔들었다.

딸랑─.

금속이 부딪치며 맑은 소리가 들려왔다.

"어때?"

아무것도 보이지 않는 사장님은 상황이 궁금한 듯 연신 내게 물었다. 나는 대답하지 않고서 주변의 상황을 살폈다. 방울 소리에도 '그것'들은 어떤 반응도 보이지 않은 채 민수 씨의 주변을 맴돌았다. 지금 뭘하고 있는 거람. 다운이라면 모를까, 내가 고작 이런 방울 따위로 이렇게 많은 수의 귀신을 성불시켜…? 내 스스로도 무령을 흔들고 있는 행동이 우스웠다.

딸랑─.

다시 한 번 무령을 흔들었다. 맑은 방울 소리를 들으니 마음이 차분해지는 기분이다.

딸랑─.

이왕 해보는 거 좀 더 진지하게 한번 해볼까. 저번에 다운이가 어떻게 하더라. 부디….

"극락왕생하소서…."

라고 말하던데….

딸랑─.

팔찌가 흔들리는 진동에 나는 서서히 정신을 차렸다. 내가 언제부터 눈을 감고 있었던 거지? 잠들었던 것처럼 기억이 나질 않았다. 나는 무령을 흔들던 손을 멈춘 뒤, 조심스럽게 눈을 떴다. 놀랍게도 사무실 안을 가득 메우고 있던 '그것'들은 흔적도 없이 사라져 있었다.

"어… 주변에 있는 귀신들은 전부 다… 성불한 것 같네요. 그죠, 사장님?"

나는 뒤돌아 사장님을 보며 더듬더듬 말했다. 요한 씨와 강준 씨가 놀란 얼굴로 나를 바라보고 있었다. 두 사람의 표정을 힐끔 본 사장님이 얼른 덧붙였다.

"예, 당분간은 괜찮을 것 같네요. 오늘은 이만 가보셔도 됩니다. 무슨 일 생기면 언제든 전화 주시고요."

문 닫힌 복도 너머로 두 사람의 발걸음 소리가 멀어졌다. 나는 설명을 요구하는 표정을 하고 있는 세 사람을 향해 역으로 물었다.

"미리 말해두겠는데 전 아무것도 몰라요. 잠깐 사이에 무슨 일이 있었던 거예요?"

"…누리 씨, 기억 안 나?"

고개를 끄덕였다. 요한 씨가 흐음 헛기침을 하고는 입을 열었다.

"처음에는 장난치는 줄 알았어."

"맞아요. 처음에는 저도 반쯤 장난이었어요."

"그러다가 어느 순간 누리 씨가 눈을 감는데…. 갑자기 주변의 기운이 묘하게 달라지더라고."

"눈을 감은 건 기억이 안 나요."

"신들린 듯이 무령을 막 흔드는데, 처음에는 아무 반응도 없던 영들이 어느 순간을 기점으로 천천히 사라졌어."

"…성불했을까요?"

"아마도."

애매모호한 강준 씨의 대답이었지만 마음이 조금이나마 편해졌다.

"그나저나 너 그 팔찌말인데,"

"팔찌가 왜요?"

사장님이 팔찌를 손으로 가리켰다. 나는 방어적으로 팔찌를 낀 손을 등 뒤로 숨겼다.

"그 팔찌, 뭔가 있는 것 같아."

"무슨 소리예요. 그냥 평범한 팔찐데!"

"평범한 팔찌는 아냐, 분명. 무령을 흔들기 위해서 팔찌가 네 손을 조종하는 것 같았어."

"…무섭게 이러실 거예요?"

내가 발끈해서 무어라 쏘아붙이려는 찰나, 테이블 위에 있던 사장님의 핸드폰이 길게 진동했다. 사장님이 헛기침을 큼, 하고는 전화를 받았다.

"천하제입니다. 네. 아, 네."

'의뢰인.'

한 손으로 수화기 부분을 막은 사장님이 우리를 보며 입을 벙긋거렸다.

"네? …지금 바로 가겠습니다."

전화를 끊은 사장님이 자리에서 벌떡 일어나 겉옷을 챙겨들었다.

"집에 가는 길에 차 사고가 나서 지금 병원으로 가는 중이래."

* * *

1인실 침대에 누워 있는 민수 씨는 예상보다는 훨씬 멀쩡한 모습으로 우리를 맞이했다. 파란색 목 깁스를 제외하면 멀쩡했고, 이마에만 살짝 까진 상처가 나 있을 뿐이었다.

"이봐요. 당분간은 괜찮을 거라고 했잖아요!"

여자가 날카로운 목소리로 소리를 질렀다. 여자의 큰소리에 침대 난간에 '낙상 주의' 팻말을 걸던 간호사가 인상을 찡그리며 주의를 주었다.

"조용히 좀 해주세요. 환자는 절대 안정이 중요합니다."

"죄송합니다. 잠시 저희도 상황을 좀 보고…"

난처한 얼굴의 사장님이 여자를 향해 고개를 꾸벅 숙였다. 사장님이 당황한 것을 본 것은 이번이 처음이었지만 나는 마냥 사장님을 구경하고만 있을 수는 없었다.

"세상에…."

민수 씨가 누운 침대 주변이 다시 '그것'들로 가득했던 것이다. 어림잡아 세어봐도 아까 사무실에 있던 '그것'들보다 수가 훨씬 많았다. 성불한 것이 아니었나? 다른 곳에 가 있다가 돌아온 건가? 의문이 꼬리에 꼬리를 물고 이어졌다.

"아까 제가 성불시킨 거 아니었어요?"

요한 씨가 고개를 가로저었다.

"여기 있는 영들은 아까 사무실에서 누리 씨가 성불시킨 영들과는 달라. 거의 이 병원 환자복을 입고 있어."

"병원에 있는 귀신이란 귀신은 다 몰려온 것 같은데."

강준 씨가 빽빽 울어대는 수호용을 진정시키며 덧붙였다. 허탈한 마음에 내가 중얼거렸다.

"아까 성불시킨 게 아무 의미가 없어졌네요."

여기 있는 '그것'들을 다시 성불시킨다고 해도, 다른 '그것'들이 민수 씨의 주변을 또 따라다닐 것이 뻔했다. 민수 씨의 몸은 마치 도깨비터 위에 지은 편의점처럼 '그것'들을 자꾸만 끌어들이고 있는 것 같았다.

"영들을 무조건 성불시키기만 할 게 아니라, 근본적으로 민수 씨의 주변에 왜 영이 몰려드는지부터 알아내야 할 것 같아요."

여자는 여전히 사장님을 향해 무어라 쏘아붙이고 있었다. 요한 씨가 나서서 여자를 말렸다.

"우선은 퇴원부터 시키는 게 좋을 것 같네요. 여긴 너무 위험해요."

"처음부터 당신 같은 사기꾼들을 믿는 게 아니었어! 절대 안정하라던 간호사 말 못 들었어요? 이 판국에 퇴원을 시키겠다고?"

여자가 대상을 바꾸어 요한 씨에게 쏘아붙였다. 어찌나 화가 났는지 얼굴이 시뻘겋게 달아올라 있었다.

"그게 아니라…."

거듭되는 큰소리에 복도를 지나가던 사람들이 자꾸만 안을 힐끔힐끔 훔쳐보는 것이 느껴졌다. 내가 한 걸음 앞으로 나섰다.

"민수 씨의 문제는 병원에서 치료 받는다고 없어지지 않아요. 이건 분명 영에 관련된 문제예요."

여자와 똑바로 눈을 마주치며 확신을 주려 애썼다. 당당한 내 태도에 여자의 태도가 조금 누그러지는 듯하더니 다시 내게 쏘아붙였다.

"아까도 괜찮을 거라고 말은 번지르르하게 했지만 결국 이렇게 되었잖아요!"

"그 점은 사과드립니다. 그렇지만 이번 한 번만 더 저희를 믿어주세요. 민수 씨에게 일어나는 일들의 원인을 반드시 찾아 해결하겠습니다."

병원에 있어봐야 별 뾰족한 수가 없다는 것을 의뢰인도 알 것이다. 그래서인지 의뢰인의 마음이 흔들리는 것 같았다. 사장님이 고민하는 의뢰인에게 쐐기를 박았다.

"집으로 가셔야 해요. 민수 씨 주변에 영들이 존재하는 한 안전한 곳은 없습니다."

마지못해 의뢰인이 고개를 끄덕였다. 불신이 가득한 얼굴이었다.

* * *

민수 씨의 집은 그 엄마의 목에 걸린 목걸이만큼이나 화려한 청담동의 고급 주택이었다. 우리는 민수 씨의 안내를 받으며 한눈에 봐도 관리가 잘 된 정원과 넓은 거실을 지나 민수 씨의 방으로 향했다. 민수 씨가 방문을 열며 작게 중얼거렸다.

"딱히 볼 건 없는 방입니다만… 들어오세요."

방 안은 단조로웠다. 일반 방에 비해 크기가 넓을 뿐, 특별할 것 없었다. 혹시라도 무언가 원인이 있지는 않을까 싶어서 안을 샅샅이 살피던 우리는 민수 씨 몰래 눈빛을 주고받았다.

'없는 것 같지?'

강준 씨가 입을 벙긋거렸다. 요한 씨 역시 고개를 끄덕였다.

"저흰 집 안을 조금 더 둘러보겠습니다. 혹시 다른 곳에 문제가 있을 수도 있으니까요."

요한 씨가 강준 씨를 데리고 나가며 문을 닫았다. 나는 남의 집이라는 것도 잊고 민수 씨의 침대에 털썩 걸터앉았다. 의뢰인에게 문제를 해결하겠다고 호언장담하기는 했는데…. 만약 집에서도 문제를 발견하지 못한다면 어떡하지. 조상신의 문제도 아니고, 살고 있는 집에도 문제가 없다면…. 도대체 민수 씨는 왜 그렇게 많은 '그것'들을 데리고 다니는 걸까?

"사진이 참 많네요?"

문득 사장님의 목소리가 들려왔다. 사장님은 액자에 담긴 사진들을 훑어보고 있었다. 나는 침대에서 일어나 사장님 곁에서 함께 민수 씨의 사진을 살폈다.

"아버지가 사진 찍는 걸 좋아하시거든요."

방 안 곳곳에 걸려 있는 사진 속에는 민수 씨의 성장과정이 고스란히 담겨 있었다. 아주 어릴 적 놀이공원에서, 동물원에서, 학교 입학식과 졸업식, 그리고 지금 살고 있는 집 안에서의 평범한 일상 모습까지. 액자에 담긴 민수 씨의 앳된 얼굴들은 하나같이 환한 웃음을 짓고 있었다.

"사진 속 민수 씨는 참 행복해 보이네요."

"그…런가요? 전 항상 주위 사람들한테 '재수 없는 놈'이라는 말만 들어와서… 잘 모르겠네요."

민수 씨가 수줍게 미소 지었다. 내 말에 부끄러우면서도 싫지 않은 눈치였다.

"어, 다운이냐? 촬영은 잘했고?"

갑작스런 사장님의 목소리에 소리가 들리는 쪽으로 고개를 돌렸다. 다운과 통화 중인 것 같았다.

"우리? 어, 지금 일하는 중이야. 어어, 의뢰인 집. 맞아. 네가 좀 봐줘라. 집도 그렇고 사람도 그렇고 아무 문제가 없는데 자꾸 영이 따라다니네?"

〔문제가 없는데 영이 왜 따라다녀요? 문제가 있으니까 따라다니겠지.〕

볼륨을 크게 올려놓은 수화기 너머로 다운의 시니컬한 목소리가 들려왔다. 아이 참, 민수 씨도 듣는데! 괜히 민망해진 내가 민수 씨의 눈치를 보며 헛기침을 큼큼 하자 민수 씨가 괜찮다는 듯 나를 보며 미소 지었다.

"글쎄 그게 또 이상한 게, 전부 다 평범한 영들이야. 악귀는 하나도 없다는데, 그중에?"

〔흠… 아홉수인가? 원래 아홉수가 끼면 영들이 잘 꼬이거든요. 일단 사주 한번 볼게요. 의뢰인 옆에 있어요? 이름, 생년월일, 태어난 시간 좀 불러달라고 해요.〕

"아, 1989년 3월 27일 아침 6시 28분입니다."

…아주 스피커폰이 따로 없네. 수화기 너머의 다운의 목소리를 들은 민수 씨가 사장님이 묻기도 전에 대답했다. 사장님이 민망한 듯 콧잔등을 긁으며 말을 전했다.

"1989년 3월 27일 아침 6시 28분. 이름은 김민수 씨."

수화기 너머로 서걱서걱 필기하는 소리가 들렸다. 그러고서는 한참 동안 침묵이었다.

"전화 끊었어? 다운아?"

〔…혹시 그 사람 주변에 영이 지나치다 싶을 정도로 많아요? 대여섯 마리 정도가 아니라 수십 마리도 넘게.〕

"맞아! 어떻게 알았어?"

다운의 말에 사장님이 신기하다는 듯 되물었다. 다시 침묵을 지킨 다운이 무거운 목소리로 말했다.

〔…내일 한국 들어가서 바로 사무실로 갈게요. 그때 이야기해요.〕

다운의 전화가 툭 끊겼다. 불안한 얼굴로 우리의 눈치를 살피는 민수 씨를 보며 우리는 아무런 말도 할 수 없었다.

* * *

79

다음 날, 다운은 입국하자마자 사무실부터 들렀다. 취급주의 스티커가 고스란히 붙어 있는 캐리어를 끌고 사무실 문을 연 다운은 응접실에 앉아 있는 여자를 보며 대뜸 소리부터 질렀다.

"고얀 년!"

"아니, 이게 무슨 교양 없는 짓…!"

"네 새끼 살리겠다고 생떼 같은 남의 자식을 죽여!"

다운의 고성에 여자가 얼굴이 빨갛게 달아올라서는 인상을 찡그리며 말했다.

"무, 무슨 말을 하는 거예요, 지금!"

다운은 여자에게 대답하는 대신 민수 씨의 앞으로 성큼성큼 걸어갔다.

"오른손 내밀어봐."

다운의 말에 민수 씨가 엉거주춤 자신의 오른손을 내밀었다. 민수 씨의 손을 홱 낚아채어 손바닥이 보이도록 뒤집은 다운이 민수 씨의 손바닥을 들여다보고는 다시 여자를 향해 소리를 쳤다.

"이렇게 명명백백한 증거가 있는데도 발뺌을 해!"

다운의 말에 여자가 움찔하더니 다시 부정했다.

"무슨 증거 말이에요! 당장 돌아가겠어요. 이 사기꾼들! 처음부터 이런 미신 믿는 게 아니었어!"

여자가 벌떡 일어나 가방을 챙겨 들고는 응접실 문고리를 잡았다.

"가자. 수준 떨어져서, 원."

"잠시만요, 어머님. 우선 진정하시고요. 이야기를 좀 들어보시는 게 좋겠네요. 다운이 너도 진정해."

"기억나지, 이 흉터."

다운은 사장님의 말에 대꾸하는 대신 민수 씨의 눈을 똑바로 바라보며 물었다.

"그건 얘의 손금이에요! 태어날 때부터 있던 손금이라고요!"

여자가 강력히 부정했지만 이 응접실에 그 말을 믿는 이는 아무도 없었다. 내가 보기에도 그 흉터는 결코 손금이 아니었다. 무언가 날카로운 것에 베인 자국이었다.

"잘 생각해봐. 떠오르는 거 없어?"

다운의 말에 민수 씨가 천천히 고개를 끄덕였다.

"어렸을 때 어머니가… 이렇게 해야 오래 살 수 있다고…"

"아냐! 그건 원래 네 손금이야!"

여자가 악을 썼다. 다운이 여자를 한 번 노려보고는 민수 씨의 손을 가리켰다.

"사람의 손바닥에는 수많은 선이 있어. 그중에서도 가장 큰 선 세 개를 기본 3대 선이라고 해. 그리고, 이게 생명을 나타내는 생명선이야. 선이 길수록 명도 길지."

"그럼 저는…."

"네 원래 생명선은 여기까지였어. 보통 사람에 비해 비정상적으로 짧은 편이지. 명대로라면 열 살 즈음 죽었을 운명이다."

"아냐! 아냐! 누가 죽어, 내 아들이 죽긴 왜 죽어!"

여자는 이제 바닥에 주저앉아 소리를 지르고 있었다.

"네 어미가 너를 살리기 위해 수를 쓴 게야."

다운이 잡고 있던 민수 씨의 손을 팽개치듯 놓고는 바닥에 주저앉아 악을 쓰는 여자에게로 다가갔다.

"네가 죽인 그 아이는 어디 있지? 네가 네 아들을 살리기 위해 취한 그 가여운 목숨 말이야."

다운의 눈매가 날카롭게 치켜 올라갔다. 그 매서운 눈빛에 여자가 움찔하며 슬금슬금 엉덩이로 뒷걸음질을 쳤다.

"그 가여운 것은 아직까지 구천을 떠돌고 있을 것이다. 저승명부에 이름이 오르지 못한 영은 죽어도 죽은 것이 아니니까."

"그게… 무슨 말입니까?"

자신의 손금을 바라보고 있던 민수 씨가 입을 연 것은 그때였다.

"어머니가… 아이를 죽여요…?"

다운이 고개를 끄덕였다.

"인명(人命)은 재천(在天)이라, 사람의 목숨은 하늘이 정한다는 뜻이다."

"…."

"네 어미는 네가 단명할 운명이라는 것을 진작에 알았을 것이다. 그리고 짧은 수명을 억지로 늘리기 위해 수소문했겠지."

"아냐! 내 아들은 돌잔치 때 실을 잡았어! 오래도록 나와 함께 살 거란 말이야!"

악을 써 반쯤 쉿소리를 내는 여자의 목소리에는 어느새 물기가 서려 있었다.

"네 어미는 너를 대신할 희생양을 찾아 죽이고, 그 아이와 네 사주를 바꿔치기했어. 용서 받지 못할 죄를 저질렀다."

큰 충격을 받은 듯 민수 씨가 덜덜 떨리는 손을 애써 부여잡았다.

"그러나 하늘의 눈은 속인다고 해도 네 육신을 속일 수는 없었을 것이다. 네 육신은 지금쯤 한 줌 흙먼지가 되었어야 정상이니."

"…."

"맞지 않는 사주와 영혼이 만났으니 당연히 삐걱거릴 수밖에."

그래서 민수 씨에게는 이제까지 '어떤 일'도 이루어지지 않은 거구나. 살아 있을 운명이 아니었으니까. 민수 씨가 넋이 나간 얼굴로 천천히 자리에서 일어났다. 그러고는 고개를 푹 숙인 채 울고 있는 제 어머니의 앞으로 다가갔다.

"너는 지금 언제 죽어도 이상하지 않은 상황이다. 그리고 네 주위를 떠도는 영들은 그것을 너무나도 잘 알고 있지. 앞으로도 네 주변에 머무르며 네가 죽고 난 뒤 그 빈껍데기를 차지하기 위해 갖은 수를 쓸 것이다."

"…."

"누군지는 모르겠지만, 모정에 눈먼 어미에게 금기(禁忌)를 가르쳐준 그 자도 결코 무사하지는 못할 것이다. 너와 네 자식 또한, 편히 저승으로 갈 수는 없을 게다."

여자의 태도가 변한 것은 그때였다. 여자가 별안간 무릎을 꿇고는 다운을 향해 기어왔다. 그러고는 두 손을 모아 싹싹 빌며 울부짖었다.

"자, 잘못했습니다. 저는 민수 없이는 못 살아서, 그래서 그랬어요. 잘못했습니다. 정말 잘못했습니다. 제 죽음으로 죄를 갚을 수 있다면 그렇게 하겠습니다. 제가 죽어서 저승에 못 가는 건 괜찮아요. 이 육신이 너덜너덜하게 찢기도록 고통 받아도 괜찮습니다. 그렇지만 우리 민수는 안 돼요. 하나뿐인 내 아들이란 말입니다. 제발요."

다운은 여자의 울부짖음에도 눈 하나 깜짝 않고 차갑게 물었다.

"아기는 어디에 있지? 그리고 네게 금기를 가르친 자는 어디에 있나."

"아무도 찾을 수 없는 곳에 묻었습니다. 누구에게도 보이지 말아야 한다고 해서…. 말할 수 없어요. 우리 민수는 안 됩니다. 안 돼요."

"말해!"

"…어머니."

머리맡에서 들려오는 아들의 목소리에 여자가 고개를 들고 민수 씨와 눈을 마주쳤다. 그러고는 손을 뻗어 민수 씨의 머리며 얼굴, 볼을 마구 쓰다듬기 시작했다.

"민수야… 내 아들… 내 아기…. 엄마가 지켜줄게. 내 아가는 아무도 못 데려간다. 응?"

"어머니."

"그래, 내 아들. 민수야. 엄마가…."

"제가 이런 삶을 바랐을 거라고 생각하세요?"

정신 나간 사람처럼 중얼거리던 여자의 목소리가 뚝 멎었다. 부릅뜬 여자의 눈에서 눈물이 주르륵 흘러내렸다. 마찬가지로 눈가에 눈물이 가득 고인 민수 씨가 울먹였다.

"누가 살려달라고 했어요? 나는 살아 있어도 아무것도 할 수가 없는데! 살아만 있으면 뭐해요…."

민수 씨의 말에 여자가 어깨를 떨며 흐느꼈다.

"네가… 그렇게 말하면 안 된다…. 너는… 엄마한테 그러면 안 돼…."

"죽인 아기가 묻힌 곳을 말해주세요. 제가 속죄하고 지금이라도 죽겠어요."

"안 돼. 네가 죽으면 엄마도 죽어!"

그것은 광기 어린 모정이었다.

"…."

흐느끼던 여자가 다시 악을 쓰고는 민수 씨를 힘껏 끌어안았다. 아무에게도 빼앗길 수 없다는 듯한 태도였다.

"내가 너를 어떻게 얻었는데, 하나뿐인 내 아들… 내가 너를 얻기 위해 천지신명께 3년 내내 쉬지 않고 기도를 올렸다. 그렇게 얻은 귀한 내 새끼야. 너를 그 누구에게도 줄 수 없어."

제 어머니의 품에 안긴 민수 씨가 고개를 가로저었다. 작지만 단호한 목소리로 말했다.

"…지금이라도 제가 죽을게요. 제가 먼저 저승으로 가서 속죄하며 신께 어머니를 용서해달라고 빌겠어요."

"너 하나의 속죄로 죽은 아이가 돌아오지는 않는다. 지은 죄는 돌이킬 수 없어."

다운이 냉정히 말했다.

"마찬가지로 죽은 아이를 찾아낸다고 해서 네가 죽지도 않을 것이다. 네년이 벌인 짓으로 네 아들은 평생 이렇게, 살아도 산 것이 아닌 운명으로 살게 될 것이다. 네가 죽인 그 아이에게 본디 주어졌던 그 명이 다할 때까지 말이다."

"…."

한동안 사무실 안은 여자의 울음소리와 민수 씨가 울음을 삼키는 소리만이 울려퍼졌다.

"네가 죽인 아이 묻은 곳을 말해."

* * *

여자는 다운에게 자신이 죽인 아이를 성불시켜도 자기 아들이 죽지 않는다는 말을 거듭 확인받고서야 아이를 묻은 곳을 말했다.

"감히 어떤 미친놈이 그런 금기를 일반인에게 가르쳐준 거지?"

다운은 여자를 도왔다는 무당을 백방으로 수소문해보았지만 결국 찾을 수 없었다. 여자가 일러준 곳에는 무당집 대신 커다란 새날교 건물이 서 있을 뿐이었다.

"잘 보내주고 왔어?"

여자는 경찰에 자수했다.

"응. 잘 보내주고 왔어. 열 살쯤 되는 아이였는데, 자기가 죽었다는 것도 모르고 엄마를 찾아 울고 있더라고."

아이의 시신은 썩지도 않은 채 그대로 땅 속에 묻혀 있었다고 했다. 경찰에 신고한지 만 하루가 되지 않아 아이의 부모와 연락이 닿았고, 아이의 차가워진 몸은 그제야 부모를 만날 수 있었다. 십수 년이 넘도록 잃어버린 아이를 찾아 헤매던 부모는 차가워진 아이의 시신 앞에서 처절하고, 또 처절하게 오열했다.

"그런 모정이 있는 걸까?"

자신의 아이를 잃기 싫어서 다른 사람의 아이를 죽였다.

"글쎄… 그게 과연 모정일까."

다운의 질문에 나는 내가 알고 있는 다른 모정을 떠올렸다.

— 네 잘못이 아냐.

그녀는 제 딸을 살리기 위해 기꺼이 자신의 목숨을 바쳤다. 그리고, 자신이 죽은 뒤 평생을 죄책감 속에서 살 제 자식을 걱정하며 죽어가는 그 순간까지도 딸을 위로했었다.

"맞다, 이거."

상념에 빠진 내게 다운이 작은 종이가방을 불쑥 내밀었다.

"이게 뭔데?"

"사달라며."

설마…? 나는 떨리는 손으로 가방 안 물건을 꺼냈다. 면세점 로고가 박힌 포장지 안에 영롱한 빛을 뿜는 립스틱 두 개가 들어 있었다.

"야, 넌 제품이 두 종류면 그중에 어떤 걸 사달라고 정확하게 이야기를 해야지. 내가 거기서 어떤 걸 사야 하나 얼마나 고민한 줄 알아?"

다운이 투덜거렸다.

"그래서 두 개 다 사왔어? 이야, 기특한데?"

나는 손을 올려 다운의 머리카락을 쓰다듬으며 상념을 털어냈다. 다운이 못 말린다는 듯 작게 한숨 쉬었다.

"에휴, 다음에도 잘 부탁해."

"물론이지. 나만 믿어!"

물론 그때도 맨입으로는 안 되지만!

* * *

해질녘 홍대는 사람들로 가득했다. 길거리 음식을 파는 포장마차 앞은 음식을 먹으려는 사람들이 빈틈없이 들어차 있었고, 이름난 맛집들은 커플들로 문전성시를 이루었다. 거리 곳곳에서는 인디밴드들이 길거리 공연을 하고 있었고, 그 주변에는 그들의 노래를 들으려는 사람들이 동그랗게 무리를 형성하고 있었다. 나는 홍대 특유의 분위기에 한껏 고무되었다. 어디에나 사람들이 가득하고 새로운 볼거리가 있는 곳, 젊음의 활기가 넘치는 곳. 바로 홍대!

"쟨 옷을 왜 저렇게 입었대요?"

등 뒤에서 다운의 목소리가 들려왔다.

"몰라, 홍대 패션 피플들한테 뒤떨어지지 않을 거라나?"

"…저 옷차림이 뒤떨어지지 않는 패션이래요?"

"응. 그렇대."

"뒤떨어지다 못해 좀 덜 떨어지는 것 같은데?"

사장님과 다운이 내 옷을 보며 소곤거렸다. 다 들린다, 이 사람들아!

"내 옷이 어때서요. 예쁘기만 한데."

"아빠 옷 훔쳐 입고 나온 아이 같아. 코트가 바닥에 끌리겠다, 누리야."

사장님이 나를 보며 키득 웃었다. 비웃음이 명백한 그 웃음에 나는 조금 기분이 상했다.

"요즘 유행하는 오버 핏이라는 거거든요? 일부러 크게 입은 거예요!"

"양말은 왜 이렇게 길어, 거기다 흰 양말에 까만 운동화는 또 뭐야."

"양말이 아니고 오버 니삭스거든요? 원래 무릎 위까지 올라오는 거예요. 그리고 흰색에 까만색이 또 뭐 어때서! 잘 어울리기만 한데."

어휴, 정말 말이 안 통해. 나는 손으로 이마를 짚곤 고개를 절레절레 저었다. 남자들이 여자들의 패션에 대해 뭘 알겠어. 하나하나 잡고 설명해 줄 수도 없는 노릇이니 내가 이해해야지.

"얼른 가기나 해요. 의뢰인이랑 약속한 시간 안 됐어요?"

"저기⋯."

툴툴거리며 걸음을 재촉하는 내 뒤에서 누군가가 나를 불렀다.

"네?"

"저는 잡지사 디렉터인데요. 옷차림이 굉장히 특이하셔서요. 혹시 바쁘지 않으시다면 저희 잡지에 실을 사진 한 장만 찍어도 될까요?"

커다란 렌즈가 붙은 카메라를 어깨에 멘 여자였다. 갑작스런 요청에 당황한 것도 잠시, 슬금슬금 올라가는 입꼬리를 애써 내리며 도도하게 말했다.

"바쁘기는 한데⋯ 한 장 정도는 괜찮을 것 같네요."

나의 승낙에 긴장한 얼굴로 나를 보고 있던 디렉터의 얼굴이 환해졌다. 옆에 선 네 남자들은 모두들 얼빠진 얼굴을 하고 있었다. 나는 잔뜩 우쭐해져서 그들을 향해 샐쭉하게 웃어 보였다. 다들 봤지? 내가 이 정도라는 걸!

"찍을게요!"

여자는 내게서 대여섯 발자국 정도 크게 물러서선 어깨에 메고 있던 카메라로 나를 찍기 시작했다. 번쩍이는 카메라 플래시에 길을 걷던 사람들이 나를 쳐다보는 것이 느껴졌다. 사람들의 시선이 조금은 민망하면서도 기분이 좋았다.

"감사합니다!"

디렉터가 카메라 앨범에서 방금 자신이 찍은 사진을 확인해보더니 만족스러운 결과물을 얻은 듯 나를 보며 인사했다.

"아니에요."

나는 그런 디렉터를 보며 생긋 웃어 보였다.

"아, 그런데⋯."

"네?"

"잡지 이름이 뭐예요? 다음 달에 제 사진이 실리는 건가요?"

"⋯다음 주 수요일 발간되는 〈스트릿 패션〉이라는 잡지예요."

내 질문에 여자가 살짝 당황한 얼굴을 하고선 자그마한 목소리로 대답했다. 그러고는 내가 무어라 말을 하기도 전에 도망치듯 떠나버렸다. 참나, 누가 잡아먹나?

"이상하네. 보통 사진 찍기 전에 "저는 어느 잡지 디렉터 누구예요"라고 자기소개하면서 잡지 이름 말하지 않나?"

사장님이 의아하다는 듯 중얼거렸다.

"말하는 걸 잊었나 보죠, 뭐. 안 가, 다들? 의뢰인 기다리겠어요."

사장님의 시선이 다운에게 향했다. 다운이 어깨를 으쓱여 보이고는 앞장서서 걸었다.

"여기야."

의뢰인은 홍대의 번화가에서는 조금 거리가 있는 한 음악연습실의 주인이었다. 건물 안으로 들어가기 전에 사장님이 우리를 세워놓고 이번 의뢰에 관해 간단하게 설명했다.

"의뢰인은 5년 전부터 이곳에서 합주실을 운영하고 있었어. 근방에서 제일 큰 규모라 손님도 많았고, 단골도 많았대. 그런데 두 달 전에, 여기서 연습하던 밴드 중 하나가 갑자기 연습실에서 귀신을 봤다는 거야."

"어떤 귀신이래요?"

"목격자들 말로는 얼굴이 알아보지도 못할 만큼 으깨진 남자 귀신 둘이었대. 합주실이 좁은 편이어서 안 쓰는 악기들은 구석에 모아두는데, 거기 위에 앉아서 노려보고 있었다나?"

"그다음은요?"

"처음 목격자가 나온 뒤로 이틀에 한 번 꼴로 귀신을 봤다는 사람들이 생겨났대. 한 달도 안 돼서 홍대를 거점으로 활동하는 밴드들 사이에 소문이 쫙 퍼졌다는 거야. 합주실을 이용하는 고객들이 대부분 홍대 인디밴드들이라 타격이 크다고 해."

"그 귀신한테 해를 입은 사람은 없어요?"

잠자코 이야기를 듣고 있던 강준 씨가 물었다.

"응. 딱히 해코지를 당한 사람은 없었대."

"사람들이 처음 귀신을 본 게 두 달 전이고, 두 달이 지난 지금까지 해를 입었다는 피해자가 한 명도 없는 걸 보면… 악귀는 아닌 것 같네요."

"두 달째 성불도 않고서 사람들 앞에 자꾸 모습을 드러낸다는 건 뭔가 사연이 있다는 건데…. 보고 다시 이야기할까?"

요한의 말에 사장님이 앞장서 합주실 안으로 우리를 안내했다. 카운터에 앉아 있던 중년의 남자가 문이 열리자마자 기다렸다는 듯 벌떡 일어나 우리를 맞이했다.

"안녕하세요, 영혼사무소에서 왔습니다."

"기다리고 있었어요. 얼른 들어오세요."

합주실은 마치 노래방을 떠올리게 했다. 기다란 복도 양옆으로 연습실 문들이 죽 나열되어 있었는데, 그 중에서도 복도 끝에 있는 가장 마지막 방문 앞에 선 의뢰인이 우리를 보며 푸념했다.

"여기예요. 여기서 연습하던 밴드들이 자꾸 귀신이 나온다는 소릴 해대서…."

의뢰인이 마지막 방의 문을 활짝 열었다. 모두들 긴장된 얼굴로 방 안을 살폈다. 연습실 안쪽 벽은 방음재로 마감 처리되어 있었고, 문의 맞은편 벽에는 키보드와 드럼, 젬베 등의 악기들이 가지런히 정리되어 있었다. 그리고 키보드와 젬베 위에는… '그것'들이 앉아 있었다. 회색빛이다.

나는 남들 몰래 안도의 한숨을 내쉬었다. 정말 악귀는 아니구나. 살짝 긴장이 풀린 채로 다운과 강준 씨, 요한 씨를 살펴보니 그들 역시 나와 같은 생각을 하는 듯했다.

"이런 데는 주로 누가 와서 연습하나요?"

다운이 물으며 의뢰인의 시선을 끄는 사이 요한 씨가 슬쩍 사장님께 눈짓했다. 안에 귀신이 있다는 말이다.

"뭐, 인디밴드들도 오고, 가수 지망생도 오고, 현악기 같은 클래식 악기 전공자들도 오고…. 다양한 분야에서 많이들 찾아오는데, 아무래도 주 고객층은 인디밴드들이죠. 가수 지망생들은 다니는 학원에 연습실이 있고, 클래식 전공자들은 대학에 다니고 하니까. 개인 연습실이 없는 인디밴드 멤버들이 주로 이런 데서 연습하곤 합니다."

연습실 가운데에 선 다운이 의뢰인을 보며 말했다.

"영은 지금 여기에 있어요. 두 명입니다."

다운의 말에 순간 '그것'들이 눈에 띄게 동요했다. 우리가 자기들 이야기를 한다는 것을 안 듯했다. 그리고 동요한 것은 '그것'들 뿐만이 아니었다. 의뢰인 역시 크게 동요하며 연습실 안을 연신 두리번거렸다. 물론 영적 능력이 전혀 없는 의뢰인의 눈에 '그것'들이 보일 리 없었지만 말이다.

"일단 저희가 이야기를 한번 나눠볼게요."

"그렇게 하시겠습니까? 전 카운터에 있을 테니, 모쪼록 잘 부탁드립니다."

나가달라는 사장님의 말뜻을 알아들은 의뢰인이 인사를 하고는 연습실 문을 닫고 멀어졌다. 연습실 안에 침묵이 잠시 흐르는 사이, '그것'들이 슬금슬금 뒷걸음질 쳤다.

"잠깐, 도망가려고 해!"

"어딜!"

내 짧은 외침이 끝나기도 전에 다운이 '그것'들을 향해 손에 쥐고 있던 부적을 던졌다. 기숙사 귀신을 속박했던 부적과 같은 종류인 것 같았다. 다운의 손을 떠난 부적이 길쭉하게 늘어나 '그것'들을 꽁꽁 옭아매었다. 이미 몸의 절반은 옆방으로 넘어가 있던 '그것'들은 부적의 힘으로 다시 우리가 있는 방 안으로 튕겨 돌아왔다. 다운이 그들의 앞으로 가서 섰다.

"우리는 너희를 볼 수 있어. 그리고 너희들이 하는 말도 들을 수 있지."

부적에 속박되어 자유롭지 못한 몸을 움직이기 위해 마구 발버둥 치던 '그것'들의 움직임이 일순간 뚝 멎었다.

"들어줄게, 너희들의 이야기를."

다운이 부적의 끄트머리를 잡고는 천천히 풀기 시작했다. 몸이 자유로워진 '그것'들은 아까처럼 격렬하게 반항하지도, 도망치려 하지도 않았다. 다운이 '그것'들을 향해 두 팔을 활짝 벌렸다. 둘 중 기운이 조금 더 센 '그것'이 다운의 품으로 빨려 들어가듯 쑥 들어가 안기는 것이 보였다. '그것'에게서 시선을 떼지 않은 채 다운이 말했다.

"누리야. 지난번에 한번 해봤지?"

"응."

기숙사의 일을 말하는 거겠지. 다운의 말에 희미한 그날의 기억들이 다시 생생하게 떠올랐다. 피눈물을 흘리던 다운, 다운의 몸에서 튕겨나와 나를 공격하려던 '그것', 그리고 바닥에 쓰러져 죽어가던 '그것'의 생생한 모습…. 두렵다. 다시 그런 모습을 마주하고 싶지 않다. 다리에 힘이 풀린 나를 뒤에 서 있던 사장님이 붙잡아주었다.

"괜찮아."

'괜찮아?'라는 물음이 아니었다. 확신이 가득 담긴 어조였다.

"네, 괜찮아요."

신기하게도 사장님의 짧은 한마디에 나는 괜찮아지고 말았다.

"너, 지난번처럼 또 영혼을 자극하면 안 돼. 악귀도 아니니까 말이 훨씬 잘 통할 거야. 괜히 자극해서 일 크게 만들지 말고 이야기만 들어줘."

다운이 사뭇 엄한 목소리로 내게 주의를 줬다.

"야, 누가 보면 내가 사고만 치고 다니는 줄 알겠어. 걱정 마, 걱정 마."

좋아. 다운이 짧게 대답하고는 우리 쪽으로 빙글 돌아섰다. 지금부터는 다운이 아닌 '그것'이다. 다운의 몸에 들어간 '그것'은 새로운 몸이 낯선 듯 양손을 쥐었다 폈다 하며 몸에 적응하려 애썼다.

"왜 사람들을 괴롭히는 거지?"

강준 씨가 날 선 목소리로 물었다.

"우린 괴롭히지 않았어요."

평소 다운의 목소리보다 훨씬 낮은 톤의 목소리가 흘러나왔다.

"너희가 한 짓이 사람들을 괴롭힌 게 아니라고? 너희는 여기서 연습하는 사람들 앞에서 너희의 모습을 드러냈고, 그들을 놀라게 했어."

"그건…."

"너희 때문에 이곳을 이용하던 사람들은 자주 찾던 합주실을 잃게 되었고, 합주실의 주인은 단골손님들을 잃었어."

바로 너희 때문에. 강준 씨의 말투에는 '그것'들을 향한 적대적인 태도가 묻어났다. …저기, 다운아. 내가 영혼을 자극하는 것보다 강준 씨가 영혼을 자극하는 게 한 수 위인 것 같은데…. 어디선가 다운의 한숨이 들려오는 것만 같았다. 다운에게 빙의한 '그것'이 강준 씨의 말에 반박하지 못하고 눈을 내리깔았다. 그러고는 기가 죽은 듯 자그마한 목소리로 덧붙였다.

"그럴 의도는 아니었어요."

"그럴 의도였건 아니었건, 너흰…!"

"그저 알리고 싶었을 뿐이에요. 우리의 억울함을…."

억울함이라니? 무슨 억울함을 말하는 걸까. 다운의 눈에서는 눈물이 주르륵 흘렀다. 다운의 안에 있는 '그것'이 울고 있었다.

"우리는 홍대에서 활동하는 인디밴드 '그린밤'입니다."

그린밤? 내가 아는 그 그린밤인가?

"…그린밤? 그쪽이…?"

내 놀란 기색에 사장님이 나를 보며 물었다.

"아는 사람들이야?"

"네, 홍대에서는 꽤 유명한 인디밴드예요. 친형제 두 명으로 구성된 밴드인데, 노래도 좋고 실력도 좋아서 메이저 기획사에서 데뷔하자는 제안도 몇 번 받고 그랬대요. 그런데 이번에 사고로 둘 다 죽었어요. 안타깝게 되었죠."

"…아니야."

내 말에 '그것'이 고개를 가로저었다.

"뭐라고?"

"사고가 아냐. 우리는 살해당한 거야."

모두들 할 말을 잃은 듯 잠시 정적이 흘렀다. 다들 이 말을 믿어야 하나, 말아야 하나 고민하는 듯했다.

"살해…당한 거라고?"

"그래. 나와 내 동생이 그토록 꿈꾸던 데뷔까지 한 달도 안 남았었는데! 우린 이렇게 억울하게 죽을 수 없어."

다운의 안에 있는 '그것'이 울부짖었다. 그 모습을 물끄러미 바라보던 사장님이 '그것'의 앞으로 한 걸음 다가가더니 자리에 털썩 주저앉았다.

"뭐하는 거지?"

그 모습에 '그것'은 당황한 기색이 역력해서 사장님에게서 한 발짝 뒤로 주춤대며 물러났다.

"긴 이야기가 될 것 같은데 앉아서 들으려고요. 뭐해? 다들 이리 와서 앉아."

사장님이 우리를 재촉했다. 귀신 앞에서 긴장이라곤 전혀 없는 태도였다. 강준 씨가 사장님의 옆에 털썩 주저앉고, 요한 씨 역시 바닥에 앉았다. 마지막으로 내가 자리에 앉자 사장님이 주위를 한 번 훑어보더니 '그것'을 보며 말했다.

"다리 아프실 텐데, 그쪽도 앉으세요."

…다른 건 몰라도 우리 사장님 넉살 좋은 건 정말 알아줘야 해. 자리에 앉아 자신을 올려다보는 우리를 황당하다는 눈으로 바라보던 '그것'이 엉거주춤 자리에 앉았다. 그제야 우리 모두 다운의 몸속에 있는 '그것'과 눈을 마주칠 수 있게 되었다.

"이제 하고 싶은 말 하시면 될 것 같네요."

사장님이 '그것'을 향해 웃어 보였다. 그 편안한 미소에 '그것'이 어느 정도 진정한 듯 차분한 목소리로 말을 시작했다.

"…저는 밴드 '그린밤'에서 기타를 치는 김성민이고 제 동생은 건반을 담당하고 있는 김세민이에요."

"네. 성민 씨, 이렇게 만나게 될 줄은 몰랐지만…. 만나게 되서 영광이에요. 노래 잘 듣고 있어요."

내 인사에 '그것', 아니 성민 씨가 씁쓸하다는 듯 웃으며 대답했다.

"감사해요. 좋아해주셔서. 제가 살아 있을 때 만났으면 좋았을 텐데요."

"…그런데 살해당했다니요? 제가 알기로는 교통사고를 당해서… 돌아가신 걸로 알고 있는데."

내 말에 성민 씨가 고개를 끄덕였다.

"교통사고였죠. 고속도로에서 갑작스럽게 자동차 뒷바퀴가 빠지는 바람에 가드레일을 들이받았어요."

"그럼…."

"누군가가 고의로 뒷바퀴 나사를 푼 거예요."

말을 하는 성민 씨의 눈은 분노로 가득했다. 성민 씨의 말에 동의라도 하듯 뒤에서 우리를 지켜보던 세민 씨가 주위를 빙빙 돌았다.

"어떻게 된 거죠?"

사장님의 질문에 성민 씨가 아랫입술을 깨물며 짓씹듯 말했다.

"저와 동생은 어릴 적부터 가수를 꿈꿨어요. 우리가 부른 노래가 아주 유명해져서 대한민국 모든 사람들이 우리의 노래를 알았으면 좋겠다고 생각했었죠."

"그런데…?"

"이제껏 떨어진 오디션이 수백 번이 넘어요. 어떤 오디션은 노래조차 부르지 못하고 떨어졌죠."

"…왜요?"

"다들 그러더군요. 대중에게는 외모도 실력의 일부라고. 그런데 저희는 지나치게 평범하다고요."

성민 씨가 말을 계속했다.

"노래를 계속 부르고 싶었어요. 많은 사람들에게 우리의 노래를 들려주고 싶었어요."

성민 씨의 이야기를 들으며 나는 그들과의 첫 만남을 떠올렸다. 쌀쌀한 가을 저녁, 시끌벅적한 홍대 거리를 혼자 걷던 중에 우연히 문 열린 카페에서 그들의 노래를 처음 들었었다.

그대가 살아 있을 적에
아직도 미련 남았나
돌아가고 싶은 마음
이젠 소용없단 것을

낮게 깔리는 기타 소리와 잔잔한 노랫소리에 나는 홀린 듯 카페 안으로 들어갔었다. 그때 들었던 노래가 그린밤의 대표 곡인 '유령선'. 2년이 지난 지금도 내 플레이 리스트에서 빠지지 않는 곡이다.

"우리는 홍대에서 그토록 부르고 싶었던 노래를 마음껏 부를 수 있었어

요."

평범한 외모의 그들이 처음부터 주목받은 것은 아니었다고 했다. 처음에는 길거리에서 노래하는 버스킹 공연을 다녔다. 어느 날 우연히 근처를 지나가던 카페 사장님과 인연이 닿아서 처음으로 카페에서 노래하게 되었고, 시간이 흐르면서 그들은 홍대의 인디밴드 팬들 사이에서 유명해졌다. 1년 뒤, 그들은 인디밴드들이 연합으로 진행하는 콘서트에도 출연할 수 있게 되었다. 그 후로는 공연할 때마다 자리는 항상 만석이었고, 소량 제작한 앨범도 만들 때마다 재고가 없어서 못 팔 정도였다고 했다.

"아이러니하게도, 그렇게 홍대에서 인기를 얻으니까 이번에는 기획사에서 연락이 오더라고요. 정식으로 데뷔해서 음반을 내볼 생각이 없느냐고, 오디션을 보러 오라고 했어요."

"기회가 온 거네요."

"네, 거절할 이유가 없었죠. 저희는 처음부터 가수가 되기를 원했으니까요. 그다음 날 바로 기획사로 달려갔어요."

그렇게 버선발로 달려간 기획사에는 자신들 말고도 한 팀의 인디밴드가 더 오디션을 준비하고 있었다고 했다.

"잭팟이라는 밴드 아세요?"

"아, 이번에 데뷔한…?"

내 대답에 성민 씨가 고개를 끄덕였다.

"활동을 시작한 시기는 저희와 비슷한데, 멤버 네 명 모두가 잘생긴 얼굴로 활동 초부터 인기몰이를 했죠. 홍대에서 제일 잘나가는 인디밴드였어요. 자주 마주치면서 친해졌어요. 활동 시기가 비슷한 데다 사실 인디밴드들이 공연하는 곳은 거기서 거기죠. 만나지 않으려야 않을 수가 없었거든요. 그렇지만 기획사 오디션에서까지 마주치게 될 줄은 몰랐죠."

참 질긴 인연이다. 나는 속으로 혀를 찼다.

"결과만 말하자면 그 기획사와 계약을 한 건 저희였어요. 저희보다 잭팟이 훨씬 더 인기 있었지만 그들이 원하는 것은 제대로 된 '음악'을 하는 인디밴드였거든요."

그들은 기뻤지만 함부로 티를 낼 수 없었다. 잭팟에게도 데뷔는 간절한 기회였을 테니 말이다. 데뷔의 꿈이 좌절되어 우울해 하는 잭팟을 위로하기 위해, 그리고 인디 판을 떠나 더 넓은 세계로 발돋움하는 그린밤을 응원하기 위해 홍대에서 활동하는 인디밴드들 중 몇 팀이 함께 강원도로 여행을 가게 되었고, 돌아오는 날 변을 당했다고 했다.

"저와 동생은 그 자리에서 즉사했어요. 그때까지만 해도 사고라고 생각했죠. 그런데… 아니었어요."

"어떻게 그 사실을 알게 된 거죠?"

사장님이 물었다.

"잭팟 멤버들 중 저희와 가장 친했던 멤버가 죽은 지 둘째 날 밤에 술에 진탕 취해서 빈소로 왔더라고요."

— 형들, 미안해요. 내가 그때… 뭔가에 씌었던 것 같아요. 아무리 데뷔가 간절했어도 그런 짓은 하지 말았어야 했는데…. 아냐, 이게 다 사장님 때문이야. 사장님이 만약에 그린밤이 없었다면 우리와 계약했을 거라는 말만 안 했어도… 그 말까지 듣고 나니까…. 형들… 나 정말 너무 데뷔하고 싶었어요. 형들도 아시잖아요. 저 중학교 1학년 때부터 학교도 제대로 못 다니고 친구도 못 사귀면서 연습생 생활만 한 거. 근데 계약이 이렇게 코앞까지 닥쳤는데…. 난 그저 기회를 놓치고 싶지 않았을 뿐이에요…. 미안해요…. 그래서 멤버 형들이 시키는 대로 형들 펜션에서 술 마시는 사이에 내가 자동차 뒷바퀴 나사를 풀었어요.

"술에 잔뜩 취해 횡설수설 뱉은 말이지만 알 수 있었어요. 우리의 사고가 우연이 아니라 계획된 것이라는 사실을…."

고개를 숙인 성민 씨가 바닥으로 눈물을 뚝뚝 떨구었다.

"우리는 억울함에 죽어도 죽지 못하고 이승을 떠돌고 있는데, 그들은 데뷔하고 인기를 얻으면서 승승장구하더군요. 예능방송에 출연해서 웃고 떠드는 모습은 역겹기까지 했어요."

자신을 죽인 사람들이 TV에 나와 대중의 사랑을 받는 것을 지켜보는 기분은 어떨까. 나는 성민 씨의 감정에 휩쓸려버리고 말았다.

"약속해요. 우리가 꼭 그 억울함을 풀어줄게요."

성민 씨의 손을 꼭 잡는 나를 쳐다보는 세 사람의 시선이 느껴졌다. 사장님이 한숨을 쉬며 말했다.

"단도직입으로 묻겠습니다. 어떻게 하면 당신들이 이승을 떠날 수 있겠어요?"

사장님의 말에 성민 씨가 언제 울었냐는 듯 고개를 들고 대답했다.

"우리와 똑같이 죽었으면 좋겠어요."

"그건 안 됩니다."

사장님이 잘라 말했다.

"당신들은 이미 죽었고 그들은 살아 있죠. 그들을 해치게 되면 당신들도 똑같은 죄를 짓게 되는 겁니다. 그래선 안 돼요."

"…그러면 우리는 이렇게 억울하게 가야 하나요? 저들은 평생을 행복하게 살다가 늙어 죽은 뒤에 벌을 받고요?"

사장님의 대답에 분위기가 순식간에 험하게 일그러졌다.

뒤에 있던 세민 씨의 영혼이 더 혼탁한 회색빛을 띠는 것을 본 내가 입을 열었다.

"죽은 사람은 다시 살아날 수는 없죠. 그리고 살아 있는 사람을 죽일 권리도 우리에게는 없어요."

성민 씨가 나를 노려보았다. 이크, 얼른 덧붙였다.

"그 사람들이 지은 죄는 법이 심판할 거예요. 법이 그 사람들을 심판할 수 있도록 저희가 만들게요, 꼭."

성민 씨가 제 뒤에 있는 세민 씨를 돌아봤다. 둘이서 이야기를 나누는 듯했다. 그사이 사장님이 내게 조그마한 목소리로 속삭였다.

"누리야, 귀신들한테는 약속 같은 거 하면 안 돼."

"네?"

"죽어서도 이승을 떠도는 귀신들은 작든 크든 몇 가지 바람이 있어. 그 걸 들어주면 제일 좋겠지만, 이렇게 자신을 죽인 사람들이 똑같이 죽었으 면 좋겠다거나 하는 말도 안 되는 소리를 하는 경우도 있지."

"아…."

"그러니 무턱대고 한을 풀어주겠다고 하는 건 위험해. 억울함을 풀어주 겠다? 너의 의도 자체가 순수하다는 것은 알아. 하지만…. 억울하게 죽은 귀신이 마냥 착하지는 않다는 말이야."

사장님이 성민 씨의 눈치를 보며 들릴 듯 말 듯한 목소리로 설명을 이어 갔다.

"게다가 죽은 이들이 매달릴 곳은 우리뿐이지. 우리가 약속을 지키지 못하는 순간 저들은 백이면 백, 악귀로 변해서 우리를 죽이려 들 거야."

"…죄송해요."

사장님의 말이 이해가 되었다. 그리고 내가 얼마나 경솔한 말을 했는지 도 알 수 있었다.

"어떻게 법의 심판을 받게 할 건데요?"

대화를 마친 듯 성민 씨가 다시 고개를 돌려서 우리를 바라보며 물었다.

"귀신놀이로요."

사장님이 씩 웃으며 대답했다.

* * *

그날 이후로 그들은 합주실에 모습을 드러내지 않았다. 합주실 주인은 일부러 판을 크게 벌여 가짜 굿을 했고, 그날 이후로 며칠간 무료로 인디 밴드들에게 개방했다. 그런 주인의 눈물겨운 노력에 귀신 소문은 서서히 가라앉았고, 지금은 귀신이 나오기 전만큼은 아니어도 합주실을 이용하 는 손님이 어느 정도 늘어났다고 했다.

그리고 사장님이 말한 '귀신놀이'를 할 기회는 생각보다 빨리 찾아왔다.

다운이 출연하는 방송 프로그램에 잭팟이 게스트로 출현한 것이다.

"줬어?"

[응. 대박 터지는 부적이라고 몸에 지니고 있으라고 하면서 영적 능력을 증폭시키는 부적을 하나씩 나눠줬지. 고맙다고 복채라면서 앨범까지 하나 주던데?]

전화기 너머로 다운의 비웃는 듯한 목소리가 들려왔다.

"잘했어."

[별말씀을. 그럼 난 퇴근한다. 주말 잘 보내고 월요일에 봐.]

"뭐래?"

"부적 잘 전해줬대요."

사장님의 말에 내가 대답했다. 내 말을 들은 사장님이 강준 씨에게 눈짓했다. 강준 씨가 성민 씨와 세민 씨를 똑바로 바라보며 말했다.

"약속한 것 잊지 말아요. 당신들이 그들에게 해코지를 하는 순간 우리는 주저 없이 당신들을 소멸시킬 겁니다."

강준 씨의 등에는 지하철역에서 악귀를 소멸시켰던 검이 보였다. 성민 씨와 세민 씨가 고개를 끄덕이는 것과 동시에 우리가 있는 지하주차장 안으로 밴 한 대가 들어왔다.

"가세요. 가서 그 사람들에게 모습을 드러내고 하고 싶은 말이 있으면 해요."

고개를 끄덕인 그들이 우리가 타고 있는 차 밖으로 빠져나갔다. 밴에서 내리던 잭팟 멤버들이 둘을 발견한 듯, 으아악 하는 비명이 주차장 안을 가득 메웠다. 두 명의 영혼은 겁에 질려 슬금슬금 뒷걸음치는 잭팟 멤버들을 우리 쪽으로 몰고 왔다. 정확하게는 우리 차에 달려 있는 블랙박스 앞이었다.

"혀, 형들⋯ 죄송해요⋯. 저, 전 멤버 형들이 시켜서⋯."

휘발유가 고여 있는 더러운 바닥에 철퍼덕 주저앉은 남자가 성민 씨를 바라보며 두 손을 모아 싹싹 빌었다.

"결국 자동차 바퀴 나사를 푼 건 너였잖아!"

"형이 풀라고 시켰잖아요! 형들이 술 먹으면서 놀고 있을 테니까 술 깨러 가는 척 나가서 자동차 뒷바퀴 나사 풀라고 했잖아요."

성민 씨와 세민 씨에게 잘못을 빌던 잭팟 멤버들은 이내 서로의 잘잘못을 놓고 싸우기 시작했다.

"그래서, 너는 잘못 없다고? 결국에 자동차 바퀴를 푼 건 너잖아. 네가 죽인 거야."

"형이 사다 준 스패너 아직도 우리 차 트렁크 시트 밑에 있는 거 몰라요? 내가 그거 들고 경찰서 가면 어떨 거 같아요? 우리 다 같이 교도소 가는 거예요."

"하, 그게 나오면 어쩔 건데? 내가 샀든 말든 스패너에는 네 지문만 묻어 있을 텐데! 자수해봐. 너만 감옥에서 평생 썩을걸?"

"지금 다 같이 죽자는 거야? 우리가 어떻게 데뷔했는데? 친하게 지내던 사람들까지 죽여가면서 올라온 자리야. 그런데 데뷔하자마자 자수한다고?"

어느샌가 성민 씨와 세민 씨는 성불하고 없었다. 우리는 그들의 대화가 담긴 블랙박스를 경찰서로 보냈고, 잭팟 멤버들은 우리가 그린밤에게 약속한 대로 법의 심판을 받게 되었다.

* * *

"혹시 〈스트릿 패션〉 최신호 들어왔어요?"

직장인들이 가장 피곤함을 느낀다는 수요일이다. 내게도 수요일은 그리 유쾌한 날은 아니지만 이번 주만큼은 수요일을 아주아주 손꼽아 기다렸다는 말씀! 얼마 전, 홍대에서 사진 촬영 요청을 받았던 잡지의 발간일이기 때문이다. 서점 아르바이트생이 건네는 잡지를 받아 계산하고 사무실로 올라왔다. 문을 열고 들어오는 나를 본 사장님이 기지개를 켜며 말했다.

"점심 뭐 먹었어? 손에 든 그건 뭐냐?"

"아, 뭐, 별 건 아니고요. 지난번에 저 홍대에서 사진 찍혔던 거 기억하시죠, 다들? 우, 연, 히, 서점을 지나가는데 보이기에 샀어요."

사장님의 말에 나는 괜히 시큰둥한 척 말했다. 내 말에 네 남자가 흥미롭다는 듯 내 주변으로 모였다. 나는 아무렇지 않은 척, 그러나 떨리는 손으로 잡지의 비닐 포장을 벗겼다. 아아, 나는 남이 찍어준 사진보다는 내가 찍은 셀카가 더 잘 나오는 타입인데. 이상하게 나왔으면 어떡하지? 그래도 잡지인데 알아서 포토샵은 잘해줬겠지? 두근거리는 마음을 애써 부여잡으며 잡지를 한 장씩 한 장씩 넘겼다.

'찾았다!'

"…."

"이번 달의 워스트 오브 워스트(WORST of WORST) 패션. 트렌드가 한참 지난 비비드 컬러와 몸에 비해 지나치게 박시한 루즈 핏 코트의 잘못된 만남."

요한 씨가 국어책 읽듯 문구를 읽었다.

"풋."

등 뒤에서 웃음소리가 들렸다. 애써 참는 기색이 역력했다. 회번덕한 눈으로 고개를 들자 입꼬리가 잔뜩 올라가 있는 네 남자가 조개처럼 입을 꾹 다물고는 나와 시선을 피한다.

"…어디 할 말 있으면 한번 해봐요."

"큭. 왜 우리한테 그래. 잡지 디렉터가 그렇게 쓴 건데."

"이 잡지 디렉터, 다시 만나면 가만두지 않겠어!"

울분을 토하는 나를 보며 사장님이 큭큭 웃고는 사무실 한쪽에 있는 라디오의 볼륨을 올렸다.

"축 처지는 수요일인데 노래나 들으면서 일할까?"

〔이번 노래는 몇 달 전 세상을 떠난 그룹 그린밤의 노래입니다. 꿈을 채 펼치지도 못하고 억울하게 죽음을 맞은 그들이 하늘에서는 하고 싶은 음

악을 마음껏 할 수 있기를 바라며… 들려드립니다. 그린밤의 '유령선'.]

그대가 살아 있을 적에
아직도 미련 남았나
돌아가고 싶은 마음
이젠 소용없단 것을

* * *

"사장님~ 오셨어요?"

사장님을 향해 화사하게 웃어보였다. 사무실 안으로 들어오던 사장님이 흠칫하더니 주변을 둘러보며 말했다.

"쟤 점심 잘못 먹었나?"

"늘 먹던 거 먹던데요?"

사장님의 질문에 다운이 대답했다.

"쟤가 날 저렇게 다정하게 부를 리가 없는데. 오늘이 무슨 날인가?"

이 사람들이, 사람을 앞에 두고! 소리를 바락 지르려던 나는 이내 다시 한 번 인내했다. 참자, 공누리. 오늘은 좋은 날이니까.

"오늘 월급날이잖아요."

"아…."

내 설명에 사장님이 그제야 이해한 얼굴을 하더니 씩 웃었다. 우리 사장님은 얼굴만 보면 정말 잘생겼단 말이지.

"통장 확인했냐?"

사장님의 말에 열렬히 고개를 끄덕였다. 통장에 찍힌 월급은 처음에 이야기했던 500만 원보다 훨씬 많은 금액이었다.

"기본급여에 야근수당, 주말 출근한 특근수당 계산해서 넣고, 첫 달부터 고생했으니까 신경 써서 좀 더 넣었어. 다음 달도 열심히 해."

아아, 눈부셔라. 그렇게 말하는 사장님의 뒤로 후광이 비치는 것 같다고 느끼는 건 내 착각일까.

"이야, 누리가 입사한 지 벌써 한 달째야?"

요한 씨의 질문에 내가 고개를 끄덕였다.

"네, 얼마 안 된 것 같죠?"

"한 달 동안 고생 많았어."

요한 씨의 말에 내가 고개를 끄덕이곤 헤헤 웃었다.

"월급 들어왔으니까 이제 뭐 할 거야?"

다운이 물었다. 그러게 말이다. 월급이 들어왔으니 이제 쓸 곳을 찾아야 하는데…. 어디에 쓰지? 나는 고민에 빠졌다.

"음. 일단 방세 내고, 공과금 내고, 적금 넣고…. 생활비 따로 빼서 다른 통장에 넣고…. 남은 돈은… 쇼핑?"

이번 달은 지난달보다 수입이 훨씬 많으니 조금 사치 부리는 것도 괜찮겠지. 첫 월급 받은 나에게 선물을 해야겠다. '누리야, 이번 한 달 수고 많았어! 다음 달도 수고하자!' 하고 말이다.

'이번 S사 홀리데이 컬렉션 진짜 괜찮던데. 립스틱은 저번에 다운이가 사 줬으니까 난 섀도 팔레트를 살까?'

"저 오늘 칼퇴근할게요!"

6시 땡 치자마자 나가야지. 회사에서 제일 가까운 백화점이 지하철로 20분 걸리니까 6시 20분부터 8시까지면 충분하진 않아도 그럭저럭 쇼핑하기엔 괜찮은 시간이다.

"오늘은 안 되겠는데…."

사장님의 입에서 청천벽력과 같은 말이 떨어졌다.

"네?"

"의뢰가 하나 들어왔거든. 7시에 의뢰인 미팅 있어."

구름처럼 뭉게뭉게 피어나던 행복한 상상들이 순식간에 풍선이 터지듯 펑 터져버렸다. 절망적인 내 얼굴을 본 사장님이 피식 웃었다.

"야근수당 챙겨줄게. 다음 월급날을 생각하면서 위로하도록."

하나도 위로 안 되네요! 입술을 비죽 내밀고는 불만스럽게 고개를 끄덕였다.

이번 일은 작은 회사 사무실에서 들어온 의뢰였다. 우리를 회의실로 안내한 여직원이 기다리라는 말만 남기고 나가버린 지 10분째, 우리는 회의실 안에 앉아 주변을 살폈다.

"음… 평범하네요. 별다른 영도 없고요."

유리문 밖으로 사람들이 분주하게 움직이는 모습이 보였다. 여느 사무실과 다르지 않은 풍경이다. 내 말에 사장님이 그래? 하며 어깨를 으쓱해 보였고 세 남자 역시 내 말에 동의한다는 듯 고개를 끄덕였다.

"그나저나, 퇴근 시간 아니야? 다들 퇴근할 생각이 없어 보이네."

다운이 중얼거렸다. 그러고 보니….

"그러게? 왜 아무도 퇴근을 안 하는 거지?"

문이 벌컥 열리고 험상궂게 생긴 남자가 회의실 안으로 들어왔다. 머리는 반쯤 까졌고, 가느다란 눈은 위로 쭉 찢어졌으며 배는 불룩하게 튀어나온 남자였다. 사장님이 우리에게 작게 귀띔했다.

"의뢰인이야."

"그쪽이 무당들이요?"

의뢰인이 안으로 들어와 대뜸 물었다.

"네, 안녕하세요. 저는 '영혼사무소─ 귀의 영역'의 대표, 천하제입니다."

사장님이 의뢰인에게 명함을 내밀었다. 명함을 낚아채듯 받아 요리조리 살펴보던 의뢰인이 톡 쏘아붙였다.

"미리 못 박아두는데, 난 귀신 같은 거 안 믿어. 수작 부릴 생각은 접어두는 게 좋을 거요."

나는 할 말을 잃고서 의뢰인을 바라보았다. 의뢰인이라기에는 너무 무례한 태도였다.

"에잉, 21세기에 귀신은 무슨 귀신이야. 다 눈속임이고 사기지. 귀신 때문에 야근을 못 한다니, 별 핑계를… 원."

의뢰인은 고개를 절레절레 젓고는 우리를 한번 훑어보더니 회의실 문을 열고 휑하니 나가버렸다. 와, 무슨 저런 왕재수가 다 있담?

"죄송해요, 저희 사장님 성격이 좀 불같으셔서…."

의뢰인이 열고 나간 문밖에서 아까 우리를 회의실로 안내한 여직원이 서서 민망한 듯 웃으며 대신 사과했다. 저렇게 무례한 사람이 회사의 사장이란 말이야? 생각할수록 화가 났다.

"아니에요. 기분 상하지 않았으니 미안해하지 않으셔도 됩니다. 그나저나 의뢰에 관해 자세히 들을 수 있을까요?"

사장님이 아무렇지 않은 표정으로 으레 그렇듯 사람 좋은 미소를 지어 보이자 여자가 미안하다는 얼굴을 지우지 않은 채 테이블 앞에 앉았다. 사장님과 다른 세 남자는 이런 일이 익숙하다는 표정이다. 뭐야, 나만 이렇게 기분 나빠? 인상을 한껏 찡그리고 있자, 다운이 나를 보며 옆구리를 툭툭 쳤다.

"누리야, 표정 관리."

"내가 지금 표정 관리하고 있게 생겼어?"

다운을 보며 작게 쏘아붙였다.

"기분 상하셨죠. 정말 죄송해요."

여자가 나를 보며 다시 한 번 사과했다. 나는 애써 표정을 풀고는 탐탁지 않은 태도를 숨기며 말했다.

"괜찮아요. 그보다 사연을 말씀해주시겠어요?"

"네. 반년 전부터 사무실에 계속 이상한 일이 벌어지고 있어요."

"구체적으로 어떤 현상이죠?"

"밤 10시면 어김없이 팩스 한 장이 와요."

여자가 앞에 있는 종이를 내밀었다.

사장님이 종이를 받아 자연스럽게 다운에게 건네고, 다운이 종이를 받아들어 앞뒤로 이리저리 살펴보고는 내려놓았다.

"그냥 빈 종이네요."

"네, 빈 종이예요. 여섯 달째 하루도 빠짐없이 매일 밤 10시마다 아무 내용 없는 팩스가 오는 거예요."

내가 종이를 받아 들었다. 내가 보기에도 그냥 평범한 종이였다. 종이에서는 어떤 영적인 기운도 전혀 느껴지지 않았다.

"기계에 결함이 있는 건 아닐까요? 아니면 스팸이거나."

종이를 다시 여자에게 건네며 내가 물었다.

사무실에서 일을 하고 있으면 업무에 관련된 팩스 이외에도 여러 가지 팩스가 오기 마련이다. 사무실 인터넷 통신사를 변경하라느니, 직장 내 성희롱 예방을 위한 교육을 받으라느니 하는 광고 팩스들이 우리 사무실만 해도 하루에 네다섯 장은 기본으로 들어온다. 아마 이것도 그런 스팸의 일종 아닐까. 그게 아니면 기계상의 문제? 대수롭지 않다는 내 목소리에 여자가 고개를 가로저으며 울상을 지었다.

"이미 수도 없이 수리기사를 불렀어요. 그때마다 기계에는 아무 문제없다는 답변만 들을 뿐이에요."

"하지만 빈 종이만으로는 영적인 문제가 있다고 판단하기는 조금 힘든데요. 혹시 다른 문제가 더 있나요?"

사장님의 말에 여자가 고개를 끄덕였다.

"있어요. 저희도 사실 팩스는 대수롭지 않게 넘겼어요. 스팸이라고 생각했으니까요."

여자가 숨을 가다듬었다.

"그러던 어느 날이었어요. 프로젝트가 얼마 남지 않아서 야근을 하고 있었죠. 9시 50분쯤이었을 거예요. 갑자기 사방에서 드릴 소리가 나더라고요. 소리가 얼마나 큰지 귀가 얼얼할 정도였어요."

여자의 말에 이제껏 심드렁한 얼굴로 여자의 말을 듣고 있던 강준 씨가 흥미롭다는 표정으로 자세를 고쳐 앉았다.

"드릴 소리가 멎은 뒤에는 주변이 소란스러워졌어요. 간간히 "빨리빨리 해" "얼른 덮어" 하는 큰소리가 오갔고요. 그리고는 10시가 되니까 잠잠해 졌어요."

"그러고는… 팩스가 왔다 이건가요?"

"네. 주변이 잠잠해지기가 무섭게 팩스가 왔어요. 그때 처음으로 복합기 에 남은 발신자 번호를 확인할 수 있었어요."

"어디였나요?"

사장님의 질문에 여자가 침을 꿀꺽 삼키고는 겁에 질린 얼굴로 천장을 바라봤다.

"바로 위층이에요."

순간, 모두의 시선이 천장으로 향했다.

"그날 프로젝트고 뭐고 작성 중이던 문서를 저장도 못 하고 허겁지겁 회 사에서 빠져나왔죠. 집에 가는 길에 돌아본 위층은 불이 모두 꺼져 있었어 요."

"사람이 없었단 말인가요?"

"네."

여전히 좀 약한데…. 귀신을 직접 본 것도 아니고 소리가 들리는 건…. 우리의 애매한 표정을 본 듯 여자가 서둘러 덧붙였다.

"저만 이 일을 겪은 게 아니에요. 사장님을 제외하곤 거의 모든 직원이 야근을 하다 이 일을 겪었어요. 그 이후로 다들 야근을 기피하기 시작한 거고요."

"…위층에는 찾아가 보셨나요?"

"네, 그런데 자기네들은 모르는 일이라는 대답만 돌아올 뿐이었어요."

"…매일같이 이런 일을 겪으셨는데, 어째서 반년이나 지난 이제야 연락 을 주신 거죠?"

요한 씨가 여자에게 물었다.

"이런 말 하면 어떻게 생각하실지 모르겠지만, 사실 다들 말은 안 해도 이런 일이 일어나는 걸 좋아하고 있거든요."

"네?"

내가 되물었다.

"10시만 되면 벌어지는 그 일 때문에 다들 9시 반만 되면 집으로 돌아가거든요. 그전에는 더 늦게까지 야근했었는데, 이제는 다들 그전에 퇴근하죠."

"아…."

"퇴근 시간이 앞당겨졌으니 직원들은 좋을 수밖에요…. 그런데 그 모습을 지켜보던 사장님이 귀신의 짓이 아니라는 걸 증명해 보이겠다면서 여러분을 부른 거고요."

여자가 조심스럽게 우리의 반응을 살폈다.

"음…. 애매하네요. 영혼의 짓이라고 섣불리 판단하긴 좀 힘드네요."

사장님이 턱을 매만지며 말했다.

"이렇게 해보죠. 오늘 저희가 10시까지 한번 기다려볼게요. 정말로 영혼과 관련된 일이라면 오늘도 같은 현상이 벌어지겠죠."

사장님의 말에 나는 속으로 비명을 삼켰다. 10시까지 기다려서 확인해보겠다고? 10시, 10시라니! 밤 10시가 누구 집 애 이름인 줄 알아?! 거기다 그 이유가 이렇게 무례한 의뢰인의 의뢰를 해결하기 위해서라니 말이다.

"아, 그런데 금액은…. 저희 사장님이 돈에 좀 민감하셔서…."

말끝을 흐리는 여자에게 사장님이 친절하게 웃어 보였다.

"현상을 파악하는 게 먼저입니다만, 이렇게 원인 불명인 경우에는 조금 비싸요. 한 700만 원 정도 생각하시면 될 겁니다."

사장님은 평소 의뢰비의 두 배가 넘는 금액을 불렀다. 사장님도 아닌 척은 했지만 의뢰인의 무례한 태도에 기분 상했던 것이 분명했다.

"그… 그렇게나 비싼가요?"

"저희가 10시에 확인해보고 그게 영혼의 짓이 아닌 것으로 결론이 난다면 그때는 출장비 100만 원만 주시면 되고요."

여자가 침을 꿀꺽 살피더니 사장님께 보고를 드리고 오겠다며 회의실을 빠져나갔다.

"저 사장, 너무 비싸다고 안 하면 어떡하죠?"

내 말에 사장님이 씩 웃었다.

"모르는 소리야. 지금 머리 엄청 굴리고 있을걸? 자기네 직원들이 10시 이후까지 야근을 했을 때 얻는 이익과 700만 원 중에 어떤 게 큰지 말이야."

"…."

"그리고 당연하게도 전자를 선택하겠지. 어서 해결하지 않으면 앞으로도 직원들은 야근을 거부할 테니까. 이왕 해결해야 하는 거 빨리 끝내고 직원들을 더 부려먹을 생각만 하고 있겠지?"

원래 경영자들이란 늘 기회비용을 생각하잖아. 사장님이 덧붙였다. 내가 '우리 사장님도 그럴까' 하는 시답잖은 생각을 하는 사이에 여자가 돌아왔다.

"사장님께서 최대한 빨리 진행해달라고 하시네요. 잘 부탁드립니다."

여자의 말에 사장님이 나를 보며 눈을 찡긋했다.

9시가 넘도록 자리를 지키고 야근하던 사람들은 9시 반이 되자 모두들 기다렸다는 듯 서둘러 퇴근했다. 빈자리에 앉아 컴퓨터로 웹서핑을 하던 나는 기지개를 켜며 찌뿌둥한 몸을 풀었다.

"진짜 10시에 팩스가 올까요?"

"넌 직원들이 야근 안 하려고 거짓말하는 거라고 생각해?"

내 바로 옆자리에 앉은 요한 씨가 물었다.

"…그럴 수도 있다는 생각이 들어서요."

"글쎄… 그렇지만 아까 우리한테 이야기하던 여자의 겁먹은 표정은 진짜인 것 같았는데?"

다운이 고개를 으쓱했다.

"곧 밝혀지겠지."

강준 씨가 벽에 걸려 있는 시계를 보며 말했다. 시계가 정확히 9시 50분을 가리키고 있었다. 그때 거짓말처럼 어디선가 드릴 소리가 들려오기 시작했다. 귀를 울릴 만큼 시끄러운 소리였다.

"뭐야, 아무 소리도 안 들리는데?"

귀를 울리는 드릴 소리에 다운이 인상을 찡그리며 귀를 틀어막은 것과는 반대로 사장님은 아무것도 들리지 않는다는 듯 태평하게 말했다. 드릴소리가 천천히 멎고 곧이어 여자가 말한 대로 남자들의 목소리가 들려오기 시작했다.

— …빨리 해, 얼른!

— 덮어. 조심해!

금속이 바닥을 쿵쿵 치는 소리가 들리더니 이내 소리가 뚝 멎었다. 10시였다.

"…뭐야 방금?"

그때였다. 정적이 흐르던 사무실 한쪽에 놓여 있던 복합기가 소음을 내며 움직이기 시작했다. 잠시 뒤, 움직임을 멈춘 복합기에는 아무런 내용 없는 팩스 한 장이 도착해 있었다.

"누가 이런 장난을 치는 거야!"

강준 씨가 화를 버럭 내며 사무실 문을 열고 뛰어나갔다.

"쯧쯧, 성격하고는…."

사장님이 그런 강준 씨를 보며 혀를 찼다.

"우리도 올라가보자. 위층에 힌트가 있을 거야."

우리는 강준 씨의 뒤를 좇았다. 한 층 올라가 비상구 문을 열고 들어간 위층은 이미 사무실의 모든 직원이 퇴근한 듯 복도의 불까지 꺼져 있어 컴컴했다. 불투명한 사무실 유리문 안으로 컴퓨터 모니터의 불빛이 약하게 비치는 것이 보였다.

"기운이 느껴져요. 안에 있어요."

다운이 유리문 안을 가리키며 말했고, 요한 씨 역시 고개를 끄덕였다.

"당장 나와!"

강준 씨가 닫힌 문을 쿵쿵 두드리자 사장님이 강준 씨를 막아섰다.

"섣부르게 행동하지 마."

"형은 지금 원인이 바로 이 안에 있는데 섣부르다는 말이 나와요? 문 따고 들어가서 바로 소멸시키고 끝내버리죠?"

"하여간 성격하곤. 이대로 문 따고 들어가면 10분 만에 보안업체 도착할 걸? 괜찮겠어?"

사장님이 문에 붙어 있는 보안업체의 로고 스티커를 가리켰다. 강준 씨가 그제야 문을 두드리던 것을 멈추고 뒤로 한걸음 물러났다.

"우선 오늘은 이대로 집에 가고 내일 회사에서 다 같이 방법을 찾아보자. 이렇게 몰래 들어가는 건 안 돼."

강준 씨가 불만스러운 얼굴로 휙 뒤돌아서서 성큼성큼 계단을 내려갔다.

"누리야, 내일 출근하는 대로 '가애출판사' 한번 조사해봐."

사장님이 사무실 유리문 옆에 걸려 있는 문패를 힐끗 보고는 내게 말했다.

* * *

오전부터 회의가 소집되었다. 회의실에 모두 둘러앉아 내가 찾은 자료들을 보며 이야기를 나누었다. 자료를 넘겨보던 사장님이 물었다.

"새날교 홍보 책자를 만들어?"

"네, 가애출판사 자체가 새날교 산하에 있는 회사라고 생각하시면 될 것 같아요. 주로 하는 일은 새날교 홍보 책자를 만드는 건데, 가끔은 유명한 새날교인들의 책을 내기도 해요."

"새날교와 인연이 깊네."

지난번의 기숙사 사건을 기억한 듯 사장님이 농담인지 모를 말을 했다.

"계속할게요. 올 초에 생긴 출판사인데, 책은 새날교인 책 두 권 정도 낸 게 전부이고, 나머지는 홍보 책자를 만들었어요. 홍보책자는 무료 배포용이라 출판사의 수익은 전혀 없다고 보시면 돼요. 적자 운영이죠. 아마 새날교 산하에 있는 회사니 재단에서 받는 지원금으로 적자를 메우는 것 같아요. 그리고 좀 특이한 게 있는데…."

"뭔데?"

"그 사무실이 '가애출판사'이 되기 전에는 인쇄소였대요 '가애인쇄소.'"

"인쇄소?"

사장님의 말에 내가 고개를 끄덕였다.

"출판사에서 보낸 원고를 인쇄해서 책으로 만드는 곳이요. 인쇄소가 출판사를 겸하는 건 드문 경우래요."

"그런 곳에서 왜 영혼이 문제를 일으키는 걸까. 그것도 여섯 달이라는 기간 동안이나."

사장님의 질문에 내가 대답했다.

"조사하면서 알게 된 건데, 사실 거기 다니던 직원 중에 지금 수배 중인 사람이 있어요."

"…수배?"

다운이 물었다. 예상치 못한 것이 튀어나왔다는 반응이다.

"응. 발주비로 들어온 회삿돈 천만 원을 가지고 그대로 잠적했대요. 이름은 이지훈이고 나이는 서른세 살. 미혼으로 가족은 요양병원에서 치매를 앓고 있는 어머니가 한 분 계셔요."

"잠적한 게 언제야?"

사장님이 물었다.

"여섯 달 전이요."

"시기가 딱 맞아떨어지네. 그럼 지금 그 출판사에 있는 영이 여섯 달 전

잠적했다는 이지훈일 가능성이 높은 건가?"

"지금으로서는 그럴 확률이 높아요."

"흠. 그럼 그 영이 이지훈이라고 쳤을 때, 왜 거기 있지? 회삿돈을 들고 잠적했다가 모종의 사고로 죽었다. 그런데 다시 회사로 돌아갔다?"

사장님의 예리한 질문에 나 역시 미간을 찌푸리며 생각에 잠겼다. 확실히 이상한 전개이기는 하다. 회사에서 도망쳤는데 죽어서 다시 회사로 돌아왔다? 문제가 원점으로 돌아왔다. 이지훈은 왜 그 사무실에서 머물고 있는 걸까.

"만나서 이야기해보죠."

"어떻게?"

"가애출판사 검색하면서 알게 된 건데, 거기 지금 아르바이트생을 구하고 있어요. 제가 거기 들어가서 뭐라도 좀 알아보고 올게요."

내 말에 요한 씨가 걱정스럽다는 얼굴을 하고 말했다.

"너무 위험하지 않겠어? 뭐가 있을지 모르는데."

"위험한 일은 없지 않을까요? 어쨌거나 거기도 표면적으로는 평범한 회사인걸요."

내 말에 여전히 염려스럽다는 얼굴을 한 요한 씨가 마지못해 고개를 끄덕였다.

"일단 지금 연락해볼게요."

핸드폰을 켜 미리 저장해두었던 출판사의 전화번호로 전화를 걸었다. 스피커폰 버튼을 누르자 회의실 안에 뚜르르 하는 통화 연결음이 크게 울려 퍼졌다. 두어 번의 신호가 간 뒤, 달칵하는 소리와 함께 전화가 연결되었다.

〔정성을 다하겠습니다. 가애출판사, 가애인쇄소입니다.〕

"아, 저… 안녕하세요. 다름이 아니라 아르바이트를 구하신다고 하셔서…."

〔아, 네. 이력서하고 주민등록등본 한 부 가지고 면접 보러 오시면 됩니

다.〕

전화를 받은 남자의 목소리 뒤로 기계가 돌아가는 시끄러운 소리가 들렸다.

〔댁이 근처이신가요? 오늘 3시에 오실 수 있어요?〕

"아, 네! 그때까지 갈게요!"

〔네, 그럼 이따 뵐게요.〕

전화가 뚝 끊겼다. 군더더기라고는 전혀 없는 깔끔한 통화였다.

"되게 바쁜가 보네. 딱 할 말만 하고 끊는 거 보니까."

사장님이 들고 있던 자료를 정리해 갈무리하고는 자리에서 일어났다.

"그러게. 3시까지 면접 보러 오랬지?"

"네."

"누리, 얼른 이력서 작성해."

"넵!"

* * *

사무실 안은 출판사라기보다는 인쇄소라고 하는 게 맞을 듯했다. 사무실 안에서는 인쇄기가 쉴 새 없이 움직이고 있었고, 그 주위를 네댓 명 남짓한 직원들이 돌아다니며 정신없이 일하고 있었다. 결코 작지 않은 소음을 내며 정신없이 돌아가는 기계들을 구경하고 있으니, 아까 내 전화를 받았던 남자가 종이컵 두 잔에 커피를 타서 들고 와서는 내게 한 잔을 내밀었다.

"감사합니다."

"공누리 씨라고 했죠?"

"네."

"난 이 회사 사장 최만철이에요."

"네, 잘 부탁드립니다!"

커다란 내 목소리에 최 사장이 나를 한 번 보고는 이력서를 보더니 사람 좋은 웃음을 지으며 말했다.

"보면 알겠지만 우리 회사가 좀 바빠요. 직원은 다섯 명인데, 책을 구성하는 것부터 판형을 짜고 인쇄하는 것까지 모든 출판 공정이 여기서 다 이루어지거든."

"아… 네…."

"오늘은 그래도 양호한 편이에요. 주문이 밀려드는 월말에는 화장실 갈 시간도 없을 정도로 바빠."

최 사장은 겁을 주듯 과장된 목소리로 말했다.

"그렇지만 누리 양이 할 일은 어려운 건 아니고, 그저 직원들 손만 좀 덜어주면 좋겠어요."

말이 사무보조지 심부름이라고 생각하면 될 거예요. 최 사장의 말에 내가 고개를 끄덕이며 힘차게 말했다.

"네, 뽑아주신다면 열심히 하겠습니다!"

"하하, 마음에 드네. 앞으로 잘 부탁해요."

"아 그럼… 전… 합격인가요?"

내 말에 그가 고개를 끄덕였다.

"오늘 다른 약속 있어요? 약속 없으면 조금 일하고 가도 괜찮은데. 우리 직원들도 만나보고요."

최 사장이 나를 보며 조심스럽게 물었다. 바라던 바입니다, 사장님. 성격 급한 게 딱 내 스타일이시네.

"네!"

힘차게 대답하자 최 사장은 "내가 사람 보는 눈이 있다니까" 하고 중얼거렸다. 그러고는 손뼉을 쳐서 작업 중이던 직원들의 시선을 집중시켰다.

"자, 다들 잠깐 주목! 여기는 오늘부터 아르바이트하는 공누리 씨."

"잘 부탁드립니다!"

나는 사람들을 보며 고개를 숙였다. 정신없이 일하던 사람들이 내 인사에 고개를 끄덕이고는 다시 일로 돌아갔다.

"경선 씨, 누리 양 일 좀 봐줄래요?"

"네."

최 사장의 말에 복합기 근처에 있던 여자가 내 앞으로 왔다.

"팩스 보낼 줄 알아요?"

"네, 대충은…."

여자가 내게 자신이 들고 있던 종이 뭉치를 건넸다.

"맨 첫 번째 줄에 보면 받는 사람 팩스번호 적혀 있거든요. 이쪽으로 팩스 좀 보내주세요."

"네!"

운이 좋다. 팩스를 보내는 일이라면 복합기를 쓸 터, 팩스를 보내는 척하면서 복합기를 한번 조사해볼 수 있을 것이다. 신이 나서 종이 뭉치를 받아들고 복합기 앞으로 가던 그때였다.

'그것'이 나타났다. 회색빛을 띤 '그것'은 복합기 앞으로 다가와 기계를 만지는 시늉을 하고 있었다.

삐빅?

'그것'의 행동에 위잉 하는 소리를 내며 돌아가던 복합기가 오류 신호음을 내며 동작을 멈추었다. 그 소리에 내게 종이 뭉치를 건넸던 여자가 복합기 앞으로 성큼성큼 다가와 신경질적으로 버튼을 눌렀다.

"사장님. 복합기 또 오류 났어요. 바빠 죽겠는데, 정말. 이쯤 되면 진짜 바꿔야 하는 거 아니에요?"

"알았어, 알았어. 내가 경선 씨 무서워서 어디 살겠나. 곧 바꿀 테니까 당분간만 이렇게 써."

커다란 종이에 프린트된 인쇄물을 돋보기로 검수하던 최 사장이 그녀의 서슬 퍼런 음성에 미안한 듯 웃었다. 경선 씨라 불린 여자가 "어휴, 답답해. 저 말만 벌써 몇 달째야!" 하며 자기 가슴을 치는 시늉을 했다. 그러는 동안, 복합기 앞에 서 있던 '그것'은 빈자리에 앉았다. 두 손을 자판에 올려서 움직이는 것을 보니, 마치 타자를 치는 것 같다. 직원들의 시선이 모두 다른 곳에 팔려 있는 사이, 나는 조심스럽게 핸드폰을 꺼내 지하주차장에서 내 연락을 기다리고 있을 네 사람에게 메시지를 보냈다.

알바하는 중. 영혼 찾았어요. 복합기 근처에 있다가 지금은 컴퓨터 앞에 앉아 있어요.

위험한 건 없고?

네, 그냥 평범한 회사예요.

영혼은 뭐하고 있는데?

내가 메시지를 보내기 무섭게 들어오는 답장에 고개를 힐끔 들어 '그것'을 살폈다. 음. 이건 마치….

일하는 것 같은데요?

그래, 마치 일을 하고 있는 모양새였다. 팩스를 보내고, 컴퓨터로 문서를 작성하는….

뭐?

일단 좀 더 살펴보고 다시 말씀 드릴게요.

이 메시지를 끝으로 나는 핸드폰을 덮었다. 그 후로 나는 몇 시간 동안 회사 안에서 직원들이 시키는 잔심부름을 하며 정신없이 일했다. 그러는 동안 외부에서는 알 수 없었던 몇 가지 사실들을 알게 되었다.

"이 발주 건 누구 담당이야? 발주 들어온 지가 언젠데 업체한테 아직도 연락을 안 해주면 어떡해?"

"어, 이거 이지훈 씨가 쭉 맡아오던 거래처예요. 인수인계가 제대로 안 되는 바람에…."

"어휴… 알았어."

그간 제법 굵직한 회사 일들은 전부 다 이지훈이 맡아왔다는 것. 그리고 이지훈이 갑작스럽게 사라진 이후로는 인수인계가 제대로 되지 않아 여섯 달이 지난 지금까지도 업무에 어려움을 겪고 있다는 것이다. 이지훈은 회사에서 꽤 중요한 위치에 있었던 것 같았다.

퇴근 1시간 전부터 나는 일부러 화장실을 들락날락거렸다. 사무실 문을 열고 나가야 화장실이 있는 건물 구조 탓에 화장실을 다녀올 때마다 나는 잠겨 있는 사무실 문을 두드려야 했다. 그리고 그 문을 열어주는 것은 백이면 백, 경선 씨였다. 그러기를 여섯 차례 정도, 다시 자리에서 일어난 나를 보며 경선 씨가 '또 가는 거야?' 하는 표정을 지었다. 나는 쭈뼛거리며 경선 씨의 앞으로 다가갔다.

"언니… 저어… 현관 비밀번호 좀 알 수 있을까요? 사실 지금 제가 배탈이 나서… 바쁘신데 매번 열어달라고 문 두드리기가 죄송해서요."

내가 한껏 난처한 표정을 짓자 경선 씨가 짜증 섞인 얼굴로 나를 아래위로 한 번, 문 닫힌 사장실을 한 번 보고는 신경질적으로 말했다.

"'62311222'예요. 사장님한테는 내가 알려줬다고 말하지 말아요. 원래 아르바이트생들한텐 알려주면 안 되는 거니까."

나는 속으로 쾌재를 불렀다. 오예, 생각보다 일이 너무 잘 풀리는데? 현관문 비밀번호도 알아냈으니 이제는 밤에 다 같이 들어가서 '그것'을 성불시키기만 하면 되겠다.

현관 비밀번호 '62311222'예요 밤에 사무실 들어가서 성불시키면 될 것 같아요.

화장실 안으로 들어가 메시지를 보낸 나는 적당히 시간을 때운 뒤 비밀번호를 눌러 현관문을 열고 들어왔다. 자리로 돌아오자마자 타이밍 좋게 최 사장이 방에서 나와 나를 보며 웃었다.

"누리 씨, 첫날부터 수고 많았어요. 늦었다. 얼른 들어가. 내일은 2시까지 오고."

* * *

직원들이 모두 퇴근한 시간에 우리는 다시 사무실을 찾았다. 오후에 알아낸 도어록 비밀번호를 눌러 문을 연 우리는 발소리를 죽여 사무실 안으로 들어왔다. 어느덧 시간은 10시를 향해 가고 있었다.

사람들이 모두 떠난 그 자리에 '그것'은 남아 있었다. 혼자서 분주한 모습이었다. 복합기 앞에 서서 프린트된 인쇄물을 집어드는 시늉을 하는가 하면, 인쇄물을 들고 자신의 자리로 가 책상 위에 인쇄물을 내려놓고, 컴퓨터 앞에 앉아 타자를 치기도 했다. 이내 서류 작업을 마친 듯 자리에서 일어나던 '그것'은 일순간 그대로 바닥에 쓰러졌다.

"뭐, 뭐야?"

"쉿, 이건 잔상이야. 지금 죽기 직전의 상황이 남아 있는 거야."

요한 씨가 설명했다. 시간이 조금 지나자 사람들이 걸어오는 발자국 소리가 들려왔다.

— 지훈 씨, 여태 있었어? 요즘 며칠째 계속 피곤하다더니….

— 아직 퇴근 안 했어? …사장님! 지훈 씨가…!

— 뭐야? 지훈 씨, 정신 차려. 정신 좀 차려봐!

— …죽은 것 같아요.

— 뭐? 안 돼. 말도 안 돼.

— 경찰에 신고부터….

— 안 돼. 경찰이 알면 안 돼.

— 네? 그렇지만…!

— 새날교 산하의 회사에서 직원이 죽었다는 걸 알면 재단에서 지원을 끊을 거야.

— …어떡하죠?

— 우리만 입 다물면 돼.

— 네?

— 묻어버리자. 가서 공구상자 좀 가지고 와.

— 하지만….

— 어서!

사람들이 대화를 나누는 소리가 들려오고, 곧이어 귀를 찢는 드릴 소리가 들려왔다. 어제 아래층에서 들었던 소리였다. 드릴 소리가 그친 뒤에는 금속이 부딪히는 소리가 들려왔고, 사람들의 다급한 말소리도 이어졌다.

- …빨리 해, 얼른!

- 덮어! …조심해!

마침내, 모든 소음이 뚝 멎었다. 복합기가 움직이는 소리가 들려왔다. 10시 정각이었다.

"이게… 무슨 일이에요?"

목소리가 떨리는 것이 느껴졌다. 처음 겪어보는 상황에 당혹감을 감출 수가 없었다. 강준씨가 내게 설명했다.

"그런 이야기 들어본 적 있어? 자살한 사람은 귀신이 되어 그 자리에서 계속 자살의 순간을 반복한다는 이야기."

"네."

"이것도 비슷하다고 보면 돼. 다만 이 경우에는 신호 같은 거지."

신호? 신호라… 이해가 되지 않아 의아한 얼굴로 멀뚱멀뚱 강준 씨를 쳐다만 보고 있자 다운이 옆에서 설명을 덧붙였다.

"아마, 이 사무실 안에 이지훈의 시체가 있을 거야. 그리고 혼은 시체의 주변을 떠나지 못하고 맴돌고 있겠지. 자신을 여기서 꺼내달라고, 도와달라고 신호를 보내는 거야. 자기가 죽었던 당시의 상황을 재연함으로써."

다운의 말을 잠자코 듣고만 있던 사장님이 결론을 내렸다.

"우리가 지금 여기에 있는 마룻바닥을 무작정 다 파고 있을 수는 없어."

사장님의 말에 모두들 고개를 끄덕였다.

"그럼 어떡하죠?"

"내일 다시 오자. 경찰을 불러서 조사하는 편이 나을 거야."

사장님의 말에 모두들 고개를 끄덕였다.

* * *

우리는 다음 날 일찍 다시 모였다. 사무실 1층에 입점한 커피전문점에 모여 앉은 우리는 인터넷에서 찾은 이지훈의 수배 전단지 아래에 적힌 담당자 핸드폰 번호로 전화를 걸었다.

〔강력 2반 권두혁입니다.〕

신호가 몇 번 울리더니 곧 전화가 연결되었다.

"수고 많으십니다. 수배자 전단지를 보고 연락 드렸는데요."

〔네, 말씀하세요.〕

"가애출판사 공금을 횡령한 경제사범 이지훈 씨 거처를 제보하려고요."

〔이지훈이라, 이지훈…. 잠시만 기다려주세요. …이지훈이요?〕

수화기 너머로 전단지를 살펴보는 듯 부스럭거리는 소리가 들리더니 이내 남자의 놀란 목소리가 들려왔다. 사장님이 미처 대답을 하기도 전에 남자가 먼저 말했다.

〔먼저 직접 뵙고 말씀을 좀 나누고 싶은데, 지금 어디 계시죠? 제가 그리로 가겠습니다. 어딘지 말씀해주세요.〕

남자가 애가 닳은 듯 재촉했다.

"합정동에 위치한 가애출판사 건물 1층 로비예요."

〔네, 알겠습니다. 지금 바로 출발할 거니까 10분 안에 도착할 겁니다.〕

"네. 1층에 있는 커피전문점에서 기다릴게요."

전화가 뚝 끊겼다. 남자는 말한 대로 곧바로 출발하는 듯했다.

"과연 믿어줄까요?"

"안 믿으면 별 수 있나. 직접 바닥을 뜯어서 눈앞에다 이지훈의 시체를 들이미는 수밖에."

내 물음에 강준 씨가 평온한 목소리로 말했다. 다운이 못 말린다는 듯 고개를 절레절레 저었다. 그로부터 정확히 10분 후, 라이더 재킷을 입은 커다란 덩치의 남자가 커피전문점 문을 벌컥 열고는 성큼성큼 안으로 들어왔다.

"와, 난 이마에 강력계 형사라고 붙여 둔 줄 알았네. 100미터 밖에서 봐도 형사인데?"

사장님이 귓가에 소곤거렸다. 웃음이 터진 나는 입안에 든 자몽에이드를 뱉을 뻔한 위기를 가까스로 넘겼다. 간신히 음료를 삼키고는 문 앞에 서 있는 형사를 향해 손을 흔들자 나와 눈이 마주친 형사가 성큼성큼 우리에게 다가왔다.

"혹시…."

"네, 저희가 제보자예요."

형사가 우리를 차례로 죽 훑었다. 제법 눈매가 매서웠다. 이윽고 바지 뒷주머니에서 엉덩이 모양을 따라 구겨진 명함을 꺼내 우리에게 한 장씩 건넸다.

"처음 뵙겠습니다. 마포경찰서 강력 2반 권두혁 형사입니다."

사장님이 형사에게 명함을 받은 뒤 양복 안주머니에서 명함지갑을 꺼내 명함을 내밀었다. 참으로 비교되는 두 사람이었다. 사장님이 우리를 대표해서 인사를 했다.

"안녕하세요. 저는 '귀의 영역'이라는 영혼사무소의 대표 천하제입니다. 여기는 저희 회사 직원들이고요."

"귀의 영역…이라고요?"

형사가 명함을 살펴보며 의심스럽다는 듯한 목소리로 되물었다.

"네. 눈에 보이지 않는 모든 일을 해결하는 일종의 흥신소죠."

영혼에 관련된. 사장님이 씩 웃으며 덧붙였다. 사장님의 갖가지 표정 중에 내가 가장 좋아하는 여유 만만한 얼굴이었다.

"우선 앉아서 이야기하죠. 아메리카노 괜찮으시죠?"

사장님이 형사에게 물으며 내게 눈짓했다. 내가 자리에서 일어나자 그가 손사래를 쳤다.

"아, 아닙니다. 그보다, 지금 어디에 있나요, 이지훈은?"

단도직입적인 그의 말에 우리는 잠시 서로의 눈치를 살폈다. 과연 이 사람이 우리 말을 믿어줄까? 그때 사장님이 먼저 말을 꺼냈다.

"이지훈이 사건의 범인이라면 경제사범인데, 강력팀 형사님이 어째서 이지훈을 쫓고 있습니까?"

"아, 사실 몇 개월 전에 지능팀에서 강력팀으로 이동했습니다. 이지훈 사건은 제가 지능팀에서 맡았던 마지막 사건이죠."

"어쨌든 지금은 담당이 아니신데도 직접 나오셨네요."

"해결하지 못하고 이동하게 되어서 계속 마음에 남아 있던 사건이었습니다. 단순 횡령 사건이라고 보기에는 이상한 점이 많기도 했고요."

이제는 자신이 담당도 아닌데 신고 전화 한 통에 직접 나오다니, 꽤 믿음직스러운 형사라는 생각이 들었다. 이번엔 내가 입을 열었다.

"가애출판사 사무실 안 어딘가의 마룻바닥에 암매장당해 있어요."

"…지금 저더러 그 말을 믿으란 건가요?"

형사의 얼굴은 화가 난 얼굴도, 경악한 얼굴도 아니었다. 그저 어이없다는 표정을 지을 뿐이었다.

"믿지 않으셔도 어쩔 수 없어요. 이지훈은 지금 그곳에 있으니까요."

다운이 말했다. 다운의 얼굴을 빤히 쳐다본 형사가 긴가민가한 얼굴로 물었다.

"그러고 보니 당신…."

"TV에서 보신 적 있나요? 엑소시스트 조다운입니다."

다시 정적이 흘렀다.

"이지훈이 직접 말해주던가요? 귀신이 된 이지훈이…?"

"잘 알고 계시네요."

형사가 한참 동안 다운을 쳐다보았다. 얼굴을 보며 다운의 말이 진짜인지 가짜인지를 판단하려는 듯했다. 마침내 형사가 한숨을 쉬며 말했다.

"그렇군요. 그럼 올라가서 조사해봐야겠네요."

뭐야, 이 사람. 정말로 믿는 거야? 이렇게 쉽게?

"의심 안 해요? 저희가 거짓말을 하는 것일 수도 있잖아요."

형사에게 질문을 한 것은 순전히 내 호기심이었다. 내 질문에 그는 의외의 대답을 했다.

"사실, 뒤가 좀 구리다는 생각을 해왔거든요."

"네?"

"아실지 모르겠지만 이지훈 씨는 5년 전쯤 가애인쇄소에서 일할 때부터 그 회사의 거의 모든 실무를 담당했어요. 금전에 관련된 일도 예외는 아니었죠. 가애인쇄소와 출판사의 모든 재정을 담당하던 이지훈이 고작 천만 원을 들고 날랐다? 상식적으로 생각해 봐도 말이 안 되는 것 같지 않습니까?"

하긴 천만 원이라니… 적은 금액은 아니지만, 대출을 받든 월급을 아껴 모으든, 만들겠다고 마음먹으면 못 만들 금액은 또 아니다.

"그가 정말로 회삿돈을 횡령해 도망칠 생각이었다면 천만 원 정도가 아니라 억대의 돈을 들고 도망쳤을 겁니다. 천만 원이라는 액수는 너무 적어요. 게다가 이지훈에게는 치매에 걸린 노모가 있습니다. 지금 요양병원에 있죠. 잠적하기 전 이지훈은 매주 금요일 저녁이면 요양병원에 가서 주말 동안 어머니와 함께 지냈다고 해요."

"치매에 걸린 어머니요?"

조사를 하면서 이미 알고 있었던 사실이었지만 처음 들은 것처럼 되물었다. 형사가 고개를 끄덕이며 우리가 몰랐던 사실까지 덧붙여 설명했다.

"네. 요양병원에 효자라고 소문이 자자했습니다."

그런 사람이 고작 천만 원 때문에 도망쳐서 여섯 달 넘게 어머니를 만나러 가지 않았다고?

"그럼 형사님은 이지훈이 잠적한 게 아니라…"

"실종이라고 생각하고 수사에 초점을 맞춰왔죠."

형사가 라이더 재킷 주머니에서 두 번 접어 꾸깃꾸깃한 종이 뭉치를 꺼내 테이블 위에 올려놓았다.

"지난 여섯 달간 이지훈의 행적입니다. 보시다시피 어떤 기록도 남아 있지 않죠. 이지훈의 명의로 된 카드부터 핸드폰 통화기록까지, 깨끗해요. 마치 이 세상에서 증발한 것처럼."

"꽤 열심히 조사하셨네요. 그런데 왜 이제껏 어떤 실마리도 잡지 못한 거죠?"

"천만 원이라는 액수 때문입니다."

"천만 원이 왜요?"

"수천, 수억, 그리고 심지어는 수십억 원짜리 횡령을 한 경제사범들이 넘쳐나는데, 경찰 인력은 한계가 있죠. 고작 천만 원을 횡령한 경제사범을 찾는 일은 당연히 관심에서 멀어질 수밖에요."

형사가 쓸쓸하게 웃었다.

"이런 말씀 드리기 뭐하지만… 저는 가애출판사에서 일부러 허위 신고를 한 것은 아닌가 생각하고 있습니다."

"네?"

"일부러 적은 액수의 금액으로 신고만 해뒀다는 건가요? 의심을 피하기 위해서?"

"제 추측일 뿐이지만요."

형사가 자리에서 벌떡 일어났다.

"자, 그럼 올라가 볼까요? 이지훈 씨를 만나러 말입니다."

바라던 말이었다. 우리는 누가 먼저랄 것 없이 자리에서 일어나 형사의 뒤를 따랐다.

사무실 문을 열어준 것은 피곤한 기색이 역력한 경선 씨였다.

"누리 씨…? 이분들은….."

"경찰입니다."

권 형사가 경찰 신분증을 내밀며 사무실 안으로 들어갔다. 우리가 그 뒤를 따라 우르르 들어갔다.

"지금 뭣들 하는 겁니까! 경찰 불러!"

"제가 경찰입니다."

최 사장이 얼굴을 잔뜩 찌푸린 채로 달려와 우리를 막아섰다. 첫날 보았던 사람 좋은 웃음을 입에 걸고 있던 얼굴과는 딴판이었다.

"지금 수배 중인 이지훈 씨가 여기에 암매장되었다는 신고가 들어와서요. 확인차 들렀습니다."

최 사장은 경악한 얼굴로 고개를 도리도리 저었다.

"그, 그럴 리 없소. 여기에 이지훈은 없소."

최 사장의 이마에는 어느새 식은땀이 송골송골 맺혀 있었다. 하지만 그의 시선은 자꾸만 사무실 한쪽 창고로 향했다.

"저기예요!"

내가 창고를 가리키자 최 사장은 후다닥 달려가 창고 앞을 막고 섰다. 강준 씨가 최 사장을 옆으로 밀치고는 창고 문을 벌컥 열었다.

"당신들! 누구 허락 받고 여기 들어오는 거야!"

최 사장이 소리를 빽 질렀다. 창고 안에는 어림잡아도 십수 대의 제습기가 쉴 새 없이 돌아가고 있었다.

"무슨 제습기가 이렇게 많죠?"

형사는 최 사장의 서슬 퍼런 음성에도 아랑곳하지 않고 물었다.

"원래 이곳이 통풍이 안 돼서 습기가 많은 곳이라… 책들은 습기에 민감해서 제습기를 돌리는 거요! 당장 나가!"

우리의 옆에는 어느새 '그것', 즉 지훈 씨가 서 있었다. 지훈 씨는 제습기가 집중적으로 모여 있는 한쪽 모서리를 손으로 가리켰다.

"저기라고 하네요."

"저기예요."

다운과 내가 동시에 그곳을 가리켰다. 형사가 성큼성큼 걸어갔다.

"이… 이익…! 당신, 지금 영장은 가지고 와서 수사하는 거야?! 영장 가져와, 영장!"

최 사장이 재빠르게 달려가 형사의 앞을 막아서며 삿대질을 했다.

"영장은…."

영장이라는 말에 형사는 난처한 듯 우리를 보며 말을 얼버무렸다. 그러자, 최 사장은 기회를 잡았다는 듯 성난 얼굴로 소리를 질렀다.

"아니, 영장도 없으면서 남의 사업장에 함부로 들어와서 이런 패악을 부렸단 말이야?! 당신 이거, 징계감이야. 내가 가만있지 않을 거야!"

그때였다. 뒤에 있던 강준 씨가 성큼성큼 앞으로 걸어가 책장 옆에 비스듬히 세워져 있던 철제 사다리를 들어서는 마룻바닥에 냅다 내리쳤다.

"아무것도 안 나오면 나 잡아가요. 난 경찰도 뭣도 아니니까 징계와는 관계없고, 소송을 걸든가. 경찰에 신고하든가."

최 사장과 권 형사가 일시정지 버튼을 누른 것처럼 입을 딱 벌리고 멈춰 서 있는 동안 강준 씨가 연신 바닥을 내리쳤다. 몇 번의 충격에 바닥이 부서지고, 그사이로 빈틈이 드러났다.

"하여간, 성격하고는."

요한 씨가 강준 씨의 곁으로 다가가 허리를 숙여 마룻바닥의 벌어진 틈 안으로 손을 넣은 뒤, 가볍게 힘을 주어 마루를 들어올렸다. 우지끈 하는 소리와 함께 바닥의 합판이 부러지며 그 아래 넓은 공간이 드러났다. 그리고 그곳에는….

"꺄악!"

경선 씨가 두 손으로 입을 틀어막으며 소리를 질렀다. 마룻바닥 아래에는 책을 포장하는 비닐에 둘둘 말려 있는 지훈 씨가 있었다. 몸은 미라처럼 바싹 말라 있었고, 눈은 감지도 못한 채였다.

"최만철 씨, 서로 동행해주셔야겠습니다."

그러자 망연자실한 표정으로 바닥에 주저앉아 있던 최 사장이 소리를 버럭 질렀다.

"내가 죽인 게 아니야! 내가 왔을 때는 이미 죽어 있었어!"

"…."

"…난 선택의 여지가 없었어. 재단에서 지원 받기 시작한 지 얼마 되지도 않았는데. 이런 재수 없는 사고가 난 걸 재단에서 알게 되면…."

"자세한 이야기는 서에 가서 하시죠."

창고로 몰려든 출판사 직원들의 시선을 의식한 형사가 최 사장의 겨드

랑이에 손을 넣어 일으켜 세웠다. 최 사장은 모든 것을 포기한 표정으로
자리에서 일어나 형사를 순순히 따라갔다.

* * *

－부탁드리고 싶은 것이 있어요.

육신이 창고에서 빠져나온 뒤, 지훈 씨의 영혼은 여섯 달 만에 처음으로
사무실 밖으로 나갈 수 있었다. 지훈 씨의 말에 다운이 다 알고 있다는 듯
말했다.

"네. 마지막으로 어머니를 보러 가셔야죠."

다운이 지훈 씨를 향해 두 손을 넓게 벌렸다. 다운의 안으로 지훈 씨의
영혼이 천천히 들어가고 잠시 뒤, 다운이 감고 있던 눈을 떴다.

사장님의 차가 요양병원 앞에 멈춰 서자마자 차에서 내린 다운이 반쯤
뛰다시피 요양병원 안으로 들어갔다. 우리도 발걸음을 재촉해 다운의 뒤
를 따랐다. 그렇게 도착한 병실 앞. 인기척에 병실 안에 있던 백발 노파가
맨발로 뛰어나왔다.

"지훈이 왔니?"

노파는 우리를 번갈아가며 쳐다보았다. 아들을 찾는 것 같았다.

"어머니⋯."

다운의 몸을 빌린 지훈 씨가 한걸음 앞으로 나와 제 어머니를 불렀다.
노파가 소리가 들린 곳으로 고개를 돌렸다가 실망한 얼굴을 했다.

"저예요⋯ 어머니⋯."

다운의 얼굴은 지훈 씨가 흘린 눈물로 이미 엉망이 되어 있었다. 노파는
다운의 앞으로 걸어갔다. 뼈마디가 툭 불거지고 주름 진 노파의 손이 다운
의 얼굴에 가득한 물기를 훔쳤다.

"총각⋯ 왜 울고 그래. 총각 어머니가 얼마나 가슴 아프겠어. 에휴, 우리

아들은 밥 잘 먹고 잘 지내는 건지… 이눔, 아무리 바빠도 그렇지. 연락이
없어, 연락이…"

"어머니는… 흑… 밥 잘 드시고 계셨던 거죠? 제가 없는 동안에도…."

백발 노파가 아이처럼 크게 고개를 끄덕였다.

"응응. 나야 우리 아들이 밥 꼭꼭 씹어 먹어야 한다고 해서 아주 잘 먹
고 있지."

"네… 어머니, 앞으로도 잘 드셔야 해요. 제가 없어도…."

"가려고?"

지훈 씨가 말을 마치지 못하고 고개를 푹 숙였다. 어깨를 들썩이며 흐느
끼는 지훈 씨를 의아한 듯 바라보던 노파가 입고 있던 환자복 바지 호주머
니에서 무언가를 꺼내 지훈 씨의 손에 쥐어주었다.

"하나는 총각이 먹고, 하나는 우리 아들 만나거든 좀 전해줘. 우리 지훈
이가 어렸을 적에 이걸 참 좋아했었거든."

얼마나 오랫동안 호주머니에 넣어둔 건지 찌그러져 떡이 된 초코파이 두
개다. 노파가 지훈 씨를 향해 웃어 보였다.

"바쁠 텐데 얼른 가. 나 신경 쓰지 말고."

초코파이를 받아들고는 소리 내어 엉엉 울던 지훈 씨가 노파에게 큰절
을 올렸다.

"가만있어봐. 오늘이 설날이었던가? 총각 세뱃돈 줘야겠네."

노파가 소녀처럼 웃었다. 그리고 빈 호주머니를 뒤적여 세뱃돈을 찾는
사이, 지훈 씨는 다운의 몸에서 빠져나와 연기처럼 사라져버렸다. 나는 눈
물이 날 것만 같아 눈을 크게 뜨고 고개를 들었다.

"좋은 곳으로 가세요…."

사이비

"어휴, 심심해."

기지개를 쭉 켜며 사무실 벽에 걸린 시계를 확인했다. 이제 오후 2시. 퇴근까지는 4시간이나 남았다.

"너, 고용주 앞에서 너무 당당한 것 아니야? 심심하다는 말이 고용주 앞에서 할 소리야?"

사장님이 손에 들린 스마트폰에서 시선을 떼지 않으며 말했다.

"그러는 사장님도 심심하신 건 마찬가지잖아요."

내 말에 핸드폰으로 게임하던 사장님이 머쓱한 듯 웃었다.

"원래 우리 회사가 의뢰를 중심으로 운영돼서 그래."

그래, 이렇게 한가한 건 며칠째 의뢰가 하나도 들어오지 않고 있기 때문이다. 제발 의뢰 좀 안 들어왔으면 할 때는 두세 개가 한 번에 몰아치더니… 넓은 사무실에 출근해 웹서핑만 실컷 하다 퇴근하는 날이 오늘로 일주일째다. 그것도 사장님과 둘이서만! 다운은 녹화가 있어 저번 주부터 방송국으로 바로 출근하고 있다. 다운이 모시는 신들 역시 다운을 따라갔다. 평소 방송국에 가는 것을 별로 좋아하지 않던 장군신은 오늘의 게스트가 미모의 여배우 한희연이라는 말에 며칠 전부터 입이 귀에 걸려 있었다. 요한 씨는 며칠째 감감무소식이다. 요한 씨는 원래 우리 회사 직원이 아니라서 의뢰가 있는 날이나 있을 '것' 같은 날을 제외하고는 회사에 오지 않는 경우가 많다. 강준 씨는 친척을 만나러 지방에 내려갔다고 했다. …사실 강준 씨랑은 친하지 않아서 있으나 마나 대화가 없기는 했다.

"할 일 없으면 나하고 백화점 갈래?"

"…백화점엔 왜요?"

게임이 끝난 듯, 스마트폰에서 시선을 뗀 사장님이 내게 물었다.

"쇼핑하자고. 너 저번 월급날 칼퇴근하고 백화점에 쇼핑하러 가겠다고 했는데 의뢰 생겨서 못 갔었잖아. 아, 혹시 이미 다녀온 거야?"

"아니, 그런 건 아닌데…."

가애출판사 건을 해결하느라 며칠 연속으로 야간 근무를 한 것도 모자라 심지어는 남의 회사에서 아르바이트까지 한 바람에 의뢰가 끝나고서는 긴장이 풀려 완전히 뻗어버렸다. 그 탓에 주말에는 어디 나갈 생각도 못 하고 이틀 내내 집에서만 보내 백화점에 갈 기회를 놓쳐버렸지. 업무 시간에 놀러 나가면 좋기는 하지만….

"전 원래 혼자 쇼핑해요."

사장님이 어이없다는 듯 허 웃었다.

"이게, 심심하다기에 바람 쐬어줄 겸 겸사겸사 놀러 가자는 건데. 아직 덜 심심한가 봐?"

아무리 심심해도 직장 상사랑 백화점을 같이 가는 건 좀….

"됐어, 내가 가자면 가는 거지. 이것도 업무의 연장이야. 나 쇼핑하는 데 따라다니면서 어떤 게 잘 어울리나 골라줘."

자리에서 일어난 사장님은 어느새 내 자리 바로 앞으로 다가와 있었다. 이런 악덕 고용주! 새치름한 눈으로 사장님을 흘겼다.

"어딜 눈을 흘겨. 월급 주는 사람은 난데 무슨 일을 시키든 내 마음이지, 안 그래?"

"예, 예. 지당하십니다."

마지못해 자리에서 일어나 의자 등받이에 걸어둔 재킷을 집어들었다.

＊ ＊ ＊

〔5층입니다.〕

상냥한 안내음성과 함께 엘리베이터 문이 열렸다. 유명 남성 브랜드 매장들이 눈앞에 펼쳐졌다. 매장 전면에는 남자 마네킹들이 하나같이 사장님이 즐겨 입는 스타일의 옷들을 입고 있었다. 그러고 보니 나는 여태껏 사장님이 정장이 아닌 다른 옷을 입은 모습을 본 적이 없다. 한 회사의 '사장'이다 보니 옷을 신경 써서 입느라고 그런 거겠지만, 좀 더 캐주얼하게 입으면 활동하기도 편하고 어려 보일 텐데…. 가만, 우리 사장님 몇 살이지?

"사장님은 몇 살이에요?"

그런 질문을 할 줄은 몰랐다는 듯, 나를 물끄러미 바라보던 사장님이 장난스럽게 웃었다.

"스물여덟."

거짓말!

"서른네 살 아니고요?"

어이없다는 표정을 한 사장님이 말했다.

"그런 구체적인 숫자는 어디서 나온 건데?"

"저랑 한 열 살쯤 차이 날 거라고 생각했죠."

나는 사장님을 머리부터 발끝까지 죽 훑었다. 이 사람이 정말 20대라고?

"옷을 좀 가볍게 입어보는 건 어때요? 캐주얼 룩으로요. 그럼 훨씬 어려 보일 텐데."

"나 일부러 이렇게 입고 다니는 거야. 젊은 사장이라고 무시하는 사람들이 많아서."

사장님의 말에도 일리가 있기는 한데…. 그래도 지금 입는 옷들은 하나같이 색깔이 너무 어둡단 말이지. 사장님이 한 매장 앞에서 걸음을 멈췄다. 매장 벽면에는 사장님이 자주 입는 브랜드의 로고가 큼지막하게 박혀 있었다. 사장님이 매장 안으로 들어가지도 않은 채 점원에게 말했다.

"이 마네킹하고 저 마네킹이 입고 있는 옷들 주세요."

뭐야…? 이 황당하기 짝이 없는 쇼핑은?

"셔츠도 같이…."

"제가 골라드릴게요!"

사장님의 말을 가로 막고는 얼른 매장 안으로 들어가 진열된 옷들을 눈으로 훑었다. 이렇게 예쁜 옷이 많은데! 매장을 한 번 둘러볼 생각도 않고 마네킹이 입은 옷을 고대로 벗겨서 입어왔던 거야?

"일부러 나이 들어보이게 옷 입는다는 말 거짓말이죠?"

"뭐?"

"쇼핑하기 귀찮으니까 그냥 제일 먼저 보이는 거 달라고 한 거 아니에요?"

"…."

정곡을 찔린 듯 사장님은 눈에 띄게 말이 없어졌다.

"그러면서 속으로 생각했겠죠. '제일 잘 보이는 곳에 전시해놓은 옷이니까 이 매장에서 제일 멋진 옷일 거야'라고요."

"…물론 그런 생각이 없었던 건 아니지만."

내가 걸려 있는 옷들 사이에서 니트와 바지를 각각 하나씩 골라 사장님에게 내밀었다.

"이 옷들 한 번 입어보세요."

"이건 너무… 밝은색인데."

"아까 사무실에서 저더러 그러셨잖아요. 따라다니면서 어떤 게 잘 어울리나 봐달라고."

"너는… 진짜…."

단호한 내 태도에 뭐라 말하려다 만 사장님이 작게 한숨을 쉬고는 옷을 들고 탈의실 안으로 들어갔다. 이윽고 탈의실 안에서 사장님이 옷을 갈아입는 듯 부스럭거리는 소리가 들려왔다. 그 소리를 들으며 나는 카운터 근처의 소파에 털썩 주저앉았다. 마치 드라마 속에 들어온 것 같다. 재벌 2

세 남자주인공이 평범한 여자주인공이랑 쇼핑하러 와서 옷을 골라주곤 입어보라며 탈의실로 보낸 뒤, 소파에 앉아 여자주인공이 나오기만을 기다리는 장면 같은데? 내가 여자주인공을 기다리는 재벌 2세 남자주인공이고… 그럼 사장님은 여자주인공인가?! …망상이 도를 넘었구나. 자제하자, 공누리. 고개를 절레절레 흔들고는 괜스레 탈의실 안에 있는 사장님을 재촉했다.

"아직 멀었어요?"

"지금 나가."

기다렸다는 듯 문이 벌컥 열렸다.

"와…."

줄무늬 셔츠에 갈색 니트를 받쳐 입고 베이지색 면바지까지 입은 사장님의 모습은 평소와는 180도 달라 보였다. 어두운색 정장을 입던 평소와는 달리 밝은색 옷을 입으니 훨씬 젊어 보인다. 잘생긴 얼굴에 훤칠한 키, 내 취향의 옷… 완전 내 스타일인데…. 나 지금 무슨 생각을 하는 거야?! 미쳤어, 미쳤어. 아무리 내가 잘생긴 사람한테 약하다곤 해도 사장님은 아니지! 화들짝 놀라 고개를 절레절레 저었다. 얼굴이 화끈 달아오르는 느낌이다.

"이상한가?"

그런 내 모습을 오해한 듯 사장님이 돌아서서 탈의실 문에 붙은 거울에 자신의 모습을 비춰 보며 괜히 옷을 매만졌다.

"아뇨! 훨씬 나은데요! 진작 좀 이러고 다니시지 그러셨어요."

자리에서 일어난 내가 사장님을 마구 치켜세웠다. 옆에 서 있던 직원 역시 입에 침이 마르도록 칭찬에 칭찬을 거듭했다.

"저희 매장에서 이 옷 입어보신 손님들 중에서 제일 잘 어울리셔요. 옷이 주인을 만난 것 같네요!"

"그래요? 난 잘 모르겠는데…."

사장님이 거울에 자신의 모습을 비추어 보며 말했다. 말투는 시큰둥해도 두 여자의 칭찬이 싫지는 않은 기색이었다.

"계산해주세요. 갈아입기 귀찮은데 그냥 이대로 입고 가도 되죠?"

"그럼요. 계산하고 가격표 제거해드릴게요."

직원이 카드를 들고 카운터로 갔다.

"사장님, 다음에도 쇼핑할 일 있으면 꼭 저랑 가요. 혼자 가서 마네킹 입은 옷 벗겨 오지 말고요!"

사장님이 고개를 끄덕였다.

"자, 그럼 쇼핑 끝! 저 배고파요. 이번에 이 백화점에 입점한 치즈케이크 전문점이 있는데 그렇게 맛있대요. 우리 그거 먹으러 가요."

"너, 그거 먹고 대충 시간 때우다 집에 가겠다고 할 속셈이지?"

하하, 들켜버렸네? 사장님을 보며 배시시 웃었다. 사장님이 못 말린다는 얼굴로 내려가는 에스컬레이터를 가리켰다.

"가자."

맛있다고 소문 난 집답게 줄 서서 한참 기다린 끝에 케이크를 살 수 있었다. 치즈케이크 한 조각을 들고 빈자리에 사장님과 마주 앉았다. 포크를 집어들기가 무섭게 사장님의 핸드폰이 울렸다.

"천하제입니다. …잠시만요."

전화를 받던 사장님이 시끄러운 주변을 의식하고는 내게 눈짓했다. 내가 고개를 끄덕이자 사장님은 서둘러서 조용한 구석으로 걸어갔다. 통화가 길어지려나, 먼저 먹고 있는 건 예의가 아니겠지? 시답잖은 생각에 빠져 있는 찰나, 누군가가 말을 걸어왔다.

"안녕하세요!"

누군가가 부르는 소리에 고개를 들었다.

"기운이 참 좋으시네요."

촌스러운 차림새의 여자 두 명이 내 앞에 서서 나를 보며 웃고 있었다. 반대로 나는 얼굴을 찌푸렸다. 이런 데서 사이비를 만나다니.

"저희는 이상한 사람 전혀 아니고요. 이 친구는 심리학, 저는 관상에 대해서 공부하고 있는데, 우연히 지나가다가 기운이 너무 좋으셔서 실례를 무릅쓰고 말을 걸었어요."

"실례인 거 아시면 좀 가주시는 게…."

내 무례한 언사에도 두 사람은 전혀 기죽은 기색이 없었다.

"겉보기에는 강한데 내면은 여리네요. 감수성도 풍부하시고."

"아닌데요."

"제가 이렇게 말하면 대부분 부정하죠. 자신의 약함을 드러내기가 싫은 거예요."

자기 마음대로 해석할 거면 대체 왜 묻는 거야!

"요즘 새로운 인연을 맺진 않으셨나요?"

상종을 말아야지. 나는 질문에 대답을 않고 고개를 돌렸다. 사장님은 언제 오시는 거람.

"좋은 인연이긴 한데…. 솔직히 말씀드리자면 새로운 인연과 그쪽의 상성이 잘 맞지 않아요."

"그렇군요. 제가 알아서 잘할 테니 이만 가주시겠어요."

"물론 걱정하실 필요는 없어요. 상성만 맞추면 되는 간단한 문제거든요."

"제가 지금 좀 바빠서…."

멀리서 사장님의 모습이 보였다. 나는 자리에서 벌떡 일어났다.

"그러기 위해서는 사주를 바꿔야 해요. 하늘에 제사를 지내서 지금 사주를 버리고 새로운 인연과 상성이 맞는 새로운 사주를 받는 거죠."

멀리서 내게 손을 흔들며 천천히 걸어오던 사장님이 내 앞에 있는 사람들을 보고는 빠르게 내 곁으로 다가왔다.

"아는 사람들…?"

사장님이 두 사람을 훑어보며 말했다. 예상치 못한 '남자'의 등장에 적잖이 당황한 듯 두 사람이 동요하는 기색이 나에게까지 전해졌다.

"오늘부터 알게 된 사람들이에요. 제가 근래에 새로운 인연을 맺었는데,

그 인연이 저랑 상성이 안 맞아서 하늘에 제사를 지내야 한다는데요."

내가 비웃듯 말하자 사장님이 고개를 끄덕이며 짐짓 진지한 목소리로 대답했다.

"그래? 요한이 형은 너와 우리가 전생에 이미 깊은 인연이었을지도 모른다고 말했는데⋯."

사장님이 내게서 시선을 떼곤 두 사람을 보며 차갑게 말했다.

"이만 가주시죠."

와, 사장님이 이렇게 냉정한 표정을 짓는 건 처음 본다. 추태 부리는 의뢰인 앞에서도 늘 친절한 미소를 잃지 않는 사람인데, 이런 표정을 지을 줄도 안다니.

"혹시 제사 지낼 생각이 들거든 이쪽으로 연락 주세요."

사장님의 기세에 눌린 여자가 쭈뼛쭈뼛하며 내 앞에 책자를 내려놓고는 서둘러 자리를 떴다. 멀어지는 두 사람의 뒷모습을 바라보던 사장님이 혀를 쯧쯧 찼다.

"사이비가 판을 치는 게 나라가 망할 징조야."

나는 내 앞에 놓여 있는 책자를 빤히 들여다보았다. 그런데 이 책자⋯ 좀 낯익다?

책자 위에 큼지막하게 쓰여 있는 '새날교'라는 글자를 본 나는 확신할 수 있었다. 가애인쇄소 창고에 가득 쌓여 있던 인쇄물들 중 한 종류였다.

"이거⋯ 가애인쇄소에서 만든 것 같은데요?"

내 말에 사장님이 책자를 살펴보며 물었다.

"새날교는 사이비 아니라고 하지 않았어?"

"그러게요⋯?"

보통 길거리에서 영혼이 맑다느니, 제사를 지내야 한다느니 하면서 다가오는 사람들은 죄 사이비 아니었나? 게다가 제사에 대한 돈을 요구하는 것도 그렇고 말이다. 그렇지만 내가 들은 새날교는 규모도 4대 종교만큼 크고 재단도 돈이 많다고 들었는데⋯.

"것 봐, 요즘 부쩍 새날교와 부딪힌다니까. 이러다 새날교 관련한 의뢰가 들어오는 건 아닌지 모르겠네."

나는 어깨를 으쓱했다.

* * *

다음 날 아침, 회사에는 다운이 가장 먼저 출근해 있었다.

"왔어?"

"오랜만. 촬영 잘하고 왔어?"

다운이 탕비실 정수기에서 주전자 가득 물을 받으며 내게 인사를 건넸다. 신당에 올릴 정화수를 받는 중인 듯했다.

"평소하고 똑같았지 뭐. 신령님들한테 인사해, 너 보고 싶으시대."

나는 다운을 따라 신당 안으로 들어가 신발을 벗고 올라갔다. 다운이 주전자 가득 떠온 정화수로 신당 곳곳의 그릇을 채우는 동안 나는 신당 가운데에 앉아 신령님들을 가만히 불렀다.

"나오세요."

조금 기다리자 내 앞에 새하얀 빛을 띠는 사람 그림자 두 개가 서서히 나타나더니 점점 뚜렷해지며 장군신과 동자신이 모습을 드러냈다. 동자신이 쪼르르 달려와 내 무릎에 폴싹 앉았다. 아아, 귀여워라. 나는 무례라는 것도 잊고 동자신의 머리를 쓰다듬었다.

"한희연은 잘 보고 오셨어요?"

장군신이 멍한 표정으로 자리에 앉았다. 입가에 미소가 스멀스멀 피어오르는 것을 보니 한희연을 떠올리고 있는 듯했다.

[근래에 보기 드문 참한 처자더구나.]

장군신이 구름 위를 떠다니는 듯한 목소리로 말했다. 그러고는 한마디 덧붙였다.

[미인박명이라, 머지않아 죽을 운명이니 안타깝도다.]

미인박명…? 곧 죽을 거라고? 내가 잘못 들은 건가? 놀란 내가 눈을 크게 뜨고 다운을 바라보자 다운이 두 손에 주전자를 든 채 입모양으로 '쉿'하고 말했다.

〔미잉박명은 무슨…. 다 잉가웅보야.〕

동자신이 웅얼거렸다. 잉가웅보? 인과응보를 말하는 건가?

"그게 무슨…."

궁금증을 이기지 못한 내가 신령님들에게 질문을 하려는 찰나, 다운이 물 채우는 것을 마친 듯 빈 주전자를 한 손으로 들고는 내게 손짓했다.

"다 됐다. 누리야 나가자. 그럼 쉬고 계세요."

무슨 일인지 궁금한데! 다운에게 살짝 눈치를 줬지만 다운의 태도는 완강했다. 하는 수 없이 자리에서 비척비척 일어나 신령님들께 인사했다.

"나중에 올게요."

〔오냐.〕

〔웅, 빠빠이.〕

이미 밖으로 나와 문고리를 잡고 있는 다운을 따라 신당 밖으로 나왔다. 다운이 조심스럽게 신당 안을 살피고는 문을 닫더니 사뭇 엄한 표정으로 내게 말했다.

"신령님들 하는 소리 귀담아듣지도 말고, 알려고 하지도 마. 그냥 한 귀로 듣고 다른 귀로 흘려버려. 그 소리들 다 신경 쓰다간 너만 피곤해져."

나는 다운의 말을 도무지 이해할 수 없었다. 다운은 한희연을 알고 있다. 친한 사이는 아니라 해도 같은 프로그램에 출연하며 방송 중 스튜디오에서든 방송 후 대기실에서든 몇 마디 대화를 나누었을 것이다. 아예 모르는 사이도 아니고 어제까지만 해도 함께 일하던 사람이 곧 죽을 거라는 이야기를 듣고도 신경 쓰지 말라고?

'다운이 너, 그렇게 안 봤는데 꽤 냉정한 구석이 있구나.'

내 표정을 읽은 듯 다운이 인상을 살짝 찡그리며 덧붙였다.

"다 이 오빠의 경험에서 우러나온 말이야. 어차피 한번 정해진 운명은 사람의 힘으로 못 바꿔. 일찍 죽을 사람은 정 주지 말고 거리를 두는 게 네가 덜 다치는 길이야."

그렇게 말하는 다운의 눈빛이 슬퍼 보여서, 나는 납득은 가지 않았지만 마지못해 고개를 끄덕였다.

"알았어…."

다운이 그제야 만족스러운 듯 고개를 끄덕이고는 빈 주전자를 가져다 놓기 위해 탕비실에 들어갔다. 그때였다.

"누리 와 있었네?"

사무실 문이 열리고 낯익은 금발이 사무실 안으로 들어왔다. 요한 씨다!

"안녕하세요, 좋은 아침이에요."

꽤 오랜만에 보는 요한 씨의 얼굴에 기분이 좋아진 내가 한 톤 높은 목소리로 인사를 건넸다. 내 목소리에 다운이 탕비실에서 나오다 요한 씨를 발견하고는 푸념했다.

"요한이 형 온 거 보니까 머지않아 의뢰 들어오겠네. 에휴, 좋은 시절 다 갔다. 그죠, 형?"

요한 씨는 대답 없이 미소만 지을 뿐이었다.

"어떻게 아셨어요?"

요한 씨가 한 말이 아니었다. 요한 씨의 뒤에 또 한 명의 낯익은 사람이 사무실로 들었다. 그가 나를 보며 넉살 좋게 인사를 건넸다.

"안녕하세요. 오랜만입니다."

가애출판사 사건을 함께 해결했던 권두혁 형사였다. 가애출판사 사건 이후로 다시는 볼일 없는 사람인 줄 알았는데… 형사님이 여긴 웬 일이시지?

"일단 들어오세요."

나는 머뭇머뭇 권 형사를 응접실로 안내했다.

"마실 것 좀 드릴까요?"

"네, 녹차로 한 잔 부탁드립니다."

"잠시만 기다려주세요."

권 형사가 천천히 하라는 듯 느긋하게 응접실 테이블 의자에 앉으며 내게 손을 흔들었다. 나 역시 그를 향해 미소 지으며 응접실 문을 닫고 나왔다.

"저 사람 왜 온 거래?"

탕비실에서 녹차를 준비하는 내 뒤로 다운의 목소리가 들려왔다. 다운의 물음에 나는 어깨만 으쓱해 보일 뿐이었다.

"형은 뭐 아는 거 없어요?"

"글쎄."

요한 씨가 말을 아꼈다. 뭔가 알고 있는 것 같은 얼굴인데 말이야… 나와 눈이 마주친 요한 씨가 나를 보며 미소 지었다. 석연찮은 미소가 공연히 신경 쓰였다. 꿈에서 뭘 보기라도 했나? 요한 씨의 미소를 뒤로한 채 나는 쟁반 위에 녹차 두 잔을 받쳐 들고 응접실 문을 열었다. 문을 열자마자 보이는 것은 분주한 손길로 응접실 책장을 뒤지는 권 형사의 뒷모습이었다. 뭐야 이 사람? 뒤에서 인기척을 느낀 그가 화들짝 놀라 돌아보다 나를 발견하고는 무안한 듯 웃으며 손에 들린 책을 다시 책장에 꽂아 넣었다.

"직업병이에요."

권 형사가 다시 테이블 의자 위에 앉아 내가 내민 종이컵을 받았다. 나도 맞은편에 앉아 종이컵을 집어 들었다. 그런 내 눈치를 슬쩍 살피며 권 형사가 물었다.

"기분 나쁜 건 아니죠?"

초대하지도 않은 손님이 우리 집에 찾아온 것도 모자라, 대접할 음료를 준비하러 잠깐 나간 사이에 우리 집을 뒤지고 있는데, 너라면 기분이 좋겠니? 게다가 "기분 나쁜 건 아니죠?"라니. '기분 나쁘지 않아요'라는 대답을 유도하는 거잖아. 답은 정해져 있으니 너는 대답만 하면 된다, 이거야? 기대에 부응해줄 수는 없지.

"조금 기분 나쁘네요. 특히 형사님 직업을 알고 있어서 더 그래요."

나는 권 형사의 눈을 똑바로 쳐다보며 생긋 웃었다. 그렇게 대답할 줄은 몰랐다는 듯, 내 말에 눈에 띄게 당황한 권 형사가 헛기침을 큼큼 하고는 말을 돌렸다.

"사장님은 아직 안 오셨나 봐요?"

"네, 조금 있으면 오실 거예요."

내가 잘라 말했다. 형사는 목이 탄 듯 연신 녹차를 들이켰다. 응접실에 침묵이 감돌았다. 조금 기다리자 응접실 밖에서 말소리가 들렸다. 곧 응접실의 문이 열리고 사장님과 요한 씨, 다운이 들어왔다.

"사장님, 오랜만입니다. 잘 지내셨습니까?"

권 형사가 자리에서 일어나 사장님을 보며 인사했다. 사장님이 내 옆으로 와 앉으며 대답했다.

"네, 저야 잘 지냈죠. 형사님은 잘 지내신 것 같지는 않네요. 얼굴에 피곤이 가득하신데요?"

"형사가 범인 잘 잡으면 잘 지낸 거죠. 피곤이 대수입니까."

"그런가요."

"예. 가애출판사 사건 관련해서 언론에 나온 기사들은 좀 봤습니까? 용의자가 피해자로 바뀐 경우라 언론에 말이 많았죠."

소설 쓰기 딱 좋은 소재잖아요. 권 형사가 익살스럽게 웃었다. 횡령 사건의 용의자가 한순간에 시체, 그것도 유기된 상태로 발견되었다는 사실에 대한민국은 경악을 금치 못했었다. 사건은 며칠간 TV와 인터넷을 뜨겁게 달구었다. 사장님이 고개를 끄덕였다.

"네, 대한민국이 떠들썩했던 사건인데 모를 리가 있나요."

"아무튼, 그날 이후로 꽤 바빴습니다. 유사한 사례가 있는 것은 아닌지 조사해보라는 상부의 지시가 떨어져서 비슷한 사건들을 전면적으로 재조사하기도 했고요."

"그러셨군요."

"덕분에 저희만 죽어났죠. 인원은 한정되어 있는데 일은 늘어나니… 아아, 그나저나 오늘은 네 분뿐이시네요? 저번에 마룻바닥을 철제 사다리로 쾅쾅 내려치던 분은 어디 가셨나요?"

홀리듯 넋두리를 하던 권 형사가 갑자기 생각났다는 듯 주위를 둘러보며 말했다.

"저희 강력계에서 눈여겨보고 있는 분입니다. 저희 팀이 다들 젊은 사람들로 구성되어 있다 보니까 그런 스타일이 좋더라고요. 앞뒤 안 가리고 달려드는 저돌적인 타입이요."

권 형사가 넉살 좋게 웃었다. 그 말에 화답이라도 하듯 사장님이 웃으며 말했다.

"하하, 저희 직원 스카우트하기는 좀 힘드실 텐데. 저희 신입사원 연봉이 형사님 두 배는 될 겁니다."

사장님이 나를 가리키며 말했다. 미소 짓는 사장님의 입매는 시원하게 올라가 웃고 있었지만 눈꼬리는 전혀 휘어 있지 않았다. 그리고 그것은 형사 역시 마찬가지였다. 미묘한 신경전이 흘렀다. 사장님이 입가의 미소를 지우지 않으며 말했다.

"그런데 여기까진 어쩐 일이시죠? 근황을 전하러 오신 건 아닐 테고요."

"사실은 한 가지 의뢰를 드리러 왔습니다."

"의뢰라면 형사님 개인의 사적인 의뢰인가요, 아니면 경찰로서 공적인 의뢰인가요?"

"경찰로서 드리는 의뢰입니다. 의뢰 내용은 대외비라, 수락하시면 그때 상세한 내용을 말씀드리겠습니다."

본인이 지금 꽤 무리한 요구를 하고 있다는 것을 모르는 듯, 형사의 태도는 당당하기 그지없었다.

"그래요? 그럼 저희도 의뢰에 관해 전혀 추측하지 못하니, 우선은 짐작으로 견적을 내는 수밖에 없겠네요. 선금 천만 원입니다. 추가금액 당연히 있고요. 실패 시에 페널티는 따로 없는 걸로 하죠. 내용을 들어보고 실패할 의뢰라면 처음부터 수락하지 않는 것이 저희 원칙이니까요."

"앞에서 제가 말씀드리지 않았나요? 개인적인 의뢰가 아니라 공적으로 의뢰 드리는 거라고요. 민간이 국가에 협력하는 것은 당연한 것 아니겠습니까."

사장님의 얼굴에서 미소가 사라졌다. 오른손으로 왼손의 시계를 만지작거리던 사장님이 물었다.

"지금 거절하면요?"

반면 권 형사의 얼굴에는 여유가 묻어났다. 사장님의 말에 그는 주변을 죽 훑어보고는 불현듯 딴소리를 했다.

"사무실이 참 좋네요. 세금은 꼬박꼬박 내시는 거 맞죠?"

"성실하게 납세하고 있죠."

"제 대학 동기가 지금 국세청에 있는데, 조만간 세무조사 통지서 보내라고 할게요."

"…."

"세상에 털어서 먼지 안 나는 사람이 어디 있겠어요. 우리 이번 기회에 먼지 날 때까지 한번 털어보죠."

사장님이 말을 잃고 멍하니 형사를 바라보았다.

"세무조사 한번 들어가면 어떻게 되는지 아시죠? 그쪽은 우리 경찰보다 훨씬 더 실적 중심인 조직이라 뭐라도 한 건 잡으려고 눈에 불을 켜고 달려들 겁니다."

사장님이 왼손으로 뒷목을 꾹꾹 누르며 말했다.

"무슨 말이 하고 싶은지 알아들었어요. 할게요. 무슨 일인데요."

"자, 그럼 다 함께 서로 가시면서 이야기하죠."

권 형사의 승리였다.

경찰서로 가는 내내 사장님은 저기압이었다. 다운이 사장님을 의식하며 작은 목소리로 수화기 너머 강준 씨에게 소곤거렸다.

"강준이 형, 저 다운인데요. 저희 지금 의뢰 들어와서 내용 들으러 길이거든요. 네? 네… 좀 그럴 일이 있었어요. 자세히는 지금 말 못해요. 아무튼, 서울 올라오시면 다시 전화 주세요. 네, 네."

"아, 지난번에 사다리! 그분과 통화하신 건가요? 경찰서로 오신대요? 오랜만에 뵙겠네요!"

조수석에 앉아 있던 권 형사가 뒷자리에 앉은 우리를 돌아보며 활기차게 말했다. 사장님의 기분은 전혀 고려하지 않은 신난 얼굴이었다.

"그나저나, 어떤 사건인지 알 수 있을까요? 저희 입장에서는 어떤 사건인지를 빨리 파악해야 그에 따른 대처방안을 찾을 수 있을 것 같은데요."

"아, 그렇겠네요."

화제를 돌리기 위한 요한 씨의 질문에 권 형사가 사뭇 진지한 얼굴을 하며 말을 꺼냈다.

"조금 전 사무실에서도 살짝 말씀드렸지만 '이지훈 시체 유기 사건' 이후로 난리가 났습니다. 소문이 어찌나 빠른지 그다음 날 바로 사건이 언론에 퍼지고, 여론이 들끓었어요."

"다음 날 신문을 화려하게 장식했죠."

경찰은 6개월간 '이지훈 실종 사건'과 '가애출판사 횡령 사건'을 모두 놓쳤었다. 사건을 해결했음에도 언론은 경찰의 무능함을 비판했고, 대중의 경찰에 대한 신뢰 역시 무너졌다. 인력이 부족해 중요도가 상대적으로 높은 사건에 집중해왔다는 것은 한낱 변명거리일 뿐, 누구의 이해도 얻지 못했다.

"바로 상부에서 명령이 떨어졌죠. 비슷한 사례가 더 있을지도 모르니 강력팀을 포함해 형사과 전 인원을 동원해 실종 사건들을 죄다 다시 조사하라고."

인력이라도 충원해주고 시키든가. 권 형사의 작은 투덜거림에 운전을 하고 있던 동료 형사가 적극 공감한다는 듯 고개를 끄덕였다.

"하여간 그러다가 나온 게 이번 의뢰 건입니다."

"어떤 사건인가요?"

"최근 5년 동안의 실종자들과, 실종된 지 5년이 지나 사망 처리된 장기

실종자들까지, 10년분 데이터를 뽑아 분석했죠."

권 형사가 내게 태블릿 컴퓨터를 내밀었다.

"오른쪽으로 넘기면서 보시면 됩니다."

"이게 뭐예요?"

태블릿 컴퓨터 화면에는 사진첩이 열려 있었다. 지역별로 쪼개진 지도였다. 지도 위에는 정체를 알 수 없는 점들이 찍혀 있었다.

"최근 10년간 실종된 여대생들의 거주지 분포입니다."

권 형사의 말에 나는 다시 태블릿 컴퓨터 속 사진을 확인했다. 각 도마다 특정 지점에 점들이 몰려 있었다.

"서울과 인천, 대전, 부산, 광주, 심지어 제주도까지도, 특정한 지역에 몰려 있어요."

"서울과 제주, 그리고 광역시네요. 대도시가 다른 곳에 비해서 실종자들이 많은 건 당연한 거 아닌가요? 그만큼 사람이 많으니까요."

사장님의 말에 권 형사가 고개를 가로저었다.

"지역 분포만이 아니에요. 이 지역의 실종자들에 주목한 것은, 몇 개의 거점에서 유독 젊은 여성들의 연쇄 실종이 일어났다는 점 때문입니다.."

"그래서요? 젊은 여성만 노리는 연쇄살인마라도 나타났다는 건가요?"

"아직 시체가 발견되지 않았기 때문에 살인사건이라고 섣불리 추측할 수는 없지만, 어쨌든 단순한 실종 사건이 아닐 수도 있겠다는 생각이 들었으니까요."

차가 멈춰 섰다. 경찰서에 도착한 것이다.

"그런데 며칠 전, 실종자들 중 한 명이 발견되었습니다."

권 형사가 우리를 보며 말했다.

"인천의 한 야산에서 시체로 발견되었죠."

"어디까지 이야기했었죠?"

경찰서에 도착한 우리는 회의실 같은 곳으로 안내되었다.

"인천에서 시체가 발견되었다고요."

형사는 사장님에게 서류철을 건넸다. 사장님이 우리 모두가 볼 수 있게 무릎 위에 서류철 파일을 올려놓고 한 장씩 넘기기 시작했다.

"피해자는 박수빈, 91년생입니다. 대학 휴학 중이고요. 실종 시기는 거기 보시면 아시겠지만 한 달 조금 넘었습니다. 집을 나갈 만한 어떤 이유도 없어서 초기부터 실종으로 초점을 맞추고 수사를 시작했었죠."

권 형사가 설명을 시작했다.

"사흘 전 새벽, 등산객이 땅에 묻혀 있는 피해자의 손을 발견하고 신고한 것이 최초의 기록입니다."

사장님이 자료들을 죽죽 넘겼다. 피해자의 정보가 적힌 자료, 생전 마지막으로 발견된 CCTV 장면들이 지나가고 피해자의 발견 당시 모습을 기록해둔 사진들이 나왔다.

"국과수(국립과학수사연구원)에 의뢰한 결과, 사망 추정시간은 24시간 이내라고 하더군요. 죽어서 땅에 묻힌 지 얼마 되지 않아 바로 발견된 겁니다."

"사인이 과다출혈인가요?"

"네. 몸속에 피가 30퍼센트도 안 남아 있었다고 해요."

"과다출혈을 판단하는 양이 얼마죠?"

사장님이 창백한 시신의 사진을 보며 예리하게 물었다.

"전체의 20퍼센트면 수혈이 필요한 상황이죠. 30퍼센트면 사망하게 되고요."

"그 말은, 죽은 뒤에도 계속 피를 흘렸다는 말이네요."

사장님이 자료를 넘기던 손을 멈추었다. 어느덧 파일의 마지막 장이다.

"이게 과다출혈의 원인이 된 상처인가요?"

사진 속에는 여자의 목이 찍혀 있었다. 하얗게 질린 피부 위에는 새끼손톱만 한 구멍이 나 있었다.

"네. 정확히 대동맥을 찔렀어요."

"용의자는요?"

"그게… 어떤 증거도 나오지 않았어요."

"네?"

권형사가 쓸쓸한 표정으로 웃었다.

"시체한테 직접 물어보고 싶은 심정입니다. 대체 어떻게 죽게 된 거냐고. 어떻게 실종되었고, 실종된 한 달여의 기간 동안 도대체 어디서 뭘 했냐고."

그가 눈을 빛내며 우리를 바라봤다.

"저는 이 피해자가 대규모 실종 사건의 해결에 관한 실마리를 가지고 있을 거라고 생각합니다."

"그 말은, 실종된 다른 여성들도 이렇게 죽었을 거라고 생각하시는 건가요?"

"네. 물론 저만의 가설이긴 하지만요."

가능성이 없는 것은 아니라는 생각이 들었다. 대학생 여성이라는 공통점, 유독 한곳으로 모여 있는 실종자들의 거주지. 하지만….

권 형사가 갑자기 고개를 숙였다. 사무실에서 '세무조사'를 운운하며 여유 있게 사장님을 협박하던 것과는 달리 간절함이 보이는 진지한 얼굴이었다.

"부탁드립니다. 피해자의 영혼과 이야기를 해주세요."

나는 사장님을 흘끗 살폈다. 사장님은 속을 알 수 없는 얼굴로 권 형사를 가만히 쳐다만 보고 있었다. 얼마나 시간이 지났을까, 권 형사가 고개를 들어 우리의 눈치를 살폈다. 잠자코 있던 사장님이 다운을 보고 대뜸 물었다.

"너 다음 주 스케줄 있었나?"

"없어요."

다운이 고개를 저으며 말했다. 사장님이 고개를 끄덕였다.

"영혼과 이야기만 하는 거라면, 한 번 정도는 도와드릴 수 있을 것 같네

요."

권 형사의 얼굴이 환해졌다.

"굿을 크게 한번 벌려 보죠. 성불하지 않았다면 반드시 올 겁니다."

* * *

피해자가 발견되었다는 인천의 구양산은 산세가 험하지 않은 야산이었다. 산을 둘러싸고 아파트와 주택들이 빼곡히 들어서 있었고, 등산로에는 근처에 사는 주민인 듯 편한 복장을 하고 산을 오르는 사람들도 더러 보였다.

사람들이 지나다니는 등산로에서 조금 벗어난 곳에는 노란색의 폴리스라인이 둘러져 있었다. 실종자이자 살인사건의 피해자일지도 모르는 박수빈이 처음 발견된 장소였다. 그리고 그곳에는 지금 커다란 굿판이 벌어지고 있다.

"이것 좀 묶어줘, 누리야."

색색의 천들로 화려하게 장식된 무복을 입은 다운이 내게 허리끈을 내밀었다. 나는 허리끈을 받아 다운의 허리를 한 번 감싸고는 조심스럽게 매듭을 묶었다. 장군신과 동자신은 이미 굿판 한 가운데에 자리를 잡고 앉아 있었다. 장군신은 동쪽에 놓인 생선부터 부지런히 해치우는 중이었고, 동자신은 맛있어 보이는 눈깔사탕을 집어들어 볼 안 가득 욱여넣고 있었다.

"두 분 그만 좀 드세요! 신당에 먹을 것 잔뜩 있는데…!"

보다 못한 내가 두 신령을 만류했다. 이러다 진짜 와야 할 귀신도 안 오겠다.

다운이 커다란 고깔 같은 모자를 쓰고 무령을 든 두 손을 가슴에 모으는 것으로 굿이 시작되었다. 흰옷을 입은 악사들이 앉아 북이며 꽹과리를 쳤다. 불협화음 같은 소리가 한데 어우러져 신명나는 소리를 만들어내고 있었다. 흰 버선을 신은 다운이 무령을 흔들며 정신없이 굿판을 뛰어다니며 춤을 추기 시작했다. 어찌나 온 힘을 다해 춤을 추는지 보는 사람이 지칠 정도였다. 다운의 무령 소리는 시끄러운 악기들의 소리를 뚫고 나무들 사이로 퍼져나갔고, 그 무령 소리를 들은 산속 '그것'들이 하나둘 굿판으로 모여들기 시작했다. 굿판 가운데 놓인 큰 상 앞에는 먼저 온 '그것'들이 앉아 자리를 채워갔다. 금세 자리가 차 빈틈이 없어졌지만 '그것'들은 끊임없이 몰려들었다. 요한 씨와 강준 씨가 굿판 주위를 맴돌며 '그것'들의 모습을 일일이 확인했다. 어느 순간, 악기들의 소리가 뚝 멎었다. 악사들 중 건장한 남자 두 명이 커다란 작두를 들고 굿판 안으로 들어왔다. 다운이 흰 버선을 벗고는 두 남자의 부축을 받으며 작두 위로 올라섰다.

"아…!!!"

나는 눈을 힘껏 감았다. 이걸 어째! 저렇게 시퍼런 작두 위에 맨발로 올라서다니. 발이 잘리는 거 아냐?

"걱정 마. 다운이 안 다치니까."

옆에 서 있던 사장님이 내 어깨를 툭툭 두드렸다. 다시 악기 소리가 들려왔다. 귀를 찢을 듯한 꽹과리 소리가 들려왔지만 나는 눈을 뜰 수 없었다. 그 후로 한참의 시간이 지나고, 악기 소리가 천천히 사그라들었다.

"…"

…끝난 건가? 나는 조심스럽게 눈을 떴다. 굿판 가득 몰려들었던 '그것'들은 어느새 흔적도 없이 사라져 있었다. 악사들이 악기를 집어들고 자리에서 일어났고, 굿판에서 멀찍이 떨어져 있던 흰 한복을 입은 여자들이 굿판으로 다가와 음식들을 접시에 나누어 담기 시작했다.

"지금 이 상황을 조금 설명해주시겠습니까?"

흰 소복을 입은 여자가 건넨 접시를 받아든 권 형사가 다운에게 물었다.

"없어, 이 세상에."

강준 씨의 손을 잡고 날이 시퍼렇게 선 작두 칼날 위에서 조심스럽게 내려오던 다운이 시큰둥하게 말했다. 다운의 새하얀 발은 상처 하나 없이 말끔했다.

"이해가 잘 안 되는데요."

형사가 되물었다. 사장님이 한걸음 앞으로 나서며 입을 열었다.

"육신을 떠난 영혼은 대부분 이승을 떠나 저승으로 가죠. 여기에 남아 있는 영혼들은 미련이든 원망이든, 무언가 해소되지 않은 감정이 남아 있기 때문입니다."

"그럼 영혼이 없다는 말은…"

"성불했어. 이 세상에 아무런 미련도, 원망도 없이 훨훨 떠나간 게지."

"…그럴 수가 있나요? 새파랗게 젊은 나이에 죽었어요. 게다가 누가 봐도 이건 살해당한 게 명백합니다. 원망, 미련… 그 어떤 감정도 안 남아 있다는 게 말이 됩니까?"

형사의 목소리는 조금씩 떨리고 있었다. 나 역시 그의 말에 일리가 있다는 생각이 들었다. 여자는 몸 밖으로 피가 빠져나가는 것을 고스란히 느끼며 죽어갔을 것이다. 그녀는 죽음의 순간에 어떤 기분이었을까. 무슨 생각을 했을까. 이렇게 죽어가는 것이 억울하지 않았을까? 더 살고 싶다는 생각을 하지는 않았을까?

"그럴 수도 있죠. 한 해 동안 죽는 사람이 얼마나 많은지는 저희보다 형사님이 더 잘 아시리라 생각합니다. 그렇게 많은 사람들 중에 한 명 정도, 이런 특이한 경우가 있을 수도 있는 거잖아요?"

사장님이 형사를 보며 말했다.

"이제 저희가 도와드릴 수 있는 일은 더 이상 없네요. 성불한 영에게 '네가 왜 죽었는지 말해봐'라고 물어볼 수도 없는 노릇 아닙니까."

"…그럼 이제 어떡하면 좋습니까?"

낙담한 표정의 형사에게 사장님이 냉정하게 잘라 말했다.

"그건 형사님이 해결하셔야죠. 과학의 힘이든, 뭐가 되었든. 그게 경찰이 하는 일 아닙니까?"

권 형사는 한참 동안 침묵했다. 고민하는 기색이 역력했다.

"그럼 저흰 이만 정리하고 가보겠습니다. 수고하세요."

사장님이 슬슬 가자는 듯 우리에게 눈짓했다. 순간, 형사가 다운에게 물었다.

"자, 그럼 이렇게 생각해보죠. 피해자는 어린 나이에 죽임을 당했어요. 그런데 성불했죠. 어떻게 하면 미련이 남지 않을까요? 삶에 미련이 남지 않는 사람들은 어떤 사람들일까요."

무복을 벗은 다운이 옷을 조심스럽게 개며 시큰둥하게 말했다.

"큰 병을 앓고 있어서 사는 게 죽느니만 못한 사람들이나 종교에 귀의한 사람들이겠죠. 이것 말고도 여러 가지 경우가 있는데 지금 생각나는 건 딱 이 정도네요."

"종교…?"

"성직자들이 주로 그래요. 죽으면 신의 곁으로 가거나 다시 태어난다고 가르치는 그들의 교리를 믿기 때문이죠. 아니면 순교자들? 종교를 위해 몸 바치는 사람들의 경우도 해당되고요."

"에이, 순교자는 좀 아니다. 21세기에 순교는 무슨… 사이비도 아니고."

사장님이 다운의 말에 냉소적으로 반응했다. 다운 역시 동의한다는 듯 고개를 끄덕였지만 형사는 동의하지 않는 듯했다.

"구양산 근처에 기도원이 있어요."

그가 핸드폰으로 지도 앱을 실행시켜 우리에게 내밀었다.

"새날교 기도원…?"

우리가 올라온 곳의 정반대편 등산로 근처에 새날교 기도원이 하나 있었다.

"어떻습니까? 뭔가 냄새가 나요?"

권 형사가 우리를 보며 은근한 어투로 물었다.

"뭐, 가능성이 없다고는 말 못 하겠네요."

다운이 이렇게 말하자 요한 씨와 강준 씨 역시 고개를 끄덕였다.

"그럼 열심히 수사하시고요. 좋은 성과 내시길 바랍니다. 가자."

사장님이 권 형사를 향해 고개를 살짝 숙였다 들었다.

"어딜 가십니까?"

사장님의 말에 형사가 황당하다는 듯 사장님의 앞을 가로막았다. 사장님 역시 황당하다는 얼굴로 맞받아쳤다.

"이제 저희가 할 일은 다 끝났으니 가봐야죠."

"지금 장난합니까? 제가 죽은 박수빈과 대화 한번 하겠다고 굿판 벌이는 비용으로 그쪽한테 드린 돈이 300입니다! 심지어 서에서 지원도 안 해줘서 순수하게 제 사비를 털어 지불한 거란 말입니다!"

억울한 듯, 권 형사의 목소리가 점점 높아지고 있었다.

"그런데 아무런 소득 없이 이대로 끝이라뇨? 이렇게는 못 갑니다!"

"사비든 공금이든 그건 그쪽 사정이고요. 박수빈이 성불해서 이승에 없으니 부를 수 없는 건 당연한 거 아닙니까? 성불한 걸 다행으로 여기고 좋은 곳으로 가길 빌어야지 그렇게 심보 못되게 쓰시면 벌 받습니다."

사장님의 말에 권 형사가 입을 딱 다물었다.

"그리고요."

"…?"

"저희한테 준 돈 운운하셨는데 말입니다. 지금 이 굿판 벌이는 데 돈이 얼마나 들었다고 생각하세요?"

"그, 그야…."

권 형사가 말을 얼버무렸다.

"굿상에 올리는 음식들 전부 다 최상급으로 준비했죠. 게다가 굿 치르는 곳이 산속이니 영들은 물론 산신들까지 죄다 챙겨야 하는데 준비할 음식 양이 좀 많았겠어요? 또…."

말을 잠깐 멈춘 사장님이 일렬로 줄을 서서 조심스럽게 산을 내려가고 있는 흰옷 입은 무리를 가리켰다.

"저 사람들은 공짜로 와서 굿 도와준답니까? 악사들이며 음식 만들고 굿판 봐주시는 아주머니들은 죄다 자원봉사자래요? 저 사람들 부르는 데 든 비용이 얼마인지 알기나 해요?"

"이야, 우리 사장님 말 잘한다! 역시 돈 문제에 있어선 청산유수라니까."

다운이 힘없는 목소리로 킬킬거렸다. 굿을 한 뒤 힘이 빠진 듯 축 늘어져 강준 씨의 등 뒤에 업힌 채였다. 다운의 목소리를 들은 사장님이 이번에는 다운을 가리켰다.

"형사님한테 청구한 금액에 다운이 노동력은 아예 포함되지도 않았어요. 다운이와 급이 비슷한 무당들한테 가서 굿 한번 해달라고 해봐요. 3천만 원 이하는 아예 부르지도 않을 겁니다."

사정 생각해줘서 300만 원에 해줬더니. 사장님이 작게 중얼거리고는 이번에는 정말로 갈 기세로 휙 뒤돌아섰다.

"가자."

권 형사는 반박할 말을 찾지 못한 듯, 뒤돌아서는 사장님의 모습을 멍하니 바라보기만 했다. 나도 권 형사에게 고개를 꾸벅 숙이고는 뒤돌아섰다.

"잠깐만, 하제야."

먼저 내려가는 사장님을 요한 씨가 불러세웠다.

"내려가면서 이야기해요, 형."

"이번 사건, 도와드리자."

거침없이 발걸음을 옮기는 사장님의 뒤로 요한 씨의 목소리가 내려꽂혔다. 사장님은 마치 요한 씨의 말을 예상하기라도 한 듯 인상을 찌푸리며 뒤돌았다. 요한 씨가 사장님에게로 다가가서는 권 형사에게 들리지 않을 만큼 작은 목소리로 속삭였다.

"나중에 우리가 도움 받을 일이 있을 거야."

부가 설명은 그뿐이었다. 사장님이 조금 더 설명을 해달라는 듯 요한 씨를 봤지만 요한 씨는 입을 다물었다.

예지능력이 있는 요한 씨의 말은 우리에게 절대적이었다. 요한 씨가 도움 받을 일이 있을 것이라고 말했으니, 정말로 그런 일이 생길 가능성이 높았다. 잠시 그 자리에 멈추어 서 있던 사장님은 마침내 싫어 죽겠다는 얼굴로 다시 뒤돌아 권 형사 앞으로 갔다.

"당신, 우리한테 빚진 겁니다."

사장님의 말에 형사는 얼굴이 대번에 환해졌다.

"물론이죠! 언젠가는 꼭 갚겠습니다!"

우리는 구양산 근처에 있는 새날교 기도원에 무언가 있을 것이라는 결론을 내리고 기도원으로 향했다. 하지만 기도원 내부로 들어가기도 전에 경비에 의해 쫓겨났다.

경비에게 문전박대를 당하며 나는 첫 일이었던 의뢰를 떠올렸다. 그때도 기숙사 경비 아저씨에게 이렇게 쫓겨났었지. 그때는 그래도 여자인 나는 자유롭게 들어갈 수 있었는데. 이번에는 방법이 아예 보이질 않았다.

"주변에 아는 새날교 교인 있는 분?"

모두가 어이없다는 얼굴을 하고 권 형사를 바라봤다.

"아니 전 뭐… 새날교인이면 아는 게 좀 있지 않을까 해서요."

우리가 아는 새날교인이 어디 있어? 새날교라는 종교가 있다는 것도 안 지 얼마 되지 않았는데 말이다. 골똘히 생각에 빠져 있던 사장님이 나를 보며 대뜸 물었다.

"누리 너, 지난번에 백화점 지하에서 만났던 여자가 준 새날교 책자 가지고 있어?"

"새날교 책자요?"

"있어. 며칠 전에 누리하고 백화점 갔다가 새날교 여자 둘을 만났었거든. 대뜸 제사를 지내야 한다기에 사이비인 줄 알았더니 새날교였어."

사장님의 말에 며칠 전 백화점 지하에서 있었던 일이 떠올랐다. 여자가 관심 있으면 연락하라며 내게 책자를 한 장 주고 갔지만….

"당연히 버렸죠. 그런 전단지를 누가 보관해요."

내 말에 사장님이 아쉽다는 표정을 지으면서도 납득한 듯, 고개를 끄덕였다. 그러고는 이렇게 말했다.

"다시 가보면 그 사람들 있지 않을까? 그런 사람들은 대개 구역이 정해져 있잖아."

* * *

백화점 지하에서 혼자 있는 여자에게 말을 걸고 있는 두 사람을 보고
나는 헛웃음을 지었다. 사장님의 예상이 제대로 적중했구나.

"저것 봐요. 주로 혼자 있는 여자들한테 접근한다니까요. 그러니까 좀
가주실래요? 사장님이랑 있으면 우리 근처로는 얼씬도 안 할 거예요."

저번 쇼핑에서 내가 골라준 옷을 입고 온 사장님은 평소보다 훨씬 젊고
부드러운 인상을 줬다. 그렇다고는 해도, 남자와 함께 있는 것보다는 혼자
서성거리는 편이 저 사람들이 다가오기 쉬울 것이다. 하지만 사장님은 픽
웃으며 오히려 내 손을 덥석 잡았다.

"…? 왜 갑자기 손을 잡아요?"

"누가 쟤네가 여기로 올 때까지 기다리겠대?"

두 사람은 여자에게 전단지를 건넨 뒤 다시 주변을 탐색하며 대상을 찾
기 시작했다. 사장님이 나를 보며 눈을 찡긋하고는 두 사람을 향해 사람
좋은 미소를 띠며 말을 걸었다.

"저기, 안녕하세요."

"…네?"

"며칠 전에 저희 애기한테 제사 지내야 한다고 말씀하셨던 분 맞으시
죠."

애기? 설마 날 말하는 거야? 표정 관리가 안 되기 시작하는 내 얼굴을
본 사장님이 순간 잡고 있던 손에 힘을 주더니 이내 다시 여자들을 향해
미소 지었다. 두 여자 서로를 마주 보며 애매하게 시선을 교환했다. 며칠
전만 해도 자신들에게 냉랭하게 굴던 사람이 갑자기 얼굴을 바꾸고 다가오
니 의심스러운 모양이었다.

"지난번 주신 팸플릿에 적혀 있는 연락처로 연락을 드리려고 했는데, 제

가 그 팸플릿을 잃어버려서요. 혹시 여기에 계시지 않을까 해서 찾아왔는데 역시 계시네요."

두 사람이 여전히 경계 어린 눈으로 사장님을 보며 말했다.

"아… 그런데 무슨 일로…"

"그날 이후로 제가 생각을 좀 해봤는데, 애기랑 저랑 정말로 상성이 안 맞는 것 같아서요. 저는 우리 애기랑 오래 사귀고 싶은데, 상성이 안 맞으면 곤란하잖아요?"

"아, 그럼 제사를 지내셔야죠!"

사장님의 말에 한 여자가 반색했다. 경계를 조금 누그러뜨린 것 같아 보였다.

"아, 그런데."

"네?"

"보셔서 아시겠지만 저희는 가난한 대학생 커플이라서요. 물론 제사를 지내면 좋겠지만 사실 금전적으로 조금 부담스럽네요."

사장님이 니트 소매 속으로 손목시계를 슬쩍 숨기며 말했다. 가난한 대학생 커플? 한 문장에 거짓말이 몇 번 들어가는 거야. 나는 웃음이 터질 것만 같아서 입술을 꼭 깨물었다.

"금액은 정성껏만 내시면…"

여자가 슬쩍 뒤를 돌아다보더니 우물쭈물 말끝을 흐렸다.

"제사 대신 신께 기도를 올려서 정성을 다하고 싶은데. 어떻게 안 될까요?"

"기도요…?"

여자가 자꾸만 뒤를 돌아다보며 대답을 하지 못했다. 뭐야, 뒤에 뭐가 있나? 의아함은 곧 풀렸다. 저 멀리서 무테안경을 쓴 깐깐해 보이는 인상의 여자가 우리 쪽으로 걸어오더니 여자들의 옆에 섰다.

"안녕하세요. 무슨 일이시죠?"

"아, 안녕하세요. 저희는 가난한 대학생 커플인데 며칠 전에 백화점에서 이분들을 만났거든요. 저희가 상성이 좋지 못하다고 제사를 지내야 한다고 하시는데 저희는 그럴 만한 돈이 없어서요."

"신께서는 금액의 많고 적음을 따지시지 않죠. 가진 금액 내에서만 최대한의 성의를 보여주시면 됩니다."

무테안경을 쓴 여자는 앞의 두 여자를 관리하는 상급자인 듯했다. 두 여자에 비해 훨씬 유창한 언변에 나는 속으로 혀를 내둘렀다.

"그러고는 싶은데 제가 지금 가진 거라곤 학자금 빚이랑 카드 빚뿐이어서요. 빚으로 성의를 보여드릴 순 없으니 신께 기도를 올린다거나 하는 방법은 없을까요?"

여자가 사장님과 나를 죽 훑어보았다. 무테안경 속 날카로운 눈빛이 나를 훑는 순간, 나는 속으로 몸서리를 쳐야 했다.

"여자 분은 몇 살이시죠?"

여자가 나를 보며 대뜸 물었다.

"스물다섯 살이에요."

여자가 자기의 옆에 어정쩡하게 서 있는 여자 둘에게 눈짓했다. 두 사람이 우리를 보며 고개를 꾸벅 숙이고는 가버렸다. 두 사람이 간 것을 확인한 여자가 우리, 정확히는 나를 보며 은근한 목소리로 운을 뗐다.

"가족관계는 어떻게 되세요?"

"저 혼자예요."

뭐야, 왜 갑자기 호구조사야? 내 대답에 여자가 이번에는 사장님을 슬쩍 훑어봤다.

"아, 혼자시구나. 두 분, 사귄 지는 얼마나 되었어요?"

"어…"

나는 말을 얼버무렸다. 우리, 사귄 지가 얼마나… 됐을까요? 하하. 내 곤란한 기색을 눈치챈 사장님이 먼저 대답했다.

"30일 정도예요."

"아, 그럼 관계도 안 하셨겠네요. 혹시 성경험은 있으신가요?"

여자의 노골적인 말에 나는 순간적으로 얼굴이 화르륵 달아오르는 것을 느껴야 했다. 뭐야, 이 사람. 대체 뭐가 궁금한 거야? 사장님 얼굴 보기가 부끄러웠다.

"없어요."

내가 기어들어가는 목소리로 이야기하자 여자가 그제야 만족한 얼굴로 나를 보며 상냥하게 말했다.

"기도란 신께 나를 바치고 누군가의 행복을 비는 일입니다. 그 누군가는 내 자신이 될 수도 있고, 특정한 인물이 될 수도 있죠."

무슨 말을 하려는 거지? 대답할 말을 찾지 못한 내가 우물쭈물했다.

"그리고 신께 나를 바침으로써 다수의 사람을 동시에 행복하게 해줄 수도 있죠. 물론 이건 모든 사람들이 할 수 있는 것은 아니고 선택받은 일부 사람들만 가능한 일입니다."

그게 나라는 말을 하려는 건 아니겠지? 나는 나를 보며 눈을 빛내는 여자의 시선을 슬쩍 피했다.

"당신은 엄청난 능력을 가졌어요. 당신의 기도라면 남자친구는 물론, 당신의 주변 사람들 모두가 행복해질 겁니다."

대단하기도 해라. 우리 아직 만난 지 10분도 채 되지 않은 것 같은데, 제가 어떤 능력을 가졌는지 벌써 파악하셨네요.

"두 분의 인연에 대한 기도도 중요하겠지만 그보다 한 단계 높은 차원의 기도를 드려보는 건 어떠세요?"

"…그건 어떻게 하는 건가요?"

내가 관심이 있는 척 더듬더듬 여자에게 물었다.

"새날교에서 운영하는 기도원이 있어요. 그곳에서 머무르면서 기도를 하는 겁니다."

"잘됐다, 수진아."

사장님이 대뜸 나를 '수진'이라 부르며 환하게 웃었다. 나는 눈치껏 맞춰주며 고개를 끄덕였다.

"수진이 네가 그렇게 대단한 능력을 가진 사람이라니, 이 오빠는 너무 기뻐. 아, 그런데, 그 기도한다는 곳은 어디죠? 우리 애기 집이 인천이라서요. 집에서 너무 멀면 좀 곤란한데."

우리 집은 인천도 아니다. 사장님의 능청스러운 거짓말을 그대로 믿은 여자가 웃는 얼굴로 대답했다.

"기도원에서 숙식을 제공하기 때문에 그건 걱정하실 필요 없어요. 그리고 인천에도 구양산에 기도원이 있으니 원하시면 그쪽으로 가시면 될 것 같네요."

* * *

"미안해."

요한 씨의 말에 나는 장난스럽게 웃어 보였다.

"왜요? 뭐가 미안하신데요. 요한 씨가 이 의뢰 받자고 하는 바람에 내가 여기 들어가게 되어서?"

"널 이런데 혼자 들여보내서 미안한가 보네."

대답 없는 요한 씨 대신 사장님이 내 앞으로 다가와 어깨를 툭툭 다독였다.

"혼자서도 잘할 수 있지?"

"그럼요. 귀신도 아니고 사람 상대하는 건데요, 뭐. 요한 씨, 저 정말 괜찮으니까 너무 미안해하지 마세요."

여전히 무거운 표정을 한 요한 씨가 작게 한숨을 쉬고는 나를 똑바로 보며 말했다.

"다시 만났을 때도 네가 괜찮다고 말해주면 좋겠다."

혼자 들어가는 거라 긴장돼 죽겠는데 말이라도 좀 좋게 해주면 어디가 덧나. 자꾸만 혼자서 분위기 잡는 요한 씨 덕분에 살짝 겁이 났지만 애써 마음을 추슬렀다. 내가 겁먹은 얼굴을 하면 다들 걱정할 테니 말이다.

"당연하죠. 그럼 저 들어가 볼게요. 다운이 얼른 몸 회복하라고 전해주시고요."

"안 그래도 다운이가 같이 못 와서 미안하대. 지난번에 굿 한 이후로 컨디션 회복이 잘 안 되나 봐."

나는 괜찮다는 의미로 사장님에게 한 번 웃어 보였다. 그러고는 씩씩한 걸음으로 기도원 정문을 향해 발걸음을 뗐다. 내가 코너를 돌아 기도원 안으로 들어갈 때까지 그들은 계속 그 자리에 서 있었다.

기도원은 마치 커다란 요새 같았다. 낡은 철 대문은 녹이 슬어 군데군데 칠이 벗겨져 있었고, 끼익하면서 문 열리는 소리가 스산함을 더했다.

"기다리고 있었습니다."

대문 앞에 서 있던 관리인으로 보이는 남자가 나를 보며 허리 숙여 인사했다. 나 역시 허리 숙여 인사했다.

"생각보다 훨씬 더 신성한 기운이 느껴지시네요."

관리인이 나를 아래위로 훑어보더니 내게 손을 내밀었다. 무언가를 달라는 손짓이다.

"…무슨?"

"이야기 못 들으셨나요? 기도원은 전자기기와 액세서리의 반입을 금지하고 있습니다. 이곳은 신께 기도를 올리는 신성한 공간이니까요."

이곳이 신께 기도를 올리는 신성한 곳인 것과 전자기기, 액세서리가 무슨 상관이야? 순간적으로 따져 묻고 싶은 것을 간신히 참았다. 참자, 공누리. 따졌다가 괜히 기도원에 들어가지도 못하고 쫓겨날 수도 있어. 나는 조심스럽게 귀걸이부터 뺐다.

'큰맘 먹고 비싸게 산 거라 아끼는 건데!'

귀걸이를 관리인의 손에 올려놓은 뒤, 주머니에서 핸드폰을 꺼냈다.

'핸드폰이 없으면 사람들이랑 연락은 어떻게 하지.'

순간적으로 아차 하는 생각이 스쳤지만 관리인은 이미 핸드폰을 받아 방문객들의 핸드폰을 모아두는 주머니에 넣은 뒤였다.

'큰일이네. 건물 안에 공중전화가 있나? 어떻게든 연락할 방법이 있어야 할 텐데….'

"핸드폰과 귀걸이가 끝인가요?"

관리인이 나를 다시 아래위로 훑었다. 특히나 긴소매에 가려 보이지 않는 팔목을 집중적으로 쳐다보는 듯했다. 이건 정말 싫은데. 나는 마지못해 왼 팔목 소매를 걷어 경비원에게 팔찌를 살짝 보였다. 그러고는 최대한 불쌍해 보이도록 자그마한 목소리로 말했다.

"이 팔찌는… 돌아가신 엄마가 남긴 하나뿐인 유품이라… 벗기가 좀 그런데…. 엄마가 저를 지켜줄 거라고 절대 빼지 말라고 하셨거든요…."

제발… 제발! 그냥 넘어가! 관리인이 팔찌를 유심히 살피는 것이 느껴졌다. 딱 봐도 허름한 모양새에, 낡은 티가 팍팍 나는 내 팔찌를 보며 관리인이 고개를 끄덕였다.

"그 정도는 괜찮을 것 같네요."

휴, 다행이다. 나는 몰래 가슴을 쓸어내렸다.

"이쪽으로 들어가시면 됩니다. 2층 복도 맨 끝에 방이 있으니 거기 들어가 계세요."

2층으로 올라가는 계단을 향하던 나는 나를 향한 관리인의 시선이 걷히자마자 몸을 돌려 1층 복도로 갔다.

복도 여기저기 굳게 닫혀 있는 문들이 보였지만 문 앞에는 어떤 문패도 달려 있지 않았고 창문도 없었다.

'뭐야, 문을 열지 않고는 아무것도 알 수 없잖아?'

안에 한번 들어가 볼까? 들어갔는데 사람이 있으면 어떡하지…? 나는 복도에 서서 잠시 고민했다. 그때였다.

"무슨 일이시죠?"

"엄마, 깜짝이야!"

뒤에서 들려오는 목소리에 나는 정말 크게 놀라고 말았다. 머리를 쪽지어 틀어올린 자그마한 체구의 여자가 뒤에서 나를 쳐다보고 있었다. 분명

163

복도에는 아무도 없었고, 문 열리는 소리도 안 났는데 어디서 나온 걸까.

"아… 저… 기도하러 왔는데, 길을 잃어서요."

여자가 의심스럽다는 얼굴로 나를 바라봤다.

"들어오면서 순간적으로 제가 가야 할 곳이 1층인지, 2층인지 잊었네요. 하… 하하…."

"성녀들이 머무는 방은 2층입니다."

여자가 여전히 의심스럽다는 눈초리를 거두지 않은 채 나를 2층으로 안내했다. 그나저나 성녀라고…?

"저어, 그런데…."

"여기입니다."

여자가 내 말허리를 자르고는 2층 복도 끝 방문을 열었다.

"오늘은 쉬고 계세요. 기도는 내일부터 시작될 겁니다."

여자는 그 말만 마치곤 문을 닫고 나가버렸다. 나는 작게 한숨을 쉬고 방 안을 훑었다. 방에는 옷장 하나와 침대 네 개가 놓여 있었다. 맨 마지막 침대 하나를 제외한 세 개의 침대는 누군가가 쓰고 있는 듯 이부자리가 흐트러져 있었다. 나는 이불이 단정히 개어져 있는 창가 쪽 침대자리로 가 침대에 털썩 앉았다.

창문은 투명한 유리 대신 바깥이 전혀 보이지 않는 불투명 유리로 만들어져 있었다. 이상했다.

'박수빈이 정말 이곳에서 머물렀을까?'

이 기도원이 의심스럽긴 하지만 사실 확실한 증거는 어디에도 없다. 지금에 와서는 이곳이 정말로 의심스러운 곳인지, 그게 아니면 내가 이곳을 의심스럽게 생각하기 때문에 모든 것들이 의심스러워 보이는지조차도 구분이 가질 않았다. 박수빈이 마지막에 머물렀던 곳이 이곳이 아니라면 어디란 말이지. 헛다리를 짚은 거라면 또 처음부터 시작해야 하나? 이런저런 생각을 하며 나는 침대에 비스듬히 누운 채 잠들어버렸다.

몇 시나 된 걸까. 소란스러운 소리에 잠에서 깨어보니 내 또래의 여자 세 명이 방문을 열고 들어오고 있었다. 방 안에 생각지 못한 낯선 사람이 들어와 있자 다들 살짝 놀란 듯, 잠시 어색한 침묵이 흘렀다.

"몇 살이에요?"

그중 한 명이 내 쪽으로 걸어와 내 바로 옆에 놓인 침대에 털썩 앉으며 물었다. 그 침대의 주인인 듯했다.

"스물다섯 살이에요."

나랑 동갑이네. 여자가 작게 중얼거렸다.

"네가 오늘 온다던 성녀지?"

"저기, 성녀가 뭐야?"

내 질문에 여자가 살짝 뻐기는 듯한 얼굴로 대답했다.

"성녀는 너랑 우리처럼 선택받은 여자들을 말해."

"우리는 선택받은 사람들이야. 우리가 지은 죄를 씻을 수 있는 기회를 얻은 사람들이지."

"죄?"

"매주 일요일마다 의식이 열려. 이곳으로 초대받은 신도님들이 내 피를 나누어 마심으로써 내가 지은 죄를 그들이 나누어주는 거야."

"피를 나누어 마신다고…?"

"응. 이곳을 이렇게 찔러서 피를 바칠 거야."

여자가 손으로 자신의 왼쪽 목을 가리켰다.

순간 숨이 멎는 듯했다. 박수빈의 사인이 된 상처 자리와 정확히 일치했다.

"내가 죄를 씻음으로써 나는 안식을 얻고, 내 주변 사람들은 나로 인해서 행복해질 거야. 그리고 내 죄를 나누어 가진 사람들은 덕을 쌓아 다음 생애에서 복을 누리게 되지."

'무슨, 말도 안 되는…!'

내가 어이없다는 얼굴로 여자를 쳐다보자 여자가 다 이해한다는 듯, 잘

난 체하는 얼굴로 덧붙였다.

"이해 안 되니? 나도 처음엔 그랬어. 그렇지만 이곳에서 의식을 치른 모든 성녀들의 가족은 행복해졌다고 했어."

…행복해졌다고 했다? 직접 본 게 아니라는 소리다.

"기도를 하면 할수록 나오는 답은 하나뿐이야. 나는 확신해. 나 하나의 희생으로 모두가 행복해질 거야."

여자가 벅차오르는 감정을 주체할 수 없다는 듯 환하게 웃으며 말했다. 이게… 무슨 말도 안 되는…. 나는 천천히 주변을 둘러보았다. 내 옆 침대에 앉은 여자뿐만 아니라 나머지 두 명 역시 그 여자와 비슷한 감정을 느끼는 것처럼 보였다.

"너희 부모님은 네가 여기 온 거 아셔?"

여자의 표정이 딱 굳은 것은 그때였다.

"난 어차피 부모 없어. 부모는 나를 버렸고, 난 동생과 고아원에서 자랐어."

"그럼 동생은 네가 여기 온 걸 알아?"

인상이 일그러진 여자가 신경질적으로 내게 팩 쏘아붙였다.

"네가 무슨 상관이야!"

"네 동생이 네가 자신을 위해 죽는다고 하면 기뻐할까? 그냥 지금처럼 살더라도 너랑 같이 사는 게 더 행복하다고 생각하지 않을까?"

여자는 얼굴만 일그러뜨릴 뿐, 대답하지 못했다. 나는 문 옆에 서 있던 두 명의 여자를 차례로 바라보았다. 그들 역시 내 말에 입을 굳게 다물고 있을 뿐이었다.

"게다가 피를 마신다고 죄를 나눌 수 있다니…. 아니, 그 전에 네가 지은 죄는 뭔데?"

분위기가 점점 험하게 변해갔다. 이크, 이들을 자극하려는 생각은 아니었는데 말이다. 찔끔한 내가 한마디 덧붙였다.

"나는 그냥 그렇게 생각해서…."

한참 뒤 내 앞에 서 있던 여자가 입을 열었다.

"너는 여기 온 지 얼마 안 되서 기도가 부족한 것 같아. 성녀로서 순결한 마음을 가질 때까지 가까이 오지 않았으면 좋겠어."

"…난!"

"내 영혼이 더럽혀질까 걱정되거든!"

여자가 나를 보며 차갑게 말하고는 더 이상 말하기 싫다는 듯 고개를 돌렸다. 그녀는 방문 앞에 서서 지켜보던 다른 두 여자와 함께 방을 나섰다.

* * *

기도원의 생활은 따분하기 짝이 없었다. 아침에 일어나 간단히 세수를 마치고 나면 목사라는 자가 우리의 방으로 들어와 새날교의 교리에 대한 강의를 시작했다. 강의는 주로 우리의 '죄'와 죄를 사하는 방법에 대한 것이었는데, 목사의 언변이 어찌나 좋은지 강의를 집중해서 듣고 나면 정말로 내가 죄를 지었고 내 피를 바쳐 죄를 씻어내야 할 것만 같은 기분이 들었다. 강의가 끝난 뒤에는 점심식사를 했고, 그 뒤에는 우리 네 명만 좁은 기도실로 들어가 무릎을 꿇고 묵언 기도를 올렸다. 이 시간이 내게는 숙면 시간이나 다름없었지만 세 여자는 열심히 기도를 올리는 듯했다. 그리고는 이어서 바로 저녁시간. 저녁을 먹은 뒤에는 밤늦게까지 원장에게 듣는 교리 수업이 이어졌다. 외부환경과 철저히 단절된 곳에서 하루 종일 기도와 교리 수업이 반복인 하루하루…. 이들이 세뇌당하지 않았다면 그것이 더이상할 정도였다.

입소한 지 사흘째, 첫날의 대화 이후로 세 사람은 철저히 나를 왕따로 만들었다. 물론 그렇다고 해서 내가 소외감에 외로웠다거나 한 것은 아니었다. 외부와 연락할 방법을 고민하느라 정신이 없었기 때문이다.

"의식도 얼마 안 남았는데 마지막으로 치킨이나 먹었음 좋겠다. 그죠?"

저녁으로 나온 밥을 보며 세 여자 중 한 명이 작게 소곤거렸다. 기도원의

식사는 주로 피를 맑아지게 한다는 나물 종류들로 가득했다. 고기 한 점 없는 담백한 식단에 나는 한숨이 절로 나왔다. 한 여자의 말에 내 옆 침대 여자가 타박을 놓았다.

"너, 나중에 다시 태어나면 치킨 같은 건 생각도 안 날걸? 더 맛있고 비싼 걸 많이 먹게 될 텐데."

"아… 그러게요. 얼른 의식을 치렀으면 좋겠다."

이 순진무구한 처자들을 어떡하면 좋지. 뼛속까지 세뇌당한 이들의 터무니없는 대화에 나는 헛웃음이 절로 나왔다.

'난 나가면 치킨부터 시켜 먹어야지.'

"그럼 여기서 의식을 치르는 거예요?"

"응. 여기에 테이블로 둥글게 원을 그리고, 그 안에 의자가 놓여. 거기에 성녀가 앉아서 피를 바칠 거야."

"밥 다 먹었으면 올라가자. 얼른 기도해야지."

세 여자들의 대화를 들으며 나는 최대한 느리게 밥을 먹었다. 세 여자가 먼저 식당을 빠져나가고, 내 몫의 밥그릇이 빈 후에도 나는 반찬까지 남김 없이 꼭꼭 씹어 먹은 뒤 그릇이 모두 텅 비고 나서야 자리에서 일어났다. 원장과 교리 공부하는 시간을 조금이라도 줄여보려는 발버둥이었다.

아아, 가기 싫다. 나는 느릿하게 일어나 식당 문을 열고 나왔다.

'그나저나, 의식을 행하는 일요일까진 시간이 얼마 안 남았는데. 이 사실을 어떻게 알리지…'

다들 어디서 뭘 하고 있을까. 다들 걱정하고 있겠지? 곰곰이 생각하며 복도를 찬찬히 걷는데, 복도 저 끝에서 낯익은 '그것'의 기운이 느껴졌다.

"너…!"

강준 씨의 수호용이다. 용이 나를 보며 반갑다는 듯 날아와서 내 볼에 자신의 머리를 비볐다. 용의 등줄기를 살살 쓰다듬어주며 나는 주변을 몰래 살폈다. 좋아, 아무도 없는 것 확인했고….

"내가 핸드폰을 빼앗겨서 연락할 방법이 없었어. 다른 사람들은 지금 밑에 있니?"

용이 고개를 끄덕였다. 나는 작은 목소리로 용에게 빠르게 말했다.

"내일모레, 일요일 자정에 성녀의 피를 나누어 마시는 의식을 한대. 나 말고 성녀가 세 명 더 있는데, 그 세 명은 이미 세뇌당한 지 오래야."

어디선가 발걸음 소리가 들리는 것만 같았다. 초조한 마음에 나는 목소리를 더욱 낮추어 빠르게 말했다.

"자기 피를 누군가에게 나누어줌으로써 자기 죄가 씻겨 나가는 거라고 생각하고 기꺼이 죽음을 맞이한대. 박수빈도 그렇게 죽은 것 같아."

용이 알아들었다는 듯 내 눈을 빤히 바라보고 있었다.

"이곳에 머무는 사람은 많지 않아. 그렇지만 의식이 시작되면 외부에서 사람들이 많이 모인대. 1층 복도 끝에 식당이 있는데, 어림잡아도 100명 정도는 들어올 수 있을 만한 크기야."

발걸음 소리가 점점 가까워지고 있었다.

"잘하면 현장을 잡을 수 있을지도 몰라."

마지막으로 용의 등줄기를 한 번 쓰다듬어주고는 가라는 듯 손짓하자, 용이 벽 사이로 스르르 사라졌다.

"아직도 안 오고 뭐하는 거야? 원장님이 기다리셔."

발걸음의 주인이 내게 신경질적으로 말했다. 내 옆 침대를 쓰는 동갑내기 여자였다.

"아, 화장실 좀 다녀오느라고…."

* * *

마침내 일요일 저녁이 왔다. 적막이 흐르던 기도원에는 활기가 생겼다. 멀리서 자동차의 경적 소리가 들려오기도 했고, 웅성거리는 사람들의 소리가 들리기도 했다. 모르긴 해도 많은 사람들이 몰려든 모양이었다. 문 밖에서 누군가 문을 두드리는 소리가 들려왔다.

"이제 가자."

내 옆자리 침대에 얌전히 앉아 있던 여자가 가장 먼저 자리에서 일어나 방문을 열었다. 의식이 시작되려 하고 있었다.

식당 안은 커다란 연회용 둥근 테이블이 일정한 간격으로 놓여 다시 커다란 원을 만들고 있었고, 그 가운데에는 화려하게 장식된 의자가 놓여 있었다.

"이쪽으로 오세요."

첫날 나를 2층으로 안내해준 여자가 우리를 테이블들의 가운데로 안내하고, 내 옆 침대를 쓰는 여자가 가장 먼저 그 의자에 앉았다. 우리는 그 옆에서 정면을 향해 꿇어앉았다.

"교주님, 여기 죄를 지은 네 명의 성녀가 있습니다."

우리의 저녁 기도를 담당했던 원장이 엄숙한 목소리로 선언하듯 말했다. 교주라고? 나는 슬쩍 고개를 들어 내 앞에 있는 이를 확인했다. 까만색 정장을 입은 키가 훤칠한 남자였다.

"고개를 숙여라."

고개를 들기가 무섭게 원장의 목소리가 들려왔다. 덕분에 나는 교주라는 자의 얼굴을 힐끔 본 것으로 만족해야 했다.

"없군."

'없다고? 뭐가 없다는 거지?'

아주 작은 목소리였지만 그에게 온 신경을 집중하고 있던 나는 들을 수 있었다. 원장이 다시 교주를 향해 엄숙히 말했다.

"우리는 그들의 피를 마시며 그들이 지은 죄를 나눌 것이며, 그들은 그 자신의 피를 바침으로써 회개할 것입니다."

"모두에게 축복이 있기를."

교주가 짧게 한마디 하고는 뚜벅뚜벅 걸어 식당을 나가버렸다. 의자에 앉은 여자가 덜덜 떨기 시작한 것은 그때였다. 아무리 세뇌되었다고는 해도 죽음의 순간에 공포로부터 완전히 벗어날 수는 없는 모양이었다.

"자, 그럼 다 함께 기도하겠습니다."

원장의 말에 식당 안에 있는 모두가 눈을 감았다. 나는 실눈을 뜨고 주변을 살폈다. 원장이 의자에 앉은 여자를 향해 손짓하자 그의 옆에 있던 남자가 여자에게 다가가선 양복주머니에서 손수건을 꺼내 여자의 코 밑에 살짝 가져다 댔다. 오래 지나지 않아 여자의 몸이 힘없이 늘어지고, 꿈을 꾸는 듯 몽롱한 얼굴로 배시시 웃기 시작했다.

'뭐야, 진정제인가? 아니면 마약?'

여자의 상태를 확인한 남자가 발소리를 죽여 다시 원장의 옆에 섰다. 아무 일도 없었다는 듯한 행동이었다.

평소에는 넷만 앉아 식사를 하던 넓은 식당은 빽빽하게 모인 사람들로 빈자리 없이 채워졌다. 모여든 사람들은 죄다 명품으로 보이는 고급스러운 정장을 입고 있었다. 그리고 그들의 주변엔 까만색의 '그것'들이 모여 있었다.

'뭐하는 사람들이기에 저런 기운을 가진 영들을 데리고 다니는 거야?'

빽하는 울음소리가 들려왔다. 강준 씨의 용이 벽 너머에서 스르르 들어오며 식당에 가득한 '그것'들을 보고는 신경질적으로 우는 것이었다. 수호용은 이내 나를 발견하곤 빠른 속도로 내게 다가왔다.

'다들 와 있어?'

내가 입모양으로 벙긋거리자 내 말을 알아들은 용이 고개를 끄덕였다. 그리고는 내 주변을 두어 번 빙빙 돌고는 다시 벽 밖으로 나가버렸다. 멀리서 쾅쾅하고 문을 두드리는 소리가 들리는 것 같기도 했다.

"그러면, 의식을 시작하겠습니다."

원장이 의자에 앉아 있는 여자의 앞으로 다가가 손에 들고 있던 좁은 폭의 단검을 망설임 없이 여자의 왼쪽 목에 찔러 넣었다. 단검이 여자의 목에서 쑤욱 빠져나가자 잘려나간 동맥에서 피가 하늘 높이 솟구쳤다. 모여든 사람들이 환호성을 지르고는 자기 앞에 놓인 잔을 집어 의자 앞으로 줄을 서기 시작했다. 여자는 자기 목에서 뿜어져 나오는 새빨간 피를 보면서도 몽롱한 듯 행복한 미소를 짓고 있었다.

광기의 현장을 지켜보며 나는 경악할 수밖에 없었다. 온몸에 소름이 오스스 돋았다.

'이 사람들은… 완전히 미쳤어.'

사장님과 다른 사람들은 언제 오는 거야?! 이대로 두면 여자는 죽는다. 안 돼. 죽게 둘 수는 없다. 막아야 했다. 나는 정신없이 달려가 피가 뿜어져 나오는 여자의 왼쪽 목덜미를 손으로 틀어막고는 크게 외쳤다.

"다들 그만둬요!"

내 외침에 식당 안이 순식간에 조용해졌다. 잔을 든 모든 사람들의 눈길이 내게로 쏠리는 것이 느껴졌다.

"지금 신성한 의식을 방해하는 것인가!"

원장이 노기 어린 목소리로 크게 외쳤다. 원장의 분노에 그의 근처에 있던 두 남자가 다가와 나를 여자에게서 떼어내고는 내 양손을 구속했다. 다시금 여자의 목에서 피가 뿜어져 나왔다. 여자는 의식이 흐려지는 듯 눈을 반쯤 감은 채로 무너졌다. 하지만 웃고 있는 입만큼은 그대로였다.

'미치겠네. 왜 안 와! 이러다가 저 여자 죽는 거 아냐?!'

"걱정되느냐? 네가 지금 저 아이를 걱정할 때가 아닐 텐데."

원장이 나를 보며 작게 중얼거렸다. 그러고는 제 옆의 남자에게 손짓했다. 남자가 조금 전 여자의 코에 가져다 댄 손수건을 꺼내들고 내게로 다가오고 있었다. 저 손수건을 코에 대고 숨을 들이마셔서는 안 된다. 정신을 놓으면 끝이다. 이를 악 물었고 나를 잡고 있는 이들에게서 벗어나기 위해 힘껏 발버둥 쳤다.

쾅쾅!

그때였다. 바깥에서 식당의 문을 쾅쾅 두드리는 소리가 들려왔다. 내 앞으로 다가오던 남자가 주저하며 원장의 눈치를 살폈다. 원장이 손짓하자 남자가 손수건을 다시 호주머니에 넣고는 식당 문으로 다가갔다. 남자가 문 앞에 채 도착하기도 전에 문이 벌컥 뜯겨져 나가며 밖에서 사람들이 밀려들어왔다.

"꼼짝 마! 경찰이다!"

들려오는 목소리에 나는 반항하던 것을 멈추고 식당 문을 바라보았다. 식당 밖에서 제복 입은 경찰들이 와르르 쏟아져 들어왔다. 그 사이로 총을 든 팔을 쭉 뻗어 주변을 엄호하고 있는 권 형사와 요한 씨, 강준 씨, 사장님이 보였다.

나를 발견한 사장님의 표정이 밝아졌다. 나 역시 그들을 보고 환하게 웃었다. 이게 얼마 만이야. 실제로는 일주일도 채 되지 않았지만 그 며칠의 시간이 얼마나 길게 느껴졌는지 모른다. 오랜만에 보는 반가운 얼굴들에 손을 흔들고 싶었지만 그럴 수 없었다. 나를 잡고 있는 이들 때문이다. 우리의 인사는… 조금 더 뒤가 될 것 같다.

식당 안에 있던 사람들은 혼비백산했다. 그곳을 벗어나기 위해 있지도 않은 뒷문을 찾는가 하면, 경찰이 빈틈없이 막고 있는 정문을 돌파하려고 시도하는 사람도 있었다. 일부 과격분자들과 기도원 내부 사람들이 경찰과 몸싸움을 벌이기도 했고, 곳곳에서 비명이 들려왔다.

"한 명도 빠짐없이 잡아들여!"

형사의 목소리에 경찰들이 일사불란하게 움직이며 그들을 진압했다. 경찰의 수는 많지 않았지만 신도들의 대부분이 힘없는 일반인이었기에 상황은 빠르게 정리되고 있었다. 간간히 경찰에게 덤벼드는 이들을 요한 씨가 막아서며 처리했고, 그사이 강준 씨가 내 앞으로 다가왔다.

"저는 괜찮으니까 저 여자 좀…!"

내 말에 강준 씨가 내 발치에 쓰러져 있는 여자를 발견했다. 여전히 목에서 피를 쏟고 있는 여자와 잡혀 있는 나를 번갈아 보던 강준 씨는 판단을 내린 듯, 여자에게로 다가가 목에 난 상처를 틀어막았다. 나는 냉정하게 상황을 판단하려 애썼다. 그러고는 나를 잡고 있는 두 남자를 살폈다. 예상치 못한 상황에 그들은 나를 계속 잡고 있어야 할지, 경찰에 잡히고 있는 신도들을 도와줘야 할지 몰라 우물쭈물하고 있었다.

'잘하면 빠져나갈 수 있겠는데?'

나는 오른쪽에 있는 남자의 발을 있는 힘껏 밟았다. 예상치 못한 공격에 놀란 듯 남자가 비명을 질렀다. 남자가 놀라 손에서 힘이 풀린 틈을 타 힘껏 발버둥 치자 두 남자 중 한 명이 쉽게 떨어져 나갔다.

"이거 놔…!"

문제는 내 왼팔을 잡고 있던 남자였다. 정신을 차린 남자가 나를 우악스럽게 낚아채었고, 그 영향으로 왼팔에 차고 있던 팔찌 몇 가닥이 투두둑 뜯어졌다.

"…!"

나는 그 자리에 우뚝 멈춰 서서 경악했다. 갑자기 식당 안에 있는 '그것'들의 모습이 보였다. 차에 치여 죽은 듯 얼굴이 죄다 갈려 얼굴뼈가 훤히 드러나 보이는 '그것'. 낙태를 당한 듯 눈코입도 제대로 없는 자그마한 아기 체구의 '그것'.

얼마나 맞았는지 뼈가 죄다 부러져 관절들이 기괴하게 돌아간 모습으로 서 있는 '그것'….

식당 안에 있는 검은 빛을 띠는 '그것'들의 모습이 똑똑히, 선명하게 보였다.

"이게… 뭐야…"

차마 눈 뜨고 볼 수 없는 모습이었다. 나는 눈을 질끈 감았다. 얼마나 지났을까.

"공누리, 눈 떠!"

사장님의 고함이 아주 가까이에서 들려왔다.

— 이렇게 하면 안 보이지.

— 괜찮아.

들려오는 목소리에 나는 사장님을 떠올렸다. 처음 '그것'의 모습을 보고 울던 나를 안아주던 모습, 그리고 '그것'을 떠올리며 겁에 질린 나를 뒤에서 받쳐주던 모습….

'사장님이 바로 앞에 있다. 내 옆에 있다.'

나는 천천히 눈을 떴다. 사장님이 내게 다시 한 번 '괜찮아'라고 말해주기를 바라면서. 그러나 내 눈에 가장 먼저 들어온 것은 흰 셔츠가 피로 새빨갛게 물들어 있는 사장님의 모습이었다. 그의 옆에는 원장이 단검을 들고 서 있었다.

뒤에서 요한 씨가 달려와서는 단번에 원장을 제압했다. 들고 있던 단검이 쇳소리를 내며 바닥으로 떨어졌다. 원장이 잡히자 내 팔을 제압하고 있던 남자가 모든 것을 포기한 듯 나를 놓아주고는 경찰에게로 순순히 걸어갔다.

요한 씨가 사장님의 상처를 지혈하는 모습이 보였다. 들려오는 응급차 소리에 나는 정신을 놓아버렸다.

* * *

사장님의 상처는 서른 바늘을 넘게 꿰맬 정도로 큰 부상이었다. 왼쪽 가슴부터 오른쪽 배까지 죽 찢어진 상처는 보기만 해도 아픔이 느껴졌다.

"천하제 환자. 드레싱할게요."

"안 아프게 해주세요."

사장님이 간호사에게 너스레를 떨자 그녀가 피식 웃으며 가지고 온 붕대의 포장을 벗겼다. 그때 열린 문틈으로 자그마한 몸집의 '그것'이 들어오는 게 보였다. 간호사가 핀셋으로 의료용 솜을 집어 소독약을 듬뿍 적셔 사장님의 상처에 가져다 대자 사장님이 인상을 찡그렸다.

"금방 끝나요."

문틈에 서 있던 '그것'은 침대가로 다가와 간호사의 옆에 서서 옷자락을 붙잡은 채 사장님을 바라보고 있었다. 간호사는 사장님의 상처 위에 흰색 거즈를 올리고는 붕대를 둘둘 감아 풀어지지 않게 단단히 고정했다.

"잘 아물고 있네요. 예정대로 내일 퇴원하시게 될 거예요."

간호사가 생긋 웃으며 상의 주머니에서 막대 사탕을 꺼내 사장님에게 내밀었다. 사장님은 상처가 욱신거리는 듯 인상을 찡그리면서도 의아하다는 얼굴로 사탕을 받아들었다.

"…?"

"원래 어린이 환자들한테만 주는 건데 잘 참으셨으니까 상으로 드릴게요."

"제가 무슨 애도 아니고…."

사장님이 머쓱한 얼굴로 중얼거렸다. 간호사가 "그럼 쉬세요" 하고는 병실을 빠져나갔다. 간호사를 따라 들어왔던 '그것'은 그녀가 떠났음에도 여전히 침대 근처에서 서성이며 사장님을 바라보고 있었다. 나는 자꾸만 침실 주변을 알짱거리는 '그것'이 거슬렸다. 의식하지 않으려 해도 자꾸만 쳐다보게 되었다. 놀라운 것은 그 순간이었다. 침대가에 서 있던 '그것'이 서서히 선명해지며 모습을 드러냈다.

"어… 어…!"

놀란 나는 작은 비명을 질렀다. 순간적으로 '그것'의 얼굴이 똑똑히 보인 것이다. 환자복을 입은 남자아이였다. 꽤 큰 병을 앓았던 듯 머리에는 벙거지 모자를 쓰고 있었고, 입술은 핏기 없이 새하얬다.

사장님이 간호사가 나간 곳을 가만 바라보다 피식 웃으며 사탕의 포장을 벗겨냈다. 그때 목소리가 들려왔다.

〔나도 먹고 싶다.〕

'그것'의 목소리였다. 사장님의 손에 들린 사탕을 보며 입맛을 다시던 '그것'은 급기야 침대 난간을 붙잡고 낑낑거리며 침대 위로 올라가려고 했다.

"…사, 사장님!"

"왜?"

나는 사장님을 소리쳐 불렀다. 갑작스러운 큰소리에 놀란 듯 사장님이 눈을 동그랗게 뜨고 나를 바라보았다.

"그 사탕 저 주시면 안 돼요?"

"그래, 나 이거 상으로 받은 건데 특별히 주는 거야."

사장님이 스스로 말하면서도 우스운지 피식 웃으며 막대 사탕을 내밀었다. 나는 받은 사탕을 주저 없이 '그것'에게 내밀었다. 침대에 매달려 있던 '그것'은 눈앞에 있는 사탕을 보며 얼굴이 환해지더니, 사탕을 든 내 손을 겹쳐 쥐고 사탕을 입안으로 쏙 넣었다.

〔감사합니다.〕

예의 바른 목소리가 들려왔다. 내 손을 겹쳐 쥐고 있던 '그것'의 손부터 흰 빛이 일렁이더니 아이의 영이 서서히 사라졌다.

"…뭐하냐?"

'그것'이 사라지자 사탕은 가루처럼 바스라져 바닥으로 떨어져버렸다.

"아무것도 아니에요."

그날 이후로 '그것'의 모습이 보인다. 목소리도 들린다. 착각이 아니다. 예전처럼 그들을 자연스럽게 못 본 척 넘기려 해도 그들의 존재가 자꾸만 신경이 쓰였다. 그렇게 그들을 신경 쓰고 있노라면 그들의 모습이 더욱 선명하게 보이는 것이다. 나는 고개를 숙여 팔찌를 바라보았다. 가느다란 실여러 가닥을 땋아 만든 팔찌는 군데군데가 뜯어져 있었고 사장님의 것인지, 그때 그 여자의 것인지 모를 피가 진득이 묻어 있었다. 세게 비비다가 끊어져 버릴까 무서워 샤워기로 물만 뿌려 대충 씻은 터였다. '그것'들이 어렴풋이 보이기 시작하는 것이 팔찌 때문일 거라는 생각이 들었다.

"병문안 왔습니다. 사장님은 몸 좀 괜찮으신가요?"

문이 열리는 소리가 들려왔다. 반사적으로 문가로 고개를 돌리니 권두혁 형사가 자기 덩치만큼 커다란 과일 바구니를 들어 보이며 환하게 웃고 있었다.

"안 그래도 진단서 떼서 그쪽에 청구하려고 했는데 마침 잘 오셨네요."

사장님의 말에 권 형사가 과장되게 하하하 하고 웃음을 터트렸다.

"농담도 잘하십니다."

"농담 아닙니다."

단호한 사장님의 태도에 권 형사가 머쓱한 듯 애써 웃음으로 무마하고는 내게 작은 지퍼락을 내밀었다.

"증거품이라서 원래는 좀 더 있다가 드려야 하는데 미리 챙겨드리는 거예요."

지퍼락 봉투 겉면에는 '증거자료 378'이라는 글자가 새겨져 있었다. 설마…! 허겁지겁 지퍼를 열어보니 내가 처음 기도원에 들어가며 경비원에게 주었던 핸드폰과 귀걸이가 들어 있었다.

"감사합니다!"

"결정적인 증거자료는 아니라서 빼오는 데 크게 어렵지는 않았어요. 다만, 두 분 모두 피해자 신분으로 서에 한번 들러주셔야 합니다."

"네, 날짜 말씀해주시면 갈게요."

선선한 대답에 권 형사가 미소 지었다. 흐르는 정적에 사장님이 리모컨을 들고 TV를 켰다.

〔인천 구양동 기도원 사건의 현장검증이 어제 진행되었습니다.〕

마침 텔레비전에서는 기도원 사건에 관한 뉴스가 나오고 있었다. 셋의 시선이 누가 먼저랄 것도 없이 동시에 TV로 향했다.

〔원장은 새날교 산하의 이 기도원에 입소한 여대생들에게 '목숨을 바쳐 죄를 씻으면 주변 사람들이 행복해진다'는 등의 세뇌를 일삼았으며, 그들의 목을 칼로 찔러 흐르는 피를 잔에 담아 신도들과 함께 마시는 등, 상식 밖의 엽기적인 행각을 벌여온 것으로 드러났습니다.〕

기자가 나오는 장면이 병원으로 바뀌고, 병원복을 입은 두 사람이 보였다. 얼굴은 모자이크 처리되어 있었지만 나는 한눈에 알아볼 수 있었다. 나와 기도원에서 며칠간 함께 방을 썼던 '성녀'들이었다.

〔저희는 죄를 지었고, 죄를 씻으려고 한 거예요. 어떤 상황에서도 강제성은 없었습니다.〕

〔모두 저희가 원해서 자발적으로 이루어진 일들이에요.〕

［피해자들은 원장의 범행 일체를 부인하고 있으며 원장에 대한 선처를 호소하고 있으나, 경찰의 조사 결과에 따르면 원장이 혐의를 벗기는 어려울 것으로 보입니다.］

다시 장면이 전환되었다. 현장검증을 마친 원장이 기도원에서 나오고 있었다. 기도원 앞에 모여 있던 신도들은 원장의 얼굴을 보자마자 통곡하기 시작했다. 원장은 잠시 걸음을 멈춰 서서는 자신을 보며 울부짖는 이들을 향해 큰 목소리로 말했다.

［여러분, 자신의 위치로 돌아가 대기하십시오. 그리고 '그분'의 말씀을 기다리십시오. 이 어리석은 자들의 잘못을 '그분'께서는 결코 용납하시지 않을 것입니다.］

말을 마친 원장의 눈이 카메라 정면을 똑바로 응시했다. 그 시선이 텔레비전 화면을 뚫고 나에게 곧바로 꽂히는 것 같아 등골이 오싹해졌다. 말을 마친 원장은 당당하게 걸어가 경찰차를 탔다.

"그분이 원장 본인은 안 구해주나 몰라."

사장님이 과일 바구니 속 귤을 까먹으며 혀를 쯧쯧 찼다. 다시 화면이 바뀌었다. 이번에 나온 사람 역시 내가 잘 알고 있는 사람이었다.

［원장은 주로 가족이 없는 20대 여성을 대상으로 범행을 저질렀고요. 저희는 그런 사례가 더 있을 것이라고 보고 있습니다. 저희는 인천뿐 아니라 전국의 20대 실종자들을 대상으로 추가 피해자 여부를 확인하고 있습니다.］

"거기 있던 신도들, 죄다 한가락씩 하는 사람들이에요. 이름만 대면 알 법한 각 분야의 유명인들이었다고요. 그런 엄청난 일이 새날교의 이름을 달고 있는 기도원에서 벌어졌는데, 새날교의 교주가 정말로 몰랐을까요?"

권 형사가 흥분해서 열변을 토했다. 사장님이 시큰둥한 얼굴로 과일 바구니를 뒤적여 바나나를 집어들었다.

"교주가 자기는 모르는 일이라고 하던가요?"

내가 반문했다. 분명히 의식이 있던 날 그 장소에는 교주가 있었다. 원장은 우리 앞에 서 있던 자를 '교주님'이라고 정확히 지칭했었다.

"그때…"

무언가 말을 꺼내려는 나를 사장님이 제지했다.

"예, 그 기도원은 사이비라고 했답니다. 새날교와는 아무런 관련이 없다고요. 게다가 위에서도 이번 사건은 이쯤에서 덮으라는 지시가 떨어졌습니다."

권 형사의 얼굴에는 분노한 기색이 역력했다. 사장님이 바나나 껍질을 벗기며 말했다.

"워, 워, 좀 진정하세요. 사실 그건 단순히 형사님의 촉이지 진짜 새날교 교주가 관련되었다는 증거는 어느 곳에도 없잖아요? 심증만 있을 뿐."

"그, 그건…!"

"너무 무리하지 마세요. 첫술에 배부르겠어요? 새날교가 정말로 의심스러운 짓들을 벌이고 있다면 비슷한 사건들이 또 벌어질 겁니다."

"…"

"그리고 반복되는 사건들을 해결하다 보면 언젠가는 그 윗대가리들도 잡을 수 있겠죠."

"후…"

권 형사가 크게 한숨을 쉬었다.

"이번에는 여기까지만 하세요. 이게 형사님이 할 수 있는 최선입니다."

교주 이야기를 꺼내려던 나를 제지한 사장님의 행동이 그제야 이해되었다. 여기서 내가 '기도원에서 교주를 봤어요'라는 이야기를 꺼냈다간 권 형사의 의심에 불을 붙이는 꼴이 될 거다. 그러나 그 기도원에 교주가 있었다는 증거는 어디에도 없으며, '교주를 보았다'는 내 증언을 뒷받침해줄 이는 더더욱 없다. 사장님은 지극히 현실적인 사람이다. 그러기에 상황을 냉정히 보고 판단을 내린 것이다. 하지만 형사는 그런 사장님과는 다른 모양이다. 그는 입술을 굳게 다문 채 아무 말도 하지 않았다.

"이만 가보겠습니다. 쉬세요."

권 형사가 꾸벅 인사하고는 성큼성큼 걸어 병실을 나섰다. 사장님은 나를 보며 어깨만 으쓱할 뿐이었다.

* * *

요한은 눈을 떴다.

'또….'

또 그 꿈이다.

ー 확실한가?

단상 위에 놓인 의자에 앉아 있는 남자가 요한을 내려다보며 물었다. 이제까지와는 다른 차분하고 냉정한 목소리다.

ー 확실치는 않지만… 현재로서는 가장….

요한의 옆에 있던 남자가 덜덜 떨며 말했다.

ー …아닐 것이다. 정말로 '그녀'라면 내가 알아보지 못했을 리가 없지.

그래. 내가 알아보지 못했을 리가 없다. '그녀'라기에는 너무 평범한 기운이었어. 단상 위 남자가 중얼거렸다. 그러고는 짓씹듯 말했다.

ー 대체… 어디로 숨은 거냐.

예정된 죽음

"제가 출연하는 맛집 프로그램에서 촬영했던 식당인데요. 괜찮더라고요."

오랜만에 회사 전 직원과 요한 씨가 함께한 점심시간이다. 고작 다섯 명인데도 함께 밥 한 끼 먹기가 어찌나 힘든지 모르겠다. 다운이 안내한 식당은 회사에서 그리 멀지 않은 곳에 있는 한정식집이었다.

"저기예요."

다운의 손가락 끝이 향한 곳을 무심코 쳐다보던 나는 살짝 놀라고 말았다. 까만빛을 띠고 있는 '그것'이 횡단보도 가운데 서 있었다. '그것'에게서는 사람들을 향한 적의가 폴폴 풍겨 나오고 있었다. 신호등이 초록빛으로 변하자 모두들 횡단보도를 건너기 시작했다.

'집중하지 말자. 그냥, 못 본 척 지나가자…. 그러면 괜찮을 거야.'

머릿속으로 끊임없이 생각하며 스스로를 다독였지만 막상 '그것'이 움직이기 시작하자 자꾸만 '그것'에게로 시선이 향했다. 횡단보도 중앙에 희미하게 떠 있던 '그것'의 윤곽이 점점 선명해졌다. 마침내 뚜렷해진 그것의 모습에 나는 소스라치게 놀라 뒷걸음질쳤다. 영의 모습은 흉측하기 짝이 없었다. 무슨 일을 당했는지 짐작도 가지 않을 정도였다. 새까맣게 타버린 몸은 사람의 형체라기보다는 검은 덩어리처럼 보였고, 툭 치면 재가 되어 흩날릴 것만 같았다. 나는 사람들을 살폈다. 사람들은 이미 '그것'을 지나 저만치 앞서가고 있었다. 귀신을 못 보는 사장님이야 그렇다 쳐도 다운과 요한 씨, 강준 씨는 저 모습이 똑똑히 보였을 텐데, 모두들 저 모습을 보고도 아무렇지 않아 보이는 것이 신기할 지경이었다. 앞서가던 강준 씨가 고개를 돌려 내게 손짓하는 것이 보였지만 나는 그 자리에 꼼짝할 수 없었다. 어느새 '그것'이 내 코앞으로 다가와 있었기 때문이다.

〔너, 내가 보이는구나?〕

까르르 웃는 소리가 들렸다. 내 주위를 뱅뱅 돌던 '그것'이 횡단보도 바로 앞 정지선에서 신호를 받고 대기 중이던 트럭을 향해 날아가서는 운전사의 몸 안으로 쏙 들어가 버렸다. 조수석에 앉은 사람과 이야기를 나누던 운전사의 얼굴이 일순간 멍해졌다. 나를 보고 씩 웃으며 운전대를 고쳐 잡는가 싶더니 이윽고 트럭이 내가 서 있는 횡단보도를 향해 돌진해왔다. '그것'은 트럭이 움직이는 것과 동시에 운전사의 몸에서 빠져나왔다. 정신을 차리지 못하고 있는 운전사 대신 조수석에 앉아 있던 사람이 경악한 표정으로 핸들을 향해 손을 뻗는 것이 보였다.

"위험해!"

강준 씨가 달려와 나를 길가로 끌어당겼다. 그제야 정신을 차린 운전사가 급하게 브레이크를 밟은 듯 끼익— 하는 불쾌한 소리와 함께 차가 멈춰섰다.

〔아쉽다.〕

'그것'의 웃음소리가 들려왔다. 강준 씨가 손을 쭉 뻗었다. 강준 씨의 어깨에 앉아 있던 수호용이 커다란 검으로 변했다. 검을 한 손으로 틀어쥔 강준 씨가 '그것'을 향해 크게 휘두르자 '그것'은 흔적도 없이 사라졌다.

"괜찮아?"

나는 강준 씨가 내민 손을 잡고 자리에서 일어났다. 강준 씨가 조심스럽게 나를 부축했다.

"저기, 아가씨!"

황급히 차 문을 열고 뛰어내려온 트럭 운전사가 내 어깨를 잡았다.

"괜찮아요. 안 다쳤어요."

평소라면 안심하라는 듯 웃어 보였겠지만 지금은 그럴 기운도 없었다. 나는 강준 씨의 부축을 받으며 트럭 운전사를 뒤로한 채 후들거리는 다리로 겨우 횡단보도를 건너왔다. 나와 강준 씨를 빤히 바라보는 요한 씨의 시선이 느껴졌다.

식당에 앉아서도 횡단보도에서 마주친 '그것'의 모습이 자꾸만 떠올랐다. 어떤 사고를 당했던 걸까? 무슨 일로 온몸이 새까맣게 타버렸으며, 성불하지 못한 채로 이곳을 떠돌았던 걸까.

'그것'의 모습을 보게 된 후로 나는 멍하니 있는 시간이 늘었다. 요한 씨가 '계속 보다 보면 익숙해질 것'이라며 나를 위로했지만 적응하기란 쉽지 않았다. 다운이 음식을 주문하는 동안 나는 습관처럼 식당 안 여기저기를 살폈다. 아니나 다를까, '그것'들을 어렵지 않게 찾을 수 있었다. 회색의 '그것'이 식당 안 구석구석을 돌아다니는 것이 보였다.

'집중하지 말자.'

〔내가 보이죠?〕

귓가에 '그것'의 목소리가 들려왔다. 나는 애써 고개를 푹 숙였다. 제발. 그냥 지나가 주면 좋겠다. '그것'을 보고 싶지 않았다.

"쟤 지금 영안 트여서 저러는 거죠? 며칠이나 되었어요?"

"한 일주일쯤 됐어. 기도원에서 나온 뒤로 계속 그래."

"참 나, 이걸 좋아해야 할지…."

다운과 요한 씨가 이야기를 주고받는 소리가 들려왔다. 사장님이 궁금하다는 듯 물었다.

"영안 트이는 게 뭔데?"

"영이 보이는 거요."

"누리 원래 귀신 봤잖아?"

"음… 그것보다 한 단계 더 발전한 거라고 보면 돼요. 기존에는 영이 있는지 없는지, 어떤 기운을 가지고 있는지 정도만 구분했다면 이젠 영의 진짜 모습을 다 볼 수 있는 거죠."

"…."

이야기의 화제를 좀 바꿨으면 좋겠다. 식탁에 놓인 죄 없는 젓가락만 열심히 쳐다보고 있노라니 다운의 목소리가 들려왔다.

"누리야."

"…응."

내 시선은 여전히 식탁을 향한 채였다. 대답하는 내 목소리는 내가 듣기에도 형편없이 떨리고 있었다. 잠시 정적이 흐른 뒤 다시 다운의 목소리가 들렸다. 차분한 음성이었다.

"고개 들고 주변을 봐."

"…싫어."

차분한 목소리지만 목소리에 담긴 뜻은 단호했다.

"내가 초등학교 5학년 때, 우리 반에 가정폭력에 시달리던 애가 있었는데, 어느 날 선생님이 그러더라. 걔가 죽었다고. 들리는 소문엔 자기 아빠가 휘두른 골프채에 맞아서 죽었대."

"…."

"근데 나는 죽었다는 걔가 보이는 거 있지. 살아 있을 때처럼 멍이 가득한 얼굴로 울상을 하고 자기 자리에 앉아 있었어. 매일매일. 그날 이후로 보이더라고, 네가 지금 보고 있는 세상이."

"…."

"처음에는 다 그래. 나도 겪어봐서 알아. 눈에 보이는 것들은 죄다 무서운 것들뿐이고, 친구들은 '귀신 보는 놈'이라고 따돌리지. 가족들조차 나를 이해하지 못했으니 말이야."

제 상처를 고백하는 다운의 목소리는 차분하고도 덤덤했다.

"지금 고개 숙이고 안 본다고 끝나는 거 아냐. 영안이 한 번 트인 이상 다시 닫는 건 힘들어. 네가 감당하고 극복해야 해."

고개 들어. 다운이 단호하게 말했다. 나는 천천히 고개를 들었다. 걱정스럽게 나를 바라보고 있는 네 사람의 얼굴이 보였다. 내게 말을 걸던 '그것'은 어느새 내게 흥미를 잃고 다른 곳으로 가버린 지 오래였다.

다른 테이블을 얼쩡거리고 있는 '그것'은 팔 하나가 없는 모습이었지만, 내가 생각한 것만큼 무섭지는 않았다.

"고마워."

나는 다운에게 작게 말했다.

"죄송해요, 다들. 제가 좀 오버했죠."

네 사람의 얼굴에는 여전히 걱정이 가득했다. 풀릴 줄 모르는 그 얼굴들을 향해 나는 아무렇지 않다는 듯 웃어 보였다.

"어우, 다들 날 보니까 막 안쓰러워 죽겠고 그래요?"

"영안이 트인 건 고용주로서는 축하할 일이지. 네 능력이 더 향상됐다는 거니까."

지극히 사장님다운 말이었다.

"그나저나, 갑자기 왜 영안이 트인 거지?"

"…기도원에서 팔찌가 끊어진 뒤로 보이기 시작했어요."

"미안해."

의외의 목소리가 들려왔다. 강준 씨였다.

"그 여자가 아니라 너부터 구했더라면 이런 일은 없었을 텐데."

나는 강준 씨가 진심을 내보이는 것에 내심 놀랐다. 거기다 사과라니….

"괜찮아요."

강준 씨가 미안하다고 말하면 난 괜찮다고 말할 수밖에 없잖아.

"다들 제가 보는 세상을 똑같이 보면서도 아무렇지 않게 살고 있는 거잖아요. 저도 곧 아무렇지 않아지겠죠. 그러니까 저도 괜찮아요."

아무렇지 않아지려면 제법 오랜 시간이 필요할 것 같지만 말이다.

"주문하신 음식 나왔습니다."

점원이 상 가득 음식들을 내려놓으며 말했다.

"와, 맛있겠다. 여기."

일부러 과장된 목소리로 말했다. 내 너스레에 다운이 뿌듯한 얼굴로 말했다.

"그치? 내가 먹어봤는데 괜찮더라고."

"응. 식사 맛있게 하세요."

숟가락을 들고 밥을 한 숟갈 크게 떴다. 먹고 기운 차려야지! 원래의 공누리로 돌아가는 거다.

점심식사를 마친 우리는 사무실로 돌아왔다. 따뜻한 사무실에 배까지 부르니 졸음이 몰려왔다. 커피 한잔 타 먹을 생각으로 나는 탕비실에 들어갔다.

"커피 마시게?"

탕비실에서 먼저 커피를 타고 있던 요한 씨가 나를 보며 커피 한 잔을 내밀었다.

"감사합니다."

요한 씨가 빙긋 웃으며 종이컵을 하나 꺼내 다시 커피를 타기 시작했다.

'나중에도 네가 괜찮다고 말해줬으면 좋겠다.'

문득 요한 씨가 며칠 전 했던 말이 떠올랐다.

"왜 그렇게 쳐다봐?"

"요한 씨는 알고 계셨던 거죠? 기도원 사건을 맡게 되면 제 팔찌가 끊어질 걸."

내 말에 요한 씨는 살짝 미소 지으며 말했다. 알 수 없는 비밀이 담겨 있는 미소였다.

"일어날 일은 반드시 일어나게 되어 있어. …아, 강준이가 너한테 많이 미안한가 보더라."

요한 씨가 뜬금없이 대화의 주제를 돌렸다.

"그래요? 딱히 미안해할 건 없는데. 제가 그 여자한테 가라고 했거든

요."

비록 손은 두 남자들에게 묶여 있었지만 비교적 멀쩡한 나와, 대동맥이 끊어져 피를 철철 흘리며 쓰러져 죽어가고 있는 여자. 둘 중 누구를 먼저 구해야 하느냐에 대한 답은 처음부터 나와 있었다. 당연히 죽어가는 사람을 구하는 것이 먼저다.

"너는 변한 게 없구나."

요한 씨가 다시 뜻모를 말을 했다. 나를 바라보는 요한 씨의 눈에는 짙은 그리움이 묻어났다.

* * *

출근하자마자 탕비실 정수기에서 깨끗한 물을 받아 신당 곳곳에 놓인 그릇의 물을 갈았다. 원래는 다운의 일이었지만 오늘은 내가 해야 했다. 다운의 촬영이 있는 날이었기 때문이다.

〔잘해써. 요기 앉아서 쉬어.〕

내 행동을 잠자코 지켜보고 있던 동자신이 배시시 웃으며 옆자리를 팡팡 쳤다. 사실 그다지 힘든 일은 아니었지만. 동자신께서 그렇게 말씀하시니 좀 쉬도록 할까.

"맞다, 오늘 한희연이랑 촬영하는 방송 아니에요? 장군님, 한희연 보러 안 가세요?"

문득 떠오른 생각에 나는 장군신을 돌아보며 말했다. 그러나 장군신은 고개를 절레절레 저었다.

〔어차피 곧 명을 달리할 아이, 더 보아 무엇 할꼬.〕

"그게 무슨..."

"누리야 일이 생겼어."

신당 문을 벌컥 열고 사장님이 들어왔다. 장군신은 더는 말하고 싶지 않다는 듯 고개를 돌렸다. 나는 자리를 털고 일어났다.

"무슨 일이에요?"

"너, 오늘 하루 다운이 코디 좀 해라."

"…코디요?"

"응, 다운이 담당 코디 어머님이 갑자기 큰 사고를 당하셔서 오늘 못 나온대."

"해본 적도 없는데 제가 어떻게 해요?"

나는 더 들을 것도 없다는 듯 잘라 말했다. 이 회사는 가만 보면 나한테 별걸 다 시킨단 말야.

"내가 네 화장 실력을 아는데?"

사장님이 내 얼굴을 빤히 쳐다보며 말했다. 참나, 알긴 뭘 알아! 내 민낯 본 적도 없으면서!

"원래 자기 화장하는 거랑 남 화장해주는 거랑은 달라요."

"어차피 숍에서 메이크업 받았으니까 촬영 중간중간에 점검만 해주면 돼. 겸사겸사 따라가서 연예인들도 보고, 촬영장 구경이나 하다가 와."

"제가 애인 줄 알아요? 연예인 보러 간다는 말에 옳다구나 하고 덥석 다녀오게?"

"촬영 끝나면 거기서 바로 퇴근해도 좋아."

"다녀오겠습니다!"

사장님이 피식 웃었다.

* * *

"잠시 쉬었다 가겠습니다."

헤드셋을 쓴 연출보조가 말하자 무대 밑에서 대기하고 있던 코디들이 기다렸다는 듯 무대 위로 올라갔다. 나 역시 그들 사이에 끼어서 무대 위로 올라가 다운의 앞에 자리를 잡고 섰다.

"연예인들은 무슨 화장품을 쓰기에 화장이 하나도 안 번지나 했더니,

화장품이 아니라 보이지 않는 누군가의 노력 덕분이었구나?"

다운의 눈 밑에 살짝 묻어난 아이라인을 면봉으로 닦아내고는 입가와 눈가를 들고 온 팩트로 톡톡 두드려주었다.

일 자체는 전혀 어려울 것이 없었다. 무대 밑에서 다른 코디들과 함께 핸드폰을 보거나 촬영하는 것을 구경하다가 휴식시간에 수정 화장을 해주는 것이 전부였다. 하지만 매번 수정 화장을 해주는 일이 생각보다 귀찮은 작업이었다.

"어디서 못 보던 년이 우리 오빠 얼굴을 만져!"

"다운 오빠 얼굴에 손대지 마!"

게다가 내가 다운의 얼굴을 만질 때마다 무대 밑에서는 반사적으로 야유 소리가 터져 나왔다. 그 야유의 내용들이 하나같이 내 심기를 불편하게 했다.

"어머, 다운아. 너 셔츠에 화장품 묻었다."

듣고만 있을 수는 없지. 나는 셔츠 깃을 매만지는 척 은근슬쩍 다운의 목덜미를 쓰다듬었다. 헹, 너희는 너네 오빠한테 이런 거 못하지? 아니나 다를까, 대번에 비명이 들려온다.

"저년 지금 일부러 그러는 거지!"

"당장 손 못 떼?!"

이야. 극성이네, 극성이야. 나는 혀를 끌끌 찼다. 그런 나를 보며 다운이 피식 웃었다.

"넌 이 일이 딱 적성인가 봐."

"왜?"

"팬들 유난 때문에 그만두는 사람들도 여럿인데 넌 팬들 약 올리기까지 하잖아."

"겨우 이런 사소한 말에 동요해서야 어디서 무슨 일을 하겠어."

"못생긴 년아, 우리 오빠한테 꼬리치지 마!"

…뭐, 못생겼어? 내가 못생겨?! 대번에 약이 올랐다. 죽었어, 다들!

"어머, 다운아. 입술 화장이 다 지워졌네. 내가 다시 발라줄게."

나는 부들부들 떨리는 입꼬리를 애써 올리며 파우치에서 립글로스를 꺼냈다. 그런 내 모습을 보며 다운이 손사래를 쳤다.

"적당히 해. 너 이러다 동영상이라도 찍히면 두고두고 욕먹는다?"

나는 마지못해 들고 있던 립글로스를 다운에게 내밀었다. 다운이 립글로스를 받아들고는 자신의 입술에 두어 번 톡톡 바르고는 다시 내게 내밀었다.

"풋."

다운의 뒤에서 웃음소리가 들려왔다. 나와 다운은 무심코 소리가 난 쪽으로 고개를 돌렸다.

"아, 죄송해요. 일부러 들으려고 한 건 아닌데."

배우 한희연이 우리를 보며 웃고 있었다.

"아…."

한희연은 요 몇 년 사이 갑작스럽게 인기를 얻은 배우 중 한 명이다. 유명한 영화감독의 눈에 띄어 스크린 데뷔를 한 뒤로 영화, 드라마, 광고와 예능 등 여러 분야에서 두각을 나타내고 있었다. 소속사의 과한 언론 플레이로 한희연에 대한 기사가 매일 30~40개는 기본으로 쏟아져 나오는 탓에 거북하다는 사람들도 있었지만, 한희연의 미모와 연기력에 대해서는 누구도 부정하지 않았다.

실제로 본 한희연은 화면보다 훨씬 더 말랐고 훨씬 더 예뻤다.

— 미인박명이라, 머지않아 죽을 운명이니 안타깝도다.

— 미인박명은 무슨. 다 잉가웅보야.

문득, 예전에 한희연을 보고 온 장군신과 동자신이 한 말이 떠올랐다.

'한희연은 죽을 사람이라고 했지.'

"촬영 재개하겠습니다! 스태프들은 모두 무대 밑으로 내려와주세요!"

마침 연출보조가 휴식시간의 끝을 알렸다. 나는 다운에게 립글로스를 받아서 무대를 내려왔다. 다시 촬영이 시작되었다. 무대 밑으로 내려온 나는 한희연을 의식했다. 한희연은 촬영에 집중하며 진행자의 말에 까르르 웃음을 터트리기도 하고, 안타깝다는 표정을 짓기도 했다. 그녀에게 붙어 있는 수식어인 '리액션의 여왕'다운 모습이었다. 저렇게 멀쩡한데⋯. 곧 죽을 거라고? 대체 무슨 이유로 죽는 걸까.

"어라?"

한참 한희연을 주시하던 나는 이상한 것을 발견했다. 아주 자그마한 '그것'이 한희연의 목을 감싸고 등 뒤에 딱 달라붙어 있었던 것이다.

"한희연 씨의 무대입니다!"

진행자가 한희연을 부르고, 한희연이 수줍게 자리에서 일어나 무대 가운데로 나왔다. 음악에 맞추어 한희연이 춤을 추기 시작했고, 나는 한희연의 등 뒤에 매달린 '그것'을 조금 더 자세히 볼 수 있었다.

'동물의 영인가?'

형체도 제대로 없는 살덩이 같은 까만색의 무언가가 한희연의 등에 찰싹 달라붙어 있었다.

촬영이 끝난 뒤 우리는 곧바로 회식장소로 이동했다. 다운이 내게 미안하다는 듯 속삭였다.

"오늘 회식 있다는 걸 잊고 있었어. 미안."

"괜찮아. 어쩔 수 없지."

칼퇴근은 일찌감치 물러갔지만, 기분이 나쁘지는 않았다. 한우갈비 정도면 나쁜 거래는 아니니까! 다운과 잡담을 나누는 사이 늦게 고깃집에 도착한 이들이 자리를 찾아 두리번 거리는 것이 보였다.

"앞에 자리 있나요?"

"아뇨, 여기 앉으세요!"

누군가의 목소리에 나는 별생각 없이 고개를 끄덕이며 대답하고는 목소리의 주인을 바라보았다.

"감사합니다."

한희연이었다. 그녀가 나에게 고맙다는 눈짓을 하더니 다른 쪽에서 빈자리를 찾아 기웃거리고 있는 자기 매니저에게 손짓하고는 내 맞은편에 앉았다. 곧 그녀의 매니저가 와서 한희연의 옆자리에 앉았다. 고기가 나오는 동안 우리 테이블은 침묵이 흘렀다. 나는 힐끗 주변을 살폈다. 옆 테이블은 친한 사람들끼리 모여 앉은 듯 고기가 나오기도 전에 술부터 따라 마시며 왁자지껄하게 떠들고 있었다. 다른 테이블도 분위기는 비슷했다. 다들 어울려 앉아 웃으며 이야기를 나누고 있었다. 말 없이 앉아 있는 것은 우리 테이블뿐인 것 같았다. 어색한 분위기를 이기지 못 한 나는 괜스레 가방에서 핸드폰을 꺼내 만지작거렸다. 연락 온 것 없나?

"어…? 그 핸드폰 케이스 기부 아이템이죠?"

한희연이 내게 말을 건 것은 그때였다. 내 핸드폰 케이스를 본 한희연이 알은체를 한 것이다.

"네, 맞아요. 판매 수익 전부가 일본군 위안부 할머니들을 위해서 쓰인대요."

"알아요. 저는 가방 샀어요. 요즘 기부 아이템들은 취지도 좋지만 디자인이 참 예쁘더라고요."

한희연의 얼굴은 살짝 상기되어 있었다. 나 역시 들뜬 목소리로 한희연에게 말했다.

"이런 쪽에 관심이 많으신가 봐요."

"아, 저도 누가 말해줘서 알게 되었어요. 박희정 선배가 이런데 관심이 많으시거든요."

"배우 박희정 말씀하시는 거예요?! 제가 제일 좋아하는 연예인인데! 친하세요?"

배우 박희정이라는 말에 나도 모르게 소리가 높아졌다. 흥분한 내 목소리에 한희연이 쿡쿡 웃더니 고개를 끄덕였다.

"네, 저번에 함께 작업한 적이 있었거든요."

"아, 맞아! 저도 그 영화 봤는데!"

그 영화 이름이 뭐였더라? 영화 제목을 기억해내려 애쓰는데 옆에서 다운이 내 옆구리를 쿡쿡 찔렀다.

"고기 다 구워졌다. 먹어."

다운이 구운 고기를 내 앞 접시에 잔뜩 올려놓았다. 나는 큼지막하게 잘린 고기 한 점을 입안에 넣고 씹었다.

"와, 여기 진짜 맛있다!"

한희연이 나를 보며 피식 웃었다. 모두 젓가락을 들고 구운 고기를 먹기 시작했다.

한희연은 내가 생각했던 것보다 훨씬 더 괜찮은 사람이었다. 그녀는 남의 이야기를 잘 들어줄 줄 알고 자신의 이야기를 솔직하게 할 줄도 알았다. 우리는 저녁을 먹는 내내 이야기를 나누었고, 술이 한 잔 두 잔 들어가자 마치 몇 년간 알고 지낸 사이처럼 친해졌다.

"희연 씨는 저랑 진짜 잘 맞는 것 같아요."

"그러게요. 저도 이쪽 일 시작하고 이렇게 누군가랑 빨리 친해진 건 처음이에요. 그러고 보니 몇 살? 내가 언니죠?"

"네. 전 올해 스물다섯 살이에요, 언니."

나는 배시시 웃으며 그녀에게 핸드폰을 내밀었다. 내 손에 들린 핸드폰을 빤히 보던 희연 언니가 알겠다는 듯 씩 웃고는 핸드폰을 받아 자신의 핸드폰 번호 열한 자리를 누르고는 내게 돌려주었다.

"나 말 놓는다? 너도 말 편히 해. 이렇게 예쁜 동생이 생기다니, 나 오늘 기분 너무 좋다."

고기를 다 먹고 뒤이어 나오는 냉면까지 먹고서 조금 기다리자 연출보조가 음식점 한가운데로 와 사람들을 보며 외쳤다.

"공식적인 뒤풀이는 여기서 끝입니다. 2차 가실 분들은 가시고, 다른 분들은 가보셔도 됩니다. 다음 주에 뵙겠습니다. 다들 수고하셨습니다."

2차 소식에 나는 희연 언니를 힐끔 살폈다. 희연 언니와 조금 더 이야기하고 싶었기 때문이다. 그러나 내가 무어라 말을 꺼내보기도 전에, 다운이 내게 사뭇 엄한 말투로 말했다.

"누리야, 가자. 나 피곤해."

다운의 얼굴이 정말로 피곤으로 가득해 보여서 나는 고개를 끄덕였다. 그러고는 희연 언니를 향해 아쉽다는 듯 말했다.

"언니, 연락해도 돼?"

"그럼! 누리야, 다음에 또 봐!"

희연 언니가 내게 웃어 보였다. 나는 아쉬움을 뒤로 한 채 다운과 함께 택시에 올랐다. 택시가 달리는 동안 다운은 눈을 감은 채 말이 없었다.

'많이 피곤했나….'

"내가 죽을 사람한테 정 주지 말라고 했지."

다운의 목소리가 딱딱했다. 나는 제 발이 저려 차창을 보는 척 시선을 돌렸다. 문득, 다운은 대체 뭘 믿고 그렇게 확신하는 건지 궁금했다.

"안 죽을 수도 있잖아. 너도 희연 언니 봤잖아, 아무 문제 없이 멀쩡해 보이더라! 성격도 좋고."

"죽을 거야, 그 사람. 신령님들이 거짓말하는 거라고 생각해?"

"거짓말한 게 아니라, 죽을 운명이라 해도 죽지 않게 바꿀 수도 있다는 거지!"

다운이 나를 보며 답답하다는 듯 한숨을 쉬고는 덧붙였다.

"내가 이렇게 말하는 건 나를 위해서도 아니고, 한희연을 위해서도 아니야. 네가, 네 마음이 다칠까 봐 말하는 거야. 나는 네가 옛날의 나처럼 아파하는 걸 원치 않아."

"옛날의 너처럼?"

"그건 중요한 게 아니야. 제발… 한희연하고 더 이상 엮이지 마."

다운은 나를 똑바로 향하고 있었다. 그 눈빛이 너무나도 슬퍼보여서… 나는 슬그머니 시선을 피하고 말았다.

"생각 좀 해볼게."

　　　　　　　　　　　* * *

　다음 날, 회사에 출근한 나는 포털 검색창에서 '한희연'을 검색했다.
　'다운이가 더 이상 엮이지 말라고는 했지만….'
　왜 죽는지 그 이유를 안다면 죽음을 막을 수도 있지 않을까, 그 원인을
없애면 될 테니 말이다.
　대체 무엇 때문에 죽는 걸까. 희연 언니는 몸이 아픈 사람 같지도 않았
고, 우울증이 있는 것 같지도 않았다. 그저 조금 이상한 점이 있다면 등에
매달려 있던 '그것' 정도? 그 밖에는 보통 사람과 다를 바 없는 평범한 사
람이었다. 스크롤을 내려가며 한희연과 관련된 검색 결과를 꼼꼼히 살펴보
았지만 이상한 점을 찾을 수는 없었다. 다시 스크롤을 맨 위로 올리던 나
는 연관검색어를 보고 크게 놀랐다.
　'한희연 성 접대. 한희연 스폰서.'
　나는 홀린 듯 연관검색어를 클릭했다. 검색결과는 놀라웠다. 여배우로서
는 치명적인 성에 관련된 소문들이 무성했다. 한희연이 오랜 무명기간 끝
에 갑작스럽게 뜨게 된 것이 성 접대를 잘해서라느니, 성 접대 자리에서 스
폰서를 하나 물었는데 그 사람이 연예계를 좌지우지한다느니, 스폰서를 묶
어놓기 위해 일부러 아이를 임신했다가 낙태했다느니 하는 무서운 소문들
이었다.
　'말도 안 돼.'
　고작 하루 잠깐 본 사람에 대해 뭘 알겠냐고 할지도 모른다. 하지만 내
가 본 희연 언니는 절대 그럴 사람이 아니었다. 나는 어제 촬영장에서 춤
을 추던 희연 언니의 모습이 떠올렸다. 박수치는 사람들을 향해 수줍게 웃
으며 돌아선 언니의 어깨에 매달려 있던 '그것', 형체도 제대로 만들어지지
않은 채 살덩어리 같은 모습을 하고 있던 까만색의 '그것'.
　'저희 언니 친한 친구의 친구가 산부인과 간호사인데요. 한희연이 낙태
하러 온 걸 봤대요.'

시선이 모니터 안의 게시글에 닿았다. 평소라면 '말도 안 되는 소리!' 하고 넘겼겠지만…. 자꾸만 '혹시나' 하는 생각이 들었다.

'정말일까?'

저 이야기가 진실이라면 희연 언니의 죽음은 '그것'과 관련이 있을 것이다. 그렇다면 '그것'을 성불시키면 언니는 살 수 있지 않을까? 마침 핸드폰이 진동했다. 희연 언니의 메시지였다.

일해? 난 촬영하러 왔는데 딜레이됐어 ㅠㅠ 심심하다.

나는 한희연과 더 이상 엮이지 말라던 다운의 말을 무시하고 언니에게 메시지를 보냈다.

언니, 오늘 언제 끝나? 나랑 잠깐 만나자.

* * *

퇴근 후, 나는 희연 언니와 만나기로 약속한 카페에 먼저 도착했다. 카페 내부는 테이블마다 커튼으로 공간이 분리되어 있었다. 손님이 없는 몇몇 테이블은 커튼이 활짝 열려 있는데 반해 대부분의 테이블은 손님이 있는 듯 커튼이 쳐져 있었다.

나 도착. 지금 3번 테이블이야.

커튼이 열려 있는 빈 자리에 앉은 나는 테이블 번호를 확인하곤 희연 언니에게 메시지를 보냈다. 핸드폰을 들고 있는 중인 듯 금세 답장이 왔다.

응. 난 곧 끝날 것 같은데 안 끝나 ㅠㅠ 조금 늦을 듯.

괜찮아. 천천히 와.

미안 ㅠㅠ

난처함이 뚝뚝 묻어나는 메시지에 울상이 된 언니 얼굴이 떠올라서 절로 미소가 나왔다. 나는 벨을 눌러 직원을 호출해 커피 한 잔을 주문했다. 오래 지나지 않아 직원이 따뜻한 커피 한 잔을 가져와 테이블 위에 내려놓았다.

"맛있게 드세요."

"감사합니다."

형식적인 인사말이 오간 뒤, 직원이 테이블 주위로 커튼을 쳐주고 돌아 갔다. 커튼으로 주변 시야가 차단되자 혼자 있는 것 같은 아늑함이 온몸을 감쌌다. 다른 테이블의 목소리가 커튼에 가려져 멀리서 작게 울리는 듯했 다. 그 소리를 들으며 나는 생각에 잠겼다.

희연 언니와 알게 된 지는 이제 겨우 하루가 지났을 뿐이다. 물론 비슷한 관심사 때문에 서로 이끌렸고 술자리 분위기에 휩쓸려 급속도로 친해지 는 바람에 말까지 놓는 사이가 되었다지만⋯. 그렇다고 해도 어제 처음 만 난 사람이 '언니, 언니 조만간 죽을 거야'라고 말하면 과연 진지하게 받아 들여줄까? 나는 한숨을 푹 내쉬었다. 내가 지금 하려는 게 그저 오지랖 넓 은 행동인 것을 잘 안다. 하지만 희연 언니가 '죽을 예정인 사람'이라고 해 서 이대로 죽게 내버려둘 수는 없다.

"많이 기다렸지? 미안."

커튼이 열리며 희연 언니가 안으로 들어와 테이블 앞에 앉았다. 아이보 리색 예쁜 코트와는 어울리지 않는 투박한 까만색 모자를 푹 눌러쓴 모습 이었다. 뛰어온 듯 숨을 몰아쉬는 언니를 보며 나는 내 앞에 놓인 물 컵을 건넸다. 언니가 고맙다는 듯 나를 보며 생긋 웃고는 벌컥벌컥 물을 마셨다.

"뭐 마실래?"

"아니, 난 물 마실래."

호출 벨을 누르려는 내 손을 저지하며 언니가 물컵을 가리켰다. 그러고 는 다시 나를 보며 생긋 웃었다. 언니의 미소를 보며 나는 마음을 굳혔다. 해보자. 언니가 곧 죽을 운명이라 해도, 내가 할 수 있는 데까지 언니를 돕 자.

"언니, 다운이가 무슨 일 하는 사람인지 알아?"

"응, 방송인이잖아?"

가수도, 배우도 아니지만 방송에 출연하는 사람이니까. 언니가 당연한 것을 묻는다는 얼굴로 대답했다.

"아니, 진짜 직업 말이야."

그제야 내 질문의 뜻을 알아챈 듯, 언니의 표정이 미묘하게 변했다. "음…" 하고 잠시 뜸을 들인 언니가 작게 대답했다.

"…무속인?"

언니는 누가 들을세라 아주 작은 목소리로 조심스럽게 말했다. 혹시라도 실례되는 표현이 아닐까 생각하며 조심스럽게 고르고 고른 단어일 터였다.

"응. 사실 나랑 다운이는 회사 동료인데, 나도 다운이처럼 영적인 능력이 있거든. 그래서 말인데…."

나 역시 마찬가지였다. 내 말이 언니의 기분을 상하게 하는 것은 아닐까 하는 걱정에 최대한 조심스럽게 말하려 애썼다. 하지만 그런 내 마음과는 달리 입 밖으로 튀어나오는 말들은 횡설수설이었다.

"우리 알게 된 지 얼마 안 됐는데, 이런 말 하는 게 사실 좀 웃기긴 한데…. 나는 언니가 어떤 사람이라고 해도 그냥 내가 아는 '한희연'이라는 사람을 좋아해."

이 순간에도 '그것'은 언니의 등에 미동 없이 매달려 있었다. 어디까지가 손이고 팔인지도 구분이 가지 않는 까만 덩어리가 초크 목걸이처럼 언니의 목을 감싸고 있는 모습은 괴기스럽기 짝이 없었다.

"무슨 이야기가 하고 싶어서 서론을 이렇게나 길게 깔아?"

언니가 큰 눈을 깜빡이며 웃었다. 무슨 말이든 해보라는 듯 눈을 반짝 빛내며 흥미롭게 나를 바라보고 있었다. 나는 대답하는 것을 잠깐 주저하며 말을 골랐다. 제일 먼저 해야 할 말은, 아이를… 낙태한 적이 있느냐고 묻는 것이겠지? 내가 물으면 언니는 그렇다고 대답할까, 아니라고 부인할까. 대답하는 언니의 표정은 어떨까. 나는 자신이 없어졌다.

"배냇저고리 같은 거 있잖아. 아기 옷을 하나 사서 태워주는 게 어떨까? 아기가 좋은 곳으로 가라고 마음속으로 기도하면서…. 그렇게 하면 좋을 것 같은데…."

나는 끝내 언니에게 아무것도 묻지 않았다. 그리고 언니도 내게 아무것도 묻지 않기를 바랐다. 커튼으로 감싸인 작은 공간에는 한참 동안 정적이 맴돌았다. 언니는 지금 어떤 표정일까. 쳐다볼 엄두가 나질 않았다.

"응, 그럴게."

오랜 시간이 지난 뒤 언니가 말했다. 나는 천천히 고개를 들었다. 언니는 조금 전과 다름없는 얼굴로 웃고 있었다.

* * *

방송 스케줄 때문에 자리를 비운 다운을 제외하고는 직원들이 모두 회의실에 모였다. 나는 자리에 앉으며 테이블 위에 산더미같이 쌓인 서류들을 보고는 속으로 한숨을 쉬었다. 새날교 기도원 사건을 해결하는 데 시간이 많이 든 탓에 의뢰가 제법 밀려 있었다. 하루면 끝날 간단한 의뢰들은 틈틈이 해결해놓은 상태지만 굵직한 의뢰들은 여전히 남아 있다. 심드렁한 얼굴로 서류들을 뒤적이던 내 눈에 한 가지 의뢰가 들어왔다.

"카지노?"

내가 손을 들어 슬롯머신 손잡이를 당기는 시늉을 하며 물었다. 내 모습을 본 강준 씨와 요한 씨가 작게 웃었다.

"응. 그 카지노."

사장님이 고개를 끄덕이곤 덧붙였다.

"몇 달 전부터 카지노 안에서 귀신이 나온다나 봐. 직원은 물론이고 이용객 앞에 나타나서 깜짝깜짝 놀래킨다나."

나는 카지노 의뢰에 관련된 자료 뭉치를 들고 한 장 한 장 자세히 살폈다. 자료 속에는 귀신을 목격한 사람들에 대한 간단한 정보와 목격한 장소 등이 간략히 적혀 있었다.

"사람을 죽인 적은 없군요."

"응. 그냥 놀래키는 정도야. 아주 심한 경우가 다리가 부러진 정도? 그것도 귀신이 직접 해코지를 하기보다는 귀신을 보고 놀라서 뒷걸음치다가 빙판길에 넘어진 거래."

"별것 아닌 거 같은데요? 그냥 가서 성불시키면 되는 거 아니에요? 다운이 부적 한 장이면 끝날 것 같은데."

"이야, 누리 많이 컸네. 몇 달 전까지만 해도 "난 누구를 성불시켜본 적 없단 말이에요!" 했었는데."

내 말에 사장님이 새삼 놀랍다는 듯 나를 보며 웃었다. 민망해진 내가 얼굴을 발그레하게 붉히고 어깨를 으쓱했다. 스스로 생각해도 장족의 발전이었다. 이제 의뢰인들이 준 자료만 보고도 '어느 정도겠다' 하고 짐작할 수 있는 정도니 말이다.

"나도 간단히 끝날 거라고 생각해. 다만…."

"다만?"

"카지노 측에서 이번 사건을 티나지 않게 해결하기를 요구하고 있어. 언론에 노출되길 원치 않는다나."

"그럼 영을 사람이 없는 곳으로 몰고 가서 해결해야겠네요. 영이 주로 나오는 곳은요?"

"다양해. 슬롯머신에 앉아 있다가 본 사람도 있고, 식당에서 본 사람도 있대. 호텔 방에도 올라오는 것 같고…. 아, 다리가 부러진 그 사람은 카지노에 가는 길에 귀신을 봤대. 건물 밖에서"

그때였다. 코트 주머니 속에 넣어둔 핸드폰이 진동했다. 사장님 눈치를 살피며 조심스럽게 핸드폰을 확인해 보니 회연 언니였다.

나 어젯밤에 아기 옷 마련해서 태웠다? 네가 말한 대로. 나 잘했지? ^^v

눈이 번쩍 뜨이는 메시지에 나는 얼른 코트 주머니에서 핸드폰을 꺼내 무릎 위에 올려두고 빠른 속도로 답장을 보냈다.

응, 완전 잘했어!

옷 태우고 나서 뭔가 일이 잘 풀리는 느낌이야.

방금 강훈 감독 신작 캐스팅 콜 온 거 있지?

나 그거 진짜 하고 싶었거든.

"누리도 다운이가 쓴 부적 쓸 수 있지? 다운이한테 부적 받아서 영을 보면 바로 속박해. 방 하나 잡아 놓을 테니까 거기로 데려가서 해결하자."

사장님의 말에 나는 건성으로 고개를 끄덕였다. 사장님의 말보다는 연달아 날아오는 희연 언니의 메시지에 더 관심이 쏠렸다.

이번 영화는 부산에서 촬영해서 한동안 부산에 살 것 같아, 회사에 말해서 스케줄도 다 뺐어.

온전히 내가 맡은 역할에만 집중하고 싶어.

나 내려가기 전에 우리 한번 봐야지?

"공누리 사원. 집중 안 해?"

사장님의 목소리가 사뭇 엄하게 들려왔다. 이크, 나는 얼른 핸드폰을 호주머니에 집어넣고는 사장님을 향해 웃어 보였다.

"죄송해요. 저랑 다운이랑 가서 성불시키면 되는 거죠? 부적으로 속박한 다음에 방으로 데리고 가서요."

"그래."

"그나저나, 밤에 자유시간은 주시는 거죠? 저 슬롯머신 할 건데. 가서 잭팟 터트려도 되나요?"

내 말에 세 남자가 동시에 어이없다는 듯 실소를 터트렸다.

"잭팟 터트리는 거 허락해줄 테니까, 할 수 있으면 해봐. 그전에, 카지노에 가본 적은 있어?"

사장님의 입가에는 명백한 비웃음이 걸려 있었다. 나는 의기양양하게 외쳤다.

"가본 적은 없지만 게임이 다 거기서 거기죠, 뭐. 아무튼, 전 잭팟 터트릴 거예요."

괜스레 기분이 좋았다. 자꾸만 입가가 간질간질했다.

"무슨 좋은 일 있냐, 너? 과하게 기분 좋아 보인다?"

"아뇨. 뭐, 고민하던 일이 잘 해결돼서요."

나는 적당히 말을 얼버무렸다. 회의가 빨리 끝났으면 좋겠다. 희연 언니 메시지에 답장해야 하니까 말이다.

"그럼 다음 주 월요일에 정선으로 출장 잡는다?"

사장님의 말에 옆에서 이야기를 듣고 있던 강준 씨가 입을 열었다.

"잘됐네요. 마침 저도 강원도로 움직일 계획인데. 작은아버지가 부탁한 일이 있어서요."

"무슨 부탁인데?"

"강원도 근처에 불법 투견장이 하나 있대요. 단속 때문에 지금은 건물만 남아 있는데 거기에 사념(邪念)들이 남아서 큰 사념체로 자랐다고 하더라고요. 그것 좀 처리하려고요."

'사념? 사념체가 뭐지?'

내가 물으려는 찰나였다. 누군가가 노크도 없이 회의실 문을 벌컥 열고 들어왔다. 다운이었다.

"왔냐? 촬영 잘 끝났어?"

사장님은 익숙하다는 듯 나무라지도 않고 다운에게 물었다.

"촬영이야 늘 잘 끝나죠. 회의 끝난 거예요?"

"시작한 지 얼마 안 됐어. 너 다음주 월요일에 누리하고 정선 출장이야."

다운이 고개를 끄덕이곤 성큼성큼 걸어와 내 옆자리에 털썩 앉았다.

"그럼 강준이 넌 그쪽으로 가서 일 봐. 어차피 카지노 쪽은 크게 안 어려울 것 같으니까."

"나도 갈게."

"요한이 형도 가시게요? 그럼 저는 더 안심이죠. 강준이 좀 안 다치게 형이 케어해주세요."

사장님과 요한 씨, 강준 씨가 이야기를 나누는 사이 옆에 앉은 다운이 내게 슬쩍 말을 걸었다.

"한희연이 나한테 고맙다고 말하더라."

나는 모르는 척 고개를 돌렸다.

"그래?"

"무슨 말을 한 거야?"

"있어, 그런 거."

"모든 건 하늘이 정한 일이야. 네가 어떤 일을 한다고 해도 결과에는 전혀 영향을 주지 못할 거야."

다운이 한숨을 푹 쉬며 말했다. 그렇게 말하는 다운의 표정은 슬퍼 보였다.

"지금 내 마음을 말해줄까? 솔직히 말해서 두 가지야. 한편으로는 네가 이번에 한번 제대로 겪고 한계를 깨닫기를 바라고, 다른 한편으로는 네가 상처받지 않기를 바라."

다운의 슬픈 얼굴을 보고 있기가 힘들었다. 다운은 과거에 대체 무슨 일을 겪었던 걸까.

반대편으로 고개를 돌리던 나는 요한 씨와 눈이 마주쳤다.

요한 씨는 모든 것을 알고 있다는 듯 우리를 보며 가만히 미소 짓고 있었다.

* * *

다음 날 출근길, 지하철 안에서 나는 핸드폰을 거듭 확인했다. 전날 보낸 메시지에 희연 언니가 아직도 답장을 하지 않았기 때문이다.

축하해! 언니 시간 날 때 봐. 난 아무 때나 상관없어.

아무리 기다려도 내가 보낸 메시지 옆에는 읽음 확인 표시가 뜨질 않았다.

뭐야, 핸드폰을 잃어버렸나? 아니면 바쁜 일이 생겼나?

〔뉴스 속보입니다.〕

누가 이 비좁은 지하철에서 예의 없게 이어폰도 안 끼고 텔레비전을 보는 거야? 나는 속으로 혀를 찼다. 심란해 죽겠는데 이런 불쾌한 소음이라니.

〔여배우 '한희연' 씨가 자택에서 사망한 채 발견되었습니다.〕

하지만 곧이어 들려오는 아나운서의 목소리에 나는 귀를 의심했다. 웅성거리던 지하철의 말소리가 뚝 멎는 것이 느껴졌다. 모든 사람들이 아나운서의 목소리에 귀를 기울이고 있었다.

〔오늘 아침 6시 30분경, 배우 한희연 씨가 자택 현관문 앞에서 복부에 큰 자상을 입고 쓰러져 있는 것을 매니저 이모 씨가 발견, 경찰에 신고했습니다. …용의자는 유명 영화감독 강모 씨의 부인 최모 씨로, 경찰은 피해자 한 씨의 시신이 발견된 후 얼마 지나지 않은 오전 8시경 최 씨가 경찰에 자수했다고 밝혔습니다.〕

머릿속이 아득했다. 눈앞이 깜깜해지고 식은땀이 났다.

〔…용의자는 남편인 영화감독 강 씨와 배우 한 씨의 외도를 알게 된 뒤 큰 충격에 빠져 아이를 유산했으며, 그 후로 우울증을 앓고 있었던 것으로 드러났습니다. 현재 경찰은 용의자 최 씨를 상대로 정확한 사건 경위를 조사하고 있습니다.〕

〔이번 역은 신논현, 신논현 역입니다. 내리실 문은 오른쪽입니다.〕

어느새 내려야 할 역에 도착해 있었다. 앞다퉈 내리는 사람들에 휩쓸려 나도 열차에서 내렸다. 늘 걷던 길을 멍하니 걷다 보니 회사가 나왔다.

"너 이러고 있을 줄 알았다."

회사 건물 입구에 다운이 서 있었다. 다운이 호주머니에서 손수건을 꺼내 내게 내밀었다. 그제야 나는 내가 울고 있다는 사실을 알아차렸다.

"…다…운아."

"그래."

"희연 언니가… 죽었대."

"응, 나도 뉴스 봤어."

"살해…당했대."

"응."

울먹이는 내 목소리와 달리 다운의 목소리는 덤덤했다.

"차라리 다행이야. 정들기 전이라서. 많이 정든 사람이었다면 더 감당하기 힘들었을 테니까."

"…."

"곧 잊힐 거야. 그리고 이런 일들이 익숙해질 거야."

다운이 내 어깨를 토닥였다.

* * *

악몽을 꿨다. 기억하기 싫은 과거의 장면들이 생생하게 살아났다. 꿈속에서 나는 열다섯, 사춘기 여중생으로 돌아가 있었다.

아주 어릴 적부터 부적처럼 차고 다녔던 팔찌가 너무 싫었다. 실로 얼기설기 얽어놓은 것 같은 팔찌는 촌스러워서 어느 옷에도 어울리지 못했다. 그래서 팔찌를 풀어버리고는 엄마에게는 잃어버렸다고 거짓말했다. 엄마는 걱정스러운 얼굴이었지만 곧 "괜찮겠지" 했다. 그다음 날부터 나는 왼팔에 새로운 팔찌를 차고 다녔다. 길거리 좌판에서 사온 싸구려였지만 최소한 예전 것보다는 훨씬 나아 보인다고 생각했다. 그렇게 며칠이나 지났을까….

그날은 아주 평범한 날이었다. 엄마는 베란다에서 빨래를 널고 있었고, 아빠는 화분에 물을 주고 있었다. 나는 거실에서 텔레비전을 보고 있었다. 갑자기 쾅쾅대는 소리가 들리더니 현관문이 부서지듯 열렸다. 그 소리에 아빠가 현관으로 뛰쳐나갔고, …그대로 쓰러져버렸다. 쓰러진 아빠의 머리에서 피가 흘러 바닥을 적셨다. 집 안으로 흰 한복을 입은 낯선 이들이 신발도 벗지 않은 채 들이닥쳤다. 그들은 소파에 앉아 있던 나를 발견하곤 곧장 내게로 다가왔고, 그 앞을 엄마가 막아섰다.

장면이 변했다. 나는 어느새 엄마의 품에 안겨 있었다. 엄마의 힘없는 목소리가 들려왔다.

— 네 잘못이 아냐.

꿈속의 나는 중학생이었던 그때와 마찬가지로 무력했다. 가장 소중한 두 사람이 죽어가는 것을 보며 나는 아무것도 할 수 없었다. 목소리조차 나오질 않았다.

먼 곳에서 들려오는 듯한 알람 소리에 나는 천천히 눈을 떴다. 얼굴이 눈물로 흠뻑 젖어 있었다. 나는 가만히 침대에 앉아 생각에 잠겼다. 엄마 아빠는 왜 돌아가신 걸까. 단지, 희연 언니가 죽을 운명이었던 것처럼, 엄마 아빠도 죽을 운명이었기 때문일까? 그렇다면… 엄마 아빠를 죽인 흰옷을 입은 사람들은 누구였을까. 그들은 엄마 아빠를 죽일 운명이었을까?

* * *

"누리야, 좀 자두지?"

운전 중이던 사장님이 나를 보며 말했다. 나는 핸드폰에서 시선을 떼지 않은 채 말했다.

"원래 조수석에 앉아 있는 사람은 자는 거 아니래요."

"요한이 형하고 강준이가 깨어 있으니 괜찮아."

"음… 그럼 이번 판만 끝내고 좀 잘게요."

핸드폰 화면 속에서 알록달록한 퍼즐들이 정신없이 톡톡 터졌다. 나는 희연 언니가 죽은 뒤 인터넷에 접속하는 것을 그만두었다. 어느 포털사이트에 들어가든, 희연 언니에 관한 루머가 보였기 때문이다. 희연 언니가 강 감독의 영화에 출연하기 위해 의도적으로 강 감독을 꼬셨다더라, 두 사람이 최 씨 앞에서 보란 듯이 성행위를 했다더라, 희연 언니가 최 씨에게 남편을 놔달라고 욕하고 소리를 질렀다더라…. 진위 여부는커녕 출처조차 알 수 없는 게시물들이 끝없이 쏟아졌다.

언니가 캐스팅되었다고 그렇게도 좋아했던 강훈 감독의 신작 영화가 불륜에 관한 이야기라는 것이 알려지면서 언니를 향한 손가락질은 고인 모독 수준까지 수위를 넘나들었다. 희연 언니에 관한 기사에는 잘 죽었다, 내가 부인이었어도 칼로 찔렀을 거다, 하는 댓글들이 빼곡하게 달렸다.

게임이 끝났다. 나는 핸드폰 잠금 버튼을 눌러 끄고는 의자에 기대어 눈을 감았다. 얼마나 지났을까. 내비게이션의 안내 음성이 목적지에 도착했음을 알림과 동시에 차가 멈춰 섰다. 뒷좌석에 타고 있던 강준 씨가 먼저 내리고 그 뒤를 요한 씨가 따랐다. 풀이 아무렇게나 자라 있는 공터의 한가운데에는 파란 칠이 군데군데 벗겨진 낡은 슬레이트 지붕의 창고 하나가 우두커니 서 있었다.

"몸조심하고, 일 끝나면 전화하세요. 데리러 올게."

사장님이 걱정스러운 얼굴로 두 사람에게 인사를 했다. 강준 씨가 고개를 끄덕이며 앞으로 손을 쭉 뻗었다. 강준 씨의 어깨에 앉아 있던 수호용이 빛을 번쩍 내더니 커다란 검으로 변했다.

내가 무언가 이상한 기운을 느낀 것은 그때였다. 설명할 수 없는 불쾌한 기운이 온몸을 눌러오는 것 같았다. 무언가 무거운 것 같기도 했고, 참을 수 없이 가벼운 것 같기도 했다. 나는 무거운 몸을 움직여 기운의 근원지를 찾기 위해 애썼다. 저 공터 가운데 있는 창고 안에서 기분 나쁜 기운이 밀려오고 있었다. 가슴이 답답했다. 나는 나도 모르는 사이 숨을 헐떡이고 있었다.

"형, 빨리 가야겠는데요. 누리가 힘든가 봐요."

"그래."

다운의 말에 사장님이 짧게 대답하고는 오른손으로 기어를 넣고 다시 차를 움직였다. 창고에서 차가 멀어지기 시작하자 답답함이 서서히 사라졌다. 나는 그제야 몸을 편히 움직일 수 있었다.

"강준 씨랑 요한 씨는 뭐하러 가신 거예요?"

창고 안에는 아주 위험한 것이 있는 것 같았다. 그런 곳에 두 사람만 이렇게 내버려두고 가도 되는 걸까. 문득 걱정이 들었다.

"쓰레기 청소하러 간 거야."

"…?"

내가 영문을 모르겠다는 표정을 짓자 다운이 대신 대답했다.

"간혹 구천을 떠돌던 영들이 소멸하거나 성불한 뒤에 그것들의 사념이 그 자리에 남아 있는 경우가 있어. 그 사념들이 어떤 계기를 통해 하나로 뭉치는데 그걸 사념체라고 불러."

회의실에서 들었던 사념과 사념체에 관한 이야기다.

"사념체는 힘이 어마어마해서 다른 영들을 잡아먹으면서 그 덩치를 더 불려나가지. 강준이 형과 요한이 형은 그런 사념체를 처리하러 간 거야."

"…이해가 잘 안 되는데. 좀 더 자세히 말해주면 안 돼? 사념은 왜 생기는 건데?"

"영이 소멸하거나 성불한 뒤에도 그 영이 가지고 있던 어떤 생각이 사라지지 않고 그대로 남아 있는 걸 사념이라고 말해. 솔직히 나도 잘은 몰라. 강준이 형 집안이 사념을 제거하는 일을 가업으로 삼으니까 나중에 기회가 되면 물어봐."

다시 구불구불한 산길을 달리던 차는 읍내로 진입했다. 상가 건물들이 삼삼오오 모여 있었고, 우체국이나 경찰서 등 관공서들도 보였다. 그런 건물들 가운데 눈에 띄는 것은 전당포였다. 어림잡아도 20군데는 넘어 보이는 전당포들이 길 양옆으로 주르르 서 있었다.

"뭐 하나 알려줄까? 전당포 앞에 주차해놓은 자동차들 있지. 저거 다 카지노 손님들이 맡겨둔 거야."

사장님의 말에 나는 입을 쩍 벌렸다.

"전당포에 차를 맡긴다고요? 왜요?"

"왜겠어? 카지노에서 도박하다 가진 돈 다 날리고 차를 담보로 다시 돈을 빌린 거지."

"그럼 그 돈을 들고 다시 카지노로 가요?"

"그래."

나는 전당포 앞에 일렬로 서 있는 자동차들을 바라보았다. 허름한 차도 있었지만 절반 정도는 차에 대해서도 잘 모르는 내가 봐도 좋아 보이는 것들이었다.

"돈을 잃었으면 집엘 가지, 차까지 맡겨놓고 다시 도박을 하다니."

"넌 안 그럴 것 같아? 가서 돈 잃어봐. '내가 잃은 돈이 얼만데' 하고 본전 생각부터 날걸?"

"전 안 그래요. 왜냐면 전 돈을 안 잃을 거니까요!"

내 말에 사장님이 기가 차다는 듯 웃었다.

"그래, 잭팟 터트리면 나 잊기 없기다?"

"뭐래, 잭팟 터지면 전 한국 뜰 거예요."

다부진 내 각오에 뒤에 앉아 있던 다운이 픽 웃었다. 사장님 역시 미소를 띠고는 내 머리 위로 툭 손을 올려 장난스럽게 헝클어뜨렸다.

"이젠 기분 좀 괜찮아?"

"…안 좋을 게 뭐 있어요?"

"그날 이후로 며칠 동안 죽을상을 하고 있었으면서."

사장님이 내 표정을 흉내 내며 말했다. 축 처진 눈썹과 다부지게 앙다문 입매를 보며 다운이 뒤에서 큭큭 웃었다.

"완전 똑같아."

"아, 하지 마세요!"

사장님의 모습에 나는 민망해져 괜히 소리를 질렀다. 동시에 미안한 마음이 들었다. 다들 나를 걱정하고 있었던 모양이다.

"…죄송했어요. 그동안."

나는 모두를 향해 작게 사과했다.

"죄송할 건 또 뭐야."

사장님이 괜찮다는 듯 웃어 보였다. 나는 그 모습에 괜스레 눈물이 핑 돌고 말았다.

"뭐야. 너 우냐?"

"아니거든요!"

나는 부러 목소리를 높였다. 다들 걱정하니 우울해지지 말아야지. 밝아지려 노력해야겠다고 속으로 다짐했다.

* * *

우리는 호텔의 지하주차장에 주차한 뒤 카지노가 있는 5층으로 곧장 올라갔다.

"안녕하세요. 영혼사무소에서 나왔습니다."

사장님의 말에 카지노 입구에 서 있던 직원이 '아' 하는 표정을 짓더니 무전기에 대고 무어라 말했다. 조금 지나지 않아 '지배인'이라는 빨간 명찰을 단 남자가 나와 우리에게 깍듯이 인사를 했다.

"안녕하십니까. 잘 부탁드립니다."

"네, 안녕하세요."

사장님이 명함을 내밀자 지배인은 얼른 명함을 받아들고는 누가 볼세라 호주머니 안으로 집어넣었다. 다분히 주변을 의식하는 태도였다. 사장님은 이런 상황이 익숙한 듯 바로 본론을 꺼냈다.

"우선은 영이 나타났다는 곳들을 좀 둘러보고 싶은데요."

사장님의 입에서 나온 '영'이라는 말에 지배인은 인상을 확 찡그렸다가 다시 폈다. 그러고는 미리 준비해둔 듯 재킷 주머니에서 패스와 지도 한 장을 꺼내 우리에게 내밀었다.

"이 패스만 보여주면 그 지도상에 표시된 곳은 모두 입장이 가능할 겁니다. 다만…."

"네."

"손님인 것처럼 자연스럽게 다니시면서 최대한 티 나지 않게 해결해주시면 좋겠습니다. 부탁드립니다."

지배인이 거듭 강조했다. 사장님은 여유로운 얼굴로 고개를 끄덕였다. 지배인이 돌아간 뒤 우리는 지도를 보며 카지노 내부를 살폈다. 지도에는 총 일곱 개의 빨간 동그라미가 쳐져 있었다. 귀신이 나타났다는 장소였다.

"호텔 객실 1203호랑 식당에서 두 번, 슬롯머신 앞에서 세 번, 그리고 카지노 입구에서 한 번이네요."

"슬롯머신 있는 곳으로 먼저 가보자. 거기가 제일 많이 나온 장소니까."

사장님의 말에 우리는 고개를 끄덕이며 사장님의 뒤를 따랐다. 입구에서 패스를 보여주고 홀 안으로 들어가자 눈앞에 신세계가 펼쳐졌다. 카지노는 내가 생각한 것보다 훨씬 더 화려하고 시끄러웠다.

"정신이 하나도 없네요. 완전 별천지네, 별천지야."

홀린 듯 주위를 두리번거리는 나를 보며 사장님이 피식 웃었다.

"일부러 이렇게 만든 거야. 사람들의 혼을 쏙 빼놓는 거지. 정신 차리고 보면 100, 200만 원 잃는 건 일도 아닐걸?"

나는 속으로 혀를 내둘렀다. 평일인데도 슬롯머신 앞에는 빈자리가 보이지 않을 정도로 사람들이 많았다. 요란한 소리를 내며 작동하는 슬롯머신은 화려한 색으로 알록달록하게 꾸며져 있었고, 커다란 화면에는 알 수 없는 기호 같은 그림들이 쉴 새 없이 나타났다 사라졌다. 사람들은 기계와 한 몸이 된 것처럼 슬롯머신 앞 의자에 앉아 왼손으로는 돈을 넣고, 오른손으로는 슬롯 손잡이를 당기고 있었다. 하나같이 눈이 벌겋게 충혈되어 있는 모습이 무서울 정도였다.

슬롯머신 앞에 앉아 있던 사람들 중 한 사람이 자리에서 일어나자 주변을 서성이던 여자가 빈자리를 채웠다. 한 50대 초반쯤이나 됐을까, 파마한 머리에 차림새도 눈에 띄지 않는 그녀는, 어디서나 흔히 마주칠 법한 평범한 가정주부처럼 보였다. 그녀가 주머니에서 5만 원권 한 다발을 꺼내 슬롯머신 위에 올려두고는 한 장을 기계 안으로 집어넣었다. 슬롯머신 화면에 '500'이라는 숫자가 나타났다. 그녀가 손잡이를 당기자 숫자가 20씩 줄어들기 시작했다. 숫자 500이 0으로 변하는 데는 3분도 채 걸리지 않았다. 결과는 당연히 꽝이었다. 그녀는 그럴 줄 알았다는 듯 실망도 않고 지폐 한 장을 다시 기계 안으로 밀어 넣었다. 나는 그 모습을 홀린 듯 지켜보고 있었다.

"너도 한판 할래? 잭팟 터트린다며."

사장님이 나를 보며 장난스럽게 말했다. 나는 질린 얼굴로 고개를 도리
도리 저었다.

"그나저나, 여기 있어?"

사장님의 말에 나는 그제야 집중하고 주변을 둘러보았다.

"어…."

주변을 둘러본 나는 흠칫 놀라 뒤로 한걸음 물러섰다. 다운은 이미 인상
을 찡그리고 있었다. 수많은 '그것'들이 카지노 홀 여기저기를 배회하고 있
었다.

"너무 많은데요. 어떤 게 진짜 문제가 되는 영인지 모를 정도예요."

다운이 카지노 홀 안을 돌아다니는 경호원의 눈치를 힐끔 살피고는 주
머니에서 부적 하나를 꺼냈다.

"누리야, 저거 보여?"

다운이 가리킨 곳에는 보통 사람의 반 정도 되는 크기의 까만 덩어리가
웅크리고 있었다.

[한 판 더 해.]

[슬롯을 당겨.]

[다음번에는 틀림없이 터질 거야.]

까만 덩어리는 끊임없이 무언가 중얼거리고 있었다. 기분 나쁜 느낌에
나는 나도 모르게 몸서리를 쳤다. 경호원이 다른 곳을 보는 사이 다운이
들고 있던 부적을 재빨리 그것을 향해 던졌다. 부적에 부딪힌 그것은 번쩍
빛을 뿜고는 천천히 사라졌다.

"저게 뭔데?"

"사념이야."

다운의 말에 나는 그것이 사라진 자리를 다시 살폈다. 언제 무엇이 있었
냐는 듯 그 자리에는 아무것도 남아 있지 않았다.

"식당에도 한번 가보자."

엘리베이터를 타고 한 층 더 내려가자 식당이 나왔다. 넓은 홀에는 식사하는 이들이 드문드문 테이블에 앉아 있었고, 직원들은 음식을 내오고 그릇들을 정리하느라 분주하게 움직였다.

"여기도… 영이 너무 많아서 잘 모르겠어요."

의뢰인이 말한 '그것'은 사람을 해친 적은 없으니 악귀는 아닐 것이다. 그렇다면 저 많은 평범한 영들 중 하나라는 이야긴데… 찾아내는 것이 불가능에 가까워 보였다.

우리는 마지막으로 영이 나왔다던 객실 안까지 들어갔다. 깔끔하게 정리되어 있는 방에서는 아무것도 찾을 수 없었다.

"금방 끝낼 수 있을 줄 알았더니… 생각보다 시간 좀 걸리겠는데요."

다운의 말에 나는 열심히 고개를 끄덕이며 동의했다. 사장님이 잠시 고민하더니 이내 다른 방법을 제시했다.

"이건 어때? 귀신을 봤다는 사람들을 만나보는 거야. 그들에게 더 자세한 이야기를 들을 수 있지 않을까."

다운이 고개를 끄덕이며 동의했다. 우리는 다시 카지노가 있는 층으로 올라가 지배인에게 물었다.

"귀신을 봤다는 사람들을 직접 만나볼 수 있을까요?"

지배인이 내가 내민 목격자들의 정보가 적힌 종이를 빤히 보더니 손으로 마지막 남자를 가리켰다. 최동판, 호텔 입구에서 귀신을 보고 뒷걸음치다 빙판길에 넘어져 다리가 부러졌다던 남자다.

"아침에 개장하자마자 들어간 걸 확인했습니다. 아마 아직 거기 있을 텐데… 아까 슬롯머신 앞에서 못 보셨습니까?"

지배인의 말에 우리는 다시 카지노 홀 안으로 걸음을 옮겼다. 슬롯머신들은 성을 지키는 수문장들처럼 입구 바로 앞에 일렬로 주르르 서 있었다. 나는 어렵지 않게 최동판을 알아볼 수 있었다. 슬롯머신 근처에서 다리에 반 깁스를 하고 있는 남자는 단 한 명뿐이었기 때문이다. 남자는 가진 돈을 다 잃은 듯 슬롯머신 근처를 기웃거리며 다른 사람들이 게임하는 것을 구경하고 있었다.

"최동판 씨?"

자신을 부르는 소리에 남자가 획 뒤돌아보았다. 미간 사이에 깊은 주름을 가진 그가 퉁명스런 목소리로 말했다.

"뭐요?"

"뭐 좀 물어볼 게 있어서요."

사장님의 말에 남자는 대답 대신 가만히 손을 내밀었다.

"30만 원만 빌려줘. 그럼 물어보는 것 다 대답해주지."

남자가 슬롯머신 안으로 마지막 지폐를 집어넣었다. 누군가가 슬롯머신 안에서 지폐를 빨아들이는 것처럼 지폐가 기계 속으로 쑥 빨려 들어갔다. 요란한 소리와 함께 슬롯머신 화면에 500이라는 숫자가 나타났고, 남자가 여느 때보다 신중한 눈빛으로 손잡이를 당겼다. 볼 것도 없이 결과는 꽝이다. 남자가 작게 욕을 읊조리고는 우리를 돌아다보며 말했다.

"돈 더 없어?"

"30만 원 빌려드리면 대답해주시기로 했잖아요."

나는 샐쭉한 얼굴로 '빌려드리면'이라는 말에 묘한 악센트를 실어 대답했다. 다분히 적대적인 내 말투에 남자가 나를 노려보았다. 뻘겋게 핏대가 선 눈이 나를 향했다.

"계집년이 어디 어른을 노려보며 말대꾸야. 20만 원 더 줘."

뭐, 계집년? 남자의 말에 내가 울컥하기도 전이었다. 사장님이 지갑에서 5만 원권 지폐 네 장을 꺼냈다. 그러고는 지갑을 다시 닫아 코트 호주머니에 넣고는 돈을 든 채로 남자의 앞으로 한 걸음 다가갔다. 사장님의 손에 들린 돈을 본 남자의 입이 헤벌쭉 벌어졌다. 남자가 탐욕스런 얼굴로 사장님의 손에 들린 지폐를 향해 손을 쭉 뻗었다. 남자가 돈을 잡으려는 찰나, 사장님이 돈을 들고 있던 손을 홱 들어올렸다.

"나머지 20만 원은 우리의 이야기가 끝난 후에 드리죠. 우선은 저희 직원에게 계집년이라고 욕한 것, 사과해야 할 겁니다."

사장님의 단호한 말이 끝나기도 전에 남자가 비굴한 표정으로 두 손을 비비며 말했다.

"아가씨, 미안해요. 내가 막일하는 사람이라 입이 좀 걸어."

"···괜찮아요."

"그래, 그러면 사과는 했고, 뭐가 궁금하신가?"

남자에게 사장님이 질문을 하려는 차였다.

"거, 안 할 거면 좀 비킵시다. 재수 없게 뭐하는 짓이야."

"기다리는 사람 안 보여? 전세 냈어?"

뒤에서 쏟아지는 원성에 다운이 민망한 듯 콧잔등을 살짝 긁었다.

"자리를 옮겨야겠네요."

우리는 대화를 이어가기 위해 식당이 있는 아래층으로 내려왔다. 사장님이 건넨 카드를 가지고 식당 한쪽에 있는 카페에 온 나는 기겁했다. 무슨 커피 한 잔이 만 원이 넘어? 나는 속으로 중얼거리며 커피 메뉴 중 가장 저렴한 아메리카노 네 잔을 주문했다. 내 카드가 아닌데도 손이 덜덜 떨렸다. 음료를 받아 사람들의 앞에 내려놓자 남자가 자신의 앞에 놓인 아메리카노를 힐끗 보더니 내게 손을 내밀었다.

"난 커피 안 마셔. 돈으로 줘."

"이미 시켰잖아요. 그냥 드세요."

보면 볼수록 마음에 안 드는 사람이란 말이지. 남자 역시 내가 마음에 들지 않는 듯 불퉁한 얼굴로 나를 보고는 커피를 한 모금 꿀꺽 삼켰다.

"며칠 전에 카지노에서 귀신을 보셨다고 들었는데요."

다운이 운을 떼었다. 멈칫한 남자가 이제야 알겠다는 얼굴로 고개를 끄덕였다.

"뭐하는 작자들인가 했더니 무당이었구먼그래."

남자의 말투가 은근슬쩍 하대로 변했다.

"대답이나 하세요."

"거, 계집애가 앙탈은. 그래, 김 씨를 봤지. 그건 분명 사람이 아니라 죽은 김 씨의 귀신이었어."

"김 씨와는 아는 사이였나요?"

"직접 말을 해본 적은 없어. 이 바닥에서 앵벌이 하는 놈들이 다 그렇듯 얼굴만 알고 지내는 사이일 뿐이야."

"앵벌이?"

작은 내 목소리에 다운이 설명하듯 덧붙였다.

"카지노 근처에서 노숙하면서 자리를 잡아주거나, 대리로 배팅하면서 먹고사는 사람들을 말해."

"김 씨는 좀 유별난 데가 있었지. 도박 말고는 아무 데도 관심 없는 이 바닥 앵벌이들도 죄 그를 기억하고 있을 정도니 말이야."

우리 셋의 시선이 남자를 향하자 남자가 큼큼, 목을 가다듬고는 입을 열었다.

"원래는 호텔 손님들을 주로 상대하던 택시기사였다고 들었어. 딸이 하나 있는데, 슬기로운 아이가 되라고 이름을 슬아라고 지었다나, 어쨌다나. 김 씨와 말 한번 섞어본 적 없는 나도 이름을 알 정도로 딸 자랑이 유별난 작자였지."

"딸 자랑이요?"

"딸애가 그렇게 공부를 잘한다나? 고3인데, 전교 1등을 한 번도 놓친 적이 없다더군. 서울에 있는 의대를 갈 거라고 했어. …잭팟을 터트리면 예쁜 옷도 사주고, 대학에서 쓸 용돈도 주고… 여기서 번 돈으로 딸 뒷바라지하는 게 꿈이었던 모양이야."

"김 씨를 어디서 보신 거죠?"

"요 앞 전당포에 잠깐 들렀다가 카지노에 가는 길이었어. 앵벌이들 사이에서 실종된 김 씨가 귀신이 되어서 카지노를 떠돈다는 소문이 들려오던

때였지."

남자가 목이 타는 듯 커피를 벌컥벌컥 마시고는 빈 잔을 내려놓았다. 나는 자연스레 내 앞에 있는 커피를 남자에게 밀어주었다. 남자는 고맙다는 말 한마디도 없이 당연하다는 듯 내가 내민 커피를 한 모금 마시고는 다시 말을 이었다.

"호텔 입구에서 김 씨가 나를 보며 손을 내밀고 있더군. 온몸이 피투성이가 되어서는 말이야. 그 흉측한 모습에 놀라 뒤로 벌렁 나자빠진 거야."

남자가 깁스를 하고 있는 자신의 다리를 손으로 가리키며 말했다.

"김 씨 귀신을 본 뒤로 내가 김 씨와 알고 지내던 사람들에게 근황을 좀 물어봤는데 말이야. 죽기 전에 사채에까지 손을 댔다더군. 감당도 안 되는 빚을 지고는 그렇게 자랑하던 딸내미 대학 등록금으로 모아둔 돈까지 끌어다 도박을 했다더라고."

딸의 대학 등록금으로 도박을 했다고? 믿을 수 없는 남자의 말에 나는 헛숨을 들이켰다. 차라리 소문이기를, 사실이 아니기를 속으로 빌면서 말이다.

"이제 슬슬 이야기가 끝나가는 것 같은데… 나머지는 올라가면서 이야기하자고. 자리를 잡아야 하거든."

남자가 힘겹게 몸을 일으키며 자리에서 일어났다. 어느새 내가 내민 커피 잔은 깨끗이 비어 있었다. 남자가 사장님에게 다시 손을 내밀었다. 사장님이 코트 주머니에서 지폐를 꺼내 남자에게 내밀었다.

"궁금한 게 있으면 지금 물어봐. 난 얼른 들어가야겠어."

절뚝이는 걸음을 재촉하던 남자가 5층의 카지노 불빛이 보이자 마음이 급해지는 듯 우리를 채근했다. 사장님이 다운을 슬쩍 돌아봤다. 다운이 고개를 가로저었다. 더 이상 얻을 정보가 없다는 뜻이다.

"이제 가보셔도 됩니다. 시간 내주셔서 감사합니다."

사장님이 끝까지 정중한 태도를 잃지 않으며 말했다. 남자가 고개를 끄덕이고는 돌아서려다 문득 생각난 듯 말했다.

"지금 김 씨 귀신을 찾아다니는 거지?"

"네."

"나는 이쪽으로는 잘 모르지만 말이야, 김 씨가 딸을 무지막지하게 아꼈다는 건 알거든. 내가 김 씨라면 죽어서도 딸의 곁에 있을 것 같은데. 딸한테 가보면 뭐라도 있지 않겠어?"

말을 마친 남자는 볼일이 다 끝났다는 듯 휙 뒤돌아 가버렸다. 잠자코 이야기를 듣고 있던 사장님이 고개를 끄덕였다.

"일리 있는 말이네."

"한번 가보죠. 뭐라도 나오지 않겠어요?"

다운이 대답했다. 그때 사장님의 코트 주머니에서 벨소리가 울렸다.

"어, 요한 형… 다 끝났어요? …제가 지금 거기로 갈게요."

사장님이 짧게 통화를 끝내고는 우리를 보며 말했다.

"나 지금 강준이하고 요한이 형 데리러 가야 하거든. 너흰 김 씨라는 사람 집으로 한번 가봐."

* * *

'슬아라는 딸이 있는 카지노 앵벌이 김 씨'라는 말에 카지노 직원들은 그가 누군지 단번에 알아봐주었다. 지배인은 자신이 알려주었다고 말하지 말라고 신신당부하며 고객정보 리스트에서 김 씨의 집 주소를 빼내 우리에게 알려주었다.

김 씨의 집은 지은 지 수십 년은 되어 보이는 복도식 임대아파트였다. 아파트 곳곳에 붙어 있는 '재개발 결사반대' 현수막이 아파트의 분위기를 짐작할 수 있게 했다.

"라동 508호…."

김 씨의 집은 꼭대기인 5층의 복도 끝 집이었다. 낡은 아파트에는 엘리베이터가 없어 우리는 계단으로 올라가야 했다.

"와, 완전 힘들어."

"겨우 이거 가지고?"

"너도 숨 헐떡이고 있거든, 지금?"

다운이 민망한 듯 다리에 힘을 주어 두 계단씩 성큼성큼 올라가기 시작했다. 전구가 나가 불조차 들어오지 않는 계단은 을씨년스럽기 그지없었다. 내가 계단을 다 올랐을 때, 다운은 이미 저만큼 걸어가 508호의 문을 두드리고 있었다.

"집에 아무도 없나 봐."

다운이 입고 있던 재킷을 벗어 바닥에 넓게 펼쳐 깔고는 그 위로 철퍼덕 앉았다.

"이리 와서 앉아. 바닥 차가워."

나도 다운의 옆에 털썩 주저앉았다. 508호 앞에는 버리려고 내놓은 듯, 노끈으로 묶어놓은 참고서 더미가 쌓여 있었다. 한 권 한 권을 얼마나 많이 봤는지, 죄다 표지가 너덜너덜했다.

'경화여고 3학년 2반 9번 김슬아'

이름을 적어 놓은 위에는 한 줄 문구가 더 쓰여 있었다.

'성 요하네스대학교 의예과 15학번 김슬아'

문구를 보며 나는 빙그레 미소 지었다.

"목표가 성 요하네스대학교인가 보네. 참고서마다 적어놨어."

"합격은 했으려나?"

"나중에 요한이 형한테 물어봐야겠다."

"요한 씨?"

"성 요하네스대학교, 요한이 형 재단의 학교잖아."

그러고 보니 요한 씨 집안에서 운영한다던 병원이 성 요하네스대학교의 부속병원이었지. 그제야 아, 하는 소리가 나왔다. 요한 씨 집안, 무심코 넘겼는데 생각보다 꽤⋯ 대단하잖아.

얼마나 시간이 지났을까, 아래층에서 계단을 오르는 발걸음 소리가 들려왔다. 5층까지 올라온 발소리의 주인은 고단한 듯 다리를 콩콩 두드리며 계단 끝에 잠시 멈춰 섰다. 우리는 자리에서 일어나 집주인을 맞이할 채비를 했다. 그녀는 문 앞에 서 있는 우리를 보고 흠칫 놀라더니 살짝 겁에 질린 듯 경계하는 태도로 그 자리에 멈추어 서서 소리쳤다.

"아빠 집에 없어요. 가세요!"

날이 잔뜩 선 목소리였다. 그녀의 태도로 볼 때, 집까지 김 씨를 찾아 온 이들이 한둘이 아니었던 듯했다. 나는 최대한 상냥한 목소리를 내려 애쓰며 그녀를 불렀다.

"네가 슬아니?"

"…?"

"언니는 나쁜 사람 아니거든. 네 아버지 일로 물어볼 게 있어서 왔는데…."

여자 목소리에 살짝 경계를 누그러뜨린 듯 그녀가 천천히 다가왔다. 그러고는 핸드폰으로 플래시를 켜서 우리를 비추었다.

"웃어."

나는 활짝 웃으며 다운의 옆구리를 쿡 치고 속삭였다. 그녀는 여전히 의심스럽다는 얼굴로 조심스럽게 현관문을 열었다.

"일단 들어오세요."

집 안은 아파트 외관만큼이나 낡아 있었지만 전체적으로 깨끗한 느낌이었다. 슬아는 집으로 들어오자마자 외투를 벗어 옷걸이에 걸어두고는 부엌으로 향했다.

"저 지금 밥 먹을 건데, 같이 드실래요?"

예의상 말하는 기색이 가득한 말투였다.

"아, 아냐. 괜찮…."

"그럴래? 너 기다리느라 배고파 죽겠다."

내가 거절하기도 전에 다운이 선뜻 고개를 끄덕이고는 식탁에 앉았다.

나 역시 애매한 미소를 띠며 다운의 곁으로 가 앉았다. 슬아가 정말로 먹겠다고 말할 줄은 몰랐다는 듯, 다운을 한 번 빤히 쳐다보고는 찬장에서 밥 그릇 두 개를 더 꺼냈다. 화장기 없는 맨 얼굴의 슬아는 나이보다 훨씬 앳된 얼굴로, 어깨까지 오는 머리를 하나로 질끈 묶었다.

"먹을 건 별로 없지만 맛있게 드세요."

김이 모락모락 나는 쌀밥을 보자 잊고 있던 허기가 한 번에 몰려오는 느낌이었다. 맛깔나게 무쳐놓은 나물들을 입안 가득 넣고 씹으며 나는 순식간에 밥 반 그릇을 비웠다.

"집밥 먹는 게 얼마만인지 모르겠네."

"나도. 진짜 맛있다."

부모님이 돌아가신 뒤로 집밥을 먹어본 것은 손에 꼽을 정도다. 시리얼이나 빵 종류로 간단하게 끼니를 때우기 일쑤였기에 슬아가 차려준 밥이 더욱 맛있게 느껴졌는지도 모른다.

"맛 괜찮아요? 좀 싱거울 텐데…. 먹는 사람이 저뿐이라 제 입맛에 맞게 해서…."

우리의 찬사가 싫지는 않았던 모양이다. 슬아가 은근히 우리 쪽으로 나물을 밀어주었다.

"너무너무 맛있어. 네가 한 거야?"

"네. 4년 전에 엄마가 암으로 돌아가시기 전에 음식 만드는 법 다 가르쳐주셨거든요."

엄마가 돌아가셨다고? 그럼 김 씨와 둘이 산 건가? 김 씨가 죽은 후에는 혼자 지냈던 거야?

그때였다. 슬아의 옆에서 천천히 '그것'의 기운이 느껴지기 시작했다. 정신을 집중하기 시작하자 '그것'의 모습이 선명히 드러났다. 김 씨는 과연 카지노에서 최동판이 말하던 대로 온몸이 피투성이인 모습이었다.

다운 역시 김 씨가 와 있는 것을 알아차린 모양이었다. 다운이 발을 슬쩍 뻗어 김 씨의 영혼이 자리에 앉을 수 있도록 맞은편 의자를 밀었다. 김 씨가 슬아의 옆에 앉았다.

"슬아야. 우리는 네 아버지를 찾고 있거든⋯."

"그 인간이 언니 오빠한테도 돈 빌렸어요?"

내 말에 슬아가 민감하게 반응했다.

"저는 그 인간 어디 있는지 몰라요. 연락이 안 된 지 벌써 한 달이 넘었어요. 차라리 죽어버렸으면 좋겠네."

슬아의 말에서 적의가 느껴졌다. 그 말에 그녀의 옆에 앉아 있던 김 씨가 슬픈 얼굴을 하고 고개를 숙이는 것이 보였다. 나는 화들짝 놀라 그녀를 제지했다.

"그, 그래도 아버진데 그런 말은 좀⋯."

"알게 뭐예요, 그 인간. 그 작자는 인간도 아냐. 이 세상에 같이 존재한다는 것 자체가 역겨워요!"

[미안하구나. 너를 볼 면목이 없어⋯.]

김 씨의 목소리는 딸에게는 닿지 않았다. 김 씨는 방금 전 스르르 나타났던 것과 마찬가지로 천천히 사라졌다.

"인간이라면⋯ 그렇게 할 수 없어요⋯. 그 남자가⋯ 내 대학 등록금을 가지고 갔단 말이에요."

슬아의 목소리는 어느새 울먹임으로 변해 있었다.

"그 돈이 어떤 돈인데⋯. 내가 대학에 가면 등록금으로 쓸 거라고 엄마가 저금해둔 돈이란 말이에요. 그 돈은 내 돈이에요. 고작 노름 따위에 써버릴 돈이 아니라!"

슬아가 울음 섞인 목소리로 분노했다. 나는 무어라 위로할 말을 찾지 못해 말없이 슬아의 등을 토닥였다. 내 위로에 더 서글퍼진 듯, 슬아가 고개를 숙인 채 훌쩍훌쩍 울기 시작했다. 슬아의 등을 토닥여주며 나는 주변을 살폈다. 김 씨는 어디로 간 걸까. 성불한 건 아닌 듯한데. 카지노로 갔을까? 다운이 엉거주춤 부적을 들고 있던 손을 다시 주머니에 집어넣고는 어깨를 으쓱했다.

"엄마 병원비가 모자랐을 때도 엄마는 그 돈은 내 대학 등록금이니까 병원비로 쓰지 말라고 했어요. 그때 차라리 병원비로 써버렸으면 엄마를 조금 더 봤을 텐데…."

슬아가 옷소매로 눈가를 대충 닦고는 고개를 들어 우리를 보며 말했다. 그새 눈가가 발개져 있었다.

"그 인간, 도대체 어디에 있는 걸까요?"

우리는 슬아에게 김 씨의 행방을 아는 대로 연락을 해주겠다 말하고는 김 씨의 집에서 나왔다. 슬아는 왠지 아쉽다는 표정으로 우리를 배웅했다. 해가 져 어둠이 깔린 동네는 캄캄했다. 아파트 앞에서 택시를 기다리며 나는 사장님에게 전화를 걸었다.

"사장님, 어디에요?"

〔나 지금 서울이야.〕

"서울?"

〔강준이가 좀 많이 다쳐서, 강원대 병원으로 갔다가 요한이 형 병원으로 옮겼어. 도착한 지 얼마 안 됐어.〕

강준 씨가 많이 다쳤다고? 평소보다 가라앉은 것 같은 사장님의 목소리에 나는 걱정스런 마음이 먼저 들었다. 어디를 다친 거지? 내가 질문하기도 전에 사장님의 말이 이어졌다.

〔오늘은 늦었으니까 병원에서 자고 내일 일어나는 대로 다시 갈게. 너흰 뭐 좀 알아낸 것 있어?〕

"…김 씨 집에서 딸을 만났어요. 그 애는 김 씨가 죽은 줄은 모르고 있어요. 연락이 안 된 지 한 달 정도 되었대요."

〔김 씨는? 영은 찾았어?〕

"잠깐 보긴 했는데, 저희가 어떻게 손 쓸 새도 없이 사라져버렸어요."

〔다시 카지노로 갔나. 이번 귀신, 생각보다 상당히 애먹이네.〕

"안 그래도 지금 호텔에 가보려고요."

〔그럼 그렇게 해. 카지노 있는 호텔에 방 잡아놨거든. 로비에서 내 이름 말하면 안내해줄 거니까 좀 자고 찾아.〕

"네… 그럼 내일 봬요."

마침 택시 한 대가 오고 있었다. 다운이 손을 뻗어 택시를 잡았다.

〔누리는 오늘 김 씨 집에서 자는 게 어때?〕

전화를 끊으려는 순간, 수화기 너머로 요한 씨의 목소리가 들려왔다. "그것도 좋겠네요" 하고 사장님이 동조했다.

"예? 김 씨 집에서요?"

〔보아하니까 카지노와 집을 왔다 갔다 하는 것 같은데, 혹시 모르잖아? 오늘 밤에 집에 올지….〕

오지 않을 것 같은데…. 나는 조금 전 슬아의 가시 돋친 말에 상처받은 얼굴로 사라진 김 씨의 모습을 떠올렸다. 헛수고일 것이 뻔하다는 생각이 들었다.

"재워주겠어요? 오늘 처음 본 사람을?"

〔네가 잘 구슬려야지.〕

나는 핸드폰을 귀에 댄 채로 뒤돌아서서 아파트를 올려다보았다. 508호는 어느 집보다 환하게 불이 켜져 있었다.

"시도는 한번 해볼게요. 안 되면 나도 몰라요."

나는 힘없이 전화를 끊었다. 택시에 타고 있던 다운이 나를 채근해왔다.

"안 타?"

"난 오늘 여기서 자래. 사장님이 호텔 방 잡아뒀으니까 로비에서 사장님 이름 대면 안내해줄 거래."

"하제 형이 너 여기서 자래? 김 씨가 다시 올까봐? …그럴 것 같진 않던데. 너도 봤잖아."

"내 말이…."

"아무튼, 난 간다."

"그래."

다운이 탄 택시가 서서히 멀어졌다. 나는 내키지 않는 발걸음으로 다시 김 씨의 집으로 향했다.

고장 난 초인종 대신 현관문을 두 번 똑똑 두드리자 조금 뒤, 집 안에서 "누구세요" 하는 슬아의 목소리가 들려왔다.

"저… 슬아야, 아까 왔었던 누리 언닌데…."

내 말에도 집 안에서는 아무 반응이 없었다. 뭐야, 못 들었나? 조금 더 크게 말하려는 찰나, 끼익하고 잠금장치가 풀리는 소리와 함께 문이 열렸다. 나는 조금 전 슬아를 처음 만났을 때와 마찬가지로 다시 최대한 선량한 얼굴을 하고 웃었다.

"내가 생각해보니까 깜빡하고 안 한 이야기가 있어서…."

슬아가 나를 빤히 쳐다봤다. 내 의도를 파악하려 애쓰는 듯했다.

"말씀하세요."

"그… 좀 길어서 말이야. 들어가서 이야기하면 안 될까? 너무 추운데…."

현관 문고리를 잡고 가만히 서 있던 슬아가 천천히 고개를 끄덕였다.

"들어오세요."

나는 속으로 안도의 한숨을 내쉬며 집 안으로 들어섰다. 잘 준비를 하고 있었던 듯, 방에는 푹신한 이불이 깔려 있었다. 슬아가 깔아놓은 이불을 한쪽으로 밀며 할 말이 있으면 하라는 듯 나를 바라보았다. 나는 자리에 앉으며 벽에 걸린 시계를 힐끔 확인했다. 10시다. 일단 들어오기는 했는데…. 어떻게 자고 간다고 이야기하지? 우선은 잡담으로 시간을 좀 끌어보도록 할까.

"할 말이 뭐냐면…."

수능이 끝난 열아홉 살짜리와 할 수 있는 이야기는 뭐가 있을까. 음, 음….

"언니가… 사, 사실은 대학생 멘토링 자원봉사를 하거든. 주로 고3들의 멘토가 되어주고 있는데, 너한테도 좋은 이야기 해주고 싶어서."

"아… 네."

"집 앞에 참고서들 많던데, 네 거야?"

"네."

당연히 슬아 거겠지. 슬아네 집 앞에 있으니까! 슬아의 짧은 답에 집 안에 침묵이 흘렀다. 얼굴이 뜨거웠다. 무슨 말이라도 해야 할 것 같은데….

"네 참고서에 적혀 있던 목표는… 이루어졌어?"

안 이루어졌으면 어떡하지. 나는 조심스럽게 물었다.

"네."

슬아가 수줍게 대답했다. 자그마한 목소리였지만 얼굴에는 자부심이 묻어났다. 나는 슬아의 말에 짐짓 놀란 척 과장해서 말했다.

"성 요하네스대학교 의예과? 와, 너 진짜 대단하다. 천재구나, 천재!"

"그냥… 열심히 했어요. 의사가 되어서 엄마 같은 암 환자들 고쳐주고 싶어요."

슬아가 배시시 웃었다. 나는 신이 나서 목소리를 더 높였다.

"완전 멋지다! 부모님이 정말 기뻐하시겠네!"

"그죠? 엄마가 천국에서 기뻐하고 계실 거라고 생각해요."

슬아가 한숨을 푹 쉬고는 덧붙였다.

"우리 아빠라는 인간은 어디서 뭘 하고 있는지… 내가 대학 합격한 건 알고 있으려나 몰라."

슬아의 목소리는 화가 난 것 같지도, 슬픈 것 같지도 않았다. 그저 걱정이 가득 담겨 있었다.

"언니… 우리 아빠 찾으면요… 그 돈 없어도 괜찮으니까 집에 들어오라고 말 좀 해주세요."

"응?"

"제 생각인데요. 제 등록금 할 돈도 노름으로 다 날리고 저 볼 낯이 없어서 못 들어오는 거 같은데… 정말 밉고… 아직도 생각하면 화나지만… 그래도 아빠잖아요."

"그⋯렇긴 하지."

"저 지금 과외 열심히 해서 학비 벌고 있으니까요. 괜찮으니까 집에 들어오라고 말해주세요."

슬아는 제 아빠가 살아 있을 것이라고 철석같이 믿고 있는 듯했다. 나는 늘 그래왔듯 아무것도 모른 척 조용히 고개를 끄덕였다.

'나를 재워주겠어?' 하고 생각했던 걱정은 곧 의미가 없어졌다. 슬아와 나는 거의 밤이 새도록 많은 이야기를 나누었다. 처음에는 경계 어린 얼굴로 내 말에 호응 정도만 하던 슬아도 내가 대학 생활에 대한 이야기를 해주자 나중에는 내게 질문을 하기도 하고, 자신의 고등학생 시절 이야기를 먼저 하기도 했다.

"언니, 피곤하시죠. 언니랑 이야기하다 보니 시간 가는 줄을 몰라서⋯ 제가 너무 오래 잡아둔 거 아니에요?"

"아냐. 오랜만에 이런저런 이야기하니까 나도 너무 재밌었어."

나는 시계를 힐끔 살폈다. 벌써 새벽 3시다.

"버스도 다 끊겼을 텐데⋯ 자고 가실래요?"

슬아의 제안에 나는 곧바로 고개를 끄덕였다. 그거야말로 바라던 바였다. 신이 난 얼굴의 슬아가 장롱에서 베개 하나를 더 가지고 왔다.

"베개 하나 더 꺼내는 거, 아빠 집 나가고 처음이에요."

슬아의 얼굴에 쓸쓸함이 묻어났다. 나와 같은 얼굴이었다.

이내 슬아가 초롱초롱한 얼굴로 내게 물었다.

"언니, 근데요⋯. 대학 가면 아까 언니랑 같이 온 남자처럼 잘생긴 선배들 많아요?"

* * *

3일이 지났다. 우리는 3일 동안 카지노와 김 씨의 집을 전전하며 김 씨를 찾아다녔지만 김 씨는 어디로 숨어버렸는지 도통 모습을 드러내질 않았다.

카지노 측에서는 하루에 한 번 꼴로 들려오던 귀신에 관한 소문이 사라지자 기뻐하기도 잠시, 괜히 이곳저곳을 들쑤시고 다니는 우리가 탐탁지 않은 눈치였다.

카지노 직원들이 이제 우리가 카지노를 떠나주었으면 하고 눈치 주는 것을 우리라고 왜 모르겠는가. 하지만 김 씨를 찾아 성불시켜 제대로 의뢰를 끝내기 전까지는 우리도 마음 놓고 떠날 수 없었다. 언제 김 씨가 다시 나타날지 알 수 없기 때문이다.

"다음 주가 2월 마지막 주예요. 신당 손님 받으려면 늦어도 이번 주 일요일에는 올라가야 해요."

다운의 말에 잠시 생각에 잠겨 있던 사장님이 우리를 둘러보며 말했다.

"김 씨를 소환할 수 있는 강한 한 방이 남아 있는데. 한번 해볼래?"

"뭔데요?"

"김 씨의 딸을 카지노에 데리고 오는 거야. 김 씨의 영이 자주 모습을 드러낸 카지노, 그리고 사랑하는 딸. 이만하면 최고의 미끼 아냐?"

다운이 김샜다는 얼굴로 대번에 반박했다.

"효과가 있겠어요? 자식이 무슨 소용이에요. 자식 대학 등록금을 가지고 카지노에 온 사람인데. 3일 동안 코빼기도 안 비치던 사람이 자기 자식 왔다고 나타나겠어요?"

"음… 전 괜찮을 것 같은데요. 사실 별다른 방법이 없기도 하고요."

내가 사장님의 말에 힘을 실었다. 요한 씨 역시 고개를 끄덕였다.

* * *

"안녕하세요. 성 요하네스 장학재단의 이사장직을 맡고 있는 요하네스 킴입니다."

슬아가 호텔 안으로 들어오자 호텔 로비 카페에 앉아 있던 요한 씨가 자리에서 일어나 슬아에게로 성큼성큼 다가가 인사했다.

"안녕하세요!"

잔뜩 기합이 들어간 슬아가 허리를 숙여 인사했다.

"반가워요, 슬아 양."

요한 씨가 슬아를 보며 부드럽게 미소 지었다. 요한 씨의 웃는 얼굴을 본 슬아의 얼굴이 새빨갛게 달아올랐다. 슬아는 지금 '키다리 아저씨'를 만나고 있다. 나는 며칠 전 슬아와 나누었던 대화를 떠올렸다.

— 슬아야, 언니가 성 요하네스 장학재단에 네 사연을 이야기했거든? 답장이 왔는데 재단에서 너를 도와줄 수 있을 것 같대.

— 정말요?

— 응, 마침 금요일에 재단의 이사장님이 강원도에 오시는데, 너를 보고 싶다고 하시거든. 언니랑 같이 가자.

새빨간 거짓말은 아니었다. 요한 씨가 정말로 성 요하네스 장학재단의 이사장이기 때문이다.

"점심 아직 안 먹었죠? 밥 먹으면서 이야기합시다."

요한 씨가 자연스럽게 5층 카지노로 바로 통하는 엘리베이터로 슬아를 안내했다. 아무것도 모르는 슬아는 긴장한 얼굴로 요한 씨의 뒤를 따랐다.

"아차, 5층에서만 멈추는 엘리베이터네요. 식당은 4층이니까 내려서 한 층 내려가죠."

요한 씨의 능청스러운 연기에 슬아는 별다른 의심 없이 고개를 끄덕였다. 엘리베이터가 5층에 멈춰 섰다. 요한 씨가 엘리베이터에서 먼저 내리고 슬아와 내가 뒤이어 내렸다. 선글라스를 쓴 다운과 사장님은 손님을 가장한 채 카지노 입구 근처에 서 있었다. 요한 씨는 일부러 비상구를 찾는 척 두리번거리며 카지노 입구로 향했다. 나와 슬아 역시 자연스럽게 요한 씨의 뒤를 따랐다. 슬아의 시선이 카지노 안을 향하는 순간이었다.

〔네가 왜 여기에….〕

"왔다!"

김 씨였다. 어디선가 김 씨가 나타나 슬아의 앞을 가로막고 섰다.

[슬아야, 아빠 찾아왔어? 아빤 여기 없어. 이렇게 위험한 곳에 왜 온 거야… 응?]

슬아에게 정신이 팔린 김 씨를 부적으로 손쉽게 결박한 다운이 내게 눈짓하고는 김 씨를 데리고 엘리베이터에 올랐다. 닫히는 엘리베이터 문을 무심코 바라보고 있던 나는 옆에서 들려오는 슬아의 목소리에 고개를 돌렸다.

"언니."

"응?"

"저기가 우리 아빠 자주 가던 카지노 맞죠?"

"어, 응… 맞아."

"들어가서 우리 아빠 있는지 한 번만 확인해주시면 안 될까요?"

슬아가 요한 씨의 눈치를 보며 작게 속삭였다. 요한 씨는 아무것도 모른다는 듯 저만치 앞장서서 걷고 있었다.

"그래, 언니가 한번 보고 올게. 넌 이사장님이랑 밥 먹고 있어."

슬아가 고맙다는 듯 내게 인사하고는 종종걸음으로 요한 씨에게 달려갔다. 나는 멀어지는 슬아의 모습을 확인하고는 걸음을 재촉해 객실로 가는 엘리베이터에 몸을 실었다.

"저희 바쁜 사람이거든요. 우리 빨리 끝내죠. 아저씨 육신은 지금 어디에 있죠?"

객실 안에서는 지친 기색의 다운이 김 씨에게 말을 걸고 있었다.

[읍내에 있는 제일 큰 전당포의 창고에 있어. 여행가방째로 맡겨졌지.]

"읍내에 있는 제일 큰 전당포 창고래요. 여행가방 안에 들어 있나 봐요."

다운의 말에 사장님이 핸드폰과 차 키를 챙겨들고 객실 밖으로 나갔다. 다운이 남자에게 물었다.

"어쩌다 그렇게 된 거예요?"

[카지노에 오던 길에 사채업자들을 만났지. 내 돈을 가져가려고 하기에

필사적으로 막아섰어.〕

"사채업자들이 아저씨 돈을 가져가려고 했어요? 왜요?"

〔그들에게 돈을 빌렸거든. 하, 하지만 다 갚으려고 했어! 그 돈을 종잣돈으로 슬롯머신을 해서 잭팟이 터지기만 하면 그까짓 푼돈쯤은….〕

김 씨의 말에 나도, 다운도 할 말을 잃고 남자를 멍하니 쳐다봤다.

〔난 필사적으로 내 돈을 지키려고 했지. 그치들과 실랑이하다가 넘어졌는데 머리를 잘못 부딪힌 모양이야. 깨어보니까 내 몸뚱어리는 여행가방에 든 채 전당포 창고에 버려져 있더군.〕

사채업자들이 김 씨가 죽자 그의 시신을 은폐했던 모양이다.

〔잭팟이 터져주기만 하면 이제까지 카지노에 부은 돈의 몇 배는 더 벌었을 텐데…. 사채업자들에게 진 빚도 갚을 수 있었을 거고… 이번에는 정말될 줄 알았는데….〕

김 씨의 눈에서 피눈물이 흘렀다.

〔잭팟이 터지면 완전히 손 씻으려고 했어. 다시는 카지노 근처에는 얼씬도 않겠다고 다짐했지. 그 돈으로 우리 슬아 대학 다니는 내내 돈 걱정 없이 공부할 수 있게 해주려고 했는데….〕

나는 남자의 멍청함에 견딜 수 없이 화가 났다. 정말로 어리석은 남자다. 슬아에게 필요한 건 잭팟이 터져서 받은 돈이 아니라 바로 당신이었을 거라고 쏘아붙이고 싶은 심정이었다.

〔우리 딸은 대학에 합격했나? 우리 딸이 참 똑똑해. 날 닮지 않고 집사람을 닮았지. 성 요하네스대 의대에 지원하겠다고 했는데… 합격해도 돈없어서 못 가려나….〕

내가 딸애의 인생을 망쳤군. 남자가 침통한 얼굴로 중얼거렸다.

"슬아는 성 요하네스 의대에 합격했어요."

내가 남자의 앞에 주저앉아 말했다. 최대한 감정을 드러내지 않으려, 차분한 목소리를 내려 애쓰며 말이다. 남자의 얼굴에 화색이 돌았다.

〔그게 정말인가?〕

"네. 그리고 성 요하네스 장학재단에서 학비는 물론 생활비도 지원 받을 거예요."

내 말에 남자가 크게 웃었다.

〔하하, 그럴 줄 알았어. 당연하지. 누구 딸인데! 누가 키운 딸인데!〕

뿌듯함이 가득 담긴 남자의 얼굴은 슬아와 꼭 닮아 있었다.

〔슬아는 이제 나 없이도… 잘… 살겠구먼…. 내가 없어도….〕

남자는 연기처럼 서서히 사라졌다. 귓가에 남자의 목소리가 메아리처럼 울려 퍼졌다.

"잭팟이 터질 거라고 생각하다니. 너무 멍청한 거 아냐?!"

눈가에 눈물이 가득 고였다. 나는 눈물을 참으려 고개를 들었다.

"그런 말 하는 거 아냐. 좋은 데 잘 가시라고 해야지."

다운이 주머니에서 부적 하나를 꺼내 불을 붙였다. 화르륵 타버린 부적의 연기가 너무 매워서 나는 끝내 눈물을 쏟았다. 코트 안에서 진동이 울렸다. 사장님이다. 나는 핸드폰을 들어 다운에게 내밀었다.

"네가 받아줘."

다운이 전화를 받았다.

〔다 끝났어?〕

볼륨을 높여놓은 핸드폰에서 사장님의 목소리가 들려왔다.

"네, 막 끝났어요. 형은요?"

〔경찰서에서 막 나오는 길이야.〕

"오래 걸렸는데 생각 외로 시시하게 끝났네요."

〔이런 일도 있는 거지, 뭐. 올라가자. 강준이 보러 가야지.〕

"네, 이따 봬요."

* * *

요한은 낯선 곳에서 눈을 떴다. 요한의 앞에 낡은 현관문이 있었다. 옆

233

에는 네 명의 사내들이 서 있었다. 한 명이 현관문 아래에 달린 우유투입구 안으로 기다란 철사를 넣고는 손목의 스냅을 이용해 두어 번 휘저었다. 얼마 지나지 않아 달칵— 하는 소리와 함께 거짓말처럼 문이 열렸다. 요한은 사내들의 뒤를 따라 집 안으로 들어가며 현관 신발장 위에 걸린 거울 속의 제 모습을 살폈다. 거기에는 처음 보는 남자가 있었다. 요한이 눈을 한 번 깜빡이자 거울 속 남자 역시 눈을 한 번 깜빡였다.

'꿈이구나.'

꿈이다. 요한은 지금 꿈속에서 다른 사람이 되어 있었다. 상황을 파악한 요한은 차분히 주변을 살피려 애썼다. 방 하나, 부엌을 겸한 거실 하나가 전부인 좁은 집이었다. 조금 전까지만 해도 집주인이 집에 있었던 듯, 물기 어린 그릇들을 식기건조대에 가지런히 엎어놓은 게 보였다. 집 안은 군데군데 빛이 바라고 해져 세월의 흔적이 느껴졌지만 먼지 하나 없이 깔끔하게 청소되어 있어 집주인이 깔끔한 성미의 소유자라는 것을 짐작하게 했다.

네 명의 사내들은 신발도 벗지 않은 채 구둣발 그대로 방 안으로 들어섰다. 깨끗한 장판 위로 까만 발자국이 어지러이 새겨졌지만 사내들 중 누구도 발자국 따위를 신경 쓰는 이는 없었다.

"찾았다."

처음 현관문을 열었던 사내가 손가락으로 부엌을 가리켰다. 사내의 손끝이 향한 곳에는 까만 덩어리가 식탁 다리에 붙어 웅크리고 있었다.

〔못난 아비라서… 미안하구나.〕

〔사랑한다. 사랑해…. 슬아야, 사랑한다.〕

까만 덩어리는 끊임없이 중얼거리며 알 수 없는 말을 허공에 쏟아내고 있었다. 요한의 곁에 있던 사내들 중 하나가 품 안에서 망태기를 꺼내 입구를 열고 부엌으로 들어갔다. 짚으로 얼기설기 엮어놓은 엉성한 망태기 안에는 식탁 다리에 붙어 있는 것과 같은 까만 덩어리들이 가득 들어 있었다.

〔네가 불행했으면 좋겠어.〕

〔죽고 싶지 않아.〕

〔나와 함께 가자.〕

망태기 안 까만 덩어리들이 저마다 자신의 이야기를 중얼거리고 있었다. 사내는 망태기의 입구를 식탁에 붙은 까만 덩어리를 향해 내밀었다. 식탁 다리에 붙어 있던 사념이 서서히 제 몸집을 줄이더니 말 잘 듣는 강아지처럼 망태기 안으로 쏙 들어갔다.

'…!'

깜짝 놀란 요한과는 달리 사내들은 이 모습이 아주 익숙한 듯했다. 망태기를 든 남자가 망태기 주둥이를 잘 갈무리해 닫고는 사람들을 둘러보며 말했다.

"이걸로 할당량은 끝이군. 얼른 가자고."

사내의 말이 끝나자마자 장면이 바뀌었다. 요한은 아까처럼 어느 집 현관문 앞에 서 있었다. 다만 아까와 달리 문부터 고급스러워 보이는 것이 집 안의 모습을 짐작하게 했다. 조금 전 현관문을 열었던 사내가 이번에는 무전기만 한 크기의 까만 기계를 현관문에 달린 잠금장치에 연결했다. 잠시 뒤 작은 소리와 함께 철컥하고 문이 열렸다.

"뭐해? 안 들어오고."

사내 중 한 명이 마지막으로 집 안으로 들어가며 요한을 툭 쳤다.

"오늘따라 왜 이렇게 몸이 무겁지."

요한의 입에서 자신의 의지와 상관없이 말이 튀어나왔다. 요한이 몸을 빌리고 있는 남자가 말한 것이다.

"어디 아픈 것 아냐?"

"그런 건 아닌데…."

사내에게 요한은 어깨를 으쓱해 보이고는 집 안으로 들어갔다. 아까 그 좁은 집의 다섯 배는 족히 넘어 보이는 넓은 집이었다. 집 안에는 각종 고급스러운 가구들이 저마다 자리를 차지하고 있었고, 벽면에는 커다란 액자들이 걸려 있었다. 액자 속 주인공을 확인한 요한은 깜짝 놀랐다. 사진

속에는 한희연의 생전 모습이 담겨 있었기 때문이다.

〔나는 주인공이야.〕

〔실수해선 안 돼. 감독님은 완벽한 것을 좋아하시니까.〕

〔긴장하지 말고 자연스럽게….〕

죽은 한희연의 영이 집 안을 돌아다니고 있었다. 한희연은 낯선 사내들의 등장에도 아랑곳 않고 마치 촬영을 앞둔 배우처럼 스스로를 격려하는 말을 연신 중얼거리고 있었다. 망태기를 든 사내가 한희연의 앞으로 훌쩍 다가가 망태기를 거꾸로 들고 탈탈 털었다. 조금 전 사념들을 망태기 안으로 부를 때의 다정한 손놀림과는 정반대로 거친 손놀림이었다. 망태기 안에서 사념들이 쏟아져 나왔다. 망태기 속에서 나오며 원래 크기로 커진 사념들이 한희연의 영에게 다가가자 한희연은 사념들을 흡수하듯 빨아들였다.

"얼른 가자고. 위험해."

망태기를 든 사내가 다른 이들을 돌아보며 말하던 순간이었다. 그사이 사념을 흡수해 몸집을 두 배 가까이 키운 한희연의 영이 그들을 향해 손을 뻗었다.

"…?!"

한희연의 손이 그들의 몸에 닿자 그들은 그녀에게로 빨려 들어가 형체도 없이 사라져버렸다. 한희연의 영은 사내들을 차례대로 흡수했다. 남은 것은 요한이 몸을 빌리고 있는 남자뿐이었다. 한희연과 요한의 시선이 마주친 순간….

"…!"

요한은 번쩍 눈을 떴다. 어두운 커튼 틈 사이로 햇빛이 들어와 요한이 누워 있는 방 안을 밝히고 있었다. 요한은 잠들기 전 머리맡에 놓아둔 핸드폰을 들었다. 배터리가 다한 듯 전원이 꺼져 있었다. 배터리를 갈고 핸드폰을 켜며 요한은 침대에 앉아 생각에 잠겼다.

'잠든 지 며칠이나 지난 거지? 그것보다… 그 꿈은….'

머릿속이 복잡했다. 어려운 숙제를 받은 기분이었다.

　　　　　　　　* * *

　"회사 일 바쁜데 왜 왔어."

　병원 침대에 누워 TV를 보던 강준 씨가 문 앞에 서 있는 나를 보고 툭 내뱉은 말이다. 바쁜 중에 짬 내서 온 사람한테 건네는 말투하곤…. 나는 밉지 않게 눈을 흘기며 병원 앞 베이커리에서 사 온 빵이 담긴 봉투를 내밀었다.

　"뭐 사 왔어?"

　말은 그렇게 해도 심심했던지 내 방문이 썩 반가운 눈치다. 강준 씨가 빵이 든 봉투를 받아들고는 내용물을 뒤적이다 큼지막한 빵 하나를 집어 들었다.

　"몸은 좀 어떠세요?"

　"괜찮아."

　물어보기가 민망할 정도로 강준 씨의 상태는 좋지 않아 보였다. 찢어진 상처를 치료하기 위해 붙여놓은 반창고들이 온몸에 가득했고, 오른팔은 부러져서 깁스로 고정해둔 상태였다. 그중 화룡점정은 오른뺨에 길게 난 상처였다. 흉이 남을세라 다른 상처보다 몇 배는 더 신경 써서 처치해 둔 상처를 보며 나는 속으로 한숨을 삼켰다. 사념인지 사념체인지, 나쁜 새끼들. 싸울 때 얼굴 건드리기 있어? 그것도 이렇게 잘생긴 얼굴을 말이다. 내가 상념에 빠져 있는 사이에도 강준 씨는 빵을 열심히 먹어치웠다.

　그러고 보니 사장님과 다운도 이 병실 신세를 졌다. 하여간 이 동네 사람들은 다치는 게 취미지. 차례대로 병원 신세라니. 기숙사 귀신에게 날카로운 상처를 입고 눈 실핏줄이 다 터져 병원으로 실려온 다운, 새날고 기도원장의 칼에 맞아 서른 바늘을 꿰맸던 사장님, 그리고 사념체인지 뭔지와 싸우다 팔이 부러진 강준 씨까지. …이제는 나랑 요한 씨만 남은 건가?

　나는 속으로 생각하다 말고 고개를 휘휘 저었다. 아니, 생각도 하지 말자. 말이 씨가 될라. 나는 얼른 화제를 돌렸다.

237

"다운이랑 사장님이 오늘 못 와서 미안하대요. 요즘 신당 일이 좀 바쁘거든요."

"한창 바쁠 때지. 난 괜찮아. 이제 거의 다 나았어."

저기, 하나도 안 괜찮아 보이는데요. 내 눈초리에 강준 씨가 민망한 듯 슬쩍 내 시선을 피했다.

"대체 뭘 어쩌다가 그렇게 다친 거예요? 몸 좀 사리지 않고…."

"그 정도 크기 사념체에 이 정도 다친 걸로 끝난 거면 아주 양호해. 운이 좋았지."

"요한 씨는 아주 멀쩡하던데요."

"아, 넌 모르나? 요한이 형은 영에게 물리적인 타격을 가하지 못해."

"네?"

물리적 타격을 가하지 못한다고? 강준 씨의 말에 깜짝 놀란 내가 반문했다.

"요한이 형은 영을 못 만져. 물론, 영도 형을 건드리지 못하지."

요한 씨가 '그것'들을 못 만져?

— 난 물리력 담당이라서. 귀신보단 귀신 씐 사람들을 주로 상대하지.

과거에 요한 씨가 했던 말이 떠올랐다. 그러고 보니 그랬다. 요한 씨는 우리와 함께 있기만 했을 뿐, 직접 '그것'들을 성불시키거나, 소멸시킨 적이 단 한 번도 없었다.

"뱀파이어라서 그런 게 아닐까?"

"무슨 이야기를 그렇게 재미있게 해?"

호랑이도 제 말하면 온다더니, 요한 씨가 병실 문 앞에 서서 우리를 보고 웃고 있었다. 나는 자리에 일어나서 요한 씨를 반겼다.

"요한 씨, 오랜만이네요. 잘 지내셨어요?"

일주일 만에 보는 요한 씨의 모습이다. 요한 씨는 그동안 또 꿈을 꾸느라고 보이지 않던 걸까? 나는 요한 씨의 몸이 부쩍 야윈 것 같다는 생각을 하며 옆자리를 내주었다.

"좀 괜찮아?"

"네. 멀쩡해요."

이참에 푹 쉬어둬. 요한 씨가 걱정스레 한마디 하고는 나를 보며 핸드폰을 내밀었다. 뭐지?

"내가 TV를 보다가 좀 이상한 걸 봐서 말이야."

요한 씨가 핸드폰에서 동영상을 재생시켰다. 핸드폰을 받아든 나는 강준 씨도 영상을 볼 수 있도록 핸드폰을 침대 쪽으로 살짝 틀었다.

〔2월의 저주는 아직 끝나지 않은 걸까요. 오늘, 또 한 명의 연예인이 실종되었습니다.〕

한 주간 연예계의 각종 화젯거리를 전달하는 프로그램이다. 화면 속에서는 예쁘장한 진행자가 아주 무거운 얼굴을 하고 있었다.

〔지난 2월 23일 영화배우 김진현 씨, 2월 26일 아이돌 그룹 '스위트'의 안현지 씨, 2월 27일 배우 박상아 씨에 이어 오늘 오전 배우 김이화 씨의 소속사인 케이엔터테인먼트가 김 씨의 실종을 언론에 발표했습니다.〕

화면에는 배우 김이화 씨의 소속사 관계자가 기자회견 자리에서 김이화 씨의 실종을 발표하는 영상이 흘러나왔다.

〔이로써 한 달간 실종자는 총 네 명으로 늘어났습니다. 실종자들의 가족 및 소속사 관계자들은 실종자들의 행방을 수소문하고 있지만 목격자들은 좀처럼 나타나지 않고 있습니다.〕

며칠 전 다운에게 언뜻 이야기를 들은 적이 있다. 화보 촬영을 하는데 파트너 배우가 오지 않아 혼자 촬영했다고 말이다. 집에 와서 보니 단순히 촬영을 펑크 낸 정도가 아니라 실종된 걸로 밝혀져 언론에서 난리였다고 다운이 지나가는 소리로 이야기했었다. 며칠 사이에 실종자가 더 늘어난 모양이었다.

〔경찰은 실종자들의 행방을 찾기 위해 전담팀을 꾸려 사건 해결에 힘쓰고 있습니다. 실종자들의 행방을 아시는 분들은 화면 하단에 기재된 번호로 연락주시면 감사하겠습니다.〕

〔네 분 모두 무사히 팬들의 품으로 돌아올 수 있기를 기도합니다. 다음 소식입니다….〕

영상이 끝났다. 하지만 나는 스마트폰 화면에서 시선을 뗄 수 없었다.

"제가 본 게 거짓이면 좋겠는데요."

내가 어색한 미소를 흘리며 말했다. 말도 안 돼. 말도 안 돼는 일이라 웃어넘겨버리고 싶었다. 내가 잘못 본 것이기를…. 나는 떨리는 손으로 스마트폰 화면을 눌러 영상을 앞으로 돌렸다. 제발, 제발….

〔2월 23일 영화배우 김진현 씨, 2월 26일 아이돌 그룹 '스위트'의 안현지….〕

나는 다시 스마트폰 화면을 눌러 영상을 정지시켰다.

아이돌 그룹 안현지의 실종 전 활동 모습이 담긴 영상이었다. 화면 속에서는 맨 앞으로 나온 안현지가 카메라 앞에서 춤추고 있었고, 그 뒤에는….

아주 커다란 '그것'이 있었다. 내가 이제까지 본 어떤 것보다도 더 까만빛을 띤 '그것'은 무대 한쪽에 서서 안현지를 노려보고 있었다. 그리고 '그것'은… 내가 아는 누군가를 꼭 닮아 있었다.

"희연 언니…예요?"

희연 언니다. 까만 덩어리들에 묻힐 듯 둘러싸여 있었지만 분명 희연 언니였다. 본 것을 부정하고 싶은 내 마음에 쐐기라도 박듯 강준 씨가 영상을 보며 대수롭지 않게 고개를 끄덕였다.

"사념체네. 네가 말하는 한희연인지 뭔지에 사념들이 덕지덕지 붙어서 몸집을 키운 것 같아."

"사념체요?"

"너, 사념이 뭔지는 알아?"

"네, 다운이한테 들었어요. 영이 소멸하거나 성불한 뒤에도 남아 있는 어떤 생각 같은 거라고…."

"맞아. 그걸 사념이라고 불러. 그런데 사념은 자기들끼리 잘 뭉쳐지거든.

이번 경우에는 '한회연'이라는 영을 중심으로 사념들이 하나로 크게 뭉쳐진 거야. 그걸 사념체라고 해."

"…그럼 회연 언니가 사념체가 되었다는 건가요?"

"그래. 귀찮게 됐군. 단순하게 사념들만 뭉쳐서 생겨난 사념체와는 다르게 영을 중심으로 만들어진 사념체는 자아를 가져서 처리하기가 훨씬 까다로워."

"그럼…?"

"내가 팔만 멀쩡했어도 가서 처리했을 텐데…. 이래서야 좀 힘들겠는데. 집안에 연락해서 처리할게."

"아뇨."

강준 씨의 말에 나는 고개를 저었다.

"제가 회연 언니를 만나볼게요. 제가 직접 언니를 좋은 곳으로 보내주고 싶어요."

"사념체를 성불시킨다고? 말도 안 되는 소리 하지 마. 너무 위험해."

강준 씨가 대번에 고개를 저었다.

"회연 언니랑 아는 사이에요. 제가 만나서 이야기하면 의외로 쉽게 해결될지도 모르잖아요!"

"네가 사념체를 본 적이 없어서 안일하게 생각하는 것 같은데, 사념체는 악귀와는 달라. 우리 집안에서 무수히 많은 사념체를 처치해왔지만 성불시킨 적은 없었어. 단 한 번도…."

'단 한 번도'라고 말문을 닫은 강준 씨의 얼굴은 어느 때보다도 무거워 보였다.

"회연 언니라면서요. 영을 중심으로 만들어진 사념체는 자아를 갖는다면서요. 제 말을 들을 수 있을지도 몰라요."

"말을 걸기도 전에 사념체에게 영을 빨려 죽고 말거야."

"일리 있는 말이네. 자아를 가지고 있다면 한 번쯤 이야기를 해보는 것도 나쁘진 않지."

우리 둘의 언쟁을 흥미롭다는 얼굴로 지켜보고 있던 요한 씨가 한마디 덧붙였다.

"대신 누리 혼자는 위험해. 내가 하제한테 말해둘게. 하제, 다운이, 나와 같이 가자. 그럼 됐지?"

요한 씨가 내게 오른쪽 눈을 찡긋해 보였다. 그럼에도 강준 씨는 마음에 들지 않는다는 듯 침대에 누워 눈을 감았다.

* * *

"식사들 하세요."

회의실 테이블 위에 따끈따끈한 짜장면 세 그릇과 탕수육 한 접시가 올라왔다. 내 부름에 사무실에서 각자 일을 하고 있던 사장님과 다운이 회의실 안으로 들어왔다. 나무젓가락을 반으로 쪼개는 소리, 짜장 양념에 면을 비비는 소리, 후루룩하고 짜장면을 먹는 소리가 차례로 지나갔다.

"한희연에 관련된 자료는 좀 찾아봤어?"

사장님이 탕수육 한 조각을 한입에 넣고 말했다.

"그게, 인터넷에 나오는 자료는 신뢰도가 좀 떨어져서…. 이것저것 확인되지 않은 루머들도 많고요."

"그럼 직접 돌아다니면서 찾아야 하는 거네. 귀찮게 됐군."

사장님이 시큰둥하게 말하고는 다시 짜장면을 먹는 데 집중했다. 내 생각보다 훨씬 양호한 반응이다. '일 많은 거 뻔히 알면서 돈도 안 되는 의뢰를 물어와!'라거나 못해도 '의뢰비 네 월급에서 깔래?' 정도의 반응은 나올 줄 알았는데 말이다. 요한 씨가 사장님에게 뭐라고 말했기에 사장님이 이렇게 관대한 반응을 보일까? 빤히 쳐다보는 내 시선을 느낀 듯 사장님이 나를 힐끗 보며 말했다.

"왜?"

"아, 아뇨…. 생각보다 아무렇지 않게 이번 일 받아주셔서요."

"어차피 우리가 안 하면 강준이네 집안에서 해결해야 할 일이야. 강준이가 해결해야 했을지도 모르지. 강준이가 누워 있는 동안 우리가 해결해두면 강준이가 마음이 편하지 않겠어?"

하긴…. 아무 이유 없이 돈도 안 되는 일을 할 사장님이 아니지. 속으로 납득하고 있는데 옆에서 다운이 작은 목소리로 소곤거렸다.

"하제 형이 말은 저렇게 해도 너 때문이야. 네가 한희연 죽은 뒤로 한참 동안 풀 죽어 있어서 형이 신경 쓰여 죽더라고. 이번에 성불이라도 제대로 시켜야 네가 마음 편해하지 않…."

"누가 이렇게 시끄러워. 입 다물고 밥이나 먹어."

"아, 형. 입 다물면 밥 못 먹거든요?"

다운의 말을 사장님이 툭 잘랐다. 뭐야, 사장님. 의외잖아? 다운과 투덕거리는 사장님의 얼굴은 살짝 붉어진 것처럼 보였다.

* * *

늦은 밤, 우리는 강준 씨의 병실로 모였다. 희연 언니를 성불시킬 계획을 세우기 위함이었다.

"우선은 한희연이 갈 만한 몇 곳을 추려서 거기서 기다리고 있으면 되려나?"

사장님의 말에 나는 고개를 가로저었다.

"그게… 제가 이제까지 실종된 사람들을 좀 조사해봤는데요, 실종자 네 명 모두 마지막으로 목격된 곳이 자기 집 앞이래요. 집으로 들어간 것을 분명히 확인했는데 실종되었다는 거죠."

강준 씨 역시 내 말에 동의했다.

"사념체는 몸집을 키우는 걸 일차적 목표로 하기 때문에 대개 한 장소에 머물면서 근처에 있는 영과 사념들을 다 흡수한 뒤에야 움직여요."

"한희연은 그러지 않잖아?"

"네. 그래서 더 예상하기가 힘들어요. 일반적인 사념체는 흡수할 대상이 있으면 그 자리에 머무는데, 이번 사념체는 이곳저곳 옮겨 다니니까요."

"왜 장소를 옮겨 다니는 걸까요?"

다운의 물음에 나는 생각에 빠졌다. 그러게 말이다. 대체 왜 장소를 옮겨 다니는 걸까? 목표가 몸집을 불리는 거라면 어떤 것이든 흡수하기만 하면 상관없는 것 아닌가?

"이 사념체는 희연 언니의 자아가 중심이 된 거잖아요. 그리고 사념체의 목표는 영을 흡수해서 덩치를 키우는 것, 그렇다면 희연 언니라는 사념체가 흡수한 영이 왜 하필이면 실종된 네 명일까요?"

"희연 언니는 실종자 중 한 명인 안현지의 공연장에 나타났었어요. 희연 언니가 단순히 영이나 사념체를 흡수해서 덩치를 불리는 것만이 목적이었다면 언니는 그곳에서 안현지는 물론이고 다른 사람들의 영까지 모조리 흡수했겠죠."

"그럼 네 말은 한희연이 목표를 가지고 그들을 찾아다니고 있다는 거야?"

"아주 가능성이 없지는 않군. 어쨌거나 그 사념체는 한희연이라는 영이 중심이 된 거니까 말이야."

사장님과 강준 씨가 동시에 말했다. 강준 씨를 힐끗 본 사장님이 다시 질문했다.

"그럼 왜 그 네 명일까? 내가 한희연이라면 나를 죽인 살인자를 먼저 죽일 것 같은데."

맞는 말이다. 도대체 언니는 어째서 자신을 죽인 강훈 감독의 부인이 아닌 이 네 명을 죽인 걸까? 언니에게 전화라도 해서 물어보고 싶은 심정이다. 대체 왜 그러는 거냐고. 뭘 원하느냐고.

"누리야, 실종자 네 명 좀 알아봤어?"

사장님의 말에 나는 기다렸다는 듯 가방에서 프린트물을 꺼내 모두가 볼 수 있도록 들었다.

"지난달 23일에 영화배우 김진현이 실종됐어요. 나이는 쉰여섯 살, 남자고 흥행보증수표라고 불리는 유명한 배우죠. 26일에는 걸그룹 스위트의 안현지가 실종됐죠. 나이는 스무 살이고 여자예요. 다음 날인 27일에 배우 박상아가 실종됐어요. 서른한 살이고 극단 출신 배우인데 네이버에 프로필도 안 뜨는 무명이에요. 마지막으로 이번 달 2일 실종된 배우 김이화는 스물두 살, 드라마에서 조연을 주로 맡아왔고요"

"…"

"나이도, 성별도, 활동 영역도 제각기 다 달라요. 혹시 희연 언니랑 사적인 친분이 있나 해서 예전 기사들까지 다 찾아봤는데, 인터넷에 그런 이야기는 전혀 없더라고요."

"한희연과 이 넷 사이에는 분명 우리가 찾지 못한 연관성이 있을 거야."

"희연 언니 매니저나 코디를 만나서 물어보면 좋을 텐데…. 희연 언니가 죽은 지 얼마 되지도 않았는데 낯선 사람들이 와서 실종자들이랑 희연 언니의 관계를 물으면… 과연 대답해줄까요?"

"그건 걱정 마. 다 방법이 있지."

"뭔데요?"

사장님에게 방법이 있다고? 내 시선을 의식한 듯 사장님이 나를 보고는 씩 웃으며 대답했다.

"권두혁 형사한테 부탁하면 돼. 형사가 물어보는데 대답해야지 어쩌겠어? 권두혁 형사는 지난번에 우리한테 진 빚이 있으니 당연히 우리를 도와줄 거야."

― 당신, 우리한테 빚진 겁니다.

지난번 새날교 기도원 때 일을 말하는 걸까. 나는 반사적으로 요한 씨의 얼굴을 살폈다.

요한 씨, 다음에 도움 받을 일이 있을 거라던 게 이거예요? 오늘따라 가타부타 말 한마디 없이 우리의 대화에 귀를 기울이기만 하던 요한 씨는 내가 쳐다보고 있단 걸 아는지 모르는지 그냥 미소만 머금고 있었다.

* * *

희연 언니의 매니저는 강준 씨와 아주 가까운 곳에 있었다. 강준 씨가 입원한 병동의 바로 옆 정신병동 입원 중이었던 것이다. 피를 철철 흘리며 죽은 시체를 맨눈으로 본 데다, 그게 어제까지만 해도 종일 함께 일하던 동료의 시신이라니, 당연히 트라우마가 생겼겠지. 어찌 되었건 매니저가 멀지 않은 곳에 있는 것을 감사하며 우리는 강준 씨가 머물고 있는 특실에서 밤을 보냈다.

"오랜만입니다. 잘 지내셨어요?"

병원 구내식당에서 아침 겸 점심식사를 해결한 뒤 우리는 권두혁 형사에게 연락을 취했다. 권두혁 형사는 우리의 부탁에 선뜻 이곳으로 오겠노라 대답했고, 우리는 전화를 건 지 1시간도 채 지나지 않아 권 형사를 만날 수 있었다. 오랜만에 보는 그는 일이 고된지 전보다 얼굴 살이 빠져 있었고, 턱에는 수염이 덥수룩하게 자란 모습이었지만 표정만큼은 전보다 더 유쾌해 보였다.

"누리 씨는 그동안 더 예뻐지셨네요."

형사님이 보는 눈이 있으시네. 얼굴에 미소가 절로 떠올랐다. 그런 나와는 반대로 옆에 있던 사장님은 입을 비죽 내밀고 말했다.

"입술에 침은 바르고 말하시나?"

나는 팔꿈치로 사장님의 옆구리를 쿡 찌르고는 방긋 웃으며 화답했다.

"아니에요, 형사님. 바쁘신데 이렇게 오시게 해서 죄송해요."

"아닙니다. 제가 도울 수 있는 일이라면 도와야죠."

"그쪽이 우리를 돕는 게 아니라 빚 갚는 거죠. 일전에 저희가 도와드린 데 대해서."

하하…. 우리 사장님이 왜 이러실까 정말, 사람 난처하게! 사장님의 시선은 다른 곳을 향하고 있었지만 분명 권 형사 들으라고 하는 소리가 분명했다. 나는 웃음으로 분위기를 무마하려 애쓰며 권 형사를 정신병동으로 가는 엘리베이터로 안내했다. 다운과 요한 씨는 말없이 우리 뒤를 따라왔다.

"면회시간은 1시부터 4시까지래요. 시간은 넉넉한데 환자 요청으로 직계가족이 아니면 면회 자체가 불가능하다고 하더라고요⋯."

"경찰 신분으로 수사협조를 구하면 짧게 이야기 나누는 정도는 가능할 겁니다."

"정말 감사드려요, 형사님. 형사님이 아니었으면 어쩔 뻔했는지⋯."

"제 도움으로 이번 실종사건의 실마리가 풀린다면 저도 좋죠, 뭐. 안 그래도 이번 실종사건이 장기화될 조짐이 보여서 경찰 내부에서도 속이 바짝 타들어가고 있거든요."

작은 알림음과 함께 엘리베이터 문이 열렸다. 한적한 정신병동 안은 간간히 덩치 좋은 남자 보호사들과 어두운색 유니폼을 입은 경호원들이 돌아다니는 것을 빼고는 일반 병동과 다를 것 없이 평범했다. 권 형사가 먼저 성큼성큼 복도를 걸어가 보호사에게 신분증을 보이고는 넉살 좋은 얼굴로 말을 걸었다.

"수고 많으십니다. 저는 마포경찰서 강력 2반 권두혁 형사입니다. 수사협조를 구하려 하는데 어디로 가면 될까요?"

"⋯따라오세요."

보호사가 권 형사를 어디론가 안내했다. 오래지 않아 돌아온 그의 입가에는 여유로운 미소가 가득했다.

"실종된 네 사람 모두 죽은 한희연 씨와 함께 강훈 감독의 신작 영화에 캐스팅된 이들이라고 하네요."

희연 언니의 매니저와 이야기를 나누고 돌아온 권 형사의 입에서는 생각지도 못했던 이야기가 흘러나왔다.

"강훈 감독? 어디서 많이 들어봤는데."

"강훈 감독 하면 유명하잖습니까. 외국 유명한 시상식에서 무슨 상 받은 걸로요."

"한희연의 불륜 상대잖아요. 그 사람 부인이 한희연을 칼로 찔러 죽였어

요."

"맞아, 그 사람이었지. 기억났어."

권 형사와 다운의 설명에 사장님이 생각났다는 듯 작게 감탄했다. 그러고는 도무지 이해할 수 없다는 표정으로 되물었다.

"그럼 강훈 감독 영화에 캐스팅된 사람들을 다 죽이고 다닌단 말이야?"

"정확하게는 흡수한 거죠. 죽인 거나 마찬가지지만."

강준 씨가 사장님의 말을 정정했다.

"제작사에 가면 캐스팅 명단 있겠지? 그 영화 제작사 어디야?"

말을 마친 사장님은 권 형사의 눈치를 힐끔 살폈다. 사장님의 시선을 알아챈 권 형사가 어깨를 으쓱했다.

"제 도움 필요하신가요?"

"형사님이 있으나 없으나 딱히 상관은 없는데. 따라오려면 따라오든가요."

사장님이 한마디 툭 던지고는 앞장서서 병실을 빠져나갔다. 다운이 고개를 절레절레 저으며 한숨을 쉬었다.

"저 형, 저번 새날교 기도원 일 아직도 마음에 담아두는 거야? 하여간 애 같은 면이 있다니까."

* * *

강훈 감독의 신작 제작사는 그야말로 풍비박산이 난 상태였다. 누군가가 돌을 던진 듯 현관문은 깨져서 제 기능을 하지 못하고 있었고 바닥에는 유리조각들이 위험천만하게 널브러져 있었다. 사무실 안 모든 가구에는 빨간색 차압딱지가 붙어 있었다. 사무실 한가운데 놓인 소파에 강훈 감독이 홀로 앉아 있었다.

텔레비전에서 보던 왁스로 머리를 넘기고, 깔끔하게 옷을 입고 있던 강훈 감독은 어디에도 없었다. 몸에서는 술과 담배에 절은 냄새가 지독하게 풍기고 헝클어진 머리에 수염이 덥수룩한 사내가 새우깡을 안주 삼아 소주를 들이켜고 있었다.

"부인은 내연녀를 죽인 살인죄로 수감 중이고, 내연녀는 부인의 칼에 찔려 죽었으니… 저렇게 폐인이 된 것도 이해는 가네요."

다운이 작게 소곤거렸다. 우리의 인기척을 들었을 법한데도 강훈 감독은 그 자리에서 미동도 없이 술만 홀짝이고 있었다. 권 형사가 강훈 감독의 앞으로 가 신분증을 내밀었다.

"마포경찰서 강력 2반 권두혁 형사입니다."

"…내 담당 형사는 그쪽이 아니었던 걸로 기억하는데."

"물어볼 것이 있습니다."

"어떤 것 말이요?. 한희연과의 간통죄? 아니면 내 처가 저지른 죄에 대한 참고인 조사? 아니면 신작 투자자가 나를 고소했라도 했소? 공금 횡령으로?"

말할 때마다 강훈 감독의 목소리는 형편없이 갈라졌다. 흐리멍덩한 표정의 강훈 감독이 자신의 죄목을 손가락으로 짚어가며 자조적으로 웃었다.

"…당신은 알고 있죠. 지금 실종되고 있는 연예인들에게 공통점이 있다는 걸 말이에요."

내 질문에 강훈 감독이 피식 웃으며 넋두리하듯 중얼거렸다.

"그래, 나는 알고 있지. 내가 모를 리가 있나. 실종 순서는 시나리오의 전개와 완벽히 일치해. 소설 속 주인공인 김희영이 죽이는 인물 순서대로 실종되고 있지."

시나리오의 전개대로라고? 강훈 감독의 말에 모두들 얼빠진 얼굴을 했다.

"다들 거기까지는 몰랐나 보군. 시나리오의 전개대로라면 다음번에는 아마… 아니, 이제는 상관없지."

"말해주세요. 시나리오에서 다음으로 죽는 사람은 누구죠? 우리는 연쇄 실종을 막아야 해요."

"…난 몰라! 이미 버린 지 오래요. 아니, 내가 버린 게 아니라 버려진 거지. 투자사들이 모두 내 시나리오에서, 그리고 내게서 등을 돌렸어. 그들이 버린 거야. 나와 내 작품을."

강훈 감독이 허탈한 표정을 짓더니 소파에 길게 드러누웠다.

"찾을 수 있으면 찾아보시오. …저기 있으니."

강 감독은 사무실 한편에 놓인 망가진 컴퓨터를 손으로 가리키고는 그대로 소파에 누워서 까무룩 잠들어 버렸다.

"…이제 어떡하죠?"

모니터는 물론이고 본체 역시 무언가 둔탁한 것에 찍힌 자국이 선명했다. 찌그러진 본체를 보며 나는 망연자실 서 있을 수밖에 없었다.

"뭘 어떡해. 당장 용산전자상가 가서 복원 프로그램 돌려야지. 컴퓨터 챙겨서 일어나. 한시가 바빠."

사장님이 말하며 컴퓨터 앞으로 다가섰다. 그때였다.

"잠깐만요, 제가 해볼게요."

권 형사였다. 그가 사무실 여기저기에 널려 있는 컴퓨터들 중 그나마 멀쩡해 보이는 것들을 가지고 와서는 고장 난 컴퓨터 옆에 나란히 놓았다.

"뭐하는 겁니까?"

권 형사는 사장님의 만류에도 아랑곳하지 않은 채 고장 난 컴퓨터 본체의 옆구리를 뜯어 안에서 무언가를 꺼낸 뒤 가지고 온 컴퓨터 본체에 바꿔 끼우기 시작했다. 모니터 전원을 켠 권 형사가 모니터와 연결된 본체의 전원 버튼을 꾹 누르자 기다렸다는 듯 모니터에 환한 불이 들어왔다. 액정이 깨진 듯 군데군데 까만 반점들이 시야를 가리고 있었지만 못 알아볼 정도는 아니었다. 컴퓨터가 완전히 켜지자 권 형사가 자판을 타닥타닥 눌러 알 수 없는 프로그램을 실행시켰다. 척 보기에도 제법 수준급의 실력이다.

"제가 이래 봬도 컴퓨터공학 전공했습니다. 국내 대회 나가서 상도 몇 번 받고요. 아, 역시 삭제된 상태네요. 복구하는 데 시간 좀 걸릴 겁니다."

권 형사의 손이 바빠졌다. 모니터에는 까만 창이 실행되었다 사라졌다가, 무언가 가득 나타났다가 깨끗하게 비워지기를 반복했다.

"형사님, 멋있어요."

쉴 새 없이 놀리는 권 형사의 손을 보며 나는 무심코 본심을 내뱉었다.

"벼, 별거 아닙니다."

권 형사가 헛기침하며 손사래를 쳤다. 그렇게 말하는 권 형사의 귀가 새빨개져 있었다. 뭐야. 부끄럼 타는 거야, 지금? 나는 상황을 잠시 잊고 실소를 흘렸다.

"그런데 그렇게 재능이 뛰어난 분이 왜 경찰이 되었을까요."

사장님이 모난 말투로 빈정댔다. 어휴, 잘하는 건 칭찬 좀 하지! 사장님을 흘겨보았지만 사장님은 요지부동이었다.

"하하…. 저희 어머니가 사주, 팔자, 운명, 이런 것들에 굉장히 민감하시거든요. 점쟁이가 저는 꼭 경찰이 되어야 한다고 했대요. 귀중한 인연을 만날 거라고요."

아, 무속인 앞에서 점쟁이라는 표현은 실례인가요? 문득 다운을 의식한 권 형사가 털털하게 웃어넘기고는 한마디 덧붙였다.

"뭐, 제가 경찰이 되어서 이 사회에 정의가 남아 있는 것 아니겠습니까."

이 형사님, 아무렇지도 않게 자기 얼굴에 금칠을 하시네. 잡담을 나누는 사이에도 권 형사의 손은 쉬지 않고 자판 위를 날아다녔다.

"다 됐습니다."

까만색으로 가득하던 창은 어느새 다시 윈도 화면으로 돌아와 있었다. 그리고 그곳에는 두 개의 파일이 생성되었다.

"하나는 시나리오고, 하나는 확정 캐스팅 명단입니다."

나는 시나리오 파일을 실행시킨 뒤 마우스 휠로 문서를 쭉쭉 내렸다.

"김희영이 희연 언니라고 했죠. 김희영이 가장 먼저 지금 성철이라는 캐릭터를 죽이고… 그다음은 다은이라는 캐릭터, 세 명, 네 명…. 다섯 번째는 동현이라는 캐릭터예요."

"그 캐릭터에 누가 캐스팅됐는지 확인해봐."

"아이돌 가수 출신 배우 강희민이에요. 여기에 관계자 연락처가 나와 있어요!"

"가자! 다운이는 관계자한테 연락 취하고, 누리는 이 시나리오 핸드폰으로 옮겨서 읽어봐. 혹시 모르니까."

사장님의 말에 우리는 짧게 대답했다. 드디어 엉클어진 실마리가 조금씩 풀려가는 기분이었다. 제발 더 이상 희생자 없이 언니를 찾아서 성불시켜야 할 텐데. 핸드폰에 원고 시나리오를 다운받은 뒤 제작사를 나오는 내 마음은 착잡하기 그지없었다.

"다 읽었어? 차 안에서 읽는다고 고생했어."

사장님이 백미러로 나를 쳐다보는 것이 느껴졌지만 나는 좀처럼 입을 열 수가 없었다. 이걸 어디서부터 어떻게 이야기를 해야 할까. 머릿속에서 시나리오 내용이 얼기설기 얽혀 둥둥 떠다녔다.

"무슨 내용이에요? 불륜 이야기라고 언뜻 들은 것 같은데."

권두혁 형사가 궁금하다는 얼굴로 나를 채근했다.

"시나리오에서 죽는 사람은 총 여섯 명이고요…. 시나리오대로라면 지금은 극의 후반부예요."

"네 명 실종됐으니까 이제 두 명 남은 거네."

"주인공인 김희영이 기혼자인 직장 상사와 사랑에 빠져요. 그 사람과의 완벽한 사랑을 위해서 방해되는 주변 사람들을 하나씩 죽여서 완벽한 사랑을 향해 다가가는 내용이에요."

"방해?"

"가장 먼저 자신과 남자의 관계를 반대하던 친아빠를 죽이는 것을 시작으로 남자의 딸, 김희영과 남자의 관계를 눈치챈 직장 동료… 그렇게 주변 사람들을 다 죽이고 마지막으로 남자의 부인을 죽여요."

차 안에는 정적이 흘렀다. 잠시 뒤 권 형사가 떨떠름한 목소리로 말했다.

"…이 감독, 전작으로 외국에서 좋은 상도 받았다고 했었는데…."

"저 그 작품 봤는데 그 작품도 이 작품보다 더하면 더했지 덜하지는 않았어요. 저 같은 문외한은 절대 모르는 예술인들의 세계가 있나 보죠, 뭐."

다운이 시큰둥한 목소리로 말했다. 내심 이럴 줄 알았다는 태도였다.

"결말은 어때? 남편과 완벽한 사랑을 이루면서 끝나는 해피엔딩이야?"

"결말은… 김희영이 살인 자체에 쾌락을 느끼게 되면서 또 다른 살인을 시작한다는 걸로…."

차 안에 무거운 침묵이 흘렀다.

"정말로 시나리오대로 움직이고 있는 거라면… 위험해. 시나리오에 등장하는 여섯 명을 흡수한 뒤에는 어디로 튈지 몰라."

요한 씨의 말에 사장님이 고개를 끄덕였다.

"다운아, 강희민한테 연락하고 있어?"

"네, 매니저 전화번호로 계속 전화하는 중인데 안 받네요."

다운이 귀에서 핸드폰을 뗀 채 스피커폰으로 모드를 변환시켰다. 차 안에는 뚜르르, 뚜르르 하는 신호음만이 계속해서 반복될 뿐이었다. 지금은 전화를 받을 수 없다는 안내원의 목소리가 들리기를 여러 차례, 한참 만에 전화가 연결되었다.

[여보세요?]

전화기 너머는 아주 시끄러워서 매니저의 목소리가 제대로 들리지 않을 정도였다.

"주변이 왜 이렇게 소란스러워. 여보세요? 제 말 들리세요?"

[누구시죠? 제가 지금 바쁜데 나중에 전화 드리겠습니다.]

전화기 속 남자가 급한 목소리로 대답했다. 전화를 끊으려는 그의 태도에 다운이 얼른 말했다.

"아, 다름이 아니라 강희민 씨가 위험해요. 실종…."

[당신 누구야? 뭐야?]

[실장님! 벌써 기사가 떴어요!]

[안 돼! 전화해서 당장 내리라고 해!]

253

전화기 너머로 고성이 오가더니 전화가 툭 끊어졌다. 다시 차 안에는 정적이 흘렀다.

"이미 늦은 것 같은데요…."

다운의 말에 사장님은 무거운 얼굴을 하고선 내게 물었다.

"강희민 다음은 누구야? 시나리오 속 김희영 불륜남의 부인 역이라고 했지."

"배우 김이슬이에요. 다섯 번째 실종자인 강희민과 같은 소속사고요."

"김이슬?"

다운이 되물었다. 내가 고개를 끄덕이자 다운이 한숨을 푹 내쉬었다. 왜 저래?

"왜?"

"방송계에서는 소문난 성격파탄자야."

오래 지나지 않아서 우리 모두 다운이 한숨 쉰 이유를 알게 되었다.

"그래서 지금 내가 실종될 예정이라는 건가요?"

여자의 가시 돋친 말에 그녀의 매니저가 쩔쩔매며 우리 대신 대답했다.

"아니, 이슬아. 꼭 그래서 그렇다기보다는… 아무래도 요즘 세상이 흉흉하다 보니 이분들이 경호… 그래, 경호! 경호를 해주겠다고 하시는 거야."

그녀의 곱디고운 얼굴이 보기 싫게 일그러졌다. 그 모습에 지레 겁을 먹은 매니저가 다시 말을 덧붙였다.

"내가 이분들 이야기를 들어보니까 나름대로 신빙성이 있어. 응? 너도 강훈 감독 시나리오 읽어봤으니 알 거 아냐. 거기서 김희영한테 살해당하는 순서대로 실종되고 있는 거래."

"내가 처음부터 강훈 감독 신작 하기 싫다고 그랬었지! 그 감독 작품은 죄다 사이코 같다고 했잖아. 그런데 끼워 팔기로 강희민 영화 출연시키려고 억지로 그 작품 시킨 거잖아!"

"아니, 이슬아…."

"그래놓고 뭐? 그 시나리오 전개대로 사람들이 실종되고 있다. 다음은 네 차례다? 그럼 내가 실종되면 회사 탓이네? 회사가 나한테 억지로 그 작품에 출연시켰으니까!"

소란스럽던 기획사 사무실 안에 여자의 목소리가 히스테릭하게 울려 퍼지자 사람들의 움직임이 일시정지했다. 그러고는 익숙하다는 듯 다시 하던 일을 하기 시작했다.

"그러니까 만일을 대비하자는 거지…. 이분들이 널 지켜주실 거야."

"만약에 아니면…?"

"응?"

"사실은 이 사람들이 엑소시스트인 척하는 파파라치인지, 기자인지 내가 알 게 뭐야? 고작 귀신 따위 때문에 내 사생활을 다 간섭 받아야 한다고?

'영혼사무소―귀의 영역'이라고? 이름도 후져. 무슨 사이비도 아니고. 사장님이 건넨 명함을 본 여자가 비웃듯 말했다. 사장님이 울컥하는 것이 느껴졌다. 정말 보통 성격이 아니었다.

"파파라치나 기자 같은 거 아닙니다. 저를 걸고 맹세하죠."

다운의 말에 여자가 "저를 걸면 어쩔 건데?" 하고 피식 비웃었다. 매니저의 간청이 이어졌다. 소파에 앉은 나와 다운, 사장님, 요한, 권 형사를 순서대로 찬찬히 훑어보던 여자가 마지못해 고개를 끄덕였다. 그러고는 자신의 매니저를 보며 말했다.

"나 재계약 얼마 안 남은 거 알죠. 이번 일 기억해두겠어요."

여자의 말에 매니저가 울상이 되어서는 사정했다.

"이슬아, 그건 좀…."

"그리고, 설마 다섯 명 모두 금붕어 똥처럼 내 뒤를 졸졸 쫓아다닐 건 아니죠? 다섯 명은 너무 많아요. 한두 명만 남아요."

"아아, 물론 저는 빠질 겁니다. 그리고…."

사장님이 처음부터 약속되어 있었던 것처럼 자연스럽게 대답하고는 '주차장에서 기다릴게'라고 입모양으로 말했다.

"개인적으로 조다운 씨는 꼭 빠져주면 좋겠네요."

여자의 말에 이제까지 포커페이스를 유지하고 있던 사장님이 처음으로 난처하다는 기색을 내비쳤다.

"하지만 다운이는 꼭 있어야… 영력이 가장 강하거든요."

"흥, 영력은 무슨… 같은 연예인이면서. 이러는 거 쪽팔리지도 않아요? 여자 연예인 뒤꽁무니 쫓아다니는 거?"

여자의 말에 다운의 얼굴이 시뻘겋게 변했다. 화가 잔뜩 난 얼굴이었다. 요한 씨가 다운의 등을 툭툭 치며 그를 진정시켰다.

"그러면 저와 다운이가 빠지는 대신 나머지 세 명이 이슬 씨를 경호하는 걸로 하죠. 세 명 아래로 줄이셔야 한다면 다운이가 꼭 있어야 합니다."

사장님의 말에 여자가 샐쭉한 표정으로 대답했다.

"그렇게 하세요. 나머지 세 명이 저를 경호인지 나발인지 하는 걸로."

"그럼 잘 부탁드립니다. 이슬아, 스케줄 늦었다. 얼른 출발하자."

매니저는 우리를 보며 고개를 거듭 숙였다. 겨울인데도 매니저의 이마에는 식은땀이 흘렀다.

"형사님, 괜히 따라 오셔서 고생하시네요. 서에 들어가 보지 않으셔도 괜찮으세요?"

걱정스런 내 물음에 권 형사는 괜찮다는 듯 시원시원하게 대답했다.

"괜찮습니다. 서에는 잠복 수사 중이라고 이야기했거든요. 앞으로 사흘은 문제없습니다."

김이슬은 오늘 오후부터 광고 촬영이 있다고 했다. 안 그래도 긴 촬영인데 우리와 이야기가 길어진 탓에 시작까지 늦어져 밤샘 촬영이 거의 확정이라고 했다.

"아, 짜증나! 안 그래도 생리 기간이라 피부 뒤집어지는데 잠까지 못 자면 더할 것 아냐!"

메이크업을 해주는 코디에게 신경질을 부리는 김이슬의 시선은 대기실 뒤 의자에 나란히 앉아 있는 우리를 향해 있었다.

'뭐야, 그렇게 째려보면 무서울 줄 알아?'

그녀의 얼굴은 찡그려도 못생겨지기는커녕 짜증을 부리고 있는 모습조차 예뻤다. '연예인은 연예인이구나' 하는 쓸데없는 생각을 할 때였다.

"왔다."

요한 씨가 말하기도 전에 나 역시 느꼈다. 대기실 한편에서 '그것'이 나타났다. 몸집은 보통 영들보다 세 배 정도 거대했고, 까만 사념들과 실종자들로 보이는 영들이 몸 이곳저곳에 덕지덕지 붙어 있었다. '그것'은 사념들과 영들로 겹겹이 싸여 본 모습을 완전히 잃어버렸지만, 나는 알 수 있었다. 희연 언니다. 희연 언니가 정말로 시나리오 속 마지막 희생자 앞에 나타난 것이다.

"언니!"

나는 홀린 듯 자리에서 일어나 희연 언니 앞에 섰다. 언니의 몸에 붙어 있는 모든 영들의 시선이 내게로 쏠리는 것이 느껴졌다. 하지만 정작 당사자는 내 부름에도 아랑곳하지 않고 김이슬만 쳐다보고 있었다.

"지금 여기에 와 있는 건가요?"

권 형사가 내 시선이 향한 곳을 연신 쳐다보며 요한 씨에게 말했다. 눈을 비비기도 하고 꼭 감았다가 치켜뜨기도 하는 모습이 어지간히 영을 보고 싶은 눈치였다.

"저 여자 지금 뭐하는 거야? 완전히 미쳤군."

김이슬이 피식 비웃고는 대기실에서 나가 스튜디오 안으로 들어갔다. 스튜디오 안에서 "늦었어요. 죄송합니다"라고 새침하게 말하는 그녀의 목소리가 흘러나왔다. 김이슬이 자리를 옮기기 무섭게 희연 언니가 여자의 뒤를 따랐다.

"언니, 나랑 이야기 좀 해."

나는 두 팔을 넓게 벌리고 언니의 앞을 막아섰다. 그제야 나를 알아본 희연 언니가 내게 손을 뻗었다. 언니의 손에는 검은 사념들이 덕지덕지 붙어 기형적인 모습을 하고 있었다.

〔귀찮은 년. 방해하지 마.〕

"위험해! 사념체에게 흡수되고 말 거야!"

요한 씨가 나를 보며 소리쳤다. 언니의 손이 다가오는 것이 보였지만 나는 우두커니 그 자리에 서 있을 뿐이었다. 설마 언니가 나를 흡수하겠어? 알고 지낸 지는 얼마 되지 않았지만 그래도 '언니 동생' 하며 친하게 지내기로 한 사이인데. 그런 언니가 나를…?

"누리야, 피해!"

반대편에 서 있던 요한 씨가 어느새 내 앞으로 다가와 있었다. 그가 손을 뻗어 희연 언니의 팔을 쳐냈다. 그의 손이 닿자 희연 언니의 팔에 붙어 있던 사념들은 누군가 칼로 도려낸 것처럼 사라졌다. 놀란 희연 언니가 주춤주춤 물러나더니 스르르 사라졌다.

"다시 나타날 거야."

요한 씨의 말에 나는 대답도 하지 못하고 멍하니 서 있었다. 얼떨떨했다.

'요한 씨는 영을 못 만진다고 하지 않았나?'

"와우… 설마 방금 그게 귀신이었나요?"

놀랄 일은 그뿐만이 아니었다. 놀란 얼굴의 권두혁 형사가 주저앉아 있었다. 그의 시선은 정확히 희연 언니가 서 있던 자리에 못 박혀 있었다.

"설마 영이 보이는 거예요?"

"그러게요. 보려고 노력하니까 보이네요."

권 형사가 머리를 긁적이며 하하 웃었다. 웃음소리와는 달리 안색이 좋지 않았다. 토기를 참는 듯 얼굴이 시뻘게진 모습이었다. 권 형사가 영을 볼 수 있게 되었다는 사실에 놀란 나는 요한 씨가 영을 만졌다는 사실을 무심코 넘겨버리고 말았다.

"아까 보니 연기 잘하던데, 그래서 귀신은 잘 처리했나요?"

밤샘 촬영으로 한숨도 자지 못한 여자의 컨디션은 척 보기에도 최악이었다. 잔뜩 예민해진 그녀가 비아냥거리며 내게 말했다.

"안타깝게도 귀신은 도망쳐버리고 말았어요. 오늘 밤 이슬 씨 집으로 다시 찾아갈 겁니다."

권두혁 형사가 대신 대답했다. 주차된 차에 타려던 여자가 형사의 말에 있는 대로 얼굴을 찡그리고는 날카롭게 소리쳤다.

"그래서 지금, 집까지 따라오겠단 거예요? 당신들, 정말 무례하고 경우 없네요! 싫어요, 싫다고요! 당신들이 집에 오면 내가 얼마나 불편할지 생각이나 해봤어요? 게다가 당신들은 남자잖아요. 낯선 남자들을 집으로 들이라고요? 당신들이 내 집에 와서 본 것에 대한 소문을 어떻게 퍼트릴지도 모르는데? 인터넷에 내 소문이 도는 것, 난 딱 질색이라고요!"

여자가 숨도 쉬지 않고 쏘아붙였다. 짧게 숨을 훅 들이마신 여자가 숨을 내뱉으며 말했다.

"실종사건을 막는다는 핑계로 내 집까지 들어오려 한다면 당신들을 고소하겠어요. 무단주거침입죄로."

지하주차장에 여자의 목소리가 울려 퍼졌다. 어느 것 하나 쉬운 일이 없었다. 각오는 했지만 예상보다 훨씬 더 강경한 여자의 태도에 모두가 난색을 내비쳤다. 그때였다. 저 멀리서 강준 씨가 이쪽을 향해 걸어오는 것이 보였다. 오른팔에는 여전히 깁스를 하고 있었지만 환자복이 아닌 평상복을 입은 모습이었다. 다운이 반가운 마음에 크게 소리쳐 그를 불렀다.

"형, 어떻게 왔어요?"

"택시 타고."

아니, 그 '어떻게'도 물론 궁금했지만, 그 몸으로 어떻게 온 거지? 벌써 퇴원할 때가 됐을 리는 없고 말이다. 의심스럽다는 내 눈초리를 느낀 듯 강준 씨가 슬쩍 시선을 피하며 말했다.

"간호사가 퇴원해도 된다고 했어."

사장님이 걱정스럽다는 얼굴로 말했다.

"퇴원했으면 집에 가서 좀 누워 있지."

"사념체 일이라니 걱정되어서⋯. 진척은 좀 있어요?"

"오늘 밤에 해결 봐야지. 이분 집으로 오늘 갈 거야."

사장님이 손으로 김이슬을 가리키며 말했다.

"어머, 이분은 누구세요?"

여자의 나긋나긋한 목소리가 지하주차장 안을 메웠다. 짜증이 가득하던 얼굴 역시 간데없고 수줍어하는 표정으로 묻는 것이 조금 전 모두에게 쉴 새 없이 쏘아붙이던 그 사람이 맞나 싶을 정도였다.

"아, 저희 직원인데⋯."

눈에 띄게 당황한 기색의 사장님이 말끝을 흐렸다.

"어머, 이분도 회사 직원이라고요? 그러면 여러분 대신 이분이 오늘 밤에 저희 집에서 저를 지켜주시면 되겠네요. 이분만요. 다들 저랑 같이 밤새서 피곤하시잖아요."

조금 전과 완전히 달라진 김이슬의 모습에 모두들 경악했지만, 그녀는 얼굴에 철판을 깐 듯 뻔뻔하기 그지없었다. 다운이 질렸다는 얼굴로 혼잣말했다.

"강준이 형이 진짜 잘생기긴 했나 봐."

사장님이 강준 씨를 보며 슬쩍 수신호를 했다. 괜찮겠냐는 물음이었다. 강준 씨가 선뜻 고개를 끄덕였다.

"그럼 강준이하고 누리가 가면 되겠네."

사장님의 말에 여자가 눈을 세모나게 홉뜨다 강준 씨의 시선을 의식하고는 이내 눈을 내리깔았다.

"아까 낯선 남자를 집에 들이는 게 싫다고 말씀하셨죠. 얜 여자니까 괜찮죠?"

사장님의 말에 여자가 내키지 않는다는 얼굴로 고개를 끄덕였다. 나는 여자 몰래 사장님을 향해 엄지손가락을 치켜들었다. 사장님, 짱!

* * *

"스케줄이 많아 청소를 못 해서 좀 지저분하네요."

현관문을 열자마자 난장판이 펼쳐졌다. 넓은 집 안에는 옷가지들이 아무렇게나 널브러져 있었고 싱크대 안에는 밥풀이 말라붙은 그릇들이 가득 쌓여 있었다. 여자가 무안한 얼굴로 강준 씨를 보며 웃고는 벗은 그대로의 모양을 유지하고 있는 스타킹을 얼른 주워들고 욕실 안으로 들어갔다.

"씻고 올게요. 거실에서 기다리세요."

내가 욕실의 닫힌 문을 말끄러미 바라보고 있는 사이 강준 씨가 거실 소파 아래 바닥에 가부좌를 틀고 앉았다.

"…욕실에 같이 들어가자고 하면 화내겠죠?"

내 말에 강준 씨가 당연한 소리를 한다는 듯 고개를 끄덕였다. 나는 한숨을 푹 내쉬며 소파에 앉았다. 하는 수 없지. 욕실을 향해서 신경을 곤두세우고 있는 수밖에. 욕실 안에서 물소리가 들려왔다. 어느새 강준 씨는 눈을 감고 있었다.

"몸은 좀 괜찮으신 거예요?"

"멀쩡해."

"그 말, 저번에 병문안 갔을 때부터 하신 것 같은데 그때나 지금이나 별반 차이 없어 보이거든요."

내 빈정거림에 강준 씨는 반응하지 않았다. 내 말을 듣고 있는지 아닌지 분간이 가지 않을 정도였다. 그런 강준 씨의 모습에 오히려 마음이 편해졌다. 나도 모르게 속말이 입 밖으로 나오기 시작했다. 나는 혼잣말하듯 강준 씨에게 말을 걸었다.

"아까 스튜디오에서 사념체가 된 회연 언니를 만났어요. 저를 못 알아보는 눈치였어요. 저보고 귀찮은 년이라고, 방해하지 말라고 하더라고요."

우리가 잘 맞는 것 같다고 말하는 나에게 웃어주던, 내가 알던 회연 언니는 이제 없다.

"제가 회연 언니를 성불시킬 수 있을지… 이젠 자신이 없어요."

언니가 나를 모르는 척했다. 그 사실이 비로소 현실로 와닿았다. 눈물이 날 것만 같아서 나는 고개를 들었다.

"…옛날에, 내가 정말로 성불시키고 싶었던 사념체가 하나 있었어."

강준 씨가 천천히 입을 열었다. 강준 씨는 어느새 눈을 뜨고 나를 바라보고 있었다. 강준 씨가 성불을 원한 사념체가 있었다고? 모든 영에게 적대적인 강준 씨가?

"나도 내가 성불시킬 수 있을 거라고 생각했어. 지금의 너처럼 말이야."

강준 씨의 목소리가 너무 슬프게 들려서 나는 아무것도 물을 수가 없었다.

"나는…."

그때였다. 욕실 문이 벌컥 열렸다. 무심코 뽀얀 김이 폴폴 새어나오는 욕실을 돌아본 강준 씨와 나는 하던 대화도 잊고 그대로 얼어버렸다. 욕실 안에는 촉촉하게 젖은 결 좋은 머리카락을 가지런히 풀고, 허리끈을 느슨하게 묶은 샤워가운 속으로 속살이 훤히 들여다보이는 붉은색 슬립을 입은 여자가 서 있었다.

"침실로 갈래요? 둘이서만."

유혹적으로 눈을 반쯤 내리깔고 강준 씨를 바라보고 있는 김이슬을 보고 나는 할 말을 잃었다. 이야, 대놓고 추파를 던지는구나. 처음부터 이럴 생각으로 강준 씨만 오라고 한 거야? 강준 씨가 큼큼 헛기침을 하고는 여자의 곁으로 다가갔다. 시선을 어디에 둬야 할지 모르겠다는 표정이었다. 뇌쇄적인 몸짓으로 강준 씨에게 다가간 그녀가 강준 씨의 목덜미를 끌어안았다. 그러고는 내게 승리의 미소를 지어 보였다. 허, 뭐야, 저 여자?!

"아!"

김이슬이 강준 씨의 품에서 정신을 잃고 쓰러진 것은 순식간이었다. 강준 씨가 그녀의 목 뒤 급소를 눌러 기절시킨 것이다. 강준 씨가 그녀의 샤워가운 옷깃을 단단히 여미고는 놀라서 입만 벌리고 있는 내게 말했다.

"다운이가 그러는데 이 여자, 불면증이 있다고 했어. 혹시 안방에 수면제 있나 확인해봐. 약통에 졸피뎀이나 벤조디아제핀이라고 적혀 있을 거래."

"네… 네!"

나는 홀린 듯 강준 씨에게 고개를 끄덕이고는 안방으로 들어갔다. 아니나 다를까, 침대 옆 테이블에 '졸피뎀'이라 쓰인 약통이 바로 보였다. 얼른 챙겨 거실로 나오자 소파에 여자를 눕히고 있던 강준 씨가 내게 손을 내밀었다. 약통을 건네자 강준 씨가 한 알을 꺼내 사분의 일로 쪼갰다. 그리고 여자의 입안으로 알약 조각을 넣곤 물을 조금씩 흘려 넣었다.

"…우리 이래도 돼요?"

이건 범죄인 것 같은데…. 강준 씨의 행동을 멍하니 바라보고 있다 불현듯 화들짝 놀라 묻는 내게 강준 씨가 시큰둥하게 대답했다.

"깨어 있으면 방해만 될 뿐이야."

물론 그렇기야 하겠지. 나는 속으로 고개를 끄덕였다. 에라, 모르겠다! 반의반 조각 정도면 문제없겠지. 일(?)을 마친 강준 씨는 아까와 마찬가지로 다시 가부좌를 틀고 바닥에 앉았다. 나는 강준 씨의 옆에 앉아 핸드폰으로 인터넷 서핑을 하기 시작했다. 얼마 지나지 않아서였다.

"왔다!"

눈을 감고 있던 강준 씨가 눈을 번쩍 뜬 것과 동시에 나 역시 들고 있던 핸드폰에서 시선을 뗐다.

욕실 근처에서 희연 언니가 스르르 나타났다. 어디서 다른 사념을 흡수해 왔는지 어제 요한 씨의 공격으로 군데군데 하얗게 비어 있던 팔은 다시 까만색 사념으로 가득한 모습이었다.

[또 너구나?]

소파에 누워 있는 여자를 향해 다가오던 희연 언니가 나를 보더니 인상을 찡그리고는 주변을 두리번거렸다. 어제 자신을 공격했던 요한 씨가 있는지 확인해보는 듯했다.

〔대체 왜 내 일을 방해하려는 거야?〕

"언니, 이제 그만해. 이건 언니 일이 아니야. 언니는 김희영이 아니라 한희연이야!"

〔난 김희영이야!〕

언니가 소리를 버럭 질렀다. 그 기세에 테이블 위에 놓여 있던 와인 잔이 파삭 깨져버렸다. 강준 씨의 어깨에 올라와 있던 수호용은 어느새 검으로 변해 있었다. 강준 씨는 내 곁에서 희연 언니를 경계하고 있었다. 언니가 나를 흡수하려는 듯 아까처럼 손을 뻗었다. 언니의 손에 붙어 있는 까만 사념들이 이리 오라는 듯 일렁였다. 강준 씨가 검을 고쳐 쥐었지만 나는 고개를 가로저었다. 사념체로 변해버린 그녀가 내가 알고 있던 생전의 희연 언니가 아니라는 것을 이제는 안다. 나도 당하고만 있지 않을 거야. 나는 주머니에서 다운이 준 부적을 꺼내 다가오는 언니의 팔을 향해 던졌다. 부적이 꼿꼿하게 날아가 희연 언니의 팔에 꽂히더니 하얀 빛을 번쩍 뿜으며 타들어가기 시작했다.

〔이게 뭐야! 싫어!〕

언니가 고통스러운 듯 다른 손으로 팔을 붙잡고 부적을 떼어내려 애쓰며 몸부림쳤다. 하지만 부적은 떨어지기는커녕 그녀의 다른 손에까지 하얀 빛을 퍼트려 사념을 태웠다. 그것도 잠시, 주변을 떠돌던 사념들이 뱀처럼 스르르 기어가 빈자리를 채웠다. 언니의 팔은 언제 그랬냐는 듯 사념들로 다시 새까매졌다. 마치 사념이 한 덩어리가 되어 온몸에 방어막을 두르고 있는 것만 같았다. 그 모습을 멀거니 바라보던 언니가 중얼거렸다.

〔나는 시나리오를 완성시켜야 해.〕

"언니… 제발…."

〔이건 나를 위한 영화야. 나를 위한 시나리오라고 했어. 나를 정상에 올려줄 거라고 했어. 이번 작품으로 연기력을 인정받으면 앞으론 스폰서들한테 몸 팔 필요 없을 거라고 했단 말이야.〕

"언니가 그렇게 집착하는 그 시나리오, 버려진 지 오래야. 투자사는 등을 돌렸고 영화 촬영도 이미 무산됐어. 그러니까 언니도… 이제 제발 포기해."

〔버려…졌다고…?〕

내 말에 언니가 충격 받은 얼굴로 중얼거렸다.

〔버려졌구나. 나처럼 말이야.〕

언니가 자조적으로 웃었다. 시선은 허공을 보고 있었다.

〔스폰서한테 몸 팔고 웃음 파는 거… 정말 죽기보다 싫었어. 그렇지만 방법이 없었지. 소속사는 스폰서 하나 물어오지 못하는 나를 밀어줄 생각이 없었으니까 말이야.〕

사념체가 된 언니가 처음으로 내비친 속내였다.

〔꽤 오래 버텼다고 생각해. 데뷔하고 몇 년간 단막극 조연을 전전하며 혼자서 아등바등 살아보려고 애썼는데…. 주변 애들 술자리 한 번 나가고 드라마 주연 자리 꿰차는 거 보니까 내가 너무 초라하게 느껴지더라….〕

언니는 데뷔 직후에는 그다지 주목받지 못하는 배우였지만 몇 년 전 유명 영화감독의 눈에 띄어 스크린 데뷔를 한 뒤로 일이 잘 풀려 승승장구하고 있었다.

〔한 번이 어렵지 두 번부터는 별거 아니었어. 무명 시절엔 감히 쳐다보지도 못하던 높은 분들을 내 치마폭에 감추고 휘두르는 것도 재밌더라고.〕

"…."

〔그런데 그 사람은 달랐어. 나만 보면 달려드는 발정난 개새끼들과는 달랐지. 아이러니한 게 뭔지 알아? 그 사람이 그럴수록 내가 그 사람을 원했다는 거야.〕

희연 언니가 말하는 그 사람은 강 감독일 것이다. 나는 텔레비전에서 보던 강 감독의 모습을 떠올렸다.

〔처음에는 그 사람이 필요했어. 그는 당시 가장 잘나가는 감독이었거든. 내 미래를 위해 그 사람을 원했어. 그런데 나중에는 그 사람을 사랑하게 돼버렸어.〕

언니가 쓰게 웃었다.

〔매일 밤 잠들기 전에 기도했어. 그 사람이 내 것이 되기를. 그리고 그 소원은 이루어졌어. 그가 나를 위한 시나리오를 쓴 거야. 그는 내가 자기의 뮤즈라 말했어. 영원을 약속했지.〕

"…."

〔하지만 불안했어. 나는 더 완벽하게 그의 전부가 되기를 원했거든. 안전한 보험이 필요했어.〕

…보험? 언니의 이야기는 이어졌다.

〔내가 그에게 고백하던 날, 그가 말했어. 부인의 배 속에 아기가 있다고. 아이가 있는 한 자신은 그녀의 곁을 떠날 수가 없다고 말이야. 그래서 내가 어떻게 했는지 알아?〕

"어떻게… 했는데?"

〔계단을 내려가는 그 여자를 밀어버렸어.〕

희연 언니 입에서 믿기 힘든 소리가 흘러나왔다. 정신이 아득해졌다. 누군가가 머릿속을 망치로 세게 내려친 것만 같았다. 나는 할 말을 잃었다.

〔부인은 그날 바로 유산했지. 애초에 그들의 사랑의 결실은 그만큼 나약하고 보잘것없었던 거야. 아기만 없으면 그 사람이 내게 올 줄 알았어. 하지만 그 반대였어. 그는 내게 화를 냈지. 내게 영원을 약속한 자신이 죽이고 싶을 만큼 밉다고 했어. 다시는 보지 말자고 내게 통보했지. 그 사람은 나를 경찰에 신고하고 싶어 했어. 하지만 그럴 수 없었지. 내가 그녀를 밀었다는 것이 언론에 공개되는 순간, 우리가 불륜 관계였다는 소문이 퍼지는 것은 시간문제였으니 말이야.〕

강 감독의 감독생활에 불륜 스캔들은 치명적인 일이었을 것이다. 자기 아이를 죽인 사람을 경찰에 신고하는 것과 감독으로서의 삶을 지키는 것, 둘 사이에서 많은 고민을 하지 않았을까.

〔그날 이후로는 그 사람을 어디에서도 볼 수 없었어. 그 사람을 찾아 그가 자주 가던 술집에도 가고, 그의 집 앞으로도 찾아가 봤지만 번번이 허

탕이었지.〕

"…."

〔나는 방법을 썼어. 그가 그렇게도 무서워하는 언론을 이용한 거야. 평소 친하게 지내던 기자 몇에게 연락을 했어. 내가 강 감독의 신작 영화에 캐스팅되었다고 말이야. 기자들의 힘, 무섭더라고. 반나절도 지나지 않아서 내가 그 사람의 신작 영화에 주연을 맡았다는 사실을 모르는 이가 없게 되었어. 그리고 그날 밤, 그 사람과 그의 부인이 찾아왔지.〕

그날 밤, 언니는 죽었을 거다. 언니가 죽기 전날, 내게 강 감독의 영화에 캐스팅되었다고 메시지를 보냈던 것이 떠올랐다. 언니는 영화에 캐스팅되었다고 언론에 거짓 소문을 퍼트린 뒤, 내게도 신작 영화에 출연하게 되어 너무나도 기쁜 척, 행복한 척 연기를 한 거다. 소름이 끼쳤다. 언니는 내가 태우라고 했던 옷이 자신이 죽인 아이를 위한 것이었다는 사실을 알았을까?

〔화난 얼굴의 그녀가 내게 뭐라고 했더라…. '한 번은 눈감아 주지 않았느냐, 다시는 이 사람과 엮이지 말라'고 했던가?〕

희연 언니의 얼굴에서 웃음기가 사라졌다. 시한폭탄처럼 시시각각 변하는 언니의 표정을 보며 옆에 있던 강준 씨가 내렸던 검을 다시 들었다.

〔그 말을 들은 내가 뭘 했는지 알아? 부엌에서 식칼을 꺼내들고 왔어. 그 여자를 그 사람 눈앞에서 죽일 생각이었어. 그녀가 사라지면 그에게는 나라는 선택지밖에 남지 않을 테니까. 그런데, 그 사람이 눈앞에서 그녀의 편을 들었어. 그 사람은 그녀를 뒤에 숨기고 내 손에 들린 칼을 뺏으려고 내게 달려들었지. 그때 칼을 놓쳤고 그 칼을 주워 든 여자가 나를 찔렀어.〕

언니가 미친 듯이 웃자 언니의 몸을 감싸고 있던 사념들이 반응이라도 하듯 크게 일렁였다. 나는 언니를 진정시키기 위해 애썼다.

"언니, 이제 그만하자. 언니가 잘못한 거야…. 미련은 그만 버리고 이제 성불하자."

〔잘못? 내가 뭘 잘못했는데? 내가 그를 사랑했던 게 잘못이야?〕

언니의 얼굴은 광기로 물들어 있었다. 완벽하게 타락해버린 모습이었다. 낯설었다. 내가 알던 그녀는 어디에도 없다.

〔시나리오가 버려졌다고? 그렇다면 내가 더더욱 완성해야겠네. 시나리오까지 나처럼 버려지게 할 수는 없지.〕

나를 방해하지 마. 언니가 다시 내게 팔을 뻗었다. 강준 씨가 내 앞을 막아서려 하자 희연 언니의 몸을 감고 있던 영 중 두 마리가 언니의 몸에서 빠져나와 강준 씨의 앞을 가로막고 섰다. 까만 사념들이 밧줄처럼 길게 늘어나 희연 언니와 두 마리의 영을 연결하고 있었고 영들은 꼭두각시처럼 움직였다. 기괴하게 몸을 틀어가며 조종되는 그들의 눈에서는 피눈물이 흐르고 있었다. 강준 씨가 그들을 향해 칼을 휘둘렀다. 부러진 오른팔 대신 검을 쥐고 있는 왼팔은 한눈에 보기에도 어색해 보였다. 칼은 자꾸만 목표를 향하지 못하고 미끄러졌다.

"언니. 하지 마…. 시나리오를 완성하면 뭐해. 그다음에는 어떻게 할 건데?"

〔시끄러워.〕

"다음 생에는 더 좋은 배우가 될 거야. 더 잘될 거야! 내가 언니를 좋은 곳으로 보내줄게. 그리고 천도제도 지내줄게, 응?"

강준 씨가 간신히 희연 언니와 영들을 연결하는 까만 사념을 끊어버렸다. 사념체로부터 자유로워진 영들은 스르르 사라져 성불했다.

〔'그들'이 그러더군. 태어나지 못한 생명을 죽인 죄는 결코 용서받을 수 없다고 말이야. 지옥불에서 몸이 타는 고통을 겪으며 인간 세계를 그리워하게 될 거라고 했어.〕

"물론… 벌은 받겠지만…."

〔그럴 바엔 이곳에서 이렇게 지내는 게 나아. 3개월 후면 그분이 깨어나셔. 그분이 나를 지켜주실 거야.〕

강준 씨가 희연 언니의 뒤로 살금살금 다가가는 것이 보였다. 나는 언니의 관심을 돌리기 위해 급히 말을 걸었다.

"그들이 누군데? 그분은 누구고? 누가 언니한테 그런 말을 해?"

희연 언니를 향해 강준 씨가 칼을 치켜들었을 때였다. 나를 보고 있던 희연 언니가 홱 뒤돌아서서 강준 씨를 향해 손을 뻗었다.

〔재미있는 짓을 하고 있었구나?〕

언니의 몸을 감싸고 있던 나머지 두 영이 강준 씨에게로 곧장 달려들었다. 강준 씨가 그중 하나에 칼을 휘두르는 사이 다른 한 영이 다가와 강준 씨의 오른 어깨를 물었다.

"강준 씨!"

강준 씨의 얼굴이 고통으로 일그러졌다. 무릎을 꿇고 바닥에 쓰러져 고통에 몸부림치는 강준 씨를 향해 언니가 다가갔다.

"위험해요!"

나는 사념체를 만지면 안 된다는 것도 잊고 언니를 향해 손을 뻗었다.

"…!"

언니를 붙잡은 팔이 팽팽히 잡아당겨지고, 팔을 시작으로 온몸이 그녀에게 빨려 들어가는 느낌이 들었다. 아프지는 않았지만 팔을 빼려 힘을 줘봐도 뺄 수가 없었다. 나는 이대로 흡수되는 걸까. 다른 영들처럼 언니와 사념으로 연결된 꼭두각시가 되는 걸까.

나는 천천히 눈을 감았다. 아프지는 않으면 좋겠는데…. 그때였다. 언니에게 꽉 붙들린 팔에서 진동이 느껴졌다. 정확하게는 팔목이었다. 눈을 감고 있었지만 느낄 수 있었다. 또다시 팔찌가 떨리고 있었다. 나는 조심스럽게 눈을 떴다. 내 영혼을 놓고 팔찌와 희연 언니가 팽팽한 줄다리기를 하고 있었다. 희연 언니의 몸속으로 반쯤 빨려 들어간 내 영혼을 팔찌가 필사적으로 잡고 있었다.

언니의 몸을 감싸고 있던 까만 사념들이 하나둘씩 사라지는 것과 동시에, 내 팔목을 두르고 있던 팔찌가 투둑, 투둑 한 가닥씩 끊어지기 시작했다. 팔찌가 끊어지는 소리가 마치 살이 찢어지는 소리처럼 귓가에 생생히 들려왔다. 그 소리가 너무나도 무서워서 나는 할 수만 있다면 두 귀를 틀어막고 싶은 심정이었다. 마지막으로 언니의 심장부를 감싸고 있던 검은 사념들이 사라졌다. 언니의 얼굴은 조금 전 분노에 가득 차 있던 모습과는 달리 편안해 보였다.

〔나… 용서받을 수 있을까?〕

"언니가 용서받을 수 있도록 내가 매일 기도할게."

나는 최대한 언니의 기분을 거스르지 않도록 조심스럽게 말했다. 어느새 팔찌가 뜯기는 소리가 멎어 있었다. 언니에게 반쯤 빨려 들어갔던 내 영혼도 다시 자리를 찾았다. 나는 언니를 조심스럽게 끌어안았다.

"너무 두려워하지 마. 괜찮을 거야."

〔…싫어. 아무래도 안 되겠어. 난 여기 있을 거야! 무서워!〕

갑작스럽게 일어난 일이었다. 언니가 온몸을 비틀며 폭주하기 시작했다. 나는 급한 대로 언니를 꽉 끌어안았다. 귓가에 팔찌가 끊어지는 소리가 다시 들려왔다. 마치 팔찌가 우는 소리처럼 들렸다.

"언니, 괜찮아. 괜찮아…. 응? 걱정하지 마."

언니가 진정하는 것이 먼저일까, 아니면 팔찌가 끊어지는 것이 먼저일까. 팔찌가 끊어지면… 난 어떻게 해야 하지? 무력감이 전신을 지배했다. 내가 할 수 있는 것은 부디 언니가 진정할 때까지 팔찌가 버텨주기를 바라는 것밖에 없었다.

그때였다. 언니의 뒤로 하얀 빛이 번쩍이더니 언니의 영이 정수리부터 정확히 반으로 갈라졌다. 강준 씨가 검으로 그녀를 갈라낸 것이다. 얼마나 힘을 썼는지 검을 꽉 쥔 강준 씨의 왼손은 손톱이 손바닥을 파고들어 피가 줄줄 새고 있었다.

희연 언니는 흔적도 없이 사라져버렸다. 마주 선 강준 씨와 내 눈이 마주쳤다. 나는 깨달았다.

결국 나는 희연 언니를 성불시키지 못했다.

비밀들

병원에 돌아오니 난리가 나 있었다. 특실에서 환자가 사라졌다는 이유였다. 그들은 구급차에 실려 돌아온 강준 씨의 상태를 보고는 경악을 금치 못했다. 그도 그럴 것이 기껏 치료해 아물어가던 상처들이 죄 다시 터진 것도 모자라 새로운 상처까지 덤으로 달고 왔다. 나 역시 강준 씨와 나란히 병실에 눕게 되었다. 긴장감에 느끼지 못하고 있던 상처의 아픔이 병원에 도착하자마자 동시에 욱신거리며 존재감을 표출하기 시작했다. 가장 큰 부상은 팔이었다. 희연 언니에게 뻗었던 팔의 인대가 늘어난 탓에 나는 당분간 붕대를 감은 채로 생활하게 되었다.

두 명이나 병원 신세를 지는 바람에 사무실이 아닌 병실에서 회의가 열렸다. 나는 사장님에게 당시에 있었던 상황을 상세히 설명해야 했다.

"…그 뒤에 강준 씨가 희연 언니를 베었고… 그대로 소멸했어요."

"사념체에게 손을 뻗다니 무모했어. 큰일 날 뻔했잖아."

다운이 나를 꾸짖었다. 엄한 말투와는 달리 얼굴에는 걱정이 가득했다.

"그땐 너무 급해서 그랬어. 강준 씨한테 쏠린 주의를 돌릴 다른 방법이 떠오르질 않았거든."

"으이구."

다운이 아프지 않게 내 머리를 쥐어박았다. 나는 과장된 몸짓으로 아파 죽겠다는 듯 다운이 쥐어박은 머리를 부여잡았다.

"그건 그렇고… 형사님 영을 본다고요?"

사장님이 다운과 나를 힐끗 보고는 권두혁 형사에게로 시선을 돌렸다.

"예, 정확하게는 스튜디오에서 한희연의 귀신을 본 뒤부터 계속 보이더라고요."

사장님이 다운에게 눈짓하자 다운이 권 형사를 아래위로 훑어보고는 사장님을 향해 고개를 끄덕였다.

"영안이 트였네요. 원래 성인 돼서 영안이 트이는 건 정말 드문 경우인데, 여긴 두 명이나 있네요. 물론 누리는 조금 다른 경우기는 하지만."

"어때요? 적응하기 쉽지 않을 텐데."

처음으로 귀신의 진짜 모습을 보게 되었을 때의 내 모습이 저랬을까. 권 형사의 얼굴은 공포로 물들어 있었다. 안쓰러울 정도였다.

"솔직히 말하자면 정말 괴롭습니다."

조금 전부터 병실 안에 간호사 옷을 입은 영 하나가 얼쩡거리며 우리 주변을 맴돌고 있었다. 영을 보지 못하는 사장님을 제외하고는 모두가 영의 존재를 알아챘지만 다들 늘 그래온 것처럼 봐도 못 본 척, 자연스럽게 무시했다. 나 역시 마찬가지였다. 하지만 영안이 트인 지 얼마 안 된 권 형사의 입장에서는 간호사 영을 그냥 무시해버리기가 힘든 눈치였다.

"쳐다보지 마세요."

"저도 그러고 싶은데 잘 안 되네요."

보다 못한 내가 한마디 했지만 권 형사의 눈은 자꾸만 간호사 영의 동선을 따라갔다. 간호사의 영이 권 형사를 보았다는 생각이 들었을 때였다.

〔내가 보여?〕

간호사 영이 권 형사의 곁으로 다가가 그의 앞에 얼굴을 내밀었다. 영의 얼굴에는 당연히 있어야 할 눈코입이 없었다.

"으아악!"

그가 주춤거리다가 의자에서 떨어지고 말았다. 덩치 큰 형사가 귀신에 놀라 나동그라지는 모습을 누군가가 봤더라면 박장대소했을지도 모른다.

그러나 이곳에 있는 이들 중 누구도 웃음을 터트리는 이는 없었다. 모두 비슷한 경험을 했기 때문이다. 다운이 자리에서 일어나 형사에게 손을 뻗었다.

"당신들은 정말… 아주 어릴 때부터 이런 것들을 보고 살아왔다고요?"

다시 의자에 앉은 그의 얼굴에는 우리를 향한 동정이 가득했다.

'누가 누굴 동정하는 거야, 지금.'

권두혁 형사는 본인 역시 앞으로 이런 것들을 보고 살아야 한다는 것에 대한 자각이 아직 없는 듯했다.

"트인 영안을 닫는 건 힘들어요. 최대한 빠르게 적응하시는 게 좋을 거예요."

"네. 적응해야죠. 사실 나쁘기만 한 건 아니라고 생각합니다. 미제 사건의 영들이 저를 찾아오기를 내심 바라고 있기도 하고요. 저는 미제 사건 해결이 전문인 형사가 될 겁니다."

권 형사의 패기에 우리는 빙그레 미소 지었다. 아직 귀신을 쳐다보는 것도 무서워하는 사람이 영이 찾아오기를 바라고 있다니. 병실에 모인 사람들을 한 명씩 눈으로 훑던 나는 요한 씨 앞에서 시선을 멈추었다. 요한 씨는 내 팔찌를 물끄러미 내려다보고 있었다. 팔찌는 끊어지지 않은 것이 신기할 정도로 너덜너덜해진 상태였다. 다시 팔찌에 대한 의문이 솟았다.

'대체 뭐야?'

내가 위험에 처했을 때마다 팔찌의 도움을 받았다. 상상을 초월하는 어마어마한 힘은 감탄이 절로 나올 정도였다.

'퇴원하면 자세히 알아봐야겠어.'

그때였다. 요한 씨의 작은 목소리가 들려왔다.

"찾았다."

찾았다고? 뭘 말하는 거지? 고개를 돌려 요한 씨를 바라보았다. 팔찌를 쳐다보고 있던 요한 씨가 어느새 나를 똑바로 쳐다보며 웃고 있었다. 그냥 웃음이 아닌 한쪽 입꼬리가 올라간 명백한 비웃음이었다. 요한 씨가 맞나 싶을 정도로 낯선 그 모습에 나는 눈을 꾹 감았다. 눈을 떴을 때, 요한 씨는 언제 나를 쳐다보고 있었냐는 듯 다른 사람들과 대화를 나누는 중이었다. 나를 향한 소름끼치던 웃음은 어느새 사라지고 없었다.

* * *

시간이 조금 걸렸지만 우리는 다시 평범한 일상을 맞이했다. 늘어났던 인대는 가끔 욱신거려 당분간은 붕대를 계속 감고 있어야 했지만 일상에 지장을 줄 정도는 아니었다. 나는 그전보다 더 바쁘게 살기 위해 애썼다. 바쁜 일상 속에서 틈이 생길 때면 자꾸만 희연 언니가 생각이 났다.

"사장님이 지금 외근 중이어서요. 오실 때 됐는데 기다리시는 동안 녹차 한잔 드릴까요?"

"네. 시원한 걸로다가 갖다 줘요."

'재개발 결사반대'라고 쓰인 빨간 띠를 이마에 두른 의뢰인이 손부채질을 하며 말했다. 응접실 문을 닫고 나온 나는 '사장님, 의뢰인 오셨으니 얼른 오세요' 하고 사장님께 짧은 메시지를 보내고는 탕비실로 들어갔다. 손님에게 제공할 녹차를 타기 위해서였다.

"아…."

탕비실에는 강준 씨가 있었다. 정수기 앞에서 물을 마시고 있던 강준 씨는 나와 눈이 마주치자마자 물을 마시던 것을 멈추고는 급히 탕비실 밖으로 나가버렸다. 나는 습관처럼 녹차를 우려낸 첫 물을 따라 버리고는 다시 티백이 든 종이컵에 물을 받으며 생각에 잠겼다. …기분 탓이 아니다. 어제도, 엊그제도 그랬다. 강준 씨가 나를 피한다. 희연 언니를 소멸시킨 뒤, 강준 씨는 나만 보면 어찌할 바를 몰라했다.

응접실로 돌아가 의뢰인에게 녹차를 건넨 나는 응접실에서 나오며 강준 씨를 살폈다. 나와 눈이 마주친 그가 이번에는 자리에서 벌떡 일어나 사무실 밖으로 나가버렸다. 정말 미치겠네. 대체 왜 저러는 거야. 이유를 알 수 없으니 더 답답했다. 조금 뒤, 사장님과 강준 씨가 함께 사무실 안으로 들어왔다.

"그동안 병원 신세 지느라 안 간 지 좀 됐지?"

"네."

"잘 다녀와. 돈은 있어?"

"네. 충분해요."

뭐야, 왜?! 어딜 가는데? 내가 사장님을 향해 필사적으로 입을 벙긋거리며 물었지만 사장님은 나를 본체만체했다. 자리에서 가방을 챙긴 강준 씨가 사장님에게 인사를 꾸벅하고는 사무실 밖으로 다시 나가버렸다.

"사장님, 강준 씨 어디 가는 거예요?"

"…궁금하면 따라 갔다 올래?"

사장님이 현관문을 가리키며 물었다. 나는 곧바로 그러겠노라 대답했다. 사장님은 그럴 줄 알았다는 듯, 고개를 끄덕이는 것으로 내 퇴근을 허락한 뒤 의뢰인이 있는 응접실로 들어갔다. 나는 얼른 내 자리에서 가방을 집어 들고 강준 씨의 뒤를 따랐다. 책상 위에는 내가 펼쳐놓은 립글로스와 미스트 등 화장품이 아무렇게나 널브러져 있었지만 그런 것들까지 일일이 챙길 시간이 없었다. 강준 씨를 놓치지 않는 것이 가장 중요했다.

퇴근시간이 가까워진 9호선은 사람들로 북적였다. 나는 강준 씨의 뒤를 밟는 동안 사람들의 흐름에 휩쓸려 몇 번이나 강준 씨를 놓쳤다가 간신히 다시 찾기를 반복했다. 그나마 강준 씨의 키가 큰 덕분에 많은 사람들 속에서도 눈에 잘 띄는 것에 감사해야 할 정도였다. 간신히 강준 씨를 쫓아 도착한 곳은 고속터미널 역이었다.

"…밥은 안 차리셔도 돼요. 여기서 먹고 갈 겁니다."

통화중이던 강준 씨보다 그의 어깨에 앉아 있던 수호용이 나를 먼저 발견하고는 뀨우 하고 울며 알은체를 했다.

"하하… 안녕하세요? 같이 가요 저도."

핸드폰을 든 채로 딱 굳어 있는 강준 씨를 향해 나는 최대한 살갑게 인사를 건넸다. 강준 씨는 예상치 못한 내 등장에 상당히 놀란 눈치였다. 나는 강준 씨의 눈치를 살피며 비어 있던 옆자리에 앉았다.

"아, 손님이 있어요. 직장 동료인데…. 네… 저녁 먹어야 할 것 같아요. 네, 그럼 이따 봬요."

강준 씨가 전화를 끊고는 나를 보며 작게 한숨을 쉬었다.

"하제 형이 따라가라고 시켰지."

"음… 네."

"하여간 그 형 오지랖은."

사장님, 죄송해요. 사장님을 좀 팔게요. 한숨을 푹 내쉬는 강준 씨를 보며 나는 속으로 사장님에게 사과했다. 그 뒤로 한숨만 푹푹 내쉬며 침묵을 지키던 강준 씨는 타야 할 버스가 터미널 안으로 들어오자 내게 "따라와"라고 한마디 하고는 먼저 성큼성큼 걸어가 버스에 올라탔다. 청주행 버스였다.

손님을 가득 실은 버스가 도심을 빠져나가 뻥 뚫린 고속도로를 달리기 시작할 때까지, 강준 씨와 나 사이에는 한마디 말도 오가지 않았다. 그야말로 뻘쭘해서 죽을 것 같았다. 뭐라도 말해서 분위기를 풀어보고는 싶은데, 대체 무슨 말을 꺼내야 할지 알 수 없었다. '강준 씨, 요즘 왜 저를 이렇게 피하세요?'라고 물으면 '피하는 거 아닌데'라고 대답하겠지. …에휴, 다른 할 말 없을까. 내가 고민하는 사이 강준 씨가 내게 먼저 말을 걸었다.

"팔은 좀 괜찮아?"

강준 씨의 말에 나는 내 손가락을 하나하나 움직여 보이며 말했다.

"괜찮아요. 이제 아프지도 않고요. 다음 주부터는 붕대도 풀 거예요."

"다행이다."

강준 씨가 작게 말했다. 다시 긴 침묵이 흘렀다.

한참 만에 내가 다시 말했다.

"그날, 저를 구해주셔서 감사해요."

내 말에 강준 씨가 처음으로 나를 똑바로 바라보았다. 내 의중을 파악하려 애쓰는 모습이었다. 물론 강준 씨의 마음을 알 수 없는 것은 나도 마찬가지였다. 나 역시 마주 보며 강준 씨의 생각을 읽으려 애썼다. 한동안 의미 없는 눈싸움을 계속한 뒤에야 강준 씨가 먼저 입을 열었다. 그의 입에서 나온 말은 의외였다.

　"…나를 원망하지 않아?"

　"제가 왜요?"

　"네가 성불시키겠다고 했던 한희연을 내가 마음대로 소멸시켰잖아. 내가 가만히 있었다면 네가 성불시킬 수 있었을지도 모르는데."

　강준 씨의 말에 나는 침묵했다. 눈을 감자 그날 일이 바로 어제 있었던 것처럼 생생하게 되살아났다. 몸을 비틀며 폭주하던 언니의 모습, 당장이라도 끊어질 것 같던 팔찌. …그 상황에서 내가 희연 언니를 진정시키고 성불시킬 수 있었을까?

　"제가 어떻게 감히 원망을 해요. 오히려 살려주셔서 감사하다고 말해야 할 입장인데요."

　한 치의 거짓 없는 진심이었다. 내 말에 강준 씨가 다시 나를 잠시 바라보더니 이내 눈을 감았다.

　"도착하려면 아직 멀었어. 난 좀 잘 거니까 너도 자."

　눈을 감은 강준 씨의 표정이 조금 풀린 것 같기도 했다.

　버스에서 내린 강준 씨가 가장 먼저 한 일은 근처 편의점에서 막걸리 한 병을 사는 것이었다. 강준 씨는 술병이 담긴 까만 비닐봉지를 들고 다시 완행버스에 올랐다. 버스는 구불구불한 시골길을 달려 종점에 도착했고, 강준 씨는 그곳에서 다시 다른 버스로 갈아탔다.

　"지금 어디 가는 거예요?"

　해가 진 지 이미 오래였다. 오늘 안에 집에 가기는 틀린 것 같았다. 처음 강준 씨를 따라가기로 결정했을 때부터 각오하지 않은 바는 아니었지만 이렇게 밤늦도록 목적지에 도착하지 못하니 걱정되기 시작했다. 괜히 엉뚱한 곳에 가는 것은 아닐까? 물론 강준 씨가 그럴 사람은 아니라는 것은 알지만 말이다. 내 말에 강준 씨가 짧게 대답했다.

"우리 누나 보러."

…누나를 보러 가는데 막걸리를 사서 간다고? 내가 얼빠진 얼굴로 자신을 보고 있다는 것을 아는지 모르는지, 강준 씨는 창밖만 보고 있을 뿐이었다.

"다 왔다. 내려."

드디어…. 나는 찌뿌둥한 몸을 쭉 펴며 차에서 내렸다. 강준 씨의 시선이 닿은 곳에는 야산이 있었다. 버스정류장 근처에 세워져 있는 가로등을 제외하고는 변변한 불빛조차 없어 산 주위에는 어둠이 짙게 내려앉아 있었다. 간신히 형체를 구분하는 것이 고작인 짙은 어둠을 뚫고 강준 씨가 익숙한 걸음으로 앞으로 나아가기 시작했다.

"봉분 안 밟게 조심해."

강준 씨가 뒤따라오는 나를 힐끗 돌아보며 말했다. 흠칫 놀란 나는 발밑을 살폈다. 봉분이라니? 한 걸음 앞에 봉분이 다가와 있었다. 그제야 주변이 보였다. 나는 어느샌가 무덤들 한가운데에 서 있었다. 등골이 오싹했다.

강준 씨는 모여 있는 무덤들 중에서도 가장 외곽에 있는 무덤으로 다가가 그 앞에 서서 절을 두 번 올렸다. 그러고는 가지고 온 막걸리를 종이컵에 따라 봉분에 뿌렸다. 무덤은 평평하게 다진 곳이 아니라 커다란 돌들이 아무렇게나 울퉁불퉁 솟아 있는 비탈길에 자리 잡고 있었다. 비석이 세워져 있는 다른 무덤과는 달리 강준 씨가 절하는 무덤은 변변한 비석조차 갖춰져 있지 않았다. 다른 무덤들에 비해 티가 날 정도로 아무렇게나 만들어진 무덤이었다. 바람이 불어올 때마다 나는 추위에 몸을 웅크렸지만 강준 씨는 추위를 느끼지 못하는 듯 멍하니 무덤을 바라보고 있었다. 한참 뒤, 강준 씨가 내게 핸드폰 사진첩을 열어 사진 하나를 보여주었다.

"내 쌍둥이 누나야."

나는 강준 씨에게 핸드폰을 받아 사진을 살폈다. 한복을 입은 20대 여자의 사진이었다. 강준 씨와 쌍둥이라는 사진 속 여자는 강준 씨와는 닮은 듯 닮지 않았다. 다부진 입매는 강준 씨와 똑 닮았지만 부리부리한 강준 씨의 눈과는 달리 여자의 눈은 크면서도 눈꼬리가 길고 살짝 처져 있었다. 어딜 가나 미남 소리를 듣고 사는 강준 씨의 쌍둥이 누나답게 아주 빼어난 미모의 소유자였다.

"정말 예쁘네요! 연예인 같아요."

이 집안은 유전자가 아주 우월한가 봐. 강준 씨의 부모님도 이렇게 미남 미녀실까. 핸드폰을 돌려주며 건넨 내 말에 강준 씨의 얼굴에 살짝 미소가 폈다.

"그런데 여기는 왜…?"

강준 씨 역시 영을 보는 사람으로서 잘 알고 있을 거다. 육신은 껍데기일 뿐, 본질인 영혼이 성불한 이상 죽은 자의 무덤을 찾는 것은 아무 의미 없는 일이라는 것을 말이다.

"우리 누나라는 사람이 이 세상에 존재했다는 흔적이 이곳이니까."

강준 씨는 담담한 목소리로 자신의 이야기를 시작했다.

"우리 집안은 대대로 용의 수호를 받으면서 사념과 사념체를 처리하는 일을 업으로 삼아왔어. 누나는 어릴 때부터 어른들을 뛰어넘는 영력으로 집안의 기대를 한 몸에 받았지. 그에 비해서 나는 일반인과 크게 다를 바 없을 만큼 평범했어. 우리가 세 살이었을 때 집안의 사람들은 누나를 신녀로 떠받들었고 나는 천덕꾸러기 취급을 받았지. 사실 당연한 거야. 누나는 강했고 나는 약했으니까."

강준 씨가 낮게 조소했다. 강준 씨의 입에서 흘러나온 이야기는 의외였다. 사무소 사람들 중에서 물리력에서나 영력에서나 가장 강한 사람이 강준 씨인데, 그런 강준 씨가 집안의 천덕꾸러기 취급을 받을 만큼 약했었다니. 지금의 강준 씨를 봐서는 상상도 가지 않는 일이다.

"사실 이 수호용도 누나를 수호하던 용이야. 누나는 내게 이 용을 넘겨주고 어른들께는 용이 나를 선택했다고 말했어. 그때부터 나도 천덕꾸러기 취급을 면했지."

강준 씨의 어깨에 앉아 있던 용이 짧게 한 번 울었다. 마치 제 이야기를 하고 있다는 것을 알기라도 하는 듯했다.

"누나는 너무 착했어. 거절도 할 줄 모르는 사람이었어. 집안 어른들의 명에 따라 사념과 사념체들을 없애느라 학교도 제대로 가보지 못했지. 내가 학교에 가서 친구들과 노는 동안, 어린 누나는 집채만 한 악귀들과 사념체들을 상대로 싸워야 했어. 나는 학교에 다녀오면 누나에게 글을 가르쳐주기도 했고, 학교에서 배웠던 것들을 이야기해주기도 했지. 누나는 나를 많이 부러워했어. …악귀들은 그 점을 놓치지 않고 끊임없이 누나를 현혹했어."

"…"

"자신들을 소멸시키는 게 정말로 네가 해야 할 일이냐, 사실은 네 부모가 시켜서 옳은 일인지 아닌지도 모르고 하는 일이 아니냐. 너도 네 쌍둥이 동생처럼 평범하게 살 수 있는데, 네 부모가, 네 동생이 져야 할 짐을 대신 지고 있는 거라는 생각은 안 해봤느냐."

"그런 말 같지도 않은 말을…!"

내 분노에 강준 씨가 작게 웃었다. 강준 씨의 입은 웃고 있었지만 눈은 슬픔으로 가득 차 있었다.

"누나는 결국, 악귀들의 꼬임에 넘어가 자살을 택하고 말았어. 그리고… 사념체로 내 앞에 다시 나타났어. 누나를 꼬드겼던 악귀들과 사념들을 죄다 흡수해버린 거야. 이제까지 수백 마리가 넘는 사념체들을 상대해왔지만 누나보다 큰 사념체를 본 적이 없어."

회연 언니의 사념체도 꽤 큰 축에 든다고 했었다. 그런데 그것보다 더 큰 사념체라니, 크기가 가늠조차 되지 않았다.

"내가 사랑하던 누나는 어디에도 없었지. 게다가 집안 어른들은 누나를 '처치해야 할 사념체' 그 이상도 이하로도 보지 않는 것 같았어. 그저 아깝게 됐다며 수군거리기만 했지."

그때의 강준 씨가 어떤 마음이었을지 이해할 수 있었다. 사념체가 된 희연 언니는 내가 알던 희연 언니가 아니었다. 자기 가족이 사념체가 되었을 때, 강준 씨가 받은 충격은 얼마나 컸을까. 내가 받은 충격에 비할 바가 아니었을 거다.

"누나를 소멸시키기 위해 집안의 모든 어른들이 매달렸어. 그리고… 모두 죽었어. 다른 지방에 사념체를 처치하러 갔던 작은아버지 가족을 제외하고는 나만 남았지. 네가 한희연을 성불시키고 싶어 했던 것처럼, 나도 누나를 성불시키고 싶었어."

— …옛날에, 내가 정말로 성불시키고 싶었던 사념체가 하나 있었어.

'저번에 강준 씨가 말했던 그 사념체가… 쌍둥이 누나였구나.'

"누나가 다시 태어나 나를 기억하지 못하고, 내가 누나를 기억 못해도 좋아. 그저 누나가 다시 태어나서, 평범한 사람으로 살아갈 수만 있으면 좋겠다고 생각했지."

"하지만…"

"나도 알아. 누나는 이미 사념체가 되어 많은 사람을 죽게 했고, 성불한다 해도 힘든 삶을 살게 될 거라는 거. 결코 평범한 삶을 살 수 없겠지. 그건 누나도 알고 있었어."

강준 씨는 어느새 눈을 감고 있었다. 생각하기 싫은 기억을 떠올리듯, 강준 씨의 미간은 찌푸려져 있었다.

"누나에게 엉엉 울면서 빌었어. 제발 성불하자고, 더 이상 죄를 짓지 말라고. 하지만 그 어느 말도 소용없었어."

"…"

"대신 누나는 내 앞에 고개를 숙였어. 누나의 마지막 말이 뭐였는지 알아? '나를 소멸시켜 줘.' 답은 정해져 있었지. 나는 누나의 정수리에 칼을 꽂아… 누나의 영을 반으로 갈라버렸어."

강준 씨의 어깨에 앉아 있던 수호용이 길게 울고는 강준 씨의 품에 안겼다. 그 모습이 마치 강준 씨를 위로하는 것처럼 보였다.

"누나를 현혹시킨 사념체와 악귀들을 용서할 수가 없어. 그들에게 성불은 사치지."

강준 씨의 말은 언제나처럼 적개심에 가득했지만 목소리는 깊은 슬픔에 잠겨 있었다.

"누나를 도구로만 보았던 어른들도 용서할 수 없어. 그리고 누나를 결국 소멸시킨 나도…."

강준 씨의 눈에서 눈물이 툭 떨어졌다. 나는 강준 씨를 당겼다. 커다란 덩치의 강준 씨는 내게 순순히 안겨왔다. 나는 강준 씨를 가만히 끌어안고 한참을 말없이 품에 안고 토닥거렸다.

"미안해. 사실 나는 네가 한희연을 성불시키지 못하기를 바랐어. 네가 사념체를 성불시킨다면… 누나를 성불시키지 못하고 결국 소멸시켜야 했던 그날의 나를 더욱 용서할 수 없을 것 같았어."

그래서 내가 먼저 한희연을 소멸시켜 버렸어. 네가 한희연을 성불시키기 전에…. 강준 씨의 웅얼거리는 소리가 들렸다. 나는 차분한 목소리로 강준 씨를 위로했다.

"아마 저도 못 했을 거예요. 희연 언니가 폭주하는 순간, 다 틀렸다고 생각했거든요. 그때 강준 씨가 저를 구해주신 거예요. 그러니까… 죄책감 갖지 마세요."

내게 고해성사하듯 모든 것을 말한 강준 씨는 후련하다는 표정이었다. 우리 둘 사이에 가득하던 어색한 분위기는 눈 녹듯 사라져 있었다. "이제 나 안 피할 거죠?"라는 장난스러운 내 말에 강준 씨는 "그래" 하고 대답하며 살짝 미소 지었다.

강준 씨의 본가는 야산에서 그리 멀지 않은 곳에 위치해 있었다. 꼭 조선시대 양반집처럼 으리으리한 한옥이었는데 '그 일'이 있은 뒤로 그 큰 집에 사는 사람들은 강준 씨의 작은아버지 가족 네 명뿐이라고 했다.

물론 사람이 넷이라는 거지 그 안에 살고 있는 이들은 수없이 많았다.

집 안 곳곳에서 강준 씨의 집을 지키는 조상신들이 나를 보며 알 듯 말 듯한 미소를 흘렸다.

〔참한 처자구먼. 마음에 드는군.〕

…내가 잘못 들은 거겠지? 들려오는 조상신들의 말을 애써 무시하는 찰나 강준 씨의 작은어머니가 강준 씨의 방으로 밥상을 가지고 들어오셨다. 강준 씨와 마주 앉아 늦은 식사를 하는 동안 밥상 주변으로 이 집 안에 있는 조상신들이 죄 몰려와 우리를 둘러싸고 저마다 말을 하기 시작했다.

〔영력은 그만하면 되었고….〕

〔처녀, 우리 강준이 짝이 되어 가문을 이어주게.〕

이, 이 조상신들이 뭐라는 거야! 조상신들의 말뜻을 이해한 내가 얼굴을 붉히는 것과 동시에 강준 씨가 소리를 버럭 질렀다.

"그러려고 데려온 사람 아닙니다!"

물론 조상신들은 동요하는 기색조차 없었지만 말이다.

〔예끼, 이놈. 부끄러워하기는.〕

〔괜찮으니라. 그 나이 때는 다 그런 거지, 껄껄.〕

강준 씨가 얼굴이 빨개져서는 내 시선을 피하는 것을 보며 나는 속으로 눈물을 삼켜야 했다. 어째… 분위기가 더 어색해질 것 같은데?

* * *

의도치 않게 외박하고 이틀 만에 들어온 집은 평소보다 더 좁아 보였다. 대궐 같은 강준 씨네 본가에서 하룻밤을 보낸 탓이다. 내가 묵은 손님용 방이 내 원룸의 두 배는 족히 넘는 크기였으니 말 다했지 뭐야. 나는 가방을 바닥에 아무렇게나 던져놓고는 침대 위로 풀썩 몸을 던졌다. 고속버스를 타고 터미널에 도착할 때까지도 피곤하다는 생각이 들지 않았는데, 집에 오자마자 피곤이 몰려들었다.

얼른 씻고 잠이나 자야겠다. 나는 무거운 몸을 일으켜 침대에 앉으며 왼

283

손에 매고 있던 붕대를 풀었다. 인대가 늘어났던 왼팔은 멍이 아직 빠지지 않은 상태로 한눈에도 아파 보였지만 시간이 꽤 지난 탓에 처음 다쳤을 때만큼 아프지는 않았다. 내가 팔목을 앞으로 굽혔다가 뒤로 젖혔다. 손목을 돌렸다가 하며 손을 풀고 있는 사이 방 한쪽에 놓여 있는 행거들 사이에서 '그것'의 기척이 느껴졌다.

이 집에 살기 시작할 때부터 있었던 고양이 영이다. 기도원에서 팔찌가 살짝 끊어진 뒤 영안이 트이게 되면서부터, 나는 그간 희뿌연 형체로만 보이던 '그것'의 모습을 또렷이 볼 수 있게 되었다. '그것'은 삼사 개월 남짓한 아기고양이의 영이었다. 고양이라면 그 무렵이 한창 귀여울 때지만⋯ 사실 이 고양이 영은 가슴 아플 정도로 흉측한 모습을 하고 있었다. 생전 눈처럼 하얬을 털은 여기저기 검붉은 피들이 얼룩처럼 꾸덕꾸덕 말라붙어 있었고, 목덜미에는 흉측한 쇠사슬이 살을 파고들어 털과 함께 엉켜 있다. 한쪽 눈은 무언가에 맞은 듯 부어올라 제대로 뜨지도 못했다. 감긴 눈에서는 하얀 유리체가 눈물처럼 흘러내리고 있었고 반대쪽 눈마저 눈곱이 덕지덕지 붙어 있다. 그뿐만 아니라 다리에도 문제가 있는 듯 항상 왼쪽 앞발을 살짝 절고 다녔는데, 그럼에도 어찌나 날쌘지 놀다가도 내 발자국 소리만 들리면 우다다 도망가기 일쑤였다.

"우리 처음에는 이런 사이 아니었잖아. 응?"

내가 침대에 누워 노트북으로 웹 서핑을 하고 있으면 고양이 영은 늘 내 등에 올라가 앉아 있거나, 노트북 위에 웅크리곤 했었다. 내게 살갑게 굴던 고양이 영은 내가 사무소에 들어가 처음으로 맡았던 기숙사 의뢰를 해결하고 난 뒤부터 나를 슬금슬금 피해 다니기 시작했다. 나는 고개를 장롱 쪽으로 돌려 그것의 행동을 숨 죽이고 지켜보았다. 귀가 쫑긋쫑긋하며 먼저 모습을 드러내고, 이내 자그마한 머리통이 행거 커튼 사이로 불쑥 나왔다. 나는 안 보는 척 시선을 다른 쪽으로 돌렸다. 가만히 앉아만 있는 내가 이상했던 모양이다. 그것이 호기심 어린 모습으로 살금살금 내게 다가오는 것이 보였다.

'조금만 더… 조금만 더…!'

"잡았다!"

고양이가 내 앞으로 바짝 다가왔을 무렵, 나는 와락 달려들어 고양이 영을 낚아채듯 안아들었다. 이놈, 누나를 왜 피하는 거야. 옛날처럼 누나랑 잘 지내자. 응? 고양이 영의 얼굴에 내 볼을 비비려던 순간이었다. 고양이의 몸이 번쩍하고 하얗게 빛나기 시작했다.

"뭐야? 왜 이래?"

깜짝 놀란 나는 영을 그만 놓치고 말았다. 다행히도 안정적으로 바닥에 착지한 고양이는 그 후로도 한참을 하얀빛에 감싸여 있었다. 그리고 빛이 사라진 뒤에는… 온몸 가득하던 상처가 말끔히 사라져 있었다. 고양이 영이 작게 애옹애옹 울며 내게로 다가왔다. 내가 바보처럼 멍하니 입만 벌리고 있는 사이, 녀석은 언제 나를 피했냐는 듯 내 왼 무릎에 앉아 애교를 부렸다. 나는 홀린 듯 왼손으로 고양이의 머리를 두어 번 쓰다듬었다. 내 손길에 고양이는 편한 듯 목을 울려 골골 소리를 냈다. 느릿느릿 눈을 감는 것이 기분이 좋은 듯했다. 평온한 표정의 고양이 영은 다시 하얀빛을 내며 스르르… 사라져버렸다. 손에는 따뜻한 털을 쓰다듬던 감촉이 아직도 생생했다. 왼손에 차고 있던 팔찌가 짧게 한 번 진동하고는 잠잠해졌다. 나는 팔찌를 내려다보았다.

"성불한 거지, 지금?"

그러고 보니 희연 언니 사념체를 상대할 때도 팔찌의 도움을 받았었다. 팔찌에 관해 더 자세히 알아보겠다고 생각했었는데 병원에서 치료받으랴, 강준 씨와의 오해를 풀랴 정신이 없어 깜빡 잊고 있었다. 나는 습관처럼 팔찌를 매만졌다. 약해질 대로 약해진 팔찌는 내 손길이 닿자 투둑하고 아직 끊어지지 않은 부분들까지 뜯어지기 시작했다. 나는 다시 붕대를 매어 팔찌를 싸버렸다. 당분간은 팔목보호대를 하나 사서 팔찌 위에 덮고 있어야겠다. 주말에는 꼭 팔찌에 대해서 알아봐야지. 나는 속으로 다짐했다.

* * *

집에 있던 고양이 영을 성불시킨 뒤, 나는 의식적으로 주변에 보이는 고양이 영들에게 다가갔다. 시험해보고 싶은 마음에서였다. 길을 걷다가 고양이 영들이 보이면 못 본 척 지나치던 평소와는 달리 나는 의도적으로 그들에게 다가갔다. 나에게 적대적이든 호의적이든 상관없이 나는 그들의 앞에 허리를 숙이고 서서 영의 등허리를 쓰다듬었고, 내 손길이 닿은 그들은 열이면 열 그 자리에서 그대로 성불했다.

뭐야, 나 사실 미다스의 손인가? 어떻게 손만 대는 족족 성불하는 거지?

나는 회사 앞에 앉아 있던 유기묘로 보이는 고양이 영 한 마리를 마지막으로 출근길에만 다섯 마리의 고양이 영을 성불시키고 회사로 올라갔다.

"좋은 아침?"

"안녕하세요!"

사장님은 사무실의 화초에 물을 주고 있었던 듯했다. 주둥이가 젖은 물뿌리개를 든 사장님이 사장실에서 나오며 내게 아침인사를 건넸다. …어라? 사장님의 머리 위에 고양이 한 마리가 앉아 있었다. 한눈에 봐도 몸집이 큰 까만 고양이는 사장님의 머리 위가 제 침대인 양 꾸벅꾸벅 졸고 있었다.

"왜? 내 얼굴에 뭐 묻었냐?"

내 시선에 사장님이 자신의 볼을 한 번 닦아내듯 문지르며 물었다.

"아뇨, 잠시만요."

사장님의 앞으로 다가갔다. 으아, 가까이서 보니 사장님 키가… 생각한 것보다 어째 더 크다. 나는 사장님의 어깨를 잡고 까치발을 들었다. 그러고는 사장님의 머리 위에 앉은 고양이의 몸을 쓰다듬었다. 고양이는 나를 보며 작게 야옹— 하고 울더니 하얀 빛을 내며 스르르 사라졌다. 나는 고개를 끄덕였다.

"역시…"

"너 뭐하냐. 지금?"

사장님이 나를 보며 의아하다는 듯 말했다. 나는 사장님을 보며 눈을 깜빡였다.

"저 좀 성스러워진 것 같지 않아요?"

나 알고 보면 하늘에서 내려온 성녀 같은 거 아냐?

"…."

사장님이 일순 어이없다는 표정을 하더니 손을 올려 내 이마를 짚었다.

"열은 없는 거 같은데."

"두 사람 뭐해요?"

등 뒤에서 들려오는 다운의 목소리에 사장님과 나는 화들짝 놀라 뒤로 두 걸음씩 물러났다. 다운이 메고 있던 가방을 벗으며 이상하다는 눈으로 우리를 한 번 보고는 자기 자리로 갔다. 생각해보니 사장님이랑 나랑 너무 가까이 있었던 거 아냐? 순식간에 얼굴이 달아올랐다. 나는 손부채질을 하며 탕비실로 향했다. 아무도 없을 줄 알았던 탕비실 안에는 요한 씨가 커피를 타고 있었다. 나는 살짝 뒷걸음치며 요한 씨를 경계했다. 설마 요한 씨도 보고 있었던 건가? 요한 씨는 평소와 다름없는 상냥한 미소를 지어 보였다.

"좋은 아침."

"아… 안녕하세요."

그날 병실에서 '찾았다'고 내게 말하던 요한 씨의 모습이 자꾸만 떠올라 요한 씨를 대하는 것이 껄끄러웠다. 게다가 그날 이후로 요한 씨는 자기가 언제 그런 표정을 지었냐는 듯 다시 내가 알던 상냥하고 다정한 요한 씨의 모습으로 돌아왔다. 하지만 잘못 봤다고 치부하기에는 요한 씨의 차가운 미소가 내 머릿속에 너무나도 생생하게 남아 있었다. 지금 와서 요한 씨에게 '그때 뭘 찾았다고 하신 거예요?'라고 물어볼 수도 없고 말이야. 그렇다고 이렇게 서먹한 관계를 유지할 수도 없고…. 에휴, 못 본 척하고 나도 예전처럼 요한 씨를 대하는 게 맞는 거겠지? 나는 애써 미소를 지었다.

"레모네이드?"

요한 씨가 새 종이컵과 레모네이드 한 스틱을 꺼내며 내게 물었다.

"아, 아뇨…. 커피 마시려고요. 감사합니다."

요한 씨가 들고 있던 레모네이드 스틱을 내려놓고는 인스턴트커피를 꺼내 주둥이를 찢었다.

"원래 커피 잘 안 먹지 않아?"

"봄이라 그런지 요즘 자꾸만 졸려서요."

내 말에 요한 씨가 묘한 표정으로 나를 보는 것이 느껴졌다. 그 시선이 조금 부담스럽게 느껴져 나는 요한 씨의 시선을 피해 고개를 숙이고 종이컵을 받아들었다.

"병원에 가보는 게 어때?"

요한 씨의 목소리에는 걱정이 가득했다. 뭐야… 걱정하는 거였나? 내가 요한 씨를 오해한 모양이다. 괜스레 미안해져 나는 더 과장되게 손사래를 쳤다.

"걱정 마세요. 저 튼튼한 거 아시잖아요! 봄이라서 그래요."

의뢰에 관한 자료를 훑는데 자꾸만 눈이 감겼다. 커피를 연거푸 마셨음에도 졸음이 가시질 않았다. 오늘 밤에는 좀 더 일찍 자야지. 차를 타고 의뢰를 받은 문제의 장소로 이동하며 다짐했다.

"어라? 여기 저희 집 바로 옆이에요. 우리 동네에 이런 일도 있었나?"

"뭐야, 넌 너희 동네에서 일어나는 일도 몰라?"

다운이 내 말에 작게 이죽거렸다. 우씨, 그럴 수도 있지. 울컥한 내가 무어라 항변하려는 찰나였다.

"그럴 수도 있지, 뭐."

"모를 수도 있지."

사장님과 강준 씨가 동시에 말했다. 뭐야, 두 사람이 웬일로 내 편을 들어준담? 다운 역시 의외라는 듯 눈을 크게 뜨고 말했다.

"공누리, 너 언제 하제 형하고 강준이 형을 네 편으로 만들었냐? 자기 편 없는 사람은 억울해서 어디 살겠어? 요한이 형, 형은 제 편들어 주실 거죠. 그죠?"

다운이 옆에 앉은 요한 씨를 보며 징징거렸다. 다운의 말에 요한 씨가 "글쎄" 하고 장난기 어린 목소리로 대답했다.

"다들 너무하네!"

나는 장난스럽게 과장하는 다운의 목소리를 뒤로한 채 손에 들린 자료를 집중해서 읽기 시작했다. 내가 사는 곳 근처의 일이라고 생각하니 흥미가 일었다.

우리 동네의 주민자치위원회에서 의뢰한 일이었다. 몇 주 전부터 밤마다 동네의 개들이 허공을 보고 짖어댄다고 했다. 한두 마리도 아닌 동네의 모든 개들이 일시에 짖어대는 탓에 개를 키우지 않는 집 주민들의 민원이 폭주했다. 뿐만 아니라, 개를 키우는 사람 역시 원인을 몰라 곤욕을 치르고 있다고 했다. 이번에 동네가 재개발 대상 지역에 오르내리면서 분위기가 뒤숭숭한 와중에 개들까지 짖어대니…. 굿이라도 한 번 할 요량으로 주민들이 한 푼 두 푼 모아 의뢰한 것이다.

"누리는 이 동네에 대해서 아는 것 좀 있어?"

요한 씨가 물었다.

"음…. 그냥 평범한 동네예요. 어떤 동네든 '원래 거기가 공동묘지 터였다더라'는 괴담은 흔히 있지 않아요? 딱 그 정도? 저도 대학 다닌다고 거기서 자취하는 거라 자세한 건 몰라요."

"그래? 사람은 많아?"

"지하철 역 주변으로 죄다 원룸 촌이에요. 근처에 대학이 많거든요. 그 뒤 산 쪽으로도 다 주택가고요. 집이 많으니 사람도 많지 않을까요? 사실 사람이 많은 걸 본 적은 없지만요. 퇴근하면 집 밖으로 잘 안 나가거든요."

"그러고 보니 너희 집 앞, 여자애가 혼자 살기에는 위험해 보이더라. 특히 그 골목길 말이야."

사장님이 말했다. 골목길이라니? 내가 의아한 얼굴을 하자 강준 씨가 덧붙였다.

"기억 안 나? 예전에 너 PC방 아르바이트할 때 말이야."

"아아…."

강준 씨의 말에 잊고 있던 기억이 떠올랐다. 내가 아르바이트를 하던 PC 방으로 저 네 명이 함께 일하자며 들이닥쳤었지. 방해하지 말고 나가라는 내게 요한 씨가 "밤길 조심해"라고 말했던가? 그리고 그날 정말 위험한 일이 생겼다. 그때까지만 해도 내가 이 사람들과 함께 일하게 될 줄은 몰랐는데 말이다. 사람 인연이라는 게 참… 알 수 없다.

사장님은 여전히 걱정 가득한 얼굴을 하고 있었다. 백미러에 비친 사장님을 향해 나는 괜찮다는 듯 웃어 보였지만 사장님의 얼굴은 좀처럼 펴질줄을 몰랐다.

"회사 근처로 이사하는 게 어때."

"저 아직 대학 졸업 안 했거든요? 휴학 중이지만, 복학하면 회사 근처는 등하교하기 너무 멀어요."

"취업계 내면 되잖아."

사장님의 얼굴이 한없이 진지해서 나는 할 말을 잃었다. 강준 씨 역시 고개를 끄덕이고 있었다. 이 사람들이 정말, 갑자기 왜 대화 주제가 내 이사가 된 거람? 나는 이 상황을 좀 어떻게 해 보라는 의미로 다운의 옆구리를 쿡쿡 쳤다. 창밖을 보던 다운이 "내가 왜?"라며 몸을 확 돌렸다. 저거, 저거, 지금 삐졌다고 시위하는 거지?!

"새삼스럽게 웬 이사래. 저 그동안 잘만 지냈거든요? 무슨 일 일어날 것같으면 요한 씨가 먼저 말해주시겠죠. 저번처럼! 걱정 마세요, 다들."

"…그래. 누리한테 무슨 일이 생길 것 같으면 내가 먼저 꿈을 꾸겠지."

요한 씨의 말에 두 사람은 이사 권유를 마지못해 그만두었지만 걱정스런 얼굴은 여전했다. 나는 두 사람의 얼굴을 애써 못 본 척하며 눈을 감았다. 차가 움직이는 일정한 진동, 창밖에서 내리쬐는 따뜻한 봄 햇살. 나는 어느새 꾸벅꾸벅 졸기 시작했다.

규칙적으로 흔들리던 차가 멈춘 것을 느끼며 잠에서 살포시 깨었다. 목적지에 도착한 것을 짐작했지만 눈을 뜨기가 싫었다. 이대로 잘 수 있으면 좋겠다. 차 문이 열리는 소리가 들려왔다. 한 명씩 차에서 내리는 듯했다. 그냥 깊이 잠든 척할까 하는 달콤한 유혹도 잠시, 애써 무거운 눈을 떴다. 자도 자도 자꾸 졸리다. 평생 자고 싶을 정도였다. 차 밖으로 나온 나는 기지개를 쭉 펴며 주변을 살폈다. 눈에 익은 풍경에 나는 다시 한 번 우리 동네에서 일이 생겼다는 것을 실감할 수 있었다. 집까지는 넉넉잡아 10분 정도. 오늘은 평소보다 퇴근길이 짧겠다는 생각에 마음이 살짝 들떴다. 퇴근하자마자 바로 집에 가서 잘 거야. 나는 속으로 생각했다. 다운과 요한 씨가 주변을 두리번거리며 살펴보고 있었다. 나 역시 그들을 따라 주변 탐색에 들어갔다.

출퇴근길에 오며가며 스쳐지나가듯 보기는 했어도 이곳에 직접 오기는 처음이었다. 산을 깎아 만든 비탈에 옹기종기 모여 있는 주택들은 척 보기에도 오래된 티가 났다. 몇몇 집들은 1960년대에나 얹었을 법한 파란 슬레이트 지붕이 그대로 남아 있었고 예외 없이 거의 모든 집의 대문이 녹슬어 있었다.

동네에는 강원도의 슬아네 아파트에서 본 것과 비슷한 문구가 쓰인 붉은색 현수막들이 곳곳에 걸려 있었다.

'재개발을 결사반대한다.'

'서민들 죽이는 강제 재개발 즉각 철회하라!'

알 만한 동네 분위기에 모두가 납득한 듯 고개를 끄덕였다.

"우선은 의뢰인부터 만나자."

사장님이 동네 한쪽에 위치한 컨테이너로 만든 가건물을 가리켰다. '주민자치위원회'라는 팻말이 걸린 컨테이너 역시 동네의 집들만큼이나 낡아 보였는데, 군데군데 보기 싫게 녹이 슬어 붉은 속을 그대로 내보이고 있었다.

"계십니까? 영혼사무소에서 나왔습니다."

"들어오세요."

사장님이 문을 열자마자 안에서 자그마한 무언가가 쏜살같이 튀어나와 사장님의 바짓가랑이를 물었다. 깜짝 놀란 사장님이 무심코 뒤로 한걸음 물러났다가 멋쩍은 듯 다시 앞으로 다가왔다. 자그마한 강아지였다. 태어난 지 몇 개월이나 되었을까. 영락없는 똥개였는데 꽤 귀여운 구석이 있었다. 게다가 애교는 어쩌나 많은지, 앞발을 들고 사장님의 무릎에 매달려서는 자그마한 꼬리가 떨어져라 흔드는 모습을 보고 있자니 상황도 잊고 절로 미소가 나왔다. 나는 그 자리에 쪼그리고 앉아서 강아지를 안아들었다. 품 안에 쏙 들어오는 것이 무척 귀엽다. 강아지의 까만 눈을 마주하며 나는 인사를 건넸다.

"안녕? 넌 이름이 뭐니?"

"개새끼가 개새끼지 이름은 무슨."

안에서 남자의 퉁명스러운 목소리가 들려왔다. 남자의 말에 무안해져 얼굴이 화끈 달아오른 나는 강아지를 조심스럽게 내려놓고는 자리에서 일어났다. 컨테이너 안에는 빨간 조끼를 입고 이마에 빨간 띠를 두른 남자가 양반다리를 하고 앉아 있었다. 신발을 벗고 안으로 들어간 우리는 늘 하던 대로 주변을 살폈다. 컨테이너 한구석에는 무언가에 깔린 듯 온몸이 으스러진 남자 영이 바닥에 누워서 우리 쪽을 바라보고 있었다. 피범벅인 남자의 모습에 소름이 돋았지만 나는 못 본 척 사장님에게로 시선을 돌렸다.

"이 개새끼가 밤만 되면 짖어대는데 그 소리를 시작으로 동네 개들이 죄다 합창이라도 하듯이 밤새 짖어대니 원, 복날만 와봐라. 저 개새끼부터 잡아먹고 말지."

언제부터인가 남자의 앞으로 와서 배를 까뒤집고 아양을 떨고 있던 강아지를 남자가 귀찮다는 듯 발로 멀찍이 밀어내며 말했다. 남자의 거친 말과는 달리 컨테이너 안에는 강아지를 위한 여러 가지 물건들이 놓여 있었다. 물통에는 깨끗한 물이 가득 채워져 있었고 배변패드 역시 새것인 듯 깨끗했다. 종이상자 안에 두툼한 담요를 깔아 만든 개집에 강아지를 위한 장난감까지 있었다.

"몇 시부터 울기 시작합니까?"

"그건 그때그때 다르지만 대략 11시에서 12시 사이일 거요."

사장님이 나를 돌아보며 말했다.

"너희 집에서 여기까지 얼마나 걸려?"

"넉넉잡아 10분 정도 거리예요."

"그 정도 거리면 너희 집에서도 들리지 않나? 11시에서 12시 사이면 너도 집에 있을 시간이잖아."

"요즘 제가 춘곤증 때문에 일찍 자거든요. 퇴근해서 씻고 침대에 누웠다 하면 바로 아침이에요. 그래서 못 들었나 봐요."

"온 동네 개들이 다 짖으면 그 소리만 해도 어마어마할 텐데 안 깬다고? 춘곤증치고는 좀 심한 것 아냐?"

요한 씨가 걱정스럽다는 듯 물었다.

"잡담은 나중에들 하시고, 그래서 해결할 수 있는 거요, 없는 거요?"

의뢰인이 우리의 대화를 자르고 물었다.

"개가 짖는 데는 여러 가지 이유가 있죠. 이 일이 영적인 현상과 관련이 있다면 저희가 해결할 수 있을 거고요. 그게 아니라면 다른 전문가를 찾아보시면 됩니다."

사장님이 명쾌하게 대답했다.

"그럼… 해결 못 하면 돈은 안 받는다는 말은 아직도 유효한가?"

의뢰인이 지나가는 말투로 툭 던지듯 물었다. 하지만 그 말을 한 뒤에 사장님의 눈치를 살살 살피는 것이, 사장님의 대답에 꽤 신경을 쓰고 있는 것이 분명했다.

"예, 오늘 저희가 현상이 나타날 때까지 기다렸다가 원인 파악을 할 겁니다. 의뢰비는 일이 해결된 뒤에 주시면 되고요."

사장님이 걱정하지 말라는 듯 빙그레 웃으며 말했다. 그제야 의뢰인이

한시름 놓았다는 듯 강아지를 투박한 손으로 거칠게 쓰다듬으며 말했다.

"주민들 원성이 원체 자자하다 보니 주민회비를 걷어 당신들을 고용하는데, 한두 푼도 아니고 비싼 돈 들인 보람도 없이 아무 효과도 없으면 곤란해."

"걱정 마세요. 그럴 일은 없을 겁니다."

남자는 그 후로도 몇 가지를 거듭 당부하고는 우리에게 건물 열쇠를 주었다. 문을 나서는 주인을 강아지가 따라가고 싶은 듯 낑낑거렸지만 의뢰인은 강아지의 머리를 한 번 쓰다듬어주고는 문을 닫았다. 멀어지는 의뢰인의 발소리에 문 앞에서 낑낑거리던 강아지가 이내 포기하고는 우리에게로 돌아왔다. 나는 강아지를 안아 들었다. 내가 강아지를 쓰다듬자 강준 씨의 어깨에 앉아 있던 수호용이 내게로 날아와 강아지를 향해 위협적으로 입을 쩍 벌렸다. 금방이라도 강아지를 집어삼킬 듯한 용의 위협에 겁에 질린 강아지가 내 품을 파고들며 낑낑 앓는 소리를 냈다.

"이렇게 순한 강아지가 밤만 되면 짖는다고요? 말도 안 돼. 짖을 줄도 모르는 것 같은데?"

나는 용을 향해 "안 돼" 하고 짧게 말하고는 강아지를 끌어안았다. 다운이 자리에서 일어나 컨테이너에 달린 작은 창문으로 밖을 살폈다. 의뢰인이 완전히 간 것을 확인한 다운은 구석에 누워 있던 남자 영에게로 다가갔다.

[살…려줘, …살려…줘.]

남자는 칠판을 긁는 듯한 쇳소리 같은 목소리로 허공을 향해 애원하고 있었다. 남자가 말할 때마다 짓뭉개진 남자의 얼굴 살점들이 흘러내릴 듯 아슬아슬하게 움직였다. 그 모습이 안타까운 듯 다운이 짧게 한숨을 한 번 내쉬고는 주머니에서 꺼낸 부적에 조심스럽게 불을 붙였다.

"그만 가셔야죠…. 이미 다 끝났으니 고통에서 벗어나세요."

이윽고 영은 연기처럼 스르르 사라졌다. 그 뒤로 다운은 한참 동안이나 자리에 앉아 눈을 감고 무어라 중얼거렸다. 남자를 위한 기도를 하는 듯했다.

"거기 있던 영 때문에 개가 짖었던 거야?"

다운이 눈을 뜨자마자 사장님이 기다렸다는 듯 물었다. 다운이 고개를 절레절레 저었다.

"그랬다면 계속 짖었어야 하죠. 영은 처음부터 이곳에 계속 있었는데도 강아지는 잠잠했어요. 이 영이 누군가를 해치려는 게 아니라는 걸 알고 가만히 있는 거예요. 개들이 굳이 밤에만 짖어대는 데는 다른 이유가 있을 거예요. 가령…."

"가령?"

"밤에만 나타나는 영이 있다거나…?"

"그리고 그 영이 누군가를 해치려고 했겠지."

내 대답에 강준 씨가 덧붙였다. 다운이 동의한다는 듯 고개를 끄덕였다.

"그럼 어쩔 수 없지. 개들이 짖을 때까지 기다리는 수밖에."

야근이 확정되는 순간이었다. 나는 속으로 눈물을 삼키며 고개를 끄덕였다.

우리는 배달음식으로 밥을 해결하고 밤이 되기를 기다렸다. 해가 지고 어둠이 내려앉자 오후 내내 잘 놀던 강아지가 눈에 띄게 긴장하고 예민해지는 것이 느껴졌다. 의뢰인이 말한 11시가 조금 넘은 시간이 되자 강아지는 산을 향해 완전히 몸을 돌리고는 이빨을 드러내며 적대감을 감추지 않고 으르렁거렸다.

"슬슬 오는 거 같은데."

우리 중 가장 먼저 낌새를 눈치챈 다운이 기지개를 펴며 자리에서 일어났다. 마침내 강아지가 짖기 시작했다. 이 자그마한 몸에서 어떻게 그런 소리가 나올까 싶을 정도로 아주 우렁찬 소리였다.

"나가보자."

사장님의 말과 동시에 컨테이너 건물의 문이 열렸다. 사람들의 뒤를 따라 마지막으로 나간 나는 바깥의 광경에 아연실색했다.

"이게 다…."

산에서 고양이 영들이 떼 지어 우르르 내려오고 있었다. 강준 씨가 그들의 앞을 가로막고 서 있다. 수호용은 어느새 검으로 변해 있다. 강준 씨의 기운을 느낀 듯 고양이 영들이 잔뜩 경계하며 털을 바짝 세워 몸집을 부풀렸다.

"고양이 영들이 산에서 끝도 없이 내려오고 있어요. 셀 수가 없을 정도예요."

지금의 대치상황이 보이지 않는 사장님에게 다운이 짧게 설명했다.

"악귀야?"

"악귀도 있고 아닌 영도 있어요. 무리 지어 다니는 걸로 봐서는 리더 역할을 맡고 있는 영이 하나 있을 것 같은데…. 그 영만 처치하면 나머지는 쉽게 성불시킬 수 있을 것 같아요."

다운의 말에 사장님이 고개를 끄덕였다. 그때였다. 고양이 영들 중 선두에 서 있던 한 마리가 강준 씨에게 달려들었다. 강준 씨의 옷이 칼에 베인 것처럼 길게 찢어졌다. 예상치 못한 공격을 받은 강준 씨는 망설임 없이 칼을 휘둘러 자신을 공격한 고양이 영을 베었다. 칼에 베인 영은 순식간에 소멸했다.

"그러지 마세요! 제가 할게요!"

나는 강준 씨를 제지하고는 고양이들에게 다가갔다. 고양이 영들 중 선두에 서 있던 몇 마리가 나를 둥글게 둘러싸고는 금방이라도 달려들 듯 위협을 가하기 시작했다. 나는 나를 둘러싸고 있는 고양이 영들 중 몸집이 작은 두 마리를 망설임 없이 품 안에 안았다. 그러고는 아기를 어르듯 다정하게 어루만졌다.

"뭐 때문에 화났어, 응? 이제 괜찮아. 쉬, 착하지."

악귀가 되었다고는 해도 이들도 결국 고양이 영이다. 이제까지 다른 고양이 영들을 성불시켜온 것처럼 안아주고 쓰다듬어주면 이들도 곧 성불할

것이다. 내게는 막연한 자신이 있었다. 품 안에 안긴 고양이 영에 손등을 깨물려 시큰시큰 아파왔지만, 고양이를 안은 손을 놓지 않았다. 잠시 뒤, 내 품안에 있던 고양이 영 한 마리가 번쩍하고 하얀빛을 내며 성불했다.

그 뒤로 내게 다가오는 고양이 영들을 쉴 새 없이 성불시켰던 것 같다. 나는 손에 늘어가는 상처를 무시한 채 고양이 영들을 안아주기도 하고, 쓰다듬어주기도 하면서 하나하나 성불시켰다. 덕분에 내 주변에서는 번쩍하는 흰빛이 끊이질 않았다. 그러나 고양이 영들은 끝이 보이질 않았다.

어느새 나는 꾸벅꾸벅 졸고 있었다. 아직 성불시켜야 할 아이들이 많은데… 졸려서 참을 수가 없었다. 네 남자의 놀란 얼굴이 가물가물 눈가에 어른거렸다. 나는 그대로 바닥에 쓰러져 잠들어버렸다. 기억이 끊기는 순간까지도 개 짖는 소리가 들려왔다.

"이게 가능한 일이야? 악귀를 저렇게 쉽게 성불시키는 게?"

"불가능한 일은 아니죠. 원래 어린 영이나 동물 영들은 쉽게 성불하는 편이에요. 복잡한 이유 없이 따뜻한 손길 한 번이 아쉬워서 성불 못하고 남아 있는 경우가 대부분이거든요."

귓가에 사람들의 웅성거리는 말소리가 닿았다 사라졌다.

"그럼 너도 할 수 있어? 누리처럼 어떤 도구도 없이 손으로 한 번 쓰다듬는 걸로 영들을 성불시킬 수 있는 거야?"

"네. 다만 저는 누리보다는 시간이 좀 더 걸려요. 여러 번 안아주고 쓰다듬어주면 마찬가지로 성불하죠."

"그래? 그럼 그게 부적을 쓰는 것보다 간편한 것 아냐? 시간은 좀 더 걸려도 말이야."

"대신 그건 체력 소모가 커요."

"체력 소모?"

"누리 쓰러진 거 보셨잖아요. 요즘 누리 잠이 늘었다면서요? 그거 춘곤증이라고 다들 그냥 넘겼는데, 그것도 기운을 많이 쓰면 나타나는 현상 중

하나예요."

누가 내 이야기를 하나. 나는 조심스럽게 눈을 뜨고는 내 몸을 덮고 있는 옷가지들을 옆으로 밀어내며 자리에서 부스스 일어났다.

"누리 깼다."

"일어났어?"

강준 씨를 시작으로 모두가 나를 걱정스러운 듯 바라보고 있었다. 뭐야, 무슨 일이 있었더라. 나는 인상을 찡그리며 기억을 되짚었다.

"왜 다들 여기 계세요?"

"네가 고양이 영들 성불시키다가 쓰러졌잖아."

나는 화들짝 놀라 주변을 두리번거렸다. 그제야 상황 파악이 되었다. 고양이들을 성불시키다가…. 너무 졸려서 잠들었었지, 나.

"고양이 영들은요?"

"다시 산으로 올라갔어."

"따라가서 해결해야죠!"

"우리도 그러고 싶었는데 누가 쓰러져서 말이야."

다운이 퉁명스레 말했다. 미안해진 내가 말끝을 흐렸다.

"나 여기다 두고 가면 되는데…."

"오늘은 너무 늦었고, 내일 일찍 다시 오자. 누리 손이며 팔이며 고양이들 할퀸 자국 장난 아니던데, 치료 잘 하고."

요한 씨가 부드럽게 말하며 상황을 정리했다. 벌써 새벽 3시가 가까운 시간이었다. 꽤 오래 잠들어 있었던 듯했다. 사람들이 자리에서 주섬주섬 일어나 옷가지들을 챙겨 입었다.

"집에 가시게요?"

"그래야지. 왔다 갔다 하기 번거롭긴 하지만 어쩔 수 없지. 여긴 눕기엔 너무 좁으니까."

사장님의 말에 나는 모두를 둘러보며 말했다.

"저희 집으로 가요. 조금 좁기는 해도 잘 수는 있을 거예요."

…아침에 내가 집을 치우고 나왔던가?

* * *

현관문을 열자마자 보이는 자리에 위치한 싱크대 안으로 가득 쌓여 있는 설거지거리를 본 나는 눈을 질끈 감았다. 이럴 줄 알았더라면 아침에 설거지하고 나올걸! 온몸에 있는 열이 죄 얼굴로 몰리는 기분이었다. 나는 민망함을 애써 감추며 사람들을 향해 아무렇지 않은 척 웃었다.

"하…하하…. 제가 원래는 되게 잘 치우고 사는데, 오늘 아침엔 좀 바빠서…."

"방 좋네. 생각보다 넓고."

사람들은 눈앞의 설거지거리가 마치 보이지 않는 것처럼 딴청을 피우며 신발을 벗고 집 안으로 들어왔다. …차라리 '집 꼴이 이게 뭐냐'며 면박을 주지. 봤으면서 못 본 척하는 게 더 민망해! 나는 얼른 장롱에서 이불을 죄다 꺼내 바닥에 펼쳤다.

"혼자 살다 보니 이불이 많지 않아요. 불편해서 어쩌죠?"

손님을 초대해본 적 없는 집이다 보니 이불이 충분하지 못했다. 나는 무릎담요와 여름용 이불들까지 죄다 꺼내 바닥에 펼치고는 임시방편으로 보일러 온도를 평소보다 올렸다.

"됐어. 어차피 잠깐 눈만 붙일 건데 뭐."

사장님이 염려 말라는 듯 한마디 하고는 바닥에 누웠다. 사장님을 시작으로 요한 씨와 강준 씨, 다운이까지 차례로 자리에 누웠다. 키가 큰 네 사람이 나란히 누우니 바닥이 빈틈없이 들어찼다. 나는 불을 끄고는 사람들을 밟지 않도록 조심조심 걸음을 디뎌 침대로 올라갔다. 어두운 시야 속에서 사람들이 뒤척이며 내는 부스럭거리는 소리들이 들려왔다. 다들 장소가 바뀌어선지 쉽게 잠들지 못하는 듯했다. 나 역시 쉽사리 잠들지 못하고 생각에 빠졌다.

수십 마리의 고양이 영들이 내게로 끊임없이 몰려오던 모습이 아직도 생생했다. 고양이들에게 무슨 일이 있었던 걸까. 그 작은 것들이 무슨 원한이 있어서 성불하지 못하고 구천을 떠도는 걸까… 상념에 빠져 있던 찰나, 침대 밑에서 잠긴 목소리가 들려왔다. 다운이었다.

"이 동네, 터가 영 좋지 않아. 회사 근처로 오는 건 아니더라도 다른 집으로 이사하는 게 어때?"

다운의 목소리에는 불쾌함이 가득 담겨 있었다.

"그래?"

"그래. 그동안 이런 집에서 살아왔던 거야? 음기가 장난 아냐."

"난 잘 모르겠는데. 얼른 자. 피곤하겠다."

나는 짐짓 시치미 뗐다. 대수롭지 않게 대답하는 나와는 다르게 사장님이 짐짓 심각한 목소리로 다운에게 물었다.

"집이 어떻기에 그래?"

"우선 북향이고요. 창문을 열면 산이 바로 보이는데 아까 고양이 영들이 내려온 그 산이에요. 산에서 내려오는 기운이 좋지 않아요."

다운의 말에 나는 시큰둥하게 대답했다.

"여태껏 잘 살아왔는데, 뭐. 큰일이야 있겠어? 내가 영들한테 당하고 사는 사람도 아니고…."

"얼른 이사하자."

내 말을 불쑥 자르고 사장님이 끼어들었다. 아이 참, 누가 사는 집인지 모르겠네. 살고 있는 내가 괜찮다니까요! 어둠 속에서 나를 빤히 바라보는 누군가의 시선이 느껴졌다. 안 봐도 비디오다. 사장님이 나를 쳐다보고 있는 것일 테지. 나는 속으로 한숨을 내쉬었다. 나도 영을 보는 눈을 가진 사람으로서 이 동네 영들이 다른 곳에 있는 영들보다 더 탁한 기운을 가지고 있다는 것쯤은 알고 있다. 그럼에도 여기 사는 나름의 이유가 있다.

"…이 동네가 집값이 다른 동네보다 싸다고요."

가장 중요한 이유였다. 터 좋고 비싼 집보다는 터가 좀 안 좋더라도 저렴한 집이 훨씬 낫지. 좋은 터가 밥 먹여주나? 돈은 밥 먹여준다. 암, 그렇고 말고. 내 말을 들은 네 남자가 너나 할 것 없이 한숨을 푹 내쉬기 시작했다.

"2년 가까이 살면서 이제까지 아무 일도 없었는데, 뭐. 또 앞으로라도 악귀가 나한테 해코지하면…. 다운이나 강준 씨가 해결해주겠지, 뭐."

은근한 내 말에 다운이 칼같이 답했다.

"출장비 두 배로 받을 거야."

치사하긴. 나는 입술을 비죽 내밀었다. 다운의 말을 끝으로 방 안에는 정적이 흘렀다. 다들 잠이 든 모양이었다. 나도 슬슬 졸리는 게… 눈을 감자 아득한 곳에서 잠이 몰려왔다.

"그러고 보니 누리 너, 영 성불시키는 건 어떻게 하게 된 거야?"

귓가에 요한 씨의 목소리가 들려왔다. 뭐야, 요한 씨. 자고 있던 것 아니었어? 나는 몽롱한 정신을 애써 깨우며 대답했다.

"그냥… 어쩌다 보니 되더라고요."

"어쩌다 보니?"

"네. 원래 이 집에 고양이 영 하나가 있었거든요. 며칠 전에 우연히 그애를 살짝 안은 것뿐인데 갑자기 성불해버려서 깜짝 놀랐어요. 얼마나 황당했는지."

"원래 아이나 동물의 영들은 기운이 맑아서 성불시키기가 수월한 편이야. 한희연의 등에 매달려 있던 태아 영도 옷 한 벌 태워준 걸로 성불했잖아."

그러고 보니 희연 언니에게 붙어 있던 태아 영은 언니가 죽인 거였지. 태아의 엄마인 최 씨를 밀어버려서 최 씨가 유산하게 된 거니까….

"그렇구나…."

"요즘 부쩍 졸린다고 한 게 다 그것 때문이었구나?"

"네?"

요한 씨의 말에 내가 멍청히 되묻자 다운이 설명을 덧붙였다.

"네가 영을 성불하도록 유도하는 게 아니라, 이런 식으로 직접 성불시키는 경우에는 힘을 쓰게 돼. 네가 요즘 잠이 많아진 것도 힘을 많이 써서 그런 거야."

"그…런가?"

그러고 보니, 고양이 영을 성불시킨 뒤로 부쩍 잠이 늘었다. 단순히 춘곤증이라고 생각했는데 아니었던 모양이다.

"나 같은 경우에는 대상을 직접 성불시키는 대신 무령과 부적을 매개체로 사용하고 있어. 그렇게 되면 훨씬 부담이 덜하지. 너도 너에게 맞는 매개체를 찾는 게 좋을 거야."

"아, 그래서…."

몇 달 전, 의뢰인이었던 민수 씨를 따라다니던 영들을 다운의 무령을 흔들어서 성불시켰던 것이 떠올랐다. 앞으로는 직접 성불시키는 대신 매개체로 다운의 무령을 이용해야겠다. 나는 속으로 생각했다. 어느새 동이 터오고 있었다. 눈을 두어 번 깜빡이자 시야가 조금 더 선명해졌다. 바닥에 네 사람이 나란히 누워 있는 것이 보였다. 내 쪽을 향해 누운 채 눈을 감고 있던 다운이 졸음이 가득한 목소리로 말했다.

"그러고 보니, 너…. 영력이 좀 강해진 것 같은데? 매일 봐서 몰랐나 봐. 처음 만났을 때에 비해서 확실히 기운이 강해졌어."

"…그래?"

다운의 말에 짚이는 것이 하나 있었다. 팔찌 때문이겠지.

팔찌가 끊어질수록 영적 능력이 커지고 있다. 처음 팔찌가 끊어졌을 때 나는 그동안 모호한 형체로만 보던 '그것', 그러니까 '영'의 모습을 보게 되었다. 그리고 팔찌가 점점 헤어질수록… 내가 가진 능력이 커지는 것이 느껴졌다. 나는 습관처럼 왼 팔목을 오른손으로 만지작거렸다. 팔목보호대 속으로 팔찌가 만져졌다.

언젠가 팔찌가 완전히 끊어져서 더 이상 차고 다니지 못하는 날이 오겠지. 팔찌가 아주 끊어지면, 그때는 어떻게 될까?

"사실, 있잖아. 팔찌…."

말을 꺼내던 나는 흠칫 놀라 멈췄다. 어둠 속에서 요한 씨의 눈동자가 나를 노려보고 있었다. 그의 시선은 정확히 내 왼 팔목의 팔찌를 향해 있었다. 나를 보며 "찾았다"고 말했던 그때와 같은 얼굴을 하고 있었다.

"버, 벌써 해가 뜨려나 봐. 이제 잡담 그만하고 자자."

팔찌에 관해 이야기하는 것은 요한 씨가 없을 때로 미뤄야겠다. 왠지 모르겠지만, 요한 씨에게 말하기 꺼림칙한 느낌이었다. 나는 뒤척이며 몸을 돌려 누웠다. 요한 씨의 시선이 아직도 나를 향해 있는 것 같은 기분이었다.

* * *

고양이 영들을 보고 개들이 짖었다는 우리의 말에 의뢰인은 짚이는 바가 있는 듯, 우리와 함께 산으로 향했다.

"금방 도착한다더니…!"

의뢰인 말에 의하면 도착했어도 진작 도착했어야 했는데! 의뢰인은 "여기쯤이었던 것 같은데…"라는 말만 반복하며 정상을 향해 계속 올라가고 있었다. 숨이 턱 끝까지 차올랐다. 이미 다른 사람들은 나와 한참이나 멀어져 있었다. 나는 사람들을 따라가기를 포기하고 근처에 있는 평평한 큰 바위에 털썩 앉았다. 벌써 2시간째 예정에도 없던 등산을 하는 중이었다. 어휴, 죽겠네. 한 달 치 운동 오늘 다 했다. 오늘은 집에 가면 치킨을 시켜 먹겠어. 투덜거리는데 저 멀리서 다운이 나를 소리쳐 불렀다.

"누리야, 다 왔어. 얼른 와!"

"간다, 가."

나는 무거운 몸을 억지로 일으키고는 아려오는 발걸음을 떼었다. 언덕배기 하나를 넘자 평지가 나타났다. 등산로와 조금 떨어진 곳에 검은색 천막을 둘러놓은 막사가 하나 보였다.

"서울에서 유명한 펫숍을 운영한다고 했소. 여기서 고양이들을 번식시켜 새끼 고양이들을 서울로 데려가서 분양한다고 하더군."

까만 천막으로 대충 지은 막사 안에서 참기 힘든 악취가 풍겨오고 있었다. 나는 반사적으로 코를 틀어막았다. 의뢰인이 검은 천막을 손으로 걷고는 그 안으로 성큼성큼 걸어갔다. 강준 씨가 그 뒤를 엄호하듯 들어갔다. 따라 들어가려는 나를 사장님이 만류했다.

"보나마나 안에 고양이 시체가 가득할 텐데, 들어가서 뭐해. 비위만 상하지."

얼마 지나지 않아 강준 씨와 의뢰인이 막사에서 나왔다. 사장님이 강준 씨에게 물었다.

"뭐 좀 있어?"

"최악이에요. 살아 있는 고양이는 한 마리도 없고 시체뿐이에요. 사료통은 비어 있고, 물통은 말라 있었어요. 배고픔을 못 견디고 서로 잡아먹었던 것 같아요. 시체들이 죄다 엉켜 있더라고요."

"환경이 너무 열악하더군. 저렇게 좁은 곳에 고양이들이 몇 마리나 살고 있었던 건지…. 아무리 팔기 위한 동물이라 해도… 최소한 굶겨 죽이지는 말았어야지."

의뢰인은 충격 받은 얼굴로 중얼거렸다.

"동물 학대사건으로 신고해야겠소. 방송국에도 연락해야겠군."

그때였다. 어디에선가 커다란 고양이 영 하나가 우리를 향해 걸어 나왔다.

"고양이…?"

검은 털과 쭉 찢어져 치켜 올라간 눈매, 도도한 걸음걸이는 영락없는 고양이었지만 영은 호랑이에 비할 정도로 거대한 몸집이었다.

"사념체야."

강준 씨가 짧게 평했다. 저 사념체가 고양이 영들의 우두머리라는 것쯤은 깊이 생각하지 않아도 알 수 있었다. 고양이의 모습을 한 사념체가 '야옹'하고 길게 울었다. 그러자 산을 울리는 울음소리에 근처에 있던 동물의 영들이 죄다 몰려오는 것이 느껴졌다.

"피곤한데 얼른 퇴근하죠."

강준 씨는 누가 무어라 하기도 전에 앞으로 나가 사념체를 단칼에 베어버렸다. 깔끔한 한 방이었다.

"형은 진짜… 성격 급한 건 알아줘야 해요."

"빨리 처리해버려야지. 말도 안 통하는 짐승을 상대로 성불하라고 설득할 거야?"

다운이 못 말린다는 듯 혀를 내두르고는 주머니에서 부적을 꺼내들었다. 한동안 산속은 부적을 태운 향냄새 비슷한 냄새가 가득했다.

* * *

평범한 날이었다. 나는 평소와 다름없이 출근했다. 먼저 출근한 사장님과 다운이 내게 아침인사를 건넸고, 나는 탕비실에 들어가 커피를 한 잔 탔다.

시간이 흐르고 출근시간이 지났음에도 사무실의 문은 다시 열리지 않았다. 당연히 올 줄 알았던 강준 씨와 요한 씨가 보이질 않았다.

"요한 씨랑 강준 씨는요?"

"요한이 형은 연락 안 돼, 예지몽이라도 꾸나 보지. 강준이는 본가 내려가서 내일 온다고 연락 왔어."

사장님이 대수롭지 않다는 얼굴로 대답했다. 사장님의 말에 나는 잠시 고민했다.

'오늘 말할까?'

그동안 몇 번이나 말하고 싶었는지 모른다. 내 팔찌에 관해서. 회사 사람들과 이야기를 나누고 싶었지만 늘 요한 씨가 걸렸다. 요즘 요한 씨가 내게 보인 태도에 석연찮은 구석이 있었기 때문이다. 그런데 그런 요한 씨가 없는 날이라니, 오늘이야말로 이야기를 나눌 다시없을 기회일지도 몰랐다. 무거운 얼굴로 내가 입을 열었다.

"저… 드릴 말씀이 있어요."

내 말에 대답한 것은 사장님이 아닌 다운이었다.

"왜 이렇게 비장한 말투야?. 그만둔다고 말하게?"

"농담이라도 그런 말 하지 마라. 말이 씨가 된다."

사장님이 생각만 해도 무섭다는 듯 진저리를 치며 대답했다. 그러자 다운이 자기 입을 틀어막는 시늉을 하며 조심스럽게 물었다.

"아니지?"

"그런 건 아니야. 그냥…"

나는 말끝을 흐렸다. 어디서부터 어떻게 말해야 할지, 시작할 말이 떠오르질 않았다. 사장님이 손으로 응접실을 가리켰다.

"앉아서 편하게 이야기하자. 다운아, 차 좀 준비해줄래?"

"네, 먼저 앉아 계세요."

다운이 선선히 그러겠노라 대답하고는 탕비실로 들어갔다. 나는 사장님과 함께 응접실에 들어가 자리에 앉았다. 내가 자리에 앉은 것을 확인한 사장님이 맞은편에 자리를 잡고 앉았다.

평소 의뢰인들이 사무소에 찾아올 때면 나는 늘 사장님의 옆자리에 의뢰인과 마주보고 앉았었다. 하지만 오늘은 내가 직원이 아닌 의뢰인의 자리에 앉아 있었다. 사장님이 맞은편에 앉은 나와 눈을 마주치며 부드럽게 웃어 보였다. 의뢰인들이 이런 기분이었겠구나. 사장님의 미소는 보는 사람을 편안하게 만드는 마력이 있었다.

"꼭 의뢰인 대하는 눈빛이네요. 곧 존댓말도 쓰실 거 같아요. '고객님' 하고요."

내가 농담을 던졌다. 진지한 분위기가 싫어서였다. 다행히도 사장님이 가볍게 웃으며 내 농담을 받아쳤다.

"그래? 안 그래도 그러려고 했어. 공누리 고객님, 의뢰비는 월급에서 깔게요."

사장님의 말에 나도 모르게 웃음이 터졌다. 오래 지나지 않아 다운이 쟁

반에 종이컵을 받쳐 들고 응접실 안으로 들어왔다. 그리고 따뜻한 녹차가 든 종이컵 세 개를 내려놓고서 사장님의 옆으로 가 앉았다. 다운이 자리에 앉은 것을 확인한 나는 천천히 입을 열었다.

"팔찌가…."

내가 말을 끝내기도 전에 사장님과 다운이 탁하고 맥이 풀린 표정을 지으며 중얼거렸다.

"아아, 난 또 무슨 일이라고…."

"진짜 회사 그만둔다는 줄 알고 긴장했잖아."

뭐야, 이 사람들. 나는 나름대로 심각하게 이야기한 건데. 이런 반응하기 있어? 허무해진 내가 되레 물었다.

"다들 알고 있었어요? 팔찌에 대해서요."

"모두들 짐작은 하고 있어. 네 팔찌에 무언가 있다는 것 정도는."

"요한 씨도요?"

'모두들'이라는 말에 나는 반사적으로 요한 씨를 떠올렸다. 내 반응에 사장님과 다운이 나를 이상하게 생각할 것만 같아 나는 얼른 한마디를 더 덧붙였다.

"…그리고 강준 씨도요?"

"당연하지. 특히 요한이 형은 처음부터 알고 있었을걸?"

"처음? 언제…?"

"예전에 나 입원했을 때."

그때라면….

'내가 기숙사에서 악귀를 소멸시켰던 날을 말하는 건가.'

"그때는 네가 영을 자세히 볼 수 없었잖아. 요한이 형이 그 팔찌가 네 영안을 가리고 있어서 그렇다고 말해주던데."

"그래? 난 아무것도 몰랐어…."

"응, 하제 형이 너는 아무것도 모르는 눈치니 일단은 지켜보자고 말했었어."

"요한 씨가… 처음부터 알고 있었다고…?"

요한 씨는 팔찌에 대해서 어떻게 알고 있었던 거지? 말을 하면 할수록 요한 씨에 대한 의심이 커지는 기분이었다.

"우리가 아는 건 그 정도고, 더 자세히 알고 싶으면 요한 형한테 물어봐. 그 형은 뱀파이어라서 우리보다 오래 살았으니 아는 것도 더 많을걸? 전화 해볼까?"

"그, 그건 안 돼!"

당장이라도 전화할 듯 핸드폰을 꺼내드는 다운을 내가 손사래를 치며 제지했다. 두 사람이 나를 이상하다는 얼굴로 바라보았다.

"아, 아니. 괜히 자는데 깨워서 좋을 것 없잖아. 나중에 물어보지 뭐."

사장님이 내 왼 팔목을 빤히 쳐다보며 물었다.

"팔찌를 풀고 싶은 거야?"

"아뇨, 뭐… 꼭 그렇다기보다는…. 멀쩡한 것도 아니고 이렇게 너덜너덜 한 걸 굳이 끊어질까 노심초사하면서 끼고 있어야 하나 싶어서…."

"이제까지 팔찌를 한 번도 풀어본 적 없어?"

있었다. 딱 한 번, 내가 열다섯 살 때. 그리고 그날… 부모님이 돌아가셨 지. 생각하기 싫은 기억이 꼬리에 꼬리를 물고 떠올랐다.

"네, 없어요."

대답을 하는 내 목소리는 내가 듣기에도 형편없이 떨리고 있었다. 사장 님과 다운 모두 거짓말임을 눈치챘을 것이다.

"그럼 팔찌를 처음 낀 건 언제야?"

다행히 사장님은 아무것도 묻지 않고 다른 질문으로 화제를 돌렸다.

"태어날 때부터 팔찌를 차고 태어나지는 않았을 것 아냐."

나는 천천히 기억을 더듬었다.

"…엄마가 지나가는 말로 한 거라 자세히 기억은 안 나지만…. 엄마가 나를 임신하고 있을 때 어떤 사람을 도운 적이 있었대요. 그 사람에게 딸 한테 채워주라고 받았다고…."

"딸이면, 너…?"

"네, 이 팔찌가 딸을 살릴 거라고 말했대요. 엄마는 처음에는 그냥 하는 소리거니 하고 넘겼대요. 병원에서는 막달까지도 제가 아들이라고 말했었 거든요."

내 기억 속 부모님은 미신이나 사주 같은 것을 맹신하는 사람들은 아니 었다.

"그런데 제가 태어났는데 진짜 여자애였던 거예요. 엄마가 신기하다고, 액세서리 삼아 팔에 채워준 뒤로 계속 끼고 있는 거라고 했어요."

나는 왼 팔목을 만지작거렸다. 두툼한 팔목보호대 아래로 볼록하게 팔 찌가 만져졌다.

"우리 신들한테 물어보는 건 어때? 그 두 분도 오랫동안 이 땅에 있었으 니 아는 게 있지 않을까."

"그래, 그것도 좋겠다."

다운의 말에 사장님이 일리 있는 말이라는 듯 고개를 끄덕였다. 나 역시 고개를 끄덕였다. 미룰 것 없이 바로 응접실에서 나와 신당으로 향했다. 신 당에 들어서기가 무섭게 동자신이 내게로 쪼르르 달려와 폴짝 안겼다. 아 이, 귀여워. 나는 동자신을 안아 올려 한 번 안아주고는 다시 내려놓았다. 동자신을 내려놓기 위해 숙인 허리를 다시 펴자 덜그럭거리는 갑옷을 입은 장군신이 내 앞에 서 있는 것이 보였다. 험험, 헛기침을 하며 다른 곳을 쳐 다보고 있는 장군신의 얼굴은 살짝 붉어져 있었다. 나는 살짝 미소 짓고는 장군신을 살짝 안았다. 장군신이 입고 있던 갑주가 덜그럭거리는 소리를 내는 것만 같았다. 장군신이 다시 험험 하고 헛기침을 했다. 입가에는 미소 가 살짝 걸려 있었다.

〔흥. 늘근이가 노망이야.〕

동자신이 입을 비죽 내밀고는 비아냥거렸다. 장군신이 동자신을 향해 억 울하다는 얼굴을 하고서 항변했다.

〔나이로 치면 도련님이 더 늙은입니다!〕

〔씨끄럽다!〕

나는 투덕거리는 두 신의 앞에 꿇어앉아 차고 있던 팔목보호대를 벗고 왼 팔목을 내밀었다.

"이 팔찌에 대해서 혹시 아세요?"

장군신과 동자신이 단번에 고개를 도리도리 저었다. 뭐야, 둘 다 모르는 거야? 맥이 탁 풀렸다. 신들이라면 무언가 알지도 모른다고 생각했는데…. 눈에 띄게 실망한 표정을 짓는 내 주변을 동자신이 뱅글뱅글 돌며 말했다.

〔요건 몰라. 하지만 이거랑 비슷한 건 본 적 이써. 옛날에.〕

"옛날에 본 적 있대요. 이거랑 비슷한 모습을 한 물건을요."

"동자신 기준에서 옛날이면 얼마나 옛날인 거야?"

다운이 신의 목소리를 듣지 못하는 사장님에게 동자신의 말을 소곤소곤 전해주었다.

"비슷한 물건이요?"

〔몸에 흐르는 기를 막는 물건이야. 나쁜 사람들한테 써서 벌을 줘써.〕

"영력을 막아버린대요. 죄를 지은 신녀나 무당들한테 주로 써서 벌을 줬다는 것 같아요."

"벌을 줬다고?"

사장님이 떨떠름한 목소리로 중얼거리는 것이 느껴졌다. 나 역시 머릿속이 새하얗게 변했다. 벌을 주는 데 썼다고?

그간 나는 이 팔찌가 나를 지켜주고 있다고 은연중에 생각해왔다. 그런데… 이게 나를 지키기 위한 용도가 아니라니. 내 표정이 안 좋아진 것을 본 동자신이 내 눈치를 슬슬 살피고는 급하게 덧붙였다.

〔안 좋기만 한 건 아냐! 가끔 일부러 하는 사람도 있었어!〕

"무조건 그런 용도는 아니래요. 몇몇은 일부러 이 물건을 가지고 있기도 했대요."

"그래?"

"누가요?"

[나쁜 사람들이 도망칠 때! 이걸 가지고 도망가면 사람들이 못 찾아!]

"…죄를 지은 이들이 도망칠 때 썼다는데요?"

"어떻게?"

"영력을 막아버리면 추적자들이 찾지 못하니까… 그런 것 같아요."

그 뒤로도 사장님과 다운이 무어라 이야기를 나누었지만 내 귀에는 들리지 않았다. 동자신 딴에는 위로랍시고 한 말이 나쁜 사람들이 도망칠 때 사용한 물건이라니….

"끊으면… 어떤 일이 생길까요?"

나는 동자신을 똑바로 바라보며 말했다. 당장이라도 팔찌를 끊어버리고만 싶었다. 내 말에 동자신이 잠시 동안 "음, 으음…" 하고 중얼거리며 고민하는 얼굴을 하다 이내 눈을 데굴데굴 굴리며 소란스럽게 주변을 살폈다. 다운이 가지고 있던 사탕을 동자신에게 내밀었다. 동자신은 사탕을 받아들고는 까르르 웃으며 신당 여기저기를 뛰어다녔다.

"동자신은 어려서 집중시간이 짧아. 오랜 시간 이 땅에 있었다고는 해도 육체적으로는 아기거든. 더 물어봐야 의미 없어."

"그럼 일단 우리끼리 정리해보자."

사장님이 말했다.

"이 팔찌의 용도는 영력을 막기 위한 거라고 했지."

"네. 그러니 단순히 말해서 팔찌를 풀면 영력이 돌아오겠죠. 사장님 땡 잡으셨네. 지금도 누리 영력 엄청난데 이 팔찌를 풀면 지금보다 훨씬 더 강해진다는 이야기잖아요."

다운의 장난스러운 말에도 사장님은 여전히 고민이 가득한 얼굴로 중얼거렸다.

"그런데 말이야."

"네?"

"그 팔찌, 네 어머니가 도움을 준 사람에게서 받은 거라면서?"

"네."

"설마 자신을 도와준 은인에게 나쁜 걸 줬겠어? 세상이 아무리 흉흉해서 믿을 사람 하나 없다 해도 그 사람이 자신에게 호의를 베푼 이에게 해가 되는 걸 주지는 않았을 거야."

"…."

그 말이 내게 얼마나 큰 위로로 다가오는지 사장님은 모를 것이다. 사장님의 말은 그저 '그러지 않을까' 하는 추측일 뿐이었지만 그럼에도 '분명히 나쁜 의미가 아닐 거야. 이유가 있었을 거야' 하고 생각하게 하는 힘이 있었다. 나는 두 사람을 바라보며 무거운 입을 열었다.

"저… 사실 한 가지 거짓말을 했어요."

내 머릿속 한편에 애써 밀어놓고 꽁꽁 감춰놓은 이야기를 할 차례가 온 것 같다.

"팔찌, 풀어본 적 있어요."

"…."

사장님과 다운이 어떤 표정을 짓고 있는지 짐작할 수 없었다. 두 사람의 얼굴을 똑바로 바라볼 수 없었기 때문이다.

"열다섯 살 때였어요. 봄이었던가…. 아마 그랬을 거예요. 아닐 수도 있어요. 원래 집 안은 따뜻하잖아요. 부모님 있는 집이라는 게 그 포근함이 주는 온기도 무시할 수 없으니까…."

말이 자꾸 횡설수설 튀어나왔다. 단 한 번도 입 밖으로 꺼내본 적 없는 이야기라 어디서부터 어떻게 말을 해야 할지 몰랐다. 긴장할 만한 자리도 아닌데 손이 땀으로 축축이 젖어가고 있었다.

"녹차 한 모금 마셔. 이야기 듣고 있으니까 걱정하지 말고."

사장님이 그런 내 마음을 알기라도 하는 듯 부드러운 목소리로 말했다.

"딱 그 나이대 평범한 아이의 일상이었어요. 학교, 학원, 집을 반복하는 생활이었죠. 중요한 이슈라고는 새 팔찌를 사서 끼고 다녔다는 것 정도?"

두 남자는 내게 '팔찌?'라고 되묻는 대신 침묵을 지켰다. 하지만 나는 두 사람이 내 이야기를 경청하고 있음을 알 수 있었다. 그 침묵이 오히려 편안했다.

"사실 그땐 이 팔찌가 되게 마음에 안 들었거든요. 잘 봐주려고 해도 예쁜 디자인은 아니잖아요? 한창 외모에 신경 쓸 사춘기 여자애였는데 오죽했겠어요. 엄마한테는 팔찌를 잃어버렸다고 이야기하고 새 팔찌를 사서 끼고 다녔어요."

"…"

나는 천천히 눈을 감았다. 잊으려고 억지로 무의식의 바다 저편에 묻어놓았던 기억들이 거센 파도가 되어 순식간에 의식의 해변으로 올라왔다.

"그날은 평범한 날 중에서도 더 평범한 날이었어요. 엄마는 빨래를 널고 있었고, 아빠는 화분에 물을 주고 계셨죠. 난 거실에서 텔레비전을 보고 있었어요."

햇살이 잘 드는 따뜻한 날이었다. 베란다의 화분에 핀 꽃들은 아빠가 준 물기를 머금어 반짝반짝 빛이 났었다. 그리고…. 평화로웠던 일상은 예고 없이 깨졌다.

"갑자기 밖에서 누가 현관문을 쾅쾅 두드리는데, 문 윗부분이 부서지면서 커다란 철제문이 안으로 쓰러져버렸어요. 그리고 그 문을 밟고 낯선 사람들이 들어왔죠."

괴로운 기억을 다시 떠올리는 것은 생각보다도 더 힘든 일이었다. 나는 울지 않기 위해 입술을 꼭 깨물어야 했다.

"흰색 한복을 입은 사람들이었어요. 짚으로 만든 신발을 벗지도 않고 들어와서는 문이 열린 소리에 놀라 뛰어간 아빠의 머리를 커다란 방망이로 내리쳤어요. 그리고 그들이 소파에 앉아 있던 나를 발견하고는 내게로 다가왔고… 경악하고 있는 나를 엄마가 막아섰죠."

명치끝을 누군가가 꾹 누르고 있는 것만 같았다. 숨을 쉬기가 힘이 들었다. 눈물이 청바지 위로 뚝뚝 떨어졌다. 몸이 부들부들 떨려왔다.

"엄마도… 그들한테 당했던 거 같아요. 엄마 몸에서 나던 피가 내 옷을 축축하게 적시던 그 감촉이 아직도 생생해요. 엄마가 마지막으로 나를 안

아주면서… 내 잘못이 아니라고 했어요."

그 말은 엄마의 마지막 말이 되었다. 나는 고개를 들어 두 사람을 살폈다. 이야기를 마쳐야 할 시간이었다.

"팔찌와 부모님이 돌아가신 게 관련이 있는 건지는 잘 모르겠어요, 솔직히. 하지만 팔찌를 풀었던 기억은 그것뿐이에요. 그리고… 팔찌 풀어본 적 없다고 거짓말한 것, 죄송해요."

"우선…."

이야기를 묵묵히 듣고 있던 사장님은 내가 말을 마치자 천천히 입을 열었다.

"화장실 다녀와. 눈화장 다 번졌다."

"헐, 잠깐 실례할게요. 시간 좀 걸릴 거예요.!"

나는 사장님의 말에 평소보다 더 부산을 떨며 응접실을 벗어났다. 내게 도망갈 구멍을 만들어준 사장님이 고맙게 느껴졌다.

화장실에서 나는 오랫동안 화장을 고쳤다. 눈가를 만지기만 해도 수도꼭지를 튼 것처럼 눈물이 줄줄 흘러나와 애써 다시 해놓은 화장을 망쳤기 때문이다. 한참 만에야 마음을 진정시키고 응접실로 돌아와 자리에 다시 앉았다. 그때까지 사장님과 다운은 묵묵히 나를 기다리고 있었다. 내가 자리에 앉자 다운이 망설이다가 입을 열었다.

"네가 기억하는 건 그게 전부야?"

"응?"

"네 기억 사이사이에 빠진 부분이 좀 있는 것 같아서 그래."

"그럴 리가.… 모든 장면들이 바로 어제 일처럼 생생하게 떠오르는 걸."

"…그렇다면, 그때 네 어머니는 왜 네 잘못이 아니라고 하셨던 거야?"

다운이 "아픈 기억 되짚게 해서 미안해" 하고 짧게 덧붙였다. 다운의 얼굴에는 난처함과 미안함이 가득했다.

"그리고 어머니가 너를 안았을 때, 흰색 한복을 입은 사람들은 어디에 있었어? 너를 해치러 와서 어머니가 너를 막아섰는데, 어머니만 해치고 너는 그대로 두고 돌아간 거야?"

나는 눈을 감았다. 머릿속에서 생생한 그날의 필름이 다시 돌아가기 시작했다. 쾅 하고 문이 쓰러지고, 달려 나간 아빠가 먼저 그들에게 맞아 현관 앞에서 쓰러졌다. 흰 한복을 입은 사람들이 집 안으로 들이닥쳤고, 나는 그들 중 한 명과 눈이 마주쳤다. 베란다에 있던 엄마가 내 앞을 가로막고 섰고….

— 네 잘못이 아냐.

무언가가 잘못되었다. 기억의 한 부분이 빠져 있었다. 화들짝 놀란 나는 감았던 눈을 떴다. 나를 바라보고 있는 다운과 사장님의 걱정스런 얼굴이 보였다.

"기억이… 안 나…."

무서워졌다. 왜 기억이 안 나는 거지? 아빠가, 엄마가 돌아가시던 모습이 그렇게 생생했는데 왜 갑자기 기억 중간이 빠져버린 거야? 혼란스러워하는 나를 안타까운 눈으로 지켜보던 사장님이 말했다.

"넌 어떻게 다시 팔찌를 끼고 있는 거야?"

머리를 부여잡았다. 생각이 많아서 오히려 아무것도 떠오르지 않았다. 무언가 생각해내야 하는데, 도저히 생각해낼 수가 없었다. 머릿속이 하얗게 변한 것만 같았다.

"눈 감아. 그리고 차분하게 떠올려 봐. 기억할 수 있을 거야."

사장님의 목소리가 동굴 속에서 외치는 것처럼 귓가에 응웅 울렸다. 나는 말 잘 듣는 아이처럼 사장님이 시키는 대로 눈을 감고 마음을 가라앉히려 애썼다. 그제야 조금 전에 이야기한 것 이외의 기억이 조금이나마 떠올랐다. 기억은 여전히 드문드문 끊겨 있었지만, 흩어진 파편들을 조금씩 끌어모을 수 있었다.

앞섶이 피로 빨갛게 물들어 있는 엄마가 나를 안아주며 파리하게 미소 지었다. "네 잘못이 아니야." 그렇게 말하고는 내 품에 풀썩 쓰러졌다. 나는 내 몸에 실리는 엄마의 무게를 느끼며 목이 찢어지도록 소리를 질렀다. 절규했다. 언어가 아닌 말을 뱉어내며 엄마, 아빠를 살려달라고 쉬지 않고 빌었다.

그리고… 그곳에 다른 사람이 있었다.

남자였다. 금발의 키가 큰 남자. 그는 내 방으로 뚜벅뚜벅 걸어가 침대 밑에 넣어둔 내 보물상자에서 오래된 그 팔찌를 꺼내 나에게 내밀었다. 침대 밑 보물상자는 엄마도 모르는 나만의 공간이었다. 남자는 발작하듯 소리를 지르는 내 팔에 팔찌를 채워주고는 그대로 나가버렸다.

"…설마."

나는 과거의 그 남자 말고도 키가 큰 금발 남자를 한 명 더 알고 있다. 이것을 과연 우연이라고 할 수 있을까?

"요한 씨…."

사무소 사람들을 처음 만났던 지하철 선로 앞에서 요한 씨는 나에게 오래전부터 지켜보고 있었다고 말했지. 혹시 그 말의 의미가 열다섯 살 때의 그날을 말하는 거였나? 그날 그 자리에 있었던 건 요한 씨였을까? 그렇다면 나를 보고 "찾았다"고 한 건 뭘까? 내가 그때의 그 아이라는 것은 이미 알고 있는 게 아니었나? 모순된 상황의 반복에 머릿속이 혼란스러웠다. 요한 씨가 아니었나? 또 다른 남자가 있었을까? 하긴 금발머리는 흔하다면 흔하니까…. 머릿속이 뒤죽박죽으로 엉킨 것만 같았다.

"요한 씨는 정확히 뭐하는 분이에요? 뱀파이어라고 했죠? 얼마나 오래 산 거예요?"

갑작스런 내 질문에 사장님이 의아한 표정을 지었다. 이야기가 왜 다른 곳으로 새냐는 듯한 표정이었지만 나는 답을 재촉했다.

"글쎄, 내가 요한 형을 처음 만난 게 고3 때였나? 10년 전인데, 그때도 지금 모습 그대로였어. 본인이 본인 입으로 자기는 뱀파이어라고 하더라고. 처음엔 안 믿겼지만, 이런저런 일이 있다 보니 그럴 수도 있겠다 싶더라고."

"…그게 다예요?"

"그럼 뭐 특별한 거라도 있는 줄 알았어? 자세한 건 요한이 형한테 직접 물어봐."

"두 분은 어떻게 알게 되신 거예요?"

"형이 나를 찾아왔었어. 난 그때 가정형편 때문에 대학 진학을 포기한 상태였는데 요한이 형 도움으로 대학에 갈 수 있었지. 대학을 졸업한 뒤에는 내게 이쪽 사업을 제안했어."

"기억난 게 있어요. 전부는 아니지만…. 그날, 금발 남자가 엄마를 끌어안고 있는 제 앞으로 와서 팔목에 팔찌를 채워줬어요."

"금발 남자? 요한이 형?"

다운이 무심코 툭 던졌다. 나는 고개를 끄덕였다.

"야, 그냥 하는 소리야. 설마 요한이 형이겠어. 세상에 금발 남자가 요한이 형만 있는 것도 아니고…."

"말 나온 김에 말씀드리는 건데요. 요즘 요한 씨에 대해서 이상한 점이 한두 가지가 아니에요. 가끔 던지는 의미심장한 말들 하며…. 며칠 전 제가 입원했을 때는요, 저를 보면서…."

"누리야."

사장님이 나긋한 목소리로 나를 불렀다. 사장님의 눈을 본 순간, 나는 바로 알 수 있었다. 사장님은 내 말을 듣고 있지 않았다.

"네가 지금 혼란스러운 거 알아. 괴로운 기억을 억지로 떠올린 데다 끊어진 기억의 조각까지 찾으려 하니 얼마나 힘들겠어. 하지만…."

"…."

"요한이 형은 나쁜 사람 아니야. 나는 형을 믿어."

"그렇지만…."

"더 정확한 게 나오기 전까지 팔찌는 계속 차고 다니는 게 좋겠다. 불편하더라도 좀 끼고 있어."

사장님이 더 들을 것도 없다는 듯 내 말을 잘랐다. 옆에서 다운이 잠자코 듣고만 있는 것을 본 나는 한숨을 쉬며 힘없이 고개를 끄덕였다.

"네."

"우선은 그날의 사건에 대한 정보를 조금 더 알아보는 게 좋겠다. 네 기억이 끊긴 부분에 숨겨진 무언가 있을지도 몰라."

"…"

"권두혁 형사한테 도움을 청해볼게. 경찰에 수사 자료가 있을지도 몰라."

나는 고개를 끄덕였다. 그것 말고는 내가 할 수 있는 일은 없었다.

* * *

다음 날, 점심으로 간단한 배달음식을 시키고는 회의실에 강준 씨와 마주보고 앉았다. 사장님은 다운과 함께 권두혁 형사를 만나기 위해 사무실을 비웠다. 요한 씨는 여전히 감감무소식이라, 평일임에도 회사를 지키고 있는 것은 나와 강준 씨 둘뿐이었다. 나는 숟가락을 든 채 멍하니 생각에 잠겼다. 뭔가 알아낼 수 있으면 좋겠는데 말이다. 내가 알고 있는 것이 아무것도 없으니 답답한 마음이었다.

사장님은 내 말이 채 끝나기도 전에 요한 씨는 나쁜 사람이 아니라며 요한 씨를 두둔했다. 게다가 다운 역시 사장님의 말에 동조하는 눈치였다. 두 사람의 요한 씨에 대한 무조건적인 믿음은 어디에서 나온 걸까. 단순히 나보다 요한 씨를 알고 지낸 기간이 오래되어서? 아니면… 정말로 내가 요한 씨를 오해하고 있는 걸까? 이런저런 생각에 입맛이 사라졌다. 나는 들고 있던 숟가락을 슬그머니 내려놓았다.

"무슨 고민 있어?"

그러고 보니 강준 씨와 함께 밥 먹고 있었지. 나는 내려놓은 숟가락을 다시 집어들었다.

"아뇨…. 그냥 생각할 게 조금 있어서요."

319

내 말에 강준 씨가 이상하다는 듯 나를 힐끔 살피고는 다시 밥 먹는 데 집중했다. 나는 숟가락으로 애꿎은 국물만 휘휘 저었다.

"강준 씨는 저를 믿어요?"

"아니."

좀 고민하는 시늉이라도 해주지. 한 치의 망설임 없는 대답에 당황한 나는 잠시 얼어붙어서 강준 씨를 쳐다보기만 했다. 내 시선에 강준 씨가 민망한 듯 시선을 살짝 피하고는 한마디 덧붙였다.

"너라서 못 믿는 게 아니라, 나는 원래 아무도 안 믿어."

아무도 안 믿는다고?

"사장님이나 다운이, 그리고… 요한 씨도요?"

"그래."

강준 씨는 돌려 말하는 법을 모르는 사람이다. 강준 씨의 눈을 빤히 바라보았다. 강준 씨의 눈동자 속에 젓가락을 들고 있는 내가 비쳤다. 흔들림 없는 눈동자를 보며 강준 씨가 진심이라는 것을 확신한 나는 짧게 한숨을 쉬고는 입을 열었다.

"사실 요한 씨에 대해 걸리는 게 좀 있어요."

"요한이 형?"

나는 강준 씨에게 요한 씨에 관한 이야기를 했다. 어제 사장님에게 말하려다 하지 못한 이야기들이었다. 부모님이 돌아가셨던 날 우리 집에 왔던 금발 남자 이야기와 최근 요한 씨의 행동 변화, 그리고 요한 씨가 내게 "찾았다"고 말했던 것까지. 이야기를 듣는 내내 강준 씨의 얼굴에는 아무런 표정 변화도 없었다. 그것은 내 이야기가 끝난 뒤에도 마찬가지여서 나는 조금은 불안한 마음으로 강준 씨의 말을 기다렸다. 강준 씨도 요한 씨는 그런 사람이 아니라고 대답할까? 내가 오해한 거라고 생각하고 있을까?

"전부터 의심은 하고 있었어."

한참 만에 들려온 대답은 내가 생각한 이상의 것이었다.

"의심하고 있었다고요?"

"그래."

"…왜요?"

"처음 하제 형을 만났을 때, 나는 누나의 일로 폐인처럼 살고 있었어. 숨만 쉬고 있을 뿐, 살아도 산 게 아니었지."

누나의 일이라면 강준 씨의 쌍둥이 누나가 사념체가 되어 강준 씨의 집안사람들을 죽였던 일을 뜻할 것이다. 게다가 한 몸이나 다름없던 쌍둥이 누나를 자신의 손으로 소멸시켰으니, 폐인이 되어도 전혀 이상할 것 없다.

"그렇게 살던 중 두 사람이 나를 찾아왔어. 요한 형은 나를 꿈에서 봤다고 이야기했지. 형은 나를 만나기 전부터 내게 있었던 일을 알고 있었어."

강준 씨의 표정은 그때를 가만히 회상하는 듯했다.

"함께 왔던 하제 형이 내게 같이 일할 것을 권유했지. 갑작스러운 제안이었지만 나로서는 마다할 이유가 없었어. 온갖 나쁜 기억이 묻어 있는 집을 떠난다."

"…"

"그리고 악귀들을 찾아서 소멸시킨다. 그거야말로 내가 가장 원하는 일이었으니까."

그때의 강준 씨는 지금보다도 더 악귀에 대한 증오가 들끓었을 것이다. 사장님의 제안에 두 번 생각할 것 없이 고개를 끄덕였겠지.

"그 뒤로 지방에서 유명한 무당이었던 다운이를 데려왔어. 함께 일하면서 좀 더 많은 영들을 성불시키는 게 어떻겠냐고 하제 형이 구슬렸지."

내게는 좀 더 많은 영들을 '소멸'시키자고 말했었어, 그 형. 강준 씨의 덧붙임에 나는 내 상황이 심각한 것도 잊고 실소를 흘렸다. 하여간 사장님, 언변 하나는 끝내준다니까.

"그리고 마지막으로 너까지…. 우리 셋의 공통점이 뭔지 알아? 셋 모두 요한이 형이 하제 형에게 말해서 여기서 일하게 된 사람들이야."

"아…. 그러고 보니, 사장님에게도 요한 씨가 사무소 일을 제안했다고 했어요."

내 말에 강준 씨가 역시, 하는 얼굴로 고개를 끄덕였다. 짐작하고 있었던 것 같았다.

"너는 이곳에서 일하며 받는 월급이 목적일 거고, 나는 악귀들을 소멸시키는 게 목적이지. 다운이는 영들을 성불시키는 게 목적이고 사장님은 사무소를 운영하며 돈을 버는 데 목적이 있어."

"그런데 요한 씨만⋯."

"이곳에 있는 목적이 없어."

"⋯."

"아니면 이미 목적을 이룬 걸지도 모르지."

"목적을 이룬 거라고요?"

"우리를 모으는 게 목적이라면?"

에이, 설마. 너무 멀리 간 것 거 아니에요? 내가 황당하다는 목소리로 중얼거렸다.

"설마요. 우리를 모아서 뭐해요. 네 명이 모여서 요한 씨한테 무언가 이득이 있는 것도 아니고⋯."

"그래서 더 이상하다는 거야. 목적도 없고 이득도 없어. 그런데 왜 우리와 함께하는 거지? 거기다, 그거 알아? 요한이 형은 우리 회사 직원이 아냐."

"아, 그건 알고 있어요. 사정상 함께 일하는 사람이라고⋯."

내가 사무소를 찾았던 첫날, 사장님은 요한 씨를 '사정상 함께 일하는 사람'이라고 소개했다.

"그 사정이 뭔지 궁금하지 않아? 무슨 구구절절한 사연이 있기에 우리를 이곳에 모으고, 그러면서도 정작 본인은 한 발 뒤로 물러나 있는지."

듣고 보니 그랬다. 요한 씨는 회사 직원도 아니면서 비중 있는 의뢰는 항상 함께했다. 게다가 굵직굵직한 결정을 내려야 할 때, 사장님은 주로 요한 씨에게 의견을 구했다. 사장님은 요한 씨의 결정이라면 불만스럽더라도 군말 없이 따랐다. 직원이 아닌 요한 씨의 의견으로 회사 일이 결정된 적이 한두 번이 아니었다. 여태 요한 씨의 신분에 관해서는 알면서도 무심코 넘겼다. 하지만 생각해보니 어떻게 그냥 넘겨왔나 싶을 정도로 의심스러운 것투성이었다. 대체 요한 씨는 어떤 사람일까.

"요한이 형은 왜 우리와 함께 있는 걸까. 영을 만지지도 못해. 성불시켜야 한다고 말은 하면서 직접 하려고 노력하는 것도 아냐. 항상 방관자처럼…."

"맞다. 이야기한다는 게 정신이 없어서 깜빡했네요. 요한 씨, 영을 만질 수 있던데요?"

강준 씨가 눈을 동그랗게 뜨고 반문했다.

"뭐라고?"

"저번에 희연 언니 사념체를 찾아다닐 때니까 꽤 됐을 거예요. 배우 김이슬이 촬영했던 스튜디오 기억하시죠. 거기서 사념체가 나타났었거든요."

"그래서?"

"제가 우물쭈물하는 사이에 요한 씨가 제게 다가온 사념체를 쳐냈어요. 엄청난 힘이던데요. 팔에 붙어 있던 사념들이 순식간에 사라졌어요."

내 말에 강준 씨의 표정이 더욱 심각해졌다.

"의심스러운 것들이 한두 개가 아냐. 이렇게 된 이상, 물어봐야겠어."

"자, 잠깐만요!"

강준 씨는 당장이라도 요한 씨를 찾아갈 것만 같았다. 나는 자리에서 일어나려는 강준 씨를 저지하고는 급하게 말했다.

"우리가 의심하고 있다는 걸 벌써부터 알릴 필요는 없잖아요, 하하. 의심했는데 아무것도 아닌 결과가 나온다면 요한 씨와의 관계만 어색해질 거고요."

내 말에 강준 씨가 납득했는지 다시 자리에 앉았다.

"우선은 요한 씨에 대해서 좀 더 조사해보는 게 어때요?"

나는 핸드폰을 꺼내들었다.

* * *

점심시간의 경찰서 안은 여느 때와 마찬가지로 시끄러웠다. 책상마다 서류들이 빈틈없이 가득 쌓여 있었고, 빈 음료수 병들과 과자 봉지, 세면도구에 수건까지… 온갖 것들이 어지럽게 널브러져 있었다. 소란스러움 속에 하제와 다운을 의식하는 이는 아무도 없었다.

"안녕하세요."

하제가 책상을 가볍게 두어 번 치며 인사를 건네자 책상에 엎드려 자고 있던 남자가 부스스 일어났다. 권두혁이었다.

"아, 기다리고 있었습니다."

자신의 앞에 서 있는 하제와 다운을 발견한 권 형사가 씩 미소 지으며 말했다. 그 입가에 하얗게 말라붙은 침을 발견한 다운은 인상을 찡그렸다. 두혁은 그런 다운의 표정에도 아랑곳 않으며 자신이 베고 자고 있던 파일을 들고 자리에서 일어났다.

"여긴 너무 시끄러우니 복도로 나가죠."

두혁이 성큼성큼 앞장섰다. 복도 끝에 난 창문 밖으로는 벚나무 한 그루가 보였다. 어느새 봄이 와 벚꽃이 흩날리고 있었다. 권 형사는 하지만 벚꽃에 눈길도 주지 않고 파일을 한 장씩 넘기며 말했다.

"정식 명칭은 '일산 부부 살인 사건'입니다. 저도 처음 듣는 사건이라고 생각했는데 알고 보니 과거에 어렴풋이 기억이 남아 있더라고요. 뉴스에 여러 번 나왔었는데, 기억 안 나요?"

하제와 다운이 누가 먼저랄 것도 없이 고개를 저었다.

"일산의 한 주택에 30대 남성이 침입해 부부를 죽이고 그 딸까지 죽이려다 미수에 그친 사건입니다. 부부가 모두 고아라 열다섯 살짜리 딸이 혼자됐다고 언론에서 말이 많았죠."

"좀 이상한데요. 누리 말로는 범인이 여럿이라고 했거든요."

다운의 질문에 형사가 그럴 줄 알았다는 듯 대답했다. 그가 한 번에 두

세 장씩 종이를 휙휙 넘겼다. 찾는 부분이 있는 듯했다.

"제가 봐도 좀 이상한 부분이 그거예요. 경찰에 체포된 용의자는 거식증으로 키가 170센티미터인데 몸무게가 50킬로그램도 안 되었다고 합니다."

권 형사가 파일의 어느 페이지를 하제와 다운에게 보였다. 사건 현장의 사진이었다.

"그런 사람이 철제문을 힘으로 부순 것, 상대적으로 덩치가 더 큰 집주인 남자를 큰 부상 없이 살해한 것. 게다가 집 안에는 한 사람의 것이라고는 보기 힘든 발자국들이 가득했죠."

파일을 한 장 넘기자 집 내부를 찍은 사진이 나왔다. 피가 사방에 튄 모습이 적나라하게 드러나 있었다. 바닥에는 범인의 것으로 보이는 피 묻은 발자국들이 어지러이 찍혀 있었다.

"그런데 어째서 결론은 한 사람의 단독 범행으로 난 거죠?"

"범인이 단독 범행을 강력히 주장한 데다 심증만 있을 뿐, 정확한 물증이 없었어요. 바닥에 찍힌 발자국들은 국과수에 의뢰한 결과 한 사람의 것으로 파악되었습니다. 게다가 현장에 남아 있던 지문도 하나뿐이었고요."

"범인에 관한 다른 정보는요?"

탐탁지 않다는 표정을 하고 있는 하제를 대신해 다운이 물었다.

"범인은 조현병을 앓고 있었습니다."

"조현병이요?"

"네. 그 사건 담당했던 선배 말로는 또라이도 그런 또라이가 없었다고 하던데요. 자기가 하늘에 계신 누군가를 위해 벌인 짓이라나?"

"…"

"정신병력이 있었던 데다 의사 소견도 확실해서 거의 바로 정신병원에 들어갔고요. 3년 조금 안 돼서 죽었어요."

"죽었다고요?"

죽었다는 권 형사의 말에 다운이 눈을 동그랗게 뜨고 반문했다.

"네. 간호사가 초짜였다나 봐요. 무슨 약을 잘못 주사해서 자다가 그대로 죽었다고 하네요."

"그건 뉴스에 안 나왔나요?"

하제의 말에 권 형사가 고개를 끄덕였다.

"사건 후로 시간이 제법 흐른 때여서 그냥 넘어갔어요. 뭐, 이슈가 되었다 해도 별 문제는 없었을 겁니다. 워낙 여론 자체가 살아남은 딸에 대한 동정론으로 흘러서요. 잘 죽었다고들 했겠죠."

권 형사가 파일을 덮으며 말했다.

"그나저나, 누리 씨가 워낙 밝아서 이런 일의 당사자였을 거라고는 생각도 못했네요."

"저희도 마찬가지예요. 누리한테 이야기 듣고 많이 놀랐거든요. 누리가 사건 후로 어떻게 지냈는지는 혹시 아는 것 있습니까?"

"사건 후 몇 년 동안은 시설에 들어가서 지낸 걸로 알고 있어요. 정신병원은 아니고 심리치료하는 상담 시설 같은 곳일 겁니다."

다운이 말없이 고개를 끄덕였다.

"제가 도와드릴 수 있는 부분이 더 있을까요? 누리 씨 일이라면 뭐든…."

"말은 고맙지만 저희 직원은 제가 챙기겠습니다. 모쪼록 주어진 일이나 열심히 하시죠."

하제가 권 형사의 말을 싹둑 잘랐다. 권 형사도지지 않고 받아쳤다.

"국민의 편안이 제 일 아니겠습니까. 안 그래도 이번 주말에 누리 씨한테 연락하려고 했는데. 마침 재미있는 연극표가 두 장 생겨서요."

"어쩌죠? 누리는 이번 주말에 출근할 예정입니다만."

둘 사이에 흐르는 미묘한 기 싸움을 다운이 정리했다.

"아무튼! 형사님, 시간 내주셔서 감사합니다. 바쁘신 것 같은데 저희는 이만 가볼게요."

* * *

나는 '쟤 지금 뭐하냐'는 듯한 강준 씨의 시선을 뒤로한 채 핸드폰으로 인터넷에 접속해 검색창에 '요하네스 킴'을 입력했다.

"재단 이사장 정도 되는 인물이면 인물사전에 등록돼 있지 않을까요?"

검색 버튼을 누르자 결과가 금세 떴다. 요한 씨는 흔적조차 찾을 수 없었고 '요하네스'라는 이름을 가진 외국 배우들만 잔뜩 나왔다.

"등록 안 돼 있나 봐."

"그럼… 성 요하네스 재단?"

검색어를 수정한 뒤 다시 검색 버튼을 누르고 잠시 기다렸다. 검색 결과가 뜨는 동안 강준 씨도, 나도 말이 없었다. 제발, 이번에는 쓸 만한 검색 결과가 나오기를!

"나온다."

맨 위에 재단의 홈페이지 주소가 나와 있는 것을 시작으로 뉴스 기사를 비롯한 검색 결과가 주르륵 떴다. 나는 어깨 너머로 보고 있는 강준 씨를 신경 써서 검색화면 스크롤을 천천히 내렸다.

"교육 지원, 의료 지원, 독거노인 지원, 소년소녀가장 지원에… 복지 쪽 일들은 죄다 맡고 있는데요? 가족을 대상으로 하는 행사도 많이 하고요."

우리가 요한 씨를 의심했던 것이 무색할 정도로 하나같이 건전한 내용이었다. 블로그에 올라온 글들은 성 요하네스 재단에서 주최하는 행사에 다녀왔거나 재단의 혜택을 받은 이들의 긍정적인 리뷰가 주를 이루었고, 기사들 역시 성 요하네스 재단을 칭찬하는 내용이었다.

"대통령상도 받았네요."

성 요하네스 재단과 관련된 기사 헤드라인을 눈으로 죽 훑었지만 죄다 좋은 기사뿐이었다. 네 번째 쪽 하단쯤에서야 재단의 비리에 관한 기사가 하나 나오기는 했지만 추측성 기사일 뿐이었고 기사 내용에 반박하는 댓글들이 잔뜩 달려 있었다.

"좋은 일 하는 곳 같은데요…."

찾아보면 볼수록 확신이 사라지는 기분이었다. 내가 말끝을 흐리자 강준 씨가 단호히 대답했다.

"원래 뒤가 구린 애들이 겉을 더 반질반질 깨끗하게 닦는 법이야."

나는 엄지손가락으로 무심코 스크롤을 내리다 익숙한 글자를 발견하고는 그대로 멈췄다.

"어라?"

"왜?"

"제가 아는 동생이 이번에 성 요하네스대학교 의대에 장학생으로 입학했거든요. 이번 주 일요일에 재단에서 성 요하네스대학교 장학생들에게 장학금 수여식을 한대요."

아는 동생이란 다름 아닌 슬아였다. 그러고 보니 강원도에 다녀온 지도 벌써 두 달이 다 되어간다. 슬아는 이제 고등학생이 아니라 대학생이었다. 대학생이 된 슬아는 어떤 모습일까. 대학에 잘생긴 선배들이 많지 않다는 걸 알고 실망했을까?

— 언니, 근데요…. 대학 가면 아까 언니랑 같이 온 남자처럼 잘생긴 선배들 많아요?

어디선가 슬아의 목소리가 들려오는 것만 같아 나도 모르게 웃음이 나왔다.

"가볼래?"

강준 씨의 말에 나는 냉큼 고개를 끄덕였다.

"좋아요! 슬아는 사실 가족이 없거든요. 제가 가서 가족 대신 축하해줘야겠어요."

"홈페이지에 위치 나와 있어?"

"핸드폰에는 없는데 아마 컴퓨터로 보면 나와 있을 거예요."

나는 자리를 옮겨 컴퓨터 앞에 앉았다. 그때였다.

"잠깐."

"왜요?"

강준 씨가 내 핸드폰을 가져가더니 페이지의 한 부분을 확대해 내게 보여주었다. 강준 씨의 손끝에는 성 요하네스 재단의 장학금 수여식이 열리는 금성리조트의 행사일정 안내가 있었다.

"…새날교 선교 캠프도 여기서 하네요."

"이번 주말에 말이지."

고개를 들었다. 강준 씨와 시선이 마주쳤다. 우리는 누가 먼저랄 것도 없이 식사의 흔적을 정리하기 시작했다. 가지런히 쌓은 그릇을 비닐봉지에 담아 사무실 밖에 내놓은 뒤, 강준 씨와 컴퓨터 앞에 앉아 본격적으로 성 요하네스 재단의 과거 행사를 검색했다.

"대부분까지는 아니고 일부 행사가 새날교 행사와 장소가 겹치네요."

"한 일고여덟 번에 한 번 꼴이네."

"네, 새날교와 성 요하네스 재단 둘 다 워낙 행사를 많이 진행하는 집단이라 이 정도 장소가 겹치는 건 우연이라고 볼 수도 있을 것 같아요."

"우연이라고 생각해?"

강준 씨가 내게 물었다. 직설적인 물음에 나는 잠시 대답할 말을 골라야 했다.

"우연이 아니라고 생각해요. 분명 둘 사이에 무언가 있어요."

"그럼 이렇게 생각해볼까. 겹치는 두 집단의 행사들은 과연 어떤 종류의 행사들일까?"

"…강준 씨도 새날교와 성 요하네스 재단이 관련이 있다고 생각하는 건가요?"

"그렇게 가정해보는 거야. 확률은 반반이지."

"좋아요. 한번 검색해볼게요."

장소가 겹치는 두 행사들의 특징을 찾다 보면 무언가 나올지도 몰라. 아무것도 나오지 않는다면 정말 우연인 거겠지. 고민하고 말고 할 것도 없었다. 다시 검색을 시작하려는 찰나였다.

"점심 김치찌개 먹었나? 맛있었겠다."

사무실 현관문이 벌컥 열리며 다운과 사장님이 들어왔다. 다운의 손에는 커피 네 잔이 담긴 캐리어가 들려 있었다.

"왔어요?"

두 사람이 들어온 것을 본 나는 서둘러 열린 창들을 모두 종료시키고는 회사 업무와 관련된 파일을 실행시켰다.

"뭐 좀 알아내셨어요?"

내 말에 두 사람 모두 어두운 표정을 했다. 내 눈치를 살피는 모습이 내가 실망할까 걱정하는 눈치였다.

"별것 없었나 보네요."

나는 그럴 줄 알았다는 듯 대수롭지 않게 대답했다. 실제로도 아무렇지 않았다. 만약 어제였다면 두 사람의 걱정처럼 실망했을지도 모른다. 하지만 지금의 내 머릿속은 성 요하네스 재단과 새날교의 관계에 대한 의심으로 가득 차 있어서 다른 생각을 할 겨를이 없었다.

"그런데 경찰 쪽 기록에 조금 이상한 부분이 있기는 했어."

"어떤 게요?"

"경찰 기록에는 그 사건, 정신병력이 있는 한 사람의 단독 범행이었다고 되어 있어. 그리고 범인은 정신병원에서 간호사의 의료사고로 사망했고."

단독 범행이라고? 내가 눈을 동그랗게 뜨고 반문했다.

"한 사람의 단독 범행이라뇨? 다른 사건과 착각하신 것 아니에요?"

눈을 감으면 그들의 모습이 눈에 선하게 그려졌다. 분명 흰옷을 입은 사람들이었다. 두세 명 정도가 아니라 제법 많은 수의 '집단'이었다.

"경찰도 처음에는 용의자가 다수라는 데 초점을 맞추고 수사를 진행했는데, 집 안에서 나온 지문과 발자국이 모두 한 사람의 것이었다고 하더라고."

"…그럴 리가 없어요. 눈만 감으면 그들의 모습이 선한걸요. 가끔은 꿈도 꿔요. 제 기억이 아무리 엉망이고 여기저기 빠져 있다고 해도 그건 확실해요. 분명 여러 사람이었어요."

혼란스러웠다. 알면 알수록 미궁으로 빠져드는 기분이다. 기억이 빠져있는 것도 모자라 내가 기억하는 부분까지 사실이 아닐 수도 있다니….

"나는 네 말을 믿어."

낮은 목소리가 들려왔다. 내가 좋아하는 사장님의 목소리다. 그의 말에는 팥으로 메주를 쑨대도 믿을 수 있을 것 같은 신뢰가 가득 담겨 있었다. 어제라면 그렇게 생각했을 거다.

─ 요한이 형은 나쁜 사람 아니야. 나는 형을 믿어.

머릿속에서 어제의 사장님이 말했다. 기분이 묘했다. 어제는 요한이 형을 믿는다더니, 오늘은 내 말을 믿는다고? 믿어주셔서 감사하네요. 괜히 심통이 났다.

"괜찮아요. 저를 위해서 이렇게까지 애써주신 것만으로도 감사해요. 생각해보니 제가 너무 예민하게 굴었던 것 같아요."

"누리야."

"사실 제가 알고 싶은 건 팔찌에 대한 거였는데 어쩌다 보니까 이쪽으로 이야기가 튀었네요."

"…"

"부모님에 관한 일은 제 가정사고, 미심쩍은 부분이 있어도 그건 제가 알아내야 할 부분인 것 같아요."

나는 조금 냉정하다 싶을 정도로 단호하게 선을 긋고는 자리에 앉았다. 나를 보던 사장님이 짧게 한숨 쉬었고, 다운은 나와 사장님의 눈치를 보았다.

"후, 그래. 알았다. …누리 너, 주말에 약속 있어? 없으면 회사 직원 다 같이 영화나…."

"저 약속 있어요."

나는 냉정하게 말을 잘랐다. 내 말에 사장님이 머쓱한 듯 고개를 떨어트리는 것이 보였다. 내가 너무 쌀쌀맞았나 싶기도 했지만 모른 척하기로 했다.

장학금 수여식이 열리는 금성리조트는 리조트라기보다는 호텔에 가까웠다. 행사가 벌어지는 커다란 컨벤션 홀에는 옷을 단정하게 차려입은 사람들이 삼삼오오 모여들고 있었다.

"2층에서 성 요하네스 재단 장학금 수여식이 열리고 새날교 행사는 3층에서 열려요."

내가 안내 전광판을 가리키며 말하자 강준 씨가 전광판을 한 번 흘끗 보고는 주변을 살폈다. 동선을 살펴보는 것 같았다.

"네가 아는 동생은?"

"안 그래도 문자 온 것 없나 확인해보려고요."

강준 씨의 말에 나는 핸드폰을 들어 보이며 대답했다. 핸드폰을 켜자 슬아의 메시지가 와 있는 것이 바로 보였다.

언니 어디예요?

나 지금 1층. 행사 안내판 앞에 있어.

자판을 톡톡 눌러 답장을 한 지 얼마 지나지 않아 2층에서 내려오는 에스컬레이터에서 슬아가 모습을 드러냈다.

"언니!"

나를 보며 환하게 웃는 슬아를 보며 나 역시 마주 웃으며 손에 든 꽃다발을 흔들었다.

슬아는 두 달 전과는 사뭇 다른 모습이었다. 하나로 질끈 묶고 있던 머리카락은 예쁘게 풀어 웨이브를 넣었고, 민낯이던 얼굴은 옅게 화장을 한 상태였다. 나를 가장 흐뭇하게 한 것은 슬아가 두 달 전처럼 어두운 표정을 하고 있는 것이 아니라 환하게 미소 짓고 있다는 점이었다.

"슬아 너 못 본 사이에 정말 예뻐졌다. 학교에서 인기 많겠는데?"

슬아가 수줍게 웃으며 내가 내민 꽃다발을 받아들었다. 그러고는 내 옆에 선 강준 씨를 보며 얼굴을 슬쩍 붉히고는 꾸벅 인사했다.

"안녕하세요."

"맞다. 두 사람, 오늘 처음 보죠? 강준 씨, 이쪽은 슬아예요. 저번에 강원도 의뢰 기억하시죠. 그때 알게 된 인연이에요. 슬아야, 이분은 언니랑 같은 회사 직원이야. 강준 오빠라고 불러."

"축하해요."

강준 씨가 짧게 대답했다. 강준 씨는 좀 전부터 슬아와는 눈도 마주치지 못하고 있었다. 이 숙맥. 저번에 기숙사 의뢰 해결할 때도 그러더니… 여자 앞이라고 긴장한 게 분명했다. 언니가 다니는 회사는 직원들을 외모로 뽑나 봐요. 슬아가 내 귓가에 속삭였다.

"그 말, 나 예쁘다는 소리로 들어도 되지?"

내 너스레에 슬아가 배시시 웃으며 고개를 끄덕였다. 어쩜 슬아는 이렇게 말도 예쁘게 할까! 예상치 못한 칭찬에 나도 모르게 웃음이 나왔다. 하지만 슬아의 이어지는 말에 나는 웃을 수 없었다.

"이사장님은 안에서 행사 준비하고 계신 거예요?"

"응?"

요한 씨를 말하는 거다. 내 반문에 슬아가 되레 이상하다는 듯 눈을 동그랗게 뜨고 내게 물었다.

"언니, 이사장님과 같이 온 것 아니에요?"

"아, 우리… 그러니까…."

사실 요한 씨에게는 우리가 장학금 수여식에 간다는 이야기를 하지 않았다. 우리가 간다는 것을 알게 되면 괜히 무언가를 숨길 수도 있다며 강준 씨가 나를 만류했기 때문이다. 어떡하지…. 뭐라고 이야기하지? 입술을 깨물며 대답할 말을 고르던 찰나였다.

"우리가 온 것, 비밀로 해줄래요? 이사장님을 깜짝 놀라게 해주고 싶어서 그래요."

강준 씨가 대답했다. 마치 연기 경험이 없는 배우가 감정 없이 대본을 읽는 것처럼 딱딱한 억양이었지만 슬아는 얼굴을 발갛게 물들이고는 고개를 끄덕였다.

"서프라이즈 하시는 거예요? 재밌겠다! 전 못 본 척하고 있을게요!"

"수여식 시작하겠다! 얼른 가자. 네가 주인공인데 늦으면 되겠어?"

내가 황급히 대화를 수습했다. 내 말에 고개를 끄덕인 슬아가 2층으로 발걸음을 옮기다 멈칫하고는 뒤돌아서서 말했다.

"언니, 오늘 와주셔서 정말 감사해요. 축하해줄 사람이 아무도 없었으면 조금 속상했을 거예요."

그렇게 말하는 슬아의 얼굴에는 여전히 미소가 걸려 있었지만 나는 차마 웃을 수가 없었다.

"왜 축하해줄 사람이 없어. 하늘에서 부모님이 보고 계실 거야."

슬아가 나를 향해 다시 한 번 웃고는 2층으로 먼저 성큼성큼 올라갔다. 우리는 슬아의 뒤를 느긋한 걸음으로 따랐다.

"하늘에서 부모님이 보고 있기는. 애저녁에 성불했을걸?"

강준 씨의 타박 아닌 타박에 나는 눈을 살짝 흘겼다.

"말이라도 예쁘게 해주면 어디 문제 생겨요? 그건 그렇고 강준 씨, 연기 많이 늘었던데요? '비밀로 해줄래요? 이사장님을 깜짝 놀라게 해주고 싶어서 그래요'."

놀림이 가득 담긴 내 말투를 칭찬으로 알아들은 듯, 강준 씨가 뿌듯한 표정으로 말했다.

"다운이나 하제 형 없이도 잘해, 나."

아, 예. 그러세요. 강준 씨의 어깨가 으쓱으쓱하는 것을 본 나는 '여전히 어색하다'는 말은 마음속에 넣어두기로 했다.

식이 시작되는 것과 거의 동시에 우리는 행사장 안에 들어섰다. 맨앞 테이블에 앉아 입구를 바라보고 있던 슬아는 우리 둘을 향해 꽃다발 든 손을 흔들며 환하게 웃었다. 슬아의 밝은 미소를 보며 나는 오기를 잘했다는 생각이 들었다. 그래, 설령 오늘 이곳에서 어떤 정보도 얻지 못한다고 해도 슬아를 축하해주는 것으로 된 거다. 나는 바지에서 부적을 꺼내 꼭 쥐고는 긴장한 채로 주변을 살폈다. 부적은 다운에게 '혹시라도 평소에 위험한 일이 생길지도 모르니 써달라'고 졸라서 받아낸 것이었다. 부적을 쓰는 내내 자신이 부적 만드는 기계냐며 툴툴거리는 다운을 달래느라 애먹었지만 다운이 써준 부적을 들고 있으니 마음 한쪽이 안심되는 것 같았다. 좋아, 돌아가면 몇 장 더 써달라고 해야지. 우리는 맨 뒷자리에 자리 잡고 앉아 무대 위를 바라보았다. 어깨까지 내려오는 금발을 하나로 묶은 요한 씨가 짙은 남색의 커버를 씌운 장학증서를 들고 있는 것이 보였다.

"마지막으로 성 요하네스대학의 의예과에 입학한 여학생들에게 주는 장학금 수여가 있겠습니다. 호명된 학생은 앞으로 나와주세요."

사회자가 장학생들의 이름을 부르자 학생들이 요한 씨 앞으로 다가왔다. 요한 씨는 학생들을 향해 미소를 지으며 들고 있던 장학증서를 건넸다. 또 악수를 건네기도 했고 어깨를 두드리며 격려하기도 했다. 요한 씨가 그런 행동을 할 때마다 무대 아래에서는 카메라 플래시가 번쩍번쩍 터졌다.

'요한 씨, 내가 아는 것보다 더 대단한 사람인가 봐.'

"…성 요하네스대학교 의예과 김슬아 양, 내용은 위와 같습니다."

슬아의 차례가 왔다. 나는 혹시라도 요한 씨에게 들킬세라 얼굴이 보이지 않게 기다리는 사람이 있는 척 입구 쪽으로 고개를 돌린 채로 손뼉을 쳤다. 덕분에 나는 '그들'을 발견할 수 있었다.

"…"

소리 없이 문이 열리고 복도에서 두 사람이 들어왔다. 개량한복처럼 보이는 흰옷을 입은 남자들이었다. 특이한 두 사람의 행색에 문 근처에 서 있던 사람들이 두 남자를 흘끗거리는 것이 보였지만 두 사람은 전혀 신경 쓰는 기색이 아니었다. 그들은 무대 위를 바라보며 서로 무어라 이야기를 주고받는 듯했다. 그런데 두 남자 중 한 명의 얼굴이 묘하게 낯익었다. 나는 완전히 몸을 돌리고는 그들을 좀 더 자세히 보려 애썼다. 어디서 본 얼굴이었는데… 아!

"새날교 교주가 여기에 왔어요."

나는 아주 자그마한 목소리로 강준 씨에게 속삭였다. 내 말을 들은 강준 씨는 움찔하더니 무대 위 요한 씨를 힐끗 살피고는 자연스럽게 문 쪽으로 고개를 돌렸다. 그 사이 요한 씨는 장학생들과 함께 단체 사진을 찍고 있었다. 행사에 집중하느라 새날교 교주는커녕 누가 이곳에 들어왔다는 것도 모르는 듯했다. 나는 다시 문 쪽으로 고개를 돌렸다. 새날교의 교주와 정체 모를 남자가 무대 위를 보며 고개를 가로젓는 것이 보였다. 서로 눈빛을 주고받은 두 사람은 미련 없이 몸을 돌려 행사장 밖으로 나가버렸다.

"…쟤네는 왜 자기네들 행사 안 가고 여길 왔대요?"

얼빠진 내 말에 강준 씨가 잠시 생각하는 듯하더니 내게 말했다.

"3층에 가보자. 새날교 행사장에서 지금 뭘 하고 있는지 봐야겠어."

"…요한 씨는요? 요한 씨를 지켜봐야 하지 않을까요?"

"무대 위에서 무슨 일이 있겠어? 지금은 저쪽이 훨씬 더 의심스러워."

하긴, 모두의 시선이 요한 씨에 집중되어 있는데 뭘 할 수 있겠어. 나는 고개를 끄덕이고는 조심스럽게 자리에서 일어났다. 우리는 살금살금 문 앞으로 다가갔다. 강준 씨가 문손잡이를 잡고 천천히 문을 밀었다.

"…!"

나는 하마터면 비명을 지를 뻔했다. 머리카락이 쭈뼛 서는 기분이었다. 문 바로 앞에 새날교 교주가 서 있었다. 그리고 그의 시선은 정확히 나를 향해 있었다.

'설마 나를 알아본 건가?'

나는 구양산의 기도원 사건에서 교주와 마주친 적이 있다. 두근거리는 마음을 가라앉히려 애쓰며 애써 부정했다.

'교주가 나를 본 것은 기도원에서 의식이 시작되기 직전에 잠깐이야. 그 짧은 시간에 나를 기억했을 리 없어.'

"좀 지나갈게요."

나는 아무것도 모른 척 자연스럽게 강준 씨의 팔을 잡고 문 밖으로 나왔다. 교주는 한걸음 뒤로 물러서서 길을 터주면서도 나를 뚫어져라 응시했다.

"깜짝 놀랐네. 왜 문 앞에 서 있는 거야."

나는 일부러 투덜거리며 걸었다. 크지 않은 목소리였지만 거리가 가까웠으니 교주의 귀에도 들렸을 것이다. 긴장감에 어깨가 덜덜 떨렸다. 강준 씨가 내 기색을 알아채고는 내 어깨를 살짝 감싸 끌어안다시피 해서 창문가로 걸었다. 강준 씨의 수호용은 문 앞에 남아 몸을 잔뜩 부풀리고는 두 사람을 향해 위협적으로 포효를 내뱉었다. 두 남자는 수호용의 위용에 겁을 먹기는커녕 시큰둥한 얼굴로 수호용을 평가하듯 아래위로 훑었다.

"혹시나 했는데 아닌 모양이군. 용의 기운이었던 모양이야."

"저게 수호용인가요?"

"그래. 저 남자를 수호하나 본데, 몸집이 제법 큰 걸 보니 조상이 꽤 덕을 많이 쌓은 모양이야."

"동물 모습을 한 영이 인간을 지켜준다는 이야기는 들었지만…. 실제로 보는 것은 처음입니다."

두 사람은 우리가 용에 대해 알고 있다고는 생각조차 않는 듯 대놓고 우리를 훑어보며 거리낌 없이 대화를 나누며 위층으로 올라갔다. 두 사람이 올라간 것을 확인한 나는 그 자리에 털썩 주저앉아 버렸다.

"괜찮아? 왜 그렇게 놀라."

강준 씨가 걱정스럽다는 듯 나를 부축했다.

"교주가 저를 알아본 줄 알았어요."

"교주와 마주친 적이 있었어?"

"네. 지난번 인천 기도원에서…"

그때였다. 행사장 안에서 왁자지껄한 소리가 난다 싶더니 문이 열리고 사람들이 쏟아져 나왔다. 그 중에는 요한 씨도 있었다. 비서로 보이는 남자와 함께 가장 먼저 밖으로 나온 요한 씨가 나와 강준 씨를 발견하고는 눈을 동그랗게 떴다.

"두 사람…."

앗! 요한 씨와 마주치는 것은 계획에 없었는데! 나는 강준 씨의 옆구리를 쿡쿡 찔렀다. 좀 어떻게 해봐요! 하지만 강준 씨는 나보다 더 얼어 있는 상태였다. 쉽사리 입을 떼지 못하고 머뭇거리고 있던 찰나, 요한 씨가 먼저 입을 열었다.

"두 사람, 그렇고 그런 사이였어?"

…이건 또 무슨 말이야? 반문하려던 나는 문득 이곳이 숙박을 할 수 있는 리조트라는 사실, 그리고 오늘이 일요일이라는 사실을 떠올렸다.

"그런 사이 아니거든요!"

요한 씨의 말뜻을 이해하지 못한 강준 씨를 대신해서 내가 버럭 언성을 높였다. 얼굴이 화끈거렸다.

"그래? 그럼 다행이고. 그런 사이였으면 하제가 서운해 했을 거야."

여기서 사장님 이야기가 왜 나오는 거야. 내가 항변하려 입을 떼려고 할 때였다.

"언니! 앗, 이사장님, 안녕하세요!"

행사장에서 나오던 슬아가 우리를 발견하고는 알은 체했다.

"서프라이즈 잘 끝나셨나 봐요?"

"서프라이즈?"

요한 씨의 반문에 슬아가 대답했다.

"네. 누리 언니랑 강준 오빠랑 저 장학금 받는 거 축하해주러 오셨거든요. 이사장님한테는 비밀로 하고요. 이사장님을 깜짝 놀라게 해드리고 싶었대요."

슬아의 말에 요한 씨가 우리 둘을 훑어보곤 미소 지었다.

"그런 거였어?"

나는 거기에 맞춰 미소 짓는 것밖에 할 수 없었다. 슬아야, 고마워. 언니가 다음에 밥 한 끼 살게. 네 덕분에 무사히 넘어갈 수 있을 것 같아! 나는 속으로 슬아에게 감사 인사를 전했다.

"슬아 양, 학교생활은 할 만해요?"

"네, 교수님도 동기들도 너무 좋아요. 배우는 것도 즐겁고요. 정말 감사합니다!"

"아닙니다. 슬아 양은 예의가 바르고 성실해서 모두들 좋아할 줄 알았어요."

대화의 주제가 자연스럽게 슬아의 대학생활로 넘어갔다. 나는 요한 씨 몰래 한숨을 내쉬었다.

"저⋯ 안녕하세요. 저는 성 요하네스대학교 15학번 박동의라고 합니다. ⋯같이 사진 한 장 찍을 수 있을까요?"

요한 씨와 슬아의 대화에 낯선 목소리가 끼어들었다. 슬아와 함께 장학금을 받은 장학생인 듯 장학증서를 품에 안고 있었다. 순간적으로 요한 씨의 얼굴에 난감함이 스쳤지만, 이내 표정을 가다듬고는 시원스레 미소 지으며 고개를 끄덕였다. 요한 씨의 승낙에 얼굴이 환해진 여자가 주머니에서 핸드폰을 꺼내 옆에 있던 사람에게 내밀었다. 그녀의 엄마로 보이는 여자가 핸드폰을 받아 들고는 사진을 찍었다.

"⋯!"

그 광경을 본 내 가슴이 미친 듯이 뛰었다. 너무 놀라 숨 쉬는 방법조차도 기억 나지 않는 듯했다. 찍은 사진을 확인한 두 사람이 요한 씨에게 인사를 하고 멀어졌지만 나는 두 사람에게서 눈을 뗄 수가 없었다.

"아직 점심 전이지? 어디 조용한 데로 가자. 물론 슬아 양도 함께."

요한 씨가 우리를 둘러보며 말했다. 어느새 주변의 시선이 요한 씨와 함께 있는 우리에게 집중되어 있었다. 일부 사람들은 조금 전 모녀처럼 핸드폰을 들고 우리 주변을 서성이기도 했다.

"주변에 조용한 식당이 있나요?"

"근처에 제가 아는 한정식 집이 있습니다. 조용하고 맛도 깔끔해요."

요한 씨가 옆에 서 있던 비서에게 묻자 그가 기다렸다는 듯 요한 씨의 말에 대답했다. 나는 쉽사리 대답하지 못하고 우물쭈물했다.

"왜? 강준이와 둘이서 오붓하게 점심 먹으려고 했는데 못 해서 아쉬워?"

요한 씨가 장난기 어린 얼굴로 내게 물었다.

"헉. 언니, 오빠랑 그렇고 그런 사이였어요?"

"그런 거 아냐!"

요한 씨와 슬아가 서로를 마주보며 음흉한 눈빛을 공유했다. 나는 한숨을 쉬며 요한 씨의 뒤를 따랐다. 하지만 시선은 멀어지는 모녀의 모습에서 뗄 수 없었다. 체구, 얼굴, 옷차림새까지… 눈에 띄는 특징들은 모두 기억하려 애썼다. 엄마에게 핸드폰을 건네던 여자의 왼손에는… 내가 끼고 있는 것과 같은 팔찌가 걸려 있었다.

* * *

다음 날 점심시간, 나는 점심을 먹는 대신 강준 씨와 함께 성 요하네스대학교로 향했다. '박동의'라는 여자를 만나기 위해서였다. 우리는 슬아의 도움으로 그녀의 시간표를 알아내 강의실 앞에서 수업이 끝나기를 기다렸다.

"우리 재단 이사장, 진짜 잘 생기지 않았냐?"

"그치, 정말 잘생겼어. 들리는 소문에는 미혼이라던데?"

"미혼이면 네가 어쩔 거야. 우리와는 거리가 먼 사람인데."

다음 강의를 기다리는 여학생들 몇몇이 복도에 서서 핸드폰으로 장학금 수여식에 관한 기사를 보며 잡담했다.

나도 막간을 이용해 핸드폰으로 성 요하네스 재단의 장학금 수여식에 관련된 기사들 중 가장 상단에 올라온 기사를 클릭했다. 요한 씨와 장학금을 받은 장학생들이 단상 위에서 함께 찍은 단체 사진이 함께 실린 기사였다. 나는 사진을 눌러 엄지와 검지로 확대했다. 행사장 앞에서 요한 씨에게 사진 촬영을 요청했던 '박동의'라는 여자가 보였다. 장학증서를 끌어안고 있는 탓에 소매가 끌려올라간 왼쪽 팔에 그 팔찌가 보였다. 다시 보아도 틀림없었다. 내 것과 같은 팔찌였다. 내 옆에 서 있던 강준 씨가 어깨 너머

341

로 내 핸드폰 속 사진을 보며 말했다.

"사진으로는 진짜 네 것과 같아 보이네."

"제 팔찌랑 똑같아 보이는 게 아니라 정말 똑같았어요."

내 말에 강준 씨가 말없이 고개를 끄덕였다. 나는 강준 씨의 눈치를 살폈다. 강준 씨는 내가 잘못 본 거라고 생각하는 걸까. 강준 씨의 얼굴에는 표정이 없어서 무슨 생각을 하는지 짐작이 가질 않았다. 나는 왼팔을 만지작거리며 생각에 잠겼다. 두툼한 팔목보호대 안으로 팔찌의 매듭이 만져졌다.

무의식중에 나는 이 팔찌가 단 하나밖에 없는 거라고 생각했다. 그도 그럴 것이, 어디서 산 것도 아니고 지나가다 우연히 얻은 거니까 말이다. 그런데 하나가 더 있었다. 그것도 내가 찾으려고 해서 찾아낸 게 아니라 저절로 눈에 띈 거다. 말하자면, 내가 찾으려고 노력하면 의외로 더 많을지도 모른다는 뜻이다.

'평범한 팔찌가 아닌데…. 이걸 만든 사람은 도대체 무슨 의도로 만든 거야?'

그때였다. 강의실 안이 소란스러워졌다. 수업이 끝난 모양이었다. 앞문이 열리고 교수가 나오자 학생들도 무리지어 서둘러 강의실을 빠져나왔다.

"저기, 나온다."

강준 씨의 손이 가리키는 곳에 내가 들고 있던 핸드폰 속 여자가 보였다. 나는 성큼성큼 그녀에게로 다가가 말을 걸었다.

"안녕하세요? 잠깐 시간 좀 내주실 수 있나요?"

여자가 우리를 보는 눈빛은 내가 사무소 직원들을 처음 볼 때와 똑같았다. 나는 나도 모르게 변명했다.

"저 사이비 아니에요."

"그 팔찌, 어떻게 구하게 되신 거예요?"

내 말에 여자의 얼굴이 한층 더 의심스럽다는 듯 변했다. 이크, 말을 이렇게 시작하면 안 되나? 당황한 나는 얼른 왼팔에 차고 있던 팔목보호대를 벗으며 그녀에게 내 팔찌를 보였다.

"아니, 저는 이게 제 것 하나뿐인 줄 알았는데…. 같은 팔찌를 본 게 처음이라서…."

내 팔찌를 본 여자가 살짝 놀랍다는 얼굴을 하더니 이내 시큰둥하게 대답했다.

"엄마가 절에서 받아오신 거예요."

"그 절, 이름이 뭡니까?"

여자의 말이 끝나기 무섭게 강준 씨가 물었다. 강준 씨를 힐끗 본 여자가 핸드폰을 집어들고는 말했다.

"저도 잘 몰라요. 엄마한테 물어보고 말씀드릴게요."

여자가 우리의 눈치를 한 번 살피더니 우리와 조금 떨어져 복도 끝으로 걸어갔다. 핸드폰을 귀에 대고 전화를 하는 듯했다. 나는 초조한 마음으로 여자가 통화를 끝내고 다시 오기만을 기다렸다.

엄마는 나를 임신했을 때 길에서 누군가를 도와주고 이 팔찌를 받았다고 했다. 그런데 저 여자는 절에서 받아왔다고 했다. 엄마에게 팔찌를 준 사람과 저 여자의 어머니에게 팔찌를 준 사람은 같은 사람일까? 머지않아 돌아온 여자가 오른팔에 메고 있던 쇼퍼 백을 한 번 더 추슬러 올리며 짧게 대답했다.

"절이 아니고 낙학암이라는 작은 암자래요. 지금은 스님이 안 계셔서 폐쇄됐다네요."

여자의 입에서 나온 말이 예상 밖이어서 나는 크게 당황했다. 기껏해야 서울에서 좀 먼 지방이라거나, 산세가 험한 곳에 있다는 말 정도가 나올 줄 알았는데, 없어졌다니….

"그럼 전 가볼게요."

그녀를 이대로 보내서는 안 된다. 그녀의 어머니가 팔찌를 어떻게 받게 되었는지 물어보면 무언가 나올지도 모른다. 그녀를 붙잡아야 하는데 입이 떨어지지 않았다. 내 표정을 본 여자가 자신의 팔찌를 한 번 보고는 나에게 말했다.

"애당초 그렇게 험하게 쓰질 말았어야죠."

나를 힐난하는 여자의 얼굴은 무언가를 짐작하고 있는 것 같았다.

"팔찌에 대해서 아는 것이 있습니까?"

강준 씨가 내 대신 물었다. 강준 씨의 질문에 여자가 도리어 의아하다는 얼굴을 하고 반문했다.

"다 알고 찾아오신 것 아니었나요?"

"아뇨."

이 여자는 무언가를 알고 있다. 팔찌와 관련된 모든 일들을 다 이야기할 필요는 없겠지만 어느 정도는 내 이야기를 해야 했다. 나는 생각을 마치고 말문을 열었다.

"제가 엄마 배 속에 있을 때 엄마가 길을 가다가 어떤 사람을 도와준 적이 있대요. 그 사람이 태어날 아기에게 주라면서 건네주고 갔대요."

"팔찌 말씀하시는 건가요?"

"네. 팔찌에 대해서 좀 더 자세히 알고 싶은데 엄마는 이미 돌아가셔서…."

여자의 얼굴에 동정이 어렸다. 나는 때를 놓치지 않고 고개를 숙이며 말했다.

"어떻게 보면 엄마가 남긴 유품이나 다름없는데 이렇게 끊어지기 직전이니…. 실마리라도 잡을 수 있을까 해서…."

여자의 입이 살짝 벌어지더니 이내 한숨을 쉬고는 주변을 살폈다. 주변에 아는 사람들이 있는지 없는지 보는 것 같았다.

"저는 고등학교 3학년 때 신병에 걸렸었어요. 알고 보니 돌아가신 외할머니가 무당이셨대요. 엄마가 외할머니를 따라 신을 받았어야 했는데 안 받아서 저한테로 신이 내려온 거예요."

여자가 이제까지보다 훨씬 더 작은 목소리로 우리에게만 들리도록 속삭였다.

"엄마가 딸을 무당 만들 수 없다고 신병을 낫게 할 방법을 찾아서 전국을 뒤지고 다니다가 제주도의 작은 암자에서 이 팔찌를 준 스님을 만났대요."

"…"

"그… 뭐라더라? 사람에게는 저마다 그릇이 있는데 저는 그 그릇이 신을 받을 수 있을 만큼 아주 크대요."

"영력을 말하는 건가요?"

강준 씨의 말에 여자는 단호하게 고개를 저었다.

"저는 그쪽 용어 같은 건 몰라요. 알고 싶지도 않고요. …아무튼 제가 그릇이 아주 큰데, 그 그릇을 억지로 작게 만들어주는 팔찌라고 했어요. 항상 끼고 다니라고 하셨죠."

"…"

"팔찌를 끼고 3년간 앓아오던 신병이 하룻밤 사이 씻은 듯 나았어요."

소설 같은 이야기였다. 귀신의 존재를 믿지 않는 누군가가 들었다면 헛소리로 치부해버렸을지도 모른다. 하지만 강준 씨와 나는 여자의 말이 진실임을 누구보다 잘 알고 있었다.

"엄마가 감사 인사하러 그 암자를 찾아갔지만 스님은 갑작스럽게 돌아가신 뒤였어요. 스님이 안 계신 암자는 결국 폐쇄되었고요. 제가 아는 건 여기까지예요."

여자는 더 물을 것이 있느냐는 얼굴로 우리를 살피고는 핸드폰으로 시간을 확인하더니 우리에게 간단히 목례하고는 가버렸다. 나는 계단을 내려가는 여자를 멀거니 바라보다 강준 씨에게로 시선을 돌렸다. 허탈한 마음이었다. 무언가 알아낸 것은 많은데 본질적인 의문은 전혀 해결되지 않았다. 알면 알수록 혼란스러운 기분. 해결되지 않은 의문들이 꼬리에 꼬리를 물었다.

엄마, 아빠를 죽인 그들은 누구였을까?

요한 씨는 누구일까?

요한 씨와 새날교의 관계는?

…팔찌를 풀면 어떻게 되는 걸까?

"그냥 팔찌 끊어버릴까요? 끊으면 무슨 일이든 일어나겠죠. 그게 좋은 일이든 나쁜 일이든, 일어나면 또 다른 방법이 생길 거예요."

"그러고 싶어?"

될 대로 되라는 심정이다. 부모님이 돌아가시는 것보다 더 큰일이 뭐가 있겠어? 내게는 더 이상 잃을 소중한 사람도 없는데….

그 순간, 머릿속에 사무소 네 사람의 얼굴이 차례로 스쳐지나갔다. 왜 이 순간에 그들의 얼굴이 눈앞에 어리는지는 스스로도 모를 일이었다.

'공누리, 인간관계 정말 협소하구나.'

소중한 사람들이 직장 동료라니. 빈정거리면서도 그들이 내게 소중한 존재라는 것을 부정할 수는 없었다. 나는 다시 왼팔에 팔목보호대를 찼다.

"뭐, 당분간은 끼고 있을래요. 중간에 끊어지면 저도 어쩔 수 없는 거고요."

* * *

요한이 눈을 떴을 때, 누리는 울고 있었다. 무엇이 그리도 서러운지 요한 자신을 바라보며 통곡하는 누리를 보며 요한은 난감해졌다.

왜 울어?

누리를 달래기 위해 입을 연 순간, 요한은 이 상황이 꿈이라는 것을 곧바로 알 수 있었다. 마치 리모컨으로 음소거 버튼을 누른 것처럼 소리가 들리지 않았던 것이다. 누리의 울음소리와 자신을 향해 외치는 절규는 물론, 요한의 목에서 나간 요한 본인의 목소리조차 들리지 않았다. 요한은 잠자코 서서 누리가 엉엉 우는 모습을 지켜볼 수밖에 없었다.

잠시 뒤, 누리는 눈을 질끈 감았다가 번쩍 떴다. 볼을 타고 뚝뚝 흐르는 눈물을 손등으로 훔쳐내는 누리의 왼손에 팔찌가 없었다.

….

시야가 어그러지기 시작했다. 요한의 눈앞에서 울고 있던 누리의 몸집이 점점 작아지더니 자그마한 아기의 모습으로 변했다. 누리의 모습이 변하는 것과 마찬가지로 요한의 모습도 변했다. 어깨에 닿던 머리카락은 점점 짧아져 스포츠 스타일로 변했다. 머리카락을 제외한 모든 것들은 그대로였지만, 그 작은 변화에도 요한은 금세 알아차릴 수 있었다. 꿈 속 시간은 과거로 돌아가 있었다.

누리가 태어난 뒤, 요한은 시간이 날 때마다 누리를 찾아갔었다. 뱀파이어로 태어나 유년기가 존재하지 않는 요한에게 인간의 유년기는 매순간이 경이로움의 연속이었다. 엄마의 배 속에서 태어나 그 품속에 있던 아기가 어느새 목을 가누고, 기어 다니고, 걷고, 말을 하기 시작했다. 아이는 자라며 웃기도 했고 울기도 했다. 그리고 누리에게 닥친 가장 큰 슬픔의 시간에도 요한은 누리와 함께 있었다.

….

눈을 감았다 뜨자 시간은 '그날'로 변해 있었다. 가장 먼저 보이는 것은 누리의 울부짖는 모습이었다. 피범벅이 된 얼굴로 엄마를 끌어안고 절규하고 있다. 요한은 천천히 자기 손을 내려다보았다. 손에 칼이 들려 있다. 이 칼로 저 여자를 찔렀구나. 어느새 요한은 흰옷을 입고 짚신을 신고 있다. 바닥에 주저앉아 절규하는 누리 앞에 키가 큰 남자가 서 있다. 짧은 금발 머리를 한 남자는, 바로 요한 자신이다.

….

다시 시야가 어그러졌다. 누리는 다시 점점 작아지더니 이내 사라져버렸다. 그리고 누리가 있었던 자리에는 누리를 꼭 빼닮은 얼굴의 임산부가 서 있었다. 그녀다. 요한은 여자를 향해 멍하니 다가가다 자신도 모르게 바닥에 넘어지고 말았다.

－ 괜찮으세요?

바닥에 쓰러진 요한의 머리 위에서 여자의 목소리가 들려왔다. 고개를 든 요한 앞에 여자가 손수건을 내밀고 서 있었다. 여자의 등 뒤로 비치는 하얀 햇살이 눈부셨다. 요한은 자신이 차고 있던 팔찌를 빼 여자에게 내밀었다.

— 태어날 딸에게 채워주세요. 아기의 생명을 구할 겁니다.

이미 짜여 있는 운명의 수레바퀴는 어떤 방해에도 불구하고 결국 굴러간다는 것을 요한은 알고 있었다. 이 정도는 괜찮겠지. 아직은 '결말'이 짜이기 전이니 말이다. 요한은 자신이 건넨 팔찌를 들고 애매하게 웃고 있는 여자를 보며 마주 웃고는 뒤돌아섰다.

특별한 의뢰인

출근길은 평소와 다름없이 붐볐다. 오늘만 일하면 내일은 주말이다. 이번 주말에는 뭘 한담. 날도 좋은데… 집에만 있지 말고 어디든 나들이 가야지. 금요일이라 마음이 들떴는지 평소보다 훨씬 이른 시간에 사무실에 도착했다.

"어라?"

잠겨 있을 거라고 생각했던 사무실 안에는 누군가 와 있는 듯 불이 켜져 있었다.

"좋은 아침."

"너 오늘 스케줄 있는 거 아니었어?"

"슬슬 손님 받을 준비해야지."

탕비실 앞에서 무구를 펼쳐놓고 정성껏 닦고 있던 다운이 출근한 나를 보며 인사를 건넸다. 그러고 보니 다음 주부터 신당 손님들이 오지…. 벌써 월말이라니. 시간 한번 빠르다니까. 나는 다운이 무구를 닦는 모습을 잠시 쳐다보다가 내 자리로 와 가방을 내려놓고 탕비실로 향했다. 아침엔 인스턴트커피 한 잔 먹어줘야지! 커피를 타서 탕비실에서 나오자 사무실 문이 열렸다. 요한 씨와 강준 씨였다.

"좋은 아침이에요."

"형들, 좋은 아침이요."

나와 다운의 인사에 강준 씨와 요한 씨도 웃음으로 화답했다.

"좋은 아침."

"오랜만이네. 잘 지냈어?"

오랜만에 사무실이 북적거리는 느낌이었다. 그동안 다운은 방송 스케줄로 자리를 비우고, 요한 씨도 며칠간 회사에 오지 않아 늘 사장님과 나, 여기에 강준 씨까지 셋이서 회사를 지켰기에 이런 북적임이 반갑게 느껴졌다. 간만에 다 같이 점심 먹겠다. 괜스레 사소한 일들로 기분 좋아지는 금요일이었다.

"사장님이 조금 늦네?"

내 물음에 다운이 고개를 끄덕였다.

"그러게. 늦잠이라도 잤나?"

사장님이 늦잠을? 정말 안 어울리는데. 의아하다는 내 얼굴을 흘끗 본 다운이 피식 웃으며 무령을 들고 닦기 시작했다.

"미운 정이라도 든 거야?"

"뭐라는 거야?"

"너 사장님하고 싸웠잖아."

"뭐?"

다운이 다 안다는 듯 피식피식 웃으며 말을 이었다.

"다 알아. 너, 사장님 말에는 죄다 단답형으로 대꾸하고 회의할 때는 눈도 안 마주치려고 하는 거 내가 다 봤거든?"

"…네가 뭘 다 알아! 그런 거 아니거든?!"

내 강한 부정에 다운이 "아니면 아닌 거지 왜 소리를 질러" 하고 중얼거리며 다시 무구를 닦는 데 집중했다. 나는 혼자 서서 씩씩거렸다. 에이 씨, 쪽팔려! 과민반응하는 데는 물론 이유가 있었다. 다운의 말에 정곡을 찔린 탓이다.

– 나는 형을 믿어.

지난번, 사장님이 내 말을 끝까지 들어보지도 않고 요한 씨의 편을 들었

다는 것에 나는 아직도 살짝 골이 나 있는 상태였다. 그래도 티 내지 않는
답시고 나름 다른 사람들과 같이 있을 때는 거리는 것을 자제했는데, 다운
이 알아챘단 말이야? 부끄러움에 얼굴이 다 화끈거렸다. 나는 자리에 돌
아와 들고 있던 커피를 한 번에 쭉 들이켰다. 앞으로는 사장님한테 툭툭거
리지 말아야지. 어차피 내가 아무리 티 내도 사장님은 내가 뭐 때문에 골
이 난 건지도 모르는 눈치고 말이다. 괜히 나 혼자 꽁해 있을 필요 없지.
공누리, 원래대로 돌아가는 거다!

"좋은 아침. 오늘은 내가 좀 늦었네."

마침 사장님이 사무실 문을 열고 들어왔다. 나는 결심한 대로 사장님을
향해 밝게 인사했다. 아니, 인사하려고 했다.

"안녕하… 사장님?"

웬 영 하나가 사장님의 목을 끌어안은 채로 등 뒤에 매달려 있었다.

내가 놀란 목소리로 중얼거리자 모두의 이목이 사장님에게 집중됐다. 사
장님 등 뒤에 매달린 영을 본 세 남자가 누가 먼저랄 것도 없이 자리에서
홀린 듯 일어나 전투태세를 취했다. 다운은 쥐고 있던 무령을 그대로 사장
님을 향해 내밀었고 강준 씨는 어느새 칼로 변한 수호용을 손에 쥐고 있었
다. 요한 씨도 드물게 얼굴을 굳히고 사장님의 등에 매달린 영을 보고 있
었다.

"다, 다들 왜 이래? 나야, 나. 천하제. 너희 사장이잖아. 나 몰라?"

우리의 행동에 사장님이 위협을 느낀 듯 뒤로 한 걸음 물러났다. 말까지
더듬는 모습이 어지간히 놀란 듯했다. 놀란 것은 사장님뿐만이 아니었다.
사장님의 등에 매달려 있던 영 역시 경계하는 얼굴을 하고는 우리를 향해
날카롭게 소리를 지르기 시작했다.

[이상한 거 나한테 들이밀지 말아요! 이 남자 콱, 죽여버릴 거야!]

우리가 당황스러운 얼굴을 감추지 못하고 사장님을 쳐다보고 있자 영은
기세를 잡았다고 생각했는지 의기양양한 얼굴을 하며 말했다.

[지금부터 누구든 한 걸음만 움직여봐요. 이 남자 생명 보장 못해요.]

"…너, 누구야?"

내 말에 대답한 것은 영이 아닌 사장님이었다.

"누구긴, 나 천하제. 너희 사장이잖아! 공누리 너, 월급 주는 사람 얼굴도 몰라봐?"

"사장님은 좀 조용히 하세요!"

서슬 퍼런 내 기세에 사장님이 입을 딱 다물었다. 나는 천천히 사장님에게로 다가갔다.

"너 뭐야?"

내 물음에 사장님의 등 뒤에 매달려 있던 영이 새치름한 얼굴로 말했다.

〔의뢰인인데요.〕

…의뢰인이라고? 영이? 영의 입에서 나온 말에 모두가 황당하다는 표정을 했다. 다운이 들고 있던 무령을 가볍게 한 번 흔들며 말했다.

"무슨 의뢰? 성불시켜줘?"

제 발로 성불시켜달라고 기어들어오는 영은 또 처음이네. 작은 중얼거림이었지만 다운의 말을 못 들은 이는 아무도 없었다.

〔그런 거 아니거든요! 당장 그거 치우지 못해요!〕

무령이 딸랑하고 소리를 내며 흔들리자 영이 기겁해서 소리쳤다. 긴장한 영이 사장님의 목을 더 끌어안았다. 가느다란 영의 손가락이 사장님의 목을 파고들 듯 깊이 죄었다. 강준 씨가 금방이라도 튀어나갈 듯 손에 쥐고 있던 칼을 고쳐 쥐며 다리에 힘을 주었다. 일촉즉발의 상황이었다. 영과 우리 사이에 팽팽한 긴장감이 감돌았다.

"뭐야, 내 등에 귀신이라도 붙었어?"

긴장을 깬 것은 사장님이었다. 우리의 모습에 상황을 파악한 사장님이 등 뒤로 손을 휘적휘적 파리 쫓듯 두어 번 휘둘렀다. 마치 홀로그램을 만지는 것처럼 사장님의 손은 영을 그대로 관통했다. 그뿐 아니라 영 역시 사장님에게 어떤 해도 가할 수 없는 듯했다.

…아, 그래. 사장님은 영적 능력이 전혀 없다고 했지. 다들 긴장이 풀린

얼굴로 어이없다는 듯 웃었다. 상황파악이 안 되는 듯 사장님이 어벙한 목소리로 물었다.

"나 뭐. 어떡하면 돼?"

"…일단 앉으세요."

다운이 등받이 없는 의자를 가지고 와 사장님 뒤에 놓았다.

사무실 한가운데 사장님을 앉혀놓고 우리는 그 앞에 나란히 섰다. 그러는 사이에도 영은 사장님의 등 뒤에 찰거머리처럼 붙어 있었다. 영의 모습을 찬찬히 살핀 나는 낯익은 교복을 입고 있다는 사실을 깨달았다. 회사에서 가까운 곳에 위치한 고등학교의 교복이었다. 영의 까만 머리카락은 허리까지 탐스럽게 내려와 있었고 얼굴은 조막만 했다. 어딜 가도 미인 소리를 들을 법한 여학생이었다. 눈꼬리에는 까만색 아이라인을 짙게 칠했고 입술은 립스틱을 바른 듯 인위적으로 빨갰지만 그 안의 얼굴은 아직 앳된 소녀였다.

"그러니까 무슨 의뢰라고 했지? 성불이라고 했었나?"

[아직은 성불 안 할 거거든요!]

다운의 말에 영이 빽 소리를 질렀다. 씩씩거리는 영의 태도에 다운이 귀엽다는 듯 피식 웃었다. 다운은 이제 영을 살살 약 올리고 있었다. 그럴 만도 했다. 내가 느끼기에도 이 영은 전혀 위협적이지 않았다. 게다가 하필 골라도 영의 영향을 전혀 받지 않는 사장님의 등 뒤에 붙어 있으니… 약이 잔뜩 오른 영이 씩씩거리며 다운을 흘겨보다 이내 혼자서 진정하고는 진지한 얼굴로 우리를 보며 말했다.

[우리 오빠를 좀 구해주세요.]

의뢰인, 아니 의뢰 영의 사연은 다음과 같았다.

자신을 '혜민'이라 소개한 영은 아주 어릴 적 사고로 부모님을 여의고 열 살 차이 나는 친오빠의 보살핌을 받고 자랐다고 했다. 그 친오빠가 요즘 사귀는 여자가 있는데 그 여자가 마음에 들지 않으니 떼어달라는 이야기였다. 혜민의 이야기를 들은 다운이 어이없다는 듯 말했다.

"두 사람이 서로 사랑하는데 우리가 무슨 수로 말려?"

[그 여자, 보통이 아니란 말이에요! 심지어 우리 오빠보다 스무 살이나 많아요. 올해 마흔아홉 살이라고요!]

"사랑하는 데 나이가 무슨 상관이야. 너희 오빠 의견을 존중해야지. 취향 존중 몰라?"

사장님이 눈을 동그랗게 뜨고 우리를 살폈다. 영의 이야기가 어지간히 궁금한 모양이었다. 나는 영이 하는 이야기를 사장님에게 전달해줄까 생각하다가 그만뒀다.

[아니라니까요. 그 여자, 꽃뱀이란 말이에요! 생긴 것도 눈이 쫙! 찢어진 게 완전 뱀같이 생겼어! 첫인상부터 재수 없었어요! 나랑 처음 만났을 때도 나한테 일부러 물 쏟고!]

혜민의 말이 점점 빨라지더니 나중에는 흥분해서는 악을 쓰듯 떽떽거렸다. 그 모습이 떼를 부리는 아이 같아서 나는 피식 웃음이 나왔다.

[그 여자가 우리 오빠랑 사귀는 것도 처음부터 이상했어요. 사실 우리 오빠가 잘생긴 스타일은 아니거든요. 키도 작고 뚱뚱해, 모솔에다가 남중, 남고, 공대 출신이야, 게다가….]

"너, 너희 오빠를 너무 비하하는 거 아냐?"

강준 씨가 황당하다는 목소리로 중얼거렸지만 혜민은 단호한 목소리로 덧붙였다.

[전 지극히 객관적인 사람이에요. 제가 봐도 우리 오빠는 좀 아니에요.]

"…"

어릴 적부터 오빠가 부모 대신 자신을 키웠다고 했으니 오빠의 여자친구에게 질투하는 혜민의 마음도 이해 못 하는 바는 아니었다. 하지만 죽어서까지 방해하는 건 안 된다. 산 사람의 일에 망자가 관여하는 것은 좀 아니지. 그녀를 말로 잘 다독여서 얼른 성불시켜야겠다고 속으로 다짐한 순간, 들려온 혜민의 말은 의외의 것이었다.

[아무튼, 제가 이렇게 된 뒤로 여자를 좀 따라다녔는데요. 그 여자, 우리 오빠 말고도 만나는 남자가 한둘이 아닌 거 있죠.]

"…만나는 남자가 더 있다고?"

[네. 하나같이 우리 오빠 같은 찌질이들이었어요.]

"거 단어 선택 한번…."

[다들 그 여자한테 홀려서 집이랑 돈이랑 다 줘버리고 결국 빈털터리 신세로 여자한테 버림받았어요.]

다운의 중얼거림을 무시하고 혜민이 말을 이어갔다.

[우리 오빠도 곧 그렇게 될지도 몰라요. 제발… 도와주세요.]

우리는 어찌할 바를 모르고 서로의 눈치만 살폈다. 그 모습을 지켜보던 사장님이 답답한 듯 인상을 찡그리며 우리에게 말했다.

"뭐래?"

"여고생인데요, 자기 오빠가 꽃뱀한테 걸린 거 같은데 좀 해결해달래요."

내 말에 사장님이 대번에 어이없다는 얼굴을 했다.

"안 된다고 해. 우리가 무슨 흥신소인 줄 알아, 그런 걸 해결하게?"

[왜 안 돼요! 영혼사무소잖아요!]

"왜 안 되냐는 데요."

"우리는 산 사람들한테 영혼에 관한 의뢰를 받아서 처리하는 회사지 영혼한테 의뢰 받아서 해결하는 회사 아냐. 우리 고객은 살아 있는 사람. 오케이?"

"들었지?"

사장님의 말을 들은 혜민의 얼굴이 잔뜩 일그러지더니 혜민이 입을 크게 벌려 사장님의 어깨를 앙 물었다.

"우리 사장님 영감이라고는 전혀 없어. 네가 아무리 용 써봐야 아무것도 못 느낄걸."

다운의 말마따나 사장님은 혜민의 행동에 전혀 영향을 받는 표정이 아니었다. 다운의 말에 혜민이 힘없이 고개를 푹 숙이고 중얼거렸다.

355

〔영혼인 제가 흥신소에 간다고 해서 의뢰를 할 수 있을 리가 없잖아요.〕

"물론 그렇기는 하지만…."

〔여기 이름, 영혼사무소잖아요. 영혼에 관련된 모든 일들을 해결해준다면서요. 그 말에 영혼이 의뢰해서는 안 된다는 이야기가 어디 있어요.〕

"그것도 그렇기는 한데…."

내가 쉽사리 대답하지 못하고 말끝을 흐리자 사장님이 답답한 듯 덧붙였다.

"뭐해, 당장 내쫓지 않고? 고딩이라며. 의뢰할 돈은 있대? 우리 회사 이용요금 비싸."

사장님의 말에 혜민이 샐쭉한 표정으로 쏘아붙였다.

〔저 돈 많거든요?! 이래봬도 유명한 인터넷 '얼짱'이에요. 오빠 모르게 쇼핑몰 피팅 모델 해서 번 돈 제 통장에 아직 들어 있어요. 그거 통장이랑 비밀번호 가르쳐줄게요. 그럼 됐죠?〕

자신을 '유명한 인터넷 얼짱'이라고 스스로 칭하는 혜민의 얼굴은 아주 당당했다. 나 역시 나도 모르게 고개를 끄덕이고 있었다. 제법 예쁘장한 얼굴이 연예인 지망생쯤 되겠거니 하고 생각했기 때문이다.

"피팅 모델 알바해서 번 돈이 있는데 그 돈 준대요. 통장이랑 비밀번호 가르쳐 주겠다는데요?"

"…그걸 어떻게 전해줄 건데? 본인이 아니면 우리가 무슨 수로 남의 통장에서 돈을 빼."

사장님이 한층 누그러진 얼굴로 말했다. 퉁명스러운 말과는 달리 사장님의 귀는 쫑긋 서 있었다.

〔인터넷 뱅킹하면 되죠. 공인인증서 비밀번호랑 보안카드 비밀번호 다 알려 드리면 되죠?〕

사장님이 나를 보며 "뭐래? 뭐래?"하고 대답을 재촉했다. …사장님 영적 능력 좀 생기면 안 되나. 말 전해주기 귀찮은데….

"인터넷 뱅킹으로 가져가면 된대요."

짧은 내 대답에 사장님의 얼굴이 확 달라졌다. 의뢰인을 대하는 접대용 얼굴로 분한 사장님이 등 뒤로 고개를 돌려 사근사근 웃으며 말했다.

"의뢰 성사되었습니다, 고객님. 정성껏 모시겠습니다!"

…우리 흥신소 아니라면서요, 사장님. 떨떠름한 내 표정을 무시한 사장님이 친근하게 영에게 말을 걸었다.

"단도직입적으로 말하자면 말이야, 우리도 이런 식의 의뢰는 처음이거든."

이런 식의 의뢰라 함은 대상이 영이 아니라 사람인 의뢰를 말하는 것일 거다.

"우리가 뭘 어떻게 해줬으면 좋겠어? 두 사람을 떼놓기만 하면 돼?"

사장님의 말에 혜민이 고개를 끄덕였다. 물론 사장님의 눈에 그런 혜민의 모습이 보일 리 없었다.

[음… 일단은 떼놓고, 그 뒤에는… 오빠한테 다른 괜찮은 애인이 생겼으면 좋겠어요.]

"먼저 지금 애인을 떼놓고 다른 괜찮은 애인이 생겼으면 좋겠다는데요?"

다운이 혜민의 말을 전달했다. 사장님이 더 들을 것도 없다는 듯 냉정하게 잘라 말했다.

"추가 요금이야."

[씨이!]

혜민이 씩씩거렸다.

"뭐래? 돈 준대?"

사장님이 진지한 얼굴로 물었다. …진짜, 돈 주면 애인이라도 주선해줄 생각일까? 내가 떨떠름하게 대답했다.

"아뇨, 그러지는 않을 것 같은데요."

사장님이 피식 웃고는 보이지 않는 등 뒤의 영을 향해 말했다. 마치 철없는 동생을 달래는 말투였다.

"그건 너희 오빠가 할 일이지. 우리가 해줄 수 있는 일이 아냐."

[알았어요…. 그럼 그 여자가 다시는 우리 오빠한테 얼씬도 못 하게 해주세요.]

"그거면 돼?"

다운의 말에 혜민이 고개를 끄덕였다. 다운 역시 고개를 끄덕이며 한마디 덧붙였다.

"근데, 이제 좀 내려오지? 거기서 뭐하냐."

[왜요. 잘생긴 오빠 등에 좀 붙어 있으면 안 돼요?]

혜민이 새치름한 얼굴을 하고는 사장님의 목을 꼭 끌어안았다. 상황을 모르는 사장님만 눈을 동그랗게 뜨고 우리를 번갈아 보며 물었다.

"뭐래? 내려온대? 내려왔어?"

"뭐….."

[오빠가 너무 잘생겨서 당분간 여기 있겠다고 전해주세요.]

"그냥 거기가 좋다네요."

저 말 그대로 전해줬다간 또 콧대가 하늘 높은 줄 모르고 높아져서 으스대겠지. 나는 그냥 얼버무렸다.

신당 준비로 바쁜 다운과 그런 다운을 돕기 위해 강준 씨와 요한 씨가 사무실에 남았다. 나와 사장님, 그리고 혜민까지 셋이서 혜민의 오빠를 만나기 위해 나섰다.

[여기예요.]

"여기라는데요?"

사장님이 황당하다는 듯 헛웃음을 지었다. 그럴 만했다. 차에 탄 지 1분도 채 되지 않았기 때문이다.

"걸어서 올 수 있는 거리면 미리 귀띔 좀 해주지그랬어. 우린 먼 줄 알고 일부러 차 끌고 왔잖아."

내 말에 혜민은 배시시 웃으며 엉뚱한 소리만 늘어놓았다.

〔잘생긴 오빠가 운전하는 게 보고 싶어서 그랬어요.〕

어휴, 동생이 있다면 이런 느낌일까. 철없는 막내 같은 혜민의 행동에 나는 고개를 절레절레 저으며 차에서 내렸다.

"어라, 여기…?"

혜민이 우리를 안내한 곳은 우리도 잘 알고 있는 곳이었다. 회사에서 가까운 지하철 역 근처에 위치한 카페로 출근길에 항상 지나치는 곳이다. 점심시간에 직원들과 다 함께 점심을 먹은 뒤 종종 들러 커피를 마시기도 했다.

〔네, 우리 오빠 가게예요.〕

카페 주인의 모습을 떠올렸다. 푸근한 인상, 크지 않은 키에 살짝 살집이 있는 체형이지만, 혜민의 말처럼 못생겼다거나 한 것은 아니었다. 오히려 살만 빼면 잘생긴 얼굴이 드러날, 소위 말하는 '긁지 않은 복권'이랄까. 하긴, 동생이 이렇게 예쁜데 한 배에서 나온 오빠 외모도 평균 이상이겠지.

"올라가자."

근처 골목길에 차를 세운 우리는 상가 계단을 올라 2층에 있는 카페 안으로 들어섰다. 가볍게 문을 밀자 딸랑 하는 종소리와 함께 차분한 분위기의 실내가 모습을 드러내었다.

〔오빠다!〕

사장님이 너무 잘생겨서 당분간 업혀 있겠다던 혜민의 '당분간'이 끝난 모양이다. 혜민이 사장님의 등에서 내려와 카페 안을 빙글빙글 돌아다녔다. 대부분 회사들이 업무 중인 오전 시간이라 그런지 카페 안은 한적했다. 환기를 위해 창문을 열고 있던 남자가 우리가 들어온 것을 보고는 웃으며 인사를 건넸다.

"어서 오세요."

〔여기 있는 그림, 내가 그린 거예요. 잘 그렸죠?〕

혜민이 카페 주인이 서 있는 창가 바로 옆 벽에 걸려 있는 액자를 가리키며 말했다. 응, 잘 그렸네. 내가 작게 대답하자 혜민은 더 신이 나서 카페 이곳저곳을 돌아다니며 그림들이며 전시되어 있는 여러 가지 소품들을 내게 소개하기 시작했다. 주로 자신이 오빠에게 선물했거나 골라준 것들이었다. 그러는 사이 남자가 카운터 앞으로 가 주문 받을 준비를 하고 섰다.

"아메리카노 네 잔이랑 레모네이드 한 잔 주세요."

"가지고 가시는 건가요? 캐리어에 담아드릴게요."

"네, 감사합니다."

나 대신 사장님이 익숙하게 주문했다. 그러는 사이에도 혜민은 카페 이곳저곳을 돌아다니며 조잘조잘 내게 이야기하고 있었다.

〔언니, 내 말 듣고 있어요?〕

나는 대답 없이 고개를 끄덕였다. 나를 보던 혜민이 카운터 근처로 다가와서는 카운터 앞에 소품으로 전시되어 있던 카메라를 가리켰다.

〔이 카메라, 우리 오빠가 군대 제대하고 처음 아르바이트해서 번 돈으로 나한테 선물한 거예요. 이래봬도 그 당시에는 최고로 좋은 거였어요.〕

손때가 묻은 카메라는 세월의 흔적을 고스란히 담고 있었다. 혜민의 손이 닿았을 부분은 칠이 벗겨져 반질반질하게 윤이 나고 있었고, 군데군데 긁힌 자국도 보였다. 내 시선이 카메라에 닿은 것을 본 남자의 얼굴에 잠시 쓸쓸한 표정이 지나갔다. 곧 남자는 표정을 수습하고 에스프레소 머신 앞으로 가 커피를 내리기 시작했다.

"혜민이 물건이네요."

내가 카메라를 보며 스치듯 말하자 기계로 갈아낸 원두를 꾹꾹 눌러 담던 남자의 손길이 딱 멎었다.

"우리 혜민이와 아는 사이신가요?"

남자는 웃으려고 애쓰는 것 같았지만 표정은 잔뜩 일그러져 있었다. 웃는 듯 우는 듯 애매한 얼굴에 마음이 아파왔다.

"네, 오늘 아침에 알게 되었죠."

"…그게 무슨…?"

"…혜민이가 오빠 걱정을 많이 해요. 오빠가 지금 만나는 그 여자, 꽃뱀이라고 자기 오빠한테서 좀 떼어달라고 저를 찾아왔죠."

"장난 그만하시죠… 제 동생 혜민이는…."

말을 잇지 못하는 남자의 침묵에서 나를 향한 불신이 느껴졌다.

〔아이, 참. 오빠, 좀 믿어! 나 여기 있는데!〕

혜민이 답답한 듯 소리쳤지만 남자의 귀에 들릴 리 없었다. 나는 잠자코
고개를 돌려 혜민이 맨처음 말해준 그림을 가리켰다.

"저 그림, 혜민이가 직접 그린 거죠?"

"그것도 우리 혜민이가 말해주던가요?"

〔제가 카페 오픈 기념으로 그려준 거예요.〕

"네, 카페 오픈 기념으로 그려준 거라고 말하네요."

남자의 얼굴이 묘하게 변했다. 남자가 시험해보듯 카운터 근처에 있던
봉제 인형 하나를 손가락으로 가리켰다. 어린아이의 품에 가득 안길 만한
크기의 곰인형이었다.

"저 인형에 대해선 별 말 안 하던가요?"

〔오빠가 군대 갈 때 주고 간 거예요. 전 그때 작은아버지 댁으로 가야 했
어요. 그때 들고 갔었어요.〕

"오빠가 군대 갈 때 주고 간 거래요. 오빠가 군대 가 있는 동안 작은아버
지 댁에 있었다고 하네요."

남자의 입이 놀라움으로 크게 벌어졌다. 맞출 줄 몰랐다는 얼굴이었다.

"혜민이가… 그 여자가 꽃뱀이라고 하던가요?"

"네, 직접 봤대요."

남자가 씁쓸한 표정으로 자신의 이야기를 시작했다. 커피를 만드는 손
은 멈추지 않은 채였다.

"어릴 적 부모님을 여의고 열아홉 살 때부터 열 살 꼬마였던 혜민이와
단둘이 살아왔어요."

"…."

"그때부터 제 삶의 이유는 혜민이었죠. 그리고 이제는 그 이유마저 잃었

고요."

살아갈 이유를 잃었다니… 남자의 상처가 얼마나 컸을지 짐작할 수 있는 대목이었다.

"그 여자가 어떤 사람이라도 좋습니다. 제게 먼저 손 내밀어준 사람과 어떻게 헤어지겠어요. 지금에 와서는 저는 그녀 덕분에 살아가고 있어요."

"그렇지만…."

"혜민이가 그런 이야기는 안 하던가요? 그녀가 원하는 게 무엇인지는? 그녀가 원하는 게 뭔지 알 수 있다면 좋을 텐데요. 원하는 것을 준다면 그녀는 제 곁을 떠나지 않겠죠."

늘 선한 얼굴로 웃고 있던 저 남자가 이런 표정을 지을 줄도 알았나 싶을 정도로 남자의 얼굴에는 굳은 의지가 서려 있었다. 정말로 여자가 원하는 것이라면 무엇이든 내줄 기세였다.

"마음은 충분히 알겠어요. 하지만 오빠 분이 살아갈 이유로 그 여자는 아니에요. 그 여자가 정말 꽃뱀이라면… 결국 버림받을 거예요."

그때였다. 딸랑하는 종소리가 카페 안에 울렸다.

〔그 여자예요!〕

혜민의 말에 나는 화들짝 놀라 출입문으로 고개를 돌렸다. 몸에 꼭 달라붙는 원피스를 입은 여자가 출입문을 열고 들어와 있었다. 예쁜 얼굴과 탱탱한 피부, 늘씬한 몸매까지, 누가 봐도 마흔아홉 살이라고는 생각 못할 동안 외모의 소유자였다. 혜민의 말마따나 눈이 길게 찢어진 모양새가 뱀을 연상시키는 여자는 카운터 앞에 서 있는 나를 대놓고 훑어보기 시작했다. 내 발끝부터 차림새를 훑으며 올라오는 여자의 시선을 마주친 찰나의 순간, 등줄기에 쫙 소름이 끼쳤다. 뱀이 내 몸을 타고 스멀스멀 기어 올라오는 기분이었다.

'내 말을 들었을까?'

나는 머릿속으로 여자가 오기 전 상황을 떠올리려 노력했다. 내가 무슨 말을 했더라…. 못 들었겠지. 설마… 들었나? 오싹한 기분에 나는 남몰래 몸서리를 쳤다. 서둘러 남자에게서 커피와 레모네이드가 담긴 캐리어를 받아들고는 인사를 했다.

"다음에 다시 올게요. 안녕히 계세요."

"네? 아… 네, 네."

남자 역시 살짝 당황한 얼굴로 나와 출입문 앞에 서 있는 여자를 번갈아 살피고 있었다. 그때였다.

"철민 씨! 손님이… 아아, 왜 이렇게 갑자기 어지럽지…."

여자의 뱀 같은 눈길이 내 옆에 선 사장님에게 닿았다고 생각한 순간이었다. 카운터를 향해 걸어오던 여자가 사장님 바로 앞에서 스르르 쓰러져 주저앉았다.

"괜찮으세요?"

얼떨결에 여자를 안아든 사장님이 여자를 부축하며 물었다.

"아… 죄송합니다. 잠시만…. 갑자기 너무 어지러워서…."

[이 여자 왜 저래요? 멀쩡하게 들어와놓고는 왜 갑자기 아픈 척이래요?]

혜민이 어이없다는 듯 날 선 목소리로 말했다. 내가 하고 싶은 말이었다. 갑자기 왜 저러는 거야? 멀쩡하게 잘 들어와서는 어지러워? 내가 속으로 비웃거나 말거나 여자는 혼신의 힘을 다해 열연했다.

"진숙 씨, 괜찮으세요?"

[헐.]

자기 오빠가 쓰러진 여자를 향해 달려가는 모습을 본 혜민이 황당하다는 얼굴을 했다. 조금 전만 해도 이러쿵저러쿵 떽떽거리던 혜민이었는데 한 마디 말도 않는 것을 보니 어지간히 어이가 없는 듯했다.

[…저 연기를 지금 진짜라고 믿는 거예요?]

"어우, 죄송해요…. 갑자기 왜 이러지…."

"병원에 가셔야 할 것 같네요."

"헐."

사장님의 말에 이번에는 내가 황당하다는 얼굴을 했다. 어이가 없어서 말이 나오지 않았다. 사장님도 저 여자의 연기가 진짜라고 믿는 거야? 혜민의 오빠가 여자의 앞에 등을 보이고 앉았다.

"업혀요. 병원에 가요."

"철민 씨는 가게 보셔야죠…. 제가 혼자서 병원에 갈 수 있어요."

여자가 사장님의 손을 잡고 비틀비틀 중심을 잡다가 다시 이마를 짚으며 사장님의 품에 기대었다. 사장님의 품에 완전히 안긴 모양새였다.

〔저 꽃뱀! 지금 작업 들어간 거예요! 진짜 재수 없어! 잘생긴 오빠, 뭐해요. 당장 안 뿌리치고!〕

혜민의 분개한 목소리가 사장님의 귀에 들릴 리 없었다.

"혼자서는 못 가실 것 같네요."

사장님의 말에 여자는 작은 목소리로 "저 혼자 갈 수 있어요" 하고 대답했다. 말과는 다르게 여전히 사장님에게 몸을 의지한 채였다.

"구급차 부를게요."

보다 못한 내가 핸드폰을 들며 말하자 여자가 뱀 같은 눈으로 나를 노려보았다. 그러다 다시 눈을 게슴츠레 뜨고는 아픈 척하기 시작했다.

〔헐. 언니 봤죠, 봤죠? 저 여자 멀쩡하다니까요!〕

혜민이 옆에서 호들갑을 떨었지만 안타깝게도 두 남자는 눈치채지 못한 것 같았다.

"우선 제 차로 이동하시죠. 마침 밑에 주차해놓았으니까요."

사장님이 상황을 정리했다. 여자가 그제야 사장님의 품에서 빠져나와 혜민의 오빠의 등에 업혔다.

응급실에서는 여자의 증상에 대해 일시적인 증상일 뿐 원인은 알 수 없다고 했다. 당연한 일이었다. 처음부터 꾀병이었으니 말이다. 의사는 증상이 계속되면 정밀검사를 받아보라고 말하고는 간호사를 불러 링거 한 대를 놓아주고는 다른 환자에게로 가버렸다.

예쁘게 덮은 이불과 링거 주사를 꽂은 채 이불 밖으로 나온 가느다란 팔뚝, 그리고 환자에게는 어울리지 않는 진한 화장까지…. 여자의 모습이 마치 드라마 속 여배우 같아 보여서 나는 헛웃음을 지었다. 여자가 기운 없는 목소리로 사장님에게 말했다.

"죄송해서 어떡하죠…. 바쁘신 분 같은데…."

"아닙니다. 신경 쓰지 마세요."

"사장님 바쁘잖아요."

아니기는? 신당 일에 혜민이 의뢰로 눈코 뜰 새 없이 바쁘면서? 내가 퉁명스레 쏘아붙이자 여자가 나를 향해 눈을 부라렸다.

"그럼 쉬세요. 누리야, 가자."

사장님은 그런 여자의 모습을 보지 못한 듯 나를 돌아보며 말했다. 사장님이 마지막으로 여자를 향해 짧게 목례할 때였다. 여자가 주삿바늘을 꽂은 손을 힘없이 들어 사장님의 옷소매를 붙잡았다.

"정말 죄송해서… 사례를 꼭 하고 싶은데…. 제가 밥 한번 살게요. 연락처 좀 알 수 있을까요?"

"괜찮습니다."

"그러지 마시고…."

그러자 사장님이 양복 안주머니에서 명함 한 장을 꺼내 여자에게 내밀었다. 명함을 받아 든 여자의 눈이 번뜩이는 것처럼 보였다.

"영혼 사무소…? 사장님이시네요."

"뭐, 일종의 컨설팅 업체입니다. 연예기획사도 겸업하고 있고요."

"그러시구나. 제가 밥 꼭 살게요…. 연락드릴게요."

"네, 연락 기다리고 있겠습니다."

여자가 명함에서 시선을 떼지 않으며 건성으로 말했다. 사장님이 "쉬세요" 하고 인사한 뒤 우리는 응급실을 빠져나왔다.

"애들 기다리겠다. 얼른 가자."

사장님이 시계를 한 번 확인하고는 병원 주차장을 향해 성큼성큼 걸었다. 나는 사장님의 뒤를 따라 걸으며 생각에 잠겼다. 오늘 사장님, 정말 이상하다. 모르는 여자를 병원에 데려다준 건 그렇다 쳐도, 연락을 기다리고 있겠다고? …우리 사장님이 의뢰인이 아닌 생판 남에게 저런 친절을 베푸는 사람이었던가?

'설마 저 여자에게 반했나?'

"사장님 연상 좋아했어요?"

의뭉스럽다는 내 목소리에 사장님이 유쾌하다는 듯 소리 내 웃었다.

"쓸데없는 소리 마. 얼른 안 오면 두고 간다!"

"금방 가요!"

나는 차를 향해 종종걸음 쳤다. 머릿속은 여전히 혼란스러웠다.

* * *

오후 6시에 맞춰둔 핸드폰 알람이 울렸다. 응접실 앞에 서서 대기하던 나는 주머니 안으로 손을 넣어 핸드폰 알람을 끄고는 응접실 안으로 들어갔다.

"이번 달은 여기서 마무리할게요. 순서대로 이름과 연락처 말씀해주시면 다음 달에 법사님 먼저 보실 수 있게 해드리겠습니다."

사람들의 눈에 아쉬움이 어렸지만 곧 순서대로 줄을 서서 내게 자신의 이름과 연락처를 말했다. 나는 차례로 그들의 정보를 받아 적었다. 응접실 안을 가득 메우고 있던 사람들이 썰물처럼 우르르 빠져나갔다. 나는 손님들이 마시고 둔 종이컵들을 치우며 생각에 잠겼다. 5월이라니. 회사에서 일한 지도 반년이 다 되어간다는 것이 믿기지 않았다. 시간 한번 빠르다. 눈에 보이는 쓰레기들을 빠르게 쓰레기통에 주워 담은 나는 손님들이 앉아 있던 의자들을 포개어 정리하는 것을 끝으로 응접실을 나왔다.

"누리, 고생했어."

사무실에 앉아 있던 요한 씨가 말했다. 나는 아무것도 아니라는 듯 요한 씨를 향해 웃어 보이고는 신당 안으로 들어갔다. 다운이 피곤한 기색으로 무복을 벗고 있는 것이 보였다. 그리고 신당에는 혜민이 두 신 앞에 앉아서 이야기를 나누며 까르르 웃고 있었다.

혜민의 오빠에게 작업을 걸던 그 여자는 지난 금요일, 우리 앞에서 쓰러져 응급실에 간 그날 저녁에 혜민의 오빠에게 헤어지자고 통보했다고 한다.

'정말 잘됐죠!'

혜민은 웃으며 말했지만 우리의 생각은 조금 달랐다. 남자는 그 여자가 삶의 이유라고 했었다. 그런 여자에게 일방적으로 차였으면… 좀 위험한 것 아닌가? 모두들 우려를 표했지만 정작 혜민의 태도는 태평하기 그지없었다.

'원래 애인이랑 헤어지면 술도 좀 먹고 하잖아요. 곧 괜찮아질 거예요. 원래 그러면서 크는 거예요.'

혜민의 괜찮아질 것이라는 말과는 달리 일주일째 카페는 문을 열지 않고 있었다. 혜민은 종종 오빠의 곁을 찾아갔고 그 외의 시간에는 사무실에 머물렀다.

〔그래서요?〕

〔내 앞에 적장의 목이 딱 보이는데! 내가 그걸…!〕

〔꺄악!〕

혜민의 눈이 초롱초롱하게 빛나고 있었다. 장군 신이 혜민의 리액션에 화답이라도 하듯 신이 나서 이야기를 풀어놓기 시작했다. 사장님의 등에 꼭 매달려서 사장님의 목숨을 가지고 우리를 위협했던 첫 만남과는 달리 혜민은 싹싹하고 붙임성 있는 성격이었다. 특유의 발랄함으로 다운이의 두 신뿐 아니라 강준 씨의 수호용까지 사로잡아 사무실의 아이돌로 떠오르고 있었다. 이렇게 밝은 애가 어쩌다가 어린 나이에 죽게 된 걸까. 오빠의 일과 관련된 건 아닌 것 같은데 말이다.

"신당 정리는 내가 할게. 피곤할 텐데 퇴근해."

다운이 신당 문 앞에 서 있는 나를 발견하고는 말을 건넸다.

"내가 뭐가 피곤해. 네가 손님들 받느라 피곤했지. 쓰레기통 줘. 내가 비울게. …그나저나 사장님은 어디 계셔?"

"아까 먼저 갔는데? 오늘 약속 있대."

〔그 꽃뱀이 밥 사겠다고 연락했어요!〕

신당 안에 있던 혜민이 외쳤다. 쓰레기통을 들고 있던 나는 멍하니 되물었다.

"그 여자한테 밥 얻어먹으러 간 거야?"

그날, 사장님이 여자에게 명함을 주면서 연락을 기다리겠다고 말하는 것을 보기는 했지만…. 그저 인사치레인 줄 알았는데, 진심이었단 말이야?

"와, 좋겠네. 누구는 신당 뒷정리하느라고 이제야 퇴근하는데."

나도 모르게 말이 곱지 않게 나왔다. 빈정거리는 내 말투에 다운이 눈치를 보는 것이 느껴졌다. 나는 내 자리로 돌아가 신경질적으로 가방을 챙겼다. 책상 위에 꺼내놓은 물건들을 가방 안으로 대충 쓸어담고는 가방을 왼쪽 어깨에 멨다.

"나 먼저 퇴근할게. 저 가볼게요."

〔저도 오빠한테 갈래요. 안녕히 계세요.〕

내가 먼저 인사하자 혜민이도 나를 따라 나서며 사무실 사람들과 신들을 향해 고개를 꾸벅 숙였다. 회사 사람들이 인사를 건넸지만 귀에 들어오지 않았다. 지하철역으로 걸어가는 내내 나는 부글부글 끓는 속을 주체할 수가 없었다. 짜증 나. 왜 이렇게 짜증이 나는지 모르겠다.

〔언니, 그 꽃뱀한테 잘생긴 오빠를 뺏길 거예요?〕

"너 아직 성불 안 했니?"

사람 마음 심란해 죽겠는데 얜 또 뭐라는 거야. 내 말에 혜민이 입술을 비죽 내밀며 불만스레 말했다. 우리 오빠 좀 괜찮아지면 가지 말래도 갈 거예요.

〔솔직히 말해봐요. 언니, 그 오빠 좋아하죠?〕

이 쥐방울만한 게 못 하는 소리가 없어.

"뭐라는 거야. 아니거든?"

〔그럼 왜 이렇게 입술을 물어뜯고 있어요?〕

걸음을 맞춰 내 옆을 걷고 있던 혜민이 내 앞으로 다가와 코앞에 얼굴을 들이밀며 물었다. 나는 하던 행동을 멈추고 자리에 우뚝 섰다. 그러고 보니… 나는 나도 모르는 사이 입술을 짓씹고 있었다.

"…습관이야."

진짜 구차한 변명인 거 알죠? 혜민이 한마디 하고는 핸드폰이 든 내 가방을 가리켰다.

〔꽃미남 오빠한테 메시지 보내봐요.〕

"나 사장님이랑 그런 거 주고받는 사이 아냐."

〔그럼 지금부터 하면 되죠!〕

아우, 귀찮아. 나는 혜민의 성화에 어쩔 수 없이 가방 안에서 핸드폰을 꺼냈다. 얼른 시키는 대로 하면 좀 조용해지겠지. …뭐라고 보내지? 막상 메시지를 보내려니 할 말이 없었다.

〔'뭐해요?'라고 보내요.〕

나는 순순히 혜민이 시킨 대로 메시지를 보냈다. 얼마 지나지 않아 내가 보낸 메시지 옆에 읽음 표시가 떴다. 사장님이 메시지를 확인한 거다. 으아, 어떡하지. 날 뭐라고 생각할까. 뜬금없다고 이상하게 생각하는 것 아냐? 속으로 안절부절못하고 있는데 금세 답장이 돌아왔다.

영화 기다려.

"…영화 기다린다는데?"

내가 혜민을 보며 어벙하게 말했다. 혜민이 자신의 가슴을 툭툭 치며 답답하다는 듯 말했다.

〔언니도 모태솔로예요? 연애 스타일 되게 답답하네요. 원래 성격이 이렇게 소심해요, 아니면 연애할 때만 그래요? 생긴 건 되게 패기 넘치게 생겼는데.〕

패기 넘치게 생긴 건 어떻게 생긴 거지? 고민하는 사이 혜민이 답장할 내용을 불러주기 시작했다.

〔'저도 오늘 영화 보고 싶었는데… 같이 봐요'라고 보내요.〕

"그 꽃뱀이랑 보겠지 뭐…."

〔당장 보내요!〕

아이, 참. 알았어, 알았어. 앤 왜 화를 내고 그래…. 나는 혜민의 눈치를 보고는 소심하게 자판을 톡톡 쳐서 다시 메시지를 보냈다. 아우, 이거 내가 한 것 아냐. 혜민이가 시켜서 했을 뿐이야. 내가 문자 안 보내면 내내 떽 떽거리며 날 괴롭힐 테니 말이다. 나와 주고받는 메시지 창을 켜놓고 있었던 듯, 메시지를 보내자마자 바로 읽음 표시가 뜨고 즉시 답장이 왔다.

강남역 앞 횡단보도에 있는 영화관 알지? 얼른 와, 20분 후에 영화 시작해.

"헐, 오라는데? 어떡해?"

〔어떡하긴 뭘 어떡해요! 얼른 화장실로 가서 화장부터 고쳐요!〕

혜민이 나를 재촉했다. 나는 근처 상가의 화장실을 향해 냅다 달렸다.

"네가 오해할까봐 미리 말해두는데, 나 사장님 안 좋아해. 그냥 사장님이 꽃뱀한테 물리는 걸 직원의 도리로 두고 볼 수 없어서 그런 거야. 네가 네 오빠를 도와달라고 우리를 찾아 온 거랑 같은 마인드라고. 알아?"

〔얼른 뛰기나 해요!〕

정성스럽게 화장을 고치고 영화관을 향해 전력 질주했다. 간신히 영화가 시작되기 3분 전에 영화관 앞에 도착할 수 있었다. 영화관 실내로 들어가 상영관을 향해 가면서 나는 가쁜 숨을 최대한 진정시키려 애썼다. 멀찍이 사장님과 여자가 보였다. 여자는 그날과 마찬가지로 몸매가 드러나는 원피스에 진한 화장을 한 상태였다. 나를 바라보는 그녀의 시선에서 '심기 불편함'이 팍팍 드러나고 있었다.

〔언니, 저 여자한테 지지 마요!〕

안 그래도 그러려고 했어. 나는 속으로 대꾸했다. 아직 숨이 가빴지만 못 견딜 정도는 아니었다. 평정을 가장하며 두 사람을 향해 생긋 웃었다.

"왔어?"

"또 뵙네요."

내 미소에 사장님이 마주 웃어주는 것과 달리 여자의 얼굴은 더욱 일그러졌다. 그런 여자의 얼굴을 보며 속으로 얼마나 통쾌했는지 모른다. 좀 더 해볼까. 나는 미안하다는 얼굴을 하고서 여자에게 말했다.

"두 분, 데이트하시는데 제가 눈치 없이 끼었죠. 죄송해요."

혜민이 옆에서 키득키득 웃었다.

〔언니 잘한다!〕

"뭘 눈치 없이 끼어. 같이 보면 재밌지, 뭐. 영화 시작하겠다. 얼른 들어가자."

사장님이 먼저 말하자 여자 역시 활짝 웃으며 내게 말했다.

"그럼요. 누리 씨라고 했나요? 누리 씨도 지난번에 저를 도와 주셨잖아요. 저녁도 먹고 가요. 제가 맛있는 거 살게요."

여자는 웃는 얼굴이었지만 떨리는 목소리만큼은 감출 수 없는 듯했다. 나는 여자를 보며 더욱 진하게 웃어주었다.

"감사합니다."

〔우와, 저 청소년 관람 불가 영화 처음 봐요. 죽으니까 이런 게 좋구나. 진짜 신난다!〕

혜민이 사장님의 어깨에 앉아 조잘조잘 떠들며 영화를 관람했다. 뒤늦게 온 탓에 제목조차 못 보고 들어온 영화였지만 제법 재미있었다. 최근 인기를 얻고 있는 액션스릴러 영화였는데, 쉴 새 없이 터지는 화려한 액션 신에 스크린에서 눈을 못 뗄 정도였다. 한창 영화에 몰입하고 있을 때였다.

"누리야."

옆에 앉은 사장님이 내 팔을 툭툭 쳤다.

"왜요?"

스피커에서 터져나와 영화관을 가득 메운 음향 때문에 사장님의 목소리가 잘 들리지 않았다. 나는 사장님 가까이로 귀를 내밀었다. 사장님이 내 곁으로 바짝 다가왔다. 그러자 사장님의 몸에서 은은한 향수 냄새가 훅 풍겼다. 이 향수 냄새가 이렇게 좋았던가…? 목덜미가 간질간질한 느낌이 들면서 조금 전 영화관을 향해 달려올 때처럼 심장이 터질 듯이 뛰었다. 사장님이 내 귀 가까이 입술을 가져다댔다. 아주 잠깐 내 귓바퀴에 사장님 의 입술이 살짝 스쳤다가 떨어졌다. 그 감촉이 너무나도 생생해서 나는 얼 굴이 빨개지고 말았다. 영화관이 어두워서 다행이었다. 괜히 얼굴 빨개진 모습을 보였다가는 사장님이 이상한 오해를 할지도 몰라. 하지만 이어지는 사장님의 말에 나는 두근거리던 심장이 딱 멎는 것을 느꼈다.

"진숙 씨가 화장실 간다고 나간 지가 좀 됐는데 돌아오지 않네. 네가 나 가서 좀 보고 올래?"

나도 모르게 입술이 비죽 나왔다. 영화 잘 보고 있는 사람 주의를 흐뜨 려놓은 것도 모자라서, 그 여자가 어디 갔는지 찾아보고 오라고? 애도 아 니고, 영화관 안에서 길을 모르는 것도 아니고 어련히 잘 찾아오겠죠! 큰 일이라도 보나 보죠! 그렇게 쏘아 붙이고 싶은 마음을 꾹꾹 눌러 담고 나 는 짧게 대답했다.

"네."

나는 자리에서 일어나 상영관 밖으로 나왔다. 혜민은 영화에 정신이 팔 려 내가 나가는 줄도 모르는 듯했다.

"이 여자는 영화 보다 말고 어딜 간 거야?"

상영관 바로 앞에 위치한 화장실에는 아무도 없었다. 대체 어딜 간 거야. 주변을 기웃거리는 내 귀에 말소리가 들려왔다. 비상구 계단 쪽이었다.

"몰라, 웬 어린 년 하나가 눈치 없이 붙어 있어서 제대로 된 작업은 하지 도 못했어. 응, 회사 부하직원이라나 봐."

살짝 열린 문 틈새로 여자의 얼굴이 보였다. 여자는 자그마한 전자담배 를 뻐끔뻐끔 피우며 누군가와 통화중이었다.

"저번 먹이한테도 대놓고 꽃뱀이니 뭐니 하면서 훼방 놓아서 그대로 발 뺐지 뭐. 응, 그 카페 사장이라는 사람 말이야. 고아라던…."

나는 발소리를 죽여 비상구 근처로 다가갔다. 통화하는 소리가 얼마나 큰지 멀리서도 여자의 핸드폰에서 나오는 대화상대의 목소리가 들려왔다.

〔그 여자가 훼방을 놓았다고? 그 여자가 다니는 회사 사장이면 그 사장도 네가 작업 중인 거 아는 것 아냐?〕

"그럴 수도 있을 것 같기는 한데 한번 작업해보려고."

〔너 그러다 큰일 난다.〕

"네가 그 남자를 못 봐서 그래. 머리끝부터 발끝까지 죄 명품이야. 변변찮은 가게 하나 가지고 있는 카페 사장하고는 달라. 돈 냄새가 제대로 난다니까. 도전 가치 충분해."

〔빨리 끝내. 너 좀 위험한데?〕

"안 그래도 그러려고 했어. 그 방법은 안 쓰고 싶었는데 어쩔 수 없지. 내가 지금 앞 뒤 가릴 처지가 아냐. 이번 달 카드 값 벌써 펑크야."

나랑 사장님 이야기 하는 것 같지? 맞다, 녹음! 이런 이야기를 녹음해야 하는데! 내가 주섬주섬 바지주머니에서 핸드폰을 꺼내는 순간이었다. 비상구 문이 삐걱 하고 활짝 열리며 여자가 나왔다. 주머니에서 핸드폰을 꺼내는 나는 아무런 준비 없이 여자와 맞닥뜨려야 했다.

"사, 사장님이 찾으셔서요…."

목소리가 형편없이 떨리는 것이 느껴졌다. 으아, 어떡하지? 어떡하지?! 등에서 식은땀이 흐르는 것 같았다. 여자가 들고 있던 전자담배를 파우치 안으로 집어넣으며 나를 아래위로 훑었다. 립스틱 크기의 자그마한 전자담배는 파우치 안으로 들어가자 완전히 화장품으로 둔갑했다.

"들었니?"

여자의 뱀 같은 시선이 내 얼굴을 향했다. 당장이라도 여자의 시선을 피하고 싶었지만 그럴 수는 없었다. 나는 아무것도 모른다는 순진한 표정을 지으며 되물었다.

"네?"

"여우 같은 년."

여자는 나를 한 번 노려보고는 자기 어깨로 내 어깨를 힘껏 치고는 상영관 안으로 먼저 들어가버렸다. 여자와 부딪힌 어깨가 욱신욱신 아파왔다. 저거, 저거, 지금 나한테 선빵 날린 것 맞지?

〔언니, 영화 완전 재밌었다, 그죠. 저 배우 누구래요? 저 완전 반했잖아요.〕

혜민이 옆에서 조잘거렸지만 귀에 들어오지 않았다. 여자가 부딪치고 간 어깨의 감촉이 아직도 생생했다. 어떻게 갚아주지? 내가 또 선빵 맞고는 못 견디는 성격인데. 고민에 고민을 거듭하느라 영화의 후반부는 아예 보는 둥 마는 둥 했다.

영화가 끝난 뒤 여자는 자신이 좋아하는 곳이라며 근처 술집으로 우리를 안내했다. 나는 여자가 돈을 낸다는 것을 알고는 일부러 제일 비싼 메뉴를 시켰다. 여자의 일그러지는 얼굴을 보고 있으니 속이 다 시원했다. 주문한 메뉴가 나오자 술도 한두 잔씩 마시기 시작했다. 여자는 생각보다 술을 잘 마시는 듯 우리에게 끊임없이 술을 권했다. 잔이 비기가 무섭게 술을 따라주는 여자의 손길에 내가 멈칫하자 기다렸다는 듯 여자가 한마디 던졌다.

"어려서 좀 힘든가? 하긴, 어린애가 뭘 알겠어요. 술이 쓴 줄만 알지."

여자가 사장님을 보며 그렇지 않느냐는 듯 호호 웃었다. 사장님도 나랑 네 살밖에 차이 안 나거든?! 자기 기준에서 보면 사장님도 한참 어린애인데 말이다.

"진숙 씨는 술이 달게 느껴지시나 봐요. 그만큼 살면 인생이 너무 써서 오히려 달게 느껴지나?"

나는 얼굴에 명백한 비웃음을 걸고 말했다. 여자의 얼굴이 팩 일그러졌다. 격양되는 분위기에 사장님이 중재하고 나섰다.

"얘가 왜 이래. 벌써 취했냐? 미안해요. 원래 이런 애가 아닌데…"

"아니에요. 술이 약하면 그럴 수도 있죠. 전 화장실 좀 다녀올게요."

여자가 사장님을 향해 예쁜 척 웃고는 화장실에 갔다.

"너 그만 마셔."

"저 아직 안 취했는데요?"

나는 멀쩡하다는 듯 사장님을 보며 말했다. 사장님은 들고 있던 핸드폰에서 눈을 떼지 않은 채 건성으로 대답했다.

"그래도 그만 마셔."

"사장님도 저를 애 취급하시는 거예요?"

"그런 적 없어."

사장님은 핸드폰에서 시선을 떼며 휴 하고 한숨을 쉬고는 말을 말자는 듯 고개를 절레절레 흔들었다. 사장님의 눈빛은 나를 완전히 취한 사람으로 보고 있었다. 씨, 아닌데. 진짜 아닌데.

잠시 뒤, 화장실에서 나온 여자의 손에는 사이다 두 캔이 들려 있었다. 겉면의 물기가 송글송글 맺혀 있는 것이 쳐다만 봐도 시원해 보였다. 여자가 사장님과 내게 사이다를 내밀며 살짝 웃었다.

"다들 술 너무 많이 드셨죠? 사이다 한 캔씩 드세요."

"감사합니다."

안 그래도 음료수 한 모금 마시고 싶었는데. 나는 여자에게 진심으로 감사 인사를 하고는 음료를 받아들었다.

"어…?"

받아든 음료수 캔이 예상과는 달리 미지근해 당황스러웠다. 뭐야, 차가운 음료도 아니면서 웬 물이 이렇게 묻어 있는 거지? 설마….

'물이 아니라 약을 묻혀놓은 것 아냐?'

영화관에서 여자가 통화하던 것이 떠올랐다. "그 방법은 안 쓰고 싶었는데 어쩔 수 없지"라고 했던…. 술이 확 깨는 기분이었다.

나는 여자의 반응을 살피며 냅킨으로 캔에 묻은 물기들을 닦았다. 여자의 눈에서 아쉬움이 스쳐지나가는 것이 보였다. 의심이 확신으로 변하는 순간이었다. 진짜 약이었던 거야? 소름이 끼쳐왔다. 나는 빈 컵에 음료를 따라 사장님에게 건네며 자연스럽게 사장님이 들고 있던 캔을 받았다. 그러는 여자의 앞에 물기를 닦은 냅킨과 함께 내려놓았다.

"진숙 씨도 술 많이 드셨잖아요. 사이다 한 잔 드세요. 저는 물 마시면 돼요."

일부러 여자의 눈을 똑똑히 보며 말했다. '네 수법은 다 알고 있어'라는 경고의 의미를 가득 담아서 말이다. 그때부터 나는 몇 시간 동안 화장실 한 번 가지 않은 채 여자의 행동 하나하나를 예의 주시했다. 사장님의 앞 접시에 안주들을 깨끗한 젓가락으로 덜어 담고, 술도 내가 따라주며 술병에는 여자가 손도 대지 못하도록 철벽방어를 했다.

"너, 오늘따라 왜 이래? 나 혼자 할 수 있어. 진숙 씨가 보면 내가 너 평소에도 이렇게 부려먹는 줄 알겠다."

"부려먹다니요? 제가 좋아서 하는 건데."

"다른 사람이 들으면 오해하겠다. 좋아한다는 말 말이야."

그렇게 말하는 사장님의 표정은 싫지 않아 보였다. 사장님은 내가 따라준 술을 한입에 털어넣고는 자리에서 일어났다.

"화장실 좀 다녀올게요."

사장님이 화장실 안으로 사라지자마자 여자가 웃고 있던 얼굴을 일그러뜨리며 나를 노려보았다. 마치 웃는 얼굴 가면을 벗겨낸 것 같았다.

"적당히 먹고 좀 빠지지? 하제 씨랑 나는 오늘 밤 호텔에 갈 거거든."

"꿈도 야무지시네요. 사장님이 그쪽이랑 호텔엘 가요?"

얼굴에 명백한 비웃음을 담으며 말했다. 자존심이 상한 듯 여자의 얼굴이 팩 구겨지는 모습이 통쾌하기 짝이 없었다.

"그리고…."

"또 뭐?"

"저를 이렇게 막대하셔도 되나? 진숙 씨가 저한테 이런 말 했어요, 하고 제가 사장님한테 말하면 어떻게 될 것 같아요?"

사장님이랑 저랑 보통 친한 사이가 아니라서요. 내 덧붙임에 여자가 아차 싶은 얼굴을 했다. 이 여자는 하수다. 만약 여자가 정말 고수였다면 사장님과 친한 내게 지금처럼 노골적인 적의를 드러내지 않았을 거다. 오히려 호의를 보였으면 보였겠지. 대상의 주변 사람을 포섭하는 것은 기본 중에 기본인데. 기본도 안 되어 있는 사람에게 호감을 갖다니. 사장님, 정말 실망이야.

"네, 네가 뭔데? 고작 부하직원 주제에…!"

여자가 당황한 얼굴로 쏘아붙였다.

"고작 부하직원이라고 생각하세요? 그렇게 생각하시는구나…. 데이트에 부하직원을 부르는 사장님도 있어요?"

물론 고작 부하직원이 맞다. 하지만 나는 사장님과 나 사이에 특별한 것이라도 있는 것처럼 굴며 최대한 뻔뻔한 얼굴을 하고 여자를 마주 보았다. 그때 멀찍이서 사장님이 돌아오는 것이 보였다. 여자와 나는 서로를 향해 으르렁거리던 것을 멈추고 둘 다 약속이라도 한 듯 방긋 웃었다.

"말하기만 해봐. 가만 안 둬."

여자가 웃는 얼굴을 한 채 입만 움직여 내게 말했다. 이런 식으로 나오시겠다?

"지금 저 협박하시는 거예요? 어머, 무서워라. 사장님께 더더욱 말씀드려야겠네요."

사람 잘못 건드렸어. 나는 여자를 향해 예쁘게 웃어 보였다.

"무슨 이야기 하고 있었어?"

내 말이 끝나자마자 사장님이 자리로 돌아와 내 옆에 앉았다. 나는 아무것도 아니라는 듯 웃으며 대답했다.

"진숙 씨 화장품 어떤 거 쓰시는 지 물어봤어요. 화장품 굉장히 좋은 것 같은데, 저도 늙으면 그거 쓰려고요."

[언니 잘한다! 저 자존심 상해하는 표정 봐, 완전 고소해!]

혜민이 옆에서 연신 나를 칭찬했다.

술자리가 계속되었다. 나는 가능한 한 사장님이 마시고 먹는 것에 여자의 손길이 안 닿도록 예의 주시하며 사장님을 지켰다. 어느덧 시간은 12시를 넘어가고 있었다. 슬슬 집에 갔으면 좋겠는데… 왜 사장님은 갈 생각을 않는 걸까. 진짜 저 여자랑 호텔이라도 가려고 그러는 건가? 아니다. 사장님은 조금 전부터 계속해서 손목시계를 들여다보고 있었다. 이 자리가 재밌으면 시계를 보지도 않겠지. 사장님도 집에 가고 싶은 게 틀림없다. 얼른 집에 가자고 해야겠다. 사장님에게 데려다달라고 해야지. 집에 가는 길에 사장님에게 저 여자가 사이다에 약을 묻힌 것부터 내게 한 말까지 모든 걸 이야기해야겠다. 그러면 사장님도 앞으로는 저 여자와 만나길 꺼려하겠지.

"그럼 우리….”

이만 집에 갈까요, 하고 내가 정리를 하려는 순간이었다. 술집의 출입문이 벌컥 열리고 남자들이 우르르 술집 안으로 들어왔다. 단체 손님이야? 시끄러워지겠네. 얼른 집에 가야겠다고 대수롭지 않게 생각한 나와 달리 여자의 얼굴은 새하얗게 질려 있었다. 왜 저러지? 출입구 앞에 선 남자들은 술집 안을 두리번거리며 누군가를 찾더니 우리 테이블을 빙빙 둘러싸고 저마다 한마디씩 하기 시작했다.

"너, 똑바로 말해. 진짜 꽃뱀이야?”

"진숙아. 아니지? 넌 나뿐이라고 말했잖아. 우리 다음 달에 식도 올리기로 했잖아. 아니야?”

"진숙 씨, 저와 결혼한다고 어제 제 다이아 반지 받아준 것 아니셨습니까? 이 남자들은요?”

남자들 중에는 벌컥 화를 내는 이들도 있었고, 여자를 향해 애원하는 이들도 있었다. 그리고 남자들 중 가장 마지막으로 술집에 들어 온 혜민의 오빠는… 멀찍이 서서 물기 어린 눈으로 여자를 보고 있었다.

[이 바보! 울긴 왜 울어! 빨리 가서 따져!]

혜민은 제 오빠의 옆에 딱 달라붙어서 들리지 않을 말을 연신 하고 있었다. 남자들은 이제 여자를 완전히 둘러쌌다. 사람들의 얼굴은 여자를 때리기라도 할 것처럼 무섭게 일그러져 있었다. 말려야 하는지 고민하며 그 모습을 바라보는데 옆에서 누군가가 내 어깨를 툭툭 쳤다.

"집에 가자. 데려다줄게."

사장님이었다. 어안이 벙벙했다. 술에 취한 듯 조금 높아져 있던 목소리는 간 데 없고 평소와 다름없이 차분한 목소리가 나를 당황하게 했다. 나는 사장님에게 이끌려 술집을 빠져나왔다. 혜민은 따라 나오지 않았다.

시원한 밤공기가 몸을 감싸자 그제야 이 일이 끝났다는 것이 느껴졌다. 그와 동시에 긴장으로 애써 억누르고 있던 취기가 도는 것이 느껴졌다. 예약 표시등이 켜져 있는 택시에 타자 기사가 기다렸다는 듯 차를 출발시켰다. 사장님이 이미 차를 불러둔 것이었다.

"어떻게 된 거예요?"

내 말에 사장님이 대수롭지 않게 대답했다.

"별것 아냐. 그 여자 화장실 간 사이에 그 여자 핸드폰 속 남자들한테 연락을 쫙 돌렸지."

나는 새삼 놀란 눈으로 사장님을 살폈다. 뭐야, 그런 건 언제 나 모르게 했대?

"잠금패턴 안 걸려 있었어요?"

"걸려 있었지. 패턴 푸는 거 몰래 보고 외워뒀어."

핸드폰을 어찌나 보물단지처럼 들고 다니던지, 핸드폰 두고 자리 비우는 순간을 기다리느라 몇 번을 더 만나야 했다고. 사장님의 말에 나는 어이가 없어 헛웃음을 지었다. 그 와중에도 술기운이 올라와 세상이 빙글빙글 돌았다.

"처음부터 이럴 생각이었어요? 그 병원에서부터?"

"아니, 카페에서 쓰러지는 연기 할 때부터."

사장님이 씩 웃었다. 그 미소에 이유 모를 안도감이 들었다. 사장님도 다 알고 있었구나. 여자한테 진짜 반한 게 아니라 그런 척했던 거였어.

"그럼 영화관에서 저보고 찾으러 가라고 한 건요?"

"무슨 수작을 꾸미고 있나 보고 오란 의미였지."

"제가 아까 음료수 물기 닦는 것 보셨어요?"

"응. 공누리, 눈치 빠르던데. 네가 음료수 마시면 어떡하나 조마조마했어."

사장님이 기특하다는 듯 말하고는 덧붙였다.

"좀 자둬. 도착하면 깨워줄게."

사장님의 목소리가 멀리서 들리는 것처럼 웅웅거렸다. 눈을 감아도 세상이 핑글핑글 돌고 속까지 울렁거리기 시작했다. 나는 사장님의 옷소매를 잡고 말했다.

"토할 것 같아요."

내 말에 사장님이 잠시 침묵하다 난감한 기색으로 말했다.

"조금만 참아보지?"

"사장님은 타고 집에 가세요. 저는 내려서 토하고 걸어갈래요."

"여기서 내릴게요."

사장님이 하는 수 없이 택시를 세우고 계산을 했다. 나는 먼저 차에서 내려 바깥공기를 들이마셨다. 시원한 공기를 마시자 울렁거림은 언제 그랬냐는 듯 싹 가셨다.

"토했어?"

택시는 즉시 떠나버렸다. 나는 사장님을 보며 배시시 웃기만 했다. 선선한 날씨가 걷기에 딱 좋았다. 나는 최대한 정신을 차리고 똑바로 발걸음을 옮기려 했다. 하지만 내 의지와는 관계없이 발걸음이 마음대로 비틀비틀 움직였다. 보다 못한 사장님이 내 어깨를 끌어안고 부축했다. 나는 사장님을 올려다보며 고맙다는 듯 에헤헤 웃었다. 사장님이 작게 한숨 쉬었다.

"너, 다른 남자들 앞에서도 이렇게 취해서 웃고 다니냐?"

"아뇨, 사장님 앞이라서 웃는 건데요."

가물가물 감기는 눈을 억지로 뜨며 올려다 본 사장님의 얼굴은 새빨개져 있었다.

"어? 사장님, 얼굴 빨개졌어요."

나는 손을 뻗어 사장님의 뺨에 손등을 가져다 대었다. 사장님의 볼은 터질 듯 뜨거웠다. 달빛이 너무 뜨거워서 사장님의 얼굴이 빨갛게 달아오른 모양이었다.

* * *

여자가 작업을 걸었던 남자들 중에는 검사를 포함한 법조인들도 몇 있었다고 했다. 그들을 중심으로 여자에게 당한 남자들이 여자를 사기죄로 집단 고소했단다. 피해자가 워낙 많은 사건이라 여자는 자신이 지은 죄의 대가를 감옥에서 치르게 될 것이라고 했다. 법조인을 상대로 사기 칠 생각을 하다니. 간도 크지. 아무튼 이제 그 여자는 혜민의 오빠 곁에는 얼씬도 못 할 거다. 그리고 혜민의 오빠도 여자에 대한 마음을 접었을 것이다. 처음 계획보다 더 완벽히 마무리된 의뢰에 기분이 절로 좋아졌다. 나는 사무실 안을 두리번거리며 혜민을 찾았다.

"혜민이는요?"

다운이 대답했다.

"동자신이 그러는데 자기 오빠한테 갔대."

"그냥 둬도 돼?"

슬며시 걱정이 들었다. 친동생이기는 하지만 혜민은 이미 죽은 사람이다. 가뜩이나 울적한 사람 곁에 '음기'가 붙어 있으면 좋은 영향을 줄 리 없다.

"며칠 더 있다가 그때도 성불 안 하면 억지로라도 보내려고."

다운이 단호한 목소리로 말했다. 그때였다. 다운의 말이 끝나기가 무섭게 혜민이 기다렸다는 듯 사무실 안으로 들어왔다. 혜민은 울고 있었다.

[우리 오빠 좀 구해주세요.]

혜민의 오빠 철민은 술에 잔뜩 취한 채 대로변에 쓰러져 있었다. 대낮인데다 큰 길가여서 지나다니는 사람은 많았지만 다들 '젊은 사람이 대낮부터…' 하는 눈으로 혀만 쯧쯧 찰 뿐, 도와주는 이 하나 없었다. 다운이 철민 씨를 등에 업었고 우리는 혜민의 안내를 받아 집으로 향했다.

집은 남매가 살기에는 부족할 것이 없었다. 우리는 혜민이 일러준 방 침대에 철민 씨를 눕혀놓고 거실로 나왔다.

〔제 방은 저쪽이에요.〕

오빠가 집으로 무사히 돌아와서인지 혜민은 한층 안정된 모습이었다.

"나 구경해도 돼?"

혜민이 고개를 끄덕였다. 방 안은 생각보다 어수선한 모습이었다. 침대 위에는 아무렇게나 벗어놓은 잠옷이 널려 있었고, 방 한가운데에 놓인 이젤에는 스케치를 마친 그림이 한 점 놓여 있었다. 혜민이 이젤 앞에 서서 자신이 그리던 그림을 보며 말했다.

〔제가 죽던 날 아침 모습 그대로예요. 심지어는 쓰레기통 속 쓰레기까지도요.〕

철민 씨는 동생의 유품정리를 전혀 하지 못하고 있었다. 아직 혜민을 보낼 준비가 되지 않은 것이다. 피붙이가 죽은 상처가 채 아물지도 않았는데, 삶의 이유라 생각했던 연인이 사실은 사기꾼이었다는 새로운 상처가 또 생긴 셈이니, 저렇게 힘들어 하는 것도 이해가 갔다. 내 곁에 서 있던 다운이 혜민을 향해 팔을 벌렸다.

"그림, 마저 그릴래?"

혜민의 얼굴이 환해졌다. 혜민이 다운에게 안기듯 다가갔다. 다운의 몸으로 들어간 혜민은 잠시 주먹을 쥐었다 펴보기도 하고 앉았다 일어나기도 하며 빌린 몸에 적응해갔다. 그러고는 이젤 앞 의자에 앉아 익숙하게 붓과 유화물감을 집어들었다. 다운의 눈이 더없이 진지해졌다. 혜민이 집중하고 있는 듯했다. 방 안에는 붓이 캔버스를 스치는 소리만 들려왔다. 나는 혜민에게 방해되지 않도록 조심조심 걸어 다니다 혜민의 침대에 앉왔다. 침대가 붙은 벽면에는 혜민이 직접 찍은 것 같은 사진들이 가득 붙어 있었다. 나는 사진들을 하나하나 보다가 나도 모르는 사이에 스르르 잠이 들었다.

다시 눈을 떴을 때 혜민은 다운의 몸에서 나와 있었다. 어지럽게 널브러져 있던 물건들은 제자리에 놓여 있었고, 옷가지들도 개어져 있었다. 이젤 위 캔버스 속에는 혜민과 혜민의 오빠가 웃는 모습이 그려져 있었다.

며칠 뒤 카페는 다시 문을 열었다. 오랜 휴식을 마치고 카페가 문을 연 날, 우리는 점심식사를 마치고 그곳을 찾았다. 카페의 출입문에는 혜민이 마지막으로 그린 그림이 액자에 담겨 걸려 있었다. 핼쑥한 카페 주인의 얼굴에 미소가 걸려 있는 것을 본 나는 혜민과 작별할 시간이 왔다는 것을 직감했다.

따스한 햇볕이 사무실 안으로 들어와 우리를 포근하게 감쌌다. 날이 좋아서 다행이라고 생각했다. 만약 날씨마저 우중충했다면 기분이 더 울적했을지도 모르니까 말이다.

〔저 이제 갈게요. 그동안 감사했어요.〕

혜민이 우리를 향해 공손하게 허리 숙여 인사했다. 작별인사를 건네는 혜민의 얼굴은 내 생각보다 훨씬 더 덤덤해 보였다. 오히려 아쉬운 얼굴을 한 것은 우리였다.

"잘 가."

혜민에게 할 말은 많지 않았다. 지금 혜민이 가는 곳이 천국인지, 아니면 성불한 뒤 다시 이 땅으로 내려오는지 나는 모른다. 죽은 뒤의 삶은 겪어보지 못했기 때문이다. 내가 아직 가보지 않은 길을 먼저 가는 이에게 내가 해줄 수 있는 말이라고는 기껏해야 잘 가라는 말 한마디뿐이었다. 만약 천국이 있다면 그곳에서 행복하기를, 성불한다면 다음번에는 부모님과 함께 오래오래 살기를, 나는 속으로 혜민을 위해 기도했다.

〔안녕히 계세요.〕

혜민이 우리를 향해 미소를 지었다. 참 예쁜 아이다. 이렇게 예쁜 아이가 어쩌다가 이 어린 나이에 죽게 되었을까 하는 생각이 문득 머릿속을 스쳤다. 나는 떠나려는 혜민에게 급히 물었다.

"혜민아, 그런데 넌… 어쩌다 죽게 된 거야?"

조금만 생각해보면 정말 이상했다. 저 나이에 자연사했을 리는 없고, 자살했다고 생각하기에도 이제까지 봐온 자살귀들의 흉측한 모습에 비하면 혜민의 영혼은 아주 깨끗했다. 혜민이 대답했다. 얼굴에 있는 미소를 지우지 않은 채였다.

〔이제 와서 그게 뭐가 중요해요. 지금 나는 죽었는걸.〕

혜민의 목소리에서는 세상에 대한 어떤 미련조차 느껴지지 않았다. 혜민이 마지막으로 입을 열었다.

〔난 이제 엄마 아빠한테 갈래요.〕

혜민이는 서서히 사라져버렸다. 다운이 들고 있던 부적에 불을 붙여 혜민이 떠난 자리를 향해 태웠다.

〔불쌍한지고. 훨훨 날아가거라.〕

장군신의 목소리가 사무실 안에 울렸다. 햇살 좋은 날이었다.

* * *

혜민이가 떠난 뒤에도 나는 오랫동안 혜민이를 잊지 못했다. 사무실 안에 앉아 있노라면 어디에선가 혜민이의 명랑한 웃음소리가 들려오는 것만 같았다. 함께한 시간은 그리 길지 않았지만, 그 시간 동안 나는 혜민이 꽤 마음에 들었던 모양이다.

"다큐멘터리요?"

"응, 다운이를 주인공으로 엑소시즘에 관해서 찍는대. 방영은 납량특집으로 8월이나 되서야 내보낼 건데 촬영을 미리 해둔다나 봐. 그런데 첫 번째 촬영 장소가 회사 근처 여고더라고."

여고 괴담에 관해서 낱낱이 파헤친다나? 사장님이 대수롭지 않게 말했다. 나는 사장님의 말에 눈을 크게 떴다. 회사 근처 여고라면 설마…?

"혹시 혜민이네 학교예요?"

"맞아. 갔다 올래?"

나는 선뜻 고개를 끄덕였다. 물론 혜민이 다녔던 학교라고 해서 학교 안에 죽은 혜민의 흔적이 남아 있을 것이라고 기대하는 것은 아니었다. 하지만 궁금했다. 혜민이 다녔을 학교가. 혜민은 어떤 학교에서 어떤 학창시절을 보냈을까? 그것은 내가 알고 있는 사람에 대한 소소한 호기심이었다. 사장님은 고개를 끄덕이는 내게 메이크업 박스를 건넸다.

"…코디로 가라고요?"

나는 떨떠름한 얼굴로 메이크업 박스를 받아들었다. 어쩐지, 업무 시간에 나를 쉽게 내보내줄 사장님이 아니었다. 다 이유가 있었던 거였어.

"그런데요, 사장님."

"응, 왜…?"

"언제까지 저 안 쳐다보실 거예요?"

내 말에 미묘하게 나와 눈길을 마주치지 않고 있던 사장님의 얼굴이 확 달아오르는 것이 보였다. 목덜미까지 시뻘게진 모습에 나는 더 캐묻는 것을 그만뒀다. 꽃뱀 여자와 함께 술을 먹은 날부터 사장님이 조금 이상해졌다. 나를 대하는 행동과 말투는 전과 다름없는데 단 하나, 나를 제대로 쳐다보지를 못하는 거다. 처음에는 내 착각인가 하고 대수롭지 않게 여겼지만 그런 일들이 며칠이 계속되니 신경이 쓰이지 않을 수 없게 되었다. 그날 내가 술 마시고 취해서 사장님한테 실수했나? 나름대로 멀쩡했던 것 같은데. 물론 안 취했다면 그건 거짓말이지만…. 취한 뒤에 곧장 택시를 타고 집까지 얌전히 왔던 거 아니었나? 에휴, 대체 무슨 일이 있었던 거야. 나는 고민하는 것을 그만두고 메이크업 박스를 어깨에 둘러멨다.

"다녀오겠습니다!"

*　*　*

촬영 협조를 구한 고등학교에는 다운이 촬영하러 온다는 소문이 이미 파다하게 퍼진 것 같았다. 우리가 교문을 들어서기가 무섭게 창가에 다닥다닥 붙어 창문 밖으로 얼굴을 내밀고 있던 여고생들이 꺄악 하고 소리를 질렀다. 수업 중이던 선생님들이 아이들을 혼내며 진정시키려 애쓰는 것 같았지만 별 효과는 없었다. 다운이 운동장 한가운데에서 학교 건물을 향해 걸어가는 것으로 촬영이 시작되었다. 다큐멘터리인 만큼 촬영스태프들은 그리 많지 않았는데, 방송작가 한 명, 카메라 감독과 오디오 스태프, 다운의 개인 스태프인 나, 그리고 촬영 보조 서너 명 정도가 전부였다.

평소 예능에서 입던 것보다는 조금 점잖은 옷을 입고, 아이라인 눈꼬리를 날카롭게 뺀 화장을 한 다운은 내가 평소 알던 다운과는 느낌이 많이 달라 낯설었다.

"다운 씨의 학창 시절은 어땠나요?"

방송작가가 다운에게 물었다. 다운의 얼굴에 순간적으로 어두운 기색이 스쳐지나갔다. 평소보다 짙은 화장 탓에 다운이 잠깐 얼굴을 굳혔다는 것은 누구도 알아채지 못한 것 같았지만 다운과 제법 긴 시간을 함께 보낸 내 눈에는 똑똑히 보였다.

'학창 시절에 관한 안 좋은 기억이라도 있는 걸까?'

나는 카메라 감독에게 방해가 되지 않도록 멀찍이 떨어져서 걸으며 다운의 모습을 주시했다.

"글쎄요…. 전 신을 모시게 된 후로는 학교를 그만두고 홈스쿨링을 해서요. 학교에 다닐 때는 그냥 평범한 학생이었던 것 같아요."

그 이후로도 작가는 다운에게 사적인 질문을 몇 가지 더 던졌다. 다운은 그때마다 적당히 대답하며 넘겼다.

"이 학교에 귀신이 나온다는 소문이 있어서 찾았는데요, 전반적인 분위기는 어떤가요?"

"사실 특별한 것은 아직 찾지 못했어요. 조금 더 자세히 둘러봐야 할 것 같습니다."

다운이 학교 건물을 매서운 눈초리로 훑어보는 것을 마지막으로 카메라 감독의 오케이 사인이 떨어졌다. 나는 다운에게 다가가 입가와 눈가의 살짝 갈라진 화장을 고쳐주었다. 그 사이 뒤에서 카메라 감독과 무어라 이야기를 주고받고 있던 방송작가가 우리 곁으로 와서는 운을 뗐다.

"들어보니까 이 학교에서 자살한 학생이 있대요. 그 뒤로 귀신이 나온다고 하는데…. 찾아보니까 제법 유명한 애예요. 인터넷 얼짱 출신에 쇼핑몰 피팅모델도 하고, 캐스팅도 몇 번 받고 했나 봐요."

나는 무의식적으로 다운을 살폈다. 다운 역시 나를 바라보고 있었다. 미묘하게 시선이 오가는 사이에서 나는 확신했다. 혜민이 이야기다.

"그런데요?"

다운의 말에 여자가 다 알면서 뭘 묻느냐는 표정으로 대답했다.

"그 여자애를 메인으로 잡고 그 애를 찾아서 성불시키는 내용으로 가죠. 자살의 이유는 너무 깊게 잡지 말고요. 혹시나 학교 폭력 같은 예민한 소재가 걸릴 수도 있으니까. 가정사 정도가 좋겠네요."

여자의 말에 나는 온몸에 찬물을 끼얹은 기분이 들었다. 몸이 덜덜 떨렸다. 추워서가 아니다. 화가 났기 때문이다. 지금 이 여자가 무슨 말을 하고 있는 거야? 혜민이를 가정사 때문에 자살한 애로 만들겠다고? 거기다 귀신이 되어 학교 학생들을 괴롭히고 다닌다고? 아무리 죽은 자가 말이 없다지만, 이런 식으로 매도해도 돼?

"저기요."

내가 여자를 향해 따지려 입을 열었을 때였다. 다운이 나를 저지하고는 먼저 말했다.

"저는 보이는 대로만 이야기합니다. 거짓을 말하면 신들께 벌 받아요."

"네, 압니다. 당연히 사실대로 하셔야죠. 그냥 참고만 해달라는 거예요. 저는 가이드라인을 제시하는 것뿐이에요. 그게 방송으로 나왔을 때 가장 좋은 그림이니까요."

여자는 '방송'이라는 말에 힘을 주어 말했다. 지켜보던 내가 결국 참지 못하고 끼어들었다.

"그 가이드라인 참 좋네요. 그런데 죽은 아이 가족한테는 사전에 허락 받으신 거 맞죠?"

"네?"

"제가 그 애 오빠와 개인적으로 친분이 있는 사이여서요. 그 애 오빠가 죽은 자기 동생이 방송에 나와 이슈가 되는 것을 원할지는 잘 모르겠네요. 그것도 이런 스토리로 말이에요."

나는 여자를 향해 내 핸드폰을 내밀었다.

"직접 통화해보실래요? 연결해드릴까요?"

내 말에 여자는 아무 말도 하지 못하고 묵묵히 앞서 걸었다. 얼굴에는 짜증이 가득했다. 나와 여자를 번갈아 쳐다보던 다운이 짧게 한숨 쉬었다. 생각할수록 화가 났다. 어떻게 죽은 애를 상대로 이딴 소설을 쓸 생각을 하지? 방송은 전부 다 거짓말이라더니, 그 말이 딱 맞았다. 분이 풀리질 않아 씩씩거리던 나는 이내 흠칫했다.

"…나 때문에 다운이 네가 곤란해진 거야?"

아차 싶었다. 내가 화난다고 해서 기분대로 행동해서는 안 되는 거였다. 여기는 다운의 일터였고 그 여자는 다운의 업무 파트너였다.

"미안해."

목소리가 기어들어갔다. 여자에게 가서 미안하다고 사과해야 하나 고민 하는데 다운이 대답했다.

"아니야, 잘했어. 네가 안 했으면 내가 그랬을 거야."

다운이 내 어깨를 툭툭 쳤다. 올려다본 다운은 빙그레 웃고 있었다. 아이라인을 짙게 그려 매서운 인상이었지만 속에 담긴 웃음은 진심이었다.

"나는 무당이잖아, 연예인이기 이전에. 게다가 혜민이는 더 특별한 경우고. 우리의 의뢰인이었잖아? 의뢰인을 보호해야지."

다운의 말에 나는 그제야 안심했다. 다운은 이후의 촬영에서 이 학교에는 귀신이 없으며 학생들의 학업에 대한 스트레스가 잘못된 환상을 만들어낸 것이라고 깔끔하게 결론지었다. 거짓이 아니었다. 다운을 따라다니며 나 역시도 주의 깊게 주변을 살펴보았지만 학교 안에서 영에 대한 어떤 것도 느낄 수 없었기 때문이다. 죽은 혜민이를 추모하기는커녕, 이런 식의 악의적인 소문을 퍼트리는 근원지가 어딘지 궁금할 지경이었다.

이 학교에서 '엑소시즘'이라는 주제에 맞는 분량을 뽑아내고 싶었던 스태프들은 다운을 살살 구슬렸지만 다운은 단호하게 거절했다. 심지어 다운은 이 터가 풍수지리학적으로 아주 좋은 곳이라며 졸업생들 중에 큰 사람이 많이 나올 것이라는 말까지 덧붙였고, 스태프들의 얼굴은 실망으로 일그러졌다. 물론, 이 촬영으로 학교의 위신이 떨어질까 내심 걱정하던 교사들은 다운의 말을 대단히 반겼음은 말할 것도 없었다.

"에이 씨, 재수가 없으려니까 첫 촬영부터 공쳤네."

몇몇 스태프들이 다운에게 들으라는 듯 투덜거리며 불편한 기색을 내비쳤지만, 다운은 눈 하나 깜짝하지 않았다. 이런 일이 아주 익숙해 보였다. 정말로 신경 쓰지 않는 건지, 아닌 척하는 건지 얼굴만 봐서는 알 수가 없어 괜스레 불안해지는 것은 나였다. 조금 전까지만 해도 나 역시 죽은 혜민을 소재로 촬영하는 것에 반대했지만, 다운이 이렇게 미움 받을 거라고는 미처 생각하지 못했기 때문이다.

스태프들이 장비를 챙기는 사이 수업이 끝났음을 알리는 종이 치고 학교가 왁자지껄해졌다. 점심시간이었다. 아이들은 고삐 풀린 망아지처럼 우리가 촬영을 끝마친 강당으로 우르르 몰려왔다. 미처 손쓸 틈도 없이 다운은 여고생들에게 둘러싸였다. 사인해주세요, 같이 사진 찍어주세요, 오빠 잘생겼어요. 저마다 한마디씩 하는 학생들 사이에서 다운은 난처한 기색으로 웃었다. 하지만 다운을 도와줄 스태프는 없는 것 같았다. 하는 수 없이 다운은 아이들이 내미는 종이에 한 장 한 장 사인을 해주기 시작했다.

"다운 씨, 우리는 갈게. 수고해요."

"네, 다음 촬영 잡히면 연락 주세요."

정말 얄미워. 스태프들은 다운의 상황은 안중에도 없다는 듯 짐을 다 챙기자마자 인사만 남기고는 우르르 빠져나가 버렸다. 하는 수 없었다. 나는 스스로 악역을 자처했다.

"다들 줄 서! 줄 안 서는 사람은 사인 못 받게 할 거야!"

내 고함에 학생들이 눈을 세모나게 뜨고 나를 노려보았다. 나는 지지 않고 똑같이 마주보았다. 흥, 날 노려보면 어쩔 건데? 다운이 직접 "줄 서 주세요" 하고 말하자 학생들은 마지못해 차례로 줄을 서기 시작했다. 다운은 맨 앞에 선 학생부터 차례로 사인을 해주기도 하고 함께 사진을 찍어주기도 했다.

이곳에서 다운은 여느 아이돌 못지않은 대접을 받았다. 제대로 된 책상조차 없이 아이들이 내미는 종이 아래 손바닥을 받쳐 사인해주는 것이 고작이었지만 아이들의 열기만큼은 여느 사인회 못지않았다. 몇몇 아이들은 다운과 악수하고는 꺄악 소리를 지르며 주저앉기도 했고, 매점에서 사온 초콜릿이며 직접 쓴 손편지를 다운에게 수줍게 건네기도 했다.

어느새 점심시간이 끝났음을 알리는 예비종이 울렸다. 다운의 사인회 역시 거의 막바지에 다다라 있었다. 아직 사인을 받지 못한 아이들은 열댓 명 남짓, 나머지 아이들은 주변에 서서 다운의 모습을 조금이라도 더 보려고 기웃거리고 있었다. 그때였다. 강당 문이 활짝 열리더니 네 명의 여학생이 강당 안으로 들어왔다. 신기한 것은 그 넷이 등장하기 전까지만 해도 시끄러웠던 아이들이 슬금슬금 눈치를 보며 조용해졌다는 것이다. 나는 다운에게로 다가오는 아이들을 주의 깊게 살폈다. 다들 머리가 구불거렸고 염색을 한 듯 저마다 노란 빛을 띠고 있었으며 무릎 위까지 오는 달라붙은 치마가 한눈에 보기에도 '나 일진입니다' 하고 써 붙여놓은 것 같았다. 다운의 앞에 먼저 서 있던 아이들이 늦게 온 네 사람에게 길을 터주었고, 네 명은 당연하다는 듯 줄의 앞에 서서 다운에게 연습장과 펜을 내밀었다. 다운이 잠깐 당황했지만 이내 표정을 숨기고는 펜을 받아들어 사인을 했다. 리더로 보이는 아이가 다운에게 물었다.

"오빠, 우리 학교에 귀신같은 거 없다면서요?"

다운이 대답했다.

"그래, 아무것도 없어. 공부나 열심히 해."

"네, 공부 열심히 하라고 써주세요."

네 사람은 차례로 사인을 받고는 저들끼리 떠들며 나가버렸다.

"봐, 죽으면 끝이라니까. 귀신은 무슨 귀신이야."

"괜히 쫄았네. 진짜 전혜민이 우리한테 복수라도 하려는 줄 알았잖아."

네 사람이 강당을 나가기가 무섭게 다시 강당 안은 소란스러워졌다. 다운은 인파에 묻혀 듣지 못한 것 같았지만 나는 네 사람이 나누는 이야기를 똑똑히 들었다. 전혜민? 복수? 무언가가 이상했다. 저 아이들에게 조금 더 자세히 물어봐야겠어. 어느새 강당을 빠져나간 네 사람을 따라가려고 할 때였다. 다운의 주변을 얼쩡거리던 여학생 중 하나가 내게 말을 걸었다.

"언니, 진짜 귀신 없어요?"

"응, 저 오빠 엄청 유명한 무당인 거 알지? 저 오빠가 없다고 했으니까 믿어도 돼."

내 말에도 여학생은 불안한 얼굴로 나를 보며 말했다.

"사실… 제 꿈에 자꾸 죽은 혜민이가 찾아와요."

다운과 나는 운동장 옆 주차장 근처에 있는 벤치에 앉아 수업이 끝나기를 기다렸다. 여름이 훌쩍 다가온 듯했다. 내리쬐는 햇볕이 제법 뜨거웠다. 해가 높이 떠 있는 시간이라 벤치 뒤 나무들은 그늘을 제대로 만들어주지 못했다. 나는 왼손을 이마에 대고 조금이라도 그늘을 만들어보려 애썼다.

운동장에서는 학생들이 체육수업을 받고 있었다. 수업시간이 반도 채지나지 않아 학생들에게 자유시간이 주어졌다. 학생들 대부분은 기다렸다는 듯 그늘을 찾아 스탠드 위로 올라갔고, 몇몇은 운동장에 남아 자기들끼리 피구를 하며 놀았다.

혜민이는 체육시간에 어떤 아이였을까. 체육은 끔찍이도 싫어해서 자유시간이 주어지자마자 스탠드로 올라갔을까, 아니면 친구들과 함께 피구를 하며 웃고 떠들었을까? 혜민을 생각하자 미소가 지어지는 동시에 슬퍼졌다. 혜민이가 옛날에 어떤 아이였으면 뭐 해. 이미 죽은 사람이고 다시는 체육 수업을 듣지 못할 텐데 말이다.

"혜민이가 성불하지 않은 걸까?"

당연히 성불했다고 생각했다.

"너도 그 자리에 있었잖아. 혜민이는 성불했어."

내 질문에 다운이 바보 같은 소리 말라는 듯 단호하게 대답했다.

"그럼 그 여자애는…."

"그 여자애가 한 말 못 들었어? 꿈에 나온다잖아."

이야기를 채 듣기도 전에 수업의 시작을 알리는 종이 치는 바람에 하는 수 없이 수업이 끝난 뒤 자세한 이야기를 듣기로 했다.

"밤마다 영이 나타난다, 학교에서 영을 봤다, 이런 말과 꿈에 죽은 사람이 자꾸 나온다, 이건 좀 달라."

"꿈은 그저 꿈이라서?"

"그래, 꿈은 무의식이 만들어내는 거야. 그 여자애를 괴롭히고 있는 건 혜민이의 영이 아니라 다른 무언가일 거야. 이를테면…."

"이를테면?"

"죄책감."

나는 바람 빠진 소리를 내며 웃었다. 죄책감이라니, 그 학생이 혜민에게 죄를 짓기라도 했다는 거야? 내 웃음에도 다운은 심각한 표정을 거두지 않으며 말했다.

"네가 어디까지 생각하는지는 모르겠는데, 생전에 혜민이하고 다퉜다거나 하는 사소한 것도 다 죄책감으로 남을 수 있어. 충분히 가능성 있는 이야기지."

오랜 기다림 끝에 마침내 마지막 수업이 끝나는 종소리가 울렸다. 강당에서 촬영을 마쳤을 때와 마찬가지로 학교가 시끌벅적해졌다. 청소 시간인 듯 책걸상을 끄는 소리에 학생들의 웃음소리가 섞여 들려왔다. 조금 더 시간이 지나자 가방을 멘 학생들이 하나둘씩 학교 건물을 나오기 시작했다.

"교문 앞에서 기다리자."

우리는 몇 시간 동안 앉아 있던 벤치에서 일어나 교문 앞으로 걸음을 옮겼다. 하교하던 아이들이 교문 앞에서 기다리고 있는 다운을 보며 놀란 얼굴을 했다. 하지만 점심시간 강당에서처럼 적극적으로 사인해달라고 요청하거나 핸드폰으로 사진을 찍는 아이들은 없었다. 점심시간에 이미 한차례 팬서비스를 한 덕분인 듯했다.

학생들이 무리 지어 교문을 빠져나가고 시끄럽던 학교도 조금 조용해질 때쯤, 여학생 한 명이 나왔다. 우리가 기다리던 아이였다. 왜소한 체격이 아님에도 푹 숙인 고개와 처진 등이 아이를 작아 보이게 했다. 앞서 들뜬 마음으로 기분 좋게 학교를 나서던 학생들과는 달리 얼굴도 잔뜩 굳어 있었다. 악몽이 이 아이를 이렇게 만든 걸까. 측은한 마음에 나는 일부러 쾌활하게 인사를 건넸다.

"수업 잘 들었어?"

내 인사에 아이는 주변을 한 번 휙 둘러보고는 우리에게 꾸벅 인사했다.

"진짜 기다려주셨네요."

"그럼 갈 줄 알았어?"

내 너스레에도 아이의 표정은 풀릴 줄을 몰랐다.

"우선 가면서 이야기할까? 집으로 바로 가니?"

"네."

"우리가 같이 가도 될까?"

만약 집에 부모님이 계신다면 그분들에게 뭐라고 설명을 해야 하지. 사정 설명을 하는 것은 이쪽 일을 할 때 필수적으로 따라오는 난감한 일 가운데 하나다.

"네, 부모님 모두 삼교대 하는 직장에 다니셔서요. 오늘 밤에는 집에 저 혼자 있어요."

나는 속으로 가슴을 쓸어내렸다. 듣던 중 반가운 소리였다. 하지만 아이에게는 그리 좋은 일은 아닌 듯했다.

"혼자 자는 날이면 악몽이 더 심해요."

아이가 불안하다는 얼굴을 하고 말했다.

"이름이 뭐야?"

나는 아이의 집으로 가는 길 내내 아이의 불안을 덜어주기 위해 끊임없이 말을 걸었다.

"혜영이에요. 전혜영. 죽은 혜민이랑은 이름이 비슷해서 출석번호 앞뒤 순서였어요. 짝도 여러 번 했죠. 거기다 둘 다 미술 특기생이라 공통점이 많아서 친했어요."

혜영의 눈동자가 오른쪽 위를 향했다. 혜민이를 생각하는 것 같았다. 혜민이와 친한 사이였다니… 친구의 죽음이 충격이어서 악몽을 꾸는 걸까.

"혜민이라는 애는 어떤 애였어?"

다운의 질문에 혜영은 다시 두려운 눈을 하고는 주변을 두리번두리번 살폈다.

"여기, 혜민이 있어요?"

혜영이 다운에게 물었다. 다운은 단호하게 고개를 저었다.

"아니."

그제야 안심한 혜영이 입을 열었다.

"사실 혜민이가 첫인상이 좋은 애는 아니에요."

나는 혜민이와의 첫 만남을 떠올렸다. 사장님의 등에 매달려 들어와 사장님의 목숨을 가지고 협박했었지. 지금이야 웃으며 회상할 수 있지만 그때는 제법 심각한 상황이긴 했다. 모두들 잔뜩 긴장해서 혜민을 주시했었지. 뭐, 첫인상이 안 좋다면 안 좋다고 말할 수도 있겠네. 나는 고개를 끄덕였다.

"풍기는 분위기도 아이답지 않게 어두웠어요. 우울하다고 해야 하나?"

어, 이건 좀 아닌 것 같은데…. 혜민이가 어두운 분위기를 풍겼다고? 내가 아는 혜민이는 아이답고 명랑하다. 다운의 눈치를 슬쩍 살폈지만 그는 아무것도 모른다는 듯 혜영의 이야기를 듣고 있었다.

"그렇지만 혜민이는 정말 예뻤어요. 인터넷에서 얼짱으로 유명했고 피팅 모델 아르바이트도 했었고요. 일단 외모가 되니까 걔의 어두운 분위기마저 뭔가 있어 보인다고 할까… 마치 잘 잡은 콘셉트처럼요."

혜영의 말이 거듭될수록 나는 묘한 기분이 들었다. 원인을 알 수 없지만 미묘하게 거슬렸다.

"누구나 혜민이와 친해지고 싶어 했어요. 우리 사이에서 걔는 연예인이나 다름없었어요. 선생님들도 예뻐하셨고요."

혜민이한테는 얼짱이나 연예인 친구도 많았어요. 물론 우리한테 소개시켜준 것은 아니지만. 혜영의 말이 끝나자 다운이 다시 질문했다.

"혜민이라는 애, 성격이 어두운 편이었어? 내성적이거나 아니면 친구들과 어울리지 못하거나…?"

"아뇨, 그건 또 아니에요. 외향적이고 친구들과도 두루두루 친하게 잘 지냈어요. 배려심 깊은 애로도 유명했죠. 그치만 그렇다고 해서 걔 성격이 좋은 건 아니었을 거예요."

"왜 그렇게 생각해?"

"걘 공주님이었거든요."

"공주님?"

"모든 애들이 시녀처럼 혜민이를 챙겼어요. '혜민아, 음악실에서 나랑 같이 앉자', '점심시간에 같이 밥 먹자', '우리 주말에 남자애들이랑 놀러 갈 건데 같이 갈래?' 이렇게요."

"…."

"늘 아이들에게 넘치는 호의를 받았고 그 호의 중 일부분을 다시 되돌려췄을 뿐이에요. 그걸 과연 성격이 좋다고 말할 수 있을지…."

나는 내가 느낀 묘한 기분의 원인을 알 수 있었다. 혜영의 말투 때문이었다. 혜민의 이야기를 하는 혜영에게서는 열등감 같은 것이 느껴졌다. 친한 친구였다면서 왜 그렇게 혜민에 대해 아니꼽다는 듯 말하지? 내 기색을 알아차리지 못한 듯 혜영이 말을 이었다.

"그런데 애들이 혜민이의 비밀을 알게 된 거예요."

"비밀?"

"네. 혜민이가 어릴 때 집에 강도가 들었대요."

"…."

"부모님이 걔를 큰방 장롱에 숨기고 두 분은 강도의 칼에 돌아가셨어요. 그러니까 걔는 장롱 안에 숨어서 부모님의 죽음을 지켜보면서 혼자 살아남은 거죠. …다들 부모를 잡아먹은 년이라고 재수 없다고 했어요."

물에 들어간 것처럼 귀가 멍멍했다. 혜영의 말이 반복해서 내 귓가에 울려 퍼졌다.

– 부모를 잡아먹은 년.

눈을 감았다. 피를 흘리며 죽어가던 엄마가 내게 말했다.

– 네 잘못이 아냐.

"괜찮아? 왜 그래?"

다운이 부르는 소리에 정신을 차려보니 나는 길 한가운데에 우두커니 주저앉아 있었다. 나는 현기증이 난다는 핑계를 대고 다운의 팔을 잡고 일어났다.

혜민을 향한 비난이 내게도 해당되는 것 같아서 마음이 쓰렸다. 눈물이 날 것 같았다.

"집에 강도가 든 것과 부모님이 돌아가신 것이 혜민이 탓은 아니잖아?"

혜민을 두둔해주는 말인 동시에 내가 내게 건네는 위로이기도 했다. 목소리가 나도 모르게 높아져 있었다. 내가 민감하게 반응하는 이유를 알아챈 다운이 내 등을 두어 번 쓸어주며 작게 귀띔했다.

"진정해. 너 지금 너무 격앙됐어."

떨리는 내 목소리에 당황한 혜영이 손사래를 치며 말했다.

"그것뿐만이 아니에요. 부모님이 돌아가시고 자기 오빠가 군대 간 사이에 작은아버지 집에서 살았는데, 걔가 그 집에 가자마자 작은아버지 사업이 망했대요."

혜영은 울먹이는 내 모습에 어쩔 줄 몰라했다. 연신 내 눈치를 살피며 불안한 듯 안절부절못했다. 감정을 추스르느라 말을 못하는 내 대신 다운이 혜영의 말을 받아주었다.

"그래서?"

"그 이야기가 아이들 사이에 퍼지면서 아이들이 혜민이를 따돌리기 시작했어요."

신체적 폭력을 가한 것은 아니라고 했다. 하지만 같이 놀던 아이들이 혜민이를 무리에 끼워주지 않으면서 아이들 사이에서 혜민이는 '은따'가 되었다고 했다. 무리로부터의 은근한 소외를 시작으로 아무도 혜민이와 말을 섞지 않는 날들이 계속되었다.

"하룻밤 사이에 혜민이의 신분이 바뀌었죠. 모두의 공주님에서 누구도 말 걸고 싶어 하지 않는 천민으로요. 혜민이랑 같이 앉고 싶어 하는 애는 아무도 없었어요."

또다시 미묘한 뉘앙스가 느껴졌다. 혜영의 목소리는 안타깝다기보다는 통쾌하다는 감정이 실려 있었다. 다운의 표정이 변한 것은 그때부터였다.

"넌 혜민이랑 친했다며? 혜민이가 혼자 있을 때 너는 뭐 했어?"

다운의 목소리는 명백히 비난조였다. 얘가 갑자기 왜 이러지. 당황한 내가 다운의 옆구리를 쿡쿡 찌르며 눈치를 주었지만 다운은 못 들은 체하며 혜영의 대답을 재촉했다.

"…맞아요."

잠시 말을 잇지 못하던 혜영이 울먹이며 대답했다.

"저는 사실 겁쟁이였어요. 혜민이를 두둔했다가 저도 왕따가 될까 무서

워서 혜민이를 모른 척했어요. 어떻게 보면 저도 혜민이를 왕따로 만드는
데 동조한 거예요."

혜영의 죄책감은 여기서부터 시작된 걸까. 친한 친구가 따돌림당하는 것
을 지켜만 보고 있었다는 죄책감이 혜영을 매일 밤 악몽에 시달리게 하는
지도 몰랐다. 나는 혜영에게 괜찮다고 말하며 다독였다.

"하지만 제가 친구가 되어준다고 해도 걔한테는 별 의미가 없었을 거예
요. 걔는 왕따 같지 않은 왕따였으니까요."

"그건 또 무슨 말이야?"

"학교 친구들에게 따돌림당하는 것만 빼면 혜민이는 여전했어요. 변함
없이 선생님들에게 사랑받았고 피팅모델 활동을 계속하면서 학교 밖의 사
람들과도 잘 어울렸죠. 뭐, 그래도 아마 속은 문드러졌을 거예요. 자기를
공주 대우해주던 친구들로부터 어느 날 갑자기 따돌림당하기 시작했으니
까요."

"그래서 자살한 거라고 생각해?"

다운의 말에 혜영은 냉큼 고개를 끄덕였다.

"토요일 오후였어요. 토요일은 3학년들만 오전 자습이 의무고 오후 자
습은 자율이거든요. 저는 친구들이 공부 좀 더 하다가 가재서 근처 식당
에서 밥을 시켜놓고 기다리고 있었어요."

"…"

"밥이 왔다기에 친구들과 같이 내려가는데 가방을 챙기던 혜민이가 저
를 부럽다는 눈빛으로 보던 게 생각나요. 그리고 그게 마지막이었어요."

혜민은 4층 교실에서 창문을 열고 뛰어내렸다고 했다. 시멘트 바닥이 아
닌 화단의 나무 위로 떨어진 혜민이는 온몸이 나뭇가지들에 관통당한 채
로 죽었다고 했다.

자살이라… 나는 내가 여태껏 본 자살귀들을 떠올렸다. 기숙사에서 강
간당해 자살한 여학생부터 평소 일상생활에서 스치듯 만난 자살귀들까
지…. 자살귀들은 죽을 때의 모습 그대로 나타나기 때문에 티가 난다. 사

체만 제대로 수습해 제를 지내주어도 본연의 모습으로 돌아가는 다른 영과는 달리 그들은 사체를 수습해주어도 본연의 모습을 좀처럼 찾지 못했다. 혜민이 정말로 자살한 거라면 온몸에 뚫린 상처들이 가득한 채로 우리를 찾았을 것이다. 하지만 우리가 본 혜민은 몸에 상처 하나 없는 말끔한 모습이었다. 나는 혜민이의 죽음에는 분명 다른 이유가 있을 것이라 확신했다.

'권두혁 형사님에게 재조사해달라고 부탁해야겠어.'

"악몽은 언제부터 꾸기 시작한 거야?"

다운의 질문에 나는 아차 하는 마음이 들었다. 혜민이에 관해 이야기를 나누다 보니 정작 혜영에 대해서는 잊고 있었던 거다.

"혜민이가 죽던 날 밤부터 계속이요…. 가위에 눌리기도 하고 꿈속에서 혜민이가 저를 노려보기도 해요. 다 왔어요. 저희 집이에요."

혜영이 걸음을 멈추었다. 나는 흠칫 놀라 현관문을 주시했다. 문 안에서 심상치 않은 기운이 느껴졌다. 혜영이 열쇠를 꺼내자 다운이 고개를 끄덕이며 긴장한 얼굴로 호주머니 안에서 부적 한 장을 빼 손에 쥐었다. 여차하면 집어던질 기세였다.

집은 세 식구가 살기에는 좁은 감이 없지 않았다. 남매가 살기에 부족할 것 없었던 혜민이네 집과는 정반대였다. 북쪽으로 난 창문은 해가 들지 않아 있으나 마나였고 볕이 들어오지 못하는 집 안에서는 방향제 냄새로는 감출 수 없는 퀴퀴한 곰팡내가 났다. 집 안에는 영들이 그득했다. 성불하지 않은 영들이 음기가 가득한 이곳을 찾아 들락날락하는 것 같았다. 크게 위험해 보이는 영은 없었지만 그 수가 꽤나 많은 것이 그냥 내버려 두기에는 찝찝했다. 잠시 뒤 다운이 안방에서 나오며 혜영에게 말했다.

"북향집이라 음기가 너무 강해. 영들이 딱 좋아하는 집이네. 너뿐만 아니라 부모님도 귀신 자주 보셨을걸?"

혜영의 얼굴이 더 어두워졌다.

"부모님은 귀신 같은 거 안 믿으셔요…. 그냥 헛것을 본 거라고만 말씀하셨어요."

"부모님께 이사 가자고 말씀드려. 계속 살다간 큰일 난다."

다운이 짧게 대꾸했다. 차가운 느낌이 묻어났다. 다운의 말에 혜영이 더더욱 기가 죽어서 작게 대답했다.

"집안 사정이 좋지 않아요. 저 입시 준비하는 것도 빠듯한 형편이라…."

다운이 한숨을 쉬고는 들고 있던 부적을 혜영에게 내밀었다.

"내일 우리 가고 나면 현관문 위에 붙여 놔."

비싼 거야, 하고 다운이 덧붙였다. 혜영이 고개를 꾸벅 숙이며 고마워했다.

"저 영들, 성불시켜야 하는 것 아냐?"

혜영이 화장실에 간 사이 내가 물었다. 다운이 대수롭지 않게 대답했다.

"오늘 밤은 좀 지켜보려고. 저 애를 괴롭히는 악몽의 원인이 저 잡귀들일지도 몰라."

집 안은 방 두 개, 거실 하나, 화장실 하나가 전부였다. 그마저도 혜영이 쓰는 작은 방은 방이라기보다는 창고에 가까웠다. 벽면의 찢어진 벽지 틈새로는 곰팡이들이 자라고 있었고 5월임에도 외풍이 들어 서늘했다. 혜영은 좁은 방 대신 거실에서 그림을 그리는 듯 거실에 이젤과 미술도구들이 놓여 있었다. 나는 거실 벽 이곳저곳에 걸려 있는 그림들을 찬찬히 구경했다. 스케치북 낱장을 찢어 벽면에 유리테이프로 붙여둔 그림들은 한 장 한 장 모두 액자에 담긴 채 걸려 있던 혜민의 그림들과 비교되어서 새삼스럽게 혜영의 집안 형편을 느끼게 했다. 대학 입시를 위한 전형적인 입시미술용 그림이 대부분으로, 주로 유화였던 혜민의 그림과는 느낌이 많이 달랐다. 물론 다른 것은 그것뿐만이 아니었다. 밝은색의 물감으로 발랄한 느낌을 주던 혜민의 그림과는 달리 혜영의 그림은 어두운색을 주로 써 우울하고 날카로워 보였다.

'다시 생각해도 이상해.'

혜민이가 어두운 분위기를 풍기는 애였다고? 혜민이는 내가 아는 어떤 사람보다도 밝은 아이였는데…. 사실 어둡기로 치면 혜영의 분위기가 더 어두웠다. 어딘가 기가 죽은 모양새 하며 소심한 성격… 우울해 보인다는 말은 혜영에게 어울리는 말 아닐까? 나는 손끝으로 부적을 만지작거리는 그녀를 바라보며 생각에 잠겼다.

혜영은 자는 것을 주저했다. 악몽을 꿀까 겁이 난다고 했다. 악몽을 꾸는 기색이 보이면 바로 깨우겠다고 내가 몇 번이나 약속을 한 뒤에야 그녀는 불안한 얼굴로 잠을 청했다. 혜영은 베개에 머리를 대자마자 몇 번 뒤척이더니 잠들었다. 그동안 악몽을 꾼 탓에 제대로 자지 못해 피로가 누적된 것 같았다.

혜영이 잠이 든 지 얼마 되지 않아서였다. 집 안 곳곳에 있던 영들이 혜영이 누워 있는 작은 방으로 몰려오기 시작했다. 순식간에 몰려든 그들은 혜영의 곁을 에워쌌다. 하나는 그녀의 목을 밟고 서 있고, 다른 하나는 배에 주저앉았다. 그녀의 양손과 양발은 물론, 몸 여기저기를 수많은 영들이 붙잡고 꼼짝도 못하게 만들고 있었다. 일부는 혜영의 몸속으로 쑥 들어갔다 나오기도 했다. 마치 놀이터라도 되는 양 그들은 혜영을 가지고 신나게 놀고 있었다. 영들의 얼굴에는 장난기가 가득했다. 잠결에 혜영이 괴로운 듯 몸을 뒤척였지만 머리를 제외하고는 영들에게 붙잡혀 꼼짝도 하지 못했다.

"말려야 하는 것 아냐?"

"잠깐만…."

악몽을 꾸면 깨워주기로 했는데…. 깨워야 하나 주저하는 나를 다운이 제지했다. 이윽고 혜영이 작은 신음소리를 내며 눈을 떴다. 잠이 덜 깬 초점 없던 눈이 순식간에 공포로 물들었다.

"헤… 혜민아!"

겁에 질린 눈동자가 사정없이 떨렸다. 당장이라도 도망치고 싶지만 가위에 눌려 있어 아무것도 할 수 없는 듯했다. 영들은 혜영의 공포를 먹고 더욱 강해졌다. 주변에 서 있던 영 하나가 혜영의 머리맡에 앉아 그녀의 눈꺼풀을 억지로 들어올렸다. 이제 혜영은 눈조차 마음대로 감고 뜨지 못했다. 할 수 있는 일이라고는 공포에 질린 얼굴로 자신의 목을 밟고 서 있는 영을 올려다보는 것뿐이었다.

"이제 그만…. 안 되겠어."

내가 다운의 손을 뿌리치고 혜영을 괴롭히는 영들을 향해 손을 뻗는 순간이었다.

"미, 미안해. 정말 미안해…. 나는 그냥… 겁만 주려고 했는데…."

혜영의 입에서 나온 말에 나는 깜짝 놀라 손을 거두었다. 혜영은 자신의 목을 밟고 있는 영을 향해 연신 잘못을 빌고 있었다.

〔네가 나를 죽였어.〕

영의 얼굴이 괴기스럽게 찢어졌다. 혜영은 고개를 저으려 했지만 얼굴을 꽉 잡고 있는 다른 영 때문에 그마저도 여의치 않아 보였다.

"아니야, 내가… 그랬을 리가…."

〔네가 그랬어!〕

영이 찢어지는 고음으로 소리를 질렀다. 혜영은 아무 말도 못 하고 눈물만 흘릴 뿐이었다. 그때였다. 다운이 그것들을 향해 힘껏 부적을 날렸다. 날아간 부적에 맞은 그것들은 눈 깜짝할 사이에 연기가 되어 사라졌다.

"언니…."

가위에서 풀려난 혜영이 울먹거렸다. 툭 건드리기만 해도 소리 내 엉엉 울 것 같았다. 다운이 차갑게 말했다.

"너, 우리한테 말 안 한 거 있지?"

다운의 말에 혜영이 겁에 질린 얼굴로 울음을 뚝 멈췄다.

"얼른 말해!"

다운이 소리쳤다. 다운이 큰소리를 내는 모습은 처음이었다.

"혜민이가 죽던 날, 너는 그 자리에 있었어. 그렇지?"

겁에 질린 혜영이 서서히 고개를 끄덕였다.

"죽이려고 한 건 아니었어요. 말다툼을 하다가…."

혜민이 죽은 토요일, 아이들은 배달 온 밥을 운동장에 펼쳐 놓고 점심을 먹고 있었다고 했다. 밥을 먹던 혜영은 화장실에 다녀오겠다며 학교 건물로 들어갔고 화장실에 가는 대신 교실로 올라가 혜민을 만났다고 했다.

"죽이려는 의도는 없었어요! 그냥… 경고를 해두고 싶었을 뿐이에요. 왕따인 주제에 그렇게 당당하게 굴지 말라고…."

"…."

그게 무슨 말이야? 왕따인 주제에 그렇게 당당하게 굴지 말라니? 혜영의 말이 도무지 이해가 가질 않았다.

"내가 왕따였을 때 걔는 나를 동정해서 늘 챙겨주는 척했어요. 나는 그게 너무 싫었어요. 적선 받는 거지가 된 기분이 들었거든요. 늘 걔는 내 위에 있다는 느낌. 정말 기분 더러웠어요."

"네가 왕따였다고?"

"옛날에요. 하지만 나는 더 이상 왕따가 아니고 이번에는 전혜민이 왕따였어요. 그래서 전혜민한테 묻고 싶었어요. 네가 동정하던 왕따의 입장이 되어보니 어떠냐고요."

"…."

"왕따면 왕따답게 주제를 알라고 했어요. 아무렇지 않은 척 고개 빳빳이 들고 다니지 말라고요. 그런데 걔가 날 보면서 웃더라고요. 내 마음이 불쌍하대요."

혜영이 혜민에게 가지고 있던 열등감은 생각보다 훨씬 더 컸다. 혜영은 끊임없이 분노를 쏟아냈다.

"내가 뭐가 불쌍해요? 나는 밥을 같이 먹고 함께 짝을 해주는 친구들이 있는데…. 왕따 주제에 뭔데 날 동정해…."

새까만 어둠이 혜영의 마음을 삼켜버린 것 같았다. 진짜 어두운 사람은 혜민이 아닌 혜영이었다.

"하나만 묻자."

다운이 물었다. 다운의 목소리는 금방이라도 폭발할 듯 부들부들 떨리고 있었다.

"너, 나한테 처음에는 혜민이와 친한 친구 사이라고 이야기했지. 그런데…."

"친했었죠."

혜영이 말을 끊었다.

"걔네 부모님이 돌아가시기 전에는요."

다운도 나도 할 말을 잃고 혜영의 다음 말을 기다렸다.

"아직 모르시겠어요? 전혜민, 전혜영. 우린 사촌이에요. 우리 아빠가 전혜민네 아빠와 형제라고요."

그렇다면… 철민 씨가 군대에 있는 동안 혜민이가 맡겨졌다던 작은아버지네 집이 바로 혜영이네 집이었던 거다. 그리고 혜영이가 한 말에 따르면 혜민이가 온 뒤로 혜영의 아버지 사업은 망했고 말이다.

"네가 말했지. 혜민이의 비밀이라는 것들."

"네."

이제는 숨길 것도 없다는 듯 혜영이 선뜻 긍정했다.

"전혜민이 온 뒤로 아빠 사업이 망해버렸어요. 순식간에 빚더미에 올랐죠. 근데 걔는 부모도 잡아먹은 전적이 있는 애니 걔 때문에 재수가 없어졌다고 생각하는 게 당연한 거 아니에요?"

"무슨 그런…."

"그래서 아빠가 걔를 좀 때린 건 사실이에요. 그렇지만 그건 과거잖아. 우리 집 어려운 거 뻔히 알면서, 가까이 살면서 걔네 오빠는 한 번도 우리를 도와줄 생각도 않았죠."

들으면 들을수록 가관이었다. 작은아버지에게 학대당한 불행한 어린 시절을 뒤로하고 혜민이는 그렇게 명랑했던 거다. 새삼 혜민이가 대단하다고 느껴졌다.

"나는 걔가 혼자 부잣집 공주님 행세하는 게 싫었어요. 그래서 아이들에게 모든 걸 말했죠. 효과는 빨랐어요."

"…."

"다들 아닌 척해도 잘난 체하던 전혜민이 속으로는 아니꼽고 싫었던 거예요. 그래서 왕따가 된 거고요."

혜영의 비뚤어진 마음이 눈에 보이는 것만 같았다. 할 말이 없었다.

"전혜민이 왕따가 된 순간 나는 왕따에서 풀려났어요. 그때 처음으로 전혜민이 고마웠죠."

혜민이 혜영에게 마음이 불쌍하다고 했던가? 혜민이 왜 그런 말을 했는지 이해할 수 있었다. 열등감과 자격지심, 못된 생각들에 혜영의 마음은 완전히 갉아먹혔다. 혜영의 마음이 정말로 불쌍했다.

"이성을 잃은 내가 걔를 창문가로 밀었어요. 그런데 창틀이 부서지면서 창문과 함께 아래로 추락해버렸어요. 쿵하는 소리에 아이들이 달려오는 것이 뻥 뚫린 벽으로 보였죠."

"…."

"그대로 화장실로 가서 오랫동안 손을 씻었어요. 한참 뒤에 나와서는 화장실에 있어서 아무것도 못 들었다고 말했어요."

"자수해!"

다운이 이성을 잃은 듯이 소리쳤다.

"시, 싫어요."

다운이 혜영을 때릴 듯 손을 높이 치켜 올렸다. 진짜 때릴 것 같아서 내가 다운을 손을 잡았다.

"내가 이야기할게."

나는 혜영의 눈을 가만히 바라보며 조용히 말했다. 화를 내지도, 흥분하지도 않았다.

"혜민이가 그러는데, 네가 자수하지 않으면 앞으로도 계속 네 꿈에 나와 너를 괴롭힐 거래. 네가 죽을 때까지."

혜영이 덜덜 떨기 시작했다. 상상만 해도 끔찍하다는 듯 고개를 저었다.

조금 전 당당하게 자신의 죄를 고백하던 모습과는 사뭇 상반된 모습이었다.

"그건… 그건 싫어요."

"그럼 자수해. 경찰서에 같이 가줄게."

"…무서워요."

혜영의 기어들어가는 말에 나는 속으로 실소했다 감옥에 가는 것이 무서운 애가 그런 무서운 짓은 어떻게 벌인 걸까. 어이가 없었다. 4층 창문에서 떠밀려 떨어진 혜민은 얼마나 무서웠을 것 같아? 목구멍까지 올라온 말을 애써 꿀꺽 삼킨 나는 다시 입을 열었다.

"지금은 밤에 악몽으로 나타나는 정도로 그치지만 나중에는 더 자주 나타날 거야. 곧 꿈이 아닌 현실에서도 혜민이의 영을 보게 될 거야. 살아도 사는 게 아닐걸."

혜영이 겁에 질려 덜덜 떨었다. 날이 밝자마자 우리는 경찰서로 향했다. 혜영은 자수했다.

* * *

혜민이의 죽음이 언론에 재조명되었다. 학교 측이 혜민이의 죽음 뒤에 '왕따 사건'이 숨어 있었다는 사실을 필사적으로 숨겨서 언론에는 그저 사촌 간의 사소한 다툼이 만들어낸 우발적 살인사건으로 보도되었다. 씁쓸했다. 혜영은 혜민이를 죽인 살인자다. 그 점은 부정할 수 없는 사실이다. 그리고 그녀는 자신의 죄에 대한 대가를 감옥에서 치르게 될 것이다.

그러나 혜영 역시 가해자인 동시에 피해자였다. 혜영을 왕따시킨 가해자들은 지금도 평범한 일상을 누리고 있다. 그 점이 못내 내 마음을 불편하게 했다. 언젠가 벌을 받을 거다. 이생에서 벌을 받지 않는다면 죽어서 그 대가를 꼭 치를 거다. 나는 스스로를 다독였다. 마음이 불편한 것은 다운도 마찬가지였다. 오히려 다운은 나보다 더했다.

"좀 나갔다 올게요."

며칠째 분위기가 심상치 않던 다운이 점심을 먹다 말고 벌떡 일어나 사무실을 뛰쳐나갔다.

"쟤 왜 저래? 비 오는데 우산도 없이."

사장님이 황당하다는 듯 중얼거렸다.

"얼른 따라가 봐."

요한 씨가 사무실 한편에 놓인 우산꽂이를 가리키며 말했다. 잠시 망설이던 나는 우산꽂이에서 우산 두 개를 꺼내들고 다운이 간 곳을 따라 뛰었다.

다운이 향한 곳은 혜영이 살던 동네였다. 다운은 집 근처 골목을 돌며 곳곳에 있던 영들을 부적으로 제압했다.

"조다운. 뭐하는 거야?"

소멸시키는 것도 아니고 성불시키는 것도 아니었다. 순식간에 십수 마리의 영을 잡은 다운은 영들을 끌고 성큼성큼 걸어 동네를 빠져나왔다.

나는 다운의 괴이한 행동을 이해할 수가 없었다. 뭘 하려는 거야? 영들을 가지고? 어디 가서 한 번에 성불시키기라도 하려는 걸까? 다운이 비를 맞지 않도록 다운의 머리에 우산을 씌워주며 걷던 나는 곧 다운의 의도를 알아챘다. 다운은 지금 혜영과 혜민이 다니던 고등학교를 향해 걷고 있었다.

"야, 너 지금… 그 영들 학교에 풀어놓으려는 거야?"

얘가 미쳤나. 안 하던 짓을 해. 나는 기겁을 하고 필사적으로 다운의 팔을 잡아 세웠다.

"야, 이런 짓 하면 안 되는 거 알지? 그리고 귀신들을 네 마음대로 부릴 수 있는 것도 아니고…. 역효과만 날 뿐이야. 진짜 이거 말도 안 되는 방법이야. 황당하기 짝이 없는…."

"나도 알아. 소용없다는 거."

다운이 자리에 우뚝 섰다. 다운의 바로 뒤를 따라다니며 우산을 받쳐주던 나는 다운의 등에 이마를 부딪히고 말았다.

"이런 짓이라도 안 하면 내가 마음이 편하지 않아서 그래…."

우산 아래 다운의 얼굴은 물기로 가득 젖어 있었다.

"영안이 트이면서 그전까지는 보지 못한 것들을 봤어. 신을 받게 되면서 부터는 남들이 보지 못하는 미래까지 보게 됐지."

"…."

"그게 내가 중학교 3년 내내 왕따를 당한 이유였어."

다운이 혜영을 향해 이성을 잃고 소리를 지르던 모습과 혜영을 제외한 다른 아이들은 처벌 받지 않는다는 이야기에 분노하던 모습들이 스쳐지나 갔다. 다운이 왜 그렇게 힘들어했는지 이제야 알 수 있었다. 다운도 한때 왕따의 피해자였던 거다.

"혜영이는 벌을 받는다고 쳐. 그런데 다른 애들은? 걔네가 애초에 혜영 이를 따돌리지 않았으면 혜영이가 혜민이를 왕따로 만들었을까? 원인 제 공자는 걔네들이야."

다운이 울부짖었다. 우는 다운의 모습은 스물다섯 살이 아닌 열네 살, 갓 중학생이 된 소년처럼 작아 보였다. 나는 움츠러든 다운의 등을 조심스 럽게 끌어안았다. 머리 위로 비가 떨어졌지만 개의치 않았다.

"너도 혜민이 성격 알지? 걔가 너한테 자기 왕따 당했으니까 복수해달라 고 말했어? 그런 거 아니잖아. 이미 죽었으니 아무 상관없다고 미련도 없 이 훨훨 날아간 애잖아."

"…."

"이유 없이 남을 미워하는 사람은 그런 못된 마음으로는 절대 잘될 수 없어. 네가 지금 복수하지 않아도 걔네들한테는 곧 힘든 일이 닥칠 거야. 그게 언제가 되든 말이야."

다운은 말이 없었다. 울고 있는 다운의 등을 한참 동안 토닥여주었다.

전조

벌써 5시 55분이다. 나는 창문 너머 밖을 바라보며 기지개를 크게 켰다. 해가 정말 많이 길어졌다. 아직도 훤한 바깥에 새삼 놀라며 나는 의자에 걸어놓은 가방을 집어들었다. 짐을 챙기기 위해서였다. 6시 땡 하면 집에 가야지. 집에 가서 할 일이 있는 것은 아니지만 아무렴 어때. 칼퇴근은 직장인의 당연한 권리지! 나는 아침에 출근하자마자 책상 위에 꺼내놓았던 파우치며 핸드폰 배터리 따위를 집게손가락으로 조심스럽게 들어 부스럭거리는 소리가 들리지 않게 가방 안으로 집어넣었다. 사무실용 슬리퍼를 벗어 오늘 아침 신고 온 구두로 갈아 신은 뒤 가방을 팔뚝에 걸쳤다. 컴퓨터가 꺼진 것을 확인한 나는 마지막으로 시간을 확인하기 위해 벽에 걸린 시계를 향해 고개를 돌렸다.

"깜짝이야!"

사장님이 내 바로 앞에 서 있었다. 파티션 너머로 나를 내려다보는 사장님과 눈이 마주친 나는 죄를 지은 사람처럼 깜짝 놀라고 말았다. 소리도 없이 언제 와 있었던 거야.

"놀라긴."

나와 눈이 마주친 사장님이 슬쩍 시선을 돌리며 말했다. 나는 놀란 가슴을 쓸어내리며 물었다.

"뭐, 시키실 일 있어요?"

시킬 일 있어도 참았다가 내일 시키면 좋겠는데. 입 밖으로 나오려는 속말을 애써 꿀걱 삼키는 순간 사장님이 차 열쇠를 들어 보이며 말했다.

"너희 집 근처에 약속이 있어서 가려는 참인데, 너 지금 퇴근하면 데려다주고."

사장님이 데려다주신다고? 차로? 뜻밖의 말에 나는 반색을 하고 벌떡 일어났다.

"감사합니다! 얼른 가요!"

퇴근길의 만원 지하철을 타야 한다는 생각에 벌써부터 지치던 참이었다. 오늘은 편하게, 그리고 빠르게 집에 갈 수 있겠다는 생각에 마음이 들떴다.

"먼저 퇴근할게요! 다들 내일 봬요."

사장님을 제외한 세 남자에게 인사를 한 뒤 가방을 고쳐 메고 사무실을 나왔다. 사장님이 반걸음 뒤에서 나를 따라오며 물었다.

"짐은 안 챙기고?"

"미리미리 다 챙겨뒀죠."

"어쭈, 근무시간에 하라는 일은 안 하고 집에 갈 준비를 해?"

"제가 너무 유능해서 일을 빨리 끝낸 거라는 생각은 혹시 안 해보셨어요?"

"하여간 한마디도 지지 않아. 내가 사장이라는 자각은 하고 있는 거야?"

"당연하죠. 저한테 월급 주시는 분이잖아요."

꽃뱀을 처리하기 위해 사장님과 술집에서 간 것도 한 달 전의 이야기가 되어버렸다. 그날 이후로 한동안 내게 데면데면하게 굴던 사장님은 시간이 지나면서 서서히 예전으로 돌아왔다. 하지만 내 눈을 피하는 시선만큼은 그대로였다. 뭔가 시선이 느껴져서 사장님을 쳐다보면 나를 보고 있던 사장님이 모른 척 고개를 돌리는 거다. 뭐, 이것도 시간이 지나면 괜찮아지겠지. 복잡하게 생각할 것 없어, 공누리. 나는 조수석에 앉아서 안전벨트를 채웠다.

차 안에는 사장님이 뿌리는 향수처럼 시원한 방향제 냄새가 은은하게 풍겼다. 사장님이 차 시동을 걸고 부드럽게 핸들을 돌렸다. 차가 움직이기 시작했다.

"집에 가면 뭐하냐? 밥은?"

"집에 가면 씻고 텔레비전 보다가 자죠. 밥은…."

아침에 다 먹어서 밥 새로 지어야 하는데… 반찬은 뭘 해 먹는담. 배가 그렇게 고프진 않은데 그냥 굶어? 내가 고민하는 사이 사장님이 말했다.

"나 약속 시간이 어차피 저녁 이후야. 같이 저녁 먹자."

"그래요? 잘됐다. 저희 집 근처에 맛있는 닭갈비집이 하나 있거든요. 사장님 닭갈비 좋아하세요?"

"응."

사장님이 고개를 끄덕였다. 저녁 메뉴가 정해지자 갑자기 배가 고프기 시작했다. 한동안 바깥 풍경을 바라보며 입맛을 다시던 내가 문득 말했다.

"근데요, 사장님."

"응."

운전 중인 사장님이 정면에 시선을 고정한 채 대답했다.

"우리 꼭 데이트하러 가는 거 같지 않아요?"

퇴근해서 집에 데려다주고, 저녁도 같이 먹고. 딱 데이트네요. 나는 말을 하면서도 농담이라는 듯 웃었다.

물론 내 질문에 노림수가 없다면 거짓말이다. 내가 이렇게 말하면 사장님이 어떤 반응을 보일까 하는 생각에 일부러 던진 말이었다. 나는 백미러 너머로 사장님의 얼굴을 힐끔힐끔 살폈다. 사장님의 반응은 상상 이상이었다.

"데, 데이트는 무슨!"

사장님의 목소리가 대번에 커졌다. 말까지 더듬는 것이 어지간히 부정하고 싶은 듯했다. 강한 부정은 강한 긍정이라던데. 지금 상황이 해당되나? 슬쩍 곁눈질하니 인상을 잔뜩 찡그린 사장님의 얼굴이 보였다. 화가 나서라기보다는 수줍어서 그런 것 같다면 그건 내 망상일까.

"아…. 나하고 데이트하는 게 싫구나."

나는 상처받은 척 일부러 고개를 푹 숙이고 작게 대답했다. 사장님의 반응이 귀여워 놀려주고 싶은 마음이 들었기 때문이다. 내 힘없는 목소리에 사장님이 안절부절못하는 것이 느껴졌다.

"아니, 그게 아니고!"

"아니에요. 저랑 데이트하기 싫으실 수도 있죠. 이해해요."

벌어진 입술 틈새로 웃음이 간질간질 나올 것만 같아 나는 허벅지를 꼬집어야 했다. 마침 차가 신호에 걸렸다. 하얀 정지선 앞에 차를 세운 사장님은 고개를 돌려 나를 똑바로 바라보며 비장하게 말했다.

"하자, 데이트. 우리 오늘 데이트하는 거야."

사장님의 눈동자 속에 비친 나는 사장님을 보며 웃고 있었다. 입가가 너무 간지러워서 웃지 않고는 참을 수가 없었다.

"네. 데이트해요, 우리."

사장님이 나를 이렇게 똑바로 쳐다본 게 정말 오랜만이라는 걸 알고는 있을까. 나는 데이트라는 말에 힘을 주어 대답했다. 사장님에게 이렇게 귀여운 면이 있다는 건 나 말고 아무도 모르겠지. 어느새 목덜미까지 발개진 사장님의 모습을 나는 몰래몰래 훔쳐보며 웃었다. 데이트하러 갑시다, 귀여운 사장님.

"너 오늘 점심으로 짜장면 곱빼기 혼자 다 먹는 거 내가 봤는데."

사장님이 질린다는 얼굴로 고개를 절레절레 저었다.

"그게 뭐 어때서요. 그땐 점심이고 지금은 저녁이잖아요."

"한 사흘 밤낮은 굶은 애처럼 닭갈비를 먹기에…."

"저 집이 원래 양이 좀 적은 편이에요. 둘이 3인분 정도는 먹어줘야 배가 부르죠."

"저게 양이 적다고? 걸신이라도 들린 거 아냐?"

사장님이 진심으로 걱정된다는 얼굴로 말했다. 나는 사장님의 말을 한 귀로 듣고 흘리며 입안에서 굴리고 있던 박하사탕을 으적으적 씹었다.

"벌써 8시 반이에요. 사장님 약속은 언제예요? 바쁘시면 저 안 데려다 주고 가셔도 되는데."

주말도 아니고, 내일 출근하는 사람이 무슨 약속을 이렇게 늦게 잡았담. 사장님이 괜찮다는 듯 손사래를 치며 대답하고는 우리 집 쪽으로 함께 걷기 시작했다.

"9시 약속이라 시간 넉넉해. 걱정 마."

"누구 만나시는데요?"

앗, 이건 너무 오지랖 넓은 발언이었나. 나는 질문을 던지고는 찔끔해서 사장님의 눈치를 살폈다. 사장님은 다행히 별로 신경 쓰지 않는 듯 순순히 대답했다.

"초등학교 동창."

"와, 대단하다. 초등학교 동창이면 엄청 오랫동안 알고 지낸 사이네요?"

"뭐… 그런 셈이지."

"남자예요? 아님 여자?"

"여자… 아니, 남자."

질문이 거듭될수록 사장님이 난처한 얼굴을 하는 바람에 나는 질문을 그만두었다. 어느새 해가 져 어둑어둑했다. 골목길 곳곳에 서 있는 가로등 아래로 말없이 걸었다. 집이 가까워질수록 나도 모르게 걸음이 느려졌다. 사장님 역시 내 속도에 맞추어 느리게 걸었다. 사장님의 오른손이 내 왼손에 자연스럽게 살짝 스치기를 반복했다. 손이 닿을 때마다 가슴 한편이 간질간질했다.

손 잡아주면 좋겠는데.

내 마음을 알기라도 하듯 사장님의 손이 내 손에 닿아 있는 시간이 점점 길어졌다. 걸음에 맞추어 흔들리는 팔을 따라 손이 잠깐 떨어졌다가 다시 길게 닿았다. 마침내 사장님이 내 손을 덥석 잡았다. 얼굴로 피가 몰리는 기분과 함께 아찔한 감각이 머릿속을 스쳤다. 쿵쿵 뛰는 심장 소리가 사장님에게까지 들릴 것만 같았다. 손에 땀이 나는 것 같아 신경이 쓰였다. 하지만 손을 빼고 싶지는 않았다.

"…."

그때였다. 어디서 왔는지 모를 불쾌한 감각이 내 몸을 스멀스멀 감싸기 시작했다. 설레던 기분도 잠시, 소름 돋는 느낌에 나는 온몸을 긴장시키고 주변을 살폈다. 내 바로 앞에 세 명의 영이 보였다. 그들의 모습을 본 나는 하마터면 주저앉아 소리를 지를 뻔했다. 이제까지 본 영들 중에 가장 무섭게 생긴 모습이었다. 괴담 속에 나오는 무서운 귀신을 모두 합쳐놓은 것 같은 얼굴이었다. 눈은 '자유로 귀신'처럼 뻥 뚫려 까만 구멍이 나 있었고 입은 귀 밑까지 쭉 찢어져 '빨간 마스크'를 떠올리게 했다. 까만 머리카락은 발끝까지 내려와 있었고 흰 소복치마 아래로는 뼈만 앙상한 발이 보였다. 전체적으로 뼈만 남은 앙상한 몸이었지만 배는 임산부처럼 불룩해 더 괴기스러웠다.

나를 더 경악하게 한 것은 셋 모두 엄청나게 까만 기운을 가지고 있다는 거였다. 악귀 중에서도 센 축에 속해 보였다. 그들은 하나같이 내게 적의를 드러내고 있었다. 나는 사장님과 잡고 있던 손을 뿌리치다시피 급하게 놓고는 주머니에 든 부적을 꺼냈다. 사장님이 당황한 얼굴을 했지만 신경 쓸 틈이 없었다. 부적은 한 장뿐이었다. 겁이 덜컥 났다. 어떡하지? 이 부적으로 영을 해치울 수 있을까? 셋을 모두 해치우는 건 절대 불가능하다. 아니, 하나라도 제대로 처리할 수 있을지 의문이었다. 내가 무서워한다는 것을 눈치챈 세 악귀는 나를 빙 둘러싸고는 금방이라도 달려들 듯 으르렁거렸다.

"왜 그래?"

사장님이 나를 보며 의아하다는 듯 물었다. 세 악귀의 목표는 처음부터 나였던 듯했다. 사장님의 몸을 그대로 통과한 채로 악귀들은 나를 둘러싸고 있었다.

"여기에 악귀가 있어요. 저 혼자서는 힘들 것 같아요."

'사무실 사람들한테 연락 좀 해주세요'라는 말은 굳이 덧붙이지 않았다. 내가 악귀가 있다고 말하자마자 사장님이 바로 핸드폰을 꺼내들었기 때문이다. 그리고 그와 동시에 정면에 있던 악귀가 나를 향해 달려들었다. 나는 급한 대로 그것을 향해 들고 있던 부적을 집어던졌다. 키에에엑 하는 손톱으로 칠판을 긁는 것 같은 불쾌한 소음과 함께 악귀가 그대로 소멸했다. 남은 악귀는 둘. 숫자는 줄었지만 두려움은 더 커졌다. 하나 있던 부적을 써버렸으니 나를 지켜줄 것이 아무것도 없다는 생각이 들었다.

"애들 지금 바로 온대. 영과 이야기를 하든 뭘 하든, 어떻게든 시간 좀 끌어보라는데?"

전화를 마친 사장님이 다급하게 말했다. 무슨 이야기를 해. 이 악귀들이 왜 이러는지 영문조차 모르고 공격을 받고 있는데. 하지만 길게 생각을 하고 있을 틈이 없었다. 나는 그들의 뻥 뚫린 눈에 시선을 맞추려 애쓰며 차분하게 목소리를 냈다.

"이야기가 하고 싶어서 나를 찾아온 거야?"

[…]

"들어줄게, 너희들의 이야기를. 응? 말해 봐. 무슨 일이야."

[…]

막무가내였다. 그들은 간절히 대화를 시도하는 내 얼굴을 보고 킬킬 웃기만 할 뿐 아무 반응도 보이지 않았다. 그들이 웃을 때마다 귀까지 찢어진 입꼬리가 기괴하게 움직였다.

"원하는 게 뭐야?"

[…죽어.]

대화는 여기까지가 한계라는 것을 나는 짐작했다.

도망칠까? 어디로? 다운이나 강준 씨, 요한 씨가 있는 곳까지? 아니, 그들이 오기도 전에 나는 악귀들에게 잡히고 말 거다. 무서웠다. 이제껏 수많은 악귀들을 상대하면서 이렇게 죽음을 가깝게 느끼기는 단언컨대 처음이었다. 내가 어찌할 바를 모르고 주저하는 사이 영들은 팔을 쭉 뻗은 채 내게로 다가왔다. 피가 말라붙은 긴 손톱들이 금방이라도 내 목을 파고들 것 같았다. 나는 눈을 꼭 감았다. 무서웠다. 무서워서 소리조차 지를 수 없었다. 온몸이 얼어붙은 것처럼 옴짝달싹할 수가 없었다.

이윽고, 귓가에 익숙한 소리가 들려왔다. 무언가가 끊어지는 것 같은 소리. 팔찌가 투둑투둑 뜯어지는 소리였다. 눈으로 보지 않아도 짐작할 수 있었다. 나를 죽이려 들었던 악귀들은 팔찌의 힘에 의해 소멸했을 거다. 나는 조심스럽게 팔목을 어루만지며 상념에 빠졌다. 팔찌는 이번에도 군데군데 뜯어지기만 했을 뿐, 이번에도 끊어지지 않고 내 팔에 걸려 있었다. 아직도 망가질 데가 남았나. 너도 참 질기게도 내 팔에 붙어 나를 지켜주는구나.

"누리야. 괜찮아?"

사장님의 목소리에 나는 눈을 번쩍 떴다. 예상대로 악귀는 깔끔하게 사라진 상황이었다. 다리에 힘이 풀려 그대로 주저앉으려는 나를 사장님이 받쳐주었다.

"끝났어?"

"네. 다 소멸했어요. 와, 살다 보니까 이런 경험을 다 하네. 되게 당황스럽네요, 지금."

아무리 악귀라지만 아무 연관도 없는 나를 이렇게 죽이려고 달려들어도 되는 거야? 내가 그렇게 못되게 살았나? 왜 나를 공격한 거지? 처음부터 사장님에게는 관심도 없이 오직 나를 향해 달려들었다. 그냥 우연히 내가 공격 대상이 된 건가? 내가 만만해 보였나. 억울한 일이 있으면 말을 하지. 그럼 내가 성불할 수 있게 도와줬을 텐데. 다짜고짜 공격이라니, 하마터면….

"죽을 뻔했잖아."

내가 속으로 생각하고 있는지, 입 밖으로 소리 내 말하고 있는지도 모르겠다. 그저 쉴 새 없이 아무 말이나 떠들었다. 긴장이 서서히 가시자 피로

와 함께 졸음이 몰려왔다. 얼른 집에 가서 쉬어야겠어. 나는 비틀비틀 자리에서 일어났다. 함께 일어난 사장님이 나를 부축하며 입술을 깨물었다.

"사장님, 왜 그런 표정을 하세요."

"아무것도 아니야."

"뭐야, 겁먹었어요? 어차피 사장님은 귀신 못 보잖아요."

겁먹은 건 난데. 왜 사장님이 나보다 더 무거운 표정을 해요. 나는 분위기를 풀어보려 애써 장난스럽게 웃었다.

"미안해."

사장님은 여전히 무거운 얼굴로 내게 사과했다.

"뭐가…."

"네가 혼자 싸우게 해서 미안해. 아무 도움이 못 된 것도 미안해."

심장이 쿵 내려앉았다. 사장님의 진심 어린 사과에 나는 아무런 대답도 할 수 없었다.

* * *

"저 이제 괜찮아요. 사장님 약속 있잖아요. 가보셔도 되는데."

"괜찮아. 취소했어."

사장님이 바닥에 앉아 리모컨으로 텔레비전 채널을 돌리며 무심하게 말했다. 조금 전부터 몇 번이나 괜찮다고 말했지만 사장님은 요지부동이었다. 혼자 있으면 무서울 테니 함께 있어주겠다는 사장님의 호의가 고맙지 않은 것은 아니다. 사장님 말마따나 아무도 없는 집에 혼자 있으면 조금 전 본 악귀의 무시무시한 모습이 1초에 한 번씩 떠오를 게 뻔했다. 하지만 사장님이 언제까지고 여기에 있을 수는 없다. 당장에 갈아입을 옷조차 없는 데다 덮고 잘 이불 또한 변변치 않으니 자고 갈 수도 없는 노릇이다.

"오늘 여기서 주무시기라도 하게요? 그럴 거 아니면 지금 가시나 나중에 가시나 매한가지…."

"자고 갈 건데? 내일 아침에 같이 출근해."

이 사장님이 진짜. 평소에는 눈치가 귀신같은 사람이 오늘은 일부러 그러는 건지 영 내 의도를 못 알아채고 눈치 없이 군다.

"그 옷 입고 자기에는 불편하실 텐데요."

"괜찮아. 안 그래도 다운이한테 오면서 추리닝 바지 하나 사 오라고 문자 보내놨어."

"옷은 그렇다 쳐도 저희 집엔 덮고 잘 이불도 없고요."

"저번에도 한 번 자봤잖아. 그때도 괜찮았으니 이번에도 괜찮아."

도저히 말로는 이길 수가 없다. 어휴, 난 몰라. 사장님 마음대로 하세요! 나는 마침내 백기를 들고 말았다. 그때였다. 쿵쿵하고 현관문을 두 번 두드리는 소리가 들렸다. 평소라면 아무것도 아닐 소리였지만 조금 전의 일로 한껏 예민해진 나는 깜짝 놀라 작게 비명까지 지르고 말았다.

"엄마야!"

"괜찮아. 다운이가 온 걸 거야."

걱정스러운 얼굴로 나를 보는 사장님의 시선에 머쓱해지고 말았다. 에이씨, 내가 괜히 오버해가지고…. 속으로 후회하며 현관으로 가 문을 열었다. 문을 열자마자 보인 것은 걱정스러운 얼굴의 강준 씨와 화가 잔뜩 난 얼굴의 다운이었다.

"내가 이 동네 기운 안 좋다고 저번부터 말했지."

다운이 언성을 높이며 집 안으로 성큼성큼 들어왔다. 깜짝이야. 동네 사람들 다 깨우겠네. 나는 급히 현관문을 닫고는 다운을 따라 집 안으로 들어왔다.

"요한이 형은 같이 안 왔어?"

"형하고 누리 가고 나서 얼마 안 돼서 일 있다고 먼저 퇴근하셨어요. 경황이 없어서 연락은 따로 안 했고요."

사장님의 물음에 강준 씨가 대답했다. 강준 씨의 어깨에 매달려 있던 수호용이 내 품으로 날아와 반갑다는 듯 애교를 부렸다.

"더 이상 말할 것 없고. 이사해. 이 동네 기운이 너무 안 좋아. 음기가 지난번보다 더 강해진 느낌이야."

"안 그래도 슬슬 이사 갈 집 알아볼 생각이었어."

내가 순순히 고개를 끄덕이자 그제야 다운이 찡그리고 있던 얼굴을 조금 풀었다.

"어떻게 된 일이야? 악귀들이 너를 공격했다고?"

강준 씨가 물었다.

"사장님이랑 근처에서 저녁 먹고 집에 가는데 요 앞 골목길에서 악귀 셋이 저한테 갑자기 달려들더라고요."

"그래서?"

"다운이가 써준 부적을 혹시나 해서 항상 들고 다니거든요. 악귀 하나는 그걸로 처리했고, 나머지 둘은… 팔찌가 해결해줬어요."

"그게 무슨 말이야? 팔찌가 해결해주다니?"

강준 씨의 말에 나는 어깨를 으쓱했다.

"악귀들이 저를 공격할 때마다 팔찌가 악귀를 쳐낸다고 해야 하나? 딱 무어라고 상세하게 설명할 수는 없는데, 그런 게 있어요."

여전히 알 수 없다는 얼굴을 한 강준 씨와는 달리 다운은 짐작하는 바가 있는 듯 고개를 끄덕이며 입을 열었다.

"왜, 누리 처음 왔을 때 한 번 이야기한 적 있잖아요. 기숙사 의뢰, 기억 안 나요? 강간당해서 자살했던 악귀가 누리를 공격하려고 하는데 팔찌가 번쩍 빛을 내면서 보호막을 쳤다고."

"팔찌가 보호막을 쳐?"

제삼자의 눈으로 봤을 때는 그런 모습이었구나. 내가 느끼는 건 팔찌가 진동하는 것 정도인데. 나는 새삼 신기해져서 되물었다.

"그래. 네 몸에 닿은 악귀는 그대로 소멸해버렸었어."

"…그렇다고 하네요. 아마 오늘도 그랬을 거예요."

사람들의 시선이 팔찌를 향했다. 특히 강준 씨가 내 팔찌를 유심히 살펴는 것이 느껴졌다.

"네 팔찌에 그런 능력이 있다고? 그럴 리가 없는데. 그 팔찌는 그저 영력을 억제하는 것뿐이야."

"저도 자세한 건 몰라요. 아시잖아요."

내가 이 팔찌에 대해 알아보려고 얼마나 노력했는지는 회사 사람들 중 강준 씨가 제일 잘 알 것이다. 물론 알아낸 것은 아무것도 없지만 말이다.

"보시다시피 저는 지금 멀쩡해요. 그게 오늘 사건의 전부예요."

"귀신도 누울 자리를 보고 발을 뻗거든?"

다운이 대뜸 알 수 없는 말을 했다.

"응?"

"귀신이 기가 약한 사람들한테만 보인다는 이야기가 그냥 나온 말이 아니야. 잡귀들은 기운이 약한 사람들, 다시 말하자면 만만한 상대한테 주로 들러붙어 괴롭히지."

"그럼 그 악귀들이 내가 만만해 보여서 공격한 거라고?"

내가 어디 가서 만만해 보인다는 소리를 듣고 다니는 사람은 아닌데 말이다. 나는 얼빠진 목소리로 되물었다.

"내가 기가 약해?"

"전혀."

다운이 단호하게 고개를 저었다.

"그러니까 이상하다는 거야. 너는 기도 세고 영력도 강해. 특히나 네 영력을 억제하고 있던 팔찌가 끊어지기 시작하면서 드러나는 네 영력은 정말 어마어마할 정도야."

"…."

"영들도 네 기운을 느낄 거야. 네가 얼마나 강한지는 우리보다 그들이 더 잘 알걸. 고양이 영들은 네게 성불시켜달라고 몰려들기까지 했었지. 정말 이상해. 왜 너를 공격한 거지? 단순히 그들이 있던 곳에 네가 간 걸까? 아니면… 그들이 너를 찾아 온 걸까? 뭔가 다른 이유가 있나?"

"야아…. 그렇게 심각하게 몰고 가지 마. 나 무서워지려고 그래."

내가 팔뚝을 슥슥 문지르며 말했다.

"네 말대로 이 동네 터가 안 좋아서 악귀가 있었던 거겠지. 나는 지나가다 재수 없게 마주친 거고 말이야. 그러니까 걱정 마. 별 일 아닌데 괜히 불러서 걱정하게 해서 미안해."

"조심해. 우연이라면 다행이지만 행여 다른 악귀들이 또 나타나서 너를 공격할 가능성도 없지는 않아."

이게 조심해서 피할 수 있는 문제냐고 항변하고 싶었지만 그랬다간 다운의 잔소리가 더 길어질 것 같아 나는 고개만 두 번 끄덕였다. 이제까지 내가 만났던 악귀들은 검은 기운을 가지고 있기는 했어도 대화를 나눌 수는 있었다. 그들은 악귀가 된 데에 나름의 이유를 가지고 있었고 그 이유는 주로 생전에 겪었던 어떤 일들이었다. 그래서 나는 그들을 '악귀' 그 자체가 아닌 '한때 인간이었던 영혼', 즉 인간의 연장선상에서 생각했고 그렇게 그들을 대했다. 그런데 오늘 만난 악귀들은 달랐다. 대화 자체가 성립되지 않았다. 유일하게 그들이 내게 한 말이라고는 단 한마디. '죽어'라는 말뿐이었다. 그들이 나를 죽일 거라는 공포, 죽음에 대한 두려움. 그런 느낌은 처음이었다.

'다른 악귀가 나를 또 공격할 수도 있다고?'

그때는 지금보다 더 못 견딜 것이 뻔했다. 그들을 마주하는 순간 오늘 겪었던 공포에 새로운 공포가 얹어져서 온몸을 지배할 거다.

"예전부터 생각했던 건데 말이야."

강준 씨가 입을 열었다.

"너, 영력을 다루는 법에 관해 제대로 배워둘 필요가 있어."

뜻밖의 말이었다. 영력을 다루는 법이라고?

"영력을 다룬다고요?"

"부적을 사용하는 정도면 충분하지 않을까요?"

내가 질문하는 것과 동시에 다운 역시 물었다. 강준 씨가 고개를 가로저

421

었다.

"지금까지는 충분했지. 하지만 앞으로는 몰라. 만약 부적이 다 떨어졌는데 악귀가 남아 있으면? 악귀의 공격에 당하고만 있어?"

"그때는 곁에 있던 저희가 처리하겠죠. 누리만 퇴마하는 것 아니잖아요."

"방금 네가 말했잖아. 다른 악귀들이 나타나서 누리를 공격할지도 모른다고. 그게 누리가 혼자 있을 때일 수도 있다고는 가정 안 해봤어?"

두 사람의 대화가 조금 과열된 느낌이었다. 사장님 역시 험악해지는 분위기를 느낀 듯 한마디 했다.

"두 사람 다 진정해."

"애초에 부적은 임시방편이야. 네가 직접 부적을 만들 수 있는 것도 아니고, 한 장을 여러 번 쓸 수 있는 것도 아니지. 네게 부적은 다운이가 만든 걸 받아서 사용하는 일회용 도구일 뿐이야."

틀린 말은 아니네. 사장님이 작게 중얼거렸다.

"네가 직접 영력을 다룰 수 있어야 해. 그건 네가 가지고 있는 힘이기 때문에 언제든 쓸 수 있고 조절하기 쉽지. 네 힘을 직접 쓰는 게 좋아."

"힘을 직접 쓰는 건 누리한테 큰 부담이 될 거예요. 저번에 춘곤증처럼 내내 졸던 거 기억 안 나요?"

"오늘 같은 일이 다시 생기지 않을 거라는 보장은 어디에도 없어."

"…그렇긴 하죠."

"생각해봐. 부적이 떨어졌는데 악귀는 남아 있어. 그런데 네가 최후의 보호막이라고 생각하는 팔찌마저 끊어졌다면? 그때도 악귀와 대화해서 성불시켜야 한다고 생각해?"

강준 씨가 다운을 보며 말했다.

"누리는 스스로를 지키는 방법을 배워야 해."

다운은 탐탁지 않은 표정이었다. 그러나 천천히 고개를 끄덕였다.

"제가 배울 수 있을까요?"

내 물음에 강준 씨가 대답했다.

"넌 이미 방법을 알고 있어. 익숙해지는 데는 오래 걸리지 않을 거야."

"가르쳐주세요. 배우고 싶어요."

* * *

'뭐야, 강준 씨. 그날은 당장에라도 영력을 다루는 법에 대해서 가르쳐줄 것처럼 말하더니. 그게 아니라 혼자서 영력을 다루는 법을 익히라는 의미였나?'

강준 씨는 그날 이후로 내게 영력을 다스리는 법에 대해서는 한 마디도 꺼내지 않았다. 처음에는 강준 씨도 다 생각이 있으려니 하고 기다렸다. 하지만 그렇게 기다린 날들이 일주일이 넘어가자 이제는 강준 씨가 혹시 깜빡한 건가 하는 생각이 들었다. 오늘은 강준 씨한테 대놓고 물어봐야겠어. 영력을 다루는 법은 언제 가르쳐줄 거냐고. 나는 힘주어 사무실 현관문을 열었다.

"좋은 아침이에요!"

"왔어? 가자."

내 인사에 강준 씨가 자리에서 일어나 가방을 챙겨들었다.

"어딜 가요?"

"영력을 다루는 법에 대해 가르쳐주겠다고 했잖아."

거, 타이밍 한번…. 나는 한마디 하려다 얌전히 강준 씨의 뒤를 따랐다. 물론 사무실에 남아 있는 세 남자에게 인사를 건네는 것도 잊지 않았다.

"다녀오겠습니다!"

우리는 지하철을 타고 고속버스를 탄 뒤 다시 완행버스를 두 개나 갈아 타고 구불구불한 산길을 돌아 강준 씨의 집에 도착했다. 몇 번을 가도 익숙해지지 않을 험난한 여정이었다. 아침 일찍 길을 나섰음에도 목적지에 도착하니 늦은 점심시간이었다.

"왔니? 점심은 아직이지?"

대문에서 바로 보이는 대청마루 위에는 강준 씨의 작은어머니가 점심상을 차려놓고 우리를 기다리고 계셨다. 여느 한정식 집 못지않은 푸짐한 상차림이었다.

"안녕하세요. 저 또 왔어요."

나는 예의 바르게 인사하고는 곧장 신발을 벗고 대청마루에 올라갔다. 그러고는 허겁지겁 밥을 먹기 시작했다. 출근 전에 간단히 마셨던 미숫가루 한 잔이 오늘 먹은 음식의 전부라 배가 굉장히 고팠다. 순식간에 밥 한 그릇을 뚝딱 비웠다. 내가 숟가락을 놓는 것과 거의 동시에 강준 씨도 숟가락을 내려놓았다. 나는 식혜 한 그릇까지 깔끔히 비우고는 빈 그릇들을 포개어 들고 자리에서 일어났다.

"어머니, 부엌이 어디에요?"

강준 씨의 작은어머니가 괜찮다며 나를 만류했지만 나는 아랑곳 않고 부엌으로 향했다. 강준 씨가 덩달아 상을 들고 일어서려던 찰나, 대문 근처에서 목소리가 들려왔다.

"오빠, 아빠 오셨어."

강준 씨의 사촌동생이었다. 강준 씨는 문가를 한 번 보고는 내게 뒷정리를 부탁하고 밖으로 나갔다. 설거지를 하려는 나를 강준 씨의 작은어머니는 끝끝내 만류하셨다. 본인이 하면 된다며 고무장갑을 끼고 단호히 말하는 통에 나는 부엌에서 쫓겨나듯 나올 수밖에 없었다. 강준 씨는 어딜 간 거지? 기다리는 동안 심심해진 나는 집 안을 둘러보기로 했다.

〔여기는 강준이의 방이란다.〕

"저도 알아요. 지난번에 한 번 들어가 봤는걸요."

집 안 곳곳에 있는 강준 씨 집안의 조상신들이 내 시선이 닿는 곳마다 설명해주었다. 방의 용도는 물론 그 방에서 살던 사람의 이야기, 그리고 나는 상상조차 하지 못할 만큼 까마득한 옛날 옛적의 이야기까지…. 듣는 재미가 제법 쏠쏠했다. 가만, 이분들이라면 팔찌에 관해서 무언가 알고 있지 않을까? 나는 퍼뜩 떠오르는 생각에 조상신들을 향해 왼손을 내밀었다.

"어르신들, 혹시 이게 뭔지 아세요?"

조상신들은 나를 보며 빙그레 웃을 뿐이었다.

〔너를 지켜주는 물건이지.〕

〔그리고 너를 구속하기도 하는구나.〕

〔언젠가는 네가 직접 끊을 날이 올 게다.〕

이 영들, 뭔가 알고 있잖아? 답답해진 내가 몇 번 더 물었지만 조상신들은 그 말을 끝으로 팔찌에 대해서는 더 이상 말해주지 않았다. 하는 수 없이 나는 발걸음을 옮기며 집 구경을 다시 시작했다. 집이 넓은 만큼 방의 수도 많았다. 각각의 역할이 있는 방에 대한 설명을 하나하나 들으며 둘러보던 나는 어느새 집 안을 한 바퀴 빙 둘렀다는 것을 알게 되었다. 남은 방은 하나, 강준 씨의 방 맞은편에 있는 방이었다. 나는 문을 살짝 열고 안을 들여다보았다. 향 냄새가 은은한 햇살이 잘 드는 작은 방이었다.

"여기는 무슨 방이에요?"

〔대대로 집안의 신녀들이 지내던 방이란다.〕

신녀들이라면… 강준 씨의 쌍둥이 누나가 신녀였다고 했지. 그럼 그녀도 이 방에서 머물렀겠구나.

〔아주 옛날에, 너와 꼭 닮은 작은 아이가 머물렀지. 영이 참 맑은 아이였어.〕

"누군지 알아요. 강준 씨 쌍둥이 누나를 말씀하시는 거죠?"

"누리야, 가자."

그때 강준 씨가 대문가에서 나를 소리쳐 불렀다. 나는 조상신들에게 살포시 웃어 보이고는 신발을 신고 대청마루 아래로 내려왔다.

나는 강준 씨와 함께 집 뒤에 있는 야산으로 향했다. 지난번에 들렀던 강준 씨네 집안의 묘지가 있는 그 산이었다. 묘지를 지나 조금 더 걸으니 건물이 하나 나왔다. 흙으로 쌓아올린 집이었는데 한눈에 보기에도 제법 넓어 보였다. 강준 씨는 입구의 문을 열고 안으로 들어갔다. 나 역시 따라 들어갔다. 어두울 거라는 내 예상과는 달리 천장이 뚫려 있어 안은 환했다. 제법 넓은 실내에는 벽마다 까만 사념들이 빼곡하게 붙어 있었다.

"이, 이게 뭐예요?"

〔너를 증오해〕

〔네가 미워〕

〔죽어버려〕

벽에 붙은 사념들이 저마다 한마디씩 하기 시작했다. 사념들이 왱왱거리는 소리가 귓가를 파고들고 순식간에 불쾌감이 스멀스멀 전신을 휘감았다. 나는 두어 걸음 뒷걸음질을 쳤다. 갑작스럽게 공포가 밀려왔다. 일주일 전 나를 공격하던 악귀가 떠올랐기 때문이다. 주저하는 내게 강준 씨가 단호한 음성으로 말했다.

"사념은 너를 공격하지 못해."

그래, 사념은 나를 공격하지 못하지. 이건 망자가 가지고 있던 생각일 뿐이니까 말이다. 그렇지만, 기분이 나쁜 건 나쁜 거다.

"이걸 왜…."

저한테 보여주시는 거죠? 내 질문이 끝나기도 전에 강준 씨가 답했다.

"사념들을 좀 모아달라고 작은아버지께 부탁했지."

"왜요?"

"네가 영력을 다루는 법을 연습하기에 딱 좋은 도구니까."

"…."

"사념은 단순히 망자가 가지고 있던 생각일 뿐이야. 이건 소멸을 시키는 것도 아니고 성불을 시키는 것도 아니지. 단순히 제거하는 거야."

말하자면 네가 이걸 제거한다고 죄책감을 가지거나 할 필요는 없다는 거지. 강준 씨가 덧붙였다.

"그렇지만 사념들을 제거하려면 영력을 써야 해. 어때, 딱 맞지? 영 대신 사념들을 제거하면서 연습해. 영력을 다루는 방법을."

나는 그제야 고개를 끄덕였다. 강준 씨의 배려가 고마웠다. 내가 영을 소멸시키는 데 죄책감을 가질까 봐 그것까지 배려해준 거구나. 그에 보답하기 위해서라도 얼른 영력 다루는 방법을 익혀야지. 나는 속으로 각오를 다지며 벽에 달라붙어 있는 사념들을 향해 다가갔다. 하지만 각오는 각오였고, 방법을 모르는 건 여전했다. 나는 영력을 다루는 법에 관해 감조차 잡지 못하고 있었다.

이걸 어떻게 제거하지. 영혼을 성불시킬 때처럼 한 번 안아주면 될까? 나는 도움을 청하는 눈빛으로 고개를 돌려 강준 씨를 바라보았다. 하지만 강준 씨는 어깨만 으쓱할 뿐 그 자리에 그대로 서서 나를 지켜보기만 했다. 한참 동안 소득 없는 시간이 지나자 강준 씨가 한마디 했다.

"평소에 영들을 소멸시켰을 때를 떠올려 봐. 그때는 어떻게 공격했어?"

"…잘 모르겠어요. 눈을 감았다 뜨면 소멸해 있더라고요."

지금까지 나는 소멸시켜야겠다고 마음먹고 영을 공격해본 적이 한 번도 없었다. 무의식중에, 아니면 팔찌가 한 일이었다. 와, 공누리. 이제 보니 순 야매잖아? 제대로 된 방법조차 모르면서 퇴마를 해왔다니. 아직까지 목숨이 붙어 있는 게 용하다.

"어렵게 생각하지 마. 팔다리를 움직이는 것처럼 영력도 생각대로 움직이게 할 수 있어. 자각을 가지고 네 마음대로 컨트롤하는 게 가장 중요하지."

설명 한번 쉽게 하시네. 강준 씨는 간단하게 설명했지만 영력을 다루는 일이 실제로도 그렇게 간단할 일일 리가 없다. 그랬으면 여기까지 내려와서 연습할 필요도 없지.

"그게 뭐예요. 그럼 제가 이렇게 사념을 향해서 손을 내밀고 소멸해라, 하고 이야기하면 소멸하게요?"

나는 장난스럽게 사념을 향해 손을 쭉 펴고 마법을 걸 듯 "소멸해라" 하고 중얼거렸다.

"잘하네."

눈앞에 보이던 사념은 순식간에 사라져버렸다. 강준 씨가 칭찬했다. …
뭐야, 이 말도 안 되는 상황은? 나는 얼이 빠져서 그 자리에 멍하니 서 있
었다.

"영혼도 사념과 마찬가지야. 지금 네가 한 것처럼 영혼에게도 똑같이 하
면 되지."

"하지만 영혼은…."

"사념과는 달리 영혼은 자아를 가지고 있다고? 성불해 다시 태어날 수
도 있는 영혼을 소멸시키는 건 옳지 않다고?"

"뭐… 그렇다고 다운이랑 요한 씨가 그러더라고요."

"당장 그 영을 소멸 안 시키면 네가 죽게 생겼는데 소멸이니 성불이니 재
고 따질 틈이 있어? 네 스스로를 지키는 게 제일 먼저야."

"맞아요. 그건."

내 대답이 썩 마음에 든 듯 강준 씨가 말을 이었다.

"네가 지금부터 할 일은 영력을 조절하는 법을 익히는 거야."

"조절이요?"

"이렇게 자그마한 사념은 아주 작은 힘으로도 제거할 수 있어. 그런데
너는 방금 강한 악귀도 충분히 소멸시킬 수 있을 만큼의 힘을 이 사념에게
썼어."

강준 씨가 사념이 사라진 자리를 가리키며 말했다. 내가 그랬었나. 나는
괜히 손을 만지작거렸다.

"영력에는 한계가 있어. 네가 가진 영력을 어느 정도 쓰면 다시 영력이
차오를 때까지 시간이 필요해."

"그래요?"

"그래, 여러 마리 악귀를 동시에 상대할 때 절반도 해치우지 못 했는데
한계가 찾아오면 큰일 나지."

"그래서 다운이가 매개체를 쓰라고 했구나. 힘을 직접 사용하는 것보다
부담이 덜하다고요."

강준 씨가 고개를 끄덕였다. 나도 나에게 맞는 매개체를 얼른 찾아야 할 텐데 말이다. 부적의 한계는 이미 잘 알고 있으니, 이번에는 다운의 무령을 빌려서 써 볼까? 생각에 잠겨있던 나는 불현듯 떠오르는 생각에 강준 씨에게 질문했다.

"만약 영력을 완전히 다 써버리면 어떻게 돼요?"

"그럴 상황은 절대로 만들어서는 안 돼. 네가 가진 영력을 바닥까지 모두 끌어내 쓰면, 너는 다시는 영력을 쓰지 못해. 영원히."

'영원히'라는 강준 씨의 말이 무겁게 내려앉았다. 영력을 다 쓰는 상황, 절대 만들지 말아야겠다. 제법 위험한 일이구나.

"여기 있는 사념들을 향해서 연습해봐. 여기는 실전이 아니야. 네가 하고 싶은 대로 자유롭게 할 수 있어. 얼마만큼의 시간이 걸리든, 네가 어떤 힘을 사용하든 그건 네 자유야."

말을 마친 강준 씨가 바닥에 털썩 주저앉았다. 나는 다시 사념에 집중했다.

창고 안에 있던 사념들을 모두 제거하고 나니 바깥은 이미 깜깜해져 있었다. 나는 강준 씨가 말한 것처럼 영력을 조절하기 위해 노력했다. 아주 큰 힘으로 여러 개의 사념을 동시에 제거하기도 했고, 사념을 제거하지 못할 만큼 아주 작은 힘을 써보기도 했다. 강준 씨는 긴 시간 동안 딴청 한 번 피우지 않고 나를 지켜보며 조언해주었다. 어깨에 힘을 빼, 나중에 근육통 온다. 방금은 너무 약했어, 이 정도 힘이면 되겠다고 네가 예측할 수 있어야 해. 완벽한 것은 아니었지만 어렴풋하게 감이 잡히는 것 같았다. 점점 더 능숙해지겠지.

"저 잘했죠?"

"그래. 잘했어, 공누리."

나를 보며 만족스럽다는 듯 웃는 강준 씨의 눈에는 따스함이 듬뿍 담겨 있었다. 마치 내가 강준 씨의 친동생이 된 듯한 기분이었다. 집으로 돌아가는 길에 강준 씨와 나는 더 많은 이야기를 나누었다. 주로 영력에 관한 것들이었다.

"영력을 다룰 수 있다고 생각하니 이젠 좀 덜 무섭네요. 사실 일주일 전 일이 저한테는 꽤 큰 공포였거든요. 어둠이 무섭다는 게, 혼자 있는 것이 무섭다는 게 뭔지 처음 알았다니까요."

"어지간한 악귀는 네 힘으로 다 소멸시킬 수 있어. 그러니까 겁내지 마."

"네."

"피곤하지는 않고?"

"조금 피곤하기는 해요. 그런데 저번에 고양이 영들을 성불시켰을 때보다는 훨씬 덜 피곤한데요. 그때보다 영력이 더 많이 남아 있는 것 같아요."

잠은 잘 오겠네요. 개운하게 운동한 기분이에요. 내 말에 강준 씨가 어깨를 으쓱했다.

"팔찌가 풀리면서 봉인되어 있던 네 힘이 더 풀려서 그럴 거야."

완전히 풀고 나면 지금보다 더 강해지는 건가? 문득 낮에 조상신이 내게 한 말이 떠올랐다.

〔언젠가는 네가 직접 끊을 날이 올 게다.〕

언제 그날이 오는 걸까. 그날 밤, 나는 꿈을 꾸었다. 꿈속에서 강준 씨를 꼭 빼닮은 여자가 나를 보며 방긋 웃었다.

'어디서 본 얼굴인데…'

꿈속의 나는 끝끝내 여자를 기억해내지 못했다. 기억하려 애쓰는 사이 여자는 나를 한 번 꼭 안아주고는 사라져버렸다. 그리고 나는 잠에서 살짝 깨었다. 정신이 무의식의 바다에서 의식의 수면 위로 떠올랐지만 나는 여전히 눈을 감은 상태였다. 졸음이 밀려왔다. 강준 씨 누나였지. 내일 일어나면 강준 씨에게 말해줘야지. 강준 씨의 누나가 내 꿈에 나왔다고. 나는 다시 잠들었다.

* * *

― 내가 자고 있는 사이 재미있는 짓을 하고 다녔더군.

요한은 천천히 정신을 차렸다. 귓가에 울려 퍼지는 익숙한 목소리에 요한은 채 눈을 뜨기도 전에 자신이 지금 꿈꾸는 중이라는 것을 알아차렸다. 요한은 천천히 눈을 떴다. 눈앞에는 또 다른 요한이 서 있었다. 누군가가 멀리서 이 모습을 지켜봤다면 요한의 앞에 거울을 가져다 놓았다고 생각했으리라. 그러나 상반된 둘의 표정은 그 두 사람이 결코 같은 이가 아님을 알게 했다.

"잠자리는 편안했어?"

요한은 제 앞에 선 이에게 퍽 다정하게 대답하며 웃어 보였다. 마치 오래된 친우를 대하듯 다정한 말투였다. 다정하게 웃음 짓는 요한과는 달리 요한의 앞에 선 이는 한쪽 입꼬리만 삐뚜름히 올려 웃었다. 그것은 명백한 비웃음이었다.

― 결국 넌 어떤 것도 바꾸지 못했지.

"그렇게 생각해?"

그렇게 생각할 수도 있을 것이다. 보이기에 바뀐 것은 아무것도 없으니 말이다. 하지만 변화는 이미 시작되었다.

― 나는 이미 찾았어. 네가 그토록 내 눈을 가려 숨기려 했던 그녀를 말이야.

요한의 머릿속에 익숙한 얼굴이 떠올랐다. 살짝 마른 몸, 위로 올라가 다소 날카로운 인상을 주는 눈꼬리, 다부진 입술을 가진 여자가 크게 입을 벌려 웃는다. 내숭 없이 환하게 웃는 모습이 참 예쁘다. 요한의 눈썹이 꿈틀하고 올라갔다. 동요한 것이다. 그러나 요한은 내색하지 않으려 애썼다.

― 두 번의 실패는 없어. 이번에야말로 그 아이의 심장을 씹어 삼킬 테다. 그리고, 마침내 네 몸을 완벽히 가지고 말겠어. 그 불로불사의 몸을 말이야.

불로불사의 몸이라…. 요한이 씁쓸하게 웃었다. 내가 그토록 증오하고 벗어나고 싶어 하는 것을 너는 300년간 바라왔구나. 영생의 허망함에 대해 당장이라도 말해주고 싶었다. 그러나 요한은 아무 말도 할 수 없었다. 300년간의 한(恨)은 지금 몇 마디 한다고 해서 풀릴 종류의 것이 아니라는 것을 잘 알고 있었기 때문이다.

"행운을 빌게."

너는 너대로 목적을 위해 열심히 노력해. 나는 나대로 너를 막기 위해 최선을 다할 테니. 시야가 어그러지고 요한은 천천히 꿈에서 깨어났다. 현실 세계는 해가 뜨지 않은 새벽녘이었다. 어둠에 눈이 익자 요한은 천천히 자리에서 일어났다. 양손을 쥐었다 폈다, 눈을 떴다 감았다 하는 요한의 입은 한쪽 입꼬리만 삐뚜름히 올라가 있었다.

* * *

늦잠을 잤다. 아침을 먹을 엄두도 내지 못하고 머리만 얼른 감고는 급하게 집을 나왔다. 평소보다 조금 늦게 나와 걱정했는데 운 좋게도 급행열차를 탔다. 평소보다 더 빨리 도착할 수도 있겠는걸? 긴장이 풀리자 졸음이 쏟아졌다. 나는 손잡이를 잡고 있는 왼손에 머리를 기대고 꾸벅꾸벅 졸기 시작했다. 손에 힘이 풀려 스르르 쓰러지다 깜짝 놀라 깨기를 여러 번, 내 앞에 앉아 있던 승객이 내 모습이 안쓰러웠던 듯 자기 자리를 양보했다.

"아, 괜찮은데…."

"사양 말고 앉으세요. 피곤하신 것 같은데 출근길에 잠깐이라도 자두셔야 오늘 하루도 활기차게 시작하죠!"

민망해진 내가 말끝을 흐리며 사양했지만 그 사람은 내게 기어코 자리를 양보했다.

"감사합니다."

주변의 이목이 우리에게 쏟아지는 것이 느껴졌다. 더 이상 사양하기도 뭐해 나는 감사 인사를 건네고는 자리에 앉았다. 서 있을 때는 그렇게 쏟아지던 잠이 얄궂게도 앉자마자 완전히 달아나고 말았다. 자라고 비켜준

자린데…. 양보해준 사람 성의가 있지. 나는 고개를 푹 숙이고 눈을 감았다. 자는 시늉이라도 해야 할 것 같은 마음에서였다. 출근길의 지하철 안은 사람들로 북적였지만 조용했다. 대부분의 사람들은 피곤한 얼굴로 귀에 이어폰을 낀 채 핸드폰만 들여다보고 있었다. 그런데….

〔이리 와.〕

조금 전부터 들리는 이 소리는 뭐지? 소리의 진원지를 찾기 위해 눈을 뜨고 고개를 들었다가 하마터면 소리를 지를 뻔했다. 나는 눈을 크게 뜬 채 숨 쉬는 것도 잊고 그대로 얼어버렸다. 구멍이 뻥 뚫린 까만 눈두덩, 귀밑까지 찢어져 있는 새빨간 입술, 깡마른 팔다리와 툭 튀어나온 배. 며칠 전 집 근처 골목길에서 나를 공격했던 악귀와 똑같은 모습을 한 영이 조금 전까지만 해도 내가 기대어 졸았던 손잡이에 거꾸로 매달려 내게 속삭이고 있었다.

〔이리 와.〕

영이 입을 벌릴 때마다 쭉 찢어진 입안으로 뼈가 움직이는 모습이 보였다. 금방이라도 나를 잡아먹을 것만 같았다. 등줄기를 타고 소름이 오소소 돋고 머리카락이 쭈뼛쭈뼛 서는 기분이었다.

악귀가 나를 향해 다가올 때마다 영이 매달려 있는 손잡이가 끼익끼익 움직였다. 침착하자, 공누리. 너는 이 상황에 어떻게 대처해야 할지 이미 알고 있어. 너는 악귀를 처리할 충분한 영력을 가지고 있고 사용할 수 있어. 나는 두근두근 떨리는 가슴을 가라앉히려 애쓰며 천천히 손을 뻗었다. 속으로 '소멸해라' 하고 주문을 걸며 영을 향해 힘을 실었다. 무어라 표현할 수 없는 힘이 눈앞의 악귀를 향해 쏘아져 나갔다. 눈을 감는 순간 영이 순식간에 다가와 나를 집어삼킬 것만 같아서 나는 눈을 부릅뜨고 영의 모습을 지켜보았다. 영의 얼굴이 괴로운 듯 일그러지더니 흐물흐물 짓뭉개지기 시작했다. 형체를 잃고 흘러내리던 영은 점점 흐릿해지며 스르르 사라졌다. 나는 그제야 눈을 감을 수 있었다. 오랫동안 뜨고 있었던 눈이 시큰시큰 아파왔다.

회사에 가면 다운이에게 말해줘야겠다. 우리 동네가 터가 안 좋아서 악귀가 나타난 게 아니라고. 가만, 그렇다면 이 악귀들, 나를 따라다니는 건가? …그게 더 위험한 것 같은데.

〔출입문 닫겠습니다. 열차가 곧 출발합니다.〕

머리 위에서 들려오는 안내음성에 번쩍 정신을 차렸다. 어느새 내가 내려야 할 역에 도착해 있었다.

"좀 내릴게요! 죄송합니다!"

나는 자리에서 벌떡 일어나 사람들 사이를 급하게 비집고 나갔다. 닫히는 문 틈 사이로 아슬아슬하게 차에서 내릴 수 있었다. 아침부터 일어난 일들에 정신이 멍했다. 다들 출구를 향해 바쁘게 걸음을 옮기는 동안 나는 우두커니 서서 움직이기 시작하는 지하철을 멍하니 바라보고 있었다. 아침부터 운수가… 영 사납다. 얼른 회사에 가서 이야기해야겠다. 며칠 전 마주쳤던 악귀와 꼭 닮은 악귀를 출근길에 또 만났노라고. 몸을 돌리려는 순간이었다.

"어라?"

떠나는 지하철 안에서 한 남자아이가 나를 향해 손을 흔들고 있었다. 서너 살쯤 되었을까, 피부가 까맣고 볼이 움푹 패어 있는, 사진에서 보던 기아 아동 같은 모양새를 한 남자아이였다. 그리고 그의 뒤에는 보호자로 보이는 검은 한복을 입은 성인 남자가 서 있었다. 아이는 꼬챙이 같은 앙상한 손으로 지치지도 않고 나를 향해 손을 마구 흔들었다.

'영이라기에는 너무 선명한데. 사람인가?'

산송장 같은 그 모습은 결코 주위에서 흔히 볼 수 있는 것이 아니었다. 회사 사람들한테 할 이야기가 하나 더 늘었네. 나는 바쁘게 회사를 향해 발걸음을 옮겼다.

힘이 풀려 영 마음대로 움직이지 않는 다리를 억지로 끌어 사무실까지 올라왔다. 사무실 안에는 의외의 손님이 와 있었다.

"안녕하세요."

"좋은 아침."

"누리 씨, 안녕하세요!"

권두혁 형사였다. 응접실에 앉아 있던 권 형사가 출근한 나를 보고는 응접실에서 나와서는 내게 인사했다.

"형사님, 안녕하세요! 정말 오랜만이네요."

괜스레 반가운 마음에 나는 권 형사에게 밝게 인사했다.

"누리 씨는 볼 때마다 더 예뻐지시는 것 같네요."

형사님은 볼 때마다 느끼는 거지만 정말 보는 눈이 있다니까.

"전 원래 예뻤잖아요."

나는 머리카락을 귀 뒤로 쓸어넘기며 새침하게 말했다. 내 너스레에 사장님을 포함한 세 남자가 토하는 시늉을 했지만 권 형사는 당연한 소리를 듣는다는 듯 고개를 끄덕였다.

"그렇죠. 누리 씨는 원래부터 예쁘셨죠."

…이렇게 말씀하시면 제가 되게 민망해지는데요. 그나저나 형사님이 아침부터 무슨 일이시지? 내 마음을 읽기라도 한 듯 사장님이 권 형사를 채근했다.

"들어가서 하던 이야기나 마저 하죠. 다들 들어와."

악귀를 만났다는 이야기는 권두혁 형사님이 간 뒤에 하는 게 낫겠지? 나는 내 자리에 가방을 대충 놓아두고는 응접실로 들어갔다.

권 형사가 종이컵 안에 들어 있던 녹차를 한입에 털어 넣고는 빈 종이컵을 테이블 위에 시원스레 내려놓았다. 녹차를 꿀꺽 삼킨 권 형사가 우리를 번갈아 쳐다보며 말했다.

"다름이 아니라 수사 협조를 좀 부탁드리고 싶어서요."

수사 협조라는 말에 사장님이 인상을 찡그렸다. 그럴 만도 했다. 지난번 수사 협조는 사장님에게 썩 유쾌한 기억은 아니었기 때문이다.

여대생 실종 사건. 세무조사라는 비장의 카드를 꺼낸 권 형사의 반 협박

덕분에 사장님은 울며 겨자 먹기로 권 형사의 의뢰를 받아들였었다. 사장님은 중간에 적당히 발을 빼려 했지만 요한 씨의 말에 따라 어쩔 수 없이 사건이 해결될 때까지 권 형사에게 협조했었다. 물론 사장님이 직접 협조한 것은 아니고 내가 가장 큰 힘을 썼지만 말이다. 그러고 보니 요한 씨는 오늘 출근 안 했나? 사무실에도 안 보이는 것 같았는데.

"요한 씨는?"

나는 옆에 앉은 다운에게 작게 물었다. 다운도 행방을 모르는지 어깨만 으쓱해 보였다.

"일단 무슨 일인지 들어나 보죠. 아, 이번에도 세무조사니 해서 협박할 건 아니죠?"

사장님이 굳은 얼굴로 말했다. 말 한마디 한마디에 뾰족뾰족 가시가 들어 있었다.

"아이고, 쪼잔하게 아직도 그걸 마음에 담아 두고 계셨어요?"

"네. 제가 좀 많이 쪼잔해서요."

둘의 신경전에 내 기가 빨리는 기분이었다. 나는 애써 웃으며 두 사람을 중재했다.

"형사님, 무슨 일인데요? 궁금해요."

내 말에 권 형사가 사장님에게서 시선을 떼고는 나를 보며 말했다.

"한 달 사이에 열 명이 죽었습니다. 하나같이 먹다가 죽었죠."

먹다가 죽었다고?

"좀 더 자세히 말씀해주셔야 할 것 같은데요."

내 말에 권 형사가 큼큼, 하고 목을 가다듬었다.

"첫 사망자는 20대 후반의 여성입니다. 집에서 저녁을 먹다가 사망했어요. 국과수 부검 결과 사인은 잘못 삼킨 음식물이 기도를 막은 호흡곤란으로 인한 사망으로 밝혀졌습니다."

"그리고요?"

"두 번째 사망자도 20대 후반의 여성입니다. 역시 국과수 부검을 의뢰했는데, 갑작스러운 폭식으로 급성 저혈압을 일으켜 쇼크사했다고 하네요."

사망자의 위에서 채 씹지도 않은 음식물들이 가득 나왔다나요. 권 형사의 덧붙임에 나는 머릿속이 혼란스러웠다.

"이런 식으로 죽은 사망자가 열 명입니다. 하나같이 폭식하다 변을 당했죠."

폭식하다 죽어? 그것도 열 명이나? 무슨 이런 황당한 일이….

"비슷한 사고의 사망자가 열 명이나 되는 건 이상하지만, 그렇다고 이걸 타살로 분류하기는 조금 힘들지 않나 싶은데요."

사장님의 냉정한 말이 이어졌다. 권 형사는 안다는 듯 고개를 끄덕였다.

"저도 타살이라고는 생각하지 않습니다. 하지만 우연이라기에는 너무 이상하더라고요. 죽은 이들이 모두 여자라는 점, 하나 같이 집에서 사고를 당했다는 점, 그리고 폭식까지…."

"…."

"이대로 수사를 종결하기에는 너무 미심쩍은 부분들이 많아요. 여러분의 협조가 필요합니다."

"형사님은 이 사고를 영적인 존재의 소행이라고 생각하시는 건가요?"

잠자코 이야기를 듣고 있던 강준 씨가 물었다. 권 형사가 단호히 대답했다.

"네."

"어째서요?"

"제가 봤습니다. 열 번째 사망자의 몸에서 나오던 귀신을요."

권 형사의 말에 모두의 눈이 동그래졌다. 권 형사가 더없이 진지한 얼굴로 말했다.

"게다가, 열 번째 사망자는 거식증 환자였습니다."

거식증 환자가 폭식하다 죽었다고?

"거식증에 관해서 제가 좀 알아보니 되게 무서운 병이더라고요. 물 한 모금도 삼키지 못하고 무언가를 먹는 족족 토해내는 병입니다."

"…."

"그런 거식증 환자가 오밤중에 쌀밥을 씹지도 않고 삼키는 게 있을 수 있는 일입니까? 제가 아는 어떤 의사에게 물어도 모두들 고개를 절레절레 젓더군요. 있을 수 없는 일이라고요."

강준 씨와 다운은 짚이는 바가 있는 모양이었다. 강준 씨가 권 형사에게 물었다.

"귀신의 모습을 기억하시나요?"

다운의 질문에 권 형사가 고개를 끄덕였다. 권 형사의 이어지는 대답은 충격적이었다.

"유명한 괴담 속 자유로 귀신처럼 눈두덩은 까만 구멍이 뚫려 있었죠. 입은 빨간 마스크처럼 귀 밑까지 쭉 찢어져 있었습니다."

설마….

"온몸은 뼈만 앙상하게 말라 있는데 배만 불룩 튀어나온 여자였어요. 죽은 사람의 입안에서 기어 나오더군요."

권 형사가 설명하는 영의 모습은 내가 일주일 전에, 그리고 오늘 아침에 마주쳤던 악귀와 꼭 닮아 있었다. 강준 씨가 고개를 끄덕이며 말했다.

"아귀의 짓이네요."

머릿속이 혼란스러웠다. 아귀라고? 나를 공격했던 그 영들의 정체가 아귀란 말이야?

"아귀가 뭡니까?"

"악귀의 일종이죠. 몸은 앙상하게 말랐고 배는 불룩 튀어나온 모습이에요. 커다란 위장에 비해 목은 지나치게 가늘어서 음식을 삼키질 못하죠. 늘 굶주림에 고통 받는 영이에요."

"아귀가 피해자 여성들의 몸에 빙의했을 거예요. 살아 있는 육신에 들어간 아귀들은 끊임없이 무언가를 집어삼켰겠죠. 육신은 그것을 감당하지 못한 거고요."

"결국 빙의된 여자들은 그렇게 죽은 거라고 볼 수 있죠. 다운의 말에 권 형사가 침을 꿀꺽 삼켰다. 충격을 받은 얼굴이었다. 응접실 안은 잠시 동안 침묵이 흘렀다.

"저를 공격한 영들도 아귀였던 것 같아요."

침묵을 끊고 말했다. 내 말에 네 남자의 눈이 놀라움으로 커졌다.

"아귀였다고?"

"안 그래도 이따가 형사님 가시면 말씀드리려 했는데요."

"뭔데? 지금 말해."

"오늘 지하철에서 저번에 만난 악귀를 또 만났어요. 다운과 형사님이 말씀하신 아귀 모습을 들어보니 틀림없어요."

"오늘도? 방금 출근길에 그랬단 말이야?"

"네."

강준 씨가 짐짓 심각한 얼굴을 했다.

"아귀가 너를 공격했다는 말이야? 왜?"

사장님의 목소리에서 어이없음이 묻어났다. 나 역시 마찬가지였다. 아귀들이 나를 왜 공격한 거지? 심지어 그들은 내게 빙의 따위를 하려 한 것도 아니었다. 그들의 공격에는 살의가 가득 담겨 있었다. 분명히 나를 죽이려 했다. 분위기가 얼어붙었다. 무거운 침묵이 흘렀다.

"마침 잘됐네요. 그럼 수사에 협조하실 거죠?"

우리의 심각한 분위기는 아랑곳 않는 듯 권 형사가 반색했다.

"누리가 아귀에게 공격을 받는 게 잘된 일입니까?"

사장님의 목소리에 날이 서 있었다. 사장님뿐만 아니라 강준 씨와 다운 역시 곱지 않은 눈으로 권 형사를 노려보고 있었다. 세 남자의 눈초리에 권 형사가 당황한 듯 손사래를 치며 변명했다.

"아, 그, 그게 아니라요. 전 그저… 누리 씨 일이라면 다들 발 벗고 나설 테니 겸사겸사 잘됐다 싶어서…. 아니, 잘됐다는 게 그 잘됐다는 의미가 아니라…."

사그라들 기미가 없는 세 남자의 눈총에 권 형사는 진땀을 흘렸다.

"무슨 말씀이신지 알겠어요. 저희가 아귀를 찾아서 퇴마한다면 연쇄 사건이 해결될 테니 잘됐다고 하신 거죠? 제가 아귀한테 공격받는 게 잘된 게 아니라요."

"네! 바로 그겁니다!"

이것 참, 제가 센스가 너무 없었네요. 권 형사가 살짝 덧붙이며 내게 웃어 보였다. 그 속에는 미안함과 고마움이 함께 담겨 있었다. 그때 사장님이 여전히 뾰족한 목소리로 대꾸했다.

"수사에 협조하는 게 아닙니다. 저희 직원의 문제를 해결하는 거예요. 누리 일이 해결되면 저희는 주저 없이 발 뺄 겁니다."

"누리 씨 일이 해결되는 게 이번 일이 해결되는 것 아니겠습니까."

권 형사가 넉살 좋게 대답했다. 사장님은 권 형사의 대답이 마음에 들지 않는 듯 인상을 찌푸린 채 고개를 돌리고는 내게 입만 벙긋거렸다.

'웃지 마.'

방금 웃지 말라고 한 거야? 왜? 지금 나한테 화풀이 하는 거지? 어이가 없어진 나는 입을 딱 다물었다. 유치해서 못 봐주겠네, 정말. 황당한 내 속과는 달리 사장님은 그제야 마음이 풀어진 듯했다. 사장님이 흡족한 듯 의기양양한 표정을 지었다.

"어디서 어떻게 시작해야 할지 감도 안 잡히네요."

"제 말이 그겁니다. 다음 희생자가 누가 될지 예측조차 할 수 없어요."

다운이 막막하다는 듯 던진 말에 권 형사가 대답했다. 나 역시 답답하기는 매한가지였다. 아귀에 빙의해 죽임 당한 열 명의 여자들, 그리고 나를 찾아와 공격하는 아귀들. 대체 아귀들은 왜 여자들을, 그리고 나를 죽이려 드는 걸까.

"일단 죽은 사람들에 관한 정보를 좀 보죠. 공통점은 없나요?"

사장님의 말에 권 형사가 기다렸다는 듯 두툼한 파일을 내밀었다.

"희생자들은 모두 20대 여성입니다. 그리고 모두 제 관할서 내 지역에 거주하는 주민들이고요."

권 형사가 종이들을 넘기며 자료 하나를 우리에게 내밀었다. 희생자들의 사망 위치와 사망 시각이 적혀 있는 지도였다. 사망 시각은 주로 밤 10시에서 새벽 1시 사이, 하루에 한 명 또는 두 명이 1시간 정도 시간 간격을 두고 죽었다.

"12일에 죽은 두 명 말입니다. 1시간 차이로 죽었어요. 그런데 신기한 건 두 사람의 집이 걸어서 1시간 정도 거리라는 거예요."

"그건 별 증거가 안 될 것 같은데요. 귀신이 걸어 다니는 건 아니니까요."

사장님이 시큰둥하게 말하며 자료를 앞뒤로 살폈다.

"자료에 표시 좀 해도 될까요?"

강준 씨가 펜 뚜껑을 열며 권 형사에게 동의를 구했다.

"얼마든지요."

권 형사가 어깨를 으쓱하며 승낙했다.

"누리야, 너희 동네는 어디야? 아귀들은 언제언제 나타난 거고?"

"오늘이랑 지난 주 월요일이요. 저희 동네는… 여기 지도상에는 없어요."

내가 자료를 다시 들여다보며 대답했다. 강준 씨는 자료 한 모서리에 날짜를 써넣었다.

"아귀들이 어느 정도 규칙성을 두고 움직인다면 누리는 왜 공격당하는 거지? 누리가 아귀를 만난 곳은 아귀의 주 활동 지역과는 거리가 있는데."

"귀신 마음을 누가 알겠어요."

내 대답에 강준 씨는 여전히 납득이 안 된다는 얼굴로 자료만 들여다보고 있었다. 그 사이 사장님이 물었다.

"지난번에 누리 네가 소멸시킨 영이 셋이라고 했지. 그럼 오늘은 몇이었어?"

"둘이요."

"그럼 아귀가 총 다섯 이상이라는 건데."

"그게 왜요?"

"원래 아귀들이 몰려다니기도 하나?"

사장님이 내게 하던 질문을 멈추고 다운에게 물었다. 다운이 생각에 잠긴 표정으로 대답했다.

"듣고 보니 그러네요. 그런 이야기는 들어본 적 없어요. 상식적으로 생각해도 말이 안 되고요."

"왜 말이 안 돼?"

"아귀의 특성 때문이야. 아귀들은 늘 굶주려 있기 때문에 식탐이 엄청나. 욕심 많은 애들이 서로 몰려다니는 것 본 적 있어?"

나는 고개를 끄덕였다. 그러고 보니 정말 이상하네. 사장님이 다시 질문했다.

"그러면, 아귀들이 계획적으로 규칙성을 가지고 무언가를 할 만큼 똑똑한 자아를 가지고 있나?"

"…그것도 아닐걸요? 아귀들은 이성이고 뭐고 다 사라진 채로 배고픔이라는 본능만 남아 있는 상태거든요."

"아귀들의 배후에 누군가가 있다고 생각하시는 거예요?"

강준 씨의 물음에 사장님이 고개를 끄덕였다.

"내 생각엔 이 아귀들의 머리 역할을 하는 무언가가 있는 것 같아. 그렇지 않고서야 이렇게 계획적으로 살인을 할 리가 있나."

"일리 있는 말이네요."

권 형사가 고개를 끄덕였다. 권 형사의 눈에는 감탄이 서려 있었다. 나역시 마찬가지였다. 새삼 사장님이 새롭게 보였다. 아깝다. 사장님에게 영적 능력까지 있었으면 이쪽 업계에서는 최고였을 텐데. 감탄과 존경이 어린 시선으로 사장님을 바라보는 사이, 질문이 내게 돌아왔다.

"누리 너, 지난번과 오늘 아귀 처리할 때 주변에 뭐 신경 쓰이는 거 없었어?"

신경 쓰이는 거라…. 나는 천천히 기억을 되짚었다.

"저번에 마주쳤을 때는 경황이 없어서… 그저 무섭게 생긴 악귀 셋을 소멸시켰다는 것밖에는 없고."

"오늘은?"

"오늘도 딱히⋯. 사람 많은 아침 출근길에 악귀가 나올 거라곤 생각도 못해서 너무 당황했거든요."

생각해보니 열 받는다. 잠깐이라도 자둬야 오늘 하루 활기차게 시작할 거라고 자리까지 선뜻 비켜준 사람도 있는데 말이야! 이 배려 없는 악귀들은 출근길에 나타나서 피곤한 사람을 괴롭히고 있어. ⋯어라?

"그러고 보니⋯ 좀 이상한 게 하나 있기는 했어요."

"뭔데, 말해봐."

"작은 아이가 지하철에 타고 있더라고요. 동자신 덩치의 반 정도 되려나? 비썩 말라서 조금만 세게 쥐면 부서질 것 같은 모습이었는데, 피부는 바싹 말라서 까맣고요."

"영이었어?"

강준 씨가 물었다.

"그게 사실⋯ 좀 애매해요. 사람인 것 같기도 하고, 아닌 거 같기도 하고⋯. 열차에서 내리고 나서 봤거든요. 아무튼, 지하철이 멀어지는데 걔가 저를 보면서 손을 흔드는 거 있죠."

다운과 강준 씨가 서로 얼굴을 마주보고 이야기를 주고받았다. 무슨 이야기를 하는 거지? 고개를 돌린 다운이 내게 재차 질문했다.

"혹시 그것 말고 본 건 없어? 주변에 서 있던 다른 사람이라든지, 영이라든지."

나는 다시 기억을 되짚었다. 멀어지는 지하철, 나를 향해 손을 흔들던 자그마한 아이, 그리고 뒤에는⋯.

"그 애 뒤로 검은 한복을 입은 남자가 한 명 서 있었어. 출근시간에 웬 한복인가 하고 이상하다고 생각하긴 했는데⋯."

"그 남자, 등에 짚으로 만든 자루를 매고 있지는 않았어?"

"글쎄, 난 앞모습만 봐서⋯. 다행히도 다운에게 그 질문은 그렇게 중요하지 않은 듯했다. 다운이 우리와 차례로 눈을 마주치며 말했다.

"새타니와 비슷한 원귀 같은데요."

다운의 옆에서 강준 씨가 고개를 끄덕였다. 새타니가 뭐지?

"새타니가 뭡니까?"

권 형사가 궁금하다는 듯 눈을 반짝이며 물었다.

"어미에게 버림받아 굶어죽은 아이의 원혼이죠. 제주도 설화에 나와요."

"설화?"

"옛날에 전국을 돌면서 소금을 팔던 소금장수가 있었대. 어느 날, 남자가 집에 돌아왔더니 아내는 옆집 남자하고 도망가 버리고 집에는 젖먹이 아기가 굶어 죽어 있던 거야."

"뭐라고?"

다운의 입에서 나온 이야기는 가히 충격적이었다.

"실성한 소금장수는 아기의 시체를 소금자루에 넣은 채로 전국을 떠돌아다니며 아내를 찾기 시작해."

"…그래서 어떻게 되는데?"

"몇 년 뒤, 결국 소금장수는 아내를 찾았어. 아내는 한 부자의 첩이 되어서 잘살고 있었지. 분노한 소금장수는 아내의 앞에 소금자루를 집어던졌어. 소금 자루 안에서 아기의 시체가 튀어나왔지. 소금에 절여진 시체가 어떻게 됐겠어? 미라가 돼서 썩지도 않은 거야. 아기의 시체가 어미를 향해 기어가고, 그 모습을 본 여자는…."

다운이 짧게 숨을 멈추고는 대답했다.

"심장이 멎어 죽었대."

충격적인 이야기에 나도, 사장님도, 권 형사도 입을 다물지 못했다. 한참 만에 권 형사가 더듬거리며 물었다.

"그런 말도 안 되는 이야기가…. 이게 실화라는 건가요?"

"설화는 말 그대로 설화죠. 다만 누리가 본 그 아기 원혼이 설화 속 새타니의 모습과 비슷하다는 거예요. 새타니로 의심되는 원혼이 아귀들을 부리고 있다는 것은 분명합니다. 그리고 그 배후에는 누리가 봤다던 검은 한복의 남자가 있을 거고요. 그가 새타니를 조종해 사주하고 있는 걸 겁니다."

"검은 한복을 등에 멘 소금자루라…. 그 남자를 찾아야겠네요."

결국 귀신이 아니라 사람이라는 건가. 권 형사가 무거운 얼굴을 하고서 중얼거렸다.

"그 남자는 왜 이런 짓을 벌이는 걸까요?"

정말로 그 남자가 새타니를 시켜서 나를 공격하라고 했을까? 내 물음에 권 형사가 다부진 목소리로 대답했다.

"제가 그 남자를 꼭 잡아서 물어보겠습니다, 누리 씨."

아니 나한테 약속을 할 필요까지는 없는데…. 나는 애매하게 웃으며 고개를 끄덕였다.

* * *

권 형사는 검은 한복에 소금자루를 메고 있는 남자에 대한 수배령을 내리려 노력했지만 쉽지 않은 모양이었다. 그도 그럴 것이 열 명의 여성이 식이장애로 죽은 사건은 사고사로 분류되어 일찌감치 수사가 종결되었기 때문이다. 사고사로 죽은 열 명의 여성이 사실은 연쇄 살인 사건의 희생자들이며, 그 범인은 귀신으로 검은 한복을 입은 남자가 사주한 것이라는 말을 믿을 경찰은 아무도 없었다. 권 형사는 아는 동료 경찰들에게 남자의 옷차림새를 말해주며 보는 대로 제보해달라고 말했다고 했다. 불행인지 다행인지 그날 이후로 더 이상의 살인사건은 일어나지 않고 있다.

…내가 이렇게 자세히 아는 이유는 권 형사가 매일 내게 전화를 걸어 보고 아닌 보고를 해주고 있기 때문이다. 굳이 그렇게까지 해줄 필요는 없다고 말했지만 소용없었다.

"이대로 끝난 걸까요?"

마치 숨어버린 바퀴벌레를 찾는 기분이다. 차라리 못 보고 지나쳤으면 좋았을 텐데, 하필이면 지나가는 모습을 본 거다. 바퀴벌레와 함께 지낼 수는 없어서 소파며 장롱까지 다 뒤집었는데 흔적조차 찾을 수 없는 그 찜찜함.

"이대로 끝이라기에는 너무 찜찜해. 뭔가가 더 있을 거야."

사장님의 말에 다운 씨와 강준 씨가 고개를 끄덕였다. 나는 비어 있는 요한 씨의 자리를 쳐다보며 마찬가지로 고개를 끄덕였다.

"누리를 한 번 더 찾아올 것 같은데."

두 남자가 사장님의 말에 동의한다는 듯 다시 고개를 끄덕였다. 이 사람들은 말이 씨가 된다는 것도 모르나. 나는 한숨을 길게 내쉬었다. 사실 나도 어느 정도는 마음의 준비를 하고 있는 상태다. 악귀들은 이미 나를 두 번이나 찾아 왔었다. 그 배후에는 새타니인지 뭔지 하는 아기 영과 새타니를 부리는 사람이 있다고 했다. 그들을 잡아들이지 않는 한 나를 다시 공격할 것이 뻔했다.

"다른 여자들을 해치지 않고 저한테 먼저 와주면 차라리 고맙겠네요."

나는 해탈한 얼굴로 허허허 웃었다. 사장님이 신경 쓰인다는 듯 걱정스러운 목소리로 말했다.

"괜찮아? 안 무섭겠어?"

"괜찮아요. 이제 저는 스스로를 지키는 방법을 아니까요."

강준 씨가 내 말에 기특하다는 듯 미소 지었다. 나 역시 강준 씨를 향해 마주 웃었다. 악귀들이 무섭지 않은 것은 아니다. 그렇다고 해서 처음 악귀를 마주쳤을 때처럼 죽을 만큼 무섭지도 않았다. '무섭기는 하지만 어차피 내가 이겨'라는 마음이랄까.

"당분간 데려다줄게."

"괜찮은데…"

"말 들어."

"네."

괜스레 퇴근길이 기다려지기 시작했다.

* * *

사장님과 지난번처럼 퇴근길 데이트를 상상했던 내 꿈은 그날 저녁 깨졌다. 마침 회사에 들린 권두혁 형사가 그 이야기를 듣고는 신변 보호를 이유로 내 경호를 자청했기 때문이다.

셋이 함께 우리 집으로 퇴근하는 날들이 계속되었다. 며칠이 지났지만 여전히 악귀들은 모습을 드러낼 생각을 않고 있었다.

"다 왔다."

사장님이 내가 사는 원룸으로 가는 길 어귀에 있는 골목길 앞에 차를 주차했다. 차로도 갈 수 있는 길을 일부러 걸어가는 이유가 있었다. 권 형사가 "지난번에도 이 골목길에 악귀들이 나타났으니 또 나타날 수도 있다"며 걸어갈 것을 권했기 때문이다. 범죄자들은 다시 범죄현장을 찾기 마련이라나, 뭐라나. 차에서 내린 우리는 천천히 골목을 걷기 시작했다.

"제가 주변을 너무 경계한 탓일까요. 어디선가 시선이 느껴지는 것 같기도 하고요."

권 형사가 침묵을 깼다. 우리를 보며 웃는 얼굴은 잔뜩 긴장해 딱딱하게 굳어 있었다. 내 곁에 있던 사장님이 별안간 권 형사를 향해 한마디 했다.

"관할 지역 사건부터 신경 쓰는 게 좋지 않겠습니까? 벌써 며칠째 소득도 없는데."

"괜찮습니다. 관할 사건의 실마리가 여기에 있으니까요. 누리 씨를 지켜드리는 것도 제 업무의 연장입니다."

권 형사의 말에 사장님이 "지키기는…" 하고 작게 중얼거렸다. 당황한 내가 팔꿈치로 사장님의 옆구리를 쿡 찔렀다. 권 형사는 다행히도 듣지 못한 듯했다.

"누리가 그쪽을 지키게 하는 일이나 없었으면 좋겠네요."

"염려 마세요. 제가 누리 씨를 지킬 겁니다. 천 사장님은 자기 몸이나 잘 간수하시죠. 두 분이 동시에 위험에 빠지면 제가 누구 한 명을 선택하기가

447

참 힘이 들 테니까요."

"별 걱정을 다 하시네요."

하아. 두 사람, 어디 한번 실컷 싸우도록 내가 살짝 빠져줄까. 남자들은 싸우면서 친해진다던데…. 으르렁거리는 이 대화도 며칠째 똑같아서 이제는 익숙했다. 두 남자의 신경전을 나는 한 귀로 듣고 다른 귀로 흘리며 집을 향해 부지런히 걸었다. 그 순간이었다.

〔이리 와.〕

멀찍이 보이는 가로등 아래에 익숙한 아귀의 모습이 보였다. 아귀 넷이 나를 향해 손짓하고 있었다.

"사장님, 저기에 아귀가 있어요."

여전히 권 형사와 신경전을 벌이고 있던 사장님이 내 말에 즉시 고개를 끄덕이고는 핸드폰을 꺼내들었다. 나는 한 손을 호주머니 안으로 넣었다. 까슬한 촉감의 부적이 만져졌다. 영혼 속박용 부적이었다.

'아귀한테서 정보를 얻을 수 있을지도 몰라. 소멸시키지 말고 잡아둬.'

부적을 여러 장 건네주며 다운이 했던 말이었다. 나는 천천히 아귀를 향해 다가갔다. 아귀들 역시 내게 다가와 나를 둘러싸고는 금방이라도 달려들 것처럼 위협했다.

"누리 씨, 저는 주변에 새타니 영이 있는지 보고 올게요. 조심해요!"

옆에 서 있던 권 형사가 내게 말했다. 당장이라도 뛰어갈 자세인 권 형사의 모습은 변변찮은 갑옷 하나 없이 패기만으로 전쟁터에 뛰어드는 어린아이 같아서 불안하기 짝이 없었다. 나는 급한 대로 쥐고 있던 부적 중 한 장을 권 형사에게 내밀었다.

"이거라도 가지고 가세요! 영을 향해 영력을 실어서 던지면 될 거예요."

부적을 받아 든 권 형사가 난처한 얼굴을 하고 물었다.

"이런 상황에 묻기 죄송하지만… 영력은 어떻게 싣는 거죠?"

앞에 서 있던 아귀가 찢어진 입을 쩍 벌리고는 나를 향해 뛰어들었다. 나는 급한 대로 들고 있던 부적 중 하나를 앞에 있던 아귀에게 집어던졌다. 내 영력이 실린 부적은 긴 밧줄로 변해 아귀를 옭아매었다. 아귀가 고통스러운 듯 몸부림치며 바닥에 쓰러졌다. 그와 동시에 골목길 끝에서 강한 영의 기운이 느껴졌다. 권 형사도 그것을 느낀 듯했다. 권 형사는 부적을 한 번, 나를 한 번 보고는 부적을 꼭 쥔 채 골목길 끝을 향해 달려갔다.

권 형사가 골목길 저편으로 사라진 지 얼마 지나지 않아 기합이 잔뜩 들어간 권 형사의 고함이 들려왔다. 나는 서둘러 나머지 악귀들도 속박하고는 소리가 들린 곳을 향해 달렸다. 사장님이 옆에서 함께 달리는 것이 느껴졌다.

골목길 끝에는 지하철에서 봤던 아기 영과 검은 한복의 남자가 있었다. 가까이에서 본 아기 영은 체구가 내 기억보다 훨씬 더 작았다. 앙상하게 마른 몸과 까맣게 죽은 살갗, 아기 영의 모습은 마치 산송장이 움직이는 것처럼 기괴하기 짝이 없었다. 검은 한복의 남자는 다운이 말했던 것처럼 등 뒤에 짚으로 만든 소금자루를 메고 있었다. 광기가 번득이는 눈매는 사람이 아닌 것 같았다. 둘의 모습은 다운이 말한 새타니 설화 속 새타니와 아버지인 소금장수의 모습과 완벽히 일치했다.

권 형사는 검은 한복의 남자를 향해 총구를 겨누고 있었다. 권 형사의 발밑에는 떨어진 부적이 보였다. 내가 조금 전 권 형사에게 건넨 부적이었다. 영력을 쓰지 못했구나. 나는 속으로 짐작했다. 검은 한복을 입은 남자가 그 자리에 그대로 멈춰선 채로 등 뒤의 새타니 영에게 작게 손짓했다. 새타니 영이 남자의 의도를 알아채고는 한 손을 들고 허공에 휘둘렀다. 그러자 남자가 메고 있던 소금자루가 조금 벌어지더니 몇 마리의 아귀들이 스르륵 기어 나왔다.

"총 내리는 게 좋을 거야."

검은 한복의 남자가 스산하게 말했다. 자루에서 기어 나온 아귀들은 어느새 두 발로 땅을 딛고 서서 권 형사를 향해 점점 다가왔다. 아귀들이 스멀스멀 가까워질수록 총을 든 권 형사의 손은 덜덜 떨렸다. 그러나 총을

내리지는 않았다. 아귀들을 공격하려던 나는 잠깐 멈칫했다. 아귀가 움직일 때마다 새타니 영이 손을 휘적휘적 짓는 것이 보였다. 새타니 영이 아귀를 부린다고 했지. 새타니 영을 제압하면 아귀는 힘을 못 쓰지 않을까? 나는 옆에 있는 사장님에게만 들릴 정도로 작게 속삭였다.

"제가 신호하면 남자를 덮쳐요."

사장님이 고개를 끄덕였다. 나는 손을 뻗어 새타니 영, 정확히는 영의 손을 향해 영력을 쏘아 보냈다.

〔아파.〕

공격은 수월하게 먹혀들었다. 내가 공격할 줄은 몰랐던 듯 새타니 영은 경계조차 않은 채 내 공격을 고스란히 받았다. 새타니 영은 손을 부여잡은 채 금방이라도 울음을 터트릴 듯 인상을 찡그렸다. 그와 함께 형사를 향해 다가가던 아귀들이 고장 난 로봇처럼 그 자리에 멈추는 것이 보였다.

"지금이에요!"

사장님이 검은 한복을 입은 남자에게 달려들었다. 남자는 중심을 잃고 쓰러졌고 권 형사가 급히 다가와 남자의 손에 수갑을 채웠다.

수갑을 찬 남자가 바닥에 앉아 우리를 노려보았다. 한층 여유를 찾은 권 형사는 남자의 앞으로 다가가 물었다.

"왜 누리 씨를 공격한 거지?"

권 형사가 남자에게 물었다.

〔누나가 죽어야 해.〕

입을 연 것은 남자가 아니라 옆에 있던 새타니 영이었다. …죽어? 왜 어린아이의 입에서 이런 말이 나오는 것일까?

"누가 그런 말을 했니?"

나는 아이를 다그치는 대신 최대한 부드럽게 물었다.

〔아빠가.〕

새타니가 검은 한복의 남자를 손으로 가리키며 말했다. 그러고는 덧붙였다.

〔그분이 깨어나셨어. 누나가 죽어서 그분의 힘이 되어야 해. 그러면 엄마가 돌아온다고 했어.〕

"그분이 누구야?"

그때였다. 새타니의 뒤에 있던 남자가 수갑을 찬 두 손으로 소금자루를 쥐고는 어깨를 비틀어 팔을 한 바퀴 돌렸다. 남자의 양팔이 기괴하게 꺾이며 뿌드득 하는 소리가 들려왔다. 남자는 고통에 찬 신음을 내뱉었지만 행동을 멈추지는 않았다. 남자는 기어코 새타니의 머리 위로 소금자루를 거꾸로 쏟아버렸다.

"여자의 영을 속박해, 두 남자는 죽여도 상관없다. 말을 잘 들으면 엄마를 만나게 해주지."

소금자루 안에서 아귀들이 끊임없이 기어 나왔다. 튀어나온 아귀들은 마치 자석처럼 새타니에게 달라붙었다. 아귀들을 흡수한 새타니는 덩치를 점점 키워나갔다.

〔네, 아빠.〕

새타니가 고개를 끄덕이고는 나를 향해 다가왔다. 그 순간에도 새타니는 끊임없이 악귀들을 흡수했다.

나는 냉정하게 판단을 내렸다. 안타깝지만 원혼을 성불시키기에는 이미 늦었다. 새타니 영을 당장 소멸시켜야 저 남자가 힘을 잃을 것이다. 결론을 내린 나는 주저 없이 새타니를 향해 손을 뻗어 영력을 썼다. 그러나 내 힘은 새타니 영에 들러붙은 아귀 몇몇만 소멸시켰을 뿐, 새타니에게는 닿지도 못한 채 사그라들고 말았다. 내가 주춤한 사이 새타니 영이 내게 손을 뻗었다. 강한 영력이 내게 쏟아져 들어오는 것이 느껴졌다. 나는 공격에 방어하기 위해 급하게 다시 영력을 끌어올렸다. 그때였다. 권 형사가 내 앞을 가로막고 섰다.

"뭐하는 거예요!"

나는 소리를 버럭 질렀다. 이 사람, 지금 얼마나 위험한 짓을 하는 건지 알기나 하는 거야?

"하지 마요!"

권 형사가 몸을 푹 숙였다. 새타니의 날카로운 손이 권 형사의 등을 찢는 것과 동시에 권 형사가 바닥에 떨어진 부적을 집어들어 새타니를 향해 던졌다. 부욱 하고 옷이 찢기는 소리가 생생했다. 찢어진 것은 옷뿐만이 아닌 듯, 금세 권 형사의 등에서 붉은 피가 흘러내렸다. 권 형사가 던진 부적은 긴 밧줄처럼 변해 새타니의 손을 옭아맸다. 새타니의 얼굴이 당황해서 겁에 질린 것이 보였다. 나는 내가 할 수 있는 가장 강한 힘을 실어 새타니에게 쏘아 보냈다. 새타니는 그대로 소멸해버렸다.

검은 한복의 남자는 체념한 듯 고개를 푹 숙였다. 남자에게 선택지는 없었다. 새타니와 함께 아귀들도 모두 소멸했고, 억지로 비트느라 꺾여버린 팔로는 더 이상 나에게 위해를 가할 수 없었다.

사장님이 권 형사를 부축해 일으키는 것이 보였다. 사장님은 급한 대로 권 형사의 상처를 손으로 틀어막고 있었다. 모든 것이 꿈만 같았다. 정신이 몽롱했다. 졸음이 쏟아졌다. 그러나 잠들 수는 없었다. 내가 쓰러지면 검은 한복의 남자, 상처를 입은 권 형사, 정신을 잃은 나까지 셋을 사장님이 혼자 감당해야 했다. 사장님 혼자 짊어지게 할 수는 없다. 다른 사람들이 올 때까지 내가 버티고 있어야 했다. 얼마 지나지 않아 택시의 불빛이 다가오는 것이 보였다. 다행이었다.

"누리야! 하제 형!"

택시에서 내린 다운이 우리를 소리쳐 부르며 달려왔다. 이어서 강준 씨가 차에서 내리고 마지막으로 오랜만에 보이는 요한 씨의 얼굴까지 확인한 나는 정신을 놓아버렸다.

* * *

눈을 뜬 곳은 요한 씨네 병원이었다. 이제는 익숙한 천장을 보며 나는 몸을 일으켰다.

"어, 생각보다 금방 일어나시네요? 강준 씨 말로는 내일이나 되어야 일어날 거라고 했는데. 좀 괜찮으세요?"

바로 옆 침대에는 권 형사가 엎드린 채 치료를 받고 있었다.

"네, 괜찮아요."

"병원에 실려온 지 얼마 안 됐어요. 다른 분들은 잠깐 나갔고요."

권 형사는 찢긴 상처들이 꽤나 아픈 듯 치료를 받는 내내 고통스럽게 인상을 일그러뜨리면서도 나와 눈이 마주칠 때마다 웃어 보였다. 그런 권 형사의 모습에 나는 기가 차서 아무 말도 할 수 없었다. 간호사가 링거 튜브에 진통제로 보이는 주사를 놓고는 문을 닫고 나갔다. 병실에는 나와 권 형사만 남게 되었다.

"괜찮으세요?"

'그러니까 왜 끼어들어서 다치셨어요. 목숨이 두세 개쯤 되시나 봐요.' 이 말이 목구멍까지 올라왔지만 필사적으로 꿀꺽 삼켰다. 참자, 공누리. 눈앞에 있는 사람은 죽음의 문턱을 밟고 돌아온 환자다. 좋은 말만 해. 그러나 이어지는 권 형사의 말이 가관이었다.

"원래 약한 여자를 지키는 건 남자의 본능이죠."

권 형사는 수줍은, 그러나 자부심이 뚝뚝 묻어나는 얼굴로 말했다.

"형사님을 죽일 뻔한 원혼을 소멸시킨 게 전데요."

그러나 권 형사의 눈빛은 아주 진지했다. 권 형사는 마치 나를 깨지기 쉬운 유리잔 정도로 보고 있는 것 같았다.

'아까 원혼에 머리를 맞아서 머리가 어떻게 된 것 아냐?'

고개를 절레절레 저은 나는 그에게 잠깐 나갔다 오겠다고 말하고 병실을 나왔다. 다른 사람들은 어디에 있는 거지? 나는 주변을 두리번거렸다. 새벽의 병원 복도는 고요했다. 복도 끝에 놓인 자판기 근처에서 음료수를 마시고 있는 네 남자의 말소리가 들려왔다.

"권두혁 형사도 나와 마찬가지로 일반인이었잖아. 저 사람도 할 수 있는

데 왜 나는 안 되는 거야?"

무슨 이야기를 하고 있는 거지? 제법 심각한 분위기의 네 남자는 내가 병실 문을 열고 나온 것조차 모르는 듯했다.

"형, 저번에도 말했지만 저 남자가 진짜 특이한 케이스라니까요. 영안은 아주 어릴 적에 트이는 게 보통이에요. 저도 초등학생 때 영안이 트였고, 강준이 형은 태어나자마자 바로 트였죠."

"그래요. 성인이 되어서 영안이 트이는 건 드물지만 그럴 수 있다 쳐도, 영력까지 다루는 경우는 저도 처음이에요."

"그러니까, 저 남자가 할 수 있는데 내가 못 할 건 뭐냐고!"

사장님이 답답하다는 듯 가슴을 치며 언성을 높였다. 잠자코 대화를 듣고만 있던 요한 씨가 입을 열었다.

"하제야."

"…네, 형."

"모든 사람들은 다 영력을 가지고 있어. 너도 영력을 가지고 있지. 그것도 아주 강한."

사장님이 영력을 가지고 있다고? 요한 씨의 말에 사장님의 얼굴에 화색이 도는 것이 보였다.

"그러면 저도 영력을 사용할 수 있다는 건가요?"

"그 힘은 네 심장 깊숙한 곳에 있어. 네 육신과 정신을 연결하는 역할을 하지."

"그게 무슨…"

"그 영력을 쓰면, 네 육신과 정신은 그대로 분리되어버려."

"…."

"무슨 말인지 알겠어? 죽는다는 말이야."

사장님이 고개를 푹 숙였다. 낙담한 얼굴이었다. 강준 씨가 위로하듯 사장님의 어깨를 툭 치며 물었다.

"이제까지는 영력 없이도 회사 운영 잘해왔으면서 왜 갑자기 그래요?"

"영력으로 지켜야 할 게 생겨서 그래."

지켜야 할 것? 세 남자가 동시에 궁금하다는 표정을 했다. 나 역시 궁금한 것은 마찬가지였다.

"누리를 좋아해. 누리를 지키고 싶어."

이어지는 사장님의 말에 머리가 딩 하고 울렸다. 나는 숨 쉬는 방법을 잃어버린 사람처럼 그 자리에 그대로 얼어붙어버렸다. 눈조차 깜빡일 수 없었다.

나는 급히 정신을 차리고는 병실 안으로 다시 들어왔다. 잠시 뒤, 병원 복도에서 발소리가 들리더니 네 남자가 문을 열고 들어왔다.

"누리 깼네?"

"네? 네, 네…."

나는 나도 모르게 바보처럼 말을 더듬고 말았다. 사장님은 내 머리를 한 번 쓰다듬고는 물었다.

"컨디션 좀 괜찮으면 같이 갈래?"

"어디를요?"

"새타니를 부리던 남자한테. 지금 옆 병실에서 치료 받는 중이야."

나는 고개를 끄덕였다. 물어볼 것이 많았다.

검은 한복을 입은 남자를 만나러 간다는 이야기에 권 형사도 자리에서 벌떡 일어나 우리를 따라왔다. 치료를 받고 진정제를 맞았다고는 하지만 상처가 욱신욱신 아려올 텐데, 정말 괜찮은 걸까? 걱정스러운 내 시선을 알아챈 듯 권 형사가 내게 미소 지어 보였다.

"제가 누리 씨한테 약속했잖습니까. 꼭 그 남자를 잡아서 왜 그런 짓을 벌였는지 물어보겠다고요. 저는 지금 약속 지키러 가는 겁니다. 괜찮아요."

그렇게 핏기 없이 허옇게 질린 입술로 파리하게 웃어봤자 하나도 안 괜찮아 보이는데요. 나는 한마디 해주려다 참았다. 요한 씨가 앞장서서 걷고 우리는 그 뒤를 줄줄이 따랐다. 요한 씨가 복도 끝에 있는 엘리베이터 버튼을 누르고는 말했다.

"한 층 내려가야 해."

엘리베이터가 도착하자 사람들이 차례로 올라탔다. 내가 마지막으로 타려던 찰나였다.

"잠시만."

강준 씨가 짧게 말하며 엘리베이터에서 다시 내렸다. 나는 강준 씨가 나올 수 있게 옆으로 살짝 물러났다. 강준 씨의 손에 들린 핸드폰은 전화 수신 화면이 켜져 있었다.

'이 밤중에 웬 전화지?'

나는 강준 씨를 흘낏 보고는 엘리베이터에 올라탔다.

아래층에 도착한 뒤 요한 씨가 한 병실 문 앞에 섰다. 저 문 너머에 남자가 있을 것이다. 요한 씨는 주저 없이 병실 문을 열었다. 우리가 들어오는 소리를 들었을 텐데도 남자는 침대에 미동 없이 누워 있었다.

"처치가 빨리 끝난 걸 보니 생각보다 큰 부상은 아닌가 보군요."

어디 하나 부러지길 내심 바랐는데. 사장님이 덧붙였다. 사장님의 말투에는 정말 아쉬움이 담겨 있었다. 나는 침대에 누운 남자를 가만히 살폈다. 기괴하게 꺾였던 양팔은 다시 원래대로 맞춰진 채 붕대로 단단히 고정을 해두었고 양다리는 도망치지 못하도록 침대 난간에 묶여 있었다.

남자에게 물어보고 싶은 것이 너무 많았다. 왜 아귀들을 부려 죄 없는 여자들을 죽였죠? 왜 나를 공격하게 시켰나요? 그리고 당신은 누군가요?

"날이 밝는 대로 서로 동행해 주셔야겠습니다. 거짓 진술을 할 생각은 않는 게 좋을 겁니다. 당신의 죄는 명백하니까요. 당신을…."

권 형사의 말이 끝나기도 전이었다. 눈을 감고 누워 있던 남자의 입꼬리가 씰룩씰룩 올라가더니 이내 남자는 박장대소하기 시작했다. 병실이 쩌렁쩌렁 울릴 만큼 큰 웃음소리였다. 영문을 몰라 황당한 동시에 기분이 나빠지기 시작했다. 뭐가 그렇게 웃긴 거지? 저 남자는 지금 궁지에 몰린 상황인데 말이다. 남자는 정말로 기분이 좋다는 듯 우리를 보며 미소 지었다. 그러고는 우리에게 말했다.

"궁금한 게 많겠지? 물어봐. 대답해줄 수 있는 선에서 모두 해주지."

아량을 베푼다는 듯한 뉘앙스에 우리는 누가 먼저랄 것도 없이 인상을 찡그리고 말았다.

"당신은 누구죠?"

"무당이지. 너처럼 말이야."

다운의 말에 남자가 즉시 대답했다. 저 남자가 무당이라고?

"왜 죄 없는 여자들을 죽인 거죠?"

"아귀로 만들기 위해서."

남자의 대답은 단순했으나 그 내용은 전혀 단순하지 않았다. 나는 헛숨을 들이켰다. 여자들을… 아귀로 만들기 위해 죽였단 말이야? 그럼 나를 공격했던 그 아귀들이 모두 그 여자들의 영이었단 말이야? 아귀들의 끔찍한 모습들이 떠올랐다. 그들은… 모두들 희생자였다. 남자는 새타니 영이 부릴 아귀들을 만들기 위해 열 명의 여자를 희생시킨 거다.

"왜… 그랬어요."

머릿속에 떠오른 물음표가 지워지질 않았다. 왜? 대체 왜? 이게 정상적인 인간이 할 수 있는 사고인 거야? 자신이 부릴 영을 만들려고 산 사람을 희생시킨다는 것이? 충격을 받은 나를 향해 남자가 보란 듯이 웃었다.

"그건 안 궁금한가? 왜 너를 공격했는지 말이야."

"…!"

내 대답 따위는 중요하지 않은 듯 내가 대답을 하기도 전에 남자가 이어 말했다.

"그분이 깨어나셨다. 그분이 목적을 이루기 위해서는 네가 꼭 필요하지. 나는 비록 실패했지만 이게 끝은 아냐. 다른 자들이 끊임없이 너를 노릴 거다. 아니, 이젠 그분이 직접 움직일지도 모르지. 그분께서는 기다리는 것을 좋아하지 않으시니까 말이야."

남자의 말에 소름이 끼쳐왔다. 무슨 이야기를 하는 건지 대체 알아들을 수가 없었다.

"그분이 대체 누구예요?"

"너도 알지 않나?"

남자가 별 멍청한 질문을 다 듣는다는 듯 빈정거렸다. 참 나, 내가 그분을 어떻게 알아? 황당해서 투덜거리는 내게 과거의 기억이 언뜻 스쳐지나갔다.

— 여러분, 자신의 위치로 돌아가 대기하십시오. 그리고 '그분'의 말씀을 기다리십시오. 이 어리석은 자들의 잘못을 '그분'께서는 결코 용납하시지 않을 것입니다.

맞아, 그러고 보니… 지난 번 기도원 사건으로 경찰 조사를 받던 기도원장이 신도들을 향해 '그분'에 관한 이야기를 한 적이 있었다. 이 남자도 결국 새날교와 연관된 사람이었나.

"더 들어봐야 나올 것 없는 것 같은데, 이쯤 하자. 누리 피곤해 보인다."

요한 씨가 주변을 정리했다. 나는 고개를 저었다.

"전 괜찮은데요. 피곤하기는 해도 아직 견딜 만해요."

"그러게, 벌써 새벽 3시다. 얼른 쉬는 게 좋겠어."

괜찮다는 내 말은 그대로 묻히고 말았다. 사장님이 아차 싶은 얼굴로 상황을 정리했기 때문이다. 우씨, 난 진짜 괜찮은데. 나는 무심코 요한 씨를 쳐다보았다. 요한 씨는 사장님을 보며 진한 미소를 짓고 있었다. 평소의 모습과는 조금 다른 분위기였다. 그 모습에 나는 불편한 이질감을 느껴야 했다. 뭔가, 이상했다.

"날이 밝는 대로 서에 연락해서 이자에 대한 구속영장을 신청하도록 하겠습니다."

권 형사의 말이 끝나자 남자가 다시 웃기 시작했다. 병실이 떠나가도록 크게 웃는 모습에 우리는 반대로 기분이 나빠졌다. 한참을 웃던 남자가 여전히 웃음기가 가득한 얼굴로 권 형사에게 말했다.

"뭐라고 말 할 건가? 내가 열 명의 여자를 죽였다고? 증거는?"

"…"

권 형사의 얼굴에 낭패가 서렸다.

"그들은 '본인이 직접' 음식을 먹다 사고를 당해 죽었지. 이미 사고사로 종결된 사건들 아니었나?"

맞는 말이다. 아귀에게 빙의를 당해 자의가 아닌 아귀의 의지대로 음식을 마구 먹다가 죽었다고는 해도, 누구도 그 사실을 믿으려 들지 않을 거다. 아귀들을 그들의 눈앞에 들이밀어도 그들은 볼 수 없으니 어떤 증거도 댈 수가 없다.

"죄 없는 민간인을 경찰이 이렇게 구속해도 되는 건가? 풀어주게, 어차피 치료가 끝나기 전까지는 병원을 나갈 생각이 없으니 말이야."

남자가 침대에 묶인 자신의 다리를 턱 끝으로 가리키며 말했다. 권 형사가 고개를 숙인 채 눈을 질끈 감았다. 뿌드득 하고 이를 가는 소리가 들려왔다. 난감한 상황이었다. 남자가 죄를 지은 것은 분명하다. 하지만 법은 그를 심판할 수 없다. 그렇다고 이대로 풀어주면… 또 다시 나쁜 짓을 하겠지. 우리가 고민에 빠져 있을 때, 옆에 서 있던 요한 씨가 입을 열었다.

"저 남자의 영력을 빼앗으면 돼."

영력을 빼앗는다고? 놀란 나는 요한 씨를 쳐다봤다. 요한 씨는 여전히 진한 미소를 띠고 있었다.

"네 영력을 누군가에게 쏘아 보내는 것처럼, 타인의 영력을 네가 가져올 수도 있지. 원리는 같아. 아주 간단한 일이야."

침대에 누워 있던 남자의 얼굴에서 웃음기가 사라졌다. 당황한 얼굴이다. 나는 다운을 돌아보았다. 요한 씨의 말이 맞느냐는 의미였다.

"그런 말을 들어본 적은 없어. 해본 적도 없고. 하지만 가능은 할 것 같은데?"

다운이 어깨를 으쓱하며 말했다. 나는 병실 문으로 시선을 돌렸다. 전화를 받으러 나갔던 강준 씨는 통화가 길어지는 듯 여태까지 들어올 생각을 않고 있었다.

'강준 씨에게 물어보고 싶은데….'

무언가 이상했다. '빼앗는다'는 말을 하면서 진하게 웃고 있는 요한 씨는 내가 아는 요한 씨가 아닌 것 같았다. 본능이 내게 하지 말라고 말하고 있었다.

"네가 저 남자보다 더 강한 힘을 가지고 있어. 지금의 너라면 충분히 할 수 있어. 저 남자가 가진 영력을 모두 빼앗으면 저자는 다시는 영력을 쓰지 못하게 돼."

강준 씨도 저번에 내게 말했었다. 가진 영력을 모두 사용하면 다시는 영력을 사용할 수 없게 되니 주의하라고. 그걸 역으로 이용하게 되는 날이 올 줄이야.

"할 수 있다면 하는 게 좋겠네요. 저 남자가 이대로 풀려나면 또 무슨 짓을 저지를지 모르니까요. 영력을 빼앗는 게 지금으로선 최선입니다."

요한 씨에 이어 권 형사까지 나를 채근했다. 나는 하는 수 없이 주춤주춤 남자를 향해 다가갔다. 권 형사가 남자의 반항을 사전에 차단하려는 듯 침대 앞으로 다가가 남자의 명치끝을 위협적으로 눌렀다.

"허튼 반항은 하지 않는 게 좋을 겁니다."

남자가 체념한 얼굴로 눈을 질끈 감았다. 권 형사가 나를 바라보는 것이 느껴졌다. 권 형사의 눈이 나를 채근하고 있었다. 나는 내키지 않는 손으로 남자의 손을 잡고는 눈을 감았다.

요한 씨가 말한 것처럼 영력을 빼앗아오는 것은 의외로 어렵지 않았다. 남자의 몸에서 느껴지는 힘을 빨대로 액체를 빨아올리듯 쭉 끌어오기만 하면 되었다. 병실 안에 침묵이 흐르는 동안 남자의 몸 안에 찰랑거리던 영력은 어느새 절반 넘게 빠져나왔다. 더불어 남자의 몸도 힘없이 축 늘어지는 것이 느껴졌다. 어느 순간부터 내게 들어오는 남자의 영력이 조금 달라진 것이 느껴졌다. 조금 더 농도가 짙은 것 같은….

문이 열리는 소리가 들렸다. 강준 씨가 통화를 마치고 돌아온 것 같았

461

다.

"멈춰!"

강준 씨의 큰 목소리에 깜짝 놀란 나는 남자를 잡고 있던 손을 뗐다. 강준 씨가 성큼성큼 다가와 남자의 상태를 확인했다. 어느새 정신을 잃은 남자의 목을 짚고 맥박을 확인한 강준 씨가 내게 화를 버럭 냈다.

"미쳤어 너?! 방금 사람을 죽일 뻔했다고, 알아?"

내가 사람을 죽일 뻔했다고? 내가 작게 변명했다. 얼떨떨했다.

"저는 그냥… 영력을 다 쓰면 더 이상 영력을 사용할 수 없게 된다고 해서…."

강준 씨가 답답하다는 듯 작게 인상을 찌푸리고는 대답했다.

"그건 네가 쓸 수 있는 영력을 다 썼을 때를 말하는 거야."

"…?"

"네가 실질적으로 쓸 수 있는 영력 외에도 영력이 더 있어. 그 힘은 인간의 육체와 영혼을 연결하는 힘이야. 그 힘이 없으면 육체와 영혼은 분리되어버려."

돌려 말했지만, 나는 강준 씨의 말의 의미가 무엇인지 알았다. 육체와 영혼의 분리는 결국 죽음을 의미할 거다. 소름이 오싹 끼쳐왔다. 나는 요한 씨를 돌아보았다. 요한 씨가 몰랐을 리가 없다. 조금 전 병원 복도에서 사장님에게 요한 씨 자신이 직접 했던 이야기가 아닌가? 왜 나에게 말해주지 않은 거지?

"아아, 깜빡했네."

내 시선에 요한 씨가 능청스레 대답했다. 그러고는 한마디 덧붙였다.

"그런데 상관없지 않아?"

"네?"

"어차피 저자는 사람을 열이나 죽인 살인자잖아. 살아 있는 게 무가치하지 않나?"

요한 씨가 나를 향해 웃어 보인 뒤 모두를 한 번씩 쳐다보고는 말했다.

"나는 이만 가 봐야겠다. 너무 늦었어."

요한 씨는 우리의 대답을 듣기도 전에 성큼성큼 걸어서 병실을 나가버렸다. 요한 씨가 떠난 자리에는 무거운 침묵이 가득했다. 요한 씨가 정말 이상하다. 내 눈이 틀리지 않았다면⋯. 병실을 나가면서 요한 씨는 내게 입모양으로 말했다. '또 보자'라고. 나는 강준 씨에게 눈짓했다. 강준 씨가 고개를 끄덕이고는 조심스럽게 요한 씨가 나간 병실 문을 따라 나갔다.

* * *

고작 하룻밤 사이 일어난 일이지만 오랜 시간이 지난 것 같았다. 피곤이 몰려왔다. 얼른 집에 가서 씻고 침대에 눕고 싶었다. 집으로 돌아가겠노라 말하는 나를 사장님은 당연하다는 듯 데려다주겠다고 말했다. 사장님과 차 안에 단 둘이 있게 되자 잊고 있던 사장님의 말이 생생하게 떠올랐다.

─ 누리를 좋아해. 누리를 지키고 싶어.

그 상황을 다시 떠올리기만 해도 얼굴이 화끈거리는 기분이었다. 사장님이 차 시동을 걸고 엑셀을 부드럽게 밟았다. 차가 움직이기 시작했다.

나를 좋아하는 사람과 단둘이 있는 상황은 어색하기 짝이 없었다. 차라리 사장님이 내게 고백한 거라면 모를까, 우연찮게 사장님의 속마음을 엿들은 입장에서는 내가 어떤 반응을 취해야 할지 알 수가 없었다. 옛날에는 사장님과 둘만 있는 상황에서 내가 어떻게 했더라? ⋯자연스럽게 행동했겠지. 그때는 전혀 사장님을 의식하지 않았으니까! 사장님을 의식하게 된 지금은 숨 쉬는 것조차 부자연스러웠다. 나와는 달리 사장님은 평소와 다름없이 내게 말을 걸었다.

"좀 이상하기는 해. 지난번에 기도원 원장이 그랬었지, 그분이 깨어나시면 용서하지 않을 거라고."

"⋯네."

"그때는 그랬다고 쳐, 그런데 지금은 이미 깨어났다고? 그분이 자기 목적을 위해 너를 필요로 한다고?"

"…네."

"내 느낌에 지금, 꽤 위험한 상황인 것 같은데. 뭐든 대비해야 하는 것 아닐까."

나는 고개를 끄덕였다. 사실 사장님이 뭐라고 말하는지 잘 들리지 않았다. 나는 무의식적으로 고개만 끄덕이고 있었다. 사장님은 내가 대화에 집중하지 못하고 있다는 것을 눈치채고는 서둘러 대화를 갈무리했다.

"뭐, 그렇다고 네가 걱정할 필요는 없어. 내가 다른 직원들과 어떻게든 대안을 찾아볼 테니까. 방법이 곧 나오겠지. 너는 아무 걱정할 필요 없어. 네게 위험이 닥치면 내가 어떻게든 널 꼭 지켜줄게. 그러니까 편하게 생각해."

"네… 뭐라고요?"

사장님의 말에 나는 불현듯 정신을 차렸다. 요즘 나를 지키겠다고 말하는 사람들이 왜 이렇게 많아졌는지 모를 노릇이었다.

"나한테도 큰 힘이 있거든."

뭐라는 거야. 사장님이 무어라 중얼거렸지만 나는 흘려듣고는 못 박듯 힘주어 말했다.

"형사님 다친 거 보셨죠. 저를 지킨답시고 저렇게 다치는 거 저는 딱 질색이에요. 나를 무시하는 것도 아니고 말이야. 가만 내버려뒀으면 내가 알아서 잘했을 텐데…."

"나라도 마찬가지였을 거야. 널 지킬 힘이 있었다면 나 역시 주저하지 않았겠지."

— 누리를 좋아해. 누리를 지키고 싶어.

사장님의 말에 얼굴이 화끈거렸다. 병실 복도에서 들었던 사장님의 목소리가 머릿속에서 다시 재생되었다. 정말이지… 당황스러운 소리를 아무렇지 않게 하는 재주가 있네요, 사장님. 부끄러워서 사장님을 똑바로 바라볼 수가 없었다. 나는 헛기침을 두 번 하고는 정면에 시선을 고정했다. 이윽고 우리 동네가 보이기 시작했다. 가만히 운전에 집중하고 있던 사장님이 내게 물었다.

"너, 들었지?"

"뭐, 뭐, 뭘요?"

얼굴로 다시 열이 몰리는 기분이었다. 사장님의 다음 말을 예상할 수 있었기 때문이다.

"내가 너 좋아한다고 말한 거 말이야."

어떻게 반응을 해야 할지 알 수가 없었다. 머릿속은 새하얘지고 얼굴은 화끈거렸다. 대답을 찾지 못한 나는 "어… 그러니까… 그게…." 하고 얼버무렸다.

"못 들은 걸로 해."

사장님이 말했다. 못 들은 걸로 하라고? 그 말을? 설마, 진심이 아니었다거나 한 거야? 불안한 마음이 들었다. 조금은 초조한 기색으로 사장님의 다음 말을 기다렸다. 사장님의 입술이 천천히 열렸다.

"다음에 다시 정식으로 고백할 거니까."

* * *

눈을 뜬 요한이 마주한 것은 캄캄한 어둠이었다. 눈을 뜬 지 한참이 지났지만 시야가 좀처럼 어둠에 익질 않았다. 여긴 어디지, 어리둥절한 요한이 고개를 돌려 주위를 살피려 했지만 아무것도 느낄 수 없었다.

'…?'

문자 그대로였다. 아무것도 느껴지지 않았다. 고개를 돌리는 목 근육의 긴장도, 눈꺼풀의 깜빡임도 느껴지지 않았다. 당황한 요한이 손을 들어 코 앞까지 가지고 왔지만 보이는 것은 없었다. 주먹을 힘껏 쥐어도 손바닥에는 아무 감각도 없었다. 그때였다. 요한의 머릿속을 울리는 목소리가 들려왔다.

— 지금쯤 네가 깨어날 거라고 생각했지. 내 생각이 맞았군.

요한 자신의 목소리였다.

— 어때, 그곳은 안락한가?

목소리는 웃음기를 머금고 있었다. 빈정거림이 다분한 어조였다.

— 나는 그 '안락한' 공간에 봉인당해 정확히 300년을 보냈다.

요한은 깨달았다. 마침내 그가 자신의 몸을 지배하기 시작했다. 그가 요한의 육체를 차지하고 앉아 주인인 양 행세하고 있는 것이다.

— 처음에는 힘들었어. 이렇게 살 바에는 차라리 죽는 게 낫겠다고 끊임없이 생각했었다. 영생을 탐하는 내가 죽음을 생각하다니, 고통이 얼마나 컸는지 느껴지나?

요한은 대답하지 않았다. 굳이 할 말도 없었을뿐더러 대답하려 해도 할 수 없었다. 그러나 그는 요한과는 달리 요한에게 할 말이 많은 모양이었다.

— 하지만 시간이 지날수록 봉인이 느슨해지는 것이 느껴졌다. 네가 영력을 쓸 때마다, 나를 단단히 옭아매고 있던 힘들은 크게 동요하며 힘을 잃어갔지.

남자의 말에 요한은 정신이 아득해지는 것을 느껴야 했다. 그녀를 위해 했던 일들이 오히려 그녀에게 독이 된 건지도 모른다 생각하니 미칠 것만 같았다.

— 봉인이 풀리면서 네 꿈을 엿볼 수 있게 되었고 네 생각을 읽을 수 있었다. 잠깐이지만 네 몸을 내 의지대로 움직이는 것도 할 수 있게 되었다.

요한은 자신을 경계하던 눈빛의 누리와 강준을 떠올렸다. 그들의 눈빛을 보면서도 요한은 대수롭지 않게 넘겨버렸다. '두 사람이 왜 저러지?' 하는 의심이 든 것도 잠시였다. 꼭 누군가에게 세뇌당한 것처럼 별것 아니겠거니 하고 마음이 편해지곤 했기 때문이다. 그는 내가 아는 것보다 훨씬 더 전부터… 잠에서 깨어 있었구나. 그때부터 내 육체를, 그리고 정신을 조종하고 있었다. 생각이 거기까지 미치자 요한은 후회와 함께 분한 마음이 들었다. 자신이 방심했음을 인정할 수밖에 없었다. 그는 요한이 예상했던 것보다 훨씬 더 영리했고 치밀했다.

— 내가 왜 이 모든 것을 네게 이야기하는 줄 아나? 모든 준비가 끝났기 때문이다.

요한은 남자의 말에 귀를 기울일 여유가 없었다. 요한은 곰곰이 생각했다.

'그곳은 안락하냐고 물었지. 내가 지금 있는 곳은 원래 저 녀석이 봉인되어 있던 공간일 것이다. 그렇다면 저 녀석이 그랬던 것처럼 나도 내 몸을 움직일 수 있지 않을까.'

요한은 자신의 의지대로 눈을 깜빡이기 위해 정신을 집중했다. 시야를 확보하는 것이 최우선 과제였다.

처음에는 아무런 미동도 없었다. 감각조차 느낄 수 없는 곳에서 힘을 써봐야 요한은 자신이 제대로 하고 있는지조차 알 수 없었다. 얼마간 시간이 지났을 때였다. 어두운 밤, 불을 켠 것처럼 시야가 한순간 밝아졌다. 마침내 앞이 보이기 시작한 것이다.

'여긴 어디지?'

낯선 풍경이 요한을 반겼다. 하지만 주변을 살피고 있을 여유는 없었다. 요한은 이번에는 손끝에 집중하기 시작했다. 그러나 요한이 집중하는 동안 '그'도 가만히 있지는 않았다.

— 역시, 아직은 이 몸을 완벽히 제어할 수는 없군. 그러나 곧 완벽해질 것이다.

요한의 손이 요한 자신의 의지와는 관계없이 머리 위로 번쩍 치켜 올라갔다. 요한의 손에 영력이 실리기 시작했다. 그의 바로 앞에는 여자가 서 있었다. 흰옷을 입은 두 남자에 의해 양팔이 결박당한 여자는 얼굴이 눈물범벅인 채 요한을 향해 애원하고 있었다.

"살려주세요…. 제발요. 이사장님…!"

여자는 본 적이 있는 얼굴이었다. 여자의 왼 가슴을 향해가는 자신의 손이 느껴졌다. 요한은 자기 의지와 관계없이 움직이는 손을 막으려 애썼다. 그러나 역부족이었다. 영력이 실린 요한의 손은 여자의 심장을 정확히 찔렀다. 여자가 괴로운 듯 버둥거리자 여자의 손에 있던 팔찌가 투둑 소리 내며 끊어지기 시작했다. 여자의 팔찌는 누리의 것과 똑같은 모양이었다.

― 그녀를 가리기 위해 영력을 억제하는 팔찌들을 여기저기 뿌리고 다녔더군. 제법 현명한 선택이었다. 네가 의도한 대로 그녀를 찾는 데 많은 시간을 쏟았으니 말이야.

여자의 팔찌가 끊어지며 바닥으로 힘없이 떨어졌다. 그와 동시에 요한의 손이 여자의 심장을 꿰뚫었다.

― 그러나 그 뒤는 미처 생각하지 못했을 거다.

요한의 손이 여자의 심장을 정신없이 헤집더니 심장 한가운데 손을 푹 파묻고는 영력을 쭉 빨아올렸다. 순식간에 벌어진 일이었다.

― 방해물이라고 생각했던 팔찌들은 그녀를 찾은 뒤에는 먹잇감의 표식으로 변했어. 팔찌를 찬 이들의 영력은 평범한 이들보다 배는 강했으니 말이야.

그녀의 영력을 흡수하기 전 입가심하는 정도로는 충분하지. 그가 웃으며 말했다. 요한은 정신이 점점 아득해지는 것을 느꼈다. 그 와중에도 그의 목소리만큼은 분명히 들려왔다.

― 너는 다시 잠들 시간이다.

요한의 시야가 다시 차단되었다.

요한이 잠든 뒤, 요한의 몸을 차지한 그가 얼굴 근육을 잔뜩 일그러뜨리며 웃었다.

"이 정도 힘으로는 아직 부족해. 이젠 그녀의 힘이 필요하다."

그녀의 힘이라면 이 몸을 완벽히 가질 수 있을 것이다. 그의 손에서는 붉은 피가 뚝뚝 떨어졌다.

돌아갈 수 없는

집에 도착하자마자 가방을 아무렇게나 던져두고 갈아입을 옷가지만 간단히 챙겨 욕실로 직행했다. 샤워기를 찬물 쪽으로 완전히 돌려 물을 여러 번 끼얹고 나서야 몸에 찐득하게 달라붙어 있던 더위가 가시는 것 같았다. 본격적인 여름은 아직 시작도 안 했는데 이렇게 덥다니. 큰일이야, 정말. 나는 샤워를 빠르게 끝마치곤 젖은 머리를 수건으로 탈탈 털며 곧장 냉장고 앞으로 걸어가 맥주 한 캔을 꺼냈다. 냉장고 문에 붙어 있는 치킨 집 전단지가 눈에 들어왔다. 한 마리 시켜 먹어? 잠시 고민하던 나는 기꺼운 마음으로 핸드폰을 들고 치킨 집에 전화를 걸었다.

치킨을 기다리며 맥주 캔을 먼저 뜯었다. 시원한 맥주를 한 모금 마시자 하루의 피로가 모두 풀리는 기분이었다. 바닥에 앉아 침대에 등을 기댄 나는 리모컨으로 텔레비전을 켰다.

"벌써 시작했네."

이른 더위와 함께 예년보다 조금 빨리 납량특집 방송이 시작되었다. 다운이 출연한 다큐멘터리가 그 첫 번째였다.

[다운 씨의 학창 시절은 어땠나요?]

[글쎄요…. 전 신을 모시게 된 후로는 학교를 그만두고 홈스쿨링을 해서요. 학교에 다닐 때는 그냥 평범한 학생이었던 것 같아요.]

뭐야, 그날 촬영은 통편집이라도 할 것처럼 굴더니. 나는 그날, 혜민의 학교에서 다운을 회유하다 실패하자 화를 내며 철수했던 스태프들을 떠올렸다.

"아련한 그리움에 쓸쓸해지는 다운…?"

어두운 다운의 표정을 클로즈업 한 영상과 함께 자막이 나타났다. 그리움에 쓸쓸해져? 말도 안 돼. 다운이는 그리운 게 아니라 왕따당하던 과거가 떠올라서 기분이 안 좋았던 거다. 제대로 알지도 못하면서 넘겨짚는 솜씨가 수준급이다. 나는 혀를 찼다. 그러나 이어지는 다운의 말에 나는 혀를 차던 것도 멈추고 입을 뜨억 하고 벌렸다.

[올해 제가 스물세 살이니까 벌써 7년쯤 전의 일이네요.]

…스물세 살이라고?

— 그런데. 그쪽 나한테 되게 자연스럽게 말 놓았네요. 다운 씨는 몇 살이에요? 다른 사람들은 몰라도 그쪽은 나랑 나이 차이 별로 안 나 보이는데…?

— 스물….

— 스물…?

— …네 살.

— 와, 나랑 동갑이네요?

— …응. 뭐, 너도 말 놓든지.

다운과 처음 나이에 관해 주고받은 이야기가 생생히 떠올랐다. 와, 조다운. 나보다 두 살이나 어리면서 나이를 속인 거야? 그것도 장장 반년 동안이나? 분노보다는 어이없음에 헛웃음이 절로 나왔다. 나는 핸드폰을 집어 들어 다운에게 문자를 보냈다.

나 지금 네가 출연하는 다큐멘터리 보는 중인데.

너 올해 스물셋이라고?

작년에 나한테 스물네 살이라고 하지 않았었나? 우리 다운이^^

핸드폰을 든 채로 잠시 기다렸지만 다운은 문자가 온 것을 모르는 듯 답장이 없었다. 상관없어. 내일 회사에서 가만두지 않겠어!

다운이 나오는 방송이 끝난 뒤에도 주문한 치킨은 오지 않았다. 맥주가 다 떨어져서 괜히 짜증이 난 나는 신경질적인 손길로 리모컨을 들고 채널을 휘휘 돌렸다.

"어라?"

채널을 돌리던 내 손이 딱 멎은 것은 한 방송사의 뉴스였다. 텔레비전 속 자료화면 영상에서 낯익은 장소가 보였다.

[서울의 모 대학병원에서 신입 간호사의 실수로 입원 환자가 사망하는 의료사고가 발생했습니다.]

자료화면 곳곳에 보이는 병원의 로고는 모자이크 처리되어 있었지만 나는 대번에 그 병원이 요하네스대 부속병원임을 알 수 있었다.

[피해자는 양모 씨로, 피의자 김모 씨는 마취제를 영양제로 오인, 양모 씨에게 치사량 이상의 마취제를 잘못 주사한 것으로 드러났습니다.]

장면이 전환되고 고개를 푹 숙이고 경찰서 계단 앞에 서 있는 피의자가 보였다.

[현재 경찰은 김모 간호사에게 과실치사 혐의로 구속영장을 신청한 상태입니다.]

요한 씨 병원에서 사고라니, 괜히 찝찝한 기분이 들었다. 한동안 요한 씨는 더 바빠지려나. …뭐, 바빠지면 차라리 다행인 건가? 나는 며칠 전 강준 씨가 했던 말을 떠올렸다.

"집에 가봐야 할 것 같아. 좀 찾아볼 게 있어서."

"얼마나요?"

"모르겠어. 그건 그렇고 누리야, 요한이 형을 조심해."

"…네?"

"요한이 형, 정말 이상해. 우리가 아는 요한이 형이 아니야. 뭔가에 씐 것 같아."

"확실히 이상하기는 하지만… 빙의된 것 같지는 않던데요?"

"그래서 더 의심스럽다는 거야. 이제 본색을 드러내려는 건지도 몰라."

그날, 병실에서 사라지는 요한 씨를 따라갔던 강준 씨가 무언가를 본 것 같았다. 확실해지기 전까지는 알려줄 수 없다고 말을 아끼던 강준 씨는 다음 날 청주로 내려갔다. 요한 씨와 강준 씨 모두 회사에 나오지 않은 지 일주일째였다. 종종 회사를 비우는 두 사람인지라 사장님과 다운은 이상할 것이 없다고 생각하는 듯했지만 나만큼은 평소와는 다른 무언가가 감춰져 있다는 느낌을 지울 수 없었다. 마치 폭풍전야 같은 느낌이랄까. 곧 커다란 폭풍이 휘몰아칠 것만 같은…. 그때였다. 전화가 왔는지 핸드폰이 길게 진동했다. 발신인을 확인해보니 강준 씨였다.

"네, 강준 씨."

〔집이야?〕

"집이죠. 그럼 지금까지 야근하고 있게요?"

오랜만에 듣는 강준 씨의 목소리가 괜스레 반가웠다.

"뭐 좀 알아내셨어요?"

내 말에 잠시 강준 씨는 대답이 없었다. 잠시간의 침묵 후에 강준 씨가 무거운 목소리로 말했다.

〔…이걸 어디서부터 이야기해야 할지 모르겠다.〕

무슨 심각한 일이라도 있나? 나는 차분히 앉아 강준 씨의 다음 말을 기다렸다. 유창한 언변의 사장님과는 달리 강준 씨는 말주변이 뛰어난 사람이 아니다. 두서없는 말을 정리하기 위해서는 시간이 좀 걸릴 것이다. 나는 강준 씨를 재촉하지 않았다. 수화기 너머로 침묵이 흘렀다. 서로의 숨소리만 들릴 뿐이었다. 그때였다. 현관문을 똑똑하고 두드리는 소리가 들려왔다. 하필이면 이 타이밍에…. 나는 민망한 목소리로 강준 씨에게 말했다.

"강준 씨, 잠깐만요. 사실 제가 조금 전에 치킨을 시켰거든요. 지금 왔나봐요."

나는 현관문을 향해 "네!" 하고 큰 목소리로 말했다. 그러고는 지갑을 챙겨들고 후다닥 뛰어가 문을 열었다.

"…요한 씨?"

열린 문틈 새로 나타난 사람은 배달부가 아닌 요한 씨였다.

"이 시간에 무슨 일로…."

전혀 예상치 못한 요한 씨의 방문에 얼떨떨했다. 요한 씨를 경계하라던 강준 씨의 말도 너무 당황해 떠올리지 못했다. 깊게 생각할 겨를도 없었다. 시야가 번쩍 하는 것을 마지막으로 나는 정신을 잃고 말았다.

* * *

외부에서 오는 자극들이 하나둘씩 느껴졌다. 가장 먼저 웅웅거리는 소리가 귓속으로 들려왔고 곧 규칙적인 진동감도 느껴지기 시작했다. 생각할 수 있게 된 것은 그다음이었다. 맑지 못한 정신이었지만 나는 최대한 이성적으로 생각하려 애썼다. 깜빡 잠이 들었던 모양이다. 내가 어쩌다가 잠이 들었더라? 나는 잠들기 전의 기억을 천천히 되짚어 나갔다.

나는 강준 씨의 전화를 받는 중이었다. 누가 현관문을 똑똑 두드리기에 당연히 치킨 배달부일 거라고 생각했다. 문을 벌컥 열어보니 거기엔 요한 씨가 서 있었다. 그리고 제대로 말을 걸기도 전에 번쩍하는 빛과 함께…. 기억은 거기서 끊겨 있었다. 등줄기가 싸하게 식었다. 누군가가 내 뒤로 찬물 한 바가지를 쏟아부은 것 같았다. 뭐야, 나 지금, 어디에 있는 거야? 어떻게 된 거지? 거기까지 생각이 미친 나는 눈을 번쩍 떴다.

"…!"

눈을 뜬 나는 하마터면 소리를 지를 뻔했다. 나는 지금 낯선 차에 타고 있었다. 내 양옆으로는 흰옷을 입은 사람들이 나를 포위하듯 앉아 있었고, 앞좌석에도 두 사람이 앉아 있었다. 기억을 잃기 전에는 분명 밤이었던 것 같은데, 차창 너머 밖에는 어느새 동이 터 있었다.

"깼네."

영영 안 깨어나는 편이 네게는 나았을지도 모르는데 말이야. 웃음기 어린 목소리로 내게 말을 건 사람은 다름 아닌 조수석에 타고 있던 요한 씨였다.

"…요한 씨?"

밤에 마셨던 술이 덜 깼나? 아니면 내가 아직 꿈을 꾸고 있는 걸까. 눈앞의 상황을 도저히 받아들일 수가 없었다. 말이 되는 소리냔 말이다. 분명 집 안에 있었는데, 눈을 떠 보니 낯선 차 안이라는 것이 말이다.

"요한 씨, 여기가 어디…"

여기가 어디에요? 지금 어디에 가고 있는 거죠? 묻고 싶은 것들이 너무나 많았다.

"요한이 아니라 무명이다. 이 몸의 새 주인이 될 존재지."

요한 씨의 입에서 나온 예상 밖의 말에 나는 질문할 것도 잊고 입만 벌린 채 요한 씨를 바라보았다. 지금 무슨 말을 하는 거야? 무명이라니? 그게 누구야?

"오랜만이군, 네가 정말 보고 싶었다."

"어우, 진짜 무섭게 왜 이래요! 안 그래도 뭐가 뭔지 모르겠는데. 장난은 이쯤 하고 무슨 상황인지 설명부터 해주세요."

나는 요한 씨를 향해 소리를 버럭 질렀다. 슬슬 짜증이 치밀어오르던 차였다.

"상황 설명이라… 그래, 상황 설명이 필요하겠지. 어디서부터 이야기하면 좋을까."

요한 씨는 정말로 생각에 빠진 것처럼 잠시 침묵했다. 여전히 차는 낯선 도로를 달리는 중이었다. 나는 잠자코 앉아서 요한 씨의 '장난이야'라는 말을 기다렸다. 하지만 요한 씨의 입에서 나온 말은 내 기대와는 정반대였다.

"이 몸 안에는 두 개의 영혼이 들어 있지. 하나는 네가 알고 있는 요하네스 킴, 그리고 다른 하나는 바로 나, 무명이다."

영혼이 둘? 내가 아는 요한 씨 말고 다른 하나가 더 있다고? 자신을 무명이라 소개한 남자의 말이 이어졌다.

"나는 300년 전에 요한의 몸에 봉인되었다. 그리고 얼마 전에 봉인에서 풀려났지. 이제는 이 몸을 완전히 차지할 시간이다. 정말이지 험난한 여정이었어."

요한, 아니 무명이 나른한 목소리로 중얼거렸다. 그의 깊은 눈은 그 당시를 떠올리고 있는 것 같았다.

"내가 예정된 시간보다 빨리 깨어났다는 것을 요한이 알지 못하게 은밀히 행동해야했어."

"…."

"주로 그가 깊은 잠에 빠져 있을 때를 틈타서 그의 몸을 빌려 움직였다. 뿔뿔이 흩어진 채 명맥만 간신히 유지하고 있던 내 추종세력을 모아 새날교라는 단체를 만들었지."

새날교를 만든 게… 이 무명이라는 남자라고?

"새날교라는 이름 아래 영력을 가진 이들을 모았다. 너를 찾기 위해서."

무명이 뒤로 손을 쭉 뻗어 내 뺨을 쓰다듬었다. 소름이 오소소 돋았다.

"요한이 머리를 잘 썼지. 요한은 네가 태어나자마자 팔찌를 씌워 네 힘을 숨겨버렸거든. 그러고는 팔찌를 다른 아이들에게도 나눠줘서 너를 한 번 더 숨겼다. 물론 팔찌를 만드느라 많은 힘을 쓴 탓에 결과적으로는 내가 빨리 깨어나게 되었지만 말이야."

무명의 눈이 내 왼팔에 걸린 팔찌를 향했다. 이 팔찌를… 요한 씨가 준 거라고? 나를 임신하고 있던 과거의 우리 엄마에게? 그의 말을 믿고 싶지는 않았지만… 무명이 하는 말들은 모든 것이 진실인 듯 아귀가 딱딱 맞아 떨어졌다.

"나는 마침내 너를 찾아냈다. 하지만 끝이 아니었지. 봉인이 완벽히 풀린 것은 아니었기 때문에 조금 더 기다려야 했어. 그러는 동안에 장난을 치기도 했지."

너를 미리 잡아두는 것도 나쁘지 않겠다 생각했거든. 무명은 문득 기분 나쁜 미소를 지었다.

"너를 죽이려 들었던 새타니 영과 아귀들, 죽어 성불하지 못하고 사념체가 된 한희연. 그것들이 모두 우연히 일어난 일이라고 생각한 건 아니겠지."

나는 애써 평정을 가장한 표정을 지었다. 놀라지 않았다면 거짓이다. 하지만 놀랐다는 표정을 보여 그를 기쁘게 하고 싶지는 않았다.

"그러고 보니 네 부모님의 죽음. 어때, 그것도 우연이라고 생각하나? 하필 너희 집에 강도가 든 거라고 생각하는 건 아닐 테지?"

목적지에 도착한 모양이었다. 차가 멈춰 섰다. 멈춰 선 것은 차뿐만이 아니었다. 나 역시도 숨 쉬는 것마저 잊고 눈을 크게 뜬 채 그대로 멈춰버렸다.

"방금… 뭐라고…"

"내려서 이야기하지."

무명은 냉정히 내 말을 자르고는 먼저 차에서 내렸다. 내가 멍하니 앉아 있는 사이 내 양옆에 앉아 있던 두 사람이 내 몸을 강제로 차에서 끌어내렸다. 자그마한 건물 하나가 넓은 벌판에 홀로 서 있었지만 그런 것들은 내 눈에 들어오지 않았다.

"…말해요, 당장."

"나는 300년간 너를 기다렸는데 말이야. 잠시를 못 기다리나? 성격 한번 급하군."

나는 두 사람에게 양팔이 잡힌 채로 연행되듯 건물 안으로 끌려들어갔다. 발이 질질 끌려 아파왔다. 그제야 나는 내가 맨발임을 알 수 있었다. 건물 안 한가운데에는 몇 개월 전 내가 머물렀던 새날교 기도원에서 본 것과 똑같은 화려한 의자 하나가 놓여 있었다. 그리고 그 앞에는 새날교의 교주가 서 있었다.

"10년 전, 네 기운을 느꼈던 적이 있다. 그전까지는 어떤 방법을 써도 찾을 수 없었던 네 기운이 안개 걷힌 듯 뚜렷하게 느껴졌지. 나는 명령을 내렸다. 너를 당장 잡아오라고. 다른 이들은 어찌되어도 좋으니, 너는 꼭 살려서 데려다놓으라고 명령했다."

무명의 입에서 나올 다음 말이 무서웠다. 할 수만 있다면 그의 입을 틀어막고 싶었다.

"선물을 하나 주지"

고마워할 필요는 없어. 무명이 덧붙이며 낮게 웃고는 의자 옆에 서 있던 새날교 교주를 향해 손짓했다. 제단 앞에 서 있던 교주가 내게 다가와 두 손으로 내 뺨을 움켜쥐었다. 본능적인 불안함에 몸을 뒤틀어 거부하려 했지만 나를 단단히 잡고 있는 흰옷의 사내들 때문에 쉽지 않았다. 교주의 얼굴이 아주 가까이 다가왔다. 그의 눈 속에 두려움 가득한 내 눈동자가 비쳤다. 충분한 시간이 흐른 뒤, 그가 입을 열고 천천히 말했다.

"떠올려봐, 그날의 기억을."

그의 목소리에는 묘한 울림이 있었다. 머리가 어질했다. 최면에 걸려든 것 같았다.

"그날은 평범한 오후였지. 네 아버지는 베란다에서 화분에 물을 주고 있었고, 네 어머니는 빨래를 널고 있었다. 너는 거실에서 텔레비전을 보고 있었지."

흠칫 놀라 몸부림치려는 내 기색을 알아챈 흰옷의 두 남자가 내 팔을 더욱 단단히 잡았다. 손아귀에 잡힌 팔이 아파왔다.

"누군가가 현관문을 쾅쾅 두드렸지. 현관문은 너무나도 쉽게 부서져버렸고 부서진 현관문으로…"

"부서진 현관문으로 낯선 사람들이… 들어와서 아빠를…."

어느새 나는 그의 말을 이어받아 내가 직접 말하고 있었다. 스스로 말을 하면서도 어리둥절했다. 내가 이 이야기를 왜 하고 있는 거지? 교주는 이 이야기를 어떻게 알고 있는 거지?

"정말 낯선 사람'들'이었나?"

교주의 목소리가 아스라이 멀게 느껴졌다. 멀리서 들리는 것 같지만, 결코 작지 않은 음성은 무시할 수 없는 힘을 가지고 있었다. 낯선 사람들…?

"정신을 집중해. 그날을 다시 떠올려. 집 안에 네 가족 말고 몇 명의 사람이 더 있었지?"

교주의 말에 나는 천천히 기억을 되돌렸다.

현관문을 두드리는 큰 소리에 놀란 아빠가 현관으로 먼저 나가셨다. 현관문이 부서지고 흰 한복을 입은 사람들이 우르르 집 안으로 들어와 커다란 방망이로 아빠를 내리쳤다. 아빠는 비명 한 번 지르지 못하고 그대로 쓰러졌고… 남자들은 쓰러진 아빠를 밟고 거실까지 들어왔다. 아빠를 죽인 남자와 내가 눈이 마주쳤다고 생각한 순간….

"집중해."

교주의 목소리가 들려왔다. 내 관자놀이를 꾹 누르는 힘이 느껴졌다. 머릿속에서 그날의 기억이 필름처럼 재생되기 시작했다. 어느새 싱크대 설거지통에서 식칼을 꺼내 든 엄마가 내 앞을 막아섰다. 두 손으로 칼을 쥔 엄마의 손이 부들부들 떨리는 것이 보였다. 엄마는 덜덜 떨면서도 필사적으로 나를 가리려 애썼다. 엄마도 아빠만큼이나 무기력하게 쓰러져버렸다. 남자는 너무나도 쉽게 엄마에게서 칼을 빼앗아들었고, 그 칼로 망설임 없이 엄마의 배를 찔렀다. 다음은 내 차례였다.

— 사, 살려주세요….

나는 내 부모의 목숨을 앗아간 그들에게 목숨을 구걸했다. 그는 들고 있던 칼을 내던지고는 내게로 한 걸음씩 다가왔다.

— 같이 가자.

남자가 내게 손을 뻗었다. 나는 남자의 손을 잡지도, 내치지도 못한 채 가만히 앉아서 덜덜 떨며 울었다. 그때였다. 베란다 밖에서 누군가가 집 안으로 들어왔다. 금발머리 남자가 집으로 들어와서는 흰옷을 입은 사람들을 하나둘씩 해치우기 시작했다. 그가 손을 휘저을 때마다 한복을 입은 사람들은 스르르 사라졌고 마지막에는 내게 손을 뻗고 있는 단 한 사람만이 남았다.

"정말 낯선 사람들이었나?"

교주의 목소리가 들려왔다. 나는 고개를 저었다. 사람들이 아니었다. 한복을 입은 자들은 모두 영이었다. 결국 경찰의 수사 결과가 맞았다. 범인은 하나였다. 내가 본 것은 그를 따라온 영들이었다.

"그다음에는 어떻게 됐지?"

"…"

머릿속 영상이 다시 재생되기 시작했다. 홀로 남겨진 남자는 부서진 문 밖으로 도망쳐버렸다. 나는 비로소 소파에서 내려와 바닥에 주저앉았다. 반쯤 넋이 나가 엄마의 피가 흥건한 바닥을 기어 엄마에게 다가갔다. 엄마의 몸은 아직도 따뜻했지만 그 온기는 산 자의 것이 아니었다. 금발머리의 남자는 내 방으로 뚜벅뚜벅 걸어 들어갔다. 놀라운 일은 바로 그 순간에 일어났다. 엄마의 식어가는 육체 속에서 엄마가 나온 것이었다.

— 어, 엄마?

분명 엄마였다. 엄마가 나를 보며 미소 짓고 있었다.

〔누리야.〕

— 엄마!

〔혹시라도, 홀로 남겨진 네가 엄마의 죽음이 네 잘못이라고 생각할까 걱 정돼.〕

— 무, 무슨 소리예요….

〔엄마는 엄마로서 딸을 지켰어. 당연한 일을 한 거야.〕

— 엄마…?

〔네 잘못이 아니야.〕

엄마의 마지막 말이었다. 그 말을 마친 엄마는 스르르 사라져버렸다. 남은 것은 싸늘해져가는 엄마의 시신뿐이었다. 내 방에 들어갔던 금발머리 남자는 내가 감춰두었던 팔찌를 찾아와 내 팔에 채워주고는 사라져버렸고, 곧이어 나는 혼절했다.

엄마의 마지막 말을 이해하는 데는 시간이 얼마 걸리지 않았다. 눈만 감으면 그날이 떠올랐다. 왜, 그날 나는 그렇게 무기력했을까. 엄마가 식칼을 들고 내 앞을 막아설 때까지 나는 뭘 한 거지? 엄마가 아니라 내가 칼을 들었어야 했어. 내가 그자의 심장에 칼을 꽂아 넣었어야 했어. 내가 아무 것도 하지 못해서. 엄마가 죽은 거야. 나 때문이야. 얼마나 후회하고 스스로를 원망했는지 모른다.

— 네 잘못이 아니야.

아니, 내 잘못이다. 내가 잘못해서 엄마 아빠가 돌아가신 거야. 내 잘못으로 나는 혼자 남겨지는 벌을 받는 거야. 나는 그날 이후로 아주 오랜 시간을 상담센터에서 보내야 했다. 일상생활로 돌아갈 수 있게 되었을 때는 그날의 기억이 반쯤 날아가 있었다. 그리고 잃어버린 기억의 조각이, 지금 다시 제자리를 찾았다. 눈물이 차올랐다.

"그날, 금발머리 남자는…."

"요한이었지."

남자가 장난스럽게 자신을 가리켰다.

"요한은 자신이 힘을 쓰면 봉인이 느슨해진다는 것을 알고 있었어. 하지만 그날은 어쩔 수 없었지. 당장 네가 죽는 것보다는 봉인이 조금 풀리는 게 낫다고 판단했을 거야."

— 난 물리력 담당이라서. 귀신보단 귀신 씐 사람들을 주로 상대하지.

— 아, 넌 모르나? 요한이 형은 영에게 물리적인 타격을 가하지는 못해.

과거의 요한 씨의 모습들이 떠올랐다. 퇴마 일에서 묘하게 뒤로 빠지던 모습들 하며, 사념체가 된 희연 언니로부터 나를 지켜주던 모습까지. 요한 씨는 영을 상대하지 못했던 게 아니다. 상대해서는 안 되는 이유가 있었다. 그렇다면 무명의 이유는 무엇일까. 왜 저자는 나를 죽이지 못해 안달일까.

"당신, 날 죽여서 뭘 하려는 거죠?"

내 말에 무명이 크게 웃었다. 고개를 젖힌 채 입이 찢어져라 웃는 모습이 괴기스럽기 그지없었다. 한참 만에 웃음을 그친 그는 진심으로 기쁘다는 듯 내게 말했다.

"나는 네 영력을 취해 이 몸을 완전히 가질 테다. 불로불사의 이 완벽한 몸을 말이야!"

무명의 손끝에는 그가 가진 영력의 형상이 튀어나와 있었다. 길고 날카로운 칼날이 어둠 속에서 퍼렇게 빛났다.

"오늘은 내가 네 목숨을 취해 영생을 얻고 새로운 나로 다시 태어나는 날이다."

나는 언제부터인가 울고 있었다. 두려워서 흘리는 눈물이 아니었다. 뺨을 타고 턱 끝까지 흐른 눈물이 바닥으로 툭툭 떨어지는 것이 느껴졌다.

"어차피 나를 죽일 거라면…."

눈물을 닦고 싶었지만 양팔이 여전히 두 남자에게 결박되어 있었다. 내가 할 수 있는 것은 눈을 치켜뜨고 그에게 따지고 드는 것이 고작이었다. 나는 우는 대신 힘껏 그를 노려보았다. 목소리에는 빈정거림을 한껏 담았고 입꼬리에는 비웃음도 걸었다. 내 태도로 말미암아 그가 화가 났으면 좋겠다. 그가 동요하기를 바라며 말을 뱉었다.

"이 이야기를 나에게 다 하는 이유가 뭐죠? 어차피 나는 죽을 사람인데. 구질구질해."

우습게도 지금 내게 닥친 상황이 마치 소년만화 속 한 장면같이 느껴졌다. 나는 정의로운 주인공, 그리고 눈앞의 이 남자는 주인공에게 시련을 주는 악당이다. 주인공의 가족을 해치고 주인공을 납치한 것도 모자라, 그 주인공 앞에서 자신이 한 일을 떠벌리며 자랑하는 행동이라니. 감독이 누군지는 몰라도 이 만화, 뒷내용이 빤히 보이는 게 인기 얻기는 영 글렀다.

눈앞의 악당이 나를 보며 여유롭게 씩 웃었다. 악당다운 비열한 미소였다.

"너를 찾기 위해 내가 얼마나 노력했는지 말해주고 싶었기 때문이다."

"제가 '와 저를 이렇게 찾아주시다니, 멋있어요, 감동 받았어요' 하고 말할 거라고 생각하면 완전히 헛물 제대로 켰네요."

"또한, 내 이야기를 들은 네가 직접 내게 네 영력을 바치길 바라기 때문이다."

"그건 무슨 말이죠?"

"말 그대로지. 내가 억지로 네 영력을 취하는 것이 아니라 네가 직접 영력을 내게 준다면, 나는 더 순수한 영력을 얻게 됨으로써 더욱 강한 힘을 갖게 된다."

"내가 줄 거라고 생각하는 건 아니겠죠?"

"너는 10년 전, 네 부모의 죽음을 지켜봤겠지."

"…내 부모님 돌아가신 이야기를 해서 그쪽한테 좋을 거 하나도 없을 텐데요."

"네 부모처럼 되고 싶나?"

"지금 무슨 말을 하는 거예요!!!"

"네가 내게 영력을 직접 준다면, 네 영혼도 함께 받아주지. 어때, 나와 함께 영원히 살아가는 거다. 그리고 네가 좋아하는 사무소 사람들이 모두 죽을 때까지, 그 정도는 무명이 아닌 요한으로서 살아주지. 그들이 신뢰하고 의지해 마지않는 요한으로 말이야."

어때, 이건 꽤 매력적인 제안이지? 남자가 은근한 목소리로 내게 속삭였다.

"…진짜 요한 씨는 지금 어디 있죠?"

"이 안에서 영원한 잠을 자는 중이지."

남자가 자신의 왼 가슴을 툭툭 치며 말했다. 나는 남자의 가슴을 멀거니 바라보며 생각에 잠겼다.

요한 씨에 대한 사장님의 신뢰는 처음부터 알고 있었다. 요한 씨의 말이라면 불만스러워도 고분고분 따르던 사장님의 모습, 요한 씨를 의심하는 내게 "나는 요한이 형을 믿어"라고 말하던 모습까지…. 다운도 마찬가지일 거였다.

"그들은 너와 알고 지낸 시간보다는 요한과 함께 지낸 시간이 더 길다. 둘 중 하나를 선택해야 한다면 결과는 말할 것도 없이 요한이겠지. 어때, 네게도 썩 나쁜 제안은 아닌 것 같은데."

"그것 참 흥미로운…."

흥미로운? 남자의 얼굴에 기대감 같은 것이 짧게 스쳐지나갔다.

"개소리네요."

"…뭐라고?"

남자가 어이없다는 듯 중얼거렸다. 나는 씩 웃으며 대답했다. 의도하지 않았는데도 절로 비웃음이 지어졌다.

"그 사람들은 욕심이 많아서요. 요한 씨랑 나, 둘 중에 한 명을 고르라면 둘 다 고를걸요?"

내가 그들을 위해 나를 희생했다는 걸 그들이 알게 된다면 과연 좋아할까? '아이고, 누리가 우리를 위해 희생하다니 고마워 죽겠네' 하며 눈물을 흘릴까. 아니, 오히려 멍청한 게 싸워보지도 않았다며 화를 낼지도 모른다. 스스로를 지키는 법 같은 것 가르쳐봐야 다 소용없었다고 푸념할지도 모르지.

"그리고 내가요. 그쪽 뭘 믿고 그쪽이 하는 말을 들어줘요?"

이제까지 내가 본 만화 속 악당치고 약속을 잘 지키는 악당은 없었다. 죄다 그럴싸한 말로 구슬리고는 목적을 이루자마자 나 몰라라 해버릴 뿐이었다. 무명도 마찬가지일 거다. 내가 순순히 영력을 바치면 영원히 함께 살게 해주겠다고? 요한 씨처럼 재워버릴 것이 분명했다. 쉽게는 절대 안 될 거야. 나는 마음을 다잡고 무명을 노려보았다. 마음 같아서는 뺨이라도 한 대 시원하게 갈기고 싶었지만 몸이 여전히 잡혀 있는 터라 여의치 않았다. 나는 무명의 얼굴에 침을 퉤 뱉고는 있는 힘껏 반항하기 시작했다.

"이거 놔!!! 풀란 말이야!"

내가 반항하기 시작하자 무명과 대화를 나누는 동안 살짝 느슨해졌던 두 남자의 구속이 다시 강해졌다. 무명이 얼굴에 묻은 내 침을 닦아내는 사이 교주가 두 남자에게 손짓했다. 두 남자가 나를 질질 끌어 의자에 앉혔다. 내가 잡힌 팔을 빼내기 위해 몸을 틀며 반항하는 사이 무명은 코앞까지 다가왔고, 한 치의 망설임 없이 오른손을 들어 내 심장 위를 찔렀다. 순식간에 일어난 일이었다. 본능적으로 눈이 감겼다. 시각이 차단되자 다른 감각들이 더욱 예민하게 느껴졌다.

투두둑 하고 팔찌가 끊어지는 소리가 들렸다. 예상했던 고통은 느껴지지 않았다. 크윽, 하는 무명의 고통에 찬 신음 소리가 들려왔을 뿐이었다. 나는 천천히 눈을 떴다. 내 안에서 영력이 쏟아져 나와 무명의 힘을 막는 것이 보였다. 무명의 얼굴은 고통으로 일그러져 있었지만 내 심장을 향한 힘을 거두지는 않았다. 내 영력이 무명에게 맞서 싸우는 동안 나는 멍청히 생각했다.

'이제까지 위기의 순간에서 나를 구해준 것은 팔찌가 아니라 내 안의 영력이었구나.'

내게 닿아 있는 무명의 팔목에 핏줄이 툭툭 불거지더니 실같이 가는 것부터 차례로 터져나가는 것이 보였다. 팔뚝은 핏줄이 잔뜩 서 울긋불긋 보기가 흉할 정도였다. 그러나 그것도 잠시였다. 비릿한 냄새가 코끝을 훅 스쳤다. 입고 있던 상의가 붉게 젖어 들어가고, 아래로 무언가 흘러내리는 것이 느껴졌다. 결국 남자의 손이 내 가슴을 파고든 것이다. 나를 똑바로 바라보고 있는 무명이 씩 웃었다. 나는 화들짝 정신을 차렸다. 멍하니 바라보고만 있을 시간이 아니었다. 그에게 맞서야 했다.

양손을 시작으로 팔 전체에 영력을 실어 나를 구속하고 있던 두 남자에게 쏘아 보냈다. 그간 진이 빠지도록 반항했던 것이 무색할 정도로 두 남자는 쉽게 나가떨어졌다. 두 남자가 쓰러지는 것을 본 교주가 나를 잡기 위해 다가오려 했지만 무명은 그럴 필요 없다는 듯 손짓 한 번으로 그를 저지했다.

"움직이지 마. 네 심장이 터져버리면 너나 나나 좋을 것 하나 없으니까."

무명의 손이 점점 내 안으로 깊이 들어오고 있었다. 심장 바로 위를 감싸고 있는 뼈에 닿은 듯 으드득하는 소리가 나는 것 같기도 했다.

"안 터트릴 건데요? 물론 당신에게 주지도 않을 거고요."

이를 악물었다. 핏줄이 터져 군데군데 피멍이 든 손은 쳐다보기만 해도 징그러웠지만 지금 그런 걸 재고 따질 때가 아니었다. 나는 무명의 손을

양손으로 붙잡고는 영력을 실었다. 조금 전 두 남자를 떼어놓기 위해 쓴
힘과는 비교도 되지 않는 강한 힘이었다.

"크윽…!"

효과가 있었던 모양이다. 무명의 입술 새로 비명이 터져 나왔다. 그와 동
시에 그의 날카로운 눈빛이 잠시 멍해져 초점을 잃었다가 다시 찾기를 되
풀이했다. 그럴 때마다 요한 씨의 몸 뒤로 영이 아스라이 비쳤다. 수많은
구렁이들이 한데 모여 있는 모습이었다. 말이 좋아 구렁이지 구렁이의 몇
배는 됨직한 크기였다.

"사념체?"

저게 무명의 정체일까? 그 모습을 멍하니 지켜보고는 사이에 남자는 여
유를 찾은 듯 고통에 찡그렸던 표정을 풀고 나를 보며 웃었다.

"그게 네가 낼 수 있는 가장 강한 힘인가?"

남자는 진심으로 가소롭다는 표정이었다. 나는 말을 잇지 못했다. 틀린
말은 아니었기 때문이다.

"내가 그토록 원하는 힘이 이렇게 보잘것없는 주인에게 있다니. 제 힘을
제대로 쓸 줄도 모르는 주인에게 말이야."

"…뭐라고요?"

"너는 여러모로 자격박탈이다. 네 영력은 내가 가져와 써주지."

으드득하는 소리가 들려왔다. 착각이 아니었다. 그의 손에 내 뼈가 뚫리
는 소리가 생생했다. 그와 동시에 두려움이 몰려왔다. 나는 오늘 죽는다.
내 힘은 그를 이기기에는 역부족이다.

죽음의 순간을 생각해본 적이 있다. 부모님이 돌아가신 뒤 병원에 입원
해서부터 상담센터에서 치료를 받는 내내, 나는 끊임없이 죽음을 생각하
고 또 생각했다.

인간이라면 누구나 죽는다. 나도 언젠가는 죽을 거다. 그 죽음을 조금
앞당기는 게 뭐가 어때. 엄마 아빠가 없는 세상에 홀로 남아 살아갈 자신
이 없었다. 나 혼자 살아남았다는 사실 자체가 죄스러웠다. 혼자 살면 뭐

할까. 죽고 싶었다. 생각하는 것을 그만두고 싶었다.

하지만 지금도 그런 것은 아니다. 나는 내가 아는 사람들의 모습이 차례로 떠올렸다. 나를 보며 수줍게 웃던 슬아, 늘 따뜻한 눈빛으로 나를 바라보던 강준 씨, 티격태격하면서도 나를 걱정해주는 다운이, 나를 지키겠다며 호기롭게 장담하던 권두혁 형사, 그리고….

— 못 들은 걸로 해.

— 다음에 다시 정식으로 고백할 거니까.

그 사람, 사장님.

살고 싶어.

이렇게 죽음을 온몸으로 느껴가며 죽고 싶지 않았다. 아픔도 두려웠고 아는 이 하나 없는 곳에서 홀로 죽는 것도 싫었다. 가장 싫은 것은… 내가 죽기만을 기다리고 있는 눈앞의 이 남자였다.

"조금만 더…."

작게 중얼거린 남자가 손에 조금 더 힘을 주는 것이 느껴졌다. 신기할 정도로 고통은 없었다. 사람이 극도의 긴장상태가 되면 아픔도 느낄 수 없다더니 정말이었다. 그게 아니라면…. 혹시 이게 꿈이라서 내가 고통을 못 느끼는 건 아닐까? 이게 꿈이라면 얼마나 좋을까. 이 모든 것이 꿈이라면 평소에는 진저리치던 모닝콜 소리도 반기며 일어날 수 있을 것 같은데.

'저 오늘 진짜 생생한 악몽을 꾼 거 있죠.'

그렇게 사무소 사람들과 이야기하며 찜찜한 기분을 털어낼 수만 있다면 얼마나 좋을까. 그때였다.

"정신 차려, 누리야!!!"

무명의 입에서 고함이 터져 나왔다. 나는 본능적으로 무명이 아니라는 것을 알아차릴 수 있었다.

"…요한 씨, 요한 씨 맞죠?!"

무명의 턱에 힘이 잔뜩 들어가는 것이 보였다. 이를 악물고 버티는 모양이었다.

"큭…. 깨어날 줄이야."

작은 목소리였지만 무명과 밀착해 있던 나는 분명히 들을 수 있었다. 깨어났다니, 요한 씨가 깨어났다는 소리지? 영원히 잠든 게 아니었어? 내가 자신의 말을 들었다는 것을 눈치챈 듯 무명이 아차 싶은 얼굴을 했다. 하지만 나는 이미 그의 말을 들은 뒤였다. 잠들어 있던 요한 씨가 깨어났다. 요한 씨의 몸속에서는 무명과 요한 씨의 영혼이 육체의 주도권을 놓고 싸우고 있는 모양이었다. 그렇다면 내가 할 일은…. 주도권을 가지고 있는 무명의 정신을 분산시켜야 한다. 피를 제법 흘린 듯 어질했다. 애써 침착하게 정신을 다잡은 나는 무명의 어깨를 밀쳐내며 영력을 쏘아 보냈다.

"이익…!"

스스로도 놀랄 만큼 강한 힘이었다. 내가 이렇게 강한 힘을 쓸 수도 있었단 말이야? 내 공격이 제대로 먹힌 듯 무명이 뒤로 주춤 물러났다. 내 가슴에 꽂혀 있던 그의 손이 빠지며 피가 사방으로 튀었다. 나는 본능적으로 오른손으로 가슴을 틀어막았다. 그동안 무명은 그 자리에 멀뚱멀뚱 서 있을 뿐이었다. 그 모습이 꼭 고장 난 로봇 같았다. 무명의 사념체가 몸에서 빠져나올 듯 나타났다 다시 몸 안으로 사라지기를 반복했다. 사태의 심각성을 눈치챈 교주가 슬금슬금 다가오는 것이 보였다. 그때였다. 요한 씨가 몸을 완전히 틀어 교주를 덮쳤다.

"…요한 씨?"

요한 씨가 이긴 걸까. 나는 반가운 마음에 요한 씨를 소리쳐 불렀다. 요한 씨가 다급한 목소리로 내게 말했다.

"시간이 없어. 곧 무명이 다시 몸을 차지할거야."

아무 대답을 할 수 없었다. 멍하니 있는 나를 요한 씨가 채근했다.

"한 번은 무명이 방심해서 내가 나올 수 있었지만 다음번은 없어. 앞으로 그는 절대 방심하지 않을 거야. 무명이 너를 찾을 수 없는 곳으로 도망 가. 몸이 나을 때까지 그곳에 숨어 있어. 거기서 무명에게 맞설 준비를 해."

요한 씨의 눈빛이 멍해졌다. 밖으로 반쯤 나와 있던 사념체가 다시 요한 씨의 몸 안으로 들어가는 것이 보였다. 요한 씨가 입술을 꾹 깨물었다. 이빨에 씹힌 입술은 혈관이 터져 피가 줄줄 흘렀다.

"나가자마자 사무소 사람들한테 연락해. 강준이에게 도움을 청해. 얼른 가!!!"

요한 씨의 고함을 뒤로한 채 나는 몸을 돌렸다. 그리고는 건물 밖을 향해 있는 힘껏 달렸다.

건물 밖에 나를 태워온 차가 주차되어 있는 것이 보였다. 나는 짧은 시간 고민하다 차를 지나쳐 달렸다. 차를 타면 빠르게 이동할 수 있겠지만 나는 운전을 할 줄 모른다. 현실적으로 판단해야 했다. 다리에 힘을 줬다. 달려야 해. 도망가야 한다. 그때였다. 뒤에서 쿵 하는 소리가 들렸다. 나는 무의식적으로 고개를 돌렸다. 요한 씨가 어마어마한 힘으로 교주를 들어 바닥에 내리꽂고 있었다. 나는 도망쳐야 한다는 것도 잊고 입을 벌린 채 요한 씨를 바라보았다. 저게… 인간의 힘이야? 멍청히 서 있는 나를 본 요한 씨가 다시 외쳤다.

"얼른 가!!! 무명이 찾을 수 없는 곳으로!!!"

나는 다시 달리기 시작했다. 건물을 벗어나자 논이 사방으로 펼쳐졌다. 여긴 어딜까, 어디로 가야 할까. 무작정 한쪽 방향으로 달리고는 있었지만 가면서도 내가 제대로 가고 있는지 확신이 서질 않았다. 다리는 감각이 점점 없어지고 숨은 턱 끝까지 차올랐지만 멈출 수는 없었다. 내가 발을 멈추는 순간 뒤에서 그들이 나를 덮칠 것만 같았다. 나는 느리게 걸을지언정 결코 멈추지 않았다.

― 얼른 가!!! 무명이 찾을 수 없는 곳으로!!!

요한 씨의 마지막 외침이 귓가에 웅웅거렸다.

'꿈이었으면…!'

나는 아직도 미련을 버리지 못하고 있었다. 지금쯤 깨어날 때가 된 것 같은데, 왜 아직도 이 악몽 속인 걸까.

가슴에서 흐르는 피는 바닥으로 뚝뚝 흘러, 내가 온 길에 흔적을 남기고 있었다. 핏자국을 보고 그들이 쫓아올까 걱정이 들었다. 더 큰 공포는 가슴의 상처가 점점 아파오기 시작한 것이었다. 하지만 나는 멈춰 서서 내 상처의 깊이를 볼 수도, 마음 놓고 아파할 수도 없었다. 저 멀리 희미하게 마을이 보였다. 파란 지붕의 집들이 모여 있는 시골 동네였다. 동네 앞으로는 까만 아스팔트 도로도 보였다. 저기까지만 가면 누군가에게 도움을 청할 수 있을 거야. 희망이 생기자 걸음이 조금이나마 빨라졌다.

나는 논둑을 둘러 걷는 대신 논을 가로질러 걷는 쪽을 택했다. 조금이라도 빨리 도착하기 위해서였다. 물 고인 논을 밟자 발에 닿는 촉감이 생경했다. 논에 대놓은 물 위로 피가 뚝뚝 떨어졌다. 물에 섞여 흐릿해지는 핏자국을 보며 나는 안심했다. 입안이 버석하게 말라왔다. 물을 마시고 싶었다. 너무 숨차게 달려서만은 아니었다. 피를 너무 많이 흘렸기 때문임을 스스로도 느끼고 있었다. 논바닥에 고인 물을 보며 나도 모르게 입맛을 다시고 있었다. 그때였다. 저 멀리서 회색 차 한 대가 오는 것이 보였다.

"자… 잠깐, 잠깐만요."

내 입에서 나온 목소리는 내가 생각하기에도 형편없이 작았다. 나는 남은 힘을 모두 짜내어 도로를 향해 힘껏 달렸다. 도로까지는 열 걸음도 채 남지 않았다. 멀리서 달려오고 있는 회색 차도 가까워졌다. 나는 차를 향해 두 손을 들고 있는 힘껏 흔들었다. 차 주인이 제발 착한 사람이기를, 나를 보고 그냥 지나치지 않기를, 나는 속으로 빌고 또 빌었다. 운전석에 앉은 남자와 눈이 마주쳤다. 운전자는 놀란 토끼눈을 하더니 속도를 줄이지 않고 그대로 가버렸다. 나는 차가 떠난 도로 위에 쓰러져 그대로 정신을 잃었다.

* * *

눈을 떠보니 익숙한 얼굴들이 보였다. 사장님과 강준 씨, 다운과 권두혁 형사까지 모두 내 침대 곁에 둘러 앉아 걱정스러운 얼굴로 나를 바라보고 있었다.

"깼어?"

나는 대답 없이 고개를 끄덕이고는 몸을 일으켰다. 아래로 떨어지는 이불이 낯익었다. 여긴… 내 방이었다.

"요한 씨는요?"

설마, 정말 꿈이었나? 그러고 보니 가슴의 상처도 간데없이 사라져 있었다. 나는 몸을 벌떡 일으켰다.

"꿈이었어요?"

피와 흙과 땀으로 범벅이 된 몸은 흔적 없이 말끔했다. 아픈 곳도 전혀 없었다. 뭐야, 꿈이었나? 꿈인가? 나는 기대 가득한 얼굴로 사람들의 얼굴을 살폈다. 얼음땡 놀이에서 얼음이 된 아이한테 '땡' 하고 외쳐주는 것처럼, 누군가가 나에게 '꿈이었어'라고 한마디만 해주면 좋겠다. 그러면 나는 이 길고 긴 악몽에서 깨어나 웃을 수 있을 텐데. 그러나 그들은 아무런 대답도 하지 않았다. 나는 눈을 감았다.

다시 눈을 뜨자 조금 전과는 완전히 다른 장면이 펼쳐졌다. 정말로 꿈에서 깨어난 것이다. 그리고 나는 곧 깨달았다. '깨어보니 익숙한 얼굴들이 걱정스런 모습으로 쳐다보고 있었다'로 시작되는 행복한 시나리오는 펼쳐지지 않았다. 나는 여전히 혼자였다. 나는 해피엔딩으로 끝나는 만화 속 주인공은 아니었던 모양이다.

팔목에 꽂혀 있는 링거 바늘을 타고 빨간 피가 똑똑 흘러 들어왔다. 누군가가 나를 병원에 데려다주긴 했나 보다. 길에 쓰러져 죽을 운명은 아닌가 보네. 살아 있음에 감사하는 것과 동시에 다시 막막함이 몰려왔다. 차라리 그렇게 정신을 잃고 다시는 깨어나지 않았다면 좋았을지도 모른다. 그랬다면 더는 그들에게서 도망칠 필요도 없고, 두려움도 없겠지.

생각을 정리하기 위해 앉고 싶었다. 허리에 힘을 주고 몸을 일으키려 애썼지만 쉽지 않았다. 몸을 움직이기가 무섭게 전신에 고통이 몰려왔다. 근육이 놀랐는지 온몸이 아팠다. 발바닥부터 종아리까지는 자잘한 타박상이 가득했다. 붕대로 칭칭 감겨 있는 가슴은 마치 자신을 봐달라는 듯 엄청난 고통으로 존재감을 뚜렷이 했다.

나는 결국 움직이는 것을 포기하고 가만히 누워 눈을 감았다. 드문드문 기억나는 장면들이 있었다. 길바닥에 쓰러진 뒤로 정신을 차렸다 잃기를 반복한 것 같았다. 급박한 표정의 구급대원이 나를 들것에 실었고 나는 잠시 깨었다가 그들의 얼굴을 보고 안심해서 다시 정신을 잃었다. 다시 깨어난 곳은 병원의 응급실이었다. 다급한 얼굴의 간호사가 내 뺨을 가볍게 때려 깨운 뒤 끊임없이 말을 걸었다.

— 환자 분! 정신 잃으시면 안 됩니다. 눈 깜빡여보세요.

— 성함이 어떻게 되세요? 이거 수술동의서랑 수혈동의서인데 꼭 서명해주셔야 저희가 처치를 할 수 있어요. 일단 사인부터…!

— 연락할 보호자 전화번호 기억하세요?

나는 다시 눈을 감았고 깨어보니 지금이다. 내가 뭐라고 대답을 했더라? 대답을 하기는 했었나? 기억이 나질 않았다. 복도 저 멀리서부터 덜그럭거리는 소리가 들려왔다. 소리는 멈췄다가 점점 가까워지기를 반복했다.

"아, 깨어나셨네요. 의사선생님 불러드릴게요."

열린 병실 문틈 새로 음식 냄새가 코를 찔렀다. 하얀 머리망을 쓴 중년의 여자가 나를 보며 미소 짓고는 시야에서 사라졌다. 얼마 지나지 않아 흰 가운을 입은 의사가 간호사와 함께 병실 안으로 들어왔다.

"환자 분, 여기가 어딘지 아시겠어요?"

"…병원이요."

목소리가 형편없이 갈라졌다.

"생각보다 일찍 깨셨네요. 뇌에는 문제없는 것 같고…"

"…"

"칼 같은 날카로운 물건에 찔린 것 같은데, 다행히도 흉골에 가로막혀서 내부 장기는 손상 없고요. 다만 안으로 피가 차서 그걸 제거하는 응급 수술을 했습니다."

"네."

"흉골에 조금 손상이 있기는 한데 그건 나을 때까지 기다려야 할 겁니다. 최대한 안 움직이고 잘 드시고 하면 젊으니까 금방 나을 겁니다."

"…감사합니다."

의사의 얼굴에 짧게 동정의 빛이 서렸다가 사라졌다. 젊은 여자가 어쩌다가… 하는 뉘앙스가 가득 담긴 표정이었다.

"경찰이 아직 안 갔다니까 곧 올라올 겁니다. 나머지 이야기는 그 사람과 하시면 될 것 같네요."

의사는 나를 보며 사람 좋은 미소를 한 번 지어 보이고는 병실을 나갔다. 경찰이라니… 하긴, 내 가슴에 난 상처는 누가 봐도 단순한 사고로 보기는 힘들 것이다. 누군가 경찰에 신고한 모양이었다. 병실에 남아 있던 간호사가 내게 말했다.

"보호자에게 연락해야 하는데 보호자 분 연락처 좀 말씀해주시겠어요? 들어올 때 물어봤는데 대답을 안 하셔서…."

대답하지 못하는 게 당연했다. 내가 보호자가 어디 있어. 내가 내 보호자인데. …물론 연락할 사람이 아예 없는 것은 아니었다. 나는 회사 사람들을 떠올렸다.

"핸드폰 좀 빌려주실래요?"

내 말에 간호사가 바지주머니에서 핸드폰을 꺼내 내게 내밀었다. 불 켜진 화면에서 오늘 날짜와 시간이 한눈에 들어왔다. 월요일 저녁 7시 반. 납치당한 지 만 하루가 채 지나지 않았다. 나는 내 번호 열한 자리를 누르고 전화를 걸었다. 혹시라도 내가 사라진 것을 알아챈 강준 씨가 우리 집으로 가서 내 핸드폰을 가지고 있지는 않을까 하는 기대에서였다. 신호음이 가기도 전에 전화기가 꺼져 있다는 안내음성이 흘러나왔다. 실망과 함께 막막함이 몰려왔다.

"사무소 사람들한테 연락해야 하는데…."

이런 일이 생길 줄 알았다면 핸드폰 번호를 하나라도 외워둘 걸 그랬다. 앞자리가 010으로 시작한다는 것을 빼고는 네 사람 중 단 한 명의 번호도 기억할 수가 없었다. 연락처가 저장된 핸드폰, 사장님의 명함을 넣어놓은 지갑, 지금의 내 상황에서는 그림의 떡이다. 어떻게 연락하지? 직접 가야 하나? 아니, 사람들은 내가 없어진 것을 알기는 할까. 그냥 하루 정도 회사에 안 나오는 거라고 생각한다면…?

그때였다. 문이 열리며 덩치 큰 남자가 한 명 들어왔다. 나는 예상치 못한 사람의 등장에 흠칫 놀라 비명을 질렀다.

"괜찮으세요? 철원경찰서 수사지원팀 순경 허상연입니다."

병실을 들어오던 남자가 오히려 놀란 얼굴을 하고 그 자리에 멈춰 서서 내게 말했다. 나는 머쓱해져서 눈도 마주치지 못한 채 사과했다.

"죄, 죄송해요…. 제가 좀 놀라서…."

그러고 보니, 경찰이라고 했지? 그렇다면…. 나는 다시 고개를 돌려 남자를 보며 말했다.

"서울 마포서 권두혁 형사님께 연락 좀 해주세요. 공누리라고 하면 아실 거예요."

* * *

나는 꼼짝하지 않은 채 병실 문만 바라보며 누워 있었다. 배가 고프지도, 화장실에 가고 싶지도 않았다. 그저 병실 문이 열리고 내가 아는 얼굴들이 들어오기만을 기다렸다. 한 번씩 간호사가 들어와 열을 체크하고, 수액을 갈아주고 가는 것을 제외하고는 내 병실 문을 여는 이는 한참 동안 아무도 없었다. 입을 굳게 다문 내 옆을 허상연 순경이 조용히 지키고 있을 뿐이었다.

얼마나 그렇게 기다렸을까, 복도 끝에서 여러 사람이 동시에 달리는 듯

한 발자국 소리가 들려왔다. 그들이면 좋겠다. 나는 내가 기다리는 사람들의 얼굴을 그리며 속으로 되뇌었다. 마침내 문이 벌컥 열렸다.

"공누리!"

그토록 기다리던 네 남자의 얼굴이 보였다. 나는 처음으로 활짝 웃을 수 있었다. 이번엔 꿈이 아니다. 정말 그들을 만났다. 나는 상체에 힘을 주어 몸을 일으켜 앉았다. 온몸의 근육들이 비명을 질렀지만 상관없었다. 누워서가 아니라 앉아서, 똑바로 그들을 보고 싶었다. 내가 자리에서 일어나는 사이 사장님은 일그러진 얼굴로 내게 뚜벅뚜벅 걸어왔다. 숨을 쉴 때마다 들썩이는 어깨가 보였다. 숨이 가쁜 듯 몰아쉬는 얼굴에는 긴장감이 어려 있었다.

"너…."

"제 잘못 아니에요."

나는 자그마하게 항변했다. 이 상황에 사장님에게 혼나기까지 하면 너무 서러울 것 같다. 그때였다. 사장님이 양팔을 벌리고는 내 머리를 끌어안았다. 일그러진 사장님의 얼굴과는 달리 그의 손길은 너무나도 다정했다. 사장님의 가슴팍에 닿은 귓가에 두근두근 뛰는 사장님의 심장소리가 들려왔다.

"너 때문에 심장이 터지는 줄 알았다. 걱정돼서."

사장님의 다정한 목소리에 무언가 울컥하는 것이 느껴졌다. 울음이 터질 것 같았다. 그래, 나는 줄곧 울고 싶었다. 처음 납치당해 차 안에서 깨었을 때, 무명을 상대해야 했을 때, 그들을 피해 도망쳤을 때, 가슴의 상처가 아파올 때, 그리고 혼자 깨었을 때까지…. 매순간 울고 싶지 않은 적이 없었다. 하지만 울 수 없었다. 울어서는 안 되는 상황이었기 때문이다. 그러나 지금은…. 사장님 품에서 나는 비로소 마음을 완전히 놓을 수 있었다. 잡고 있던 마음을 놓음과 동시에 눈물샘의 수도꼭지도 함께 놓아준 듯 나는 사장님의 품에 안겨 엉엉 울기 시작했다.

"…왜 이제야 왔어요. 흑… 내가 얼마나 무서웠는데요. 정말 죽는 줄 알았단 말이에요."

"늦어서 미안해."

"그런데 나는 혼자였어요. 나 혼자!!! 나 혼자서, 흐으… 그 무서운 일들을 다 겪었어요."

입에서 원망의 말들이 쏟아져 나왔다. 사장님의 잘못이 아니라는 것은 알고 있다. 그러나 나는 원망할 대상이 필요했다.

"많이 무서웠지. 미안해."

내가 한참을 울부짖는 동안 사장님은 품속의 내 머리를 쓰다듬으며 한참을 달래주었다.

긴 울음은 마침 수액을 갈러 들어 온 간호사가 내게 "울면 안 돼요!" 하고 사뭇 엄한 경고를 준 뒤에야 끝이 났다. 얼마나 울었는지 눈두덩은 통통 부었고 머리는 화끈거렸다. 온몸에 열이 올라 나는 쿨팩을 이마에 붙이고 열을 식혀야 했다. 문 근처에서 나를 지켜보던 권두혁 형사가 허 순경을 데리고 복도로 나갔다. 나는 남은 세 사람에게 지금까지 있었던 일을 모두 이야기했다. 집에 있다 납치를 당한 것, 요한 씨의 몸속에 있던 무명의 존재에 관한 이야기, 요한 씨와 팔찌에 관한 이야기, 그리고 부모님에 관한 이야기까지.

"마지막으로 본 건 요한 씨가 새날교 교주를 바닥에 내팽개치는 거였어요. 저는 마을을 찾아서 도망치다가 정신을 잃었는데 깨어보니까 여기였어요. …제가 아는 건 여기까지예요."

"그렇게 된 거였군. 이제야 모든 상황이 다 이해가 돼."

요한 씨를 어느 정도 의심하고 있던 강준 씨는 내 말에 덤덤한 반응을 보였지만 사장님과 다운의 반응은 사뭇 달랐다. 두 사람은 여간 충격을 받은 기색이 아니었다. 그들의 얼굴에는 경악을 넘어서서 크게 상처 받은 듯한 표정이 떠올랐다. 그런 그들에게 나는 '그것 봐, 내가 전부터 그 사람 이상하다고 했잖아' 하고 감히 질책할 수 없었다.

"…."

"…."

어색한 침묵의 시간이 흘렀다. 한참 만에 사장님이 무거운 입을 열었다.

"우선은 서울로 병원을 옮기자. 여기는 시설도 너무 열악하고 당장 우리가 지낼 곳도 마땅치 않으니까."

사장님의 말에 강준 씨가 고개를 젓고는 물었다.

"서울 어디로요?"

"그야…!"

"요하네스 병원은 못 가요. 들었으니 아시잖아요."

사장님의 말을 자르고 강준 씨가 대답했다. 강준 씨의 말에 사장님은 다시 한 번 충격을 받은 것 같았다.

"하하, 그럼… 어떡하지?"

웃음소리와는 달리 사장님의 얼굴에서 웃음기라고는 전혀 찾아볼 수 없었다. 사장님은 무엇을 해야 하는지도 모를 정도로 혼란스러운 표정이었다. 그때였다. 병실 문이 열리고 권두혁 형사가 들어왔다. 허 순경은 어디로 갔는지 보이질 않았다.

"누리 씨 담당 주치의와 이야기하고 오는 길입니다. 지금 당장 병원을 옮기는 건 무리라고 하네요. 수술을 받은 지 얼마 안 된 데다 뼈를 다쳐서 움직이지 않는 게 좋다고요."

나와 눈이 마주친 권 형사가 따뜻하게 웃으며 덧붙였다.

"다행입니다, 누리 씨. 전화 받고 걱정 많이 했어요."

다정한 목소리에 나는 다시 울컥 눈물이 나오려는 걸 꾹꾹 눌러 참아야 했다.

"누가 누리 씨를 이렇게 만들었죠? 제가 잡아들이겠습니다."

권 형사의 얼굴에는 노기가 서려 있었다. 조용히 분노하는 권 형사를 보며 강준 씨가 대신 고개를 저었다.

"경찰은 할 수 없는 일입니다."

"그 말은…"

"자세한 이야기는 나가서 하시죠."

강준 씨가 내 눈치를 힐끗 살피고는 권 형사와 함께 병실 밖으로 나갔다. 남아 있던 사장님이 다시 이야기를 이었다.

"네 불안을 가중시키려는 의도는 아니지만, 우리는 지금 최악의 상황을 생각해야 해."

사장님이 무겁게 입을 열었다.

"무명이 네 기운을 느끼고 너를 찾아온다면 어떡하지? 그렇다면 어느 곳에도 안전지대는 없을 텐데."

"…"

손끝이 덜덜 떨려왔다. 사장님의 말은 제대로 정곡을 찔렀다. 어떡하지? 무명이 나를 찾으면? 내 기운을 느껴서 쫓아오면…? 다시 덜컥 겁이 나기 시작했다.

"아직은 괜찮을 거예요. 아직은 팔찌가 완전히 끊어진 게 아니니까요."

그제야 나는 내 왼손을 내려다보았다. 팔찌는 용케도 아직까지 끊어지지 않고 내 팔목에 매달려 있었다.

"팔찌가 있는 한 무명이 누리의 영력을 찾아 쫓아오지는 못할 거예요. 당분간은 여기에 숨어 있는 게 좋겠어요."

다운의 말에 사장님이 고개를 끄덕였다. 불안했지만 나 역시 고개를 끄덕일 수밖에 없었다.

며칠이 지났다. 무료하고 불안한 날의 연속이었다. 나는 잠이 들면 자꾸만 악몽을 꿨다. 꿈속에서 무명은 너무도 쉽게 내가 있는 병실의 문을 열고 나를 찾아왔다. 내가 아무리 발악하고 발버둥 쳐도 나는 무명에게 잡혀 다시 그 건물로 돌아갔다. 결국 나는 건물 속에 갇혀 끝끝내 빠져나오지 못하고 요한 씨의 얼굴을 한 무명의 손에 죽음을 맞았다. 잠들기만 하면 꾸는 꿈이 그러니 나는 자는 것마저 꺼리게 되었다.

"좀 괜찮은가요?"

사장님은 요한 씨에 대한 생각은 나중에 하기로 미뤄놓은 듯했다. 언제 자신이 충격 받은 얼굴로 있었느냐는 듯, 다시 내가 아는 이성적이고 현실적인 사람으로 돌아왔다.

"생각보다 경과가 좋네요. 건장한 성인 남성보다도 더 빠른 회복력입니다. 엑스레이 확인해보니 뼈도 잘 아물고 있고요. 끊어진 혈관들도 문제없이 붙었어요. 조만간 퇴원 가능할 겁니다."

상처를 확인한 의사가 내게 말하며 간호사에게 손짓했다. 간호사가 한 걸음 앞으로 다가와 상처부위를 드레싱하기 시작했다.

"오늘부터는 틈틈이 복도 산책 좀 하세요. 너무 누워만 있으면 근력이 빠지거든요."

평소에 아주 건강하셨나 봅니다. 소위 말하는 괴물 같은 회복력이네요. 의사가 사람 좋은 얼굴로 허허 웃었다. 하지만 나는 마주 웃을 수 없었다. 내 굳은 얼굴을 본 의사가 물었다.

"하실 말씀 있나요? 물어볼 거라도…."

"…불 좀 꺼주세요."

"네?"

"불 끄고 나가주세요. 그냥 이 방에는 아무도 없는 것처럼 보이게 해주세요. 누구도 관심 갖지 않게요."

두려웠다. 이미 무명이 이곳까지 왔다면? 와서 불이 켜진 병실 하나하나를 뒤져가며 나를 찾고 있다면…? 나는 더 이상 도망칠 곳도 없이 그에게 다시 붙잡히게 되겠지. 다시 손끝이 덜덜 떨려왔다. 그 탓에 내 손에 연결된 링거 튜브가 함께 떨리는 것이 보였다. 의사선생님이 나를 빤히 바라보는 것이 느껴졌다. 나는 침묵하며 드레싱을 마친 간호사가 여며주는 환자복 옷깃을 바라보고 있을 뿐이었다.

"…보호자분, 저랑 잠깐 이야기 좀 하시죠."

한참 만에 의사가 내게서 시선을 거두고는 옆에 있던 사장님에게 말했다. 의사선생님을 한 번, 나를 다시 한 번 바라보던 사장님이 자리에서 천천히 일어났다.

"바로 앞에 있을게. 무슨 일 있으면 소리쳐서 불러."

사장님은 내가 덮고 있던 이불을 한 번 끌어올려주고는 의사선생님과 간호사를 따라 나갔다. 나가며 불을 끄는 것도 잊지 않았다. 문 밖에서 두 사람이 두런두런 나누는 말소리가 안으로 들어왔다. 크지 않은 목소리였지만 집중해서 들으면 못 들을 것도 없었다.

"정신과 치료를 한번 받아보는 건 어떠세요?"

"정신과라뇨?"

"공누리 환자. 외상 후 스트레스 장애가 좀 있는 것 같아요. 원래 험한 일을 겪고 나면 흔히들 겪는 증상입니다. 치료를 받으면 좋아질 거예요."

나는 눈을 꼭 감았다. 아무 말도 듣고 싶지 않았다. 조금 뒤, 다시 병실 문이 열리고 사장님이 들어왔다. 나는 가만히 잠든 척했다. 사장님은 병실 문을 완전히 닫고는 불도 켜지 않은 채 조심스럽게 걸어와 보조침대에 걸터앉았다. 그러고는 이불 밖으로 나와 있는 내 손을 잡았다. 예상치 못한 사장님의 스킨십에 깜짝 놀라 움찔했지만 병실이 어두운 탓에 사장님은 눈치채지 못한 듯했다. 사장님은 한참 동안 내 손을 어루만졌다. 사장님의 손은 크고 따뜻했다. 그 감촉에 나도 모르게 졸음이 몰려왔다. 나는 멀어지는 정신을 붙잡으려 애썼다. 잠들면 안 돼. 또 악몽을 꿀 거야. 자는 사이 무명이 올지도 몰라….

"지난번에 네가 요한이 형 이상하다고 말 했을 때 내가 형을 의심했으면 이런 일이 안 일어났을까?"

"…"

"진작에 이사를 시키는 거였는데. 미안해. 너를 그렇게 멀리 두지 말걸, 내 곁으로 데리고 왔어야 했는데…."

"…"

"미안해, 정말. 나 때문이야. 너를 지키겠다고 해놓고 지키지 못했어."

사장님의 사과는 그 뒤로도 계속되었다. 나는 대답하지 않고 계속 잠든 척하다가 깜빡 잠이 들고 말았다.

매듭짓기

일어나 보니 병실에는 나 혼자였다. 시계를 보니 잠든 지 1시간쯤 지난 것 같았다.

'악몽을 꾸지 않아서 다행이야.'

나는 속으로 안심하며 자리에서 일어났다. 목이 말랐다. 다른 사람들은 어디에 간 거지? 그때였다. 병실 문이 열리고 누군가가 안으로 성큼성큼 걸어들어왔다. 무명이었다. 입이 찢어져라 길게 웃으며 들어온 무명은 나를 보고는 서늘한 음성으로 말했다.

〔찾았다.〕

"…!"

나는 꿈에서 깨어나 자리에서 벌떡 일어났다. 심장이 미친 듯이 뛰고 있었다. 또 악몽을 꿨다. 또. 이래서 자기 싫었는데…. 울고 싶었다. 공누리, 바보. 이런 꿈 꿀 줄 알았으면서 또 잔 거야? 스스로가 원망스러웠다. 그런데 꿈속에서 병실이 조용하던 것과는 달리 현실은 소란스러웠다.

"뭐하는 겁니까?!"

문가에 서 있던 사장님이 인상을 찡그린 채 누군가를 추궁하고 있었다. 며칠 전, 정신을 잃었던 내가 깬 것을 처음 발견한 급식실 아주머니가 식판을 들고 내 바로 앞에 서 있었다.

"아, 아니. 난 그냥… 이 아가씨 자나 안 자나 본 거예요. 자, 자면 저녁은 여기에 두고 가려고….”

아주머니의 얼굴에 당황한 기색이 가득했다. 이상한 것은 그런 얼굴을 하면서도 여전히 잠에서 깬 나를 아래위로 훑고 있었다는 거다. 아주머니는 내게 식판을 떠넘기듯 건네고는 후다닥 나가버렸다. 병실에는 사장님과 나 둘만 남겨졌다. 사장님이 불안한 기색으로 아주머니가 나간 곳을 바라보았다.

“분위기가 좀 이상해.”

“…뭐가요?”

“복도에서 마주치는 사람들이 죄다 나를 쳐다보는 느낌이었어.”

설마… 들킨 거야? 나 역시 덩달아 불안해지기 시작했다. 그때였다. 병실 문이 조심스럽게 열리고 강준 씨와 다운이 안으로 들어왔다. 강준 씨가 문을 닫으며 작은 목소리로 말했다.

“여기서 나가야 할 것 같아요.”

강준 씨가 사장님에게 말했다.

“어째서…?”

사장님이 강준 씨에게 물었지만 사장님 역시 이곳을 나갈 생각은 있었던 듯했다. 강준 씨가 자기 핸드폰을 가리켰다.

“오면서 권 형사하고 통화했는데요. 권두혁 형사가 지난번 인천 기도원 사건 이후로 혹시나 해서 새날교에 사람을 심어뒀다네요.”

“…그런데요?”

내 물음에 강준 씨가 조심스럽게 대답했다. 이 말을 내 앞에서 해도 되나 고민하는 기색이 역력했다.

“가슴에 부상을 입은 스물다섯 살 여자를 찾으라는 지시가 내려온 모양이야. 생김새하며 구체적인 특징까지 말해주는데 누가 들어도 영락없는 누리, 너야. 이 병원에도 새날교 교도가 있을지 몰라요. 의사일 수도 있고, 환자일 수도 있죠. 우연찮게 병문안을 온 사람일수도 있고요.”

“…그게 사실이라면 정말 큰일인데. 이미 이 병원에 있는 몇몇 사람들은 어느 정도 짐작하고 있는 눈치야."

"어떡하죠?"

사장님이 병실 문을 힐끗 살폈다. 문이 완전히 닫혀 있는 것을 확인한 사장님은 더더욱 목소리를 낮추어 말했다.

"오늘 이곳을 나가자."

사장님의 말에 모두들 고개를 끄덕였다. 내가 불안한 목소리로 물었다.

"어디로요?"

"제주도에 집 한 채 얻어놓은 게 있어. 며칠은 그럭저럭 지낼 만할 거야."

"…"

"내가 누리하고 내려갈게. 두 사람은 서울로 돌아가. 어차피 다운이는 방송 스케줄도 있잖아?"

"많은 사람이 움직이면 아무래도 티가 나니까요. 오히려 저희가 없는 게 나을 수도 있겠네요."

사장님의 말에 다운이 고개를 끄덕였다. 그러나 강준씨는 오히려 고개를 저었다.

"제가 있는 편이 나을 거예요. 혹시라도 무명과 마주친다면 영력을 쓸 수 있는 사람이 있어야죠."

무명과 마주친다면…

— 무명이 너를 찾을 수 없는 곳으로 도망 가. 몸이 나을 때까지 그곳에 숨어 있어. 거기서 무명에게 맞설 준비를 해.

— 나가자마자 사무소 사람들한테 연락해. 강준이에게 도움을 청해. 얼른 가!!!

요한 씨의 마지막 말이 떠올랐다.

"요한 씨가 마지막에 한 말이, 무명이 찾을 수 없는 곳으로 도망가서 몸이 나을 때까지 숨으라고 했어요. 그리고 또… 나가자마자 사무소 사람들한테 연락하라고. 그리고 강준 씨한테 도움을 청하라고 말했어요. 그 급한 상황에서, 군이 강준 씨를 콕 집어서 말한 데에 이유가… 있지 않을까요?

"요한 형은 무슨 말이든 그냥 하는 법이 없어. 그 급한 상황에서 굳이 그렇게 말한 데는 분명 이유가 있을 거야."

"…."

"무명이 네 영력을 빼앗아 영생을 취하겠다고 했지. 그리고 그 무명의 정체는 커다란 구렁이들이 한데 섞인 사념체라고 했고."

강준 씨는 무언가 짚이는 것이 있는 듯했다.

"그러면 저는 일단 본가로 내려가야겠어요. 작은아버지께서 무언가 알고 계시는 것이 있을지도 몰라요."

강준 씨의 말에 사장님이 고개를 끄덕였다. 나 역시 고개를 끄덕였다. 불안한 마음을 감출 수가 없었다.

입원동의 밤은 빨리 찾아온다. 상태가 시시각각 변하는 중환자실이나, 급한 환자들이 물밀 듯 밀려오는 응급실과는 다르게 입원동은 회복기에 접어든 환자들이 퇴원하기 전까지 머무는 공간이기 때문이다. 미니시리즈 드라마가 끝나는 11시가 되자 환자들과 간병인들이 하나둘 잘 준비를 하는 듯 일시에 부스럭거리는 소리가 들려왔다. 복도에서 통화 소리가 들려왔고 화장실의 물소리가 들리기도 했지만 잠시였다. 병실의 불이 꺼지기 시작했다. 나는 침대에 누워 주변의 소리에 귀를 기울이며 주변이 잠잠해지기를 기다렸다.

나치를 피해 벽장 속에 숨어 살던 유대인 소녀 안네의 심정이 이랬을까. 금방이라도 저 병실 문을 열고 새날교의 누군가가 들어와 나를 끌고 갈 것만 같아 초조했다. 마침내 사방이 고요해져 시계 초침 움직이는 소리만 규칙적으로 들려왔다. 병동 전체가 잠에 빠져든 것 같았다.

"가자."

직원 유니폼으로 변장을 마친 사장님이 작게 말했다. 나는 천천히 몸을 일으켰다. 화장실에 갈 때를 제외하고는 거의 대부분의 시간을 웅크린 채 누워서만 지낸 터라 다리에 힘이 잘 들어가지 않고 후들후들 떨렸다. 사장님이 내 상태를 알아채고 나를 부축하려 했지만 나는 사장님의 손을 마다하고 혼자 다리에 힘을 꾹 주고 걸었다. 최대한 똑바로 걸어야 했다. 그래야 사장님이 걱정을 하지 않을 테니. 나 때문에 야반도주까지 하게 된 마당에 더 이상 폐를 끼치고 싶지 않았다. 나는 혼자 걸어가 사장님이 준비해둔 이동식 침대에 똑바로 누웠다. 사장님이 내 위로 얇은 흰색 천을 덮어주었다. 탈출의 시작이었다.

조금 전, 이곳에서 나가기로 결심한 우리는 병원을 빠져나갈 방법을 고민했다.

─ 근처 사극 세트장에서 영화 촬영 중에 사고가 났다나 봐요. 제법 유명한 배우가 여기 입원중이라던데요. 1층 로비에는 소식 듣고 찾아온 팬들과 기자들이 쫙 깔려 있어요.

다운의 말에 사장님의 안색이 어두워졌다.

─ 1층으로 나가는 건 좀… 그렇죠?

─ 안 돼. 팬들이나 기자들 중에 누리를 찾으라는 지시를 받은 새날교인이 있을지도 몰라. 우리는 그들을 구분할 수 없어.

─ 그러면요?

─ 모두를 다 속여야 해. 그게 일반인이든 새날교도든.

사장님이 모두를 둘러보며 말했다.

─ 오늘 새벽 2시에 지하 2층 주차장에서 기다려. 내가 누리를 데리고 내려갈게.

─ 어떻게요?

─ 너는 시신인 척 침대에 누워 있어. 내가 시신을 영안실로 옮기는 것처럼 해서 네가 누워 있는 침대를 끌고 지하로 내려가면 돼. 지하 1층이 영안실이니 의심받지 않을 거야.

모두들 사장님의 의견에 고개를 끄덕였다. 더 생각해봐야 별달리 뾰족한 수가 없었기 때문이다.

"준비됐지? 간다."

사장님이 내가 누워 있는 이동식 침대를 가볍게 밀기 시작했다. 침대 바퀴의 진동이 누워 있는 나에게로 전해졌다. 바퀴가 덜덜 굴러갈 때마다 내 몸도 덜덜 떨려왔다. 긴장감에 입이 바짝바짝 말라왔다. 금방이라도 누군가가 불쑥 튀어나와 내가 덮고 있는 흰 천을 휙 벗겨내고 나를 잡아갈 것만 같았다. 얼마 지나지 않아 침대가 멈춰 섰다. 굳이 눈으로 확인하지 않아도 짐작할 수 있었다. 엘리베이터를 기다리고 있는 것이리라. 그때였다.

"…!"

누군가가 내 발끝을 잡았다. 나는 하마터면 비명을 지를 뻔했다. 덜덜 떨리던 몸은 언제 그랬냐는 듯 딱 굳었다. 누구야? 들킨 건가? 아니다. 사장님일 거다. 진정해, 공누리. 엘리베이터 문이 열리며 환한 형광등 불빛이 내가 덮고 있는 흰 천을 통과해서 쏟아져 들어왔다. 사장님이 천천히 침대를 밀고 엘리베이터 안으로 들어갔다. 문이 닫히고 엘리베이터가 아래로 내려가기 시작했다. 그때까지도 그 손은 내 발을 잡고 있었다.

"진작 잡을 걸 그랬네. 그럼 처음부터 떨지 않았을 텐데, 그치?"

사장님이 속삭였다. 역시, 사장님이었구나. 안도와 함께 부아가 치밀었다. 이 사장님이 정말…! 지금이 장난 칠 때야? 하지만 나는 곧 눈치챌 수 있었다. 내 발을 잡은 사장님의 손도 미묘하게 떨리고 있다는 것을. 여유로운 척하고는 있지만 사장님 역시 긴장했을 것이다.

〔7층입니다. 문이 열립니다.〕

아래층을 향해 내려가던 엘리베이터가 멈추더니 문이 열렸다. 누군가가 안으로 들어오는 발걸음 소리가 들렸다.

"어, 나 엘리베이터 타서 잠깐 통화 안 돼. 끊지 말고 기다려."

낯선 남자의 저음이었다. 발끝부터 온몸의 피가 싸하게 식는 느낌이었다. 나는 움직이지 않으려 애썼다. 남자가 나를 쳐다보고 있는 것 같았다. 여전히 내 발을 잡고 있던 사장님은 내가 덮고 있던 흰 천을 끌어와 발을 덮어주는 시늉을 하며 위기를 모면했다. 1초가 1분같이 느껴졌다. 왜 아직도 도착하지 않는 거야. 나는 흰 천이 움직일까 봐 숨도 쉬지 못하고 시간이 지나가기만을 기다렸다.

〔1층입니다. 문이 열립니다.〕

엘리베이터가 멈춰 섰다. 남자의 발자국 소리가 멀어졌다.

"나 방금 시체랑 같이 엘리베이터 타고 내려온 거 알아? 완전 소름 돋아."

닫히는 문틈 사이로 남자의 목소리가 들려왔다. 그제야 나는 멈췄던 숨을 크게 내쉬었다. 엘리베이터가 지하 2층에 멈춰 섰다. 사장님이 엘리베이터 밖을 조심스럽게 살피며 내가 타고 있는 침대를 밖으로 뺐다. 그러고는 소곤소곤 말했다.

"이제 일어나도 돼."

사장님의 허락이 떨어지자마자 나는 흰 천을 걷어내고 침대에서 내려왔다. 긴장감에 다리가 후들후들 떨렸다. 낯익은 차가 시동이 걸린 채 대기하고 있었다. 사장님이 여전히 주위를 경계하며 내 어깨를 살짝 밀었다. 나는 최대한 자연스러움을 가장하며 차에 올랐다.

"고생했어."

운전석에 앉은 강준 씨가 말했다. 조수석에 앉아 있던 다운이 내게 운동화 한 켤레를 건넸다. 내가 운동화를 신는 사이 사장님이 차에 올랐다. 사장님까지 차에 타자 강준 씨가 부드럽게 차를 몰기 시작했다. 차는 금방 지상으로 올라왔다. 병원 입구 바로 옆에 위치한 응급실 근처에 구급대원과 의사, 간호사 몇몇이 서 있는 것이 보였지만 그들은 앰뷸런스에서 내린 환자의 상태를 체크하느라 정신없었다. 도로 위로 올라 온 강준 씨가 서서히 속도를 올리기 시작했다. 병원이 보이지 않게 되자 숨이 트여왔다. 나는 긴 한숨을 내쉬었다.

어릴 때부터 술래잡기라든지 숨바꼭질 같은 놀이는 영 질색이었다. 술래에게 쫓기는 기분이 너무 싫어서 나는 그런 놀이를 할 때면 모두가 하기 싫어하는 술래를 자원하곤 했다. 쫓기는 것보다는 차라리 잡으러 다니는 게 낫다는 생각에서였다. 나는 힐끔힐끔 사이드미러를 살폈다. 도로에는 우리가 탄 차 말고는 아무것도 없었지만 그럼에도 누군가가 쫓아오는 것만 같은 기분이었다.

"뒤따라오는 차는 내가 확인할 테니까 넌 눈 좀 붙여."

그런 내 기색을 알아차린 강준 씨가 짧게 말했다. 무뚝뚝하지만 친절한 강준 씨의 배려에 나는 말없이 고개를 끄덕이고 눈을 감았다.

"…네."

끝이 아닌 또 다른 도망의 시작이었다.

당연하게도 공항으로 갈 수는 없었다. 비행기를 타기 위해서는 신분증 확인이 필수였기 때문이다. 우리는 차선책으로 배를 타고 가는 방법을 택했다. 배 역시 승선할 때 신분증 검사를 하기는 하지만, 비행기보다는 상대적으로 허술할 것이라는 판단에서였다. 강원도에서 제주도로 가는 배가 있는 항구까지 가는 길은 멀었지만 그 누구도 불만을 제기하는 사람은 없었다. 항구까지 가는 동안 나는 주민등록증을 꼭 쥐고 있었다. 혹시 모른다며 권두혁 형사가 아는 사람에게 부탁해 만들어준 위조 신분증이었다. 주민등록증 안에는 나와 눈매가 꼭 닮은 여자의 증명사진이 들어 있었다.

나는 마스크로 코 아래를 가리고 콜록콜록 기침하는 척하며 신분증 검사를 통과했다. 우리는 병원을 탈출한 지 반나절이 훌쩍 넘어서야 제주도에 도착할 수 있었다.

* * *

사장님의 제주도 집은 여행객들이 들르는 관광지와는 정반대인 한적한 시골에 위치했다. 작은 동네 안에서도 외진 구석에 있었다. 상점이라고는 마을 입구에 있는 슈퍼마켓이 하나, 아파트는커녕 2층집조차 보이질 않았다. 동네가 작아 집이 몇 채인지 셀 수 있을 정도였다.

'다행이다. 사람이 적으니 들킬 위험도 적겠지.'

그러나 그 안일한 생각은 아주 잠깐이었다.

"불이 켜져 있기에 혹시나 해서 와봤더니… 총각 왔어?"

"네, 당분간 여기 있으려고요."

"쯧쯧. 젊은 사람이…. 서울에 무슨 일이 있어서 온 거야?"

"그런 건 아니고요."

"난 또 혹시 도둑이라도 들었나 해서 걱정이 돼서 와봤지."

"하하, 감사합니다. 살펴 들어가세요, 어르신."

평일이면 늘 불이 꺼져 있던 집에 불이 켜지자 이상하게 여긴 동네 사람들이 찾아왔다. 현관문에서 말소리가 들릴 때면 나는 작은방으로 후다닥 뛰어들어가 이불을 뒤집어쓰고 덜덜 떨었다. 그날 이후로도 동네 사람들은 틈틈이 사장님을 찾아와 밭에서 수확한 채소며 음식 따위를 주고 가곤했다. 도시 청년에게 보내는 시골의 넉넉한 인심이었다. 평소의 나였다면 그런 관심이 싫지 않았을 거다. 하지만 지금의 나는 누구보다도 타인의 관심이 두려운 상태였다.

'저 사람들이 새날교인이라면 어떡하지? 나를 찾으라는 이야기를 들었다면? 내가 여기 있다는 것을 알고 동태를 살피러 자주 오는 것 아냐?'

나는 점점 피폐해져갔다.

며칠이 지났다. 나는 여전히 침대에 누워서 눈만 끔뻑이며 하루를 보냈다. 버틸 수 있을 때까지 잠들지 않고 버티다 결국 잠이 들었고 악몽을 꾸며 소스라치게 놀라 일어났다. 사장님이 매 끼니마다 죽을 만들어줬지만 배가 고프지도, 무언가를 먹고 싶지도 않았다. 나는 사장님이 차려놓은 밥상을 손도 대지 않은 채로 밀어놓기 일쑤였다. 더운 여름임에도 문도 열지 않고 두꺼운 이불을 뒤집어쓰고 지내는 탓에 온몸에 땀띠가 올랐지만 이불을 포기할 수 없었다. 발각될지도 모른다는 공포감에 사로잡혀 있는 것보다는 갑갑하더라도 이불 속에 숨어 있는 편이 나았다.

내 기억 속에서 무명은 무시무시한 괴물로 변했다. 그날의 기억을 떠올

509

리면 떠올릴수록 무명은 점점 강해져서 결국에는 내가 도저히 이길 수 없는 존재가 되어버렸다. 악몽은 점점 진화했다. 꿈속에서 나는 어김없이 그 건물로 끌려들어갔다.

― 누리야.

무명과 교주, 그리고 그 앞에 부모님이 쓰러져 피를 흘리고 있었다. 부모님의 모습은 그날 그대로였다. 달라진 것이 있다면….

― 너 때문이야.

쓰러진 엄마가 나를 향해 비난의 말을 퍼붓는다는 것. 피를 흘리며 죽어가는 엄마가 눈을 치뜨고 나를 바라본다. 눈꺼풀은 힘겹게 들렸지만 그 밑의 눈동자에는 독기가 서려 있다.

― 너 때문에 내가 이렇게 됐어. 그 팔찌를 풀지만 않았어도…! 네가 나와 네 아빠를 죽인 거야. 네가!!!

― 아, 아니야… 아니에요….

나는 작은 목소리로 부정할 뿐이다.

― 아니야? 정말? 너 때문이 아니야?

엄마가 나를 보며 조소한다. 나는…. 사실 나 때문이라는 것을 안다. 내가 팔찌를 풀지 않았다면 무명은 내 기운을 읽지 못했겠지. 우리 집으로 그자를 보내지도 않았을 거다. 그러면 엄마 아빠가 죽을 일도 없었겠지. 지금 내 곁에 있었을지도 모른다. 나는 고아가 아닌 평온한 가정에서 자라 지금쯤 평범한 삶을 살고 있을지도 모른다. 모든 일은 내가 팔찌를 풀어서 생긴 일이다.

― 뻔뻔하게도 모두를 죽여놓고 혼자만 살아남았구나.

무명이 나를 보며 웃는다. 나는 눈물만 줄줄 흘릴 뿐 부정하지 못한다.

천천히 눈을 떴다. 또 악몽을 꾼 모양이었다. 머리가 지끈거렸다. 베개가 흥건히 젖어 있다. 얼굴에 닿는 물기 어린 감촉에 다시 눈물샘이 터져버렸다. 베개에 얼굴을 묻고 나는 다시 끅끅거리며 눈물을 흘렸다. 왜 하필 나에게 이런 일이 닥친 걸까. 나는 고작 스물다섯 살짜리 여자애일 뿐인데.

그저 평범하게 살고 싶을 뿐인데. 내 처지가 너무나도 처량해서 슬펐다. 그리고 두려워서 견딜 수가 없었다. 기분 탓일까, 내 마음을 알기라도 하는 듯 팔찌가 웅웅 울리는 것이 느껴졌다. 아니, 기분 탓이 아니다. 팔찌가 울리고 있었다. 나는 고개를 들고 눈을 떴다. 팔찌를 내려다보았다.

오래 시간 내 팔에 걸려 있던 팔찌는 이제 몇 가닥 남아 있지도 않았다. 팔찌라기보다는 실 몇 가닥을 꼬아놓은 느낌이었다. 이 얇은 끈이 '그들'에게서 나를 숨겨주고 있었다. 그리고 그와 동시에 내 힘을 구속하고 있다. 과연 이 얇은 끈이 구속하고 있는 내 기운은 어느 정도일까. 팔찌가 풀린 내가 지금보다 두 배 정도 강해진다면…. 그러면 나는 무명을 이길 수 있을까?

— 그게 네가 낼 수 있는 가장 강한 힘인가?

가소롭다는 듯 나를 비웃던 그의 얼굴이 떠올랐다. 내 심장을 향해 찔러 들어오던 그의 손, 그 강한 힘. 내 반항에도 여유 있던 그의 표정. 가늠할 수가 없었다. 기억 속에서 너무나도 강해져버린 무명의 힘과 파악조차 할 수 없는 내 힘. 백번 상상해도 지는 것은 내 쪽이었다. 나는 결코 그를 이길 수 없다. 나는 결국… 그에게 심장을 내주게 될 거다. 그것이 뜻하는 바는 명확했다. 죽음. 숨이 막힐 듯한 공포가 전신을 덮쳤다. 무명이 나를 찾을 수 없도록 숨어야 했다. 나는 이불을 머리끝까지 다시 고쳐 썼다.

"누리야."

문 너머에서 사장님의 목소리가 들려왔다. 곧이어 끼익하고 문이 열리며 방 안으로 들어오는 발자국 소리가 들렸다.

벌써 밥 때가 됐나. 나는 속으로 생각했다. 하지만 으레 사장님이 밥을 가지고 들어오면 들리곤 하던 그릇들이 서로 부딪히며 내는 소리는 들리지 않았다. 대신, 사장님은 내가 누워 있는 침대 앞에 털썩 주저앉았다. 보지 않아도 사장님의 시선이 느껴지는 것 같았다. 이불을 들면 사장님의 얼굴이 보일 것이다. 지금 사장님은 어떤 표정을 짓고 있을까. 내가 불쌍해 죽겠다는 표정? 아니면 며칠째 이러고 있는 내게 짜증이 난 표정?

"옆집 어르신이 직접 담근 거라고 술 한 병을 주신 게 있는데, 오늘 먹으려고."

사장님의 목소리는 화가 난 것 같지도, 내가 안타까워 죽겠다는 것 같지도 않았다. 평상시 목소리 그대로 내게 말을 걸어왔다.

"같이 한잔하자."

"…아뇨, 전 안 먹을래요."

얼마 만에 목소리를 내보는 건지도 모르겠다. 목소리가 쩍쩍 갈라져서 듣기에도 형편없었다. 사장님은 전혀 개의치 않고 한마디 덧붙였다.

"안주 완전 맛있는 걸로 만들 건데?"

"…"

다시금 눈물이 터졌다. 그래, 납치당하기 직전의 나도 술을 마시고 있었지. 평범하던 날들이 아스라이 멀게 느껴졌다. 다시는 돌아갈 수 없을 것만 같았다. 차오르는 눈물을 애써 삼켰다. 사장님이 빨리 나가주면 좋겠다. 혼자서 마음 놓고 울고 싶었다.

"누리야, 언제까지 그러고 있을 수는 없잖아. 답이 없는 문제를 고민해봐야 해결되는 건 아무것도 없어. 기운 내야지."

답은 없지만 문제는 남아 있잖아요. 나는 속으로 항변했다.

"나와서 같이 한잔하자. 너는 지금 기분 전환이 필요해."

나 죽 말고도 요리 진짜 잘하는데. 먹으면 깜짝 놀랄걸? 사장님이 장난스럽게 말했다. 나는 조심스럽게 이불을 젖혔다. 무언가를 먹고 싶은 기분은 전혀 아니었지만 사장님이 이렇게까지 기분을 풀어주려 애쓰는데 혼자 울고 있는 건 아니라는 생각이 들었기 때문이다. 이불을 젖히자 내 앞에 주저앉아 나를 바라보고 있던 사장님이 보였다. 퉁퉁 부어 있을 것이 뻔한 얼굴을 빤히 보며 사르르 미소 짓는 사장님을 보니 이불을 젖히기를 잘했다는 생각이 들었다.

"사장님 요리 잘하세요?"

"완전. 뭐 먹고 싶어? 한식, 중식, 양식 중에 말만 해. 내가 다 해준다,

까짓 거."

"치, 허세는. …재료는 있어요?"

한 달에 한 번 들를까 말까 한 집에 신선한 재료들이 있을 리 없다. 그러면… 어떤 음식을 해달라고 해야 하지?

"금방 가서 사올게."

사장님이 금방이라도 일어날 것처럼 말했다. 당황한 나는 사장님의 손을 잡고 고개를 저었다. 사장님과 눈이 마주쳤다.

"…"

무서워요. 이 집에 나 혼자 남겨두지 마세요. 내가 눈으로 하는 말을 사장님은 알아챈 듯 잠시 말이 없더니 가만히 미소 지었다.

거실로 나와 소파에 잠시 앉아 있으니 사장님이 부엌에서 냄비 하나를 가지고 거실로 나왔다. 냄비 안에는 라면이 보글보글 끓고 있었다.

"나 요리 진짜 잘하는데… 나중에 제대로 한번 해준다."

사장님이 너스레를 떨었다. 내가 조금이라도 웃기를 바라는 마음에 더 과장하는 거겠지. 나는 사장님의 바람대로 살짝 미소 지어 보이며 말했다.

"와, 맛있겠다."

빈말은 아니었다. 라면 냄새가 코를 찌르자 잊고 있던 허기가 몰려오는 기분이었다. 나는 숟가락을 집어들었다.

"빈속에 바로 자극적인 거 먹으면 안 좋은데. 물 좀 마실래?"

내 앞에 놓인 잔에 술을 따르던 사장님이 걱정했다. 나는 마침내 소리 내어 웃고 말았다.

"빈속에 라면보다는 술이 더 자극적인 거 아니에요?"

내 말에 사장님은 얼빠진 표정을 지었다. 생각도 못했던 모양이다. 그제야 아차 싶은 듯 사장님이 술 따르던 것을 멈추고 내 잔을 가져가려 손을 뻗었다.

"야…! 너!"

사장님이 손을 뻗는 것보다 내가 잔을 집어들어 입안으로 털어넣는 것이 먼저였다. 당황한 사장님의 표정이 재미있었다. 나는 탁, 소리 나게 잔을 내려놓았다.

"복분자에요? 아니면 석류?"

이웃에서 직접 담갔다는 술은 달콤한 맛이 그만이었다. 술이 식도를 타고 위로 내려가며 배가 찌르르 뜨거워지는 것이 느껴졌다.

"한 잔 더 주세요. 이번에는 짠 해요, 우리."

뻔뻔한 내 요구에 사장님이 어이없다는 듯 허 웃고는 다시 내 잔에 술을 채웠다. 나는 사장님의 잔에 내 잔을 살짝 부딪치고는 다시 잔을 비웠다.

"라면 좀 먹어가면서 마셔. 빈속에 빨리 마시면 금방 취해."

사장님이 내 앞에 놓인 빈 접시에 라면을 조금 덜어놓았다. 나는 마치 텔레비전 속 음식전문가처럼 라면 몇 가닥을 입안에 넣고는 오래오래 씹었다.

"어때?"

사장님이 기대 가득한 얼굴로 물었다.

"라면 맛이 거기서 거기죠, 뭐."

나는 괜히 면박을 주고는 접시에 코를 박듯 고개를 숙이고 라면을 먹었다. 라면이 매워서 눈물이 나는 것만 같았다. 시간이 조금 지나자 취기가 올라오기 시작했다. 꽁꽁 닫고 있던 마음 속 문이 술기운에 열리기 시작했다. 나는 사장님이 빈 술잔에 술을 채우는 것을 보며 입을 열었다.

"죽고 싶지 않아요."

사장님이 자신의 잔을 들어 보였다. 나 역시 잔을 들고 사장님의 잔에 소리 나게 부딪혔다.

"그래."

목을 타고 넘어가는 술은 여전히 달콤했다.

"그냥 행복하기만 하고 싶어요."

"…."

"좀 행복하면 안 되나? 부모님 돌아가신 뒤로 나름 불행하게 살았거든요, 나. 이젠 행복해 질 때도 됐다고 생각하는데."

사장님이 입을 열었다. '그래' 하고 짧게 대답할 줄 알았던 사장님의 입에서는 의외의 말이 나왔다.

"어떤 게 행복한 건데?"

어떤 게 행복한 거냐고? 나는 가만히 눈을 감고 생각에 잠겼다. 그러니까….

"연애하는 거?"

"그거 나랑 하는 거 맞지?"

뭐래. 피식 웃음이 나왔다.

"아주 멋– 진 남자한테 멋진 곳에서 고백 받는 거요."

"멋진 남자는 여기 준비되어 있으니 고백만 받으면 되겠네. 오빠가 우리 누리를 위해서 멋진 곳 알아봐 놓을게."

달콤한 술을 마셔서일까. 사장님의 입에서 나오는 말은 달콤하기 그지없었다. 심장이 빠르게 뛰었다.

"결혼하고 애도 낳고요. 화목한 가족을 만들고 싶어요. 그러면 나는 행복해질 거예요."

사장님이 나를 보며 눈을 찡긋했다. 어우, 느끼해. 나는 작게 중얼거리며 소리 내어 웃었다.

"그건 아직 먼 미래 일이고…. 지금 당장 너를 괴롭히는 일들이 모두 해결되면, 그때는 뭐부터 하고 싶어?"

하고 싶은 일…. 머릿속으로 행복한 고민들이 이어졌다. 뭐부터 할까?

"쇼핑하러 갈래요."

"이번 일 해결되면 휴가 줄게. 백화점 가자, 쇼핑하러."

"쇼핑은 퇴근하고 나서도 갈 수 있잖아요. 휴가를 받으면 여행을 가야죠."

"그래. 그럼 다시 여행으로 오자, 제주도."

사장님은 진심이었다. 가만히 사장님의 얼굴을 바라보던 나는 살짝 웃으며 고개를 돌렸다. 다시 눈가에 눈물이 차올랐다.

"과연 그런 날이 올까요? 오늘 당장 죽어도 이상하지 않을 것 같아요."

"내가 널 지킬 거야."

"사장님이 저를 어떻게 지켜요. 사장님은 영력을 못 쓰잖아요."

사장님을 원망하거나 비난할 의도는 아니었다. 사실을 말했을 뿐이었다. 그러나 사장님은 꽤나 상처를 받은 듯 씁쓸한 얼굴을 하고는 술만 한 모금 마셨다.

"꼭 지켜줄게. 네가 말한 것들 모두 다 할 수 있도록 내가 만들 거야."

탁, 하고 소리 나게 잔을 내려놓은 사장님이 선언하듯 말했다. 분위기가 어색해졌다. 화제를 돌려야겠다. 나는 집 안을 둘러보며 물었다.

"이 집은 왜 산 거예요? 투자 목적이라기에는 너무… 좀 그렇지 않나?"

다행히 사장님도 별말 없이 내가 묻는 말에 대답했다.

"고등학교 2학년 때 제주도로 수학여행을 왔는데 나는 돈이 없어서 못 왔거든. 그때 다짐했지. '나중에 돈 많이 벌면 제주도에 집 얻어놓고 가고 싶을 때 마음대로 가야지' 하고."

가정형편으로 대학 진학을 포기할 뻔했다는 이야기는 들었지만 여전히 믿기지 않았다. 지금의 사장님 모습을 보면 전혀 그럴 것 같지 않은데. 오히려 부잣집에서 귀하게 자란 사람 같아 보였다. 생긴 것을 말하는 게 아니라 평소의 말투라든지, 몸에 배어 있는 태도가 그랬다. 돈에 그토록 집착하는 이유가 과거의 가난 때문일까. 나는 눈을 동그랗게 뜨고 물었다.

"그 정도로 가난했어요?"

"부모님이 고위공무원이셨어. 그런데 아버지가 정치인의 비리에 잘못 엮여든 거야."

"…."

"아버지는 물론이고 어머니까지 옷을 벗고 나오셨지."

"그럼…."

"그전까지만 해도 명절이면 집으로 온갖 선물들을 보냈던 사람들이 각종 이유를 들어가며 소송을 걸더라고. 마지막에 남은 건 빚뿐이더라. 화목하던 집안은 순식간에 파탄이 났지."

사장님의 얼굴은 아무렇지 않았지만 입에서 나오는 말은 전혀 덤덤하게 들을 수 없는 말들이었다. 불현듯 그가 측은해졌다. 위로의 말을 꺼내려던 찰나, 사장님이 다시 입을 열었다.

"그때 요한이 형이 짠 하고 내 앞에 나타난 거야. 당장 필요한 식비는 물론 대학 등록금까지 대줬지."

"…"

"사무소 처음 만들 때 초기 자본도 요한이 형이 다 대준 거야."

"…그랬구나."

"한번은 대놓고 말한 적도 있어. '형은 나를 위해서 태어난 사람 같아. 어떻게 나한테 이런 행운이 찾아온 거지?' 하고."

사장님은 그날을 떠올리고 있는 듯 눈을 지그시 감았다. 입가에는 미소가 감돌고 있었다. 지금 사장님이 이야기한 것은 일부일 뿐, 그동안 사장님과 요한 씨 사이에는 수많은 일들이 있었을 거다. 요한 씨는 사장님에게 금전적인 도움뿐만 아니라 정신적으로도 많은 도움을 줬겠지. 사장님이 그토록 요한 씨를 신뢰하던 것이 이해가 됐다. '나를 위해 태어난 사람'이라는 표현까지 쓸 정도니 말 다한 듯했다. 요한 씨를 떠올리던 나는 갑작스레 머리가 아찔해지는 것을 느꼈다. 이제까지 미처 생각하지 못한 것이 있었다.

"무명을 없애면…."

무명을 없애면 요한 씨도 죽는다. 그러면 사장님은? 사장님은 어떡하지?

"요한이 형도 죽을지 모르지. 무명을 없애기 위해 싸우는 과정에서 요한이 형의 육체는 너덜너덜해질 테니 말이야."

사장님은 의외로 덤덤하게 대답했다. 그러나 나는 아무렇지 않을 수 없었다. 심각해진 내 얼굴을 본 사장님이 내 잔에 술을 채워 넣으며 한마디 덧붙였다.

"걱정하지 마. 무명을 없애고 네게 닥친 위험을 제거하는 게 가장 먼저야. 요한이 형은 나중에 생각해."

"…."

"요한이 형은 뱀파이어잖아. 설마 그렇게 쉽게 죽겠어?"

사장님이 걱정 말라는 듯 내게 웃어보였지만 나는 마주 웃을 수가 없었다. 눈물이 차오르는 것 같아 나는 술잔을 들고 고개를 뒤로 돌려 한 모금 마셨다. 그렇게 달던 술이 갑자기 쓰게 느껴졌다. 나는 잔을 내려놓고는 자리에서 일어났다.

"방에 들어갈래요."

사장님은 나를 말리지 않았다. 대신 내게 소파 위에 놓여 있던 인형을 건넸다. 하얀 곰 인형이었다. 처음에는 탐스럽게 통통했을 인형은 만들어진 지 오랜 시간이 지났는지 여기저기 숨이 죽어 볼품없이 홀쭉했다. 나는 인형을 받지 않고 가만히 쳐다보며 물었다.

"이게 뭐에요?"

"내 걱정인형이야. 나는 고민이 있을 때, 괜한 걱정이 들 때 이 인형한테 이야기를 해. 예를 들자면…."

사장님이 인형을 양손으로 잡고 인형의 눈을 바라보며 말했다. 인형의 까만 눈이 반짝이는 것만 같다.

"내가 좋아하는 사람이 지금 울 것 같은데, 웃었으면 좋겠어. 걔가 울 때마다 가슴이 아프거든."

"…."

"이렇게 하는 거야."

"사장님이랑 진짜 안 어울리네요. 남자가 무슨 인형이야."

한참 만에 나는 입을 열었다. 마음과는 다르게 퉁명스러운 말이 나갔다.

"그건 아니다. 남자도 인형 좋아할 수 있지."

사장님이 소중하다는 듯 인형을 끌어안고는 장난스럽게 눈을 흘기며 말했다. 나는 손등으로 눈가를 슥슥 비벼 눈물을 닦으며 대답했다.

"하긴, 저는 여자지만 인형 안 좋아해요."

사장님이 피식 웃으며 안고 있던 인형을 내밀었다.

"그래. 그렇지만 지금의 너는 이 인형이 필요해 보여. 인형한테 네 걱정을 말해봐. 걱정인형이 네 걱정을 먹어버릴 거야."

나는 말없이 인형을 끌어안았다. 푹신한 촉감이 느껴졌다. 내가 인형을 끌어안는 것이 아니라 인형에게 끌어안기는 기분이 들었다.

방으로 돌아온 나는 문을 닫고 그 자리에 주르륵 미끄러져 앉았다. 취기가 오른 탓인지, 아니면 방 안에만 누워 지내다 오랜만에 걸어다닌 탓인지는 몰라도 다리의 힘이 풀려 더 이상은 서 있을 수가 없었다. 문 앞에 앉아 있자니 방 안이 한눈에 들어왔다. 고개를 돌려서 볼 필요도 없었다. 한쪽에 딸린 작은 화장실과 가운데 놓인 침대, 이불장 하나가 전부인 작은 방이었다. 제주도에 온 뒤 내가 가장 오랜 시간을 머문 공간이었건만 그전까지는 느끼지 못한 감정이 밀려왔다. 새삼스럽게도, 갑갑하다는 생각이 들었다.

다시 이불을 뒤집어쓰고 숨을 생각을 하니 벌써부터 숨이 막혀왔다. 이곳에서 나는 죽을 때까지 머물러야 할까. 생각이 거기까지 미치자 다시금 눈물이 터졌다. 나는 참지 않고 소리 내어 엉엉 울기 시작했다.

술은 감정을 증폭시키는 역할을 했다. 조금 전만 해도 행여라도 누군가가 내 소리를 들을까 하는 걱정에 기침 한 번 시원하게 하지도 못했던 나였다. 하지만 취기가 오른 나는 될 대로 되라 싶은 마음에 기분대로 행동하기 시작했다. 속이 꽉 메인 것 같은 답답함에 소리를 마구 질렀다. 그래도 기분이 풀리지 않자 주먹으로 바닥을 쿵쿵 내려치기도 했다. 진이 다 빠질 때까지 한참을 혼자 울부짖고 나니 서서히 눈물이 잦아들었다. 나는 조금씩 훌쩍거리기만 하면서 눈물을 닦았다. 허벅지 위에 올려놓은 인형은 어느새 내 눈물을 가득 머금고 있었다. 나는 인형을 천천히 끌어안았다. 부들부들한 인형에서는 은은한 섬유유연제 냄새가 훅 끼쳤다. 사장님의 옷에서 나던 냄새와 꼭 같은 냄새였다. 나는 인형이 마치 사람이라도 되는 것처럼 인형의 귀에 대고 속삭였다. 비밀이야기를 하는 것처럼 말이다.

"이곳에서 나가고 싶어."

사방이 고요했다. 내 입에서 빠져나가 고요한 공간을 가득 메운 목소리는 다시 내 귓가로 돌아왔다. 입 밖으로 뱉어내고 나자 간절한 마음은 더욱 커졌다. 나가고 싶다. 이곳을 벗어나고 싶다. 방 안에 갇혀 죽음을 기다리고 싶지는 않았다. 그렇지만….

"너무 무서워."

나갔다가 무명이 나를 찾아내면 어떡하지? 다시 납치당하면? 그럴 바에는 차라리 나가지 않는 게 낫지 않을까. 팔찌만 끊어지지 않는다면 무명은 이곳에 있는 나를 찾지 못할 테니까. 천천히 고개를 떨구었다. 나는 인형을 다시 허벅지 위에 올려놓았다. 인형의 까만 눈이 나를 빤히 바라보고 있었다.

"언제까지 이렇게 살 수 없다는 것, 알아."

나는 마치 고해하듯 인형에게 털어놓았다. 평생을 방 안에 갇혀서만 살수는 없다. 알고 있다. 나가고 싶다. 하지만 무서웠다.

"내가… 그를 이길 수 있을까?"

내 힘으로 무명을 소멸시킬 수 있을까. 아니, 사실은 소멸시킨다 해도 문제는 남아 있다. 무명이 소멸한 뒤의 요한 씨는? 무명만 소멸시키고 요한 씨를 지키는 것이 가능할까? 내가 전력을 다해 그를 상대하게 되면… 어느 한 사람만 골라서 공격하기는 힘들 거다. 최악의 경우에 요한 씨가 죽는다면… 사장님은 어떡하지?

사장님 성격에 내 앞에서는 아무렇지 않은 척할 것이 분명했다. 그러나 겉이 멀쩡해 보인다고 해서 속까지 멀쩡하지는 않을 거다. 가까이 지내던 누군가와의 갑작스러운 이별에 의연하게 대처할 수 있는 사람은 아무도 없으니까. 생각이 꼬리에 꼬리를 물고 이어졌다. 여전히 명쾌한 답은 없었다. 그때였다. 문 밖에서 작은 말소리가 들려왔다.

"강준이냐?"

사장님의 목소리였다. 강준 씨와 통화중인 것 같았다.

"어어. 몸은 이제 괜찮은 거 같은데 아직 심리적으로 많이 불안해 해."

강준 씨가 내 안부를 물은 모양이었다. 불안해 한다라…. 그래, 사장님 눈에도 내가 불안해 보이는구나. 타인의 입으로 내 상태를 듣고 있노라니 기분이 묘했다.

"그래? 그런데 지금 당장은 좀 힘들 것 같아. 누리가 조금 더 진정되면 데리고 올라갈게."

무슨 이야기를 나누는 걸까. 갑작스레 사장님이 반색했다. 사장님은 그 뒤로 몇 마디 대화를 주고받은 뒤 전화를 끊었다. 무슨 내용일까? 궁금했지만 나갈 수는 없었다.

거실에서 사장님이 통화하던 소리가 방 안에 있는 나에게 들렸다. 반대로 생각하자면 조금 전 내가 울고불고 난리를 친 것도 사장님에게 들렸을 거라는 이야기다. 걱정인형한테 고민을 이야기하러 들어간 애가 갑자기 엉엉 울지를 않나, 고래고래 소리를 지르지를 않나, 주먹으로 바닥을 쿵쿵 내려치기까지…. 요란한 소리를 들으며 사장님은 나를 정신병원에 보내야 하나 고민했을지도 모른다. 견딜 수 없이 얼굴이 화끈거렸다. 나는 자리에서 일어나 침대 위로 푹 뛰어들어 베개에 얼굴을 묻었다. 앞으로 사장님 얼굴을 어떻게 보지? 어휴, 민망해! 한동안 부끄러움에 몸부림치던 나는 정신을 잃듯 까무룩 잠이 들었다.

얼마 만에 악몽을 꾸지 않고 잔 건지 모르겠다. 놀라서 깨는 것이 아니라 스르르 눈이 뜨여서 일어나는 것은 무명에게 납치당한 이후로 처음 있는 일이었다. 자기 전에 술을 많이 마신 탓에 목이 말랐다. 참아보려 애를 쓸수록 갈증은 더 심해져 물 생각이 간절했다. 몇 시쯤 됐을까, 주변의 소리에 귀를 기울여 보아도 들리는 것은 없었다. 나는 조심스럽게 자리에서 일어나 문을 열고 방에서 나왔다.

커튼이 반쯤 열린 창문 너머로 멀리서 동이 터오고 있는 것이 보였다. 밤의 어둠은 한층 가신 뒤였고, 어슴푸레한 빛이 주위를 비추고 있었다.

거실에 놓인 텔레비전이 소리 없이 저 혼자서 빛을 내며 움직이고 있었다. 텔레비전 불빛에 사장님의 모습이 보였다. 사장님은 한 손으로 리모컨을 든 채 소파에 누워 잠들어 있었다. 나는 물을 마시는 것도 잊은 채 홀린 듯 사장님에게 다가가 그 앞에 쪼그리고 앉았다. 사장님의 얼굴은 며칠 사이 몰라보게 거칠어져 있었다. 늘 깔끔하게 정리되어 있던 머리카락은 아무렇게나 삐죽삐죽 서 있었고 턱에는 수염이 자라나고 있었다. 소파는 사장님의 길쭉한 키를 감당하기에는 너무 작아서 사장님은 다리를 접다시피 누워 있었다. 자리가 불편한 듯 이마에는 살짝 주름이 가 있었다. 사장님은 내가 작은 방에서 지낸 그 많은 밤들을 소파 위에서 보낸 것 같았다. 하나뿐인 침대를 내가 차지하고 있었으니 말이다.

죄책감이 밀려왔다. 내가 지금 이 사람에게 얼마나 큰 짐을 지우고 있는 걸까. 내게 닥친 공포에서 벗어나 도망치는 데만 급급해 내 곁에 있는 사람은 전혀 생각하지 않고 있었다. 나야 휴학생 신분인 데다 고작 직원일 뿐이지만 사장님은 회사를 운영하는 대표다. 그런 사람이 나 때문에 회사 문을 닫다시피 하고 나와 함께 와 이곳에 발이 묶였다. 침대까지 내게 내주고 자신은 불편한 소파에 누워 쪽잠을 잤다. 번번이 상을 물리기 일쑤인 내게 시간마다 밥을 차려주기까지 했다. 그러면서도 내게 단 한 번도 싫은 내색을 보이거나 그만 마음을 추스르고 올라가자는 이야기를 한 적도 없다.

'미안해요.'

나는 속으로 사장님에게 사과했다. 미안해요. 내가 뭐라고 사장님이 이렇게까지…. 또다시 눈물이 날 것만 같았다. 소파 아래에 놓여 있던 사장님의 핸드폰 화면이 켜지며 빛을 냈다. 메시지가 온 모양이었다.

스케줄 다 끝났어요.

지금 강준이 형 집에 내려가는 중.

누리는 좀 괜찮아요?

다운이었다. 누리는 좀 괜찮아요? 하는 다운의 마지막 문자에 기어코 눈물이 볼을 타고 흘렀다. 모두들 내 걱정을 하고 있었다.

가득 차오른 눈물 탓에 시야가 뿌옇게 흐렸다. 손등으로 눈물을 닦아낸 나는 멍하니 생각에 잠겼다.

끝을 봐야 했다. 무명과 맞서야 한다. 지든 이기든, 결과는 나중에 생각할 문제다. 이기면 다 함께 일상으로 돌아가는 거고 지면… 나는 죽고 무명은 영생을 얻을 것이다.

무명의 목표가 세계정복 따위가 아니라 영생이라는 것에 감사해야 할지도 모를 일이었다. 내가 죽고, 무명이 영생을 얻는다 해도 남겨진 이들의 삶에 변화는 없을 테니 말이다. 내가 죽는다면 그들은 슬퍼하겠지만 곧 괜찮아질 거다. 처음에는 어색하겠지만 내가 없는 일상에 서서히 적응하겠지. 그들의 일상을 돌려주기 위해서라도 내가 여기서 이러고 있어서는 안 된다.

나는 앞으로 닥칠 일들을 머릿속으로 떠올렸다. 팔찌를 끊는다. 무명이 내 기운을 느끼고 나를 찾아온다. 그와 싸운다. 그리고…. 내 심장을 파고드는 무명의 손이 머릿속에 생생하게 그려졌다. 심장을 푹 찌르는 손에 혈관이 터지는 소리가 들려오는 것만 같았다. 생각만 해도 인상이 찌푸려졌다.

"아냐!"

나는 고개를 저었다. 끔찍한 상상을 하는 대신 머릿속으로 무명의 손을 막아서고 그에게 맞서는 모습을 떠올렸다. 내가 이길 거야. 그를 소멸시키고 예전으로 돌아갈 거다. 평범했던 날들로.

"안 자고 뭐해."

"엄마야!"

느닷없이 소파 위에서 사장님의 목소리가 들렸다. 예상치 못한 음성에 깜짝 놀란 나는 뒤로 벌러덩 넘어가 쿵하고 엉덩방아를 찧고 말았다. 나보다 더 놀란 것은 사장님이었다. 누워 있던 사장님이 순식간에 벌떡 일어나 나를 일으켜 세웠다.

"괜찮아? 다치진 않았어?"

나는 얼떨떨한 표정을 감추지 못한 채 대답했다.

"괜찮아요."

"너는…! 후, 아니다."

긴장이 풀린 사장님이 그제야 민망한 듯 후 하고 짧게 한숨을 내쉬고는 소파에 털썩 주저앉았다. 소파의 등받이에 등을 기댄 사장님이 나를 내려다보며 물었다.

"왜 일어났어. 더 자지. 오랜만에 푹 자는 것 같더니."

"물 좀 마시려고요."

내 말에 사장님이 자리에서 벌떡 일어났다. 당장이라도 부엌으로 성큼성큼 걸어갈 듯한 모양새였다. 나는 피시시 힘 빠진 웃음소리를 내며 사장님을 말렸다.

"저 어린애 아니거든요? 물 정도는 혼자 따라 마실 줄 알아요."

"그래, 넌 어린애 아니지. 다 할 줄 알아."

웃음기 어린 그의 목소리가 다정하기 그지없었다. 또다시 눈물이 날 것 같았지만 못 참을 정도는 아니었다. 부엌으로 가 컵에 물을 따라서 꿀꺽꿀꺽 마시는 동안 사장님의 시선은 내게서 떠날 줄을 몰랐다. 빈 컵을 물로 한 번 씻어내고 건조대에 뒤집어놓은 뒤 나는 다시 거실로 돌아왔다. 더 할 말 있느냐는 듯 나를 올려다보는 사장님에게 나는 차분하게 말했다.

"날이 밝는 대로 무명을 만나러 가겠어요."

무명이 두렵지 않다면 거짓이다. 나는 여전히 무명이 무섭다. 하지만 언제까지 이렇게 있을 수 없다는 것을 깨달았기 때문에 가능한 빨리 결판을 내기로 결정했다. 내가 죽는다 해도 다른 이들은 일상으로 돌아가야 하니까 말이다. 전과는 다른 내 마음가짐이 얼굴에 드러난 걸까, 내 얼굴을 한참 살펴보던 사장님이 피식 웃었다.

"걱정인형이 효과가 있었나 보네."

걱정인형의 효과라기보다는 소파에 누워서 쪽잠을 자던 누구의 효과일걸요. 나는 속으로 대답했다.

"무명과 약속은 했어? 어디서 만나기로?"

"아뇨… 그건…."

약속을 했느냐고? 그럴 리가. 사장님의 말에 나는 대답할 말을 찾지 못하고 더듬거렸다. 사장님이 나를 보며 능청스레 웃고 있었다. 농담한 거였구나!

"무명이야 네가 팔찌를 끊는 순간 네 기운을 느끼고 쫓아올 테지. 만나는 건 문제가 안 돼. 그건 좀 천천히 하고. 무명을 만나기 전에 먼저 갈 곳이 있어."

"어디를요?"

의외의 말이었다. 무명을 만나기 전에 갈 곳이라니?

"강준이네 집으로 가야 해. 강준이 작은아버지가 너를 찾으신대."

아까 통화하던 게 이거였구나. 그러고 보니 다운이도 강준 씨네 집으로 간다고 했지. 뭔가 알아낸 것이 있는 걸까.

"저를 무슨 일로요?"

"글쎄, 자세한 건 가봐야 알겠지만 무명에 대해서 좀 아시는 게 있나 봐. 너를 직접 보고 이야기하시고 싶대."

"네."

"조금 더 자. 아침 든든히 챙겨 먹고 출발하자."

천천히 고개를 끄덕였다. 나를 올려다보며 미소 짓던 사장님이 내 손을 깍지 껴 잡았다. 그러고는 말했다.

"내가 너를 지킬 거야. 그러니까 더 이상 두려워하지 않아도 돼."

이미 몇 번이나 들은 말이었다. 나는 사장님이 잡은 손을 빼며 애매하게 미소 지었다. 사장님의 진지한 미소는 상대에게 신뢰감을 주는 힘이 있었다. 내가 싸워야 할 것이 사람이든 영이든, 사장님이 영력을 쓰든 못 쓰든, 정말로 사장님이 나를 지켜줄 것만 같았다. 하지만… 아니야. 더 이상 폐를 끼칠 수는 없다.

"저도 저를 지킬 수 있으니까 걱정 마세요. 저 때문에 사장님은 물론 다운이랑 강준 씨까지 위험해지는 건 싫어요."

"너 혼자 싸우다 잘못되면? 강준이와 다운이가 함께하면 훨씬 더 수월할 거야. 혹시라도 네가 혼자 싸우다가….

뒷말은 굳이 하지 않아도 예상할 수 있었다. 죽으면 어떡하느냐는 말이겠지. 사장님은 말을 멈추고는 고개를 저었다. 그러고는 다시 말했다.

"내가 다시 너에게 정식으로 고백하겠다고 했잖아. 나한테 그럴 기회도 안 줄 거야?"

"저도 살고 싶어요. 죽고 싶지 않아요. 하지만 다 함께 죽는 것보다는 차라리… 저만 잘못 되는 게 나아요. 그러면 남은 사람들은….

일상으로 돌아갈 수 있잖아요. 내 작은 목소리에 사장님이 길게 한숨을 내쉬었다.

"너 없이 우리가 일상으로 돌아갈 수 있을 거라고 생각해?"

"물론 처음에는 쉽지 않겠지만….

"쉽게 잊기에는 너는 우리에게 너무 소중해. 나에게만 소중한 게 아니라, 강준이에게도, 다운이에게도. 요한이 형도 마찬가지고 말야."

"…사장님."

사장님의 말에 코끝이 찡해졌다.

"게다가, 무명이 원하는 게 단순히 영생을 얻는 걸로 끝날 거 같아? 영생을 얻고 나면 남은 우리를 그대로 둘 거라는 보장은 어디에 있는데?"

"…!"

"사람의 욕심은 끝이 없는 거야. 그는 큰 힘을 가지고 있지. 원하던 영생까지 손에 넣었다고 쳐, 그 뒤에는? 너를 죽이기까지 한 자가 인류 평화에 이바지라도 할 것 같아?"

사장님이 익살스레 웃으며 농담조로 말했다.

"공누리 씨. 그러니까 혼자 희생할 생각 마시고 모두 함께 힘을 모아서 악당 무명에게서 지구를 지켜보는 건?"

"뭐예요, 그게. 완전 오버하고 있어."

나는 참지 못하고 웃고 말았다. 사장님이 나를 보며 찡긋 윙크를 했다.

"너 혼자 싸우는 것보다는 모두 함께 무명을 상대하면 훨씬 더 승산이 높을 거야. 반드시 이긴다는 데 내 전 재산을 건다."

이렇게까지 말하면 내가 정말⋯. 나는 어느덧 사장님의 페이스에 완전히 말려들어 있었다. 부담스럽지 않게 농담조로 말해주는 사장님에게 못내 고마운 마음이 밀려왔다. 사장님이 여느 때와 다름없는 부드러운 목소리로 말했다.

"얼른 가서 자. 일찍 자야 일찍 일어나지."

나는 천천히 고개를 끄덕이고는 침대가 있는 방으로 들어갔다. 왠지 이번에도 악몽을 꾸지 않을 것 같다.

"그런데요, 사장님."

"왜?"

"전 재산이 얼만데요?"

내 말에 사장님이 피식 웃는 소리가 벽을 통과해 들려왔다.

"나하고 결혼하면 그때 알려줄게."

* * *

청주로 가는 내내 우리는 손을 잡고 있었다.

"팔찌를 풀면 허전하겠죠?"

내 말에 사장님이 미소 지었다.

"그 팔찌 말고 다른 걸 차면 되지."

생각에 잠긴 듯 천천히 대답하던 사장님이 곧 다시 나를 보며 말했다.

"커플 시계 맞출까?"

"좋아요!"

나 역시 미소로 화답했다. 과연 내가 사장님과 커플 시계를 맞춰서 차고 다닐 수 있을까, 괜한 약속을 하는 것은 아닐까 하는 부정적인 생각은 최대한 떠올리지 않으려 애썼다. 대신 예쁜 시계를 고르는 상상을 했다. 사장님과 함께 고민해서 시계를 고르고, 그 시계를 차고 다니는 상상. 곧 현실이 되기를 나는 속으로 기도했다. 강준 씨네 집으로 가는 버스 정류장 앞에서 우리는 의외의 사람을 만났다.

"오랜만입니다."

우리 앞에 멈춰 선 차의 창문이 열리고 권두혁 형사가 우리에게 인사를 건넸다.

"안녕하세요!"

"강준이 연락 받고 오셨나 봐요."

나와 사장님이 차례로 한마디 하는 동안 권 형사의 시선은 나와 사장님이 잡고 있는 두 손에 닿아 떨어질 줄을 몰랐다.

"아…"

머쓱함에 시선 둘 곳을 찾을 수가 없었다. 권 형사가 전부터 내게 어느 정도 호감을 가지고 있다는 것은 알고 있었다. 그런 권 형사 앞에서 이런 모습을 보이다니, 괜스레 난처해졌다. 그런 내 마음을 아는지 모르는지 사장님은 더욱 더 단단히 내 손을 잡았다.

"두 분, 잘 어울리네요."

권 형사가 마침내 손에서 시선을 떼고 우리를 올려다보며 말했다. 입가에는 특유의 사람 좋은 미소가 걸려 있었다.

"얼른 타세요. 같이 가죠."

저 멀리에 강준 씨 집이 보이기 시작했다. 마중을 나온 강준 씨의 수호용이 차 안으로 쑥 들어와 내 품에 안겼다. 내게 꼭 안겨 내 뺨을 비비며 애교를 부리는 모습이 영락없이 강아지였다.

"강준이 작은아버지가 나와 계신 것 같은데. 저분 맞지?"

사장님이 말했다. 사장님의 시선을 따라 창밖을 내다보니 과연 강준 씨의 작은아버지가 대문 앞에 나와 계셨다. 무엇이 그리도 급한지 신발도 제대로 신지 않은 상태였다.

"저 먼저 내릴게요."

내 말에 권 형사가 차를 잠시 세웠고, 나는 문을 열고 차에서 내렸다.

"안녕하세…."

"강준이에게 대략적인 이야기는 들었습니다. 먼저 확인부터 해보겠습니다."

내가 인사를 채 마치기도 전에 강준 씨의 작은아버지가 덜덜 떨리는 손으로 내 손을 잡으며 말했다. 지그시 눈을 감고 내 영력을 확인해보던 강준 씨의 작은아버지는 이내 놀란 얼굴로 눈을 떴다. 눈에는 감탄의 빛이 어려 있었다.

"300년 만의 진짜 신녀군요."

그의 얼굴에는 벅차오르는 환희와 긴장감이 한데 섞인 표정이 그대로 드러나 있었다. 그나저나 '진짜' 신녀라니? 내가 의아하다는 얼굴로 그를 올려다보자 그는 더듬더듬 말을 이었다.

"신녀님도 아시다시피 가문이 일찍이 멸문에 가까운 화를 입은 탓에…. 곁에 계시는 데도 깨닫지 못했습니다. 죄송합니다, 제 불찰입니다."

강준 씨의 작은아버지가 나를 향해 허리를 숙였다. 나는 불에 덴 사람처럼 화들짝 놀라 그를 저지했다. 갑자기 왜 이러시는 거야!

"그동안은 누리의 팔찌가 누리를 숨기고 있었으니 당연히 모를 수밖에요. 이만큼 끊어지지 않았다면 아예 느끼지도 못했을 거예요. 우선, 들어가서 이야기하시죠."

집 안에서 나온 강준 씨가 내게 눈짓으로 인사를 건네고는 자신의 작은아버지를 향해 부드럽게 권했다.

"그, 그래, 내 정신 좀 보게. 신녀님을 이렇게 세워두다니…. 우선 들어가시죠."

무엇이 어떻게 돌아가는 일인지 알 수가 없었다. 신녀는 무엇이며 강준 씨네 작은아버지는 왜 갑자기 내게 극존칭을 쓰시는 거야? 집 안으로 들어가자마자 강준 씨네 집안 어른 영들이 나를 둥글게 둘러쌌다. 그들은 내가 한걸음 움직일 때마다 덩달아 움직이며 나를 졸졸 따라왔다. 미묘한 웃음을 지으며 나를 따라다니던 영들 중 하나가 내게 은근한 목소리로 물었다.

〔처녀, 그래서 우리 강준이의 색시가 되어주기로 했나?〕

강준 씨가 드물게 소리를 버럭 질렀다. 무언가 그들에게 억울한 것이 있는 듯했다.

"그런 사이 아니라니까요! 어르신들도 참 너무하십니다. 처음부터 누리가 신녀라는 것을 알고 계셨으면서도 모른 척하신 거죠!!"

〔예끼, 이놈. 말버릇하고는.〕

〔우리는 너무 늙어 기억이 오락가락하지.〕

얼굴이 붉으락푸르락해진 강준 씨는 성큼성큼 먼저 가버렸다. 강준 씨가 들어간 곳을 향해 강준 씨의 작은아버지 역시 걸음을 옮겼다. 우리가 향한 곳은 집안의 신녀들이 대대로 머물렀다던 바로 그 방이었다. 지난 번, 영력을 다루는 방법을 연습하기 위해 강준 씨의 집을 찾았을 때 조상신들의 설명을 들은 기억이 났다.

"오랜만."

방 안에는 다운이 있었다. 다운의 표정은 평소와 다름없었다. 나를 크게 걱정하는 기색도, 안쓰럽다는 표정도 없어서 오히려 편하게 느껴졌다.

〔다쳤다며, 괜찮나?〕

〔얼굴이 말이 아니구나.〕

동자신과 장군신이 신당 안에 있었다. 그들뿐만이 아니었다. 다운과 다운의 두 신들, 강준 씨와 수호용, 사장님과 권 형사. 모두가 이곳에 와 있었다. 그 사실이 새삼 든든하게 느껴졌다.

강준 씨의 작은아버지까지 안으로 들어와 앉았다. 나는 강준 씨네 작은아버지가 입을 열기 전에 먼저 선수를 쳤다.

"말씀 편하게 하세요. 신녀가 뭔지는 몰라도… 저는 스물다섯 살이고 강준 씨보다도 어린걸요."

"그럴 수는 없습니다."

"그러니까…제가 설사 신녀라고 해도, 저는 이제까지 그 사실도 모르고 살았는걸요. 갑자기 그러시면 제가 오히려 불편해요. 말씀 놓으세요."

그가 한참 동안이나 나를 빤히 쳐다보았다. 나는 그의 눈을 피하지 않고 정면으로 마주했다.

"대신에 저도 편하게 아저씨라고 부를게요. 그러니까, 꼭 편하게 말씀해 주세요. 아셨죠?"

한참 만에 그가 "그래" 하고 한숨 쉬듯 말했다.

"천 년도 더 된 일이지. 저 뒷산에 신녀가 살기 시작한 것은. 그리고 우리 집안은 대대로 신녀를 모셔왔다."

모두들 숨을 죽이고 그의 이야기에 귀를 기울였다.

"신녀는 나라에 큰일이 생길 때마다 하늘에 제를 올리는 일을 했고 이승에 머무는 영들을 다스렸다. 불쌍한 영은 성불시키고 사악한 귀는 소멸시켰어. 전대의 신녀가 죽으면 그 신녀의 영은 성불해 다시 환생했지. 그런 신녀를 찾고, 신녀의 일을 돕는 것이 우리 가문의 업이었다. 그 중에서도 힘이 강한 자들이 있었다. 신녀의 가장 가까이에서 그녀를 모시는 이들을 사자라고 불렀어. 사자들 역시 신녀와 마찬가지로 환생을 거듭하며 신녀를 지켰지."

"…"

"네 명의 사자들 중 한 명은 반드시 우리 가문에서 태어났어. 그는 환생한 신녀와 다른 사자들을 찾아내는 일을 했다. 그러나 300년 전의 일로 모든 것이 끝나버렸지. 300년 전의 그날, 세 명의 사자가 한날한시에 죽어버렸어. 살아남은 것은 단 한 명의 사자와 신녀뿐이었지. 그 신녀가 죽은 뒤 신녀는 더 이상 나타나지 않았다. 영혼이 소멸한 것처럼 기운조차 찾을 수 없었어."

신녀가 나타나지 않았다고? 강준 씨의 쌍둥이 누나가 신녀라고 하지 않았나? 궁금했지만 말을 끊고 싶지는 않았다. 나는 잠자코 아저씨의 다음 말을 기다렸다.

"신녀가 없는 이상 사자도 필요치 않게 되었다. 우리 가문의 사자는 더 이상 다른 사자들을 찾지 않았고, 대를 거듭하면서 그 역시 평범한 사람들과 같아졌어."

아저씨의 목소리는 담담했다. 하지만 강준 씨는 아니었다. "사자도 필요치 않게 되었다"는 말에 강준 씨의 얼굴은 혼란으로 가득 찼다. 왜 저런 표정을 짓는 거야? 나는 강준 씨와 눈을 마주치려 애썼지만 강준 씨는 이내 혼란스럽다는 얼굴을 갈무리하고는 다시 작은아버지의 말을 기다렸다.

"게다가 시대가 변하면서 세상은 더 이상 신녀를 필요로 하지 않게 되었다. 우리는 신녀의 환생을 찾아다니는 대신 다른 방법을 택했어. 우리는 가문의 여자아이 중 영력이 강한 아이를 신녀로 세웠다. 그리고 그녀를 앞세워 사념을 처리하는 일을 하며 가문의 명맥을 이어왔지."

"그 신녀 중 한 명이…."

"그래. 강준이의 쌍둥이 누이였지."

"쌍둥이 동생이 있나요?"

권두혁 형사가 의외라는 듯 물었다. 자세한 내막을 모르는 그는 별생각 없이 물었지만 질문을 들은 우리는 당혹감을 감출 수 없었다. 모두 강준 씨의 눈치를 살피기 바빴다. 자신에게 시선이 쏠리는 것을 알아챈 강준 씨가 최대한 덤덤한 표정을 유지하려 애쓰며 대답했다.

"누나가 있었습니다. 지금은 죽었죠."

침묵이 흘렀다. 나는 분위기를 바꾸기 위해 얼른 입을 열었다.

"300년 전의 일은 뭐죠?"

"저 뒷산에는 신녀뿐만 아니라 이무기도 살았다. 이무기들은 어두운 동굴 속에서 숨어 살며 용이 되기만을 기다렸지. 그러나 모든 이무기가 용이 되는 것은 아니었다. 개중에는 수백 년, 수천 년을 기다려도 용이 되지 못하는 것들도 있었어. 용이 되지 못한 대부분은 자살로 생을 마감했지."

자살, 하고 강준 씨가 혼잣말처럼 작게 중얼거렸지만 그 말을 듣지 못한

이는 없었다.

"어느 날, 한 이무기의 영과, 용이 되고 싶다는 사념들이 한데 얽혀 커다란 사념체로 변했다. 그리고 신녀의 영력을 탐했지."

그 뒤의 이야기는 앞에서 말한 것과 같았다. 신녀를 지키기 위해 네 명의 사자와 가문의 거의 모든 사람들이 사념체에 맞서 싸웠고, 그 과정에서 사자 셋이 목숨을 잃었다고 했다.

"그럼 이무기는 어떻게 된 건가요?"

"…커다란 희생을 치르고서도 겨우 봉인하는 데 그쳤다고 하더구나."

그 말을 마지막으로 아저씨는 입을 닫았다. 강준 씨가 내게 물었다.

"너, 무명의 사념체가 커다란 구렁이들이 한데 얽힌 모양이었다고 했지."

강준 씨가 무슨 말이 하고 싶은지 단번에 알 수 있었다. 나는 선선히 고개를 끄덕였다.

"제가 이무기를 본 적이 없어서 구렁이라고 표현은 했지만, 구렁이라기에는 너무 거대했거든요. 무명은 300년 전 그 이무기들의 사념체인 게 분명해요."

"정리하자면, 300년 전에 이무기의 사념체가 신녀를 해치려 했고 수많은 희생 끝에 이무기를 봉인했다는 거네. 그 봉인이 이번에 풀렸고 말이야."

"그리고 그는 다시 누리를 노리고 있고요."

내가 300년 전의 그 신녀였다고? 무슨 농담을 이렇게 진지하게 하시냐며 한바탕 웃고 넘기고 싶은 기분이다. 전혀 와닿지 않는 이야기였다. 나는 어이없어 작게 실소를 터트리며 물었다.

"제 영력을 가져가서 영생을 얻으면 용이 될 수 있는 건가요?"

"그렇지는 않아. 영생은 용이 가지는 특징 중 하나일 뿐, 영생을 얻는다고 해서 이무기가 용이 될 수 있는 것은 아니야."

"그렇다면 무명은 영생에 왜 그리도 집착하는 걸까요. 영생을 얻어서 뭘하려고 그러지?"

내 혼잣말에 대답을 한 사람은 다름 아닌 권두혁 형사였다.

"배우 한희연 씨의 사념체를 기억합니까?"

"…?"

"그때 한희연 씨 사념체는 '시나리오를 완성시켜야 한다'는 목표를 가지고 움직였잖습니까? 그렇다면 이 이무기 사념체의 목표는 '영생' 그 자체에 있는 것 아닐까요?"

"일리 있는 말이네요."

사장님이 고개를 끄덕이고는 덧붙였다.

"그렇지만 상관없습니다. 영생이 목표든, 아니면 영생을 얻은 후에 다른 목적이 있든 말이죠. 중요한 건 무명이 누리를 해치려 하고 있다는 거예요. 이번에는 무명을 소멸시켜야 합니다."

모두들 고개를 끄덕였다. 나 역시 고개를 끄덕였다.

"형님이 살아계실 적에 들은 바가 있다. 네가 신녀를 지키는 사자의 환생이라고."

아저씨가 강준 씨에게 건넨 말에 모두들 눈을 동그랗게 떴다. 하지만 정작 당사자인 강준 씨는 알고 있었다는 듯 덤덤하게 고개만 끄덕이고는 다운과 권 형사를 가리켰다.

"너도 사자야. 그리고 형사님도요."

"내가?"

"제가요?"

다운과 권 형사가 모두 자신을 가리키며 반문했다. 강준 씨는 묵묵히 고개만 끄덕일 뿐이었다.

"강준이 그렇게 말한다면 맞을 거다. 우리 가문의 사자는 대대로 다른 사자들을 찾는 일을 했으니까."

"사자는 네 명이라고 하지 않았나? 세 명은 찾았고…. 나머지 한 명은?"

사장님이 물었다. 사장님의 목소리에 은근한 기대가 묻어나는 것을 모르는 이는 아무도 없었을 거다. 아저씨가 고개를 가로저었다.

"그는 죽었다고 알려져 있네."

"…"

사장님이 강준 씨를 쳐다봤다. 사장님을 마주본 강준 씨는 시선을 돌리며 고개를 저었다. 사장님은 낙담한 듯 고개를 떨구었다. 거 참, 사자가 무슨 대단한 벼슬인 것도 아니고…. 왜 그런 걸로 실망을 하고 그래요. 나는 내 옆에 앉은 사장님의 손을 위로하듯 살짝 잡았다.

"사자가 아니라고 해도 상관없어. 너를 지킬 사람은 내가 될 테니 말이야."

작게 중얼거린 사장님이 이내 목소리를 바꾸고는 활기차게 말했다.

"그러면 무명도 결국 한희연 사념체의 연장선에서 보면 되는 거네. 힘이 좀 강할 뿐, 대단한 건 아니다 이거죠?"

"힘이 대단히 강한 게 문제죠…."

내가 작은 목소리로 항변했지만 사장님은 들은 체 만 체했다.

"그래봐야 용이 되지 못한 이무기일 뿐이라며? 그러면 강준이 네 수호용이 이기는 거 아냐?"

"위협 정도는 할 수 있겠네요. 하지만…."

이무기들은 너무 많고 용은 하나뿐이라는 이야기를 하고 싶은 거겠지. 사장님은 더 들을 것도 없다는 듯 강준 씨의 말을 끊고 다운에게로 눈을 돌렸다.

"게다가 다운이 신들도 도와줄 거고."

〔난 싸움 시러해.〕

〔몸을 움직일 때마다 삭신이 쑤시는구나.〕

사장님의 기대 가득한 표정에 다운은 차마 신들이 내켜하지 않는다는 말을 못하고 애매하게 고개를 끄덕였다.

"형사님도…."

"제가 누리 씨를 지켜야죠!"

사장님의 말이 끝나기도 전에 권 형사가 냉큼 고개를 끄덕였다. 그런 권 형사를 시기 어린 눈으로 잠깐 바라본 사장님이 이내 나를 향해 걱정 말라는 듯 말했다.

"것 봐. 모두가 널 도와 무명과 맞서 싸울 건데 뭐가 문제야. 틀림없이 우리가 이길 거니까 너는 걱정 마."

아마 모두가 달려들어도 쉽지 않은 싸움이 될 것이다. 그러나 내 마음을 편하게 해주기 위해 노력하는 사장님 앞에서 더 이상 두려워하는 모습을 보일 수는 없었다. 나는 환하게 미소 지으며 고개를 끄덕였다.

"제가 너무 겁먹었나 봐요. 생각해보면 별거 아닌데요."

방 안에 있는 사람들과 영들을 쭉 훑었다. 나를 향한 따뜻한 시선이 느껴졌다. 울면 안 돼. 또 울었다가는 모두에게 부끄러운 꼴을 보이고 말 거야. 나는 눈물을 흘리는 대신 사장님에게 팔을 내밀었다.

"팔찌 좀 풀어주실래요?"

"기꺼이."

사장님이 나를 보며 환하게 웃었다.

* * *

무명이 내 기운을 쫓아 나를 찾아올 때까지 우리는 이곳, 그러니까 강준 씨의 집에서 기다리기로 했다. 나는 더 이상 불안하지도, 두렵지도 않았다. 팔찌를 끊어 그가 내 기운을 찾을 수 있도록 한 것은 나 스스로 결정한 일이다. 나는 지금 무명을 피해 숨지 않고, 오히려 그가 내게 오기를 기다리고 있는 중이다. 묘하게 마음이 편했다. 내심 얼른 해결하고 서울에 올라가면 좋겠다 싶기도 했다.

나는 강준 씨의 쌍둥이 누나가 썼다던 방에서 머무르기로 했다. 시간이 지나면서 낡은 집을 몇 번이나 수리하고, 부쉈다 새로 지으면서 다른 방들은 주인이 바뀌고 용도가 바뀌기도 했지만, 이 방만큼은 늘 신녀들이 머무는 방으로 존재해 왔단다. 그 말인즉, 300년 전 신녀였던 나 역시 이 방을 사용했었다는 이야기다. 강준 씨의 작은아버지에게 처음 그 말을 들었을 때, 기분이 얼마나 묘했는지 모른다. 300년 전의 내가 머물렀던 공간이라니….

그때의 '나'는 어떤 사람이었을까. 지금의 나와 똑같이 생겼을까? 300년 전이면 조선시대였을 테니, 조선시대 사람들의 말투를 썼겠지. 그럼 성격도 조선시대 여자들처럼 조신하고 얌전했을까?

"에이, 설마. 내가…?"

기억해보려 애썼지만 당연히 떠오르는 것은 없었다. 나는 습관처럼 팔찌가 있던 왼 팔목을 오른손으로 쓸었다. 하지만 걸리는 것은 아무것도 없었다. 자연스럽게 눈이 왼 팔목으로 향했다. 아무것도 없는 팔이 밋밋하게 느껴졌다. 허전함과 동시에 후련함이 몰려왔다. 이것도 잠깐일 거다. 얼마 지나지 않아 나는 이 팔에 팔찌 대신 시계를 차게 될 거다. 그리고 그 시계는 내 영력을 구속하던 팔찌와는 조금 다른 의미로 나를 구속하게 될 거다. 바로 사장님과 내 사이를 말이다.

'헐, 공누리. 방금 네가 생각한 거야?'

완전 오글거려. 나는 이불을 머리끝까지 뒤집어쓰고 발버둥 쳤다. 본 사람도 없는데 얼굴이 화끈거렸다. 그때, 누군가가 문을 똑똑 두드리는 소리가 들려왔다.

"네, 네!"

나는 죄를 지은 사람처럼 화들짝 놀라 자리에서 벌떡 일어나서는 흐트러진 머리를 대충 정리하며 대답했다. 이 시간에 누구지?

"강준 씨?"

문을 열고 들어온 사람은 다름 아닌 강준 씨였다. 강준 씨가 왜…? 의아하다는 눈으로 바라보는 나를 향해 강준 씨는 복잡한 얼굴을 하고 있었다.

"무슨 일이에요?"

"…네가 갑자기 보고 싶어서."

나는 무어라 대답할 말을 찾지 못하고 강준 씨를 말끄러미 올려다보았다. 복잡한 얼굴로 나를 보던 강준 씨가 한참만에야 떨리는 목소리로 내게 말을 건넸다.

"한번 안아봐도 될까?"

…안아요? 강준 씨, 무슨 일 있었어요? 나는 입 밖으로 튀어나오려는 말을 삼키고는 짧게 고민했다. 된다고 해야 하나, 안 된다고 해야 하나. 나를 이성적인 의미로 좋아해서 안아보자고 하는 것 같지는 않은데, 그렇다고 외간 남자 품에 덥석덥석 안기는 건 또 좀 아닌 것 같고…. 내가 고민을 마치기도 전에 강준 씨가 나를 끌어안았다. 당황한 내가 무어라 항변하기도 전에 강준 씨는 언제 그랬냐는 듯 나를 안고 있던 손을 풀고 내게서 조금 떨어졌다. 그냥 팔만 둘렀다는 것이 맞는 표현일 것이다. 강준 씨는 아주 짧게, 나에게 닿았다가 떨어졌다. 그의 표정에서 내게 할 말이 있다는 것을 알아차렸다. 잠자코 강준 씨가 입을 열 때까지 기다렸다. 강준 씨가 긴 한숨과 함께 천천히 입을 열었다.

"아버지는 늘 경멸의 눈초리로 나를 봤어. 어쩌다 눈이 마주칠 때면 혀를 차곤 했지."

강준 씨가 자기 이야기를 입에 올리는 것은 지난번 강준 씨의 쌍둥이 누나 무덤에서 한 대화 이후로 처음이었다.

"한번은 술에 잔뜩 취한 아버지가 주정하듯 말한 적이 있어. '쓸모없는 인간'이라고."

"쓸모없는… 인간이요…?"

세상에, 자기 아들에게 그런 말을 했단 말이야?

"신녀가 없는 세상의 사자는 아무짝에도 쓸모가 없다고 했어."

어떻게 반응해야 할지를 모르겠다. 마음 같아서는 강준 씨의 아버지를 실컷 욕하고 강준 씨의 다친 마음을 어루만져주고 싶은데, 그래도 강준 씨 아버지를 욕할 권리가 내게 없는 것 같기도 하고….

"머리가 좀 더 큰 뒤에는 아버지에게 따져 물었어. 누나가 신녀인데 내가 왜 쓸모가 없느냐고 말이야."

강준 씨는 내 반응에는 관심이 없는 듯했다. 그는 그저 자신의 이야기를 내게 해주고 싶어할 뿐이었다. 내가 대답할 말을 고르기도 전에 강준 씨는 다음 말을 이어나갔다.

"아버지가 내게 말씀하셨지. 누나는 가문의 신녀일 뿐 진짜 신녀는 따로 있다고 하셨어. 그리고 더 이상 나타나지 않는다고도…."

"…."

강준 씨는 이미 오래전부터 신녀와 사자의 존재에 관해 알고 있었구나.

"아니라고 생각했어. 사자의 존재 이유가 신녀를 지키기 위해서라면 사자인 내가 존재한다는 건 신녀가 이 세상 어딘가에 있기 때문이라고 생각했어."

"…."

"내 확신이 틀리지 않았구나."

강준 씨가 나를 보며 미소 지었다. 보는 사람을 안타깝게 만드는 처연한 미소였다.

"누나가 사념체가 되고 집안이 풍비박산이 난 뒤로 신녀에 관한 이야기는 잊어버리고 말았어."

"알아요. 강준 씨의 세상은 쌍둥이 누나가 전부였겠죠. 강준 씨의 세상이 무너져버렸는데, 진짜 신녀 따위가 무슨 소용이겠어요."

나는 안타깝다는 표정을 짓지도, 동정하지도 않았다. 그저 편안한 미소를 지어 보였을 뿐이었다. 강준 씨는 내 말에 울 것 같은 얼굴을 하고서는 작게 중얼거렸다.

"…내가 조금만 더 일찍 기억했다면, 무명에게 그렇게 너를 뺏기지 않았을 텐데."

"언제 적 이야기를 하시는 거예요. 저 이미 돌아왔고, 마음 정리 다 끝난 지도 오래거든요?"

나는 강준 씨의 손을 끌어당겨 두 손으로 잡았다. 미지근한 강준 씨의 큰 손에는 굳은살이 군데군데 박혀 있었다. 나는 강준 씨의 손을 토닥이듯 어루만졌다.

"걱정 마세요. 저 강해요."

마주치는 내 눈을 한참 바라보던 강준 씨가 주먹을 꾹 쥐며 말했다.

"이번에는 너를 꼭 지켜줄게. 나는 너를 지키는 사자니까. 다시는 너를 빼앗기지 않겠어."

강준 씨는 그 말만 남기고는 벌떡 일어나 나가버렸다. 강준 씨의 눈가에 어른거리던 눈물을 본 나는 그를 잡지 않았다.

* * *

"아, 완전 힘들어! 언제 도착해요?"

나는 힘들게 숨을 몰아쉬며 바위에 털썩 주저앉았다. 찌는 듯한 더위에 주변을 감싸고 있는 뜨거운 열기가 짜증스러웠다. 다들 잊고 계신 것 같은데, 저 며칠 전까지만 해도 침대에 누워서 꼼짝 않고 지낸 환자거든요? 이런 무리한 산행을 시키다니, 심지어 배려도 없어! 나는 저만치 앞서가는 사람들을 보며 투덜거렸다.

"괜찮냐?"

내 바로 앞에서 산을 오르던 다운이 걱정스러운 얼굴로 나를 돌아보더니 올라갔던 길을 다시 내려와 내 곁에 앉았다. 선두에 선 강준 씨와 옆에서 함께 걷고 있던 사장님이 뒤를 돌아보다가 내가 쉬고 있는 것을 발견하고는 다시 내려오는 것이 보였다. 곁에 앉아 있던 다운이 들고 있던 물병을 건넸다. 나는 물병을 빼앗듯 낚아채 꿀꺽꿀꺽 물을 마셨다. 이제야 살 것 같다.

"어휴. 무명 만나기도 전에 죽겠다, 정말."

내 앓는 소리에 다운이 피식 웃는 소리가 들려왔다. 나는 가만히 다운의 얼굴을 바라보았다.

"왜?"

"…넌 나 지킨다고 안 하니?"

"…?"

"농담이야."

하도 보는 사람들마다 죄다 나를 지킨다, 어쩐다 하기에 말이야. 나는 실없이 웃고는 자리에서 일어났다.

"힘들면 이야기하지. 같이 쉬었다 가게."

그새 내가 있는 곳까지 내려온 사장님이 걱정스러운 얼굴로 말했다.

"이야기했거든요? 사장님이 너무 앞서가서 못 들은 거예요."

사장님이 피식 웃고는 "내가 잘못했네" 하고 작게 중얼거리더니 손을 내밀었다. 나는 거절하지 않고 사장님의 손을 마주 잡았다. 지켜보던 다운이 질린다는 표정을 짓고는 고개를 절레절레 저으며 성큼성큼 걸어가 버렸다.

어제 저녁, 아저씨는 대대로 신녀들이 기도를 올릴 때 머물던 사당에 대해 말해주었다. 강준 씨의 집안의 묘가 있는 산 중턱에서 조금 더 올라가면 있는 곳인데, 신녀와 사자들이 무명을 봉인시킨 곳이 바로 그 자리라고 했다.

— 이번에도 거기서 싸우면 되겠네. 내일 날 밝는 대로 한번 가보죠.

사장님이 대수롭지 않게 말했고 누가 먼저랄 것 없이 고개를 끄덕였다.

"다 왔다."

사장님이 내 손을 한 번 꼭 잡았다가 놓았다. 나는 숨을 크게 들이마시며 주변을 둘러보았다. 인위적으로 만들어놓은 듯한 넓은 터가 보였다. 평평한 땅을 소나무가 엄호하듯 둘러싸고 있었고, 낡은 사당과 그 근처에는 제단 같은 것도 보였다.

"이야, 우리가 300년 전에 여기에 있었단 말이죠?"

다운이 주변을 두리번거리며 말했다. 다운의 목소리는 지나가는 이야기를 하듯 평온했다. 사실 모두가 그랬다.

"다들 뭐, 문득 떠오르는 기억이 있다거나, 갑자기 아련해진다거나 그런 거 없어요?"

"전 당장 열흘 전 일도 가물가물한데요. 전생이라니…."

내 말에 권 형사가 무안한 듯 웃으며 말했다.

나는 제단 가까이 다가갔다. 제사상으로 추정되는 직육면체의 반듯한 돌 위에는 뿌얀 먼지가 앉아 있었다. 아주 오랫동안 사용한 적이 없는 것 같았다. 나는 손으로 쓱쓱 쓸고는 그 위에 털썩 주저앉았다.

"야, 거기 앉는 곳 아니야."

다운이 기겁하며 나를 말렸다.

"뭐 어때, 제사 안 지낸 지 오래된 것 같은데. 제사 안 지내면 그냥 돌덩이일 뿐이잖아?"

다운의 말에 시큰둥하게 대답하며 주위를 둘러보던 나는 머릿속을 스치는 생각에 고개를 바로 들고 다운을 쏘아보았다.

"야?"

"…왜?"

조다운, 나한테 나이 속였지. 하필이면 그 다큐멘터리를 본 날 무명에게 납치를 당한 탓에 다운에게 직접 따질 타이밍을 놓치고 말았었다.

"너, 내 문자 받았지? 나한테 나이 속였더라? 그것도 두 살이나."

다운이 나를 보며 어색하게 웃기 시작했다. 나는 의기양양해진 얼굴로 다운에게 소리 높여 말했다.

"새파랗게 어린 게 어디 시건방지게 누나한테 반말이야. 오늘부터는 존댓말 써!"

두 살 차이가지고 유세는…. 다운이 작게 항변하는 소리가 들려왔다. 한숨을 쉰 다운이 싫어 죽겠다는 얼굴로 입을 열었다.

"알았어…요, 누나."

이렇게 통쾌할 수가. 다운의 얼굴이 일그러질수록 나는 웃음이 나왔다. 웃음을 참지 못한 권 형사가 큼큼 헛기침을 하며 뒤돌아서는 것이 보였다. 사장님과 강준 씨도 미소 짓고 있었다.

나는 그들의 얼굴을 바라보며 생각했다. 300년 전의 우리는 어땠을까.

지금처럼 이렇게 친한 사이였을까? 아니면 단순히 신녀와 사자로 엮인 어색한 사이였을까.

"300년 전에는요."

내가 입을 열자 모두들 나를 바라보는 것이 느껴졌다.

"다들 나한테 존댓말 했겠죠?"

"…더위 먹었냐?"

"왜, 사자들이 신녀를 지켰다잖아요. 난 모두에게 보호 받는 매우 고귀한 신분이었을 거예요. 그죠?"

사람들이 어이없다는 표정을 지었지만 나는 당당했다. 왜? 내 말에 틀린 것 있어?

"소설 쓰지 마시옵소서. 신녀님."

다운이 옆에서 놀리듯 말했다. 이게 진짜!

"죽을래?"

"왜, 존칭 써줬잖아."

나는 일부러 과장되게 분하다는 얼굴을 하며 씩씩거렸다. 산 아래에서 낯설지 않은 기운이 느껴지기 시작했다. 그 기운은 사장님을 제외한 모두가 느낄 수 있을 정도로 거대했지만 모두 모른 척 한마디씩 잡담하며 웃었다.

시간이 지날수록 익숙한 기운과 동시에 낯선 기운들까지 느껴졌다. 약해서 희미하게 느껴지는 기운부터 제법 강하고 악한 기운까지. 나는 무명이 혼자 온 것이 아님을 직감했다.

"한둘이 아닌 것 같은데요?"

"사람부터 오만 잡귀까지 다 끌어온 모양인데."

"하긴, 무명은 새날교의 '그분'이니까요. 신도들이 엄청나게 따라왔겠죠."

세 사람이 나누는 말에 사장님이 긴장한 얼굴을 했다. 굳은 사장님의 얼굴이 낯설었다. 사실 우리 중 가장 긴장한 것은 사장님일지도 모른다. 눈에 보이지도, 느껴지지도 않는 적과 싸우는 막막한 기분, 게다가 두려움은 또 얼마나 깊을까. 나는 괜스레 안쓰러운 마음에 손을 뻗어 사장님의 손을 잡았다. 사장님의 손바닥이 땀에 젖어 축축했다.

"내려가서 작은아버지, 작은어머니에게 좀 오시라고 해줄래?"

강준 씨가 어깨에 앉아 있던 수호용에게 말했다. 나는 즉시 날아가려는 수호용을 저지했다.

"안 돼요! 강준 씨 가족까지 위험에 빠뜨릴 수는 없어요!"

강준 씨와 눈이 마주쳤다. 강준 씨는 냉정한 얼굴을 하고는 다시 수호용에게 손짓했다. 용은 나와 강준 씨를 번갈아 한 번씩 바라보고는 산 아래로 날아갔다.

"우리 가문의 업은 신녀를 도와 사념체를 처리하는 거야. 너를 지키는 것은 작은아버지의 뜻이야."

"…"

"그래요, 누리 씨. 우리는 지금 한 사람의 힘이 아쉬운 상황입니다. 저쪽에서 머릿수로 밀어붙이고 있잖아요."

강준 씨의 말에 권 형사가 덧붙였다. 두 사람이 그렇게 말하자 나는 할 말이 없어졌다. 기운은 점점 가까워졌다. 저 멀리 고개에서 검은 한복 같은 것을 걸친 사람들이 음산한 기운을 띠고 이곳을 향해 올라오는 것이 보였다. 일부와 눈이 마주치기도 했다.

"이미 알고들 있겠지만 혹시나 해서 하는 소린데…"

바닥에 털썩 주저앉아 있던 강준 씨가 몸을 일으키고는 가볍게 스트레칭하며 입을 열었다.

"요한이 형을 살리는 건 힘들 거예요."

강준 씨는 군더더기 없이 짧게 말했다. 대놓고 사장님에게 하는 말이었다. 사장님은 알고 있다는 듯 덤덤하게 고개를 끄덕였다. 오히려 안타까워하는 것은 나였다. 무명이 강한 상대라는 것은 겪어본 내가 가장 잘 알고 있다. 요한 씨를 구하기 위해 재고 따지다가는 아차 하는 순간 우리가 당한다는 것, 전력을 다해 싸워도 질 수도 있다는 것도 알고 있었다. 그래도 방법이 있다면 시도 정도는 해보고 싶었다. 그래야… 혹시 요한 씨를 잃게 되더라도 미련이 남지 않을 테니까.

"방법이 없을까요?"

강준 씨가 짧게 한숨 쉬었다.

"아주 없는 건 아냐. 하지만 그 방법이 우리 노력에 달려 있는 것은 아니지."

사장님이 더 설명하라는 듯 강준 씨를 바라보았다.

"우리가 처리해야 하는 것은 사념체인 무명이야. 무명은 지금 요한이 형의 몸속에 있지. 그는 요한이 형의 영혼은 재워두고 자신이 그 몸을 움직이고 있어."

"네."

"우리가 무명을 없애기 위해서는 어쩔 수 없이 요한이 형의 몸을 공격해야 해. 그 과정에서 요한이 형의 육체는 공격을 받아 찢겨 나갈 거야. 그러면 요한이 형도 함께 죽겠지."

"당연하죠. 손상된 육체에 영혼은 머물 수 없으니까요. 아…!"

그제야 나는 강준 씨가 무슨 말을 하려는지 알아챘다. 무명이 소멸한다 해도 요한 씨의 몸이 심하게 손상된다면 요한 씨의 영혼은 몸속에 있을 수 없다. 하지만 요한 씨의 몸이 멀쩡하다면?

"그래, 육체가 손상을 입기 전에 요한이 형의 몸에서 무명이 빠져나오고, 밖으로 나온 그를 우리가 소멸시킨다면 요한이 형도 살 수 있어."

가장 이상적이지만 가능성이 희박한 방법이었다.

"하지만 무명이 요한이 형 몸에서 나올 이유가 없잖아."

사장님의 목소리는 거의 체념에 가까웠다. 강준 씨가 사뭇 엄한 목소리로 내게 주의를 주었다.

"요한이 형의 몸을 지키기 위해서 그의 몸을 공격하지 않는 어리석은 짓은 하지 마. 요한이 형의 몸 안에 무명이 있는 한, 그는 무명이야."

"맞아."

사장님이 동조했다. 강준 씨가 사장님의 눈치를 슬쩍 살피는 것이 느껴졌다. 사장님이 덧붙였다.

"우리의 가장 우선순위는 무명을 죽이는 거야, 무명을 죽이지 못하면 죽는 건 우리가 될 테니까…."

다운과 권 형사에게도 시선을 한 번씩 준 사장님이 침착하게 말했다.

"요한이 형을 살리는 건 무명을 죽인 뒤야, 어쭙잖게 둘 다 얻으려고 하다가는 모두 놓칠지도 몰라."

바로 밑 고개에서 사람들의 머리가 보였다. 까만 기운을 가진 악귀들이 자신의 주인 곁을 떠나 우리를 향해 똑바로 다가오고 있었다.

"싸움은 역시…."

"선빵이죠."

다운의 말을 권 형사가 받아쳤다. 다운이 마음에 든다는 듯 권 형사를 바라보며 피식 웃었다. 다운은 예전의 내게 그랬던 것처럼 권 형사에게도 자신의 부적 몇 장을 건네고는 무령을 흔들며 앞으로 달려 나갔다. 권 형사는 오른손은 권총의 방아쇠에 걸고, 부적을 든 왼손으로는 권총을 받쳐 들며 다운을 엄호하듯 함께 앞으로 나아갔다. 그야말로 환상의 콤비였다. 그새 올라온 강준 씨의 수호룡이 강준 씨의 앞으로 와 길게 한 번 울고는 검으로 변했다. 강준 씨는 양손으로 검을 쥐었다.

"조심해. 긴장 풀지 마."

강준 씨가 내게 마지막으로 주의를 주고는 다운과 권 형사의 뒤를 따랐다. 다운이 흔드는 무령의 방울 소리가 배경음악처럼 귓가에 울려 퍼졌다. 우리가 있는 곳까지 올라온 영들은 그 소리에 홀린 듯 다운의 곁으로 몰려들었다. 여러 마리의 영들이 한데 뒤섞여 있었음에도 나는 그들을 완벽히 구분할 수 있었다. 그들의 힘의 세기부터 원한의 종류, 내가 어느 정도 힘을 쓰면 그들을 소멸시킬 수 있을지까지도. 그들의 성질 하나하나가 집중해서 의식하지 않아도 분명하게 느껴졌다. 허물을 벗고 나온 뱀이 조금 더 커지는 것처럼, 팔찌를 푼 나는 그전의 나보다 훨씬 더 강해져 있었다. 이 정도 힘이라면 무명도 상대할 수 있을지 모른다.

마음이 조금씩 들뜨기 시작했다. 얼른 무명이 보고 싶었다. 내 힘을 가늠해보고 싶었다. 오랜 시간 내 악몽의 원인이었던 그를 서둘러 해치워 버리고 싶었다. 다운이 무령을 흔들 때마다 약한 영부터 하나둘씩 성불하기 시작했다. 가끔씩 다운을 향해 달려드는 영은 권 형사가 부적을 던져 소멸시켰고, 강준 씨는 다운의 무령 소리에도 반응이 없는 악귀들을 하나둘씩 소멸시키고 있었다. 그들의 앞에서 검은 한복을 입은 사람들이 우르르 올라오는 것이 보였다. 나는 그들을 눈으로 훑으며 무명을 찾았다.

"…!"

무리의 가장 뒤에서 올라오고 있던 무명과 눈이 마주친 순간, 시간이 멈춘 것만 같았다. 요란한 방울 소리와 강준 씨의 기합 소리, 악귀들의 고통에 찬 목소리도 들리지 않았고, 그들의 움직임도 보이지 않았다. 그저 무명, 요한 씨의 몸을 뒤집어쓴 무명이 보였을 뿐이다. 무명을 상대한다는 것은 동시에 요한 씨를 상대하는 것이기도 했다. 그것이 처음으로 크게 와닿았다. 그리고 그것은 생각보다도 더 힘겨운 일이었다. 무명이 차지해버린 몸 안에 요한 씨가 있다. 요한 씨는 지금 무엇을 하고 있을까? 세상모르게 자고 있을까, 아니면 깨어나 지금 나를 보고 있을까. 요한 씨를 향한 연민에 눈물이 차올랐다. 우리를 향해 다가오는 사람들이 뿌옇게 흐려져 보이질 않았다. 나는 손등으로 눈가를 벅벅 닦았다. 굵은 눈물방울이 손등에 가득 묻어나 얼른 옷에 닦아냈다. 나는 냉정히 현실로 돌아왔다. 그때였다. 탕하는 총성이 크게 울렸다. 소리는 멈추지 않고 메아리가 되어 이 산, 저 산을 넘나들며 울렸다. 주변에는 정적이 흘렀다.

"그쪽으로 갈 게 아니라 이쪽으로 먼저 와야 할 겁니다."

허공을 향해 방아쇠를 당긴 권 형사가 으름장을 놓았다. 사람들은 그 자리에 멈춰 서서 무명의 지시를 기다리고 있었다.

"바라는 대로 해주지."

무명이 피식 웃고는 권 형사를 향해 까딱 손짓했다. 그러자 사람들이 누가 먼저랄 것 없이 권 형사와 다운, 강준 씨가 있는 방향으로 발걸음을 돌려 전진하기 시작했다. 마치 세뇌라도 당한 것 같은 모습이었다. 그들의 눈동자는 흐릿했으며 발걸음은 불안하기 짝이 없었다. 무명은 그들의 모습을 지켜보다 우리를 향해 고개를 돌렸다. 그는 내 악몽 속에서 그랬던 것과 똑같이 비릿한 웃음을 짓고 있었다. 악몽을 마주하는 것은 힘든 일이었다. 나는 후들거리는 다리에 힘을 주며 꼿꼿이 서 있으려 애썼다.

"기억나는군. 300년 전 그날이."

"기억하지는 못하지만 나도 들어서 알아요. 300년 전에는 내가 신녀였다죠? 당신은 그때도 내 영력을 탐냈고."

"그래, 그랬었지."

무명은 피식 웃으며 주변을 둘러보았다.

"그때는 신녀와 네 사자가 지금 내가 선 곳에 서 있었고, 내가 네 자리에 서 있었지."

"기억력 참 좋네. 그럼 그날, 어떻게 끝났는지도 기억하나?"

사장님이 빈정거렸다. 그러나 무명은 가소롭다는 듯 소리 내어 웃을 뿐 대답하지 않았다.

"이곳에 없는 것을 보니 그는 소멸한 모양이군. 살아 있다면 요한이 그를 찾지 못했을 리 없으니 말이야. 고작 나를 봉인시키는 것으로 소멸이라니, 가소롭기 그지없어."

이무기를 봉인하고 죽음을 맞이했다던 사자를 말하는 모양이었다.

"결국 너희는 나를 이기지 못할 거다. 네 명의 사자 중 가장 강했던 그가 소멸했는데, 남은 너희들이 무엇을 할 수 있지?"

네 힘은 이미 겪어봤으니 말할 것도 없지. 무명이 덧붙이며 크게 웃었다. 요한 씨의 몸 안에 있는 무명의 사념체가 똑똑히 보였다. 나는 긴장한 티를 내지 않으려 주먹을 꽉 쥐며 입을 열었다.

"당신은 용이 되지 못한 이무기였죠. 좌절감에 빠져 자살했고요."

"틀렸다."

무명의 얼굴이 딱딱하게 굳었다. 그가 분노하는 것이 느껴졌다.

"당신의 현재 목표는 내 영력을 가지고 영생을 얻는 거라고 했죠. 그럼 그다음에는? 그 뒤에는 뭘 할지 생각해본 적 있어요?"

"무슨 말이 하고 싶은 거지?"

그가 동요하는 것이 느껴졌다. 권 형사를 향해 달려들던 사람들이 무명의 분노에 영향을 받아 일순간 나를 향해 돌아섰다.

"영생을 얻은 뒤에는 뭘 할 건가요?"

세 남자는 틈을 놓치지 않았다. 그들이 세 사람에게서 주의를 돌린 순간 세 남자는 그들의 급소를 내려치며 그들을 기절시키기 시작했다.

"영생을 얻으면 용이 될 수 있다던가요?"

"…"

"당신이 원하는 게 정말 영생인가요? 용이 되는 것은 아니고요?"

"…입 다물어."

"당신이 그토록 원하는 영생은 용이 되고 싶었던 당신의 사념 중 하나일 뿐이에요."

무명이 내게로 가까이 다가왔다. 무명의 어깨 너머로 새날교 무리들과 싸우고 있는 세 남자가 보였다. 무령을 들고 있던 다운의 손을 누군가가 긴 칼로 찔렀고 그 틈에 다운이 들고 있던 무령을 놓쳐버렸다. 주춤하던 영들이 다운을 향해 와르르 다가오는 것을 권 형사가 힘겹게 막았다. 조금 멀리서 영들과 싸우고 있던 강준 씨가 다운의 곁으로 다가가 다운을 엄호하는 것이 보였다. 당장이라도 그들에게 달려가고 싶었다. 그만두라고 소리치고 싶었다. 하지만 나는 아무것도 못 본 사람처럼 냉정을 유지하며 무명을 바라보았다. 마지막으로 무명에게 기회를 주고 싶었다. 무명이 이대로 성불해주기만 한다면 모두에게 더할 나위 없다. 더 이상 누구도 다치지 않을 거고, 소멸하지 않은 무명도 다시 태어나 다른 삶을 살 수 있을 거다.

"가까이 가지 마, 위험해!"

사장님이 나지막한 목소리로 나를 말렸지만 나는 개의치 않고 무명을 향해 걷기 시작했다. 무명이 손만 뻗으면 닿을 거리에 있었다. 나는 손을 뻗어 무명의 뺨을 쓰다듬었다.

〔안쓰러운지고. 살아서의 미련이 남아 여태껏 구천을 떠도는구나.〕

어디선가 여자의 목소리가 들려왔다. 작지만 강한 힘이 깃든 음성이었다. 무명도 그 목소리를 들은 듯 눈을 커다랗게 뜨는 것이 보였다. 나는 그와 눈을 마주치며 차분하게 말했다.

"성불해요. 다시 태어나서 처음부터 시작해요. 다음 생에는 당신도 용이 될 수 있을 거야."

무명의 눈동자가 흔들리는 것이 보였다. 무명의 눈동자 속에 비친 내 얼굴이 흐릿하게 보였다. 길고 긴 눈싸움이었다. 그도, 나도 눈을 깜빡이지 않았다. 마침내 그가 눈을 감았다. 그리고 그가 눈을 떴을 때….

쾅!

"누리야!"

나는 강한 힘에 의해 몸이 붕 떠서 바닥에 처박히고 말았다. 가장 먼저 바닥에 처박힌 머리가 욱신욱신 아파왔다.

"별 미친 소리를 하는군."

사장님이 달려와 축 늘어진 내 몸을 일으켜주었다. 어지간히 놀란 듯 사장님이 내 어깨를 흔들며 연신 괜찮냐고 물었다.

"환생할 생각이었으면 300년 전에 했을 거다. 수많은 생명을 죽인 내가 성불한 뒤 갈 곳은 저승의 지옥불이겠지. 한희연에게 지옥의 존재를 알려준 이가 누구라고 생각하나?"

"설마…."

"그래, 나였지. 그런 내가."

네 말에 덥석 성불을 할 거라고 생각했나? 무명이 큰 소리로 웃다가 이내 뚝 멈추었다.

머리부터 처박힐 때 혀를 잘못 깨문 모양이었다. 비린 피 맛이 입안 가득차올랐고 혀가 욱신욱신 아렸다. 나는 침을 퉤 뱉었다. 바닥에 떨어진 침은 피가 섞여 붉은 빛을 띠고 있었다. 나는 뱉은 침에 미련을 담아 털어버리고 다시 일어서 무명을 쏘아보았다. 교주가 무명의 뒤에서 나를 노려보고 있었다. 온몸에 타박상을 입은 흔적이 가득했고, 다리는 완전히 으스러진 듯 제대로 걷지 못해 잡귀 두어 마리가 그의 다리를 들어 옮기고 있는 모양새였다. 악귀들이 덕지덕지 붙어 있는 모습이 기괴하기 짝이 없었다. 하지만 그에게 시선을 오래 두고 있을 수는 없었다. 다운과 권 형사가 그랬지. 싸움은 선빵, 그러니까 선제공격이라고!

나는 예고 없이 불쑥 손을 뻗어 무명을 향해 힘을 쏘아보냈다. 파앗 하고 내 영력이 힘차게 무명을 향하는 것이 보였다. 하지만 무명은 그럴 줄 알았다는 듯 손을 들어 내 힘을 와해시키려는 동작을 취했다. 놀란 것은 그다음이었다. 내가 쏘아보낸 영력이 무명의 방어를 가볍게 뚫고 들어갔다. 무명은 내 힘에 밀려 조금 전 내가 그랬던 것처럼 뒤로 붕 날아가 바닥에 처박히고 말았다. 스스로도 놀랄 만큼 강한 힘이었다. 팔찌가 있는 것과 없는 것의 차이가 이렇게 컸다니…. 나는 내심 놀랐지만 티내지 않으려 애썼다. 이길 수 있을 것 같다는 자신감이 생겼다.

나는 틈을 놓치지 않고 다시 쓰러진 무명을 향해 달려갔다. 조금 더 가까운 거리에서 힘을 쓰면 조금 더 강한 공격을 할 수 있을 거야. 놀란 얼굴을 하고 있던 무명이 이내 자리에서 일어났다. 그러고는 그 역시 나를 향해 달려왔다. 내 바로 앞까지 다가온 무명은 입을 쩍 벌렸다. 벌어진 입안에서 무명의 사념체, 그러니까 이무기의 머리 중 하나가 쑤욱 튀어나왔다. 이무기의 머리가 아가리를 쩍 벌리고 나를 물 것처럼 공격적으로 쉭쉭거렸다. 뱀이나 구렁이 따위와는 비교도 되지 않을 정도로 징그러운 모습이었다. 나는 치밀어오르는 구역질을 애써 삼키고 그것을 향해 손을 쭉 뻗었다. 기다렸다는 듯 그것이 내 손을 콱 무는 것이 느껴졌다. 내 피부에 박혀든 그것의 이빨을 통해 무명의 영력이 내 안으로 아프게 밀려들어왔다. 나는 내 영력을 무명에게 물린 팔에 집중시키며 내 안으로 들어온 무명의 영력을 밀어내려 애썼다.

무명과 나의 힘겨루기가 시작되었다. 전력을 다한 것은 아니었지만 꽤 힘을 쓰고 있는 나와는 달리 무명의 얼굴은 평온하기 그지없었다. 이길 수 없는 상대와 팔씨름을 하는 기분이었다. 어떻게든 상대의 팔을 넘겨버리기 위해서 나는 팔은 물론이고 어깨까지 욱신욱신 쑤실 정도로 용쓰고 있는데, 상대는 여유롭게 내 힘이 빠질 때까지 기다리고 있는 상황. 내가 끙끙거리다 지쳐 한풀 꺾이는 순간 무명의 영력은 순식간에 내 안으로 파고들 것이다. 이길 수 있을 거라는 자신감이 급속도로 사라져갔다. 힘이 강해졌다 해도 그것은 과거의 나보다 강해진 것일 뿐, 결국 무명의 힘에는 미치지 못할지도 모른다. 그때 내 손을 물고 있는 이무기의 머리를 향해 부적 하나가 날아왔다. 바람을 타고 날아온 부적은 무명에게 위협이 될 정도로 강한 힘을 가지고 있지는 않았지만 그렇다고 해서 무시할 수 있을 만큼 약한 것도 아니었다. 무명이 부적을 처리하기 위해 팔을 뻗을 때, 나는 힘껏 영력을 팽창시켜 그를 밀어냈다.

나는 그에게서 서너 걸음 정도 떨어져서 숨을 골랐다. 무명과 함께 온 새날교 무리는 세 남자와의 싸움 끝에 모두 쓰러진 상태였다. 악귀들도 모두 소멸한 듯 보이지 않았고, 검은 한복을 입은 사람들은 정신을 잃고 바닥에 쓰러져 있었다. 그 가운데 있는 것은 강준 씨였다. 싸우다 다친 건지 강준 씨의 옷 앞섶은 길게 찢어져 피가 배어 나오고 있었다. 강준 씨의 용이 걱정된다는 듯 주변을 뱅뱅 돌고 있었다. 전신에 자잘한 생채기가 가득한 다운이 강준 씨의 옆에 주저앉아 지혈을 돕고 있었고 그들의 한 걸음 앞에선 권 형사가 남은 부적을 들고 무명을 향해 공격할 자세를 취하고 있었다.

권 형사 역시 가쁜 숨을 몰아쉬는 모습이 상태가 썩 좋아 보이지는 않았다. 청바지가 찢어져 허벅지 곳곳에 상처가 난 것이 멀리서도 보일 정도였다. 혀를 쯧 찬 무명이 교주를 향해 손짓했다. 그것을 신호로 교주가 두 손을 올려 스스로 목을 졸랐다. 순식간에 그의 얼굴이 터질 듯 붉어졌다가 다시 하얘졌다. 두 눈은 압력 때문에 밖으로 튀어나오고 있었고 얼굴은 극심한 고통으로 일그러져 있었다. 그러나 교주는 손의 힘을 결코 풀지 않았다. 마치 손과 몸이 따로 노는 것 같았다. 한참 만에 목을 조르던 손이 아래로 떨어지고, 교주가 바닥으로 축 늘어졌다. 쓰러진 그의 입안에서 까만 기운을 가진 악귀들이 튀어나왔다. 눈대중으로 세어보아도 열은 넘는 숫자 였다.

"위험해요!"

그들의 목표는 권 형사와 다운, 강준 씨였다. 교주의 몸에서 나온 그들은 주저 없이 세 남자를 향했다. 피를 흘리는 강준 씨와 온몸에 상처가 가득한 다운, 그리고 권 형사까지. 누구도 저들과 맞서 싸울 수 있을 것 같지 않다. 내가 가야 하나? 어떡하지. 고민하는 사이 다운이 자리에서 주춤주춤 일어나는 것이 보였다. 권 형사가 그들을 향해 속박부를 던지고 몸이 묶인 악귀들을 다운이 하나둘씩 힘겹게 해치우기 시작했다.

"그쪽을 지켜보고 있을 때가 아닌 것 같은데."

이번에는 무명이 먼저 공격해왔다. 무명의 영력이 정면으로 쏟아져 들어오자 머리가 판단하기도 전에 손이 먼저 반응했다. 나는 힘껏 손을 뻗어 그의 힘을 막았다. 누군가가 주먹으로 명치끝을 쳐올린 기분이다. 숨이 턱턱 막혀왔다. 집중해야 한다. 조금이라도 힘을 푸는 순간 내 영혼은 그에게 잡아먹히고 만다. 내 바로 앞으로 다가온 무명이 내 심장 위로 손을 뻗었다. 지난 번 무명이 찔렀던 바로 그 자리였다. 등골이 서늘했다. 살이 찢어지던 소리, 뼈를 파고들던 소리, 병원에 가서 수술을 받고 약을 먹어도 가시지 않던 고통…. 그가 다시 내 힘겨웠던 기억을 깨우고 있었다.

"이번엔 어림없어!"

"…큭!"

아주 본능적인 행동이었다. 몸에 붙은 징그러운 것을 떼어내기 위해 몸을 비트는 것처럼 나는 순간적으로 커다란 영력을 그의 손이 닿은 가슴으로 가지고 왔다. 내게 닿은 그의 손으로 내 영력이 역류해 들어갔다. 큭 하는 소리와 함께 무명이 순식간에 울컥 피를 토했다. 그의 오른팔은 혈관이 죄 터져 죽어버린 것처럼 푸르뎅뎅해졌고 안색은 창백했다. 영문을 몰라 얼떨떨했다. 어떻게… 한 거지? 내가 그런 건가? 여전히 정신을 차리지 못

하고 있는 무명의 모습이 보였다. 무명의 입 밖으로 나와 있던 이무기는 다시 몸속으로 들어간 지 오래였다. 내가 어떻게 했더라. 나는 조금 전의 감각을 다시 곱씹으며 영력을 불러왔다. 그리고 다시 한 번 무명을 향해 쏘아보냈다. 공격은 이번에도 유효했다. 무명의 명치를 향해 날아간 힘은 흡수되듯 무명의 몸속으로 들어가 그의 몸을 마구 헤집었다. 눈, 코, 입, 귀할 것 없이 무명의 몸에 난 모든 구멍에서 피가 흘러나왔다. 무명은 버티고 서 있지 못하고 무릎을 꿇듯 앞으로 푸욱 쓰러졌다.

"끝⋯난 거야?"

뒤에 서 있던 사장님이 조심스럽게 말하는 소리가 들려왔다.

"⋯모르겠어요."

그때였다. 피를 흘리고 있는 육체 뒤로 거대한 이무기의 사념체가 천천히 빠져나오는 것이 보였다. 여러 개의 머리가 각자 움직이며 혀를 날름거리는 모습이 괴기하기 그지없었다.

"요한 씨 몸에서⋯ 무명이 빠져나왔어요."

내 말에 사장님이 반색하고 말했다.

"그럼 요한이 형 이제 괜찮은 거야?"

무심한 척했지만 역시 사장님은 요한 씨를 살릴 수 있기를 바라고 있었구나. 사장님의 목소리에서 숨길 수 없는 기대가 느껴졌다. 나는 천천히 고개를 끄덕였다.

"아마도요. 밖으로 빠져나온 무명만 소멸시키면⋯."

〔그렇게 쉽게 끝날 거라고 생각하나?〕

이무기들이 동시에 입을 열고 합창하듯 말했다. 소리가 들리는 곳을 향해 고개를 돌린 나는 경악할 수밖에 없었다. 요한 씨의 몸에서 마지막으로 빠져나온 이무기의 혀끝에는 요한 씨의 영이 둘둘 매여 있었다. 그것의 곁에 있던 네 마리의 이무기가 요한 씨의 양팔과 양다리를 혀로 잡아채는 것이 보였다. 그 기괴한 모양새에 나는 입을 틀어막고 비명을 삼켰다. 소리조차 지를 수가 없었다.

"다운아! 조다운!"

분위기가 심상치 않음을 느낀 사장님이 소리쳐 다운을 불렀다. 악귀들과 대치중이던 다운이 곁눈질로 우리 쪽을 보다 경악했다. 때맞춰 강준 씨의 작은아버지 내외가 올라왔다. 두 사람은 엉망이 된 주변을 한 번 둘러본 뒤 작은아버지는 세 남자를 공격하고 있는 악귀에게로, 작은어머니는 우리에게로 이동했다. 아저씨가 쓰러진 강준 씨의 앞을 막아서며 수호용을 향해 손짓했다. 용이 이번에는 아저씨의 손 위에서 커다란 검으로 변했다. 아저씨는 악귀들을 향해 검을 휘두르며 다운에게 눈짓했다. 우리 쪽으로 다가오는 다운은 한쪽 다리를 절고 있었다. 강준 씨의 작은어머니는 무명의 사념체가 빠져나간 후 앞으로 풀썩 쓰러진 요한 씨의 몸을 추슬러 올렸다.

"사장님도 요한 씨를 봐주세요."

나는 차분하게 말했다. 사장님은 나를 한 번 보다가 이내 요한 씨의 육체를 향해 달려갔다. 사장님이 요한 씨의 몸을 들쳐 업고 강준 씨의 작은어머니의 보호를 받으며 무명과 내 곁에서 멀찍이 물러났다.

"지금 저 몸 안에는 아무것도 없어. 영혼 없는 몸이 버틸 수 있는 건 길어야 반나절이야. 그 시간이 지나면 세포들은 괴사되고 영혼은 다시 육체로 돌아갈 수 없어. 공격받아 성치 않은 몸이니 버틸 수 있는 시간은 더 짧겠지. 빨리 무명을 소멸시키고 요한이 형의 영혼이 다시 육체 안으로 돌아갈 수 있게 해야 해."

싸움이 길어질수록 내게 이득이 될 것은 하나도 없었다. 빠른 시간 안에 끝을 봐야 했다.

[종알종알 말이 많군.]

요한 씨의 영을 감고 있던 이무기가 혀를 쭉 빼 요한 씨를 똑바로 세웠다. 요한 씨의 다리를 잡고 있던 이무기들이 혀를 움직여 요한 씨를 움직였다. 마치 양손과 발이 실에 매여 있는 꼭두각시 인형을 보는 것 같았다. 요한 씨는 다운을 향해 똑바로 걸어가고 있었다.

"요한 씨! 일어나요! 눈 떠요! 얼른!"

내가 비명에 가까운 고함을 쳤지만 요한 씨는 반응이 없었다. 다운의 앞으로 바로 다가온 요한 씨가 순식간에 다운을 공격했다. 한 박자 늦게 다운이 방어태세를 취했지만 소용이 없었다. 다운은 한 방에 나가떨어지고 말았다. 다운이 뒤로 튕겨나가며 요한 씨를 향해 영력을 쏘아보냈다. 멀어지는 거리만큼 다운의 힘은 작아져서 요한 씨의 영에 닿을 때쯤에는 아주 조금밖에 남아 있지 않았지만 효과는 있었다. 요한 씨가 눈을 뜬 것이다. 어리둥절한 눈으로 주변을 살피던 요한 씨가 이내 상황을 파악한 듯 마구 발버둥 치기 시작했다. 이무기들의 혀는 마치 고무줄처럼 요한 씨가 몸부림치는 대로 흔들렸지만 결코 풀리지는 않았다.

[그녀의 힘을 빼앗아. 그리고 내게 가지고 와.]

무명의 목소리가 쩌렁쩌렁 울리자, 이무기 두어 마리가 더 요한 씨의 몸을 감았다. 요한 씨의 발버둥에도 상관없이 요한 씨는 내게로 걸어오고 있었다. 나는 어찌할 바를 모르고 우두커니 서 있었다.

[네가 무명을 소멸시키는 데 나는 방해만 될 뿐이야. 그러니 나부터 죽여.]

요한 씨의 목소리는 평온했다. 회사에 출근한 내게 "왔어?"라고 말하던 것과 다를 바 없는 목소리였다. 그러나 속에 담긴 내용은 절대 평온할 수 없는 것이었다. 나는 고개를 절레절레 저었다.

"조금만 기다리세요. 무명을 소멸시키면 요한 씨는 풀려날 수 있을 거예요. 육체가 손상되기 전에 얼른 끝낼 테니까, 조금만 참아요. 요한 씨 영도, 육체도… 내가 구할 거예요."

나는 자세를 다잡았다. 심장 속 어딘가에 있는 영력을 쭉 끌어와 양손으로 가지고 왔다. 목표는 요한 씨가 아니라 무명이다. 무명만 해치우면 모든 게 해결될 거야. 나는 손을 뻗어 무명을 향해 조준했다. 그러자 이무기들이 요한 씨를 끌고 와 내 바로 앞에 세웠다. 요한 씨를 방패로 삼은 것이다.

[나 때문에 괜한 짓 하지 마. 얼른 나를….]

요한 씨가 안타까운 얼굴로 내게 애원하듯 말했다.

"요한 씨 때문이 아니라 나 때문이에요."

나는 단호히 고개를 젓고 요한 씨의 말을 잘랐다.

"여기서 요한 씨를 소멸시킨다면 나는 평생 당신을 죽였다는 죄책감에서 벗어날 수 없을 거예요. 그렇게 살 수는 없어요."

나는 크게 뛰어올라 요한 씨 뒤의 무명을 향해 영력을 쏘아냈다. 내가 무명을 공격한 것과 동시에 요한 씨의 손이 내 심장을 찔러왔다. 나는 그런 요한 씨의 공격을 방어할 여유도, 그를 공격할 의지도 없었다. 나는 오직 무명을 상대하는 데만 집중했다. 무명만 소멸시키면 된다. 그러면 다 끝나. 나는 세뇌하듯 같은 말을 곱씹었다. 내 힘에 정통으로 맞은 무명의 본체가 흔들리는 것이 보였다. 하지만 잠시였다. 요한 씨의 힘이 전보다 더 강하게 나를 찔러왔다. 요한 씨는 필사적으로 힘을 써 이무기들이 자신의 몸을 움직이려 드는 것을 막았다. 그 반동에 나는 뒤로 밀려나 쿵 쓰러져버렸다. 누운 자리가 편안했다. 온몸에 기운이 쭉 빠져 정신을 차릴 수가 없었다. 나는 눈을 감았다.

"누리 씨, 일어나요!!!"

멀리서 권 형사의 목소리가 들려왔다. 알고 있다. 일어나야 한다는 것, 그리고 요한 씨가 이무기를 막는 것은 아주 잠깐뿐일 것이라는 것도. 하지만 눈뜰 힘조차 없었다.

햇살에 눈이 부셨다. 누군가가 이 햇살을 좀 가려주면 좋겠다. 내 속말이 들리기라도 한 듯 내 앞에 그늘이 졌다. 나는 조심스럽게 눈을 떴다. 사장님의 뒷모습이 보였다. 사장님이 내 앞을 가로막고 선 거였다.

"나와 싸워. 누리 공격하지 말고! 내가 내 생명줄 잡고 있는 영력을 써서라도 너를 죽이고 말 테니까. 덤벼!!!"

사장님의 모습은 눈먼 장님과도 같았다. 허공을 향해 바락바락 악쓰며 주먹 쥔 손을 보이지 않는 적을 향해 휘두르고 발을 차기도 했다. 무명은 사장님의 사정거리에서 완전히 벗어나 있었다. 그는 사장님을 가소롭다는 듯 쳐다보고 있었다. 누군가가 사장님의 모습을 봤다면 미친놈이라고 할지도 모른다. 하지만 내 눈에는 사장님이 너무 안타까워 보였다. 보이지 않는 적과 싸우는 것은 얼마나 두려운 일일까. 동료들이 쓰러져가는 것을 지켜보면서 아무것도 할 수 없는 자신의 처지가 얼마나 원망스러울까.

〔원하는 대로 해주지.〕

무명의 손 위로 동그란 구슬 같은 영력 여러 개가 생겼다. 무명은 마치 공놀이를 하듯 영력으로 만든 구슬들을 가볍게 던졌다 받기를 반복했다.

〔재미있는 경험을 하게 해주지. 죽어서도 잊지 못할 추억이 될 거야.〕

말을 마친 무명은 구슬들을 요한 씨를 조종하던 이무기들에게로 던졌다. 구슬을 맞은 이무기들이 번쩍 빛을 내며 요한 씨를 더욱 억죄었다. 더 강해진 이무기들의 힘을 요한 씨는 더 이상 이겨내지 못했다.

"뭘 하려는 거야? 그만둬!"

내가 소리친 것과 동시에 기다란 창 같은 것이 사장님의 등을 뚫고 나왔다. 나는 경악에 차 눈을 크게 떴다. 주위에는 정적이 흘렀다.

기다란 창의 정체는 요한 씨의 손에서부터 뻗어나온 영력이었다. 그 힘이 요한 씨의 것인지, 아니면 이무기들의 것인지는 중요하지 않았다. 분명한 사실은, 요한 씨가 사장님의 심장을 찔렀다는 거다. 요한 씨는 지금 어떤 표정을 짓고 있을까. 사장님의 등에 가려 보이지 않는 요한 씨의 표정이 궁금했다. 요한 씨의 표정은 지금 내 표정과 같지 않을까. 사장님이 천천히 무릎을 꿇었다. 사장님의 등을 뚫고 나온 요한 씨의 손이 빠져나가려는 듯 꿈틀거렸다. 시간이 느리게 흘렀다.

〔호언장담하던 것과는 달리 너무나도 약하군. 쓸모조차 없어.〕

무명의 목소리가 들려왔다. 참을 수 없이 화났다.

"…사장님을 그렇게 말하지 마."

나는 비틀거리며 자리에서 일어났다. 무명이 이무기들에게 손짓하는 것이 보였다. 명령을 받은 이무기들이 요한 씨의 몸을 다시 조종하기 시작했다. 그때였다. 사장님의 뚫린 가슴에서 커다란 빛이 쏟아져 나왔다. 빛의 정체는 아주 강한 영력이었다. 그 힘은 요한 씨 영의 안으로 쭉 들어가서는 요한 씨 안에서 펑 터졌다. 덕분에 요한 씨를 얽매고 있던 이무기들이 단숨에 밝은 빛에 휩싸여 소멸했다. 그 공격으로 무명이라는 사념체를 구성하고 있던 이무기의 절반이 사라졌다. 무명의 얼굴이 처참하게 일그러졌다. 사장님은 앞으로 푹 쓰러져서 다시 일어나지 않았다. 무명이 사장님에게로 서서히 다가왔다. 나는 후다닥 달려가 사장님의 앞을 가로막고 섰다.

"안 돼."

무명은 내 말은 개의치 않고 작게 혼잣말을 중얼거렸다.

[익숙한 기운이군, 300년 전에도 느껴본 적 있어. 아아, 잊을 수가 없지. 나를 봉인한 그 힘을.]

무명이 몸을 뒤틀며 크게 용트림했다. 그 기세가 엄청나 마치 바닥이 뒤틀리는 것만 같았다.

[쓸모없는 줄로만 알았더니…. 요한이 왜 너를 데려다 놓았는지 이제야 알겠군. 그는 네가 사자라는 걸 이미 알고 있었던 거야.]

"사장님이… 사자라고?"

사자…? 내가 제대로 들은 건가? 머릿속이 혼란스러워졌다. 자신을 봉인한 힘과 같은 기운이라니, 사장님이 무명을 봉인한 바로 그 사자란 말이야?

[내가 구구절절 설명해줄 거라 생각하진 않겠지.]

무명의 목소리에 웃음기가 서려 있었다. 냉소적인 말에 나는 할 말을 잃었다.

[죽은 뒤 요한에게 물어봐. 아아, 둘 다 소멸할 테니 결국 네 궁금증은 풀리지 않겠군.]

사장님의 영력을 그대로 받은 요한 씨는 거의 소멸하기 직전인 듯했다. 요한 씨의 모습은 아주 투명해져서 간신히 이목구비를 구분할 수 있을 정도였다. 나는 시간이 얼마 남지 않았다는 것을 본능적으로 깨달았다.

하지만 무명 역시 사장님의 공격으로 치명타를 입었다. 사념체를 구성한 본체는 살아 있다고 해도 이무기의 절반이 사라졌으니 힘도 그만큼 줄었을 것이다. 이번에야말로 무명을 소멸시킬 수 있는 기회다. 무명이 위협적으로 내게 다가왔다. 무명도 비슷한 생각을 하고 있는 것 같았다. 시간을 끄는 것은 그에게도 썩 유리한 전술이 아니라는 것을.

〔마지막 인사는 미리 해두지. 네 영력은 내가 고맙게 쓰겠다. 너는 소멸하겠지만 네 힘은 내 안에서 영생을 누릴 거야.〕

"어디서 개가 짖네."

나는 내가 가진 모든 영력을 끌어올렸다. 한 번, 단 한 번이다. 두 번의 공격은 없을 테니 다음을 위해 영력을 남겨둘 필요는 없었다. 내가 이길 수 있을까? 그런 생각을 하는 것은 사치였다. 얼른 이 싸움을 끝내야지. 쓰러진 사람들을 모두 병원에 데려가 치료받게 할 거다. 이 사람들이 모두 낫는 데 얼마나 시간이 들까? 아니, 얼마가 들든 상관없다. 이들은 다 나을 거고 우리는 곧 평범한 일상으로 돌아갈 거다. 이들과 사무소에서 함께 일하던 '평범한 일상'이 머릿속에 떠올랐다. 나는 입술을 깨물었다. 눈을 질끈 감고 무명에게 달려들어 그의 본체를 끌어안고 영력을 퍼부었다.

"소멸해버렷!!!"

무명이 힘껏 반항하는 것이 느껴졌다. 견딜 수 없을 만큼 강한 압력이 전신에 느껴졌지만 나는 결코 힘을 풀지 않았다. 이딴 사념체 따위에게 지지 않겠어. 온몸의 실핏줄이 터져나가는 듯 아파왔다. 소리를 지르고 싶었지만 그마저도 할 수 없을 만큼 고통스러웠다.

시간이 얼마나 지났는지 모르겠다. 아주 많이 흐른 것처럼 느껴졌다. 하지만 눈을 떴을 때, 실제로 흐른 시간은 얼마 되지 않았다는 것을 알 수 있었다. 모든 것이 그 자리에 그대로 있었다. 요한 씨의 육체를 보호하고 있는 강준 씨의 작은아버지와 작은어머니, 멀리에서 상처 입은 몸을 추스르는 강준 씨와 다운, 권 형사. 그 자리에 그대로 쓰러져 있는 사장님과 금방이라도 소멸할 듯 약한 영력을 내고 있는 요한 씨까지. 눈을 감기 전과 똑같은 장면이었다. 똑같은 장면에서 무명만이 칼로 도려낸 듯 사라져 있었다.

심장 깊숙한 곳에서부터 바닥난 영력이 빠르게 차오르는 것이 느껴졌다.

내가 이겼다.

기쁘지도 후련하지도 않았다. 그저 조금 얼떨떨할 뿐이었다. 마음을 놓기에는 아직 해결해야 할 일들이 많이 남아 있다. 우선은… 내 앞에 있는 두 사람부터.

요한 씨가 내 앞으로 서서히 다가왔다. 요한 씨는 꺼져가는 촛불처럼 사그라들고 있었다. 사장님은 쓰러진 그대로였다. 요한 씨가 내게 입모양으로 '가봐' 하고 말했다. 사장님을 향해 걷는 것이 영 내키지가 않았다. 솔직히 말하자면 겁이 났다. 가까이 다가갔다가 사장님의 죽음을 확인하는 꼴이 될까 무서웠다. 사장님이 숨을 쉬고 있지 않으면 어떡하지? 사장님의 얼굴이 고통으로 일그러져 있으면…. 권 형사가 요한 씨의 육체를 들쳐 메고 요한 씨의 옆으로 다가왔다. 강준 씨의 작은어머니가 요한 씨의 사그라드는 영을 보고 무거운 얼굴로 한숨을 내쉬었다. 나는 이별의 시간이 다가오고 있음을 지감했다.

허무했다. 무명을 죽였지만 남은 것은 아무것도 없었다. 모든 게 끝나버렸다.

〔나 아직 안 죽었어.〕

요한 씨가 말했다. 요한 씨는 내가 무엇을 두려워하고 있는지 알고 있는 것 같았다. 몸이 무거웠다. 다친 상처들이 아파왔다. 한 발짝 걸음을 옮길 때마다 온몸이 비명을 질렀다. 나는 느릿느릿 걸어가 사장님의 앞에 털썩 주저앉았다. 사장님의 얼굴은 마치 무슨 일이 있냐는 것처럼 평온하기 그지없었다. 하지만 금방이라도 끊어질 듯 숨소리가 작았다. 이대로 사장님을 잃게 될까? 내 마음을 제대로 전하지도 못하고… 마지막 인사도 하지 못하고…. 머릿속에는 절망적인 생각만이 가득했다. 그때 요한 씨가 다시 입을 열었다.

〔네 영력을 하제에게 줘.〕

그게 무슨 말이야? 내 영력을 사장님에게 주라고…? 나는 설명이 필요하다는 얼굴로 고개를 들고 요한 씨를 쳐다보았다.

[길게 설명할 시간 없어.]

"못해요…. 해본 적도 없고, 영력은 공격할 때만 썼는데… 지금 사장님에게…."

요한 씨는 대답 없이 나를 바라보고만 있었다. 그의 표정이 나를 채근하고 있었다. 나는 홀린 듯 두 손을 사장님의 심장 위로 겹쳐 올리고는 내가 가진 영력을 양손으로 끌어왔다. 문득 가능할지도 모른다는 생각이 들었다. 얼마 전, 나는 누군가의 영력을 빼앗아본 적이 있다. 내 영력을 타인에게 주는 것도 비슷하지 않을까. 사장님의 심장은 서서히 멎어가고 있었다. 그의 몸 안에 생명의 기운이 거의 느껴지지 않았다. 나는 양손 가득 끌어온 영력을 사장님의 심장을 향해 내보냈다. 누군가를 공격하는 것과는 다른 힘을 느꼈다. 메마른 땅에 물을 주듯, 내 영력이 비가 되어 마른 사장님의 심장 속에 내리는 것이 느껴졌다. 사장님이 쓴 영력은 자신의 육체와 영혼을 이어준다던 그 힘이었을 거다. 그 힘을 다 쓴 지금, 내 영력이 그 힘을 대신할 수 있다면… 사장님은 살 수 있을지도 모른다.

'이까짓 힘 다 필요 없으니까 사장님 가져요. 사장님이 살아난다면 나는 이런 능력 같은 건 없어도 상관없어요!'

나는 속으로 절박하게 외쳤다. 내가 가진 영력을 모두 끌어모아 주겠다는 마음으로 한참을 사장님에게 내 영력을 퍼부었다.

"이제 그만해. 그러다 네가 죽겠어."

사장님은 여전히 반응이 없었다. 효과가 없는 건지, 내 영력을 제대로 흡수하기는 한 건지 알 수가 없었다. 너무 늦은 걸까. 눈물이 왈칵 났다. 눈물로 시야가 흐려져 앞이 잘 보이지 않았다. 그때, 귓가에 익숙한 목소리가 들려왔다.

"왜 울어."

나는 눈을 꾹 감았다. 눈가에 맺혀 있던 눈물이 바닥으로 투둑 떨어지며 시야가 밝아졌다. 사장님이 눈을 뜨고 나를 보고 있었다.

"사장님!"

나는 몸을 숙여 사장님의 목을 끌어안고 와락 안겼다.

"흑… 죽는 줄 알았잖아요…."

나는 소리 내 엉엉 울었다. 사장님의 가슴에 내 울음소리가 뭉개졌다. 사장님은 내 등을 토닥이며 우리 곁에 서 있는 사람들을 향해 물었다.

"무명은?"

"누리가 소멸시켰어요. 이제 다 끝났어요."

다운이 대답했다. 다운의 말에 비로소 맥이 풀렸다. 타인의 입으로 '끝났다'는 말을 들으니 정말로 다 끝났다는 것이 실감났다. 내 울음이 길어질 기미를 보이자 사장님이 나를 가볍게 떼어내고는 눈을 마주치며 말했다.

"그만 울어."

"…."

"나도 너 지킬 힘 있다고 했지? 내가 널 지켰어."

사장님의 목소리는 자그마한 뿌듯함이 담겨 있었다. 철없는 소리에 나는 사장님의 목을 감고 있던 손을 풀고는 사장님을 팩 밀어냈다.

"아야, 이제 폭력을 행사하는 거야?"

"시끄러워요. 잘한 거 하나도 없어, 정말. 제가 지난번에 말했죠. 나 지킨답시고 다치는 거 딱 질색이라고."

나는 사장님을 흘겼다. 사장님이 힘없는 얼굴로 피식 웃었다.

"그냥 있으면 내가 다 알아서 끝냈을 텐데…."

나는 작게 울먹거렸다. 사장님이 나를 살살 달랬다.

"내가 잘못했네. 널 못 믿고 말이야. 그치? 이렇게 네가 무명을 소멸시키고 마무리를 지었는데."

사장님의 목소리에 다시 큰 울음이 터지고 말았다. 알고 있다. 그 상황에서 사장님이 내 앞을 막아서지 않았다면 나는 죽었을 거다.

"…고마워요."

나는 눈물을 흘리며 웃었다. 볼을 타고 흐르는 눈물은 슬픔이 아닌 안도의 눈물이었다.

〔너는 결국 웃는구나. 다행이야.〕

요한 씨의 목소리가 들렸다.

"형도 이제 위험해요. 얼른 육체로 들어가서 치료를 받아야죠."

강준 씨가 요한 씨를 채근했다. 그러나 요한 씨는 고개를 저었다. 그런 요한 씨의 모습에 심장이 덜컥 내려앉는 것 같았다. 강준 씨가 떨리는 목소리로 말했다.

"혹시… 너무 늦은 거예요?"

요한 씨의 모습이 발끝부터 서서히 사라지고 있었다.

"제 영력을 형한테 드릴게요. 물론 병원에서 오래 치료받아야겠지만 제 영력으로 형의 영과 육체를 묶어두면 죽지는 않을 거예요."

강준 씨가 다급하게 말했다. 강준 씨의 표정에 어떤 죄책감 같은 것이 보였다. 강준 씨는 요한 씨를 오래전부터 의심하고 있었다고 했다. 오해가 풀린 지금, 그는 그동안 요한 씨를 진심으로 대하지 못한 것에 미안함을 가지고 있는 듯했다.

〔나는 죽고 싶어.〕

요한 씨의 목소리는 덤덤했다.

〔너무 오래 살았어. 영생은 내게는 벅찬 것이었지.〕

요한 씨가 무슨 말을 하려는지 모두 알고 있었다. 우리는 마치 사형선고를 기다리는 죄인처럼 착잡한 마음으로 요한 씨의 다음 말을 기다렸다.

〔내가 너무나도 기다리던 시간이야. 지쳤어. 이제는 그만 쉬고 싶어.〕

그중에서도 가장 슬픈 얼굴을 한 것은 사장님이었다.

"형…. 저는 아직 형이 필요해요."

〔아니.〕

요한 씨는 부드럽지만 단호하게 선을 그었다. 사장님은 더 이상 아무 말도 못하고 고개를 떨구었다. 요한 씨는 마지막으로 우리를 한 번씩 쳐다보았다. 마치 우리를 잊지 않겠다는 듯 한 사람, 한 사람의 얼굴을 눈에 담

왔다. 사장님에게 오랫동안 시선을 준 요한 씨가 마지막으로 나와 눈을 마주쳤다.

〔300년 전 빚, 이제 갚은 거야.〕

"…300년 전의 빚이요?"

요한 씨는 웃음으로 대답을 대신했다. 그러고는 완전히 사라져버렸다. 요한 씨가 떠난 뒤로 한참 동안 우리는 그 자리에 못 박힌 듯 서서 움직이지 않았다. 어딘가에서 요한 씨가 우리를 지켜보고 있는 것만 같았다. 등 뒤로 사장님의 긴 한숨소리가 들려왔다. 그 한숨소리는 짠 물기를 가득 머금고 있어서 나는 일부러 뒤돌아보지 않았다. 사장님에게 이별할 시간을 주고 싶었다. 다운이 주머니에서 부적 하나를 꺼내 불을 붙였다.

"부디 극락왕생하소서…."

명복을 비는 다운의 목소리에도 울음이 섞여 있었다.

에필로그

"그러면 마지막으로 아이디 md305님의 질문입니다. 하제 오빠, 사후세계는 정말 존재하나요?"

"음…. 솔직히 말씀드리자면 저도 아직 죽어본 적은 없어서요. 사후세계는 말 그대로 죽은 뒤에 가는 세계잖아요?"

사장님의 재치 있는 대답에 리포터가 소리 내어 웃었다. 마지막까지 촬영장의 분위기가 유쾌하게 흘러가고 있었다. 사장님이 여유로운 웃음을 지우지 않고 말을 이어나갔다.

"분명하게 말씀드릴 수 있는 것은 죽음과 끝은 동의어가 아니라는 겁니다. 죽음 뒤에도 무언가가 더 남아 있어요. 그 중에서 대표적인 하나가…."

"하나가요?"

잠시 말을 멈춘 사장님이 카메라를 정면으로 응시했다. 사장님의 눈은 카메라 너머에서 사장님을 바라보고 있는 내 눈을 꿰뚫어보는 것만 같았다.

"인연이죠."

사장님이 시원스레 웃었다. 내가 가장 좋아하는 그의 표정이다.

"주변 사람들에게 잘하고 계시죠? 그 사람들은 전생에 여러분과 인연이 닿았던 사람들일 수도 있고, 후생에 인연이 닿을 사람들일 수도 있습니다. 잘하세요."

질문과는 조금 거리가 있는 엉뚱한 대답이었지만 스태프들은 그럭저럭 답변이 되었다고 생각한 것 같았다. 카메라 감독이 방송작가와 시선을 교환하더니 이내 카메라 앞 리포터에게 신호를 보냈다. 신호를 받은 리포터가 서둘러 클로징 멘트를 꺼냈다.

"오늘은 재치 있는 입담과 화려한 비주얼로 방송가를 뜨겁게 달구고 있는 엑소시스트 천하제 씨를 만나보았습니다. 천하제 씨, 앞으로도 활발한 활동 부탁드립니다. 감사합니다."

"감사합니다."

사장님이 카메라를 향해 웃으며 인사했다. 이야, 처음에는 표정 관리도 못하고 바짝 얼어 있더니, 방송 좀 해봤다고 이젠 제법 웃음에서 여유가 묻어난다. 나는 속으로 피식 웃었다.

"컷, 수고하셨습니다."

촬영감독의 컷 소리가 들리자마자 사장님이 자리에서 일어났다. 그러고는 자신이 앉아 있던 의자와 소품들을 간단히 정리하며 스태프들을 향해 "수고하셨습니다" 하고 인사했다. 사장님이 카메라 뒤에 서 있는 나에게 곧장 다가왔다. 나는 얼른 클렌징 티슈 두 장을 사장님에게 내밀었다.

"메이크업 완전 갑갑해."

클렌징 티슈를 받아 든 사장님이 입술을 비죽 내밀었다. 아이, 귀여워. 나는 속말을 삼키고는 사장님을 살살 달랬다.

"그래서 제가 티슈 챙겨 왔잖아요. 얼른 화장 지워요."

사장님이 고개를 끄덕이고는 티슈로 이마부터 화장을 지우기 시작했다. 눈가를 꾹꾹 눌러가며 화장 지우는 것을 마무리한 사장님이 갑자기 내 쪽으로 몸을 숙였다.

"잠깐만."

"왜요?"

사장님은 내 어깨 위로 손을 뻗어 무언가를 털어내는 듯한 시늉을 했다.

"예쁜 건 알아가지고… 내 건데."

…? 이 남자가 갑자기 왜 이래? 영문을 모르겠다는 내 표정에 사장님이 짧게 대답했다.

"그냥 잡귀."

무명과의 마지막 싸움에서 나는 쓰러진 사장님을 살리기 위해 내가 가진 영력을 거의 모두 사장님에게 주었다. '이까짓 힘 다 필요 없으니까 사장님 가져요'라는 내 기도가 통하기라도 했을까. 그날 이후로 나는 더 이상 영력을 쓸 수 없게 돼버렸다. 영안까지 닫혀서 며칠간은 영이 보이지 않는 세상에 적응하기 위해 진땀을 빼야 했다. 그런데 반대로 내 영력을 흡수한 사장님이 영력을 사용할 수 있게 되었다. 내가 과거의 사장님과 같이 영을 볼 수 없게 된 것처럼, 사장님은 과거의 나와 같이 손짓 한 번에 영들을 성불시킬 수 있는 힘을 갖게 되었다.

그날 이후로 사장님은 영혼사무소 '귀의 영역'의 대표일 뿐만 아니라 '엑소시스트 천하제'라는 이름으로 개인 활동을 하며 방송 출연, 퇴마 등 다방면에서 부가수익 창출(?)에 힘쓰고 있다.

"가자. 시간 다 됐다."

왼손에 찬 시계로 시간을 확인한 사장님이 나를 채근했다. 사장님의 손목시계는 내가 지금 손목에 차고 있는 것과 꼭 같은 디자인이었다.

* * *

힘들어 죽겠다.

아이스 아메리카노 먹고 싶어.

회사 앞에 거의 도착했을 때 다운의 메시지가 왔다. 연달아 울리는 알람 소리에 운전을 하던 사장님이 궁금하다는 듯 물었다.

"누구?"

"다운이요. 아이스 아메리카노가 먹고 싶대요."

사장님이 피식 웃더니 비상등을 켜고는 카페 앞 갓길에 차를 세웠다.

"아이스 아메리카노 좋지. 밑에서 기다릴 테니까 얼른 사와."

"바로 앞인데요, 뭐. 사무실에 들어가 계세요. 금방 갈게요."

"그럼 그렇게 해."

사장님은 더는 권하지 않았다. 나는 멀어지는 차에 시선을 한 번 주고는 2층에 있는 카페로 올라갔다.

유리문을 통해 본 카페 안은 한적했다. 까만 앞치마를 두른 카페 주인은 테이블에 앉아 책을 읽고 있었다. 그리고 그 맞은편에는 햇살 같은 미소를 가진 여자가 앉아서 그를 가만히 지켜보고 있었다. 카페 주인을 바라보는 여자의 눈빛은 금방이라도 꿀이 떨어질 것처럼 달콤해 보였다. 두 사람의 평화를 깨기가 미안해 나는 잠시 문 앞에서 망설였다. 다른 카페로 갈까? 고민은 오래가지 않았다. 여자가 나를 발견하고는 카페 주인에게 알린 것이다. 나는 자리에서 벌떡 일어난 그를 향해 웃으며 안으로 들어갔다.

"어서 오세요. 오랜만에 오셨네요. 그동안 잘 지내셨어요?"

주인이 나를 알아보고는 반갑다는 듯 인사했다. 나도 웃음으로 화답했다.

"요즘 외근이 많아서요. 저보다도 사장님이 정말 잘 지내신 것 같은데요. 잘 어울리는 한 쌍인데요?"

내 말의 의미를 알아챈 주인이 부끄럽다는 듯 너털웃음을 지었다.

"그래 보이나요. 하하."

"아이스 아메리카노 여섯 잔 주세요."

"네, 잠시만 기다려주세요."

사장님이 커피 기계 앞에서 분주히 에스프레소를 내리는 동안 나는 카페를 한 바퀴 빙 둘렀다. 혜민이의 그림들은 여전히 그 자리에 있었다. 나는 그림을 훑어보며 마음속으로 혜민이에게 인사했다.

'오빠가 이번에는 정말 좋은 사람을 만난 것 같아. 네 오빠는 잘 지내. 나도 잘 지내고. …너도 잘 지내지?'

"주문하신 커피 나왔습니다."

혜민 오빠의 말에 나는 카운터로 가 캐리어에 담긴 커피를 받아 들었다.

"어라? 이것들 파는 거예요?"

"어떤…? 아, 네. 파는 거예요."

카운터 앞에 전에는 없었던 공간이 새로 생겼다. 가수들의 앨범을 담아 놓은 진열장이었다. 나는 거기서 낯익은 앨범 하나를 뽑아들고 살폈다. 밴드 '그린밤'이었다. 앨범 표지 아래에 있는 '괜찮아'라는 글귀가 눈에 들어 왔다.

"인디밴드들 앨범이에요. 제 아내 될 사람이 그쪽으로 관심이 많아서… 저도 관심을 가지다 보니…. 하하."

"이것도 하나 주세요."

나는 커피와 함께 앨범을 받아들고 카페를 나와 회사를 향해 걷기 시작 했다.

한때는 매일 걸었던 출퇴근길이었다. 나는 아침마다 반쯤 졸면서 이 길을 지나쳤었다. 어떤 때는 울면서 이 길을 걷기도 했고, 월급날에는 신나서 들뜬 마음으로 걷기도 했다. 얼마 지나지 않아 회사가 보였다. 회사 앞에는 내가 가장 좋아하는 사람의 뒷모습이 보였다. 마중이라도 나온 거야? 조금 들뜬 마음으로 사장님을 부르려는데, 다시 보니 혼자가 아니었다.

"최근에 산에 가신 적 있죠?"

"…그걸 어떻게?"

"발목을 자주 접질리지는 않고요?"

"네! 맞아요!"

"덫에 걸려 죽은 산짐승들이 양다리를 물고 놓아주지를 않으니 그럴 수 밖에요."

사장님의 말에 상대의 얼굴이 하얗게 질렸다. 사장님은 지갑에서 명함 하나를 꺼내 남자에게 내밀었다.

"오늘은 제가 일이 있어서 조금 힘들고요. 다음에 한번 찾아오세요. 저렴한 가격에 도와드리겠습니다."

어느새 사장님은 나를 보고 있었다. 지갑을 갈무리해 다시 주머니에 넣은 사장님이 얼른 오라는 듯 손짓했다.

"어휴, 그냥 좀 떼어주지. 동물은 성불시키는 것 힘들지도 않잖아요."

내 면박에 사장님이 눈을 둥그렇게 뜨고 말했다.

"애 말하는 것 좀 봐. 그렇게 한 명, 두 명 공짜로 장사하면 나한테 뭐가 남겠냐?"

"사장님 돈 잘 벌잖아요! 방송 출연에, 광고에, 이젠 퇴마까지 직접 해. 완전 돈을 긁어모으고 있으면서!"

"원래 물 들어올 때 노 젓는 거야. 벌 때 바짝 벌어야지."

하여간 입은 청산유수지, 한마디도 지지 않는 사장님에게 나는 혀를 내두르며 사무실 문을 열었다. 다운이 있는 신당 안에는 손님이 있었고 응접실 안에서 슬아가 손님들이 앉았던 빈 의자를 정리하고 있었다. 나는 사무실 전체를 눈으로 한 번 죽 훑었다.

"형사님이랑 강준 씨는 아직인가 본데요?"

"그러게."

조용한 사무실이 괜스레 이상하게 느껴졌다. 금방이라도 탕비실 안에서 금발의 요한 씨가 커피를 들고 나오며 '왔어?' 하고 웃을 것만 같아서 더욱 그랬는지도 모른다. 쓸쓸해진 내 기분을 눈치채기라도 한 듯 사장님이 조금은 장난스러운 목소리로 말을 걸었다.

"누리야, 동자신이 너한테 인사한다."

"정말요? 안녕하세요. 왜 나와 계세요. 손님 봐주셔야 하는 거 아니에요?"

나는 사장님이 가리키는 곳을 향해 인사를 건넸다. 보이는 것은 아무것도 없지만 동자신이 그곳에 있음을 나는 알고 있다.

"안에 장군신 있어서 괜찮대."

"뭐야, 지금 땡땡이치는 거예요? 신이 땡땡이친대요! 다 말해야지."

나는 기분을 전환하기 위해 부러 목소리를 올려 장난스럽게 말했다. 요한 씨는 잘 성불했는데 뭘. 다음 생이든, 그다음 생이든, 우리는 언젠가 다시 만날 거야. 그러니까 우울해지지 말자, 공누리.

"너 밉대."

사장님이 키득거리며 동자신의 말을 전했다. 동자신의 얼굴이 안 봐도 훤했다. 울먹울먹하는 얼굴을 하고선 혀 짧은 목소리로 변명하고 있겠지. 동자신의 얼굴을 상상하니 절로 웃음이 나왔다. 나는 참지 않고 하하 웃어버렸다. 마침 손님이 문을 열고 나왔다. 그는 다운이 써준 부적을 소중히 품에 안고는 도망치듯 나가버렸다.

"언니! 왔어요?"

슬아가 인기척에 밖으로 나와 인사를 건넸다. 나는 슬아에게 인사 대신 한 번 웃어 보이고는 커피 한 잔과 앨범을 건넸다.

"선물."

"와, 뭐예요?"

"내가 좋아하는 밴드야. 노래 괜찮으니 들어봐."

"감사합니다!"

예상치 못한 선물에 깜짝 놀란 슬아가 밝게 웃었다. 나는 내 옆에 있는 누가 들으라는 듯 크게 한숨을 쉬며 말했다.

"어휴, 이런 고급 인력을 알바생으로 쓰고 싶어요? 얘는 알바가 아니라 공부를 해야죠! 미래의 의사선생님인데!"

내 말에 사장님이 억울한 얼굴로 항변했다.

"내가 강요한 거 아니거든? 슬아가 하고 싶다고 한 거야."

네가 그랬어? 나는 고개를 휙 돌려 추궁하듯 슬아를 쳐다보았다. 내 시선에 슬아가 겸연쩍은 듯 웃으며 말했다.

"대학에는 잘생긴 남자가 없더라고요."

"…"

"사장님도 아주 바쁠 때 빼고는 앉아서 공부하라고 말씀하셨어요."

"들었지?"

사장님이 의기양양하게 말하고는 한마디 덧붙였다.

"너도 여기서 슬아랑 같이 알바 해."

"저 곧 복학하거든요?! 공부해야죠!"

"누가 학교 가지 말라고 했어? 학교 마치고 와서 일하고, 일 없으면 공부도 좀 하고, 공부 다 하면 나도 좀 보고…. 흠… 흠흠…."

사장님의 목소리가 점점 작아졌다. 귀가 빨개진 모습이 참을 수 없이 귀여웠다. 이 사랑스러운 남자를 어쩌면 좋을까!

"사내연애 반대합니다!"

뒤에서 부루퉁한 목소리가 들려왔다. 어느새 신당에서 나온 다운이 내가 사온 아메리카노를 집어들다 말고 토하는 시늉을 하고 있었다. 슬아가 마시고 있던 아메리카노를 내려놓고 다운에게 다가가 무구를 받아들었다. 다운이 고맙다는 듯 슬아를 향해 상냥하게 웃어주자 얼굴이 발그레해진 슬아가 무구를 들고 탕비실로 들어갔다. 오호라? 얘네 뭐 있는 것 같은데?

"슬아야, 넌 어때? 사내연애?"

탕비실에서 나오는 슬아에게 넌지시 묻자 슬아가 난처한 얼굴로 다운의 눈치를 살폈다.

"저는 좋은 거 같아요…."

"슬아가 좋다잖아. 사내연애."

"어? 어어… 그래?"

다운의 얼굴이 화악 발개졌다. 다운은 그 뒤로 아무 말도 하지 않았다. 그때 사무실 문이 열리고 강준 씨와 권 형사가 들어왔다.

"다들 벌써 와 계셨네요?"

"저희도 방금 왔어요. 덥죠? 커피 한 잔씩 하세요."

"커피 좋죠."

권 형사가 환하게 웃으며 내가 내민 아메리카노를 받아 들었다. 뒤따라온 강준 씨의 얼굴에 핏자국이 묻어 있는 것을 확인한 사장님이 인상을 팍 찡그렸다.

"우리 회사 고급인력을 이렇게 험하게 써도 되는 겁니까."

강준 씨는 권 형사와 함께 각종 미제사건들을 해결해 나가고 있다. 장기간 미제로 남은 사건들 중 상당수가 영과 관련된 일들이어서 강준 씨가 수사에 큰 도움이 되고 있다고 했다. 강준 씨 스스로가 그 일을 하고 싶어 했기에 사장님이 적극적으로 말리지는 못하고 있지만 가끔씩 이런 식으로 권두혁 형사를 질책하고는 했다.

"험하게 쓰다니요. 강준 씨가 아주 열정적인 거죠. 강준 씨 같은 분들이 있어서 대한민국의 내일이 밝습니다."

물론 권 형사의 말발에 본전도 못 찾는 것 같지만.

"그나저나…. 다들 빈손이네요? 빈손으로 집들이 오려는 건 아니겠죠?"

나는 새치름한 눈을 하고 사람들을 훑었다. 찔끔한 사람들이 저마다 한마디씩 변명을 늘어놓기 시작했다.

"저흰 차에 두고 왔습니다."

"언니, 전 월급날 드릴게요!"

"내 선물은 특별해서, 너랑 둘이 있을 때 줄게."

"뭐…. 좋아요. 그럼 다운이 너는?"

"네 이사 도와주는 걸로 집들이 선물 퉁 치는 것 아니었어?"

내 말에 다운이 대답했다. 이게! 갈수록 건방져진다니까. 여전히 반말에다가….

"넌 안 와도 돼. 얼른 가요!"

"아, 누나!"

사람들의 웃음소리가 사무실 안을 가득 메웠다. 나도 사람들을 바라보며 마주 웃었다. 여름날의 긴 해가 이제 막 넘어가려 하고 있었다.

——외전

300년 전

노란 저고리에 붉은 치마를 입은 여자아이 하나가 문을 벌컥 열고 방 안으로 뛰어들어 왔다. 아이는 작고 해어진 짚신을 끌어안은 채 겁에 질린 얼굴을 하고 있었다. 방의 한쪽 벽면에 넓게 펼쳐진 병풍을 향해 무릎 꿇은 채 앉아 있던 여인은 늘 그래왔듯 아이에게 병풍 뒤를 가리켰다.

아이가 병풍 뒤로 기어 들어가는 동안 여인은 조금의 미동도 없이 그 자리에 그대로 앉아 있었다. 앳되어 보이는 얼굴이었지만 이제는 제법 처녀 티가 나는 여인은 배꽃처럼 희고 예뻤다.

"누리 신녀님."

아이가 병풍 뒤로 완전히 몸을 숨기기 무섭게 밖에서 여인을 부르는 소리가 들렸다. 누리는 대답하지 않았다. 문밖의 사내가 조금 더 큰 음성으로 누리를 불렀다.

"신녀님, 설아가 이곳에 온 것을 알고 있습니다. 내보내시지요."

병풍이 덜덜 떨리고 있었다. 누리는 측은한 시선으로 병풍을 한 번 바라보고는 문밖의 사내에게 답했다.

"이곳에는 저뿐, 아무도 없습니다."

"제가 잠시 문을 열어도 되겠습니까?"

"아무도 없다 말하지 않았습니까."

문밖에서 한숨 소리가 들려왔다.

"설아를 자꾸 숨겨주지 마십시오. 신녀님께 방해만 될 것입니다."

"지금 누가 나를 방해하고 있는지 모르시는 겁니까."

노기를 띤 음성에 문밖의 사내가 잠시 머뭇거리다 물러갔다.

규칙적으로 들리던 발걸음 소리가 사라지자 병풍의 떨림도 멎었다. 이내 병풍 뒤에서 머리가 잔뜩 헝클어진 설아가 나왔다. 눈물이 그렁그렁한 아이를 보고 누리는 다정하게 웃어주었다.

"거짓말은 하면 안 되는 것이잖아요."

"괜찮아. 이것은 내 동생을 위한 일이니까. 이리 온, 머리를 다시 땋아주마."

누리가 팔을 벌리자 설아는 달려가 폭 안겼다.

누리의 품에서 저도 모르게 잠들었던 설아가 깨어났을 때는 사방이 컴컴해져 있었다.

"시장하지?"

정신을 차리기도 전에 설아의 손에 숟가락이 들렸다. 설아는 비몽사몽인 채로 앉아 제 몫의 밥을 비워나갔다. 밥그릇에 숟가락이 부딪히는 소리가 방 안 가득 요란했다. 달그락거리는 소리를 들으며 설아는 서서히 남은 잠기운을 쫓아냈다. 설아가 잠들기 전, 둘뿐이었던 방 안은 어느새 사람들로 북적이고 있었다. 신녀의 사자들이 돌아온 것이다.

느리게 손을 움직이는 설아의 밥그릇 안으로 옆에 앉아 있던 사내아이가 고기 한 점을 넣어주었다. 맞은편에서 그것을 본 까까머리의 사내, 두혁이 아이를 칭찬했다.

"강준이는 누이동생을 잘 챙겨주는구나."

승려복을 입은 사내의 앞에는 자그마한 백자가 놓여 있었다. 사내의 전용 술병이었다. 그러나 승려복을 입은 그가 술 마시는 것을 방 안의 누구도 지적하지 않았다. 흰옷 소매를 둘둘 말아 걷은 사내, 다운이 옆을 바라보며 말했다.

"계속 이야기해주세요, 하제 형님."

"내가 어디까지 이야기했더라…."

빈 밥그릇에 물을 따라 시원하게 한 모금 들이켠 사내가 말끝을 흐렸다. 모인 사내들 중 유일하게 양반 차림을 하고 있는 자였다.

"그래, 서역의 주술 이야기를 하고 있었지."

"서역의 주술이요?"

설아가 눈을 동그랗게 뜨고 물었다. 밥이 들어 불룩한 볼이 귀여워 하제는 쿡쿡 웃었다.

"그래. 서역의 주술로 평생을 죽지 않고 사는 존재를 만들 수 있다고 하더구나."

"미르를 말하시는 것입니까?"

설아의 입가에 묻은 밥풀을 떼어주던 누리가 하제를 바라보며 물었다. 그녀 역시도 호기심이 일기는 매한가지였다.

"용과는 다르지요. 서역의 그것은 인간의 모습으로 영생을 누린다 하더이다."

"그 주술 내게나 걸어줬으면. 나도 영생을 누리면 참 좋겠네."

다운의 말에 두혁이 답했다.

"천수를 누리고 죽으면 부처님의 자비로 윤회해 다시 이 땅에 내려올 것인데, 이 또한 어찌 보면 영생이지."

"예, 스님. 지당하신 말씀입니다."

다운이 킬킬 웃었다. 늦게 밥을 먹기 시작한 설아를 제외하고는 다들 수저를 내려놓은 지 오래였다. 물을 마저 마시고 빈 밥그릇을 내려놓은 하제의 눈에 일순 장난기가 서렸다.

"그런데 말이야. 그 서역의 것이 생김새가 기이하기 짝이 없다지 뭔가."

"어떻게 생겼사옵니까?"

설아가 눈을 반짝 빛냈다.

"머리카락 색은 누구도 본 적 없는 황색을 한 데다, 눈깔은 시뻘건 핏빛을 띠고 있다고 하더구나. 송곳니가 이렇게 비죽 튀어나와서는, 계집아이만 보면 그 이빨로 목덜미를 콱…!"

"으악!"

하제의 장난에 깜짝 놀란 설아가 소리를 질렀다. 이내 와르르 울음이 터진 설아를 보며 하제가 소리 내 웃었다. 설아의 곁에서 덩달아 놀란 누리가 하제를 향해 밉지 않게 눈을 흘기고는 설아를 달랬다.

"설아가 종일 사라져서 어른들이 많이 노하셨을 거야. 네가 오라비이니 설아를 지켜주렴, 강준아."

"네, 신녀님."

"여기서는 누나라 불러도 된다 해도…. 너는 내 동생이잖니."

"…누님."

애정이 담뿍 담긴 미소를 지은 누리가 강준의 머리를 쓰다듬어 주었다. 아직 한창 숨바꼭질 같은 놀이가 좋을 어린아이건만, 동생을 지키겠노라 다짐하는 눈빛에는 결의마저 담겨 있어 든든했다.

손을 맞잡은 채 어둠속으로 사라지는 남매를 바라보며 하제가 혀를 찼다.

"한날한시에 났건만 설아는 영력을 가지지 못했다는 이유로 이리도 구박을 받다니요."

누리가 어색하게 웃었다. 가문 어른들의 부끄러운 면모를 타인에게 보인 것이 민망한 탓이었다. 누리의 심정을 알아챈 하제가 말을 돌렸다.

"아, 그러고 보니 드릴 것이 있습니다."

도포의 소매에서 무언가를 주섬주섬 꺼낸 하제가 누리에게 손에 든 것을 불쑥 내밀었다. 손에 닿는 서늘한 기운에 누리가 살짝 놀라 멈칫했다가, 이내 고개를 숙여 받은 물건을 확인했다.

"팔찌가 아닙니까?"

옥을 갈아 만든 청색 팔찌가 달빛을 받아 번쩍 빛났다.

"저잣거리를 지나다가 그대 생각이 나서 샀습니다."

누리가 발갛게 얼굴을 붉혔다. 말이 없어진 누리는 가만히 손가락을 모아 팔찌를 꼈다.

"참으로 곱습니다."

"그대보다 고울까."

밤의 어둠은 누리의 발개진 얼굴을 숨겨주지 못했다. 누리는 어쩔 줄 모른 채 고개를 숙이고 배시시 웃기만 했다. 누리의 얼굴에 피어난 미소가 만개한 배꽃보다도 아름다웠다.

"연모하오."

"…저도 그렇습니다."

조금 전 강준과 설아가 그랬던 것처럼, 손을 잡고 방 안으로 들어가는 두 사람의 뒤를 달빛이 오래도록 비추었다.

* * *

누리는 새벽같이 일어났다. 두혁이 머무는 산 어귀 암자의 스님들이 깨어나기도 전이었다. 하제는 그보다도 일찍 떠나 누리의 옆자리는 온기 없이 비어 있었다. 이제는 익숙한 일이었다. 누리는 가장 먼저 이부자리를 정리하고 세수를 했다. 그 뒤 커다란 물동이를 들고 근처 샘에 물을 길으러 나섰다.

영험한 기운이 도는 샘은 오랜 가뭄에도 마른 적이 없었다. 이곳에 오면 괜스레 마음이 깨끗해지는 것 같아 누리는 이곳에 오는 것을 즐기곤 했다. 물을 뜨고 돌아서던 누리는 깜짝 놀라 그 자리에 멈추어 섰다. 낯선 사내가 저 멀리서 누리를 지켜보고 있었다.

─ 머리카락 색은 누구도 본 적 없는 황색을 한 데다, 눈깔은 시뻘건 핏빛을 띠고 있다고 하더구나. 송곳니가 이렇게 비죽 튀어나와서는….

사내의 생김새는 전날 밤 하제가 말한 '그것'과 꼭 닮아 있었다. 누리는 저도 모르게 주춤주춤 뒤로 물러섰다. 그때 사내가 한 발짝씩 누리를 향해 다가왔다. 누리는 깜짝 놀라 뒤로 나동그라졌다. 들고 있던 물동이가 바닥으로 떨어지며 와장창 깨져버렸다. 날카로운 파편이 팔로 튀어 옷소매 위로 피가 비치기 시작했다.

누리가 넘어지는 것을 본 사내는 이내 방향을 틀어 누리를 지나쳐 걸었다. 누리는 그 자리에 주저앉은 채 손을 뻗어 영력을 끌어 모았다. 여차하면 사내에게 쓸 생각이었다.

사내는 샘물 근처에서 약초 뿌리를 몇 개 캐서 돌로 짓이겼다. 그러고는 길쭉한 풀 몇 개를 뜯어 누리에게 다가왔다. 누리는 잔뜩 경계한 채 영력을 좀 더 끌어올렸다.

"다, 다가오지 마십시오!"

누리가 날카롭게 소리를 질렀다. 그러자 사내가 그 자리에 멈춰 서서는 누리의 앞에 손을 내밀어 들고 있는 것을 보였다. 사내가 들고 있는 약초의 쓰임새를 모르지 않는 누리였다. 영력을 천천히 풀자 사내가 누리에게 다가와 그녀의 상처 난 팔을 정성껏 치료해주었다.

"곧 신녀님을 해치려는 자가 찾아올 것입니다."

"…저를 아십니까?"

"제가 반드시 지킬 것입니다. …때문이니까요."

"예?"

'저 때문이니까요.'

사내는 누리를 향해 웃어 보였다.

"다 되었습니다. 제 손을 잡고 일어나세요."

"…감사합니다."

누리는 주춤주춤 일어섰다. 가까이에서 본 남자의 눈은 푸른색이었다.

* * *

사내는 자신을 요한이라 소개했다. 낯선 생김새만큼이나 익숙지 않은 이름이었다. 요한의 생김새가 하제가 말했던 '서역의 주술로 만들어진 그것'과 꼭 닮았던 탓에, 요한은 누리와의 첫 만남과 비슷한 상황을 다섯 번쯤 더 겪어야 했다. 설아는 그 뒤로도 한참이나 요한을 겁내곤 했다.

첫 만남에서 그가 누리에게 지키겠다 말한 대로 그는 누리의 근처를 항상 맴돌았다. 새벽녘에 누리가 샘물을 길러 갈 때면 스무 걸음 뒤에서 그녀를 따랐고, 그녀가 사당에 있을 때면 잠도 자지 않고 밤새 사당 근처를 서성였다. 그는 누리의 곁에 있되 곁에 있지 않았다. 누리에게 일정 거리 이상 다가가는 법이 없었다. 들어오시라, 함께 걷자, 수없이 제안해도 그는 고개를 가로저었다. 마치 자신이 다가가면 누리의 평화가 깨져버리기라도 할 것처럼 그는 누리의 곁에 다가가는 것을 겁냈다.

그날도 요한은 누리와 함께 새벽의 산길을 걷는 중이었다. 샘물을 길러 가는 길에 누리는 항상 혼자였다. 그런 그녀만의 시간에 함께하는 것이 요한은 퍽 즐거웠다. 요한은 누리의 나풀거리는 치맛자락을 바라보며 멀찍이 그녀를 뒤따랐다.

먼저 샘에 도착한 누리는 물동이를 든 채 그대로 얼어붙어 버렸다. 평소와 다른 누리의 모습에 놀란 요한이 걸음을 빨리해 가까이 다가갔다. 그리고 그 역시 그 자리에 멈춰 서고 말았다.

영험한 기운을 뿜던 샘물이 말라 있었다.

'아아…'

정해진 운명은 바꿀 수 없다는 것을 요한은 잘 알고 있었다. 결국 그날이 온 것이다.

만약 자신이 이곳에 오지 않았다면, 그것에게 아무 말도 하지 않았더라면…. 아니, 자신이 탄생하지 않았더라면 이런 일은 생기지 않았을 텐데…. 그랬다면 그 여인도… 울지 않을 텐데. 요한은 천천히 눈을 감았다. 과거의 일들이 바로 어제 일어난 일처럼 생생하게 떠올랐다.

서역의 이들이 주술로 만들어낸 결과물이 요한이었다. 소위 '마녀'라 불리던 그들은 길거리의 아이들을 잡아다 죽여 영력을 한곳에 모았다. 그들은 무한한 젊음과 끝없이 샘솟는 영력을 원했다. 그 결과가 바로 요한이었다.

아이들의 피로 만든 제단 위에서 탄생한 요한은, 그러나 반쪽짜리였다. 영생을 가졌지만 무한한 영력은 주어지지 않았다. 그를 실패작이라 판단해 죽이려 드는 그들을 피해 도망친 요한이 조선 땅으로 흘러온 것이 수백 년 전의 일이었다. 미래를 내다보는 예지능력이 요한을 그들에게서 벗어날 수 있게 해주었고, 또 이 산으로 안내했다. 예지는 그를 만든 이들은 알지 못한 요한의 비밀이었다. 그는 산 속에서 인간의 눈을 피해 죽은 듯 살아갔다. 그리고 멀리서 인간들의 모습을 구경하곤 했다.

요한은 전대 신녀의 갑작스러운 죽음과 새로운 신녀의 탄생을 예견했다. 뿔뿔이 흩어져 있던 사자들이 모여들 날도 알고 있었다. 전대 신녀의 죽음 이후로 비어 있던 신당에 새 신녀가 들어오던 날에는 멀찍이서 그녀를 기다리기도 했다.

그리고 새 신녀인 누리가 신당에 처음 오던 날 밤, 달을 보며 외로움에 홀로 눈물짓던 그녀를 보며 요한은 자기 속에 있던 외로움이라는 감정을 깨달았다. 그날 이후로 요한은 오랜 시간 누리를 훔쳐보며 남몰래 그녀를 사랑하게 되었다.

수없이 긴 시간을 살아왔고, 또 살아가야 할 요한에게 평범한 인간의 삶은 아주 짧은 시간이었다. 그저 그녀를 멀찍이서 지켜볼 수만 있다면 그걸로 족하다고 생각했다. 그러나….

요한이 누리의 곁으로 이렇게나 가까이 다가간 것은 처음 만났던 날 이후로 두 번째였다. 요한이 입을 열었다. 하는 말 한마디, 한마디마다 죄책감이 묻어났다.

"이무기가 당신의 영력을 차지하기 위해 찾아올 것입니다."

"그렇습니까. 그런데 선비님께서는 어찌하여…."

그리도 울 것 같은 얼굴을 하시는지요. 누리가 되물었다.

"…모든 것이 제 탓입니다. 죄송합니다."

죄송합니다. 정말, 죄송합니다. 연거푸 사과하는 요한을 향해 누리는 더는 묻지 않았다.

"신녀의 영력을 탐내는 자는 과거에도 많았답니다. 저를 지키는 것은 응당 제 몫이니 선비님께서는 신경 쓰지 마시어요."

누리의 흰 웃음은 요한이 이제껏 살며 본 어느 꽃보다 아름다웠다. 어느새 요한의 눈에서는 눈물이 흐르고 있었다. 그가 만들어진 이래 처음으로 흘려보는 눈물이었다. 흐르는 눈물을 닦으며 요한은 다시금 회상에 젖어들었다.

* * *

외로움이라는 것은 참으로 지독하고도 또 지독한 감정이어서, 한 번 자각한 후에는 걷잡을 수 없이 커져버렸다. 요한은 누구든 대화를 나눌 존재가 필요했다. 그러다 찾아낸 것이 요한과 마찬가지로 이 산에서 살아가는 이무기였다. 산 깊은 곳 어두운 동굴 속에 살던 이무기는 용이 되기 위해 시간을 보낸다 했다. 요한은 그에게 '무명'이라는 이름을 주고 종종 대화를 나누곤 했다.

오랜 세월을 살아가며 권태에 빠진 요한과 달리 무명은 탐욕에 젖어 있었다. 그는 자신이 아직 얻지 못한 무한한 삶을 가진 요한을 질투했다.

"또 의미 없는 시간을 보내고 있군."

누리를 지켜보는 시간들은 요한의 생에 가장 의미 있는 순간이었다. 그러나 무명은 그런 요한을 늘 탐탁지 않아 했다.

"내가 용이 되어 영생을 얻게 되면 그런 허튼 곳에는 시간을 쓰지 않을 것이다."

"하면 너는 어디에 시간을 쓸 것이냐?"

요한은 적당히 대꾸해주었다. 무명과 대화를 나누는 일이 싫지는 않았지만 지금 그에게 중요한 것은 누리를 지켜보는 일이었다.

"이 세상을 지배할 것이다."

"…."

"살아 있는 모든 이들의 생명을 취해 신과 맞서 싸울 것이다. 나를 이 어둡고 습한 동굴 속으로 보낸 신을. 그를 찾아 없애고 내가 이 세상의 새로운 신이 될 것이다."

"너는 네가 원하는 대로 하도록 해. 어차피 네가 용이 되는 것은 그녀가 죽고 난 뒤일 테니까 말이다."

요한에게 누리 이외의 삶은 의미가 없었다. 내심 그는, 용이 된 무명이라면 자신의 목숨을 거두어줄 수도 있지 않을까 하는 희망을 걸고 있었다.

"언제쯤 네가 용이 될까?"

달빛이 밝았다. 하제가 누리의 손을 잡고 사당으로 들어가는 것이 보였다. 누리가 너무나 행복해 보여서 요한은 기뻤다. 요한은 누리의 모든 것을 사랑했다. 타인을 향한 누리의 연심까지도 기꺼이 사랑했다.

"아직은 영력이 부족하다. 더 모아야 해."

"옆 산에 천년 묵은 백호가 있다 들었는데, 그것을 취하면 네게 도움이 될까? 산의 정기를 받아 강한 영력을 소유했다고 하더구나."

사당 안의 촛불이 꺼지는 것을 본 요한이 그제야 시선을 돌렸다. 돌아갈 시간이었다. 옆에 있던 무명이 천천히 입을 열었다.

"…영력을 취한다고?"

무명의 목소리가 미묘했다. 요한이 흠칫 놀라 무명을 바라보았다. 무명의 눈동자는 걷잡을 수 없이 검고, 탁하게 흐려져 있었다.

무명의 눈 속에서 요한은 미래를 보았다. 누리의 죽음이었다.

"왜 여태껏 그런 생각을 하지 않았을까? 부족하다면 가져오면 될 것을. 왜 하염없이 기다리기만 했을까?"

"안 돼. 그녀는 안 된다."

"저 계집의 영력을 취하면 내가 용이 되는 것쯤은 일도 아닐 테지."

요한이 계속 만류했지만 이미 눈이 돌아간 무명에게는 들리지 않았다.

무명은 곧 사라져버렸다. 요한은 절망했고 또 후회했다. 그러나 과거를 바꿀 수는 없는 일이었다. 또한, 한 번 정해진 운명 역시 바꿀 수 없다. 누리는 죽을 것이다.

'그러나 그것이 무명에 의한 죽음은 아닐 것이다.'

요한은 누리의 뒤를 따르며 조용히 다짐했다.

* * *

무명이 누리가 머무는 사당 앞으로 모습을 드러낸 것과 동시에 흩어져 있던 네 명의 사자들도 모두 모여들었다.

이무기인 무명을 선두로 영들과 사념체들이 뒤를 따랐다. 특히나 용이 되지 못한 채 생을 마감한 이무기들의 사념들과, 산에서 스스로 생을 마감한 자살귀가 뭉쳐 만들어진 사념체는 한눈에 보기에도 악한 기운을 내뿜고 있었다.

"아미타불…. 죄를 지으면 용이 되지 못할 텐데. 어찌하여 이런 결정을 내린 것이냐?"

두혁이 손에 들고 있던 커다란 염주를 매만지며 말했다.

[허튼소리. 나는 용이 될 몸이다!]

무명이 포효했다.

결코 만만치 않은 상대였다. 많은 희생이 따를 것을 누리를 포함한 모두가 직감했다. 하제와 다운, 두혁이 누리의 앞을 막아섰다. 강한 힘과 힘이 부딪혀 큰 울림을 만들어냈다. 날이 선 기의 흐름은 그들뿐 아니라 그들이 선 주변까지 생채기를 내고 있었다.

다운이 가장 먼저 공격을 시작했다. 가지고 있던 속박부를 한 움큼 날려 무명 뒤의 영들부터 묶어놓았다. 업이 적은 이들을 성불시키는 것은 다운의 몫이었고, 검은빛을 띤 악귀들을 소멸시키는 것은 하제의 몫이었다. 두혁은 염주를 한 알 한 알 넘기며 무명과 정면에서 대치하는 중이었다.

작은 사념체 하나를 소멸시킨 하제가 누리의 앞으로 나서려던 강준을 보더니 누리를 향해 고개를 저었다. 누리는 고개를 끄덕이고 강준을 불렀다.

"강준아."

"…예, 누님."

누리가 허리를 굽혀 강준과 눈높이를 맞추었다.

"집에서 설아가 두려움에 떨고 있을 것이야. 네가 가서 설아를 지켜주렴."

"저는 사자입니다! 지금은 신녀님을 지킬 때입니다!"

누리는 부드럽게 웃었지만, 목소리는 단호했다.

"내게는 너 말고도 나를 지킬 사자가 셋이 더 있지만, 네 누이는 네가 아니고서는 지켜줄 사람이 없잖니. 여기는 우리끼리도 괜찮으니 얼른 가보렴."

강준은 무언가를 직감한 얼굴이었다. 맑은 눈 가득 눈물이 그렁그렁했다.

"모두와 건강히 다시 만날 수 있는 것이지요?"

"물론이야."

"…가보겠습니다."

누리를 향해 꾸벅 고개를 숙인 강준이 산 아래 집을 향해 힘껏 내달렸다. 스치는 바람에 강준의 눈물이 흩날렸다. 그 모습을 잠시 바라보던 누리는 이내 고개를 돌렸다. 싸움은 계속되고 있었다. 누리는 그들을 바라보며 곁에 서 있던 요한에게 조용히 말했다.

"안전한 곳에 가 계십시오. 이 일은 저희가 해결하겠습니다."

요한은 고개를 저었다. 무명의 뒤에 또다시 까만 것들이 몰려들었다. 산에서 살아가는 짐승들이 무명의 명을 받아 온 것이었다. 누리와 사자들에게 이빨을 드러내고 적개심을 내비치는 그들을 향해 요한이 달려갔다. 순식간에 커다란 호랑이 한 마리를 엎어뜨린 요한에게 산짐승들이 몰려들었다.

어느새 사자들의 몸에는 날카로운 것에 베인 듯한 상처가 가득했다. 누리가 그들을 향해 조금 큰 목소리로 외쳤다.

"서둘러 끝을 보아야 합니다!"

오랜 세월이 흐르는 동안 산 곳곳에 쌓여 있던 수많은 사념들과 영들이 주인의 명령에 속속 모여들고 있는 중이었다. 시간이 지날수록 그들의 무리는 더욱 강해질 것이었다. 그것이 누리와 사자들이 싸움을 길게 끌어서는 안 되는 이유였다. 두혁이 동의한다는 듯 고개를 끄덕이며 말했다.

"그럼 우리, 내세에 또 만납시다."

마치 내일 만나자는 인사를 하듯 단조로운 목소리였다. 말을 마친 두혁은 재빠르게 달려가 들고 있던 검은색 긴 칼을 무명의 심장 한가운데 박아 넣었다. 그러고는 검이 빠지지 않도록 무명을 단단히 끌어안았다.

키에에엑!

커다란 구렁이의 형상을 한 무명이 괴로움에 온몸을 틀었다. 울부짖는 소리가 천지를 흔들 정도였다. 무명의 근처에 있던 사념체들이 힘을 써 두혁의 몸 곳곳을 꿰뚫었다. 두혁은 순식간에 성불해버렸다. 두혁을 공격했던 사념체들은 진흙처럼 뭉쳐 무명의 몸 가운데 생겨난 검은 구멍을 메웠다.

다운이 품에 넣어두었던 무령을 누리에게 던졌다. 누리가 무령을 흔들자 맑은 기운을 가진 작은 산짐승 따위의 영들이 빠르게 성불하기 시작했다. 누리가 이들을 성불시키는 동안 다운은 부적을 바꾸어 들었다. 남은 영들은 속박부로 해치울 수 없는 것들이었다. 더 강한 힘을 써야 할 때였다. 하제가 다운을 엄호했다.

사념체로 막아둔 무명의 가슴 구멍에 다운의 부적이 정확히 꽂혀 들어갔다. 순식간에 다운에게로 쏟아지는 사념체들의 공격을 하제가 몸으로 막았다. 하제의 옷이 너덜너덜하게 찢겨나갔다. 무명이 괴로운 듯 다시 한 번 울부짖었지만 전보다 강한 영향을 주지는 못한 것 같았다. 충격에 잠시 주저앉은 하제 대신 다운이 앞으로 나서자, 무명이 몸을 뒤틀며 꼬리로 힘껏 다운을 내려쳤다. 강한 힘에 정통으로 맞은 다운의 몸이 공중에 붕 떴다가 바닥에 내리꽂혔다.

그가 손에 들고 있던 부적들이 꽃잎처럼 나풀거리며 바닥에 떨어졌다. 개중에는 부적이 아닌 것도 있었다. 사당에서 부적을 쓰던 다운의 곁에서 설아가 저도 해보겠노라 붓을 들고 그려놓은 꽃 그림이었다. 세상에 하나뿐인 신체건강부(身體健康符)라며 다운이 부적들 사이에 끼워놓고 중히 여겼던 그림이다. 쓰러진 다운은 다시 일어나지 못했다.

벌써 사자를 둘이나 잃었지만 누리는 슬퍼할 겨를이 없었다. 무명이 여전히 건재했기 때문이다. 누리의 분노가 무명을 향했다. 누리는 사념체를 향해 영력을 있는 힘껏 쏘아 보냈다. 어릴 적에 신녀가 되어 영력을 쓰는 방법을 배운 뒤로 그녀가 써본 가장 강한 힘이었다. 무명은 괴로운 듯 아가리를 쩍 벌렸다. 찢어질 듯한 비명이 터졌다. 듣기 싫을 정도로 끔찍한 쇳소리였다. 산속의 새들이 푸드덕 날갯짓을 해 산을 벗어났다.

순간적으로 강한 힘을 쓴 누리의 몸도 정상은 아니었다. 당장이라도 주저앉고 싶은 것을 누리는 입술을 깨물어 참아냈다. 누리의 입술을 타고 한 줄기 피가 흘러내렸다. 누리는 뒷걸음질 쳐 하제의 곁으로 다가갔다.

"괜찮으십니까?"

"아직 괜찮소."

요한이 터벅터벅 걸어와 무명의 앞을 가로막고 섰다. 산짐승들은 모두 꼬리를 말고 도망간 지 오래였다.

"이 사람은 아니 된다."

"비켜라, 네가 상관할 일이 아니다."

무명의 앞을 엄호하던 사념체 하나가 요한을 향해 쏘아 들어왔다. 사념체는 요한을 그대로 통과해 누리를 공격했다. 방어도 제대로 못하고 정면으로 공격을 받은 누리는 억 소리조차 내지 못한 채 그대로 쓰러지고 말았다.

분노한 하제가 일어나 사념체를 향해 달려들었다. 사념체를 끌어안은 하제는 몸 속 영력을 전신으로 내뿜었다. 사념체는 순식간에 하제의 몸에서 찢겨나가 사라져버렸다.

하제가 후들거리는 다리를 간신히 지탱하고 서서 허리를 굽혀 다운의 부적을 한 움큼 집어 들었다. 어떤 종류의 부적인지 확인할 겨를도 없었다. 하제는 이를 악 물고 다시 한 번 힘을 끌어 모아 부적에 실어 보냈다. 구깃구깃하던 부적들이 빳빳하게 펼쳐져 무명을 향해 날아갔다.

"고작… 이딴 걸로!"

여러 장의 부적이 무명의 몸 이곳저곳에 꽂혔다. 일부는 불씨가 되어 무명의 몸에 붙은 사념들을 태우기도 했고, 날카로운 칼이 되어 무명의 육신을 잘라내기도 했다. 일부는 길쭉한 밧줄이 되어 무명의 몸 이곳저곳을 속박했다. 무명의 움직임이 눈에 띄게 느려졌다. 속박부가 제 힘을 쓴 것이다. 그러나 그것이 무명을 해치웠음을 의미하는 것은 아니었다.

요한은 천천히 눈을 감았다. 무명이 속박부를 푸는 것은 시간문제다. 속박부가 풀리기만 하면, 하제를 죽이고 누리의 영력을 취할 것은 당연한 수순이었다. 두 사람에게는 무명을 막아설 힘이 더는 남아 있지 않았다.

처음부터 질 싸움이라는 것을 알고 있었다. 누리가 죽을 것이라는 사실도. 요한은 눈을 떴다. 비틀비틀 자리에서 일어서는 누리가 보였다. 그녀의 이마를 타고 피가 줄줄 흐르고 있었다. 당장 정신을 잃어도 이상하지 않은 상태였다. 다시금 이를 악문 누리가 무명을 향해 영력을 쏘아 보냈지만 흐린 정신으로 쓰는 영력이 제대로 모일 리 없었다. 누리의 영력은 무명에게 닿지 못한 채 공중에서 흩어지고 말았다.

그러나 그녀에게서, 요한은 다시 한 번 미래를 보았다.

누리는 죽는다, 그것은 운명이다.

'인간에게 죽음은 당연한 것이니까.'

운명이기 때문이다.

'바꿀 수 있을지도 모른다.'

요한은 운명을 받아들이는 자였다. 먼 미래라면, 그때에 누리의 명이 다해 하늘로 가는 것이라면, 그것은 요한이 기쁘게 감내할 자신이 있었다.

"제게 무명을 봉인해주십시오. 제 몸은 비어 있습니다. 무명을 봉인하기에는 더없이 클 테지요."

"…무명이라 함은… 저 이무기를 말씀하시는 것입니까?"

누리가 더듬더듬 물었다. 설명할 시간은 없었다. 무명의 몸을 옭죄던 속박부가 하나둘씩 끊어지고 있었기 때문이었다. 요한이 다급하게 말했다.

"나는 미래를 보는 자입니다. 두 분이 오늘 어떻게 해도 무명을 죽일 수 없습니다. 정해진 운명이니까요. 그러니 오늘은 더 이상 싸워서는 안 됩니다."

"…그 말을 내가 믿을 것 같습니까! 나는 오늘 이곳에서 저것을 해치우고 말 것입니다!"

하제가 간신히 자리에서 일어났다. 두혁의 검을 지팡이 삼아 지탱한 채였다.

"그것이 당신의 정인을 죽이는 길이라 할지라도 말입니까?"

요한의 물음에 하제가 눈을 크게 떴다. 얼굴 가득 충격이 드러났다.

"나… 난 그저…."

"지금은 불가능합니다. 그러나 미래에는… 아주 먼 미래에는 무명을 이길 수 있을지도 모릅니다."

요한이 하제에게 간절한 눈빛을 보냈다. 그 눈빛이 그에게 닿은 듯, 하제가 마침내 천천히 고개를 끄덕였다.

"내게 무명을 봉인해주십시오. 시간을 더 지체하면 돌이킬 수 없을 것입니다."

"영력을 이미 많이 쓰셨습니다. 제가 하겠습니다. 제가요."

누리가 옆에서 하제를 만류했다. 그러나 하제도, 요한도 고개를 저었다. 하제와 요한, 둘만의 의식이 시작되었다.

여전히 몸부림치고 있는 무명의 곁으로 두 사람이 다가갔다. 요한이 무명을 끌어안자 무명의 몸이 요한을 통과해 둘의 몸이 겹쳐졌다. 하제가 있는 힘껏 영력을 풀어 요한의 몸 주위를 영력으로 감쌌다. 무명의 커다란 몸이 서서히 줄어들며 요한의 안에 담기기 시작했다.

빈껍데기라고는 해도 요한의 영이 들어와 있는 육신이다. 그 속으로 또 다른 영이 들어오는 것이 결코 좋을 리 없었다. 요한은 이물적인 느낌이 불쾌해 욕지기가 절로 났지만 이를 악문 채 인내했다.

'내 속에서 함께 영생을 살아가자.'

〔이런 끝은 생각하지 못했는데 말이야.〕

끝이 아니라는 것을 요한도, 무명도 잘 알고 있었다. 끝을 잠시 미뤄두었을 뿐이다. 봉인은 언젠가 풀릴 것이었다.

〔아주 좋은 몸이군. 그래, 봉인이 풀리는 날, 나는 저 계집을 취하고 네 몸을 완전히 차지할 것이다. 실로 완벽한 영생이지 않은가, 하하하!〕

하제의 눈동자에서 핏줄이 투둑 터져 피눈물이 방울방울 맺히기 시작했다. 피를 울컥 뱉어낸 하제는 여전히 힘을 거두지 않은 채 요한의 속에 갇힌 무명의 영을 자신의 영력으로 단단히 묶었다.

무명의 웃음소리가 서서히 사그라들었다. 마침내 봉인이 끝난 것이다.

누리가 이상한 낌새를 눈치챈 것은 그 뒤였다. 힘없이 쓰러진 하제를 보며 누리가 비명을 질렀다. 하제는 그저 파리하게 미소 지을 뿐이었다.

"제 영력을 모두 드렸습니다. 제 정인이 살아 있는 동안, 그녀를 지켜주십시오."

"아니 됩니다!"

누리가 소리를 높였다. 울부짖는 목소리가 하제의 마음을 아프게 때렸다.

"저도 이 자리에서 함께 명을 끊을 것입니다. 하제 님 없이 제가 어찌 살아가겠습니까. 이리도 연모하는데요, 제가 어찌…."

누리의 절절한 고백에 요한의 눈에도 다시금 눈물이 맺혔다.

'내가 당신을 이리 불행하게 만들었습니다.'

당신을 은애했고, 그저 외로웠을 뿐인데, 그뿐인데, 어째서…. 요한은 후회하고 또 후회했다.

하제는 흐릿하게 사라져가고 있었다. 하제가 누리의 손을 꼭 쥐었다.

"행복하게 사셨으면 좋겠습니다. 떠난 저 때문에 아파하지 않았으면 좋겠습니다."

"제발요⋯."

"내게 다음 생이 있다면, 다음 생에서도 나는 그대를 지킬 것입니다."

"⋯제발."

"약조해주십시오⋯. 행복하게 살아가겠노라고."

한참을 울던 누리가 천천히 고개를 끄덕였다. 안도한 듯 미소 지은 하제는 이내 연기처럼 뿌옇게 흩어져 사라지고 말았다. 흔적조차 없는 그를 찾으며 누리는 그 자리에 털썩 주저앉은 채 울부짖었다.

그대, 소멸한 것은 아닌가요.
다음 생에, 우리 정말 다시 만날 수 있는 것일까요.

누리의 물음에 대답해줄 수 있는 이는 아무도 없었다.
300년 전, 어느 날의 일이었다.

작가 후기

어른이 되었어도 여전히 귀신이 무섭습니다. 작가후기를 쓰고 있는 지금도 뒤 돌아보면 귀신이 침대에 앉아 저를 쳐다보고 있을 것만 같은 오싹한 기분이 들어요.

'나에게 퇴마를 할 수 있는 능력이 있다면 귀신을 무서워하지 않았겠지?' 하는 생각에서부터 《영혼사무소》는 시작되었습니다.

《영혼사무소》가 세상에 나와 한 권의 책이 되기까지 참 많은 분들의 도움이 있었습니다. 저 혼자서는 절대로 여기까지 오지 못했을 거예요.

제 글을 읽어주신 많은 분들과, 이 책을 선택해주신 당신께 진심을 담아 감사드립니다.

항상 저를 믿어주고 지지해주는 가족들, 고맙고 사랑합니다.

연재 당시 많이 도와주셨던 네이버 박소이 매니저님 감사합니다.

출판에 힘써주신 교보문고 안병현 단장님, 송기욱 팀장님, 조홍열 과장님, 김혜영 과장님 감사합니다.

마지막으로, 처음 저에게 '작가'라는 이름을 붙여주셨고, 작가 김태은의 모든 여정에 기꺼이 함께하고 계신 세현 언니께 가장 큰 감사를 전합니다.

당신께 행복한 일들만 가득하길 바라며

김태은